Pierre La Mure

MOULIN ROUGE

Pierre La Mure

Moulin Rouge

Der Lebensroman des Malers
Henri de Toulouse-Lautrec

Herbig

Ins Deutsche übertragen von Maria Honeit

Schutzumschlag: Bernd und Christel Kaselow, München, unter Verwendung des Gemäldes »Im Moulin Rouge« (1892) von Henri de Toulouse-Lautrec
(Archiv für Kunst und Geschichte, Berlin)
Fotomechanische Reproduktion der früheren, bei Christian Wegner, Hamburg, erschienenen Ausgabe:
Wiener Verlag, Himberg
Printed in Austria 1994
ISBN 3-7766-0736-X

DER VORHANG GEHT AUF

1

„Bitte, nicht bewegen, Maman, ich möchte eine Zeichnung von dir machen.“

„Was, schon wieder? Aber Henri, du hast mich doch gestern erst gezeichnet. Inzwischen habe ich mich bestimmt nicht verändert. Ich hab sicher noch dieselbe Nase, denselben Mund, dasselbe Kinn ...“

Die Gräfin von Toulouse-Lautrec hatte die Stickerei in den Schoß ihrer Krinoline sinken lassen und lächelte auf den kleinen Jungen herab, der vor ihr auf dem Rasen hockte. Ihr Blick glitt über den schwarzgelockten Wuschelkopf, die bettelnden braunen Augen, die fast zu groß waren für das herzförmige Gesichtchen, den zerknitterten Matrosenanzug, den eifrig über dem Skizzenbuch bereitgehaltenen Bleistift. Ihr geliebter Riri! Er war alles, was sie besaß, aber er wog auch alles Schwere auf – die Enttäuschungen, den Schmerz, die Einsamkeit.

„Willst du nicht zur Abwechslung mal eine Zeichnung von Dun machen?“ schlug sie vor.

„Hab ich doch schon, zweimal sogar.“ Er blickte zu dem Gordon-Setter hin, der unter dem Tisch döste, die Nase zwischen den Pfoten. „Außerdem schläft Dun ja, und wenn er schläft, hat er keinen Ausdruck. Ich mag dich jedenfalls viel lieber zeichnen. Du bist schöner.“

Ernsthaft nahm sie das kindliche Kompliment hin.

„Also gut. Aber nur fünf Minuten! Keinen Augenblick länger.“ Mit einer anmutigen Bewegung hob sie den breitrandigen Gartenhut von ihrem glatten braunen Haar, das in der Mitte gescheitelt war und sich wie zwei dunkle gefaltete Schwingen über ihre Ohren legte. „Es ist nämlich Zeit für unsere Ausfahrt. Joseph muß gleich kommen. Wohin wollen wir denn heute?“

Er antwortete nicht. Eifrig fuhr sein Bleistift über das Papier.

Sie waren allein in der Ruhe dieses goldenen Septembernachmittags des Jahres 1872, abgeschlossen von der Welt und glücklich inmitten der stillen Nachbarschaft alter vertrauter Dinge. Vor

ihnen lag die grüne Weite des Rasens, am Himmel stand eine leuchtende Sonne, auf ihren Neströndern zwitscherten Vögel, riefen einander und schwirrten davon. Durch das vergilbende Laub der Sykomoren sah man die Umrisse des mittelalterlichen Schlosses mit seinen Schießscharten, den eckigen Türmen und den schmalen Spitzbogenfenstern.
Kurz vorher hatte der alte Thomas mit der Miene unnahbaren Hochmuts, wie er dem Majordomus eines alten fürstlichen Hauses eigen ist, korpulent und gewichtig in seiner blauen Livree, das Teetablett hinausgetragen, gefolgt von dem „jungen" Dominique, der erst achtundfünfzig war und nur zwölf Dienstjahre aufweisen konnte. Danach hatte Tante Armandine – nebenbei: sie war eigentlich gar keine Tante, sondern nur eine ganz entfernte Verwandte, die vor sieben Jahren auf eine Woche zu Besuch gekommen war – ihre Zeitung zusammengefaltet, sich wie üblich vornehm geräuspert und entschuldigend gemurmelt, sie habe „noch einige Briefe zu schreiben", was besagte, daß sie vor Tisch noch ein Schläfchen machen wollte.
Und nun würde also bald Joseph, der Kutscher mit den Bartkoteletten, erscheinen und Madame la Comtesse melden, daß der Wagen zur Ausfahrt bereit sei. Später würde es in dem düsteren, kalten, viel zu großen Speisesaal mit den dunklen Wandteppichen und den Bildern kriegerischer, ernstblickender Ahnen ein einfaches, aber formvollendetes Diner geben, serviert von altertümlich livrierten Dienern. Nach dem Dessert würde der junge Graf schlaftrunken die monumentale Treppe zu seinem Schlafzimmer hinaufsteigen und dort auf seine Mutter warten, die sich noch eine Weile zu ihm auf den Bettrand zu setzen und zu erzählen pflegte: von Jesus und was für ein gutes Kind der war, von Jeanne d'Arc, von dem ersten Kreuzzug und wie Urururururururgroßpapa Raymond IV., Graf von Toulouse, die christlichen Ritter nach Jerusalem geführt und des Heilands Grab vor den bösen Türken gerettet hatte. Dann noch ein Kuß, eine Liebkosung, ein schläfriges „Bonsoir, Maman", das Deckbett hochgezogen, die Überdecke eingeschlagen, und nach einem letzten Blick würde die Mutter in ihr Schlafzimmer gehen, das neben dem seinen lag.
Ein Licht nach dem andern würde dann hinter den Fenstern erlöschen und wie seit Jahrhunderten die Dunkelheit der Nacht sich um das Schloß der Grafen von Toulouse legen.

„Wohin wollen wir heute fahren?" fragte die Gräfin noch einmal. „Zur alten Ziegelei oder zur St.-Annen-Kapelle?"

Henris eifriges Nicken besagte, daß ihm beide Orte gleich recht seien.

Armer Riri, dachte sie, er ahnte nicht, daß dies die letzte ihrer täglichen Ausfahrten sein sollte. Er wußte noch nicht, daß das Leben ein ständiges Abschiednehmen ist und daß morgen alles anders sein kann als heute. Jetzt sollte er die erste Grausamkeit des Lebens erfahren. Er würde nicht mehr wie bisher jeden Nachmittag in den Wagen klettern, sich an sie schmiegen, wenn sie die Zügel ergriff, unaufhörlich schwatzen, tausend Fragen stellen, mit begierigen, glänzenden Augen umherschauen, während sie über die Landwege dahinrollten, und schließlich Joseph necken, der majestätisch mit verschränkten Armen auf dem Rücksitz saß. Der erste Faden in dem dicht geschlungenen Band ihrer Vertrautheit würde reißen, nach und nach würden andere mürbe werden, bis eines Tages das ganze Gewebe zerfasert wäre und er fortgehen würde – wie alle Jungen. Sie seufzte mit ein wenig bebenden Lippen.

„Nicht bewegen!" flüsterte er. „Ich zeichne gerade den Mund, und das ist das Schwerste."

Wieder gingen ihre Blicke über die kleine kauernde Gestalt hin, über die schmalen, eng zusammenstehenden Augenbrauen, die in unbewußter Anspannung eingesogene Unterlippe. Von wem hatte er diese merkwürdige Lust am Zeichnen? Sie war ihr rätselhaft, wenngleich sie doch sonst sein innerstes Wesen kannte und verstand: den Zug von Eigensinn, das Verlangen nach Liebe und Verstehen, das ihn zwang, mitten im Herumtollen innezuhalten und sich ihr in die Arme zu werfen, den ganzen Hunger seines kleinen Herzens. Sie war ihr um so rätselhafter, diese Lust zum Zeichnen, als er so wenig befähigt zur Kunst schien. Nun, es würde vorübergehen, genau wie sein neuester Entschluß, Seekapitän zu werden...

„Habe ich dir schon mal erzählt, wie du als kleiner Junge einen Ochsen für den Herrn Erzbischof zeichnen wolltest?"

„Ach, für den fetten alten Mann, der wegen dem Essen herkommt?"

„Nicht ‚wegen', Henri, sondern ‚zum' Essen. Und" – sie sprach jetzt mit der strengen Stimme, die er so gut kannte – „du darfst von Monseigneur nicht als dem ‚fetten alten Mann' sprechen!"

„Er ist es aber doch, nicht?“ Seine Augen waren erstaunt und völlig verständnislos. „Sogar beinah so fett wie der alte Thomas.“

„Ja, gewiß. Aber er ist ein Gottesmann und eine sehr bedeutende Persönlichkeit. Deshalb küssen wir auch seinen Ring und sagen ‚Ja, Hochwürden. Nein, Hochwürden‘.“

„Aber . . .“

„Jedenfalls“, fuhr sie schnell fort, um eine weitere Debatte zu vermeiden, „es war bei der Taufe deines Bruders Richard . . .“

„Bruder? Hab ich denn einen Bruder? Wo ist er?“

„Er hat nur ein paar Monate gelebt. Dann ist er in den Himmel zurückgekehrt.“

„Oh . . .“ Seine Enttäuschung war echt, aber kurz. „Und warum wurde er getauft?“

„Weil jeder getauft werden muß, damit er in den Himmel kommt.“

„Bin ich auch getauft?“

„Natürlich.“

Dies schien seine Neugierde zu befriedigen. Eifrig zeichnete er weiter. „Dann komme ich also in den Himmel, wenn ich sterbe.“ Er sagte es lediglich feststellend, ohne jegliche Begeisterung über diese Aussicht.

„Ja, wahrscheinlich . . . Wenn du ein guter Junge bist und Gott von ganzem Herzen lieb hast.“

„Das kann ich nicht.“ Sein Ton war endgültig. „Ich kann ihn nicht von ganzem Herzen liebhaben, weil ich dich lieber habe.“

„So etwas darfst du nicht sagen, Henri.“

„Es ist aber doch so!“ Seine Augen blickten sie mit der entwaffnenden Offenheit der Kinder an. „Ich habe dich wirklich lieber.“

Die Arme auf die Knie gestützt, betrachtete sie ihn. Er würde nicht nachgeben in diesem Punkt. Aber schließlich war es wohl auch zuviel verlangt, wenn man von einem Kind erwartete, daß es einen Gott lieben solle, der es nie gehätschelt, nie zu Bett gebracht hatte . . .

„Nun gut. Ich habe dich auch sehr lieb, Henri.“ Sie wußte, daß er ihre Gegenversicherung erwartete. „Und jetzt hör einmal zu, ohne mich zu unterbrechen, sonst kann ich dir das mit dem Ochsen nie erzählen. Es war also vor vier Jahren, du warst kaum drei Jahre alt . . .“

Mit leiser, vor Zärtlichkeit rauher Stimme erzählte sie von der Taufe des kleinen Richard, an den er sich überhaupt nicht mehr erinnern konnte. Nach der Zeremonie hatte der Erzbischof die Gäste in die Sakristei gebeten, damit sie sich ins Taufregister eintrügen. Henri, der sich bis dahin ganz ruhig verhalten hatte, verlangte eifrig, auch seinen Namen in „das dicke Buch" zu schreiben.

„Aber, mein Kind", hatte ihn der würdige Prälat zurechtgewiesen, „das geht nicht an. Du kannst ja deinen Namen noch gar nicht schreiben."

„Dann zeichne ich eben einen Ochsen!" hatte Henri hochmütig erwidert.

Die Gräfin lächelte in der Erinnerung. Henri dagegen schien nicht sonderlich beeindruckt von der Anekdote. Er ließ sich nicht stören, sondern zog schwungvoll die letzten Bleistiftstriche.

„Da!"

Mit einem triumphierenden Lächeln hielt er ihr die Zeichnung hin*. „Siehst du, nicht einmal fünf Minuten."

Sie gab sich den Anschein, sehr begeistert zu sein, und bewunderte das Porträt überschwenglich. „Hübsch! Wirklich sehr hübsch! Du bist ein richtiger Künstler." Sie legte das Skizzenbuch auf die Gartenbank. „Aber jetzt komm und setz dich zu mir, Riri!"

Sofort war er hellwach. Niemand außer Maman nannte ihn Riri, und auch sie tat es nur bei besonderen Anlässen. Es war wie ein geheimes Kennwort zwischen ihnen. Es konnte ebensowohl eine Auszeichnung sein – zum Beispiel für ausnahmsweise ruhiges Verhalten bei der Messe, das meistens allerdings nur dadurch zustande kam, daß er bis hundert zählte – wie das Vorzeichen plötzlicher unangenehmer Neuigkeiten.

„Du bist jetzt sieben", sagte sie, als er sich neben sie gesetzt hatte, „das heißt also, schon ein großer Junge. Du willst Kapitän eines riesigen Schiffes werden, um die ganze Welt segeln und immerzu Löwen und Tiger und Wilde zeichnen, nicht wahr?"

Er nickte unbehaglich, und sie zog ihn näher zu sich heran, wie um den Schlag abzudämpfen.

„Dann ist es jetzt Zeit für dich, zur Schule zu gehen."

„Zur Schule?" fragte er beunruhigt. „Ich will aber nicht zur Schule gehen."

„Ich weiß, *mon petit,* aber du mußt. Alle kleinen Jungen gehen zur Schule." Ihre Hand strich zärtlich über seine Locken. „In Paris ist eine große Schule, weißt du, die heißt Fontanes. Viele

* Lautrecs erstaunliche Kinderzeichnungen befinden sich heute im Museum von Albi.

nette Jungen gehen dorthin, spielen zusammen und haben Spaß miteinander."

„Ich will aber nicht zur Schule gehen."

Seine Augen füllten sich mit Tränen. Er verstand nicht genau, was das alles bedeutete, aber dunkel empfand er, daß es von nun an manches nicht mehr geben würde: die Wagenfahrten, die Stunden bei Maman oder Tante Armandine, die Ritte auf dem Pony Tambour mit Joseph an seiner Seite, die Besuche in den Ställen und die Porträts der Stallknechte, das Versteckspiel mit Annette in den Korridoren des Schlosses.

„Schsch!" Sie legte eine Fingerspitze auf seine Lippen. „Ein braver Junge sagt niemals ‚ich will nicht'. Und ein Toulouse-Lautrec weint doch nicht!"

Während sie ihm die Tränen abwischte und die Nase putzte, erklärte sie ihm, daß ein Toulouse-Lautrec immer artig lächeln und tapfer sein müsse wie Urururururururgroßpapa Raymond, der den ersten Kreuzzug angeführt hatte.

„Übrigens", fügte sie dann hinzu, „Joseph und Annette kommen auch mit."

„Ja?" Das machte es ein wenig tröstlicher.

Annette war Mamans alte Kinderfrau. Sie war sehr klein, hatte helle blaue Augen und ein ganz runzliges Gesicht. Sie hatte keine Zähne und pflegte die Lippen so fest nach innen zu ziehen, daß man meinen konnte, sie habe auch keinen Mund. Von früh bis spät trabte sie durch die Gänge des Schlosses, wobei die Zipfel ihrer weißen Haube auf und nieder klappten wie Vogelflügel. Wenn sie aber in ihrem Stübchen beim Spinnen saß, durfte Henri auf ihrem Fußschemel sitzen und zuhören, wie sie mit tremolierender Stimme alte provençalische Balladen sang.

Auch Josephs Anwesenheit war beruhigend. Er war da gewesen, seit Henri denken konnte, genau wie der alte Thomas, die Sykomoren im Garten und die Ahnenbilder im Speisesaal. Obwohl er selten lächelte, war er ein richtiger Freund und außerdem mit seinem kokardengeschmückten Hut, den weißen Hosen und dem blauen Kutscherrock ein herrliches Objekt zum Malen.

„Und das ist noch nicht alles", sagte die Gräfin. „In Paris wirst du . . . rat einmal, wen du dort sehen wirst!" Einen Augenblick lang hielt sie die letzte Lockung noch zurück: „Papa."

„Papa!"

O ja, das ließ allerdings die Dinge in einem ganz anderen Licht erscheinen. Papa war wundervoll. Wenn er einmal kam, wurden die Lektionen vergessen, blieb der Stundenplan unbeachtet und nahm das Leben sofort einen abenteuerlichen Charakter an. Das alte Schloß schien aus seinem Schlummer aufzuschrecken und hallte wider vom Tritt seiner Reitstiefel und dem Klang seiner befehlenden Stimme. Es gab lange Ausfahrten, bei denen Papa mit der Peitsche knallte und aufregende Geschichten von Pferden, Jagden und Kriegen erzählte.

„Wohnen wir bei Papa in seinem Schloß?“ Seine Augen strahlten.

„In Paris wohnen die Leute nicht in Schlössern. Sie wohnen in Hotels oder schönen großen Wohnungen mit Balkonen, von denen sie alles sehen können, was auf der Straße vor sich geht.“

„Aber – werden wir bei Papa wohnen?“

„Ja ... eine Zeitlang. Er wird mit dir in den Bois de Boulogne fahren; das ist ein Wald mit einem Teich, auf dem die Leute im Winter Schlittschuh laufen. Denn im Winter haben sie Schnee in Paris, weißt du. Und er wird dir den Zirkus zeigen mit Clowns und richtigen Löwen und Elefanten. Oh, es gibt viele aufregende Dinge in Paris. Karussells, Puppentheater ...“

Er lauschte mit großen Augen und geöffneten Lippen, während noch Tränen an seinen Wimpern zitterten.

An den folgenden Tagen herrschte ein großes Durcheinander im Schloß. Alle rannten geschäftig hin und her, Maman hatte immerzu langwierige Besprechungen – mit dem alten Thomas, mit dem Obergärtner August, mit Simon, der die Aufsicht in den Ställen hatte –, und überall standen offene Koffer herum. Es gab nicht einmal mehr Reitstunden ...

Eine Woche später der Aufruhr der Abreise, die *„au revoirs“*, die Küsse auf Wange und Stirn, das Getöse des Bahnhofs, das Keuchen der Lokomotive, die fauchend ihren gewaltigen Atem ausstieß wie ein Streitroß vor der Schlacht. Und dann die Entdeckung des Zugabteils mit seinen federnden Polstern, dem Gepäcknetz, den listigen Fenstern, die auf und nieder glitten. Schließlich drei schrille Pfiffe, ein Rasseln von eisernen Rädern, und der Bahnhof mit den vielen Menschen begann sich nach rückwärts zu bewegen.

Bald flog die Landschaft Albi vorüber: Bäume, Flüsse, ziegelgedeckte Bauernhäuser, wie er sie noch nie zuvor gesehen hatte.

„Sieh doch, Maman, sieh!“

Aber was zuerst so erregend war, wurde allmählich langweilig. Als er wieder aufwachte, fuhren sie durch die Pariser Vorstadt. Er drückte sein Gesicht an die Scheiben und sah häßliche, glatte, verrußte Häuser, vor deren Fenstern Wäsche flatterte; rauchende Fabrikschornsteine; kleine, ungepflegte Gartenstücke mit schadhaften Zäunen; Haufen von verrostetem Metall.
„Guck, Maman, es regnet!"
Durch die schmutzigen Straßen hasteten Männer und Frauen, die Köpfe gesenkt, fest eingewickelt in ihre Mäntel. Und statt des blauen Himmels von Albi lag über allem eine düstere, graue Wolkendecke. Was für ein schrecklicher Ort, dieses Paris ...
Die Lokomotive kam mit einem Seufzer der Erleichterung zum Stehen. Kräftige Männer in blauen Kitteln stürmten in die Abteile, ergriffen die Koffer, als ob sie ihnen gehörten, und wuchteten davon. Maman zog die Handschuhe an und rückte ihren Hut zurecht.
Auf dem Bahnsteig ein Meer von hellen Gesichtern. Und dort, alle überragend, lächelnd, wunderbar anzusehen mit seinem gestutzten Bart, dem blanken Zylinder, dem goldbeknauften Spazierstock, der weißen Nelke im Knopfloch – Papa!

Wenn er sich nicht in seinem Jagdhaus aufhielt, auf dem Schloß eines Freundes zu Besuch weilte, Parforcejagden in England mitritt, an den Rennen in Longchamps, Ascot oder Epsom teilnahm, mit einem gleichgesinnten Herzog Moorhühner schoß oder in den Wäldern von Orléans Hirsche jagte, wenn er nicht gerade vollauf damit beschäftigt war, im Café de la Paix oder im Pré Catelan Sherry zu trinken, im Foyer der Oper einer leichtgeschürzten Tänzerin die Wange zu klopfen oder einer Dame die Fingerspitzen zu küssen, – dann war Graf Alphonse de Toulouse-Lautrec in seinem Appartement im Hôtel Perey zu finden, einem exklusiven Hotel in der Nähe der Place de la Madeleine. Hierhin zog er sich zurück, um sich von dem anstrengenden Leben des Müßiggangs auszuruhen, hier lebte er wie ein Junggeselle inmitten seiner Reittrophäen, seiner Waffen, seiner Diener und seiner geliebten Falken, die er in einem eigens für sie hergerichteten, verdunkelten Raum hielt.
Seit der Ankunft seiner Familie hatte er schweigend die Unterbrechung seiner Gewohnheiten geduldet und die Nervenbelastung

heldenhaft ertragen. Er hatte Henri in den Winterzirkus mitgenommen, er war mit ihm in den Bois gefahren, sie waren zusammen über die großen Boulevards gegangen, durch die Tuilerien gewandert und hatten einen ganzen Nachmittag im Jardin des Plantes verbracht, um sich die Affen, die Tiger und die gähnenden Löwen anzusehen.

Sogar am Abend widmete sich der Graf noch seinen väterlichen Pflichten. Bekleidet mit einer karmesinroten Hausjacke, die Beine gegen das Feuer ausgestreckt, prägte er seinem Sohn ein, was es bedeutete, ein Toulouse-Lautrec zu sein.

„Siehst du, mein Junge, da ritten einmal Seine Majestät der König und dein Urgroßonkel Pons nach der Jagd zusammen durch den Wald von Fontainebleau. Sie sprachen von der glücklichen Zeit in Versailles, als sie noch jung waren und häufig die Tage in Gesellschaft von Marie-Antoinette verbrachten, die damals erst fünfzehn war. Natürlich war das vor jener verdammten Revolution und der Herrschaft der Kanaille. Plötzlich" – er wandte sich um, ergriff das Cognacglas, das auf dem Tischchen bereit stand, nahm einen Schluck und strich mit dem Finger über seinen Schnurrbart – „plötzlich scheute das Pferd deines Urgroßonkels und warf ihn ab."

„O-oh!"

Henri, der sehr aufrecht auf dem Rand des geräumigen roten Ledersessels saß, war erschrocken und bekümmert. „Ist er gestorben?"

„Nein, er ist nicht gestorben."

„Hat er sich verletzt?"

„Nein, er hat sich nicht verletzt. Jeder Reiter, der etwas taugt, wird mal abgeworfen. So ein kleiner Sturz ist keine Schande. Ich selbst bin mehr als einmal gestürzt. Das gehört dazu, mein Junge. Gehört alles dazu. Aber, weißt du, was dein Urgroßonkel tat, als er sich wieder aufgerappelt hatte?"

„Er stieg wieder auf sein Pferd?"

Der Graf schüttelte den Kopf. „Nein. Er knöpfte seine Hose auf und ließ sein Wasser, sofort, auf demselben Platz."

„Du meinst – er machte Pipi? Vor dem König?" fragte Henri erstaunt.

„Beim Bart des Sankt Joseph, genau das tat er. Und weshalb? Weil dein Urgroßonkel Pons ein sehr wohlerzogener Edelmann war, der immer das Richtige tat. Er kannte die Regeln der Hofetikette, und da gibt es nämlich eine alte Regel, die verlangt, daß, wenn du in Gegenwart des Königs stürzt, du auf der Stelle dein Wasser lassen mußt. Auf der Stelle! Merk dir das, Henri! Ich erzähle es dir für den Fall, daß der König je auf seinen Thron zurückkehrt und du vielleicht mit ihm ausreitest und dein Pferd scheut und dich abwirft. Dann sollst du nicht dastehen wie ein dummer Bourgeois, sondern wissen, was du zu tun hast."

Er lachte Henri über den Rauch seiner Nachtisch-Havanna an und genoß die Verehrung in den Augen des Knaben. Eigentlich ein nettes Kind, der Henri ... Ein bißchen scheu und naiv und vollgestopft mit Katechismus und dergleichen Flausen, aber was konnte man schließlich anderes erwarten bei einer Mutter, die jeden Sonntag zur Messe ging und einen Betschemel in ihrem Schlafzimmer hatte? Ein paar Jahre konnte man dem Jungen noch geben, dann war es Zeit, ihn an die Hand zu nehmen und einen Gentleman aus ihm zu machen.

„Siehst du, Henri, das ist der Unterschied zwischen einem Aristokraten und einem Bourgeois. Ein Aristokrat weiß immer, was er zu tun hat. Ein Bourgeois dagegen ..."

Henris Blicke hingen an seinem Vater. War er nicht wundervoll? Konnte jemand einen klügeren und schöneren Papa haben? Sogar auf der Straße drehten sich die Leute nach ihm um, wenn er, sein Stöckchen wirbelnd, vorüberging. Alles war so aufregend: hier bei Papa im Hotel zu wohnen, ihn erzählen zu hören, was man tun mußte, wenn man mit dem König ausritt, aufbleiben zu dürfen nach dem Abendessen wie ein Erwachsener. Das war das Schönste, obgleich es gar nicht so einfach war, wach zu bleiben ...

Und dieses Zimmer! Nirgends auf der Welt gab es noch einmal solch ein Zimmer! Hirschgeweihe und Hirschfüße an den eichengetäfelten Wänden, Silberpokale auf dem Kaminsims, säuberlich geputzte Waffen in Glasschränken und überall Bilder von Pferden. Dazu roch es nach Leder, Tabak und Abenteuer. Wenn er groß wäre, würde er auch ein solches Zimmer haben. Und er würde einen Spazierstock mit goldenem Knauf tragen, eine dicke Zigarre rauchen und alles trinken, was Papa trank.

„Und nachdem er also die Vorschrift der Etikette erfüllt hatte, stieg dein Urgroßonkel wieder auf sein Pferd und setzte die Unterhaltung mit dem König fort. Natürlich war Seine Majestät damals noch nicht König. Er wurde Graf von Artois genannt. Weißt du, warum man ihn Graf von Artois nannte?"

Er wartete lächelnd einen Augenblick.

„Natürlich weißt du es nicht. Also werde ich es dir sagen. Und ich wünsche, daß du gut aufpaßt."

Er nahm wieder einen Schluck Cognac und setzte sich noch bequemer zurecht.

„In alter Zeit war Frankreich in Provinzen eingeteilt. Da gab es die Provinzen Artois, Champagne, Burgund, Aquitanien und andere. An der Spitze jeder Provinz stand ein großer Herr, manchmal ein Graf, manchmal ein Herzog. Danach bezeichnete man dann die Provinzen entweder als Grafschaft oder als Herzogtum. Einige der großen Herren waren aber gleichzeitig Graf und Herzog. Die Mitglieder unseres Hauses zum Beispiel waren Grafen von Toulouse und Herzöge von Aquitanien."

Er machte eine Pause, damit das Kind diese Erklärungen ganz in sich aufnehmen könnte.

„Vergiß das niemals: Grafen von Toulouse und Herzöge von Aquitanien."

Die Rolle des Pädagogen war dem Grafen neu, und er kostete sie aus.

„Bist du müde, Henri?"

„Nein, Papa."

„Gut. Es geht noch weiter. Sie waren nicht nur Grafen von Toulouse und Herzöge von Aquitanien, sondern auch Grafen von Quercy, Louerge und Albi. Außerdem noch Marquis von Narbonne und Gothia sowie Viscomtes von Lautrec. Aber —" er blickte Henri bezwingend an und seine Stimme wurde ganz feierlich, „aber vor allem, mein Kind, soll dir stets bewußt bleiben, daß wir Grafen von Toulouse sind und immer sein werden." Seine Augen bekamen einen ungewohnt weichen Ausdruck, als er weitersprach. „Heute bin ich das Haupt unseres Hauses. Eines Tages wirst du an der Reihe sein. Dann dein erster Sohn, dann dessen Sohn, dann seines Sohnes Sohn ... und so fort, solange Frankreich besteht."

Er bemerkte Henris verschleierten Blick.

„Aber nun genug für heute. Du bist todmüde. Zu Bett mit dir, mein Junge. Und behalte gut, was ich dir gesagt habe."

Henri stand auf. Als er seinem Vater den Gutenachtkuß gab, hielt ihn der Graf am Ärmel fest.

„Du wirst ein tapferer Junge, nicht wahr? Joseph hat mir gesagt, daß du ein guter Reiter bist. Mach nur so weiter, mein Junge. Beim Bart des Sankt Joseph, wenn es etwas gibt, was wir Toulouses können, dann ist es das Reiten. Nächsten Sommer kommst du mit nach Loury zur Hirschjagd. Du bist jetzt alt genug dazu. Nirgends lernt man besser einen guten Sitz auf dem Pferd als bei der Hirschjagd."

Während der folgenden Wochen wurde Henri des weiteren über das Haus Toulouse und die Feinheiten der adligen Genealogie aufgeklärt.

„Siehst du, mein Junge, es gibt solchen und solchen Adel. Genau so, wie es solche und solche Weine, solche und solche Pferde und – wie du in einigen Jahren entdecken wirst – solche und solche Frauen gibt."

Da war zunächst der niedere Adel: unbedeutende Landjunker mit winzigen Schlössern, nicht älter als hundert oder zweihundert Jahre. Dann der Adel der Robe: kümmerliche Richter, Bürgermeister und kleine Würdenträger des *ancien régime*. Schließlich so komische Erscheinungen wie die Grafen von Napoleons Gnaden und endlich als Krönung der Lächerlichkeit: päpstliche Grafen! Über diese ließ sich nichts weiter sagen, als daß höchstens Chikagoer Erbinnen auf sie hereinfielen.

„Was ist Chikago?" fragte Henri.

„Eine Stadt in Amerika, wo sie Schweine töten und ihre Töchter mit Pappmaché-Grafen verheiraten. Was übrigens ein Jammer ist, denn die amerikanischen Mädchen sind in der Regel verteufelt hübsch."

Neben all diesen merkwürdigen Existenzen gab es dann die richtigen Grafen, die, wie die Toulouse-Lautrecs, nachweislich souveräne Feudalherren waren.

„Und das, mein Junge, ‚ist ein ganz anderes Kaliber', wie dein Großvater zu sagen pflegte."

Dies waren die wirklichen Grandseigneurs, der Uradel. Sie herrschten in ihren Provinzen, übten Gerichtsbarkeit, machten Gesetze, hielten Hof, tauschten Gesandte aus und erklärten Kriege.

„Wir haben sogar dem Papst den Krieg erklärt! Und um ihm zu zeigen, daß wir unser Handwerk verstehen, haben wir seinen Gesandten gleich aufgehängt. Ja, damals waren wir die reichsten und größten Herren in Frankreich."

„Noch größer als Monseigneur der Erzbischof?"
„Der Erzbischof!" Graf Alphonse lachte dröhnend. „Großer Gott, ein Toulouse-Lautrec wiegt ein Dutzend Erzbischöfe auf und noch zwei oder drei Kardinäle als Beilage dazu, wenn gut gewogen wird. Beim Bart des Sankt Joseph, wer hat dir erzählt, daß der Erzbischof ein großer Herr sei?"
„Niemand", sagte Henri schnell.
Wenn Graf Alphonse Henri ausnahmsweise einmal nicht von seinen Ahnen erzählte, zeigte er ihm seine Gewehre, hängte sie ihm um, damit er ein Gefühl für sie bekäme, und sprach mit ihm über Jagd und Falknerei, die er beide mit Leidenschaft ausübte und bis zur Meisterschaft beherrschte. Dann wieder tauchte er unvermittelt aus dieser Welt mittelalterlicher Künste auf und verwandelte sich in einen schneidigen Pariser Boulevardier. Wenn er in weißen Gamaschen, eine Zigarre paffend, durch die teppichbelegten Hotelflure schritt, knicksten die Zimmermädchen tief und flüsterten bewundernd: *„Bonjour, Monsieur le Comte."* Waren sie jung und hübsch, klopfte er ihnen die Wangen; waren sie alt und häßlich, tippte er an seinen Hut und ging weiter.
Nach einiger Zeit jedoch begannen Frau und Kind dem Grafen auf die Nerven zu fallen. Er schimpfte mit den Dienstboten herum und sprach dafür bei den Mahlzeiten kaum ein Wort. Nach Tisch gab es keine Erzählungen mehr über die Toulouses und keine Lektionen über Falkenjagd.
„Dein Vater hat sehr viel Wichtiges zu bedenken", sagte die Gräfin eines Tages zu Henri, „ich fürchte, wir stören ihn."
An jenem Nachmittag fuhren sie zusammen zum Boulevard Malesherbes und sahen sich dort eine Wohnung an.
Der Eingang des Hauses war mit Marmorplatten ausgelegt; ein roter Läufer bedeckte die Treppen, und auf jedem Stockwerk standen riesige Palmen in Kübeln. Ein kahlköpfiger Herr schritt ihnen voran bis zum zweiten Stock, wo er das Schnappschloß einer Tür öffnete und zur Seite trat, um sie eintreten zu lassen. Henri stellte fest, daß die Wohnung einen sehr geräumigen langen Korridor hatte. Nicht zu vergleichen natürlich mit den herrlichen Korridoren des Schlosses, aber immerhin groß genug zum Spielen.
Nachdem sie in viele kahle Räume geblickt hatten, sagte seine Mutter: „Dies soll nun unser neues Heim werden, Henri. Meinst du, daß es dir hier gefallen wird?"

„Ja“, sagte er, „bestimmt.“
Ein paar Tage später kamen die Möbel an, manche aus dem Schloß. Henri freute sich über die vielen vertrauten Dinge: in Mamans Wohnzimmer kam ihr Ohrensessel und der Savonnerie-Teppich, auf dem er seine ersten Gehversuche gemacht hatte, auch der Sekretär aus Rosenholz, die Pastelle aus dem 18. Jahrhundert und die kleine Alabasteruhr für den Kamin, die er sein Leben lang gekannt hatte.
Es schien geradezu, als habe er sein Zuhause nie verlassen.

Henris erster Schultag war ein Tag voller Angst und Entdeckungen. Vater Mantoy, der Lehrer, begann mit dem *Spiritus Sanctus*. Danach hielt er eine kleine Rede, in der er die Jungen in Fontanes willkommen hieß und ihnen eindringlich klarmachte, wie bevorzugt sie seien, da sie eine christliche Erziehung genießen und nun in das wunderbare Reich des Wissens eintreten dürften.
Dann stieg er von seinem Katheder herunter und begann ohne Übergang zu diktieren: „Der Himmel ist blau ... Der Schnee ist weiß ... Das Blut ist rot. Unsere Fahne ist blau, weiß, rot.“
Er blieb stehen und guckte Henri über die Schulter. „Sehr gut, mein Kind“, murmelte er, „sehr gut!“
Lächelnd, die Hände auf den Rücken gelegt, nahm er seinen Spaziergang zwischen den Pulten wieder auf, wobei die Soutane mit sanftem Geräusch um seine Füße schlug.
„Das Meer ist blau ... Die Bäume sind grün ...“
Während der Pause war Henri allein. Wie Maman gesagt hatte, waren überall Kinder. Sie spielten und rannten und tobten herum. Aber sie schienen sich alle gegenseitig zu kennen und hatten offensichtlich nicht die Absicht, ihn an ihren Spielen teilnehmen zu lassen. Sehnsüchtig sah er einem Wett-Bockspringen zu, als plötzlich ein blonder, sommersprossiger Junge in Kniehosen und Eton-Kragen auf ihn zutrat.
„Bist du neu hier?“ fragte er und blieb ein paar Schritte vor Henri stehen.
„Ja.“
„Ich auch.“
Eine Sekunde lang maßen sie einander mit der vernichtenden Unverfrorenheit, die Kinder haben.
„Was willst du werden, wenn du groß bist?“

„Seekapitän."
„Ich werde Seeräuber."
Der Blonde kam einen Schritt näher.
„Möchtest du auch Seeräuber werden wie ich?"
„Ich weiß nicht. Was tun die?"
„Sie haben Messer zwischen den Zähnen und kapern Schiffe und töten alle an Bord." Und da ihm noch einige Einzelheiten aus Geschichten einfielen, fügte er hinzu: „Und dann, wenn sie fertig sind, segeln sie nach ihrer Insel zurück, vergraben ihre Schätze, tanzen und trinken Rum."
Das gefiel Henri außerordentlich.
„Vielleicht könnten wir auf demselben Schiff fahren? Wie heißt du?"
„Maurice. Maurice Joyant. Und du?"
„Henri de Toulouse-Lautrec."
„Das ist aber 'n langer Name."
Beide machten einen Schritt aufeinander zu. Nach kurzem Schweigen fragte Maurice:
„Wie alt bist du?"
„Ich werde bald acht."
„Und ich bin schon beinah achteinhalb!"
Jetzt war das Schweigen voller Triumph.
„Und woher kommst du?"
„Von Albi."
„Wo ist das?"
„Oh, sehr weit weg. Man muß fast einen ganzen Tag mit der Bahn fahren."
„Schneit es da?"
Niedergeschlagen schüttelte Henri den Kopf. „Nein. Aber manchmal liegt auf den Bergen Schnee."
„Wo ich herkomme, schneit es den ganzen Winter!" sagte Maurice. Sein Triumph war vollkommen; aber er blieb trotzdem freundlich und lachte Henri mit seinen blauen Augen in dem sommersprossigen Gesicht an.
„Wollen wir spielen?"
„Ja."
„Mal sehen, wer schneller laufen kann."
Am Nachmittag stürmte Henri ins Zimmer seiner Mutter und berichtete atemlos, er habe einen neuen Freund und wolle Seeräuber werden.

„Weißt du, wir kapern Schiffe und töten alle, die an Bord sind. Dann tanzen wir, spielen Akkordeon und vergraben unsere Schätze."
Von nun an machte die Schule Spaß. Verschiedene andere Fontanes-Schüler hatten ebenfalls vor, Seeräuber zu werden; das ergab eine solide Verständigungsbasis. Sie schlossen ihn in ihre Spiele ein; die Pausen waren jetzt alle zu kurz. Er rannte und tobte und schrie, bis ihm der Schweiß auf dem Gesicht stand. Selbst die Stunden vergingen rasch. Vater Mantoy war zufrieden.

„Hier, Maman, sieh mal!"
Vater Mantoy hatte ihm vor der ganzen Klasse das Ehrenkreuz, eine schöne Nachbildung des Kreuzes der Ehrenlegion in Emaille und Bronze, an die Matrosenbluse geheftet.
Sie staunte, strich zärtlich über das Kreuz und erklärte, es sei das Schönste, was sie je gesehen habe. „Ich bin stolz auf dich, Riri", sagte sie und zog ihn liebevoll an sich, „sehr stolz!"
Die Erinnerung an das Schloß, die Wagenfahrten, die Porträts, sogar an das Reiten auf dem Pony Tambour trat allmählich zurück, und sein Leben wurde eine ernsthafte und wohlgeregelte Angelegenheit, die jeden Morgen damit begann, daß Joseph an die Tür klopfte.
„Sieben Uhr, Monsieur Henri. Zeit aufzustehen!"
Zuerst ein Bad. Dann schnell ins Eßzimmer, wo Annette, lächelnd und in weißer Haube, wartet. Die Tasse dampfender Schokolade. Der letzte Bissen vom Hörnchen. Ein flüchtiger Kuß. Mütze und Umhang vom Haken gerissen. Und endlich, knapp viertel vor acht, die teppichbelegten Treppen hinuntergerast, während Joseph im steifen Hut und schwarzen Überzieher in angemessenem Abstand folgt.
Henri und Maurice waren unzertrennlich geworden. In der Stunde schoben sie sich gegenseitig Zettel zu, in der Pause spielten sie zusammen. Sonntags gingen sie in den Parc Monceau, wo sie mit ihren Reifen liefen oder zwischen den Säulen des kleinen griechischen Tempels am Teich Indianer spielten.
Wenn es regnete, spielten sie Seeräuber im Korridor der Wohnung, nahmen Joseph gefangen, schleppten ihn auf ihr Schiff und banden ihn am Mastbaum fest. Sie erdolchten das Zimmermädchen, folterten den Koch und drangen, wild mit ihren hölzernen Pistolen um sich feuernd, in Annettes Schlafzimmer ein.

Eines Nachmittags, als sie noch mit schwarzbemalten Gesichtern vor dem Kaminfeuer lagen, sagte Maurice völlig unerwartet: „Was meinst du dazu, wenn wir keine Seeräuber werden, sondern kanadische Trapper?"

„Trapper?" fragte Henri, ziemlich erschrocken über die plötzliche Änderung ihrer Pläne. Ihm gefiel nämlich durchaus der Gedanke, Seeräuber zu werden, die schwarze Flagge zu hissen und an Deck englischer Schiffe zu springen. „Was haben die denn zu tun?"

„Sie reiten in Wälder, die vor ihnen noch keiner betreten hat, jagen Bären und kämpfen mit Indianern. Wenn wir Trapper werden, würden wir in einem Blockhaus an einem See wohnen."

Henri dachte über den Vorschlag nach. Es klang zweifellos verlockend, vor allem reizte ihn die Aussicht, ein Leben lang mit Maurice zusammen zu sein. Um aber seine Unabhängigkeit zu betonen, machte er ein paar Einwendungen, die Maurice allerdings beiseiteschob. Henri kapitulierte bald.

„Gut, werden wir Trapper! Aber nur, wenn wir zusammen wohnen und keinen anderen mitkommen lassen. Wir wollen uns niemals trennen."

„Niemals", wiederholte Maurice feierlich.

„Wie können wir das bekräftigen?"

Sie dachten lange und angespannt nach.

„Da gibt es nur ein Mittel", erklärte Maurice schließlich. „Wir müssen Blutsbrüder werden. Dann sind wir verbunden auf Leben und Tod." Er hatte diesen Ausdruck in einem Buch gelesen und fand ihn sehr schön. „Was meinst du? Willst du mein Blutsbruder sein?"

Henri nickte eifrig. „Und du?"

„Ich auch. Aber du darfst nicht vergessen: es ist fürs Leben. Du kannst nie davon zurück. Und du kannst nur e i n e n Blutsbruder im Leben haben. Das bedeutet, daß, wenn einer von uns in Not ist, der andere ihm zu Hilfe kommen muß."

Während der Märzregen gegen die Fenster schlug, ritzten sie ihr Handgelenk mit einer Stecknadel und tauschten einen Tropfen Blut aus. Dann gaben sie sich feierlich die Hände.

„Jetzt müssen wir den heiligen Eid sprechen", sagte Maurice. *„A la vie et à la mort!"*

„A la vie et à la mort!" wiederholte Henri mit klopfendem Herzen. „Laß uns ins Feuer spucken, damit es noch heiliger ist."

Sie spuckten.
„Jetzt sind wir also verbunden auf Leben und Tod“, sagte Henri und lächelte glücklich. „Es ist genau so, als wenn wir Brüder wären – richtige Brüder!“
So verging der erste Pariser Winter. Auf dem Boulevard Malesherbes bedeckten sich die Kastanien mit krausen Knospen.
Und eines Tages fand Henri die Wohnung völlig verändert: die Teppiche eingerollt, die Bilder verhängt, die Möbel mit Überzügen bedeckt und alles vollgestellt mit Koffern.
Unversehens war die Schule vorbei.

2

Die Ferien waren beinahe vorüber. Bald würde die Schule wieder anfangen. Es war schön gewesen, und Henri hatte alles sehr genossen: wieder im Schloß zu wohnen, wieder Objekte für seine Porträts zu haben, das alte Versteckspiel in den gewundenen Korridoren zu spielen, die Ställe zu besuchen, des Morgens auf dem Pony Tambour auszureiten und vor allem natürlich endlose tintenbefleckte Briefe über die kanadischen Absichten an Blutsbruder Maurice zu schreiben.
Alles in allem war es wirklich ein sehr ausgefüllter und vergnüglicher Sommer gewesen.
Früh im September waren Maman, Annette und er nach Mamans Heimat Celeyran gereist. Man sprach von ‚Schloß‘ Celeyran, obwohl es im Grunde nur ein großes quadratisches Haus mit grünen Fensterläden war, das am Ende einer langen Pappelallee stand und nur zweihundert Jahre alt war.
Wie gewöhnlich erwartete Grandpère sie, weißgekleidet und freundlich hervorschauend unter dem großen Panama, wobei sein Lächeln wie ein nach oben gekehrter Halbmond zwischen den beiden Seiten seines Backenbartes stand. Sobald die Kutsche in die Auffahrt einbog, winkte er mit dem Taschentuch und eilte die Stufen so schnell herunter, daß die goldene Uhrkette auf seinem Bauch tanzte. Dann gab es die übliche Aufregung und Verwirrung der Ankunft: der Stallknecht hielt die schwitzenden Pferde, Joseph beeilte sich, das Fußbrett herunterzulassen, man wurde geküßt und auf die Wangen geklopft.

Am nächsten Morgen kam Grandpère schon bei Tagesgrauen ganz leise ins Zimmer.
„Hallo, junger Mann! Die Vögel sind schon seit Stunden munter. Willst du nicht aufstehen?“
Er setzte sich auf den Bettrand.
„Laß dich anschauen. Hm, ganz ordentlich! Ein bißchen blaß vielleicht. Bist wohl krank gewesen im Winter, was?“
„Nein, Grandpère.“
Der alte Herr sah den Enkel zwingend an. „Du wirst uns doch groß und stark werden, nicht wahr, Henri? Genau wie dein Papa?“
Was sollte diese merkwürdige Frage? Selbstverständlich würde er groß und stark werden. Jeder wurde es mit der Zeit. Vielleicht nicht so wie Papa, aber sicher ebenso groß und stark wie Grandpère, der klein und dick war.
Später ritten sie zusammen zur Kelterei. Unterwegs zügelte Léonce de Celeyran zuweilen sein Pferd und hielt an, um mit den Bauern, den Feldarbeitern und den Frauen, die in den Weingärten Trauben sammelten, ein paar Worte zu reden. „Dies ist mein Enkel“, sagte er dann und deutete strahlend auf Henri. „Ist er nicht ein strammer Bursche?“
In der Kelterei hopsten barfüßige Männer und Frauen wie Indianer beim Kriegstanz in riesigen Bottichen. Henri machte sofort eine Skizze von ihnen.
Am nächsten Tag ritten sie nach dem Kornspeicher, am darauffolgenden nach den Geflügelhöfen und am übernächsten nach der Meierei und den Ställen. Überall gab es herrliche Dinge zum Zeichnen: Toinon, der alte Esel, wie er eine Fuhre Dung zieht*; Hähne, die wie auf Stelzen herumstolzieren, Gänse, Enten, Schafe, Kühe . . .
An den Abenden hallte das große Haus wider von Musik und Gelächter. Es gab ein pompöses Bankett nach dem andern. Grandpère saß an der Spitze der Tafel, sehr vornehm anzusehen in seinem dunkelbraunen Gehrock und der brokatenen Weste, und war ununterbrochen mit den verschiedensten Dingen beschäftigt: er tranchierte Braten, häufte Speisen auf die Teller, redete, lachte, nötigte die Gäste, seinen wunderbaren Celeyraner Wein zu

* Dieses Toinon-Aquarell befindet sich heute zusammen mit zahlreichen Studien von Landarbeitern und Tieren im Museum von Albi.

trinken, und erhob sich schließlich rot und ein wenig beschwipst beim Dessert, um leicht lallend eine Rede zu halten und verschiedene Hochs auf verschiedene Gesundheiten auszubringen.

Henri lächelte noch im Gedenken an diese glücklichen Tage von Celeyran, als er die Schritte seiner Mutter hörte.

Sie hatte einen Brief in der Hand.

„Papa wünscht, daß du nach Loury zur Jagd gehst“, sagte sie mit ihrer leisen, traurigen Stimme.

„Kommst du auch mit?“

Sie antwortete nicht gleich. Ihre Augen hatten schon allen Celeyran-Glanz verloren.

„Kommst du mit?“

Sie beugte sich nieder und streichelte seine Wange. „Nein, *mon petit*. Aber Joseph ...“

„Dann will ich nicht hin. Ich will einfach nicht, ich will nicht! Warum kommst du nicht mit? Warum ...“

Sie legte die Fingerspitzen auf seine Lippen.

„Schsch! Ein braver Junge sagt niemals ‚ich will nicht‘. Papa möchte, daß du ein guter Reiter wirst, so wie er selber. Du bekommst eine hübsche Jagdausrüstung mit einem schönen roten Rock. Du wirst Freude an der Jagd haben und viele nette Leute kennenlernen. Es wird dir alles so gut gefallen! Und vergiß nicht: wenn du einem Herrn vorgestellt wirst, mußt du dich verbeugen und sagen: ‚Es ist mir eine Ehre, monsieur, Ihre Bekanntschaft zu machen.‘ Und wenn eine Dame dir einen Kuß geben will, darfst du den Kopf nicht zur Seite drehen, wie du es immer tust. Und du mußt immer daran denken, dein Haar zu kämmen, deine Zähne zu putzen und am Abend zu beten.“

Ihre sanfte Stimme beruhigte ihn. Sein Widerspruch erlahmte, und er gab sich allmählich der erregenden Vorstellung hin, Papa wiederzusehen und in einem schönen roten Rock durch die Wälder zu galoppieren.

In der Nacht träumte er, daß er den Kreuzzug anführte und mit Urururururururgroßpapa Raymond und einer Schar rotröckiger Ritter im Wald von Jerusalem Hirsche jagte.

„Ah, da bist du, mein Junge. Laß dich anschauen!“

Seit zehn Minuten hatte Henri unbemerkt in seinem Miniatur-Jagdanzug auf der Schwelle zu dem riesigen Saal gestanden, der ganz angefüllt schien mit gestiefelten, rotberockten Herren und Damen in langen Reitkleidern und blanken Zylindern. Sie plauderten, lachten und tranken aus silbernen Bechern. Jetzt stand er plötzlich seinem Vater gegenüber, der in seinem Jagdanzug größer und achtunggebietender denn je aussah, wie er in seinen Medicibart lächelte und mit der Reitgerte gegen die Stiefel schlug.

„Dreh dich mal um! Gar nicht schlecht! Tadelloser Sitz. Ich ließ mir von deiner Mutter einen deiner Anzüge schicken. Aber dein Haar ist zu lang. Du mußt deiner Mutter sagen, daß es geschnitten werden soll, wenn du wieder in Paris bist. So siehst du ja wie ein Mädchen aus mit diesen Locken da. Du willst doch nicht wie ein Mädchen aussehen, wie?"

Lachend nahm er Henri bei der Hand und führte ihn zu einer Gruppe von Gästen, die am Kamin standen.

„Dies, meine Damen und Herren, ist mein Sohn Henri", verkündete er mit heiterer Förmlichkeit. „Ich dachte, es könne ihm ganz gut tun, die Jagd mitzumachen. Damit kann man nicht früh genug anfangen."

Er beugte sich zu Henri herab und schob ihn von einem Gast zum andern. „Dies ist Madame la Vicomtesse de la Tour-Jaquelain, Henri ... Dies ist Madame la Baronne de Vauban ... Dies ist Monsieur le Comte de Saint-Yves ... Und hier mein alter Freund Monsieur le Duc de Doudeauville. Sein Pferd hat voriges Jahr den Grand Prix gewonnen. Außerdem ist er Präsident vom Jockeyklub; du mußt also besonders artig zu ihm sein, sonst läßt er dich nachher nicht hinein!"

Krampfhaft versuchte Henri sich der Instruktionen seiner Mutter zu erinnern, aber ihm wollte überhaupt nichts einfallen. Er fühlte, wie ihm das Blut ins Gesicht stieg, während er sich linkisch verbeugte und mit gesenkten Augen irgend etwas murmelte.

„Noch ein bißchen schüchtern, was?" sagte der Herzog lächelnd. „Aber das wird mit der Zeit schon anders. Heutzutage geht das oft schneller, als man denkt."

Die Vorstellungen gingen weiter. „Dies, mein Junge, ist Madame la Duchesse de Rohan ... Dies ist Monsieur le Marquis de Villeneuve ... Dies ist Monsieur le Comte de –"

Namen, Namen, Namen! Lange Namen, die man unmöglich behalten konnte. Lächeln, sich verbeugen, die Hand geben, auf die Wange geklopft werden ... Die Männer waren nicht so schlimm;

sie sagten ein paar Worte, streckten einem die Hand hin und wandten sich wieder ihren Bechern zu. Aber die Frauen! Sie umringten einen, hockten sich nieder, hoben ihre Schleier, um einen zu küssen. „Ist er nicht süß in seinem roten Röckchen? ... Wie alt bist du, *chéri?* ... Was für allerliebste Locken! ... Du mußt mich diesen Winter in Paris besuchen.“ So girrten und gurrten und lockten sie und fuhren einem mit ihren langen Fingernägeln durchs Haar. Gehorsam antwortete man: *„Oui, madame ... Non, madame ...* Ich bin achteinhalb, madame, beinahe neun ...“ und erinnerte sich noch gerade im rechten Augenblick daran, daß man das Gesicht nicht zur Seite wegdrehen durfte, wenn sie einem ihre ekligen roten Lippen auf die Wange drückten ...

Während seines Aufenthaltes in Loury war Henri sehr fleißig. So oft es nur möglich war, schlich er sich nach den Ställen, fütterte die Pferde mit Zuckerstücken und überredete die Reitknechte, ihm für Porträts stillzuhalten. Er zeichnete Hunde, Pferde und Reiterinnen mit im Winde flatternden Schleiern*.

Und natürlich ritt er mit zur Jagd. Begierig nahm er das bewegte Bild in sich auf: er beobachtete, wie die Meutehalter die Koppelleinen der kläffenden Hunde straffzogen, wie die Reitknechte die Zügel der aufgeregten Pferde hielten und die Herren sich niederbeugten, um die Hände als Stütze bereitzuhalten und den Damen in den Sattel zu helfen.

Unter Josephs wachsamem Auge folgte er dann der Jagd, so gut er konnte, setzte über niedrige Hecken und watete durch flache Bäche, hörte die Heger den Standort eines jagdbaren Hirsches signalisieren und die Treiber das Tier ins offene Feld hetzen. Er lernte, wann er sein Pony zum Stehen bringen mußte und wann er mit einem leichten Schlag der Reitgerte in heißer Verfolgung davonzugaloppieren hatte, lauschte endlich, wenn der Hirsch zusammengebrochen war, den klagenden Tönen der Jagdhörner und schaute dem Ritual der Tötung zu. Wenn er aber das keuchende Tier in die Knie gehen und seine Augen brechen sah, mußte er sich abwenden. In seinem Herzen fühlte er dann eine Regung des Abscheus gegen die Hirschjagd.

Er war schließlich froh, als die Zeit kam, daß er Lebewohl sagen und nach Paris zurückkehren konnte.

* Die meisten der Louryer Zeichnungen befinden sich im Museum von Albi.

Vater Jammes, der neue Lehrer, war sehr streng und fiel auf keinen Trick herein. Es gab bei ihm weder Vorsagen noch Abschreiben noch Zettelzuschieben unter dem Tisch. Er blickte die Schüler starr über die Ränder seiner Brille hinweg an. Die grauen Augen in dem runden glänzenden Gesicht waren scharf, und es entging ihnen nichts.

Abends hatte Henri jetzt Hausarbeiten zu machen. Maman saß dann beim Licht der Wohnzimmerlampe in ihrem Lehnstuhl dabei, las oder nähte und gab hin und wieder hilfreiche Ratschläge bei der Lösung schwieriger Aufgaben. Wenn die kleine Alabasteruhr auf dem Kamin zirpend neun Uhr schlug, pflegte sie zu sagen: „Genug für heute, *mon petit*, es ist Zeit zum Schlafengehen." Eine Umarmung, ein zärtlicher Kuß. Und dann – müde, den Kopf voll von Arithmetik und lateinischen Verben – ins Bett.

Natürlich bestand nicht etwa das ganze Leben aus Arbeit. Es blieb noch genug Zeit übrig zum Marmelspielen, zum Bockspringen und zu sonntäglichen Indianerkämpfen im Parc Monceau. Mit Maurice und anderen Mitschülern rauchte er Friedenspfeifen neben Cornus Marmorgruppe „Die Verlassene", schlug inmitten der Gebüschanpflanzungen sein Zelt auf und sprang ekstatisch um imaginäre Feuer. Unversehens wurden dann friedliche Ammen und ältliche Herren, die still ihre Zeitung lasen, durch schreiende, grimassenschneidende Irokesen in kurzen Hosen und Eton-Kragen aufgeschreckt.

So verging der zweite Pariser Winter, glücklich und geschäftig wie der erste. Henri war jetzt neun. Er war ein richtiger Pariser Schuljunge geworden, vertraut mit dem Gewühl der Boulevards, dem Klingeln der Bahnen, der endlosen Kette von Wagen und dem Anblick von Gendarmen, die sich mit Kutschern herumstritten. Hin und wieder besuchte er seinen Vater im Hotel.

„Warum wohnt ihr nicht zusammen, Papa und du?" fragte er seine Mutter eines Tages.

„Weil dein Vater viel zu sehr beschäftigt ist", sagte sie hastig. „Aber nun erzähl mir, wie es heute in der Schule war ..."

Die Wohnung am Boulevard Malesherbes wurde immer mehr zur Heimat. Statt in die alte ehrwürdige Kathedrale von Albi fuhr man nun jeden Sonntag nach der vornehmen Kirche de la Madeleine, die mit ihrem federhutgeschmückten Kirchendiener und dem goldenen Kollektenteller recht anziehend wirkte. Seine Mutter

machte einige neue Bekanntschaften unter den Damen der Nachbarschaft. Er fand sie jetzt hin und wieder, wenn er aus der Schule kam, bei einer Unterhaltung im Salon. Madame Proust, die Gattin des berühmten Arztes, die ganz in der Nähe wohnte, kam ziemlich häufig mit ihren beiden Jungen Marcel und Robert. Manchmal schaute auch der Doktor selbst zu einem kurzen Besuch herein. Henri fand ihn außerordentlich klug, denn der Arzt versäumte nie, ihn wegen seines Ehrenkreuzes zu loben.
In diesem Jahr sollte er zur Ersten Kommunion und mußte sich zur Vorbereitung auf dieses wichtige Ereignis sehr eingehender religiöser Belehrung unterziehen. Vorm Zubettgehen sagte er ohne Steckenbleiben die Gebote sowie zahlreiche Sprüche von Glauben, Hoffnung, Barmherzigkeit und Buße auf und entwickelte im Laufe der Zeit eine intime Vertrautheit mit dem Heiligen Geist, der Dreieinigkeit, der Jungfrau Maria, den Engeln und Erzengeln sowie dem ganzen Schwarm von Heiligen, Märtyrern, Jungfrauen, Eremiten und frommen Männern, die nach einem elenden Erdenleben nunmehr ewige Wonnen im Himmel genossen.
Was Gott selbst betraf, so hegte Henri einige geheime – sehr geheime – Vorbehalte gegen ihn. Zweifellos war Er sehr mächtig, das mußte man zugeben; Katechismus und Bibel waren ja voll von seinen Taten und herrlichen Vollkommenheiten. Aber wenn es auf eine ganz bestimmte Bezeugung ankam, blieben seine Taten doch weit hinter seinen Versprechungen zurück. Ein paarmal hatte er, Henri, ehrfürchtig um einige ganz einfache Wunder gebeten, und jedesmal hatte Gott ihn entweder nicht erhört oder war gerade zu beschäftigt gewesen, um ihm den Gefallen zu tun.
So kam er endlich zu dem Schluß, daß Gott sicher sehr gütig und mächtig, aber außerordentlich sparsam sei mit seinen Gaben. Er ähnelte darin ein wenig Onkel Odon, der in dem Rufe stand, fabelhaft reich zu sein, einem aber trotzdem niemals etwas anderes als eine Postkarte zu Weihnachten schickte.

Wieder war es Frühling. Auf dem Boulevard Malesherbes öffneten sich die Kastanienknospen wie gierige kleine Hände. Der Graf äußerte den Wunsch, seinen Sohn zum Concours Hippique, dem vornehmsten Pariser Reitturnier, mitzunehmen. Demgemäß brachte die Gräfin Henri am nächsten Sonntag nach der Messe zum Hotel, wobei sie ihn auf der Fahrt dorthin mütterlich ermahnte, auf seine

Manieren zu achten, keine Fragen zu stellen und nur zu sprechen, wenn er angeredet würde.
„Ich möchte, daß du ein wohlerzogener Junge bist", sagte sie und strich die Falten seines weißen Matrosenanzugs glatt. Der Wagen hielt vor dem Hoteleingang. Sie rückte ihm den breitrandigen Strohhut und das Ehrenkreuz an seiner Bluse zurecht. Bevor er aus dem Wagen sprang, gab er ihr einen flüchtigen Kuß. An der Tür wandte er sich noch einmal um, warf ihr eine Kußhand zu und winkte Joseph. Dann verschwand er in der Halle des Hotels.
Als er in das Zimmer seines Vaters geführt wurde, stand der Graf vor dem Spiegel und band seine Krawatte.
„Prachtvoller Tag, was?" Er lachte Henri im Spiegel zu. „Ich stelle fest, deine Mutter hat dir endlich die Haare schneiden lassen. Gut!"
Der Graf steckte eine weiße Nelke in seinen seidenen Rockaufschlag, nahm den goldbeknauften Spazierstock, den der Diener ihm bereit hielt, tippte leicht an seinen Zylinder und schritt zur Tür.
„Nächstes Jahr reiten wir nach dem Bois, anstatt zu fahren wie ein paar gebrechliche alte Weiber", erklärte er, als der Wagen sie rasch die Champs Elysées entlangtrug. „Der Platz eines Edelmannes ist auf dem Rücken seines Pferdes, nicht dahinter."
Begierig schaute Henri um sich. Zu beiden Seiten sah er eine endlose Kette von Wagen — Viktorias, Landauer und moderne Kellner-Droschken in ununterbrochener Bewegung. Die blanken Hufe tänzelnder, seidiger Pferde klopften auf das Pflaster wie ein unermüdlicher Regen; das Zaumzeug blitzte in der Aprilsonne; die Sonnenschirme und Blumenhüte der Damen bildeten helle Farbflecke gegen die dunklen Livreen der Lakaien.
„Ich sehe, du trägst das Ehrenkreuz", sagte der Graf. „Ausgezeichnet, mein Junge, ausgezeichnet! Deine Mutter teilte mir mit, daß du der Beste in der Klasse bist." Er lachte nachsichtig. „Ich hoffe, du wirst nicht etwa ein Bücherwurm. Bücher sind schon recht, da, wo sie hingehören. Genau wie Musik, Malerei und so weiter. Im Grunde sind das aber alles Sachen für Frauen. Für uns gibt es wichtigere Dinge im Leben."
Er unterbrach sich von Zeit zu Zeit, um den Hut zu lüften und Bekannte zu grüßen. In jedem Gruß kam die weltmännische Erfahrung eines ganzen Lebens zum Ausdruck. Der Herzog und die

Herzogin von Rohan wurden als Reminiszenz an das *ancien régime* mit einem zuvorkommenden höflichen Neigen des Kopfes begrüßt, die Bankierstochter, die erst kürzlich in die Aristokratie hineingeheiratet hatte, mit einem korrekten, leicht herablassenden Gruß und die Schauspielerin Sophie Croisette, die sich in ihrem neuen Zweispänner zeigte, mit amüsiertem Nicken und vielsagendem Heben der Augenbrauen.

„Hast du übrigens schon mit Fechtstunden angefangen? Nein? Na, Fechten, mein Junge, ist aber wichtiger als Algebra oder Ciceros Reden. Es gibt dir das Recht, den Menschen zu sagen, was du von ihnen denkst. Und wie ist es mit Tanzen? Auch dafür müssen wir etwas tun. Manche große Karriere hat mit exquisitem Tanzen angefangen."

Als die Viktoria um den Arc de Triomphe fuhr, beugte sich der Graf vor und tippte dem Kutscher mit dem Knauf seines Spazierstockes auf die Schulter.

„Zum Pré Catelan, François!"

Er lehnte sich in seinen Sitz zurück und wandte sich lächelnd an Henri. „Im Pré Catelan bist du bestimmt noch nicht gewesen, was?" Seine weißen Zähne blitzten im Sonnenlicht. „Natürlich nicht. Deine Mutter würde es wohl kaum billigen. Zu frivol für ihren Geschmack, weißt du..."

Als sie auf die Veranda des Restaurants zugingen, sahen sie Damen in hellen Frühjahrskostümen und Herren im Zylinder auf dem Rasen herumstehen oder an weißlackierten Eisentischen unter gestreiften Schirmen sitzen und Apéritifs trinken.

„Einen Sherry", sagte der Graf zum Kellner, während er die Handschuhe auszog, „und eine Orangeade für den jungen Herrn."

Aufgeregt blickte sich Henri in dem überfüllten Raum um.

Hinter einer Wand von Topfpalmen hervor kamen die etwas müden Töne eines langsamen Walzers, und durch die Bogenfenster drang das Sonnenlicht in blonden dunstigen Streifen, lockte blitzende Funken aus den Rändern der Gläser und entfachte farbige Feuer in den Juwelen der Damen. Trotz seiner Größe hatte der Rundbau die intime Atmosphäre eines privaten Salons. Es war ein ständiges Kommen und Gehen; die Herren winkten einander zu oder machten sich gegenseitig kurze Besuche an ihren Tischen, die Damen streckten ihre Hände aus, lachten liebenswürdig und nickten Bekannten zu.

„Siehst du den weißbärtigen Herrn dort am Fenster?" flüsterte der Graf, indem er sich über den Tisch beugte. „Das ist Victor Hugo. Ein Senator. Republikaner natürlich! Jeder ist heutzutage Republikaner. Außerdem schreibt er, soviel ich weiß. Politik und Literatur! Armes Frankreich, wohin ist es mit dir gekommen!"
Er erhob sich und schritt auf einen Nachbartisch zu. Henri sah, wie er einer Dame die Hand küßte und ein paar lachende Bemerkungen mit ihren Begleitern austauschte. Dann war er ebenso plötzlich wieder da.
„Siehst du den Herrn mit dem viereckigen Bart und dem Monokel?" sagte er und nahm einen Schluck Sherry. „Ja, der, der mit der reizenden Dame spricht. Das ist König Leopold von Belgien."
„Ein König", platzte Henri heraus und starrte den älteren Herrn an.
„Bitte laß das! Es gehört sich nicht, Leute anzustarren. Außerdem ist er inkognito hier."
Der Graf schwang auf seinem Sitz herum, als sich eine Hand auf seine Schulter legte.
„Ah, *bonjour*, Doudeauville! Erinnern Sie sich meines Sohnes Henri? Ich stellte ihn Ihnen in Loury vor. Ich bin gerade dabei, ihm eine Kostprobe des Pariser Lebens zu geben, bevor ich ihn heute nachmittag zum Concours Hippique mitnehme."
Henri beeilte sich aufzustehen und versank in eine tiefe Verbeugung. Der Herzog lächelte ihm zu, klopfte ihm die Wange, sprach ein paar Worte mit dem Grafen und schlenderte weiter.
Im nächsten Augenblick blieb ein anderer Herr an ihrem Tisch stehen. Schnell: Aufspringen, sich verbeugen. „Es ist mir eine Ehre, monsieur, Ihre Bekanntschaft ..." Dann war Papa wieder an der Reihe aufzustehen. Diesmal besuchte er irgendwelche Bekannte ganz am anderen Ende des Saales. Kurz darauf war er schon wieder zurück.
„Siehst du die Dame mit den langen weißen Handschuhen? Das ist Sarah Bernhardt, mein Sohn. Sie hat ihren neuesten – ihren Vetter bei sich."
So ging das also vor sich. Man trank Sherry, begrüßte Bekannte, ging an irgendwelche andere Tische, küßte einer Dame die Hand, wechselte ein paar Scherzworte und kehrte auf seinen Platz zurück. Dann nahm man wieder einen Schluck Sherry, drehte sich um nach Freunden, die einem die Hand auf die Schulter legten ...

„Und jetzt wollen wir in den Klub gehen und essen", sagte der Graf und blickte auf seine Uhr. „Du mußt ja halb verhungert sein."

Der Speiseraum des Jockeyklubs roch nach einem Gemisch von Wachs, altem Holz und Havannatabak. Zwischen den Tischen glitten ehrwürdige, leise sprechende Kellner, krumm von der jahrelangen Gewohnheit des Verbeugens, wie livrierte Gespenster umher.

Nach dem Dessert bestellte der Graf seinen gewohnten Napoleon-Cognac. Er leerte das große tulpenförmige Glas in einem Zug und sagte: „Jetzt habe ich gerade noch Zeit zum Umziehen, und dann gehen wir zum Reitturnier."

Das Palais de l'Industrie, ein riesiges, geschmackloses Überbleibsel der Weltausstellung von 1855, lag in den Champs Elysées. Um die Erhaltung dieses gigantischen Durcheinanders von Statuen, Stuckgesimsen und Säulen zu rechtfertigen, stellten die Behörden es für die verschiedensten Zwecke zur Verfügung. Hier wurde der berühmte *Salon de Peinture et Sculpture des Artistes Français*, der „Salon", wie er kurz genannt wurde, unterhalten, ein großes mondänes Ereignis und der Traum Tausender von Künstlern. Hier fanden Wohltätigkeitsbasare, politische Tagungen, Tierschauen und der sehr exklusive und vornehme Concours Hippique statt.

„Achte vor allem auf die Springer", sagte der Graf, als sie den glasbedeckten Raum durchquerten, der jetzt in eine Arena verwandelt worden war, und in den für die Mitglieder des Jockeyklubs reservierten Teil gingen. „Reiter werden erzogen, aber Springer werden geboren. Paß auf, wie sie sich nach vorn legen, wenn sie über die Hürde gehen."

Sie setzten sich in die Loge, und der Graf stellte sein Opernglas ein.

„Das ist das Geheimnis. Du mußt deinem Pferd helfen, ja, es beinahe über die Hürde heben. Ich habe einmal gewettet, daß ich mit meiner Stute Juno über einen Fiaker setzen könnte – und beim Bart des Sankt Joseph, ich hab's getan!"

Er verstummte plötzlich, als er sein Glas auf eine Dame richtete, die jenseits der Arena allein in ihrer Loge saß.

„Bleib ganz brav hier", sagte er und stand auf, „ich muß noch ein paar Freunde begrüßen."

Er beugte sich vor und rief einen kleinen, dicken alten Mann an, der in der ersten Reihe der Loge saß und eifrig auf einem Block zeichnete.
„Monsieur Princeteau! Würden Sie so freundlich sein, ein Auge auf meinen . . .“
Da der Alte sich nicht umwandte, erhob der Graf seine Stimme und brüllte: „He, Monsieur Princeteau! Würden Sie wohl bitte . . .“
Er zuckte ärgerlich die Achseln. „Völlig zwecklos. Er ist stocktaub. Geh, Henri, setz dich zu ihm. Aber versuch nicht mit ihm zu reden. Er ist ebenso stumm wie taub. Du kannst ihm beim Zeichnen zusehen. Er macht sehr gute Pferdebilder. Deshalb lassen wir ihn hier in der Klubloge sitzen. Ich komme nachher wieder zu dir.“
Monsieur Princeteau begrüßte Henri mit dem eifrigen Lächeln von Leuten, die es nicht gewohnt sind, daß man ihre Gesellschaft sucht. Er blätterte in seinem Skizzenbuch und zeigte Henri seine Bleistiftstudien von Pferden. Bald waren die beiden wie alte Freunde, vollauf beschäftigt mit einer Unterhaltung, die aus Nicken, Lächeln und Gesten bestand.
Für Henri war es ein denkwürdiger Nachmittag. Die Kapelle spielte militärische Weisen, herrliche Pferde sprangen, galoppierten, gingen im Paßgang, und alle Zuschauer klatschten Beifall, wenn die Preisrichter Ehrenbänder und silberne Becher verteilten. Und neben ihm zeichnete der alte Mann immer weiter, unangefochten von dem Lärm um ihn herum.
Nach einer Weile zog der Alte einen kleinen Block aus seiner Tasche. „Magst du zeichnen?“ schrieb er darauf.
Henri las die Frage und antwortete mit einem begeisterten Nicken. Daraufhin reichte Princeteau ihm lächelnd sein Skizzenbuch. Henri begann ein paar trabende Pferde zu zeichnen, und der taubstumme Künstler, der zunächst mit nachsichtigem Interesse zugesehen hatte, starrte bald überrascht, dann in völliger Verblüffung auf die Zeichnung. Ungläubig blickte er den Knaben an, riß mit zitternder Hand den Schreibblock aus der Tasche und kritzelte erregt: „Du zeichnest ungewöhnlich gut.“ Und er unterstrich das Wort „ungewöhnlich“.
Dies war das erste, was Henri seiner Mutter am Abend erzählte, als er in ihr Zimmer stürmte, atemlos vom schnellen Treppensteigen und die Augen noch geweitet von den Erlebnissen des Tages.
„Maman, Maman“, rief er und vergaß, ihr einen Kuß zu geben,

„ich habe einen alten Mann getroffen, einen richtigen Künstler, und der hat gesagt, ich zeichnete ungewöhnlich gut! Das heißt, gesagt hat er es nicht, weil er nämlich nicht sprechen kann. Aber er hat es auf seinen kleinen Block geschrieben. Taub ist er auch ..."

„*Mondieu*, was für ein Durcheinander!" Sie lächelte und zog ihn an sich. Zärtlich strich sie über sein Haar und horchte auf den schnellen Schlag seines Herzens unter der weißen Matrosenbluse. „Komm erst zu Atem, *mon petit*, und gib mir einen Kuß. Du bist die Treppen so heraufgerannt. Und nun erzähl mir von dem alten Mann, der nicht sprechen kann. Fang aber beim Anfang an, bei dem Augenblick, als ich dich heute morgen bei Papas Hotel verließ."

In einem Schwall berichtete er ihr von den Wundern des Tages.

„Und dann fuhren wir nach Pré Catelan, und da war ein König – inkognito", erzählte er wichtig. „Er war mit einer Dame da ..."

„Weißt du denn, was inkognito bedeutet?"

Das sah Maman ähnlich, solche verwirrenden Fragen zu stellen. Kleinlaut schüttelte er den Kopf.

„Es bedeutet, daß jemand seinen Namen oder Titel geheimhält und nicht will, daß man ihn erkennt, weil er sich dessen, was er tut, und der Gesellschaft, in der er sich befindet, schämt."

„Aber die Dame war sehr hübsch!"

Sie brach die verfängliche Unterhaltung ab. „Und was tatet ihr sonst noch?"

Er berichtete ihr von dem Essen im Jockeyklub, den Sensationen des Turniers und von seiner Begegnung mit dem alten taubstummen Maler.

„Er zog sein Büchlein aus der Westentasche und schrieb ‚Du zeichnest ungewöhnlich gut'!" Als seine Mutter nicht sonderlich beeindruckt schien, fügte er hinzu: „Wirklich, Maman, es ist wahr! Er hat sogar das Wort ‚ungewöhnlich' unterstrichen!"

„Das war aber nett von ihm", sagte sie ruhig. „Und was hast du dann noch getan?"

Nun, nach dem Turnier waren sie zu Rumpelmayer gegangen. Er hatte zwei große Rumschnitten und ein Stück Schokoladentorte gegessen. Dann waren sie zum Hotel zurückgegangen, wo Papa sich zum dritten Mal umgezogen hatte. Diesmal hatte er einen Abendanzug an und sah wunderbar aus. Sie hatten dann noch bei Larue diniert.

„Papa bestellte Fasan und eine Flasche Château-Lafite. Er sagte, ich müsse allmählich lernen, die richtigen Weine zu bestellen. Das ist sehr wichtig. Oh, und noch etwas, Maman. Ich soll Fecht- und Tanzstunden nehmen. Papa sagt, die sind wichtiger als Ciceros Reden. Und Bücher seien nur für Frauen."

Das sah Alphonse ähnlich, solche Dinge zu sagen. Warum gaben sich eigentlich alle geistig uninteressierten Menschen solche Mühe, das Wissen verächtlich zu machen und die Unwissenheit auf den Thron zu heben, als sei sie eine großartige Errungenschaft?

Laut sagte sie: „Natürlich, Fechten und Tanzen sind sehr wichtig, aber ein richtiger Gentleman – verstehst du, Henri, ein ganz richtiger Gentleman – kann sehr viel mehr als fechten und tanzen. Er liest Ciceros Reden, lernt Grammatik und Arithmetik und wird wirklich gebildet. So, und nun gib mir einen Kuß und geh rasch ins Bett!"

Einen Augenblick hielt sie ihn in den Armen und preßte ihre Wange gegen seine. Ihr Junge, ihr Riri! Niemand sollte ihn ihr verderben und einen unnützen, albernen Dandy aus ihm machen. Niemand – auch sein Vater nicht.

„Und nun fort mit dir", sagte sie und gab ihm einen Klaps. „Du hast Aufregung genug gehabt für einen Tag. Und vergiß nicht zu beten!"

Irgendwie fand sich im folgenden Herbst Zeit für Fecht- und Tanzstunden.

Jeden Samstagnachmittag ging Henri in Maître Boucicots Schule, wo er ein Paar schwarze Seidenhosen und ein enganliegendes Plastron anlegte, um so vorbereitet in eine der Künste des echten französischen Edelmannes eingeführt zu werden.

Maître Boucicot war trotz seiner Gesichtsfarbe, die rot wie rohes Beefsteak war, ein enthaltsamer Mann, in jeder Hinsicht freundlich und bescheiden außer was seinen Schnurrbart anging. Auf diesen war er unmäßig stolz, und zwar mit Recht. Er maß von der einen gewachsten Spitze bis zur andern ganze dreizehn Zoll und bog sich auf beiden Seiten seines unbedeutenden Gesichts dräuend wie ein Türkensäbel-Paar. Maître Boucicot erhielt dadurch einen Ausdruck von strenger und wilder, wenn auch anziehender Männlichkeit. Wann immer man an ihn dachte, konnte man nicht umhin, an diesen Schnurrbart zu denken; er bestimmte seine ganze Persönlichkeit. Der Anblick, den Maître Boucicot bot, wenn er sein Rapier zum Salut hob, die Brust mit einem langen hörbaren Atemzug schwellte und *„En garrrrrde!“* donnerte, war in der Tat unvergeßlich.

Mademoiselle Alouette hingegen, die Direktorin der *Académie de Danse pour Jeunes Monsieurs et Demoiselles,* war ganz Zerbrechlichkeit und altjüngferliche Grazie. Gott hatte sie flach geschaffen, und die Pocken hatten ein übriges getan. Aber ihre Stimme war honigsüß, und sie hatte eine Art zu lächeln, ohne ihre schadhaften Zähne zu zeigen, die als Quintessenz der Verfeinerung angesehen werden mußte.

Zwei Abende in der Woche fuhr Henri, meistens in Begleitung seiner Mutter, zu Mademoiselle Alouette. Ein wenig steif bewegte er sich vor- und rückwärts, verbeugte sich und lächelte gezwungen zu kleinen Mädchen in gestärkten Kleidern hinüber, während im Hintergrund ein Pianist beflissen auf einem Klavier herumklimperte und Mademoiselle Alouette, in malvenfarbene Seide gehüllt, in die Hände klatschte und die Schritte ansagte.

Da Henri um die Weihnachtszeit verschiedene Tänze, nämlich Polka, Lancier und Quadrille, einigermaßen beherrschte, fand seine Mutter, daß die Ferien sehr geeignet dazu seien, sich einiger gesellschaftlicher Pflichten zu entledigen, indem man eine kleine Tanzgesellschaft gab. Es wurden also Gästelisten zusammengestellt, gekürzt, erweitert, und man stellte erstaunt fest, wie viele Leute man kannte. Dann ließ man Einladungskarten drucken und versenden und engagierte ein Vier-Mann-Orchester. Der Graf hatte in einer großzügigen Anwandlung versprochen, ebenfalls zu erscheinen, und lieh seine beiden Diener und seinen Koch aus, damit sie bei den Vorbereitungen helfen könnten.

Gegen drei Uhr war das Empfangszimmer schon bevölkert. Um vier kamen immer noch Gäste und überfluteten das Wohnzimmer, in dem man ein kaltes Buffet eingerichtet hatte.

Madame Proust erschien in großer Aufregung und bat mit vielen Worten, ihres Gatten Abwesenheit zu entschuldigen. Diese Ärzte waren doch zu unzuverlässig! Immer wurden sie zu den unpassendsten Zeiten abgerufen!

Henri begrüßte seine Mitschüler und deren Angehörige. Sie wechselten ein paar höfliche Worte und benahmen sich um so selbstbewußter, je verwirrter sie durch die Gegenwart ihrer Eltern waren und je unbehaglicher sie sich in den steifen Sonntagskleidern fühlten. Endlich spielte das Orchester zum Lancier auf. Mit roten Köpfen und todernst stürmten die Buben auf ihre Partnerinnen zu, verbeugten sich steif und zogen ihre weißen Wollhandschuhe an. Und dann wurden ernsthaft unter den wohlwollenden Blicken der Eltern die bei Mademoiselle Alouette eingeübten Schritte ausgeführt. Gebührender Applaus belohnte das Ende der Feuerprobe. Wie ein Schwarm Vögel flogen die Kinder aus dem Saal und auf die Anrichte im Nebenraum zu, wo Eiscreme Gebäck und Limonade für sie bereitstanden.

Gegen fünf brachen im Korridor Indianerkriege aus. Vergessen saßen die kleinen Mädchen rings an den Wänden und sahen voller Neid zu, wie ihre Brüder und Vettern einander skalpierten. Um sechs Uhr war alles vorbei.

„Hat es dir gefallen, Henri?“ fragte die Gräfin am Abend.

„Oh, Maman, es war wundervoll. Können wir nicht jeden Weihnachten solch ein Fest haben?“

„Das scheint mir eine ausgezeichnete Idee“, sagte sie lächelnd.

Am nächsten Morgen konnte er nicht aufstehen.

3

„Kopfschmerzen, was? Oh, das sind nur ganz gewöhnliche, häßliche Kopfschmerzen!“

Der Doktor lachte in seinen grauen eckigen Bart. Sie würden diesen Kopfschmerzen schon beikommen. Und auch dem Fieber. Weg damit! Einfach so: pfft!

Er wußte, was man am Bett reicher Kinder von ihm erwarten konnte, und ließ unter den Augen der Gräfin sein ganzes Programm an feststehenden Hantierungen abrollen, fühlte, während er mit ihm plauderte, Henris Puls, sah ihm in den Hals, beklopfte seine Arme und Beine und drückte ihm sein kaltes Ohr auf die Brust.

„Wie ein Comanche, der das Ohr auf den Boden legt und auf ferne Hufschläge lauscht“, dachte Henri schläfrig.

Der Arzt ließ endlich seine schwarze Ledertasche zuschnappen und wandte sich an die Gräfin. Es war nichts, bestimmt nichts Ernstliches. Dennoch gäben ihm ein paar kleine Symptome zu

denken. Ob es ihr recht sei, wenn er heute nachmittag noch einen Kollegen zur Konsultation hinzuziehen würde?
„Es ist gewiß kein Grund zur Beunruhigung, Madame la Comtesse, aber man kann nicht sorgfältig genug sein, nicht wahr? Kinder sind so zarte kleine Organismen."
Der Kollege hatte ebenfalls einen eckigen grauen Bart. Und auch er plauderte mit Henri, während er seinen Puls fühlte, ihm in den Hals sah, sich seine Zunge zeigen ließ und das Ohr gegen seine Brust preßte. Am Schluß der Untersuchung machte er ebenfalls ein bedenkliches Gesicht. Nach einer kurzen geflüsterten Beratung wandten sich die beiden Ärzte an die Gräfin.
„Ihr Kind ist anämisch, madame. Anämie bringt zuweilen, besonders wenn sie mit schnellem Wachstum zusammengeht, merkwürdige Erscheinungen hervor. Indessen ist kein Grund zur Besorgnis gegeben; die Heilquellen von Amélie-les-Bains wirken in derartigen Fällen absolut unfehlbar."
Sie verabschiedeten sich, machten mehrere Verbeugungen, wechselten an der Tür viele „Nach Ihnen!" und verschwanden endlich.
„Offen gestanden, ich weiß nicht, was es ist", bekannte Doktor Proust am selben Abend, „und ich lasse mich hängen, wenn ein anderer es weiß."
Er saß auf dem Bettrand, zog die Stirn in Falten und strich sich gedankenvoll den Bart. Er hatte gerade von Henris Erkrankung gehört und war auf seinem Nachhauseweg rasch zu einem freundschaftlichen Besuch hereingekommen. Da er ein so berühmter Arzt war, konnte er es sich erlauben, die Wahrheit zu sagen.
„Dieses Fieber gefällt mir nicht", murmelte er zu sich selbst, „ich verstehe es nicht." Sehr behutsam legte er Henris Hand wieder unter die Bettdecke. „Versuch zu schlafen, *mon petit*. Schlaf ist immer noch die beste Medizin."
Mit einem Lächeln, das halb ein Seufzer war, stand er auf und wandte sich der Gräfin zu.
„Bringen Sie ihn nach Amélie-les-Bains", sagte er achselzuckend. „Tun Sie es auf jeden Fall. Vielleicht haben sie recht und es ist Anämie. Vielleicht hilft ihm das Wasser wirklich. Schaden kann es jedenfalls nicht."
Während der folgenden Wochen trampelten stämmige Männer in blauen Arbeitskitteln durch die Wohnung und kamen auf Zehenspitzen auch in Henris Zimmer. Sie rollten Teppiche zusammen,

deckten die Möbel zu, nahmen Vorhänge und Bilder ab und brachten die Koffer weg. Papa kam, die weiße Nelke am gewohnten Platz und eine Perle in der Krawatte. „Werd schnell gesund, mein Junge. Und vergiß nicht, im Herbst nach Loury zu kommen." Ein wenig verlegen zog er ein dünnes, in Leder gebundenes Buch hervor. „Ich hab dir dies kleine Taschenbuch der Falkenjagd mitgebracht. Es wird dir sicher Spaß machen. Du kannst es lesen, wenn es dir wieder besser geht."

Vater Mantoy sprach vor, lächelte Henri zu, überreichte ihm eine geweihte Medaille und wünschte ihm im Namen der Schule baldige Genesung.

Und natürlich kam Blutsbruder Maurice, sogar in Begleitung seiner Mutter.

„Du denkst doch immer an Kanada, nicht?" flüsterte er, als sie einen Augenblick allein waren.

Henri nickte schwach mit dem Kopf. Sie gaben sich die Hand und erneuerten, mit Mühe die Tränen unterdrückend, den heiligen Eid. Mühsam stützte Henri sich auf den Ellenbogen und spuckte auf den Fußboden. Damit war der Eid für immer und ewig besiegelt. Maurice versprach, jede Woche zu schreiben. Er brach in lautes Schluchzen aus und klammerte sich am Bettpfosten fest, als seine Mutter ihn holen wollte. Sie mußte ihn mit Gewalt aus dem Zimmer bringen.

Das Grand Hôtel von Amélie-les-Bains war fast leer, als sie ankamen. Von seinem Bett aus konnte Henri die weißen Berggipfel der Pyrenäen sehen. Eine unbeschreibliche Traurigkeit lag über dem berühmten Badeort, so als habe jeder Kranke, der jemals dorthin gekommen war, sein Teil Schmerzen und Enttäuschungen zurückgelassen. Einmal fühlte Henri sich kräftig genug, um mit seiner Mutter in dem von Plüsch und Gold strotzenden Speisesaal zu essen, wo die wenigen Gäste sich tapfer bemühten, eine gewisse Heiterkeit zu zeigen. Nach dem Essen versuchten sogar einige zu tanzen. Aber sie waren krank, schwer krank sicher, denn sonst wären sie nicht im tiefsten Winter hier gewesen. So wankten sie bald an ihre Tische zurück, während das Orchester weiter Tänze spielte, was völlig spukhaft wirkte.

Neue Ärzte untersuchten Henri. Wie ihre Pariser Kollegen machten sie joviale Bemerkungen, klopften ihm die Wangen, maßen

seine Temperatur und machten verlegene Gesichter. Hinter verschlossenen Türen hatten sie ausgedehnte Besprechungen mit seiner Mutter, die nach solchen Konferenzen weiße Lippen und ein schmerzverzerrtes Gesicht hatte.
Dann plötzlich war er gesund.
Völlig gesund. Alles normal. Das Fieber wie weggeblasen – pfft! Das schreckliche Sausen im Kopf – pfft! Eine geheimnisvolle Genesung, nicht minder rätselhaft als die Krankheit. Wieder erschienen die Ärzte, diesmal triumphierend lächelnd. Sie hatten es ja gewußt, daß das Wasser von Amélie-les-Bains ihn heilen würde. *Miraculeuse, madame!* Das war es wirklich, dieses Wasser: wundertätig.
Die Gräfin meinte, daß die warme Sonne der Riviera seine Genesung beschleunigen werde. Schon sprachen sie davon, daß sie nach Ostern nach Paris zurückkehren könnten.
„Ich werde doppelt soviel arbeiten und meine Klasse bestimmt einholen“, versprach Henri. Er schrieb einen langen überschwenglichen Brief an Maurice.
Kurz nach dem Karneval kamen sie in Nizza an. Noch lag überall auf den Bürgersteigen Konfetti verstreut und hingen bunte Papierschlangen in den Platanen der Avenue de la Gare. Die Wintersaison war in vollem Gange: mindestens drei russische Großfürsten, ein ganzer Sprühregen amerikanischer Millionäre und diverse mehrzackige Grafen hielten sich in der Stadt auf, alle mehr oder weniger inkognito. Im Garten des Grand Hôtel de Cimiez blühten die Mimosen, und ihr Duft erfüllte Henris Zimmer. Es war herrlich, wieder gesund zu sein, morgens erfrischt aufzuwachen, barfuß in Mamans Zimmer zu laufen, auf ihr Bett zu klettern und ihr zu sagen, wie wohl er sich fühle, was für einen Hunger er habe und was für ein schöner Tag es sei für eine Ausfahrt auf der Promenade des Anglais.
Das Frühstück war ein weiteres Entzücken. Man saß zusammen mit Maman, die in ihrem weißseidenen Morgenrock wieder jung und glücklich aussah, auf der Loggia, sah die Sonnenflecken auf dem roten Ziegelfußboden, hörte die Vögel in den Bäumen zwitschern und blickte weit hinaus auf die Baie des Anges, die zwischen den Palmen glitzerte und strahlte, als sei ein Scheffel Diamanten auf einen blauen Teppich ausgestreut worden. Sie war schön wie ihr Name: die Bucht der Engel.

Um zehn kam der neu engagierte Privatlehrer. Er war nett und sah sehr verhungert aus. Er schien es auch tatsächlich zu sein, denn eines Tages hatte er mit ihnen gefrühstückt und dabei fast seinen Teller mit verschlungen.
Am Nachmittag die Fahrt mit Maman auf der Avenue des Anglais. An ihnen vorüber rollten Viktorias, Landauer, Tilburies und Dogcarts mit eleganten Damen, die selber fuhren, die Peitsche knallen ließen und mit der Zunge schnalzten, während ihre livrierten Kutscher unbeweglich wie Götzen mit verschränkten Armen auf dem Rücksitz saßen. Sie gaben nachher im Hotel herrliche Objekte für Tuschzeichnungen ab.
Plötzlich war das Fieber wieder da. Ebenso das Sausen im Kopf. Ohne jede Warnung, aus keinem erkennbaren Grund. Vorbei war es mit dem morgendlichen Gerenne in Mamans Zimmer, mit dem Frühstück auf der Loggia, mit den Fahrten die Promenade des Anglais entlang.
Wieder kam ein neuer Arzt. Dieser scherzte nicht, aber er machte wie die anderen nach der Untersuchung ein bedenkliches Gesicht. Dann bat er auch, einen Kollegen hinzuziehen zu dürfen. Sie flüsterten lange miteinander, nickten mit den Köpfen und strichen ihre Bärte. Eine ausgesprochene Schwäche, lautete schließlich ihre Diagnose. Hochgradige Anämie mit Fieberanfällen. Nichts Ernstliches natürlich, aber doch immerhin nicht ganz leicht zu nehmen. Wieder rieten sie zu Heilbädern. Diesmal zu Barèges.
Und so reisten Henri und seine Mutter nach Barèges. Hier nahmen die Dinge wieder den gleichen Verlauf. Kurz nach der Ankunft besserte sich sein Befinden; er konnte im Hotelgarten herumgehen und mit seiner Mutter im Jardin Public sitzen, wo die Stadtkapelle jeden Nachmittag ein Konzert gab.
Dann waren plötzlich wieder ohne Warnung die merkwürdigen Symptome da. Er mußte sich ins Bett legen, und vorbei war es mit der Hoffnung, bald nach Fontanes zurückzukehren und seine Klasse einzuholen.
„Die Quellen von Plombières, Madame la Comtesse, werden Wunder tun“, sagten die Ärzte. „Oh, Sie kennen das Wasser von Plombières nicht . . .“
Also reisten sie nach Plombières. Dann nach Evian. Einige Monate später nach Guyon. Dann zurück nach Nizza. Dann nochmals nach Amélie-les-Bains. Irgend jemand riet zu Lamalou-les Bains, und

so wurde auch das versucht. Dann zum zweitenmal Guyon, Barèges ein zweitesmal, Amélie zum drittenmal. Als die Hoffnung geringer wurde, besuchten sie unbekanntere, abseitige Bäder, weil sie glaubten, dort vielleicht Heilung zu finden. Aber überall verlief die rätselhafte Krankheit in derselben Weise. Auf kurze Zeiten der Besserung folgten immer länger andauernde Rückfälle.
Allmählich war Henri fast völlig ans Bett gefesselt.
Das Leben wurde nun ein zielloses, verzweifeltes Wandern auf der Suche nach Gesundung, eine Folge sich gleichender Hotelzimmer, beflissener Hotelwirte und ratloser Ärzte.
Die Monate wurden zum Jahr.
Und noch ein weiteres Jahr verging so.
Wie ein Schiff, das am Horizont verschwindet, trat Fontanes in die Vergangenheit zurück. Der Boulevard Malesherbes, die teppichbelegten Treppen, der Parc Monceau, die Indianerkämpfe, die Tanzgesellschaft: alles wurde schattenhaft und unwirklich. Die einzigen Wirklichkeiten waren das Bett, das Fieber, das Thermometer, die Ärzte, der mit Medizinflaschen bedeckte Nachttisch und das ständige Sausen in den Ohren. Und, natürlich – Maman! Maman, die mit blassem Gesicht und müden Augen immer an seinem Bett saß, lächelnd, beobachtend, betend ...
Länger als ein Jahr schrieb Maurice jede Woche einen Brief. Leidenschaftlich hielt er fest an dem kanadischen Plan und unterzeichnete seine Briefe „Dein Trapper-Kamerad und Blutsbruder auf Leben und Tod". Allmählich wurden seine Briefe seltener, und schließlich blieben sie ganz aus. Was sollte er auch noch schreiben?
Endlich mußten sie einsehen, daß es keinen Zweck mehr hatte, Heilquellen auszuprobieren, Bäder zu besuchen, Ärzte zu konsultieren. Zwei Jahre nach ihrer Abreise von Paris kehrten sie zurück – nach Hause ins Schloß.

Die Befestigungen, die eckigen Türme, die muffigen Gerüche, die riesigen Kamine, die Bücherei, in der die eisengepanzerten Toulouse-Lautrecs finster aus ihren Goldrahmen niederblickten: alles war, wie es immer gewesen war. Nichts hatte sich verändert, außer Tante Armandine, die sich eine neue brünette Perücke zugelegt hatte und zehn Jahre jünger aussah. Im Garten waren Schmetterlinge, die langen Korridore lockten zum Spielen, und Tambour wartete noch immer in seinem Stall.

Aber Henri war jetzt zu schwach zum Reiten, Versteckspielen oder Schmetterlingsjagen. Er war sogar zu schwach zum Zeichnen, der Bleistift wog zentnerschwer. Wenn er von seinem Zimmer zur Terrasse ging, mußte Joseph oder Maman ihn stützen.
Im Juni indessen fühlte er sich so viel besser, daß sie voller Hoffnung und Mut nach Celeyran fuhren. Auf der Reise schwatzte er unaufhörlich mit Annette und brachte sie dazu, provençalische Balladen zu singen. Auf dem Kutscherbock vorn saß Joseph und knallte fröhlich mit der Peitsche. Es war ein herrlicher Tag. Durch das Fenster sah er die vorübergleitenden Wiesen, die aussahen, als seien sie ganz frisch grün angemalt worden.
Wie gewöhnlich wartete Grandpère auf der Freitreppe. Als der Wagen in die Auffahrt einbog, winkte er mit dem Taschentuch und eilte die Stufen herunter wie in alten Tagen. Aber wie verändert war er doch, der arme Grandpère! Seine Backen hingen schlaff, und er war alt und mager geworden, so daß die Brokatweste viel zu weit für ihn schien. Er versuchte einen heiteren Willkommensgruß, aber als er zum Sprechen ansetzen wollte, zitterten seine Lippen, die Stimme brach, und eine oder zwei Sekunden lang sah es so aus, als werde er zusammenbrechen und anfangen zu weinen.
Am nächsten Morgen kam er wie gewöhnlich in Henris Zimmer und ließ sich auf dem Bettrand nieder.
„Wie geht es dir heute morgen, *mon petit?*“ flüsterte er heiser. „Hast du gut geschlafen? Wie fühlst du dich?“
Da war er also wieder mit seinen Fragen! „Oh, ich fühl mich gut, Grandpère. Könnten wir nicht heute morgen nach der Kelterei fahren?“
„Warum nicht? Wir können alles tun, was wir mögen. Und du kannst dein Skizzenbuch mitnehmen.“ Etwas von der alten Schalkhaftigkeit schwang in seiner Stimme, und einige Minuten lang plauderte er angeregt weiter. Dann beugte er sich plötzlich vor und ergriff Henris Hand.
„Du wirst jetzt doch wieder ganz gesund, was, *mon petit?* Bestimmt wirst du gesund, nicht wahr?“
Er sprach die Worte abgerissen und stoßweise, während große Tränen aus seinen rotumränderten Augen tropften und an seiner Nase entlangliefen.
„Bitte, mein Kleiner, werd gesund, bitte!“ Das letzte „Bitte!“ ging in Schluchzen unter.

Verzweifelt starrte er durch den Tränenschleier auf seinen Enkel. Nein, er würde nie wieder gesund werden. Wenn man nur dieses abgemagerte Gesichtchen, diese dünnen Handgelenke und diese großen fieberglänzenden Augen ansah, wußte man Bescheid. Er hätte nie geboren werden dürfen. Er war zu edel, zu überzüchtet. Der Hausarzt war damals deutlich genug gewesen. „Léonce, ich warne Sie, lassen Sie Adèle nicht den Grafen Alphonse heiraten. Sie sind Vetter und Base." Aber die Verlockung, als Enkel einen Grafen von Toulouse zu haben, der wie ein König seinem Vornamen eine Zahl beifügen konnte, war zu groß gewesen ...
„Bitte, Grandpère, weine nicht. Ich fühle mich ganz gut. Wirklich!"
Die kleine Stimme brachte den alten Herrn von seinen Gedanken ab.
„Natürlich, natürlich!" Er zwang sich zu einem Lächeln. „Du wirst schon wieder gesund werden. Paß auf, bald kannst du wieder auf deinem Pony sitzen, und dann reiten wir wieder zusammen aus."
Hastig beugte er sich zu seinem Enkel nieder, küßte ihn auf die Stirn und floh aus dem Zimmer.
Der Besuch von Celeyran wurde plötzlich abgebrochen. Henris Befinden hatte sich nicht gebessert, war eher schlimmer geworden. Auf der Rückfahrt zum Schloß lehnte er sich in einem Dämmerzustand zwischen Schlafen und Wachen fest an seine Mutter. Hin und wieder öffnete er die Augen, lächelte matt und zeigte auf die blühenden Kirschbäume am Wege. Auf dem Sitz gegenüber war Annette eingeschlafen, ihre Haube hüpfte auf und nieder bei den Stößen des Wagens.
Abends überzog sich der Himmel mit einem blassen Grün, gegen das sich in der Ferne die dunkelgrauen Hügel von Albi wie lagernde Elefanten abhoben.
Drei Tage später geschah das Unglück.
In der Bücherei des Schlosses ... Die Gräfin nimmt ein Buch aus dem Regal, und einen Augenblick lang ist Henri unbeobachtet. Er steht auf aus seinem Stuhl, macht einige Schritte auf sie zu, strauchelt und rutscht auf dem blank gebohnerten Boden aus. Seltsamerweise kann er nicht wieder aufstehen ...
„Das Bein ist gebrochen, Madame la Comtesse", erklärte ein wenig später der Arzt, als er die Schiene umwickelte. „In einem Monat wird es wieder in Ordnung sein."

Einen Monat später war nichts in Ordnung. Die Bruchstelle war nicht verheilt.
„Sehen Sie, Madame la Comtesse, es handelt sich um einen jener komplizierten Brüche, die einen Spezialisten erfordern. In Barèges gibt es hervorragende Spezialisten. Und außerdem sind natürlich die dortigen heißen Schwefelquellen außerordentlich wirksam. Nichts läßt sich mit ihnen vergleichen, wenn es sich darum handelt, die Widerstandskraft zu stärken. Und das ist es, was dem jungen Herrn not tut. Er ist schwach, Madame, außerordentlich schwach. Darum ist der Bruch nicht verheilt."
Wieder einmal reisten sie nach Barèges, und wie zum Hohn erfüllte sich die Voraussage des Arztes. Der Bruch heilte. Zwei Monate nach seiner Ankunft konnte Henri aufstehen und sich auf Krücken mühsam durchs Zimmer bewegen. Bald war er sogar imstande, kleine Spaziergänge zu machen. Dann ... Es war an einem Sonntagnachmittag, und sie gingen im Jardin Public spazieren. Die Stadtkapelle schmettert die „Sambre-et-Meuse", Gendarmen schlendern, den Daumen im Gurt, durch die Menge und summen die Melodie mit. Die Gummispitzen von Henris Krücken hinterlassen kleine runde Vertiefungen im Sand der sauber geharkten Wege. An einem winzigen Kiesel, nicht größer als eine Erbse, rutschen plötzlich die Krücken ab ...
„MAMAN –"
Lang schlägt er hin. Diesmal sind beide Beine gebrochen.
Von nun an verließ ihn der Schmerz nicht mehr. Tag und Nacht quälte er ihn, pochte, stieg und fiel, erhob sich wie ein Wind, der zuweilen anwuchs zu einem Orkan des Leidens, unter dem sich sein Gesicht verzerrte und seine Augen glasig wurden. Er nannte diese Krisen für sich „Attacken". Sie dauerten etwa eine Minute und begannen mit unkontrollierbarem Zittern der Hände und Klappern der Zähne. Gradweise nahm der Schmerz zu, zerriß jede Sehne, jedes Muskelband in seinen Beinen und Lenden, krümmte seine Wirbelsäule, stieß ins Gehirn und durchdrang seinen Schädel bis zum Bersten. Auf dem Gipfel der Qual verfiel sein Körper in eine Art Agonie, in der seine Schreie zu einem gurgelnden Rasseln erstickt wurden und seine Augen sich so verdrehten, daß nur noch das Weiße zu sehen war. Einige Sekunden lang lag er bewußtlos, mit verzerrtem Mund, die Nägel tief in die Hände seiner Mutter gegraben. Dann ebbte der Schmerz ab, und nach

einigen letzten zupackenden, gleichsam elektrischen Zuckungen kehrte Leben in seine Augen zurück, strömte Luft in seine Lungen und entspannten sich seine Finger. Matt lächelte er seiner Mutter zu, wenn sie sich über ihn beugte und den Speichel abwischte, der ihm aus den Mundwinkeln rann. Die „Attacke“ war vorüber.

Der Schmerz wurde nun zu einem gleichförmigen dumpfen Pochen, das durch den Kontrast zu den eben erlittenen Leiden beinahe unbedeutend erschien. Henri lag regungslos da und betrachtete seine Mutter, die in hilfloser Qual auf ihn niederblickte. Manchmal wechselten sie ein paar Worte, manchmal küßte sie ihn oder strich ihm über die Stirn.

Dann fing das Zittern von neuem an, sein Atem wurde wieder schneller ...

Wieder wurden Ärzte konsultiert. Aber sie lächelten nicht mehr. Sie brachten den Geruch von Chloroform mit und hielten blitzende Instrumente in den Händen. Und sie operierten und schnitten, bis ihm das Haar zu Berge stand und seine Schreie die Menschen im Hotelgarten aufstörten. Zuletzt hatte er keine Kraft mehr zum Schreien und fiel in eine wohltätige Ohnmacht. Nur seine Lippen bewegten sich weiter in einem monotonen Gewimmer. „Maman ... Maman ... Maman!“

Nach vier großen Operationen teilten die Spezialisten der Gräfin mit, daß der Mangel an Kalk und anderen Mineralien in Henris Knochen ihre Bemühungen zunichte mache. „Seine Knochen müssen gekräftigt werden ... Die Heilquellen von Royan, madame, tun in solchem Fall Wunder ...“

Wieder begannen die schmerzvollen Wanderungen. Royan, Châtel-Guyon, Mont Dore, wieder Plombières, wieder Barèges, wieder Evian ...

Henris Beine lagen jetzt in Gipsverbänden. Das Reisen war eine mühsame Prozedur geworden, ein unaufhörliches Überführen von Streckbett zu Streckbett. Es war immer das gleiche: er wurde von weißgekleideten Krankenwärtern aus dem Bett gehoben, vorsichtig die Hintertreppe des Hotels hinuntergetragen und einer wartenden Ambulanz übergeben, zum Bahnhof gefahren, in ein Abteil gehoben und dann, viele Stunden später, auf einem ähnlichen Bahnhof einer anderen Ambulanz übergeben, in ein anderes Hotel gefahren, in ein anderes Zimmer getragen, in ein an-

deres Bett gelegt, wo dann der Schmerz, derselbe alte Schmerz von neuem über ihn herfiel.
Die Ärzte rieten dies und jenes. Ein berühmter Chirurg erklärte, daß alle früheren Operationen eine Pfuscherei gewesen seien, und bestand darauf, die Knochen wieder zu brechen und nochmals eine Operation vorzunehmen, – die Henri aber wieder nur Agonien einbrachte und sich gleichfalls als nutzlos erwies. Drei Monate lang behandelte ihn ein berühmter Spezialist mit einer neuen Methode, der Elektrotherapie; ein anderer garantierte für Erfolg durch Massage. Henri wurde in heiße Schwefelbäder gelegt, seine Beine und Hüften wurden massiert, alles wurde versucht, und alles schlug fehl.
Die Ärzte kamen allmählich seltener. Wenn sie kamen, gaben sie ein Gemurmel mit vielen Fachausdrücken von sich und machten ernste, bedeutende Gesichter. Das war ihre Art, eine Niederlage zuzugeben.
Mit der Zeit schien die Krankheit selbst ihrer Exzesse überdrüssig zu werden und begnügte sich mit einem gleichbleibenden dumpfen Schmerz, der für Henri zu einem festen Bestandteil des Lebens wurde. Er gewöhnte sich an den Schmerz als Gefährten, so wie einer, der an der See lebt, das Rollen der Brandung gewohnt wird, das einmal stärker, einmal sanfter, aber immer da ist. Gelegentlich kehrten die Attacken noch wieder, aber sie wurden im Laufe der Monate seltener.
Auf diese Weise verging ein Jahr.
Schließlich zwang sich Henri und seiner Mutter die Erkenntnis der Unheilbarkeit auf. Sie vermieden einer des andern Blicke, um ihre Gedanken nicht zu lesen. Er sagte sich, daß er nie wieder gehen können, nie mehr das Bett verlassen würde. Rückblickend erschienen ihm nun die Krücken, mit denen er sich in Barèges mühsam vorwärtsbewegt hatte, als Stützen einer berauschenden, unerreichbaren Freiheit. Er versank in eine tiefe Hoffnungslosigkeit: sein ganzes Leben würde er im Bett verbringen müssen, im Geist würde er Bilder an die Zimmerdecke malen und die Tageszeit aus dem sich verändernden Stückchen Himmel im Fenster erraten. Wenn er noch einmal an Fontanes, an den Tag des Schulbeginns, an Maurice, an die Indianerkriege zurückdachte, so waren es ganz verschwommene Erinnerungen, so als sei all das nur ein Traum gewesen. Die Vergangenheit war unwichtig geworden –

und nichts reichte in diese Gegenwart hinein. Nur Maman blieb wirklich. Ihr Gesicht war das Letzte, was er sah, wenn der Schlaf zu ihm kam, und das Erste, wenn er erwachte. Immer war sie da, in stillem verzweifelten Gebet.
Er war jetzt vierzehn. Die Schmerzen hatten sein Gesicht verändert. Es hatte eine wachsbleiche Farbe, die Nase war scharf herausgemeißelt und die Haut sehr durchsichtig und zart. Aber sonst war er unverändert. Seitdem sie vor fast fünf Jahren Paris verlassen hatten, war er nicht mehr gewachsen. Er hatte noch die Gestalt des kleinen Fontanes-Schülers, der er gewesen war. Zuweilen betrachtete seine Mutter traurig den kleinen Brustkasten, die zerbrechlichen Gelenke, die dünnen Arme und fragte sich, ob er wohl für immer ein Kind bleiben würde.

In Nizza geschah das Wunder. Wieder einmal wohnten sie im Grand Hôtel de Cimiez, wo er seine erste Besserung erlebt hatte. Vom Bett aus konnte er den vertrauten Duft der Mimosen wahrnehmen, der aus dem Garten heraufstieg.
„Maman, Maman", rief er eines Morgens, als seine Mutter ins Zimmer trat, „ich habe heute nacht keine Schmerzen in meinen Beinen gehabt! Und sie tun jetzt auch nicht weh. Und" – er stockte, als scheue er sich vor der Ungeheuerlichkeit der Mitteilung –, „und ich habe heute morgen überhaupt kein Fieber!"
„Kein Fieber!" Sie wußte, daß er gelernt hatte, seine Temperatur genau abzuschätzen, aber sie wagte noch nicht zu hoffen. „Woher weißt du das?"
„Du wirst schon sehen", sagte er lächelnd.
Sie versuchte, ihre Bewegung zu verbergen, als sie das Thermometer ablas. Es stimmte: er hatte kein Fieber. Der erste fieberfreie Morgen in zwei Jahren! Ihr Herz klopfte wie rasend.
„Wir müssen bis heute abend warten", sagte sie mit aller Ruhe, zu der sie sich zwingen konnte. „Was möchtest du zum Frühstück, *mon petit?*"
Am Abend hatte er auch kein Fieber. Am nächsten Morgen waren seine Augen klar, sein Gesicht kühl, und er strahlte sie an, als sie hereinkam.
„Entschieden eine Besserung", erklärte der Arzt vorsichtig ein paar Tage später, indem er mit dem Pincenez in seine linke Hand klopfte, um seine Verlegenheit zu verbergen.

In der folgenden Woche machte die Heilung Fortschritte, „gute, in der Tat bemerkenswert gute Fortschritte". Zum erstenmal schienen die Bruchstellen auszuheilen. Gegen Ende des Monats sprach der Arzt davon, daß man die Schienen entfernen könne. Noch wagten Henri und seine Mutter nicht zu glauben oder ihre Hoffnungen auszusprechen. Sie lächelten sich nur an und fühlten sich wie durch ein wunderbares Geheimnis verbunden.

Dann kam der Tag, an dem der Arzt die Gipsverbände entfernte und die Kur für beendet erklärte. Natürlich würden die vielfach gebrochenen Beine niemals stark und kräftig werden, aber Henri würde gehen können. Zunächst an Krücken. Später dann, wer weiß? Vielleicht normal wie jeder andere. Schlimmstenfalls am Stock.

„Ja, Madame la Comtesse, das kann man wirklich eine wunderbare Heilung nennen", sagte der Arzt, der seine Tasche aufnahm und sich anschickte zu gehen. „Einstweilen hat der junge Herr nichts weiter zu tun als zu essen und zu schlafen, so viel er nur kann. Die geheimnisvollen Kräfte der Jugend werden ihr Werk tun und seiner erschöpften Konstitution Gesundheit und Kraft zurückgeben. Es würde mich nicht überraschen, wenn er in Kürze auch wieder anfinge, das Wachsen nachzuholen."

Als der Arzt gegangen war, fielen Henri und seine Mutter sich schluchzend in die Arme, murmelten unzusammenhängende Worte, klammerten sich aneinander und lauschten auf das wilde Hämmern ihrer Herzen.

Jetzt vergingen die Tage schnell. Die Mutter las ihm vor oder stellte das Schachbrett auf seinem Bett auf, und sie spielten grübelnd und sich aufregend über jeden Zug, selig wie Kinder. Dann wieder stützte sie ihn mit vielen Kissen, brachte seine Zeichensachen und saß geduldig für zahllose Porträts. Und immer wieder überredete sie ihn, noch ein Stückchen Huhn, noch eine Scheibe Brot, noch einen Löffel Eiercreme zu nehmen.

Nachmittags kramte sie zum Zeitvertreib manchmal Erinnerungen aus ihrer Kindheit aus, aus den Jahren, die sie im Kloster zum Heiligen Herzen in Narbonne verbracht hatte. Eines Tages erzählte sie ihm von ihrer Freundschaft mit Angélique. „Wir waren unzertrennlich, aber kurz nachdem sie das Kloster verlassen hatte, heiratete sie einen Marineoffizier. Ich habe seit vielen Jahren nichts mehr von ihr gehört ..."

Henri lebte wie in einem Traum. Seine Beine waren wieder frei und lebendig! Er konnte zeichnen, er konnte sich bewegen, er würde wieder gehen lernen. Was das bedeutete, konnte keiner richtig verstehen. Dafür gab es keine Worte, es war wortlose Seligkeit. Wer begriff dieses überwältigende Glücksgefühl, daß man die Zehen bewegen, die Beine beugen konnte, daß man das Blut durch die Glieder strömen fühlte? Wie ein Füllen, das sich im Klee wälzt, drehte und wendete er sich im Bett aus reiner Freude an der Bewegung. Aber das Schönste von allem war, daß Maman wieder froh und glücklich aussah, so glücklich, daß sie zuweilen die Lider senkte, als ob niemand das Recht habe, von diesem Glück zu wissen.

Wie der Arzt vorausgesagt hatte, begann er auch wieder zu wachsen. Aber das Wachstum beschränkte sich auf die obere Hälfte des Körpers. Seine Brust dehnte sich und die Schultern wurden breit, während die Beine unverändert blieben, kindlich, unentwickelt, ohne Haare und bedeckt mit roten Narben.
Wie eine Maske, die von unsichtbarer Hand entfernt wird, verschwand die Kindlichkeit aus seinem Gesicht. Seine schmale Nase wuchs sich zu einem formlosen Fleischklumpen aus mit gewaltigen Nüstern. Die Lippen schwollen an und wurden dunkelrot, als ob sich ein inneres Gewebe hervorstülpe. Seine Sehkraft ließ nach, und er mußte starke Gläser tragen. Das Pincenez an seidener Schnur wurde ein Teil von ihm; es war das Letzte, was er am Abend ablegte, das Erste, wonach er am Morgen griff. Die Stimme verlor den knabenhaften Klang, und schwarzer Flaum sproßte auf seinem Gesicht, auf Armen und Brust. Vor weniger als einem Jahr hatte er wie ein Kind ausgesehen; jetzt sah er aus wie ein Mann. Die Natur hatte in der Eile das Jünglingsalter übersprungen.
Mit ungläubigem Entsetzen sah seine Mutter ihn sich verwandeln in ein Monstrum, halb Mann, halb Kind. Auf ihre leidenschaftlichen Fragen antworteten die Ärzte, daß irgendein unbekannter Drüsendefekt dieses unausgeglichene, einseitige Wachstum verursache. Sie schüttelten die Köpfe und murmelten Worte des Bedauerns. Die Wissenschaft sei machtlos, erklärten sie.
Zum erstenmal verließ sie der Mut, und es überfiel sie panisches Entsetzen. Sie hatte sich damit abgefunden, ein bettlägeriges,

selbst ein verkrüppeltes Kind zu haben; auf einen mißgestalteten, kurzsichtigen Zwerg, lächerlich und mitleiderregend zugleich, war sie nicht gefaßt.

In der Nacht, wenn er eingeschlafen war, beugte sie sich über ihn, forschte in dem unvertrauten bärtigen Gesicht nach einer Spur von dem reizenden Kind, das er gewesen war, und biß sich auf die Lippen, um die Tränen niederzukämpfen. Konnte dieses Wesen ihr Sohn sein, ihr Riri, der auf dem Rasen des Schlosses mit ihr getobt hatte und nach der Schule leidenschaftlich in ihre Arme gestürzt war? Was hatte er getan, daß dies über ihn kommen mußte?

Sie schrieb an den Grafen, und er kam sofort. Sein Gesicht war grau, als er Henris Zimmer betrat. Sprachlos stand er einen Augenblick in der Tür.

„Papa!“ rief Henri vom Bett her. „Ich kann bald wieder gehen. Der Doktor sagt, ich werde wieder gehen. Sieh! Kein Gipsverband mehr!“ Er schlug die Bettdecke zurück.

Der Graf begriff nichts. Wer war dieser fremde Mensch, dieser abstoßende bärtige Zwerg mit dem absurden Pincenez? Das konnte nicht sein Sohn sein! Sein einziger Sohn, der Letzte des Geschlechts.

„Ich habe gar keine Schmerzen mehr. Und der Doktor sagt ...“

Der Graf ging ein paar Schritte auf das Bett zu und starrte Henri mit weiten, verständnislosen Augen an.

„Mein armes, armes Kind“, stöhnte er.

Dann drehte er sich um und stürzte aus dem Zimmer. Kurz darauf fiel die Haustür ins Schloß.

„Warum ist Papa so schnell wieder weggegangen?“ fragte Henri seine Mutter, als sie leise ins Zimmer kam.

„Du weißt, Papa hat es immer sehr eilig.“ Sie machte sich mit den Kissen zu schaffen. „Er kommt sicher bald wieder.“

Er fühlte, daß sie ihn belog, und als sie ein paar Tage später erwähnte, der Graf sei plötzlich nach Paris zurückgerufen, sagte er nur: „Ja, ich weiß, Papa ist immer sehr beschäftigt, nicht wahr?“

Eines Morgens fragte er sie gerade heraus: „Glaubst du, daß meine Beine bald anfangen werden zu wachsen?“

„Deine – deine Beine? Natürlich werden sie das – mit der Zeit. Sie haben so lange in Gips gelegen, daß die Muskeln mehrere Monate brauchen werden. Vielleicht in ein oder zwei Jahren ...“

Er bemerkte ihre Unsicherheit und fragte nie wieder.
Schon seit längerem durfte er aufstehen und sich auf der Loggia sonnen. In der Ferne sah er genau wie vor sechs Jahren zwischen den Palmen die Baie des Anges glitzern. Wie damals hörte er dem Gezwitscher der Vögel und dem Zirpen früher Zikaden zu. Im Garten unten war lebhafte Bewegung. Königin Viktoria weilte im Hotel. Gelegentlich erspähte er ihre untersetzte, in Trauerkleider gehüllte Gestalt, wie sie zur täglichen Ausfahrt in ihren Wagen stieg.
„Der Arzt meint, in zwei bis drei Wochen wirst du kräftig genug sein zum Spazierengehen. Dann können wir auch wieder ausfahren", sagte seine Mutter. „Du brauchst einige neue Anzüge."
Ein Schneider wurde bestellt und sorgsam instruiert. Er verriet sein Erstaunen mit keinem Wimpernzucken, als er Henris Zimmer betrat. Mit einem Gesicht, das in Lächelfalten gebügelt war, ging er an seine Arbeit und nahm Henris Maße, als würde er jeden Tag aufgefordert, Anzüge für bärtige Jünglinge mit athletischen Schultern und verkümmerten Beinen zu machen.
Bald danach machten Henri und seine Mutter Ausflüge in die hügelige Umgebung von Nizza. Sie fuhren die Grande Corniche entlang und über die duftenden, sonnengesprenkelten Wege von Cap Ferrat.
Henri schien es, als sei er neu geboren. Hinter dem Pincenez glänzten seine Augen vor Erregung.
„Sieh, Maman, sieh doch!" rief er immer wieder.
Manchmal überwältigte ihn die Glückseligkeit. Dann stiegen ihm Tränen in die Augen, und er ergriff ihre Hand, hielt sie fest oder preßte sie gegen seine Wange.
Einmal kamen sie bis Mentone, von wo sie den Rokokobau der Kathedrale von San Remo im Dunst der italienischen Riviera sehen konnten.
„Dorthin müssen wir einmal reisen, du und ich", sagte er. „Nach Italien."
Während der Rückfahrt schwiegen sie. Als sie an Beaulieu vorüberkamen, hörten sie das Angelusläuten. Im Zwielicht standen die schwarzen Zypressen gegen das opalfarbene Meer wie Beter in spitzzipfligen Kutten.
Allmählich dachten sie an Heimkehr. Aber sie mochten beide nicht ins Schloß zurückkehren. Zu viele Erinnerungen gab es dort für sie.

Eines Morgens setzte die Mutter sich auf den Bettrand und blickte ihn lange an. Ihm schien, er habe sie nie, selbst in den Tagen der Attacken nicht, so erschöpft, abgespannt und traurig gesehen. Ihr schönes tizianrotes Haar war stumpf und braun geworden, unter ihren Augen lagen die Schatten der Schlaflosigkeit, und um den Mund hatten sich Falten des Grams eingekerbt.
„Riri, die Ärzte sagen, du bist gesund. Sie haben alles getan, was sie konnten. Wenn du willst, können wir nach Paris zurückgehen ..."
Sie konnte nicht weitersprechen. Sie fiel über das Bett und preßte ihr Gesicht in die Kissen. Er konnte nur den weißen Streifen des Nackens sehen und ihren Rücken, der im Weinen zuckte.

4

„Ich bin stolz auf dich, Henri."
„Wirklich, Maman?"
„Ja, Riri, sehr stolz." Zärtlich blickte sie von ihrem Platz am Kamin zu ihm hinüber. Er hatte sich nicht verändert: immer würde er nach Anerkennung hungern – wie der kleine Schuljunge, der angelaufen kam, um ihr sein Ehrenkreuz zu zeigen. „Offen gestanden, ich habe nicht geglaubt, daß du es fertigbringen würdest, soviel verlorene Zeit aufzuholen."
„Das weiß ich, und darum habe ich so gearbeitet", sagte er mit spitzbübischem Lachen. „Du weißt natürlich, daß ich dieses alberne Examen nur deinetwegen gemacht habe. Mir persönlich ist es völlig gleichgültig, ob ich nun ein ‚Akademiker' bin oder nicht."
Kurz nach ihrer Rückkehr nach Paris, vor sechzehn Monaten, hatte er sich auf dieses aussichtslos scheinende Wagnis eingelassen. Monsieur Tetard, ein semmelblonder junger Gelehrter, der von Sorbonne-Diplomen nur so troff, war jeden Tag zum Unterricht erschienen, zahllose Bücher hatten sich auf dem Wohnzimmertisch gehäuft, und an den Lehnen des Rollstuhls war ein bewegliches Brett angebracht worden, damit Henri das umfangreiche lateinische Wörterbuch immer bequem zur Hand hatte. Monatelang hatte die Luft gedröhnt von Hexametern, Geschichtsdaten und algebraischen Formeln. Nun war alles vorbei; der erste akademische Grad war erreicht.
„Komm, setz dich hierher", sagte sie und schob ihm ihren Fußschemel hin, „so wie du als kleiner Junge immer getan hast."
Traurig sah sie zu, wie er sich aus seinem Rollstuhl erhob und mit Hilfe seines kurzen Stockes mühsam einige Schritte zu ihr hin machte.
„Monsieur Tetard hat mir versichert, du würdest auch den nächsten Grad schaffen." Sie beugte sich zu ihm, als er sich zu ihren Füßen hingesetzt hatte. „Hättest du nicht Lust dazu? Bücher können sehr trösten, vielleicht mehr als irgend etwas anderes."

Ja, er hatte den segensreichen Trost empfunden. Die Bücher hatten ihm geholfen, seine Einsamkeit zu vergessen, seine Enttäuschung, als er erfuhr, daß Blutsbruder Maurice mit seiner Familie Paris verlassen hatte und daß die Ärzte sich hinsichtlich seiner Beine getäuscht hatten. Gewiß, der Rollstuhl war überflüssig geworden; er konnte aufstehen und am Stock einige schleifende Schritte machen. Aber das war auch alles, und er wußte, daß es niemals mehr sein würde. Er wußte, daß seine Beine nie mehr kräftiger werden und so weit heilen würden, daß er normal gehen konnte, und er wußte, immer würde er Schmerzen haben. Er sprach nie darüber, aber seine Mutter fühlte, daß er sich über alles klar war. Sie hatte es seinen Augen angesehen. Die Bücher hatten ihm geholfen, zu vergessen; vielleicht würden sie ihm auch helfen, das Leben zu ertragen ...

„Bücher sind treue Freunde", fuhr sie fort, „und eine Quelle dauernden Glücks."

Zögernd entwickelte sie die Pläne, über die sie in diesen letzten Monaten nachgedacht hatte: ein behütetes Gelehrtendasein inmitten von Büchern. Aber sie hielt inne, als sie sah, daß er den Kopf schüttelte.

„Nein, Maman", sagte er, „ich möchte nicht weiter studieren. Bücher sind gewiß schön, aber ich würde vor Langerweile sterben, wenn ich mein ganzes Leben mit Lesen verbringen sollte."

„Vielleicht könntest du schreiben?"

„Worüber? Man muß gelebt haben, bevor man schreibt." Er sah die Enttäuschung in ihren Augen. „Es tut mir leid, Maman."

„Aber was willst du dann tun, *mon petit?* Wie willst du deine Zeit ausfüllen?"

„Ich weiß nicht." Er wandte den Kopf ab und starrte ins Feuer. „Ich muß darüber nachdenken."

Traurig strich sie über sein Haar. Er war hungrig nach Leben und Liebe. Er wollte leben und ahnte noch nicht, wie grausam das Leben für ihn sein würde.

„Henri", fragte sie sehr ernst, „betest du noch?"

Sein Mund bekam einen harten Zug. „Nein, Maman." Er erwartete, daß sie ihm Vorwürfe machen würde, aber sie schwieg, und so sprach er weiter. „Seit dem Tag in Nizza, an dem du geweint hast – weißt du noch? –, habe ich nicht mehr gebetet. Damals fand ich, es sei besser, Gott zu leugnen, als immer weiter

Entschuldigungen und Erklärungen zu suchen für einen Gott, der die Unschuldigen für die Schuldigen mitbezahlen läßt und der dich zum Weinen brachte."
Langsam hob er den Kopf und sah zu ihr auf. „Bitte, versuch mich zu verstehen, Maman. Es war mir unmöglich, weiter zu einem Gott zu beten, den ich weder begreifen noch entschuldigen, weder achten noch lieben konnte."
Traurig erwiderte sie seinen Blick. Armer Riri! Verkrüppelt, häßlich, immer von Schmerzen gepeinigt, hatte er jetzt auch noch den Trost des Gebets verloren, das einzige, was ihm sein Los hätte ertragbar machen können. Vielleicht konnte ein junger Mensch über ein gewisses Maß hinaus nicht vergeben ...
„Ich verstehe", sagte sie leise. „Es ist manchmal schwer, an Gottes Güte zu glauben. Aber du wirst erfahren, daß es noch schwerer ist, ohne Gott zu leben."

In diesem Jahr verbrachten sie den Sommer auf Schloß Malromé, das sie erst vor kurzem erworben hatte. Die lastende Großartigkeit des Albier Schlosses, die sie von jeher bedrückt hatte, war ihr seit Henris Sturz in der Bibliothek unerträglich geworden. Malromé barg keine Erinnerungen für sie. Es war ein Herrenhaus aus dem 17. Jahrhundert mit vielen Türmchen, inmitten alter hoher Bäume nicht weit von Bordeaux in der Provinz Gironde gelegen und umgeben von Weingärten und Hügelketten, die sie an Celeyran erinnerten.
Henri liebte Malromé, den friedlichen ummauerten Garten mit dem hohen, schmiedeeisernen Tor, dem breiten Kiesweg und den farbenfrohen Dahlienbeeten. Er hinkte in die Ställe, gab den Pferden Karotten, plauderte mit den Stallburschen. Er saß auf der Einfassung des Teiches, betrachtete die Wasserrosen und sah gedankenvoll den Goldfischen zu, die in dem smaragdgrünen Wasser umherschwammen. Nach dem Mittagessen lag er im Liegestuhl auf der kleinen Terrasse, wo sie meistens ihre Mahlzeiten einnahmen, und neckte Tante Armandine, die aus Albi für ein paar Tage zu Besuch gekommen war und den ganzen Sommer über blieb. Er diskutierte mit dem Landarzt Dr. Mouré, der gelegentlich zum Abendessen kam, und fuhr ins Pfarrhaus zu einer Schachpartie mit Abbé Soulac, dem Pfarrer des nahen Dorfes Saint André du Bois, einem schlichten, gütigen Mann, den er sehr lieb-

gewann. Nachmittags fuhr er mit seiner Mutter in der blauen Viktoria spazieren, über friedliche, staubige Landwege, und Joseph thronte wie früher mit den Insignien seiner Kutscherwürde auf dem Rücksitz.
Am Abend vor ihrer Rückkehr nach Paris saß er mit seiner Mutter auf der Terrasse. Sie lauschten dem monotonen Zirpen der Zikaden und genossen die kühle Abendluft.
Plötzlich sagte er tastend: „Weißt du, Maman, ich möchte Maler werden."
„Maler!"
Das Wort hatte für sie einen unrühmlichen Klang. Mit Ausnahme einiger ehrenwerter Akademiker waren für sie Maler ungepflegte, amoralische Bohemiens, die in den Dachstuben von Montmartre ein unordentliches, anstößiges Leben führten, Absinth tranken und nackte Frauen malten. Sie gehörten an den äußeren Rand der Gesellschaft, genau wie Schauspieler, Schriftsteller, Musiker. Es mochte begreiflich sein, wenn irgendein talentierter Krämerssohn Maler werden wollte, – aber ein junger Mann von Rang und Adel! Und nun gar ein Toulouse-Lautrec ...
„Maler", wiederholte sie entsetzt. „Aber Henri ..."
„Ich weiß, was du sagen willst. Aber mir bleibt keine große Wahl. Was kann ich tun, Maman, sag doch, was kann ich tun? Andererseits habe ich immer gern gezeichnet. Denk an die Porträts, die ich in Albi gemacht habe. An den Ochsen, den ich für den Erzbischof malen wollte. Natürlich muß man erst feststellen, ob ich überhaupt Talent habe. Ich dachte, wenn vielleicht Monsieur Princeteau – du weißt doch, der alte Künstler, den ich beim Reitturnier traf – bereit wäre, mir Stunden zu geben ..."
Nachdenklich blickte sie vor sich hin. Ein paar Zeichenstunden konnten sicher keinen Schaden anrichten. Sie würden ihn seine Einsamkeit vergessen lassen und ihn beschäftigen. Und das war das Wichtigste: ihn zu beschäftigen ...

Von Anfang an ergab sich eine tiefe, innige Verbundenheit zwischen dem taubstummen Alten und dem siebzehnjährigen Krüppel. Sie verständigten sich durch Nicken, Stirnrunzeln, Lächeln und notfalls durch eine auf den Block gekritzelte Bemerkung.
Princeteau erkannte, obwohl selber kein großer Künstler, sehr bald das überragende Talent seines Schülers und war ehrlich entsetzt.

Weiß Gott, der Junge hatte den ganzen Impressionismus in sich! Er war ganz Farbe, Unmittelbarkeit, Originalität! Das war schlimm. Die Leute wollten keine lichten, kühnen Farben, sie wollten dunkle, gefällige, genaue Bilder, wie er selbst sie malte. Zu seinem eigenen Besten mußte der Junge umgemodelt werden, mußte lernen, korrekt und erfolgreich zu malen. Zunächst also keine Farben mehr! Nur noch Schwarz, nichts als Schwarz ...

Eines Morgens fand Henri auf seinem Platz den Gipsabguß eines sich bäumenden Pferdes, daneben ein Blatt Ingres-Papier und eine Menge wohlgespitzter Kohlestifte. Fröhlich setzte er sich auf seinen Hocker, hieb eine Skizze hin und legte sie seinem Lehrer vor. Der nickte zustimmend, verschob das Gipsmodell um einige Grade und ging ohne mit der Wimper zu zucken wieder an seine Arbeit. Nach einigen Stunden war der Fußboden bedeckt mit Kohleskizzen von dem springenden Hengst, und Henri zeichnete leidenschaftlich und grollend seine achtundzwanzigste Skizze.

Seitdem fand er jeden Morgen ein neues Gipsmodell und einen Vorrat an Papier und Kohle vor.

„Monsieur Princeteau", gab er gelegentlich durch entsprechende Gesten der Verzweiflung zu verstehen, „werden Sie mich jemals wieder malen lassen?"

Dann pflegte Princeteau den Kopf zu schütteln, und Henri ging wieder an sein Zeichenbrett, von wo er hin und wieder wütende Blicke auf seinen Lehrer warf, der seinerseits tat, als ob er sie nicht bemerke.

„Pferde, Pferde, Pferde!" klagte er beim Abendessen. „Weißt du, Maman, wie oft er mich heute denselben elenden Gaul hat zeichnen lassen? Siebenunddreißig Mal! Im Schlaf könnte ich Pferde zeichnen! Ich, der so gern Porträts machen würde!"

Ihr war es recht so, denn heimlich hoffte sie, er würde der Sache überdrüssig werden. Aber er gab nicht auf, sondern fand sich hartnäckig jeden Morgen wieder in seinem Studio ein. Und da sah er eines Morgens eine Leinwand gegen seinen Hocker gelehnt. Auf dem Tischchen daneben lag ein Malkasten mit einem Zettel: „Von René Princeteau für seinen begabten Schüler."

„Oh, Monsieur Princeteau!" Seine Dankbarkeit drückte sich in Blicken und beredten Gesten aus. „Ich weiß gar nicht, wie ich Ihnen danken soll."

Schon schraubte er die Tuben auf und drückte glänzende Farbrollen auf die Palette.
„Wie sonderbar!" sagte er dann und beugte sich prüfend über die Tubenreihe. „Es scheint überhaupt kein Gelb dabei zu sein. Und auch kein Grün! Und kein Blau. Kein Rot!"
Mit jedem Ausruf war seine Stimme lauter geworden. Zornig blickte er den Alten an, dem er noch einen Augenblick vorher so dankbar gewesen war. „Monsieur Princeteau!" Auf seinen Stock gelehnt, bückte er sich und las die Aufschriften. „Sehen Sie sich das an! Casseler Braun, brauner Ocker, Van-Dyck-Braun, Caput mortuum, gebrannter Umbra, Sienna, Erdbraun. Und natürlich Schwarz! Elfenbeinschwarz, Lampenschwarz. Genug Schwarz, um eine Lokomotive anzustreichen!"
Mit dem Pathos eines Anwalts vor Gericht blickte er seinen Lehrer an.
„Wie können Sie mir zumuten, mit braunem Ocker und Lampenschwarz zu malen? Monsieur Princeteau, wie konnten Sie so etwas tun?"
Der Alte zog seinen Block hervor. „Helle Farben sind gefährlich", schrieb er. „Man sollte sie nur sehr sparsam anwenden. Rembrandt konnte selbst in die Dunkelheit Licht bringen. Lerne das auch!"
„Aber ich bin nicht Rembrandt! Ich habe nicht die Absicht, zu malen wie Rembrandt. Er ist ein alter ..."
Aber Princeteau hatte sich schon wieder seiner Staffelei zugewandt. Mit einem Seufzer drückte Henri etwas Van-Dyck-Braun auf seine Palette und begann zu malen.
Es folgten einige glückliche Wochen.
Die Zeit verging schnell in dem warmen, stillen Studio, während der Winterregen gegen die Fenster schlug. Ocker, Erdbraun und Sienna mochten nicht gerade die erregendsten Farben sein, aber man konnte auch mit ihnen einiges herausholen. So wie Klavierspielen in den unteren Oktaven immer noch besser ist als überhaupt nicht spielen ...
Trotzdem humpelte er dann und wann zur Staffelei seines Lehrers hinüber und bat mit dramatischen Gesten und flehenden Blicken um ein wenig helle Farbe. „Bitte, Monsieur Princeteau, bitte geben Sie mir ein bißchen Gelb! Ich brauche es. Sehen Sie selbst!"
Der alte Maler erhob sich dann, betrachtete die Leinwand prüfend, ging zu seinem Malkasten zurück und quetschte vorsichtig und

keineswegs überzeugt ein mikroskopisches Häufchen Chromgelb auf Henris Palette.
Dann aber konnte er sich doch nicht enthalten, wieder seinen kleinen Block hervorzuziehen. „Gelb ist die gefährlichste aller Farben und sollte nur mit äußerster Vorsicht gebraucht werden, wie Zimbeln in der Musik."
Während Henri die Notiz las, betrachtete ihn der Alte mit einem liebevollen Lächeln, das einen Fächer von Fältchen um seine Augenwinkel legte. Dann kehrte er kopfschüttelnd zu seiner Staffelei zurück.
Kurz vor Weihnachten erkrankte Princeteau schwer. Vom Bett aus schrieb er der Gräfin, daß er Paris verlassen müsse. Was Henri betreffe, so könne er jetzt sein Akademiestudium als Porträtist beginnen und solle sich in einem bekannten Atelier, zum Beispiel bei Professor Bonnat, einschreiben lassen.
„Möchtest du nicht lieber zu Hause Stunden nehmen?" schlug die Gräfin vor, nachdem sie Henri den Brief zum Lesen gegeben hatte. „Wir könnten ein Zimmer als Atelier einrichten."
„Aber Maman, das wäre doch nicht dasselbe! Bedenke, was es bedeutet, unter einem Manne wie Bonnat zu arbeiten. Er ist einer der größten Porträtisten!"
„Aber hast du dir überlegt, daß du dich in solchem Atelier wahrscheinlich fremd fühlen wirst, besonders wenn du so mitten im Semester eintrittst?"
„Wie soll ich jemals Porträtist werden, wenn ich nicht auf eine Kunstschule gehe? Ich kann nicht mein Leben lang nach Gipsmodellen arbeiten. Und außerdem", fügte er leise hinzu, „kann ich dort vielleicht ein paar Freunde finden."
Die Sehnsucht in seiner Stimme erschütterte sie. „Vielleicht", sagte sie zweifelnd, „aber verlaß dich nicht darauf. Junge Leute halten gewöhnlich fest zusammen und wehren sich gegen Eindringlinge. Zudem bist du Fremden gegenüber sehr scheu, und die Menschen legen Schüchternheit häufig als Hochmut aus. Und dann noch etwas. Diese jungen Leute werden wahrscheinlich alle Anfang Zwanzig sein, und du bist kaum achtzehn. Es kann sein, daß du sie nicht verstehst, und sie werden sich ihrerseits wahrscheinlich nicht einmal die Mühe machen, dich zu verstehen." Ihre Worte waren sehr eindringlich geworden.
„Ich weiß, was du meinst." Seine großen braunen Augen blickten

sie mit jener Traurigkeit an, die jetzt so oft in ihnen lag. „Ich habe auch vor all dem Angst. Aber ich kann doch nicht ewig zu Hause bleiben und mich verstecken."

Die Hände auf dem Rücken, machte Professor Léon Bonnat seinen wöchentlichen Besichtigungsgang, indem er zwischen den Staffeleien auf und ab ging und hin und wieder vor der Leinwand eines Studenten stehenblieb.
„Das Porträtieren", dozierte er dabei, „ist nicht nur der höchste Ausdruck der Malerei, sondern auch, finanziell gesehen, ihr lohnendster. Wenn Sie ein erfolgreicher Porträtist werden wollen, müssen Sie folgende Grundregeln beachten: Ist Ihr Modell ein Mann des täglichen Lebens, sagen wir ein General, ein Industrieller oder ein höherer Staatsbeamter, so müssen Sie ihn stehend malen, mit energischem Blick und zwei Fingern im Rock, wie Napoleon. Ist es jedoch ein Denker – ein Gelehrter, Schriftsteller oder Kirchenfürst –, dann malen Sie ihn sitzend, das Kinn in die Hand gestützt, mit gedankenvollem Gesichtsausdruck. Ich verweise Sie auf mein Porträt des Kardinals Lavigerie."
Zitternd vor Angst saß Henri auf seinem niedrigen Klappstuhl, blinzelte nach dem Modell auf dem Podium, nahm Maß mit dem Daumen und malte mit zögernden Pinselstrichen. Was würde Bonnat diesmal sagen? Würde er ihn wie immer vor der ganzen Klasse verhöhnen und lächerlich machen?
„In allen Fällen aber", fuhr der Professor fort, „ist die Technik dieselbe. Zuerst teilen Sie Ihre Figur in Quadrate auf, machen eine sorgfältige Vorskizze und untermalen die Schatten mit ungebranntem Umbra. Mit ungebranntem Umbra, hören Sie?" Er wurde plötzlich heftig. „Etwas anderes kommt überhaupt nicht in Frage. Mögen die Impressionisten und sonstige eingebildeten Eigenbrötler Blau oder Purpur in ihre Grundschatten setzen. Sie haben rohen Umbra zu nehmen!"
Er kam zu Henris Staffelei und unterbrach seinen Vortrag. Erwartungsvolle Stille senkte sich auf das Atelier. Der allwöchentliche Hauptspaß stand bevor.
„Bezeichnen Sie das, was Sie hier machen, als Malerei?" begann er mit eisigem Hohn. „Wenn ja, muß ich Ihnen mitteilen, daß Sie sich im Irrtum befinden." Er geriet in Wut. „Wissen Sie, wie ich das nennen würde? Eine Sauerei!"

Die Studenten brachen in Gelächter aus. „Warum kommen Sie eigentlich immer noch hierher?“ fuhr er fort, als der Lärm abgeebbt war. „Glauben Sie wirklich, daß jemals ein Künstler aus Ihnen wird? Wie oft muß ich Ihnen noch sagen, daß alle Ihre malerischen Instinkte falsch sind, daß Sie keinerlei Talent haben, auch nicht einen Funken davon? Sie haben keinen Blick für Schönheit, sondern nur für Häßlichkeit. Sie werden niemals imstande sein zu malen und würden uns den größten Gefallen tun, wenn Sie zu Hause blieben und es mir ersparten, Ihre grotesken Klecksereien anzusehen.“

Er rieb sich das Kinn, als wolle er noch mehr sagen, zuckte dann aber nur die Achseln und ging weiter. Einen Augenblick später nahm er seinen Zylinder vom Haken, schlüpfte in seinen Überzieher und verschwand.

„Fünf Minuten Pause“, rief der Klassenälteste und klatschte in die Hände.

Das Modell auf dem Podium wurde lebendig und hängte sich einen schmutzigen Morgenrock um die Schultern. Sie zog eine Zeitung hervor und begann zu lesen, während sie mit einem Streichholz in den Zähnen stocherte. Die Studenten legten ihre Paletten auf die Malkästen und sammelten sich in flüsternden Gruppen um die Staffeleien.

Henri malte mit Tränen in den Augen weiter. Es hatte keinen Zweck, weiterzumachen, wenn er jede Woche auf diese Weise lächerlich gemacht und von einer ganzen Klasse voll robuster, feindseliger Studenten ausgelacht wurde. Maman hatte ihn gewarnt und ihm vorausgesagt, daß sie nicht einmal versuchen würden, ihn zu verstehen, und sie hatte wie gewöhnlich recht gehabt. Sie hatten seine schüchternen Annäherungsversuche abgewiesen und ihm schmerzlich klargemacht, daß sie ihn nicht brauchten. Warum lehnten sie ihn ab? Weil er ein Krüppel war? Nein, das war es nicht. Was sie verachteten, war seine Jugend, waren seine teuren Anzüge, war die Tatsache, daß er jeden Morgen von einem livrierten Kutscher zum Atelier gefahren wurde. Für sie war er ein Amateur, eines jener reichen Muttersöhnchen, die sich zum Zeitvertreib mit der Kunst abgaben. Wenn sie wüßten! Nun, sie wußten eben nicht, und es war sinnlos, weiterzumachen. Besser, man gab auf. Vielleicht sollte er sich doch um den nächsten akademischen Grad bemühen, wie seine Mutter es gehofft hatte . . .

„Laß dich doch von dem Alten nicht unterkriegen!"
Die dröhnende Stimme hinter ihm schreckte ihn aus seinen Gedanken auf. Er wandte sich um. Ein baumlanger junger Mann in schäbigem Kittel, mit karierten Hosen und schief sitzendem Schlips grinste auf ihn herunter. Er war Henri schon aufgefallen wegen seiner Riesengröße, seiner schleppenden südfranzösischen Aussprache und wegen des krausen Bartes, der wie schwarzer Rauch um sein Gesicht stand.
„Laß ihn doch brüllen und sich aufspielen", fuhr der Südfranzose fort. „Du hast das Schulgeld bezahlt. Also, warum machst du dir Sorgen? Rausschmeißen kann er dich nicht. Der kann dir doch den Buckel runterrutschen. Übrigens ich heiße Rachou, Henri Rachou. Wollen wir zusammen bei Agostina essen? Nachher zeig ich dir mein Studio, wenn du magst. Ist allerdings nicht viel los damit, aber man hat einen wunderbaren Blick auf den Friedhof von Montmartre. Bist du schon auf dem Montmartre gewesen?"

In Agostinas Restaurant war Hochbetrieb, als Henri und Rachou auf einen kleinen Ecktisch zusteuerten. Unverfälschte Montmartre-Künstler in schwarzen Kordanzügen und riesigen Filzhüten saßen über ihren Risotto gelümmelt, schrien einander laut durch den ganzen Raum zu und schwenkten ihre zerknüllten Servietten in der stickigen knoblauchgewürzten Luft. Wie eine freigebige Juno ging eine schöne Brünette, gefolgt von ihren beiden treuen Wolfshunden, zwischen den Tischen umher, trug, völlig unangefochten durch den Höllenlärm, dampfende Teller herum, redete, machte Witze und lachte ein klangvolles Lachen.
„Das ist Agostina", flüsterte Rachou und wies mit dem Stiel seiner Pfeife zu ihr hin. „Sie war früher Modell."
Mit neununddreißig war Agostina der Inbegriff von Montmartre. Mit sechzehn war sie von ihrer Heimat Sizilien nach Paris gekommen, barfuß, ohne einen Pfennig und hinreißend schön. Sechs Monate später war sie das gesuchteste Modell in der ganzen Stadt. Ehrwürdige Akademiker rissen sich um ihre Dienste und um ihre Gunst. Bildhauer konnten sich nicht satt sehen an der Vollkommenheit ihres Rückens und hämmerten mit neuer Glut auf ihre Meißel. Zwei Jahrzehnte lang gaben ihr aufreizender Busen und ihr klassisches Profil den jährlichen Salons das Gepräge, während ihre Gestalt in mannigfacher Verkleidung, als Diana, als Demo-

kratie oder als Geist der Marseillaise, zahllose öffentliche Plätze zierte. Romantisch veranlagt, hatte Agostina viel von sich selbst gegeben in den Studios, wo sie Modell stand, und hatte mit ihren Zärtlichkeiten Legionen von Künstlern über Stunden der Verzweiflung hinweggetröstet. Als sie vor drei Jahren ihr Restaurant eröffnete, hatte ein ganzer Schwarm dankbarer Künstler ihr in Erinnerung an kurze Freuden seine Dienste angeboten. Da sie nicht alle in Anspruch nehmen konnte, bat sie jeden, eines der Tamburine zu bemalen, die in regelmäßigen Abständen an der Wand hingen und dem Restaurant den Namen gaben. Die Menge dieser Zeichen zeugte für Agostinas Generosität.

Henri beobachtete, wie sie sich besorgt über einen ihrer Gönner, einen rothaarigen Bildhauer, beugte und beschwörend auf ihn einredete: „Bitte, Roberto, iß den Risotto nicht. Ich habe Knoblauch drangetan, und du weißt, daß Knoblauch dir Alpdrücken macht. Iß statt dessen lieber ein paar Pepperoni. Die gehen ins Blut. Paß auf, heute nacht wirst du deine Frau glücklich machen, was?"

Sie gab ihm einen zärtlichen Rippenstoß und wandte sich, noch lachend, den beiden Studenten zu.

„Ah, *bambini*" – alle Studenten ohne Unterschied des Alters und der Größe waren *bambini* für Agostina –, „ihr habt Hunger, was? Einen Mordshunger, wie? Gut, zuerst bekommt ihr Minestrone. Dann einen wunderbaren Risotto. Einen Risotto, wie ihr ihn noch nie gegessen habt. Er ist wie Musik. Ein Fest für den Magen."

Agostinas Kunden waren an ihre lyrischen Vergleiche gewöhnt. Sie gehörten zu ihr wie die Welle in ihrem blauschwarzen Haar.

„Und dann gebe ich euch . . ."

„Alles, was du willst", sagte der gefräßige Rachou. „Das tust du ja sowieso immer."

Während des Essens sprach er wenig und schaufelte das Essen in großen Bissen geräuschvoll in sich hinein. Henri aber konnte vor Aufregung nicht essen. Noch nie war er in einem so wundervollen Restaurant gewesen. Diese fremden Gerüche, dieser Lärm und alle diese Künstler, die mit den Armen herumfuchtelten und sich über den ganzen Raum hinweg etwas zuriefen: es war herrlich.

Plötzlich sah er einen untersetzten alten Mann mit gütigen Augen, der an einer verkohlten gebogenen Pfeife sog und sich mit einem auffallend schönen blondbärtigen jungen Mann unterhielt.

„Der Alte mit dem weißen Bart, das ist Pissarro", sagte Rachou mit vollem Mund. „Er ist Impressionist. Der andere ist Théo van Gogh. Er hat eine Kunsthandlung auf dem Boulevard Montmartre." Als er sah, daß Henris Teller fast unberührt war, schrie er: „Verdammt noch mal, iß deinen Risotto, sonst kriegst du es mit Agostina zu tun."
Nachdem sie gegessen hatten, gingen sie das kurze Stück bis zur Rue Ganneron, wo Rachou sein Studio hatte.
„Na, ist das eine Aussicht?" sagte Rachou, indem er die Tür aufstieß und mit dem Arm über ein Panorama von Grabsteinen, Mausoleen und Statuen weinender Engel hinwies. „Als ob man in der Skulpturenabteilung des Louvre wohnte, was? Und du glaubst nicht, was für eine Wirkung das auf die Mädchen hat. Besonders das Krematorium. Das betrübt sie zu Tode und macht sie leidenschaftlich." Er zeigte auf einen wackligen Diwan mit einer pseudoorientalischen Decke. „Deshalb hab ich das Bett hierhergestellt, weil sie es von da aus sehen können."
Er streckte seinen langen Arm aus, nahm eine Mandoline von der Wand und begann den populären Montmartre-Schlager zu spielen: *„Ah, que tu fais bien l'amour!"*

Allmählich wurde es Henri zur Gewohnheit, mit Rachou zu essen und den Nachmittag in seinem Studio zu verbringen. Dort malte er, sang den Refrain der Atelierlieder mit, beobachtete die Begräbnisprozessionen, die ständig unter dem Fenster vorbeiströmten, und stieß mit Leichenkutschern, Totengräbern und Krematoriumswärtern an, die in das Studio kamen, um Modell zu stehen, eine Flasche billigen Wein zu trinken und ihre Witze zu machen.
„Weißt du", sagte Rachou eines Tages, indem er Henri durchdringend ansah, „du bist eigentlich ganz in Ordnung. Natürlich bist du praktisch ein Kind", fuhr er fort und blickte von der Höhe seiner zweiundzwanzig Jahre herablassend auf seinen Freund, „aber ganz blöd bist du nicht. Du kannst zeichnen! Selbst wenn dieser Bastard Bonnat behauptet, du könntest es nicht."
Solche Komplimente waren wie heilende Medizin für Henri. Er floß über vor Dankbarkeit für diesen Koloß, der sein Freund geworden war.
„Oh, Rachou, ich wollte, ich könnte dir sagen . . ."
„Halt 's Maul!"

Diese Erwiderung sollte den jungen Dachs belehren, daß Gefühlsausbrüche zwischen Studenten verpönt waren. Freundschaft mußte in Grobheit gekleidet werden und sich von Schimpfreden nähren.
„Das Schlimme bei dir“, fuhr er fort, indem er Henris erschrockenen Ausdruck übersah, „ist, daß du so schüchtern, so höflich und so verdammt sauber bist. Guck mal deine Fingernägel an. Verflucht noch mal, ein bißchen Dreck hat noch keinem geschadet. Und dann noch was. Du mußt ab und zu wie jeder andere vernünftige Mensch sagen: ‚verflucht‘ und ‚Herrgott noch mal‘ und ‚rutsch mir den Buckel runter‘ und sowas. Dann würden die Leute dich nicht für komisch halten.“
Während der folgenden Wochen führte Rachou Henri in den Sprachgebrauch und die Umgangsformen echter Kunststudenten ein.
„Gesetzt den Fall, wir haben einen Streit“, sagte er an einem milden bewölkten Märznachmittag. „Sagen wir über Rubens. Und ich würde behaupten, Rubens sei der größte Maler, der je gelebt hat. Was würdest du sagen?“
„Ich würde sagen, ich weiß es nicht.“
Rachou wurde ganz melancholisch über Henris Antwort. Er blickte seinen Freund kopfschüttelnd an. „Nein, nein, nein“, sagte er schließlich, als wenn er es mit einem schwerfälligen Kind zu tun hätte. „Du mußt sagen: ‚Rubens? Verflucht noch mal, dein Rubens kann mir den Buckel runterrutschen. Er ist nicht wert, daß ich mir den Hintern mit ihm wische.‘ Verstehst du? Dann würde jeder begreifen, was du sagen willst.“ Seine Schweinsäuglein blickten freundlich auf seinen Schützling herab.
Henri fühlte, daß sein Mentor ihn auf diese Weise auf sein Debut in der Studentenwelt vorbereiten wollte. Er hatte recht. Eines Nachmittags sagte Rachou beiläufig: „Wir wollen nach La Nouvelle gehen. Ich möchte dich mit ein paar Freunden bekannt machen.“
La Nouvelle erwies sich als das Café de la Nouvelle Athènes, ein rauchgefülltes Künstlercafé an der Place Pigalle. Die Freunde waren drei Bonnat-Schüler – François Gauzi, Louis Anquetin und René Grenier –, die wie Rachou auf dem Montmartre lebten. Sie hatten sich ausdrücklich nur Rachou zuliebe bereit gefunden, mit dem ‚reichen Amateur‘ zusammenzutreffen. Sie begrüßten Henri kühl und nahmen nach einem flüchtigen Nicken weiter keine Notiz

von ihm und setzten ihr Gespräch unter sich fort. Henri seinerseits trank sein Bier und blieb still und zurückhaltend.

Sonderbarerweise war es gerade diese Zurückhaltung, die ihre Vorurteile gegen ihn durchbrach. Da sie eingefleischte Schwätzer waren, brauchten sie Zuhörer, irgendwelche Zuhörer. In Henri entdeckten sie einen mitfühlenden Zuhörer für die Berichte ihrer Liebesabenteuer und ihrer Nöte, die durchweg finanzieller Natur waren.

Gauzi war der erste, der merkte, wie gut Henri sich verwenden ließ. Kurze Zeit nach ihrem Treffen in La Nouvelle kam er während der Fünf-Minuten-Pause im Atelier zu Henri.

„Weißt du, was mir gestern abend passiert ist?" sagte er mit der Miene eines Mannes, der gerade ein denkwürdiges Erlebnis hinter sich hat. Er war hager, hohlwangig, naiv und völlig grundlos eitel auf sein Aussehen, dagegen bescheiden hinsichtlich seines Talents, das wirklich vorhanden war. Er hatte eine Leidenschaft für helle Westen, für die er sein ohnehin nicht ausreichendes Geld ausgab, und war fest davon überzeugt, daß die Frauen hypnotischen Befehlen und parfümierten Bärten nicht widerstehen konnten. Aus diesem Grund übte er vor dem Spiegel magnetische Blicke und pflegte seinen spärlichen Bart mit Fliederwasser.

„Ich war gerade auf dem Weg nach Hause", erzählte er, durch Henris interessierten Blick ermutigt, „und guckte zufällig noch in die kleine Kneipe an der Ecke. Rate, was ich da zu sehen bekam!"

Es stellte sich heraus, daß er ein junges Mädchen von atemberaubendem Liebreiz dort vorgefunden hatte, allein und in Tränen aufgelöst. Er hatte sich neben sie gesetzt und nach dem Grund ihres Kummers gefragt. Unter Schluchzen hatte sie ihm anvertraut, daß ihre Wirtin sie wegen rückständiger Miete aus dem Zimmer gejagt hatte. Gauzi war voller Verständnis und Teilnahme gewesen. Die hypnotischen Blicke, die er auf sie abfeuerte, hatten im Verein mit dem Duft seines Bartes, den er ihrem Gesicht näherte, eine Brücke gegenseitiger Sympathie geschaffen. Sie hatten die Kneipe zusammen verlassen und sich irgendwie plötzlich in Gauzis Zimmer wiedergefunden, wo ihre knospende Freundschaft fast augenblicklich zu flammender Liebe gereift war. Während einer unvergeßlichen *nuit d'amour* hatte sich Babette, so hieß sie, als ein geradezu vollkommenes weibliches Wesen entpuppt, mit un-

begrenztem Verständnis, stürmischer Leidenschaft und exquisiter Verderbtheit.
Es wäre alles herrlich gewesen, wenn nicht Babette zu einem höchst unpassenden Zeitpunkt in Gauzis Leben getreten wäre.
„Gerade vor zwei Tagen habe ich mir nämlich diese Weste gekauft. Sieh mal!“ Gauzi zeigte auf die prächtige zitronengelbe Weste, die er trug. „Und daher ...“
Henri verstand. Diskret holte er zwanzig Francs hervor, die Gauzi mit einer Mischung von Widerstreben und Gier annahm.
Eine Woche später war Anquetin an der Reihe, sich von Henri trösten zu lassen.
„Ich hab sie verloren“, jammerte er. „O Gott, und sie war ein so wundervolles Mädchen.“ Im Gegensatz zu Gauzi, der bitter wurde, pflegte er seine Geliebten zu idealisieren, wenn sie sich von ihm getrennt hatten. „Ach, ich hätte sie niemals mit in den Louvre nehmen sollen.“
Anquetin war hübsch in seiner wuscheligen Blondheit. Die Mädchen drehten sich nach ihm um, wenn er lebhaft gestikulierend mit abgetragenem Zylinder durch die Straßen ging. Aber er hatte kein Glück mit Frauen, weil er sich Illusionen über sie machte. Immer wieder war er von neuem entsetzt über ihre Dummheit und den Mangel an Wissen. Er versuchte, den Geist seiner Freundinnen zu bilden, so wie manche Männer es hinsichtlich der Moral versuchen, aber das Ergebnis war hier nicht besser als dort. Er kam ihnen intellektuell, wenn die Gelegenheit Schweigen und schnelles Handeln gebot. Er schleppte sie in den Louvre und setzte sie der erhebenden Umgebung großer Kunst aus, wenn sie viel lieber mit ihm auf sein Zimmer gegangen wären.
„Ja, stell dir vor, im Saal der flämischen Primitiven habe ich sie verloren.“ Anquetin seufzte. „Nie wieder gehe ich in dies verdammte Museum.“
Nachdem er sich so bei Henri ausgesprochen hatte, fühlte er sich bereits erheblich besser. Und eine Woche später war er ernstlich damit beschäftigt, den Geist einer jungen Wäscherin zu bilden, die er in einem Tanzlokal kennengelernt hatte.
René Grenier war der Letzte, der seine Vorurteile gegen Henri überwand. Ganz allmählich verwandelte sich seine Zurückhaltung in vorsichtige Freundlichkeit und dann in herzliche Kamerad-

schaft. Eines Tages nahm er Henri mit in seine Zweizimmerwohnung in der Rue Fontaine.
„Siehst du das Fenster?" sagte er, indem er über den Hofplatz wies. „Das ist Degas' Atelier. Manchmal kann man ihn Zeitung lesen oder eine Zigarette rauchen sehen."
Henri merkte, daß er aufgenommen war. Er hatte Freunde und fühlte sich glücklich.
Eines Morgens im Juni kam Professor Bonnat mit vielsagendem Lächeln ins Atelier. Die Überfülle eigener Arbeit, verkündete er, zwinge ihn leider, den Unterricht in der Klasse aufzugeben.
„Aber seien Sie unbesorgt", beruhigte er die frohlockenden Studenten, „ich habe erreicht, daß mein verehrter Akademie-Kollege Professor Fernand Cormon im nächsten Oktober diejenigen unter Ihnen in sein Atelier aufnehmen wird, die ihre Studien fortzusetzen wünschen."
Die jungen Leute waren außer sich vor Freude. An der Ecke der Place Clichy kletterte François Gauzi auf einen Laternenpfahl und warf jeder vorübergehenden Frau Kußhände zu, während Rachou, die Hände hinter dem Kopf verschränkt, einen Bauchtanz vollführte zu einer orientalischen Begleitmusik, die Louis Anquetin seiner Harmonika entlockte. René Grenier ging mit dem Hut herum und sammelte. Leider unterbrachen zwei bärtige Gendarmen die Vorstellung mit der Begründung, daß sie unanständig sei und gegen die öffentliche Moral verstoße.
„Außerdem haltet ihr den Verkehr auf", sagte der eine von ihnen und zwirbelte seinen Schnurrbart, „großer Gott, das wär eine schöne Geschichte, wenn jeder plötzlich anfangen wollte, auf der Straße einen Bauchtanz aufzuführen."
Es endete schließlich alles freundschaftlich mit umständlichen Erklärungen, Versicherungen des Patriotismus, vielem Händeschütteln und einer Einladung zu einem Glas Wein.
Nach einem lärmenden Frühstück bei Agostina begaben sich die Studenten nach La Nouvelle, wo es zu dieser frühen Stunde noch fast leer war. Erhitzt, heiser vom Schreien und in einem schon etwas vorgeschrittenen Zustand der Betrunkenheit küßten sie die schielende Kassiererin Thérèse, die seit ihrer Babyzeit nicht mehr geküßt worden war, stolperten auf ihren gewohnten Tisch zu, aßen schweigend und wußten dann nicht recht, was sie als nächstes tun sollten.

Da schlug Rachou vor, in ein Bordell zu gehen.
„Weiß der Himmel, wir haben Grund zum Feiern", brüllte er und schlug mit der Faust auf den Tisch. „Hört zu, ich weiß eins hier in der Nähe mit einer Menge hübscher Mädchen. Alle bildhübsch und ohne was an. Los, gehen wir und machen uns 'n bißchen Spaß." Heuchlerisch fügte er hinzu: „Wir brauchen nicht mit ihnen ins Bett zu gehen. Wir brauchen nur einen zu trinken."
„Das ist 'ne herrliche Idee, los, gehen wir", lallte Henri.
„Gut und schön", sagte Grenier, „aber was wird das kosten?"
„Ja, was wird es kosten?" wiederholten Gauzi und Anquetin im Chor.
Obwohl sie fortwährend über Mädchen sprachen und mit ihren Eroberungen prahlten, fühlten sie eine Abneigung gegen Bordellmädchen und die roten Plüschsalons, in denen sie ihrem Gewerbe nachgingen.
„Wer fragt an einem solchen Tag nach Geld? Ich zahle die Getränke", schrie Rachou, der immer verschwenderisch wurde, wenn er betrunken war.
Das gab den Ausschlag. Geräuschvoll verließen sie das Café und quetschten sich in einen Wagen.
„Zum Grauen Papagei, Kutscher, Rue Steinkerque", schrie Rachou.

5

Im Oktober schrieb Henri sich in Professor Cormons Klasse ein und begann sein zweites Jahr als Kunststudent.
Jeden Morgen fuhr er von der Wohnung seiner Mutter zum Atelier nach Montmartre, stieg aber vorsichtshalber schon an der Straßenecke aus, damit die anderen Studenten nicht den Landauer mit dem livrierten Joseph sahen. Gestützt auf seinen kurzen Spazierstock mit der Gummispitze humpelte er schwerfällig auf die Studenten zu, die redend, pfeiferauchend und lebhaft gestikulierend auf der Straße dahinbummelten. Er tauschte dann gewöhnlich ein paar Bemerkungen mit Rachou oder einem anderen Freund aus und zog sich, wenn es neun schlug, mühsam die vier Treppen zum Studio hinauf. Keuchend betrat er den großen, mit Staffeleien vollgestellten Raum, der von einem knisternden eisernen Ofen erwärmt wurde. Er hängte Hut und Mantel an den Haken, hinkte

zwischen den Staffeleien hindurch zu seinem Klappstuhl hin, der in der Nähe des Podiums stand, legte den Stock neben sich nieder und nahm die Palette zur Hand. Währenddessen betrachtete er prüfend und kritisch seine Staffelei mit der Venus, Diana, Leda oder welche der Göttinnen sonst nun gerade Thema der Woche war.

Bald erfüllte das Gewirr von Stimmen den Raum. Der Klassenälteste Schlumberger, ein ehemaliger Sergeant mit imponierendem Walroß-Schnurrbart, gab dem Modell einen Wink, sich auszuziehen und sich in der erforderlichen Pose aufzustellen. Und dann war Henri für die nächsten drei Stunden einer der etwa vierzig Studenten, die nach dem Modell schielten, sich den Bart rauften, den Kopf schief legten, mit dem Daumen die Maße nahmen, ihre Pinsel ausspritzten und keine Bewegung und Grimasse künstlerischer Schöpfung ausließen.

Professor Fernand Cormon, Mitglied der Akademie der schönen Künste, Mitglied der Zulassungskommission für den „Salon", Mitglied des Beirates vom Nationalmuseum, Ehrenmitglied zahlreicher ausländischer Akademien, Offizier der Ehrenlegion, Schöpfer riesiger Wandgemälde für Banken und städtische Gebäude, Porträtist vornehmer Witwen und Damen der großen Welt, Maler zahlloser außerordentlich erfolgreicher Akte, Haremsszenen und Boudoirbilder, pflegte einmal wöchentlich das Atelier aufzusuchen und die Arbeiten seiner Schüler zu begutachten. An der Tür übergab er den seidenen Zylinder, den Stock und die gelben Handschuhe mit freundlicher Herablassung Schlumberger, der bereitstand, um ihm aus dem pelzgefütterten Mantel zu helfen. So der äußeren Hüllen entledigt, erschien der Professor sowohl an Höhe als an Umfang erheblich reduziert, und man hatte vor sich einen leberleidenden, schmalschultrigen, dürren Mann mittleren Alters in modischem Cutaway, Gamaschen und Ascotkrawatte.

Vorsichtig wie ein Storch stieg er zwischen den Staffeleien herum und begann mit höflicher, modulationsfähiger Stimme zu sprechen. Dabei bewegte er unruhig die fleischlosen manikürten Hände und blieb hin und wieder stehen, um ein paar kühne Pinselstriche auf die Leinwand eines Schülers zu setzen oder um mit nachsichtigem Ton und gutmütiger Verachtung einige technische Bemerkungen zu machen.

Im Laufe dieser wöchentlichen Lektionen erfuhr Henri, daß Gefälligkeit der Grundpfeiler der Kunst sei und die Mission des

Künstlers, gefällige Bilder zu malen. Er lernte, daß die Farbe sehr zart aufzutragen und sorgfältig mit dem Pinsel zu verteilen sei, daß Hintergründe immer schwarz oder dunkelbraun zu sein haben und die Komposition unbedingt dreieckig sein müsse.
Am meisten aber lernte er über das Porträtieren von Frauen. „Ein Frauenporträt!" pflegte Cormon genießerisch mit einer entzückten Geste seiner Spinnenhände zu sagen, *„ah, mes amis,* welchen Takt, welches Können, welche Einfühlung erfordert das!" Und da in der Regel nur Damen reiferen Alters es sich leisten könnten, ihr Porträt malen zu lassen, so sei auch ein gutes Maß Ritterlichkeit und oft geradezu Barmherzigkeit vonnöten. Glücklicherweise wüßten die meisten Frauen nicht, wie sie aussähen, und gäben sich den größten Illusionen über ihre Erscheinung hin. Objektivität kennten sie nur im Hinblick auf Alter und Aussehen ihrer Freundinnen, während sie selbst durch eine besondere Fügung zehn, ja öfter noch fünfzehn Jahre jünger auszusehen meinten.
„Daher", so pflegte Cormon mit einem respektlosen Kichern zu sagen, „ist alles, was Sie zu tun haben, die Illusionen Ihrer Auftraggeberin über sich selbst zu erkennen und sie auf der Leinwand wiederzugeben."
Infolgedessen mußte man den Mund zur Rosenknospe machen, die Augen vergrößern, die Nase schmal und gerade malen, die Haut durchsichtig und zart, mußte den Hals verlängern, die Schultern runder, die Arme schlanker und die Taille schmaler machen, den Busen aufrichten und sämtliche Runzeln, Warzen, Pickel und sonstigen Mängel weglassen. Größte Aufmerksamkeit hatte man dem Schmuck, Broschen, Ketten, Ringen und Diamantarmbändern, zu widmen. Alles in allem hatte man dem Bildnis ein *air* der höchsten Eleganz, des Reichtums und Adels zu geben – und siehe da, die Dame würde sich entzückt über die verblüffende Ähnlichkeit aussprechen, und man selber war auf dem besten Weg zu künstlerischem und finanziellem Erfolg. „Fürchten Sie niemals, einer Frau zu sehr zu schmeicheln", pflegte Cormon zu schließen, „es kann nie genug sein."
Trotz all seiner scheinbaren Freundlichkeit, seinem häufigen *„Ah, mes amis!"* neigte Professor Cormon zu plötzlichen Wutausbrüchen. Der schüchterne Versuch zur Originalität, die geringste Verletzung der Regeln akademischer Malerei versetzten dieses liebenswürdig-gesprächige Gerippe in wilden Zorn. „Sie haben

anscheinend vergessen, daß ich Mitglied der Zulassungskommission des Salons bin! Ich werde dafür sorgen, daß es Ihnen wieder einfällt. Ich werde verhindern, daß Ihre Einsendung vom Salon angenommen wird. Das wird Ihnen wohl den gehörigen Respekt vor der Kunst und vor Ihren Lehrern beibringen!" Meistens traten die schuldigen Studenten aus dem Atelier aus und verzichteten, da ihnen der Salon verschlossen war, auf eine künstlerische Laufbahn.

Henri, der sich wohl bewußt war, daß seine künstlerischen Instinkte „falsch" seien, mühte sich redlich, sie zu unterdrücken. Verbissen füllte er seine Grundschatten mit ungebranntem Umbra und setzte jeden Pinselstrich mit äußerster Vorsicht an. Sein Fleiß war so offenkundig, daß selbst Cormon es merkte und ihn gelegentlich mit einem freundlichen Schlag auf die Schulter belohnte. „Nur Mut, Lautrec", sagte er, „Sie haben kein natürliches Talent, aber viel guten Willen. Sie befolgen meine Lehren und geben sich Mühe. Daher werden Sie mit der Zeit ganz ordentlich malen. Wer weiß? Vielleicht stellen Sie eines Tages noch im Salon aus!"

Nach solchen Worten hockte Henri glückselig auf seinem Stuhl.

Nach dem Unterricht aß er mit seinen Freunden bei Agostina, mitten in dem Höllenlärm, dem Geschwätz der anderen Studenten und den hitzigen Diskussionen an den Nachbartischen. Dort hörte er die aufgeregten und laut schreienden Mitglieder der neu gegründeten Gesellschaft unabhängiger Künstler, der Indépendants, zahllose Verwünschungen ausstoßen gegen Kunsthändler, Kritiker und Akademiker. Dort sah er Georges Seurat, den Pointillisten, einen ruhigen jungen Mann mit dem Gesicht eines bärtigen Cherubs und der Gestalt eines Grenadiers, wie er träumerisch seine Pfeife rauchte; dort sah er Renoir, den asketisch aussehenden Maler üppiger Akte; Claude Monet, der mit seinem quadratischen Schädel und den kräftigen Händen wie der wohlhabende normannische Landjunker aussah, der er war; und schließlich einmal auch Cézanne, der, auf einer seiner seltenen Reisen von Aix-en-Provence, allein an einem Tisch saß, bäuerisch und mißtrauisch.

Dort wurden er und seine Freunde an einem denkwürdigen Tag von Camille Pissarro, dem weißbärtigen Impressionisten, eingeladen, mit ihm und Degas, mit dem er gerade zusammensaß, Kaffee zu trinken.

„So, so, ihr seid Malschüler?“ sagte der berühmte Maler der Ballettmädchen. „Lauter vielversprechende Künstler vermutlich, wie? Brennt wahrscheinlich darauf, der Welt die Früchte eures Genius zu bescheren?“

Henri war zu aufgeregt, um den Sarkasmus zu bemerken. Er hatte sich vor kurzem mit dem Werk Degas' beschäftigt und hegte seitdem eine Bewunderung für ihn, die an Vergötterung grenzte. Voller Verehrung starrte er über den Tisch hinweg auf das blasse, graubärtige Gesicht, das mit Falten der Verbitterung übersät war. Degas! Er trank Kaffee mit Degas!

Einen Augenblick sog Degas nervös an seiner Zigarette, dann platzte er wieder angreiferisch heraus: „Seht ihr denn nicht, daß ihr keinerlei Chance habt? Welche Belohnung erwartet ihr von der Kunst? Ruhm? In der gesamten Geschichte der Kunst gibt es nur etwa sechzig große Namen. Und da unser Jahrhundert schon Géricault, Daumier, Manet, Ingres und Delacroix hervorgebracht hat, sind eure Aussichten auf Unsterblichkeit gleich Null. Die Kunst ist die grausamste ...“

„Bitte, Edgar“, sagte Pissarro, „sprich nicht so. Du nimmst diesen jungen Leuten ja jeglichen Mut.“

„Ich wünschte, ich könnte es! Sie müßten mir dankbar sein für den ganzen Rest ihres Lebens.“ Er wandte sich wieder den Studenten zu. „Die Kunst ist grausam und ein hartes Brot. Ich kenne ungefähr fünfzig Maler, die soviel verdienen wie ein Tierarzt mit einer mittelmäßigen Praxis. Die anderen verhungern. Und sie waren auch einmal vielversprechende Künstler. Jeder Anstreicher in Paris war einmal ein vielversprechender Künstler ...“

Er war mitten im Zuge, als er plötzlich von Agostina unterbrochen wurde.

„Was willst du?“ fragte er ärgerlich.

„Können Sie ein neues Modell gebrauchen? Meine Kusine ist gerade aus Palermo gekommen – eine wunderschöne *ragazza.*“

„Was geht es mich an, ob sie hübsch ist oder nicht? Ist sie Protestantin?“

„Protestantin!“ Agostina war entsetzt. „*Madonna mia*, kein Mensch ist Protestant in Palermo.“

„Und was für ein Hinterteil hat sie? Birnen- oder apfelförmig?“

„Hinterteil?" Agostina war völlig aus der Fassung gebracht durch diese Fragen. „Meine Kusine hat ein sehr niedliches Hinterteil, so eins wie jedes junge Mädchen."
„Irrtum, Irrtum, anzunehmen, daß die alle gleich wären. Gerade das Hinterteil hat eine ausgeprägte Individualität. Wenn deine Kusine einen apfelförmigen Hintern hat, ist sie für mich uninteressant. Hat sie aber einen birnenförmigen, dann schick sie mir morgen früh ins Studio. Und jetzt laß uns allein. Ich hab noch mit diesen jungen Leuten zu reden."
Er wandte sich wieder an Henri und seine Freunde. „Ihr werdet auch alle verhungern." Er lachte bitter. „Ihr werdet mit Löchern in den Sohlen durch die Straßen trotten, im Winter in euren Studios frieren und beim Anblick des Hauswirts zittern, während ihr doch glückliche und ehrenwerte Bankbeamte, Polizisten oder Postboten werden könntet."
„Edgar, bitte, hör auf", flehte Pissarro noch einmal. „Du nimmst ihnen jegliches Vertrauen, jeglichen Glauben an das Leben."
„Das glaub nur nicht", schnaubte Degas zurück. „Sieh dir doch diese albernen und selbstbewußten Gesichter an. Sie glauben alle, sie wären Michelangelo. Nein, nicht ich werde sie entmutigen, das Leben wird es tun."
Er stand auf und nahm seinen Hut vom Haken. „Na, wir werden sehen ..." Er nickte kurz und ging weg, gefolgt von Pissarro, der mit einer hilflosen Geste der Entschuldigung die Schultern hob.
„Nehmt es nicht so ernst ... Nach dem Essen ist er immer so giftig. Es hängt mit seiner Verdauung zusammen."
„Netter alter Bastard, der Degas, hm?" sagte Rachou, der als erster seine Fassung wiederfand.
Dies schien die Empfindungen der anderen angemessen auszudrücken. Schwankend zwischen Trotz und Gekränktheit standen sie auf und verließen das Restaurant.

Wie im vorigen Jahr verbrachte Henri seine Nachmittage in Rachous Studio, wo er malte, sang und sich mit Erfolg bemühte, ein echter Montmartre-Kunststudent zu werden. Am Abend ging er mit Rachou ins Nouvelle, um sich dort mit den anderen Freunden zu treffen.
Er war jetzt einer von ihnen – beinahe wenigstens. Er hörte ihre Bekenntnisse an, lieh ihnen Geld, gab zahllose Runden Bier aus,

spielte Karten mit ihnen, nahm schüchtern teil an ihren Diskussionen über Kunst, rauchte seine ersten Zigaretten, versuchte seine ersten Flüche und hörte sich ihr endloses Gerede über Liebe und Frauen, besonders über Frauen, an.

Dieses Thema schien unerschöpflich. Zuerst hatte er gedacht, sie hätten eines Tages genug davon, über Mädchen zu reden, aber jetzt wußte er, das würde nie geschehen. Augenscheinlich gab es bei diesem Thema immer wieder neue Aspekte, endlos:

Die Frauen, die sie gehabt hatten. Die Frauen, die sie beinahe gehabt hatten. Die Frauen, die sie hätten haben können. Die Eigenschaften, die sie von Frauen verlangten. Die Dinge, die die Frauen ihnen beigebracht hatten, und die Dinge, die sie den Frauen beigebracht hatten. Die Physiologie der Frauen und ihre Praxis in der Liebe. Die Kunst, die Widerstände der Frauen zu überwinden und ihre Leidenschaft zu entfesseln. Über den Umgang mit Jungfrauen. Über das Verfahren, die Wollust in den Frauen zu wecken, so daß sie alle Zurückhaltung vergaßen und sich stöhnend in Ekstase wanden. Über die Gefahren bei Frauen, das Geld, das sie kosteten, und immer und immer wieder, wie sie überhaupt zu kriegen seien ...

Henri fand es insgeheim sehr langweilig. Er hatte ihre Freundinnen gesehen und konnte nicht verstehen, was sie an ihnen fanden. Es waren meistens magere kuhäugige Wäscherinnen, die sie in irgendeinem Tanzsaal aufgegabelt hatten, Modelle, die in jedem Montmartre-Studio geschlafen hatten, oder kleine Putzmacherinnen am Rande der Prostitution. Die meisten von ihnen waren nicht einmal hübsch, einige ausgesprochen schäbig. Sie trugen selbstgemachte Kleider, schmatzten beim Essen und gebrauchten billige, starke Parfüms. Aber für seine Freunde waren sie Wunderwesen. Sie hatten geheime Reize und bargen Abgründe unbeschreiblicher Wollust. Ihm schien das alles rätselhaft. Er persönlich sah nichts dergleichen, weder in diesen noch irgendwelchen anderen Mädchen.

Er behielt seine Gedanken für sich und genoß die erregende Atmosphäre des Cafés, das Geklapper der Tassen und den Singsang weißbeschürzter Kellner. Wenn man bedachte, daß er noch vor ein paar Jahren ständig im Bett liegen mußte und überzeugt war, nie wieder gehen zu können! Und nun sehe man ihn an: neunzehn Jahre und ein beliebter Kunststudent, der Bier trank, über Michelangelo oder die italienischen Primitiven diskutierte und schlüpfrigen Geschichten über Frauen zuhörte! Es war so aufregend, daß es ihm mit jedem Tag schwerer fiel, sich um sechs Uhr zu verabschieden und nach Hause zu fahren in die bedrükkende Stille von Mamans Wohnzimmer. Wenn er sie doch überreden könnte, ihm zu erlauben, daß er sich auf dem Montmartre ein Zimmer mietete ...

„Verzeih, daß ich wieder zu spät komme", sagte er eines Abends. „Die Fahrt vom Montmartre hierher hat vierzig Minuten gedauert. Es war ein schrecklicher Verkehr."

„Wenn du früher aufbrechen würdest, könntest du rechtzeitig zum Essen hier sein. Soviel ich weiß, ist dein Unterricht doch schon mittags zu Ende, nicht wahr?"

Der Eintritt des Dieners überbrückte die peinliche Stille. Eifrig füllte Henri Suppe auf seinen Teller.

„Und diese Wagen sind scheußlich kalt", sagte er, als sie allein waren. „Ich hol mir sicher noch einmal eine Lungenentzündung dabei."

Sie sah ihn über den Tisch hinweg an. Oh, diese Grausamkeit der Kinder! Wie bedenkenlos bedienen sie sich der unfairsten Waffen, um zu ihrem Ziel zu kommen! Er wünschte sich ein Zimmer auf dem Montmartre. Er hatte es sich schon lange gewünscht. Er war dagegen angegangen, aber schließlich: Jugend braucht Jugend. Er wollte bei seinen Freunden sein, gehen, wohin sie gingen, sich frei und erwachsen fühlen. Welcher Junge in seinem Alter fühlte nicht dasselbe? Er war nicht selbstsüchtig oder taktlos, sondern nur jung.

„Du möchtest gern auf dem Montmartre wohnen, nicht wahr?" sagte sie ruhig.

Ihre direkte Frage warf ihn aus dem Sattel. Er hatte einen umständlichen Feldzugsplan entworfen, und da kam sie und zwang ihn ins offene Feld.

„Auf dem Montmartre?" wiederholte er mit gespielter Überraschung. „Ich hab noch nicht darüber nachgedacht, aber da du es erwähnst, ja, es würde sehr viel günstiger sein. Für meine Arbeit, verstehst du? Ich wäre in der Nähe des Ateliers, und ..."

„... und du könntest länger im Café sitzen und abends mit deinen Freunden ausgehen", sagte sie mit traurigem Lächeln. Gott sei Dank, er verstand es immer noch nicht, zu lügen!

Henri gab es auf. Es hatte keinen Zweck, Maman gegenüber diplomatisch sein zu wollen. Sie durchschaute einen sofort. „Ja,

Maman", sagte er deshalb ohne weitere Umschweife, „ich möchte sehr gern auf dem Montmartre wohnen."
„Ich hab nichts dagegen, aber ich möchte nicht, daß du allein wohnst. Du könntest stürzen, dir die Beine brechen und dann hilflos daliegen."
Er hatte diesen Einwand vorausgesehen. „Es trifft sich gerade, daß Grenier eine Zweizimmerwohnung hat. Ich hab dir doch von Grenier erzählt, nicht wahr? Er ist dreiundzwanzig und sehr seriös. Gerade neulich hat er gefragt, ob ich nicht jemanden wüßte, der ihm helfen würde, die Miete aufzubringen."
„Er hat dich gefragt?"
Er kriegte einen feuerroten Kopf. „Nein, nicht ganz so", gab er zu, „ich habe ihn gefragt."
„Du solltest niemals versuchen zu lügen, Henri. Du hast kein Talent dazu. Aber du kannst deinem Freund sagen, es sei alles in Ordnung."
Der leichte Sieg verwirrte ihn. Sollte er vielleicht gleich wegen eines eigenen Studios fragen? Nein. In diesem Punkt würde sie nicht so schnell nachgeben. Sie wollte nicht, daß er allein wohnte. Er würde noch ein Jahr warten müssen, bis er mit seinem Bild für den Salon anfinge.
„Du bist also wirklich einverstanden, daß ich bei Grenier auf dem Montmartre wohne?" fragte er. Er konnte noch nicht recht an sein Glück glauben.
„Ja, Henri."
„Ich danke dir, Maman!" Impulsiv erhob er sich von seinem Stuhl und gab ihr einen Kuß. „Ich wußte, du würdest mich verstehen. Weißt du, eines der Fenster von Greniers Wohnung liegt gerade Monsieur Degas' Atelier gegenüber. Stell dir vor, daß ich in Degas' Atelier hineinsehen kann!"
Das machte ihr keinerlei Eindruck. „Und wer ist Monsieur Degas?" fragte sie.
„Degas! Aber Maman, er ist der größte lebende Maler. Du solltest seine Ballettmädchen, seine Akte, seine Wäscherinnen sehen! Vorige Woche waren Rachou und ich in seiner Ausstellung bei Durand-Ruel . . ."
Sie hörte nicht zu. Er verließ sie also. Das Leben nahm ihn ihr weg. Voller Selbstvertrauen und Illusionen begann er seinen eigenen Weg. Ihre Hoffnung, ihn bei sich zu behalten und vor

der Welt zu schützen, war zerstört. Wie einsam würde es ohne ihn in der großen Wohnung sein ...
An diesem Abend ging sie, als er schlief, leise in sein Zimmer, hielt die Lampe hoch und betrachtete lange sein armes Gesicht. Dann glitten ihre Blicke über die Umrisse seines Körpers unter der Decke. Wie klein war er, wie furchtbar klein! Nicht viel größer als der Schuljunge, der er gewesen war. Wie ruhig er schlief! Selbst die Schmerzen, die das gelegentliche Zucken in seinem Gesicht anzeigte, störten seinen Schlaf nicht. Nein, der Sturm war noch nicht über ihn gekommen. Noch war er ganz unangefochten von den Freiheiten des Montmartre, dem Kaffeehausgeschwätz, dem Anblick nackter Modelle. Aber die Zeit verging schnell. Bald würden seine Sinne erwachen und ihre Forderungen stellen. Er würde Verlangen nach Frauen und Liebe haben. Dann müßte ihm die Wahrheit über die Grausamkeit seines Lebens aufgehen. Was würde er dann tun, o Gott, was würde er tun?

„Wach auf, Grenier! Zeit zum Aufstehen!"
Aus dem Nebenzimmer kam ein schläfriges Geschimpfe. „Zum Teufel noch mal, warum brüllst du so? Wie spät ist es denn?"
„Gleich acht." Henri gurgelte geräuschvoll und machte ein gewaltiges Wassergeplantsche in der Zinnwanne. „Los, steh auf! Wir kommen zu spät zu Cormon."
„Geh zur Hölle und hör auf, da in der Wanne den Seehund zu spielen. Ich versteh wirklich nicht mehr, warum ich dir dieses Zimmer vermietet habe."
Es war jeden Morgen das gleiche, und es gehörte mit zu dem Montmartre-Glücksrausch, genau wie das tägliche Entzücken beim Erwachen in diesem winzigen Zimmer mit seinem schmalen Messingbett, dem Kleiderschrank aus Kiefernholz und der zinnernen Waschschüssel. Man war frei, man war erwachsen, befreit von Annettes Fürsorge, von Josephs Wachsamkeit und Mamans wissenden Augen.
Er lebte nun auch wie Rachou und die anderen in einem alten baufälligen Haus, er war nicht länger ein Muttersöhnchen, ein Amateur. Jetzt gehörte er wirklich ganz zu ihnen. Er frühstückte mit Grenier in einer Kneipe und ging mit ihm zusammen ins Atelier. Er brauchte nicht mehr den Landauer an der Ecke halten zu lassen, damit die anderen ihn nicht ankommen sahen, und er

hatte es nicht mehr nötig, sich von den Diskussionen im Café wegzustehlen und in die bedrückende Stille der Wohnung am Boulevard Malesherbes zurückzukehren. Das Leben war schön geworden. Er konnte seine Abende mit den Freunden verbringen, er konnte mit ihnen in die aufregenden berüchtigten *cafés chantants* gehen oder in den Zirkus Fernando, wo man Akrobaten, Trapezkünstlern und Kunstreitern, dressierten Pudeln und Clowns zusah und währenddessen spanische Orangen aß. Oder auch in Le Mirliton, eine feuchte Kellerkneipe, wo es nach schalem Bier und abgestandenem Pfeifenrauch stank, wo jeder soviel Lärm machte, wie er wollte, wo man in den Chor patriotischer Lieder einstimmen und Aristide Bruant hören konnte.

Aber das Schönste von allem war, daß er jetzt ins Ely gehen konnte. L'Elysée-Montmartre, „L'Ely", wie jeder es nannte, war ein altes, schäbiges Tanzlokal, billig, laut und lustig. Gleich dem Brunnen auf der Place Pigalle, wo sich die Modelle trafen, gleich den verfallenen Windmühlen, die immer noch ihre regungslosen Flügel ausstreckten, hatte es von jeher hier gestanden – ein Überbleibsel aus alter Zeit, als Montmartre ein entlegener ländlicher Ort und eine Zufluchtsstätte aller Halsabschneider, Gauner und Dirnen aus der Hauptstadt war, die seine Abgelegenheit und den Mangel an Polizisten zu schätzen wußten.

Ein Jahrhundert lang hatte L'Ely keinerlei Verbindung mit der Außenwelt gehabt, sondern war hinsichtlich seiner Kundschaft ausschließlich auf den Bezirk angewiesen gewesen. Mehrere Generationen Montmartre-Grisetten waren zum Tanzen, Flirten und Trinken hierher gekommen und hatten sich den heißen, gezuckerten Wein, der von hemdsärmeligen Kellnern in angeschlagenen Gläsern serviert wurde, schmecken lassen. Von ihrem Gelächter und dem Rauschen ihrer Röcke schwang noch ein leises Echo unter der alten Balkendecke. Dazu kündeten eingekerbte Initialen und pfeildurchbohrte Herzen im Eichenholz der Tische, die vor Alter glatt und schwarz geworden waren, von längst vergangenen Idyllen. Das Haus war sozusagen voll von Geistern, aber es waren freundliche, nachsichtige Geister.

Für die jungen Wäscherinnen, Näherinnen und Modelle von Montmartre war L'Ely mehr als ein Vergnügungsort; es war das verzauberte Schloß voller Romantik und Musik, wo sie für ein paar Sous die Erbärmlichkeit ihres Lebens vergessen und über das ver-

worrene Sehnen ihrer Herzen hinwegtanzen konnten. Hier fühlten sie sich zu Hause und waren der Meinung, sie könnten jedem Laster frönen, weil das, was sie im Ely taten, gleichsam *en famille* geschah und niemanden etwas anging. Demgegenüber hatte Père Pudeur, ein schüchterner alter Mann mit rosigem Schädel, die schier unmögliche Aufgabe, dem Etablissement einen wenn auch noch so schwachen Schein von Wohlanständigkeit zu wahren.
Im Ely trank Henri Glühwein, machte flüchtige kleine Skizzen, beobachtete seine Freunde, wie sie über den Tanzboden karriolten, und winkte ihnen zu, um zu zeigen, daß er auch auf seine Kosten komme und sich amüsiere. Gelegentlich machte Père Pudeur an seinem Tisch halt und erzählte ihm von seinen Nöten. „Oh, oh, diese Montmartre-Mädchen haben die Moral von Straßenkatzen! Weil schon ihre Mütter und Großmütter hier getanzt und unter den Tischen geliebt haben, meinen sie, ihnen gehöre das Lokal und sie könnten machen, was sie wollen. Ich sage Ihnen, monsieur, was hier mitunter in den Ecken und den Waschräumen vor sich geht, das ist einfach haarsträubend. Und es wird von Tag zu Tag schlimmer. Seit dieses Schwein von Dufour" – er wies mit dem Daumen über die Schultern auf den Kapellmeister – „diesen gräßlichen Cancan komponiert hat, ist alles außer Rand und Band geraten. Die Mädchen werden glattweg verrückt, wenn sie die Musik hören. Wissen Sie, was sie machen? Sie schleichen sich vorher in die Waschräume und ziehen sich ihre Höschen aus. Jawohl, das tun sie. Und wenn sie dann die Beine werfen – und Sie wissen, wie hoch manche das können –, tja, dann sieht man reineweg alles, was sie mitgekriegt haben. Entsetzlich! Glauben Sie mir, ein ganzes Regiment von Engeln mit feurigen Schwertern könnte hier keine Ordnung halten."
Im Ely lernte Henri La Goulue kennen, die meistens mit Rachou tanzte und geschickt die ausgefallenen Schritte mitmachte, die der kräftige Südländer auf der Tanzfläche improvisierte. Sie war eine blonde, achtzehnjährige Wäscherin, untersetzt und breitgesichtig, mit einem mächtigen zusammengedrehten Haargebirge, das wie ein riesiger Daumen von ihrem Kopf abstand. Ihre Unterhaltung bestand vorwiegend in Ausbrüchen von Gelächter, rüden Gesten und zotigen Bemerkungen, die laut und in unverfälschtem Montmartre-Gossenslang vorgebracht wurden. Aber als Cancantänzerin hatte La Goulue nicht ihresgleichen. Sie hatte einen natürlichen

Sinn für Rhythmus und eine angeborene Schamlosigkeit der Bewegungen, die einzigartig waren. Henri fand sie faszinierend, er sah in ihr den Prototyp dieser Montmartre-Wäscherinnen, die nach zehn Stunden anstrengender körperlicher Arbeit ihr schwer verdientes Geld ausgaben, um im Ely ein paar weitere Stunden zu tanzen, zu hopsen und zu springen und den Abend endlich mit dem Cancan zu beschließen, diesem wildesten und zügellosesten Tanz, der je erfunden wurde.

Zwischen den Tänzen kamen Henris Freunde an ihren Tisch zurück. Sie wischten sich das Gesicht, setzten sich, zündeten ihre Pfeifen an, gossen ihren Glühwein hinunter, schwatzten, flirteten und küßten ihre Partnerinnen, die ein kleines gekitzeltes Lachen ausstießen und schwache, nicht ernst gemeinte Proteste äußerten: „Nicht doch, laß das, *chéri,* nicht hier ..." Aber bei den Einleitungstakten des nächsten Tanzes schwärmten sie wieder in den Saal und hatten sich bald in der wirbelnden Menge verloren.

Henri vertrieb sich die Zeit damit, die Tänzer zu beobachten, die an seinem Tisch vorbeikamen. Das flackernde Halblicht der Gaslampen verbreitete in der alten Halle eine bernsteinfarbene Dämmerung, in der verschlungene Paare auftauchten, vorüberwirbelten und wieder verschwanden wie Gestalten in einem Traum. Die Männer – meistens junge Apachen, kleine Diebe und angehende Zuhälter – tanzten unnatürlich steif und aufrecht und mit der Teilnahmlosigkeit, die zur Zeit modern war, die Zigarette schlaff im Mundwinkel. Sie waren stolz auf ihre Trikotjacken, ihre Spucklocke und ihre Mützen, die sie schief auf dem pomadisierten Haar trugen. Die Mädchen aber preßten sich eng an ihre Partner, hingen mit geschlossenen Augen und leicht geöffneten Lippen an ihnen und gaben sich der Lust der bewegten Umarmung hin.

Im Ely machte Henri auch die Bekanntschaft des unwahrscheinlich großen und dünnen Jean Renaudin, der auf dem Montmartre allgemein ‚Valentin der Schlangenmensch' genannt wurde und der vom oberen Rand des Zylinders bis zu den Spitzen seiner Lackschuhe beinahe acht Fuß maß. Er war ein wohlhabender Junggeselle, ein sanfter, freundlicher Eigenbrötler, der das Pech hatte, wie ein Leichnam auszusehen. Seine Leidenschaft war Tanzen. Kurz vor Mitternacht pflegte er aufzubrechen und durch dunkle, verlassene Straßen ins Ely zu eilen, um dort – meistens

mit La Goulue – den Cancan zu tanzen und dann rasch wieder zu verschwinden.
Henri langweilte sich hier nie. Er fand es köstlich erregend, in diesem menschen- und lärmerfüllten Tanzsaal zu sitzen, die Tänzer zu beobachten, zu zeichnen, seinen Wein zu trinken und über die Witze seiner Freunde zu lachen. Pünktlich um Mitternacht ertönte ein Beckenschlag, dem ein rollender Trommelwirbel folgte: Der Cancan.
Sofort strömten von jedem Tisch Zuschauer auf die Tanzfläche und stellten sich im Kreis um die Tänzer. Diese standen paarweise mit den Gesichtern zueinander, gespannt mit angehaltenem Atem da. Die Mädchen rafften ihre Röcke, die Männer hielten die Hände erhoben zum Klatschen. Sobald die Kapelle einen raschen Galopp zu spielen begann, gerieten die Tänzer wie aufgezogene Spielzeuge in Bewegung. Die Mädchen hüpften, sprangen, warfen raschelnd die Unterröcke hoch, während die Männer vor und zurück stampften, in die Hände klatschten, sich auf die Schenkel schlugen, in die Knie gingen, wieder hochschnellten, sich in obszönen und exzentrischen Stellungen krümmten und ihre Partnerinnen mit gellenden Rufen anspornten. Augen blitzten, Frisuren lösten sich auf, La Goulue war ein menschlicher Wirbelwind; sie schwang ihre Röcke über den Kopf, warf ihre schwarzbestrumpften Beine hoch, schwenkte den Oberkörper so wild hin und her, daß man meinte, die Nähte ihrer Bluse müßten platzen. Schweiß strömte ihr über das Gesicht, ihre Brüste standen aufrecht und spitz unter der anliegenden Bluse, und an den weißen Schenkeln spielten die Muskeln. Auf dem flaggengeschmückten Podium trieb Dufour seine Leute zu immer größerer Lautstärke und immer schnellerem Tempo an. Tänzer, Zuschauer, Musiker wurden gleichermaßen von einem Massenwahn ergriffen, der den alten Tanzboden in seinen Grundfesten erschütterte. Die Luft prasselte vom Klatschen der Hände, vom Klicken der Absätze, von den Schreien der Tänzer und den zotigen Bemerkungen der Zuschauer. Und alles das raste dahin und ging unter in dem steigenden Spektakel der Blechinstrumente.
Schneller und schneller sprangen, wirbelten und drehten sich die Tänzer, bis sie gleichsam zu Symbolen entfesselter Erregung und Lust wurden. Die Männer schlugen mit den Ellbogen gegen ihre Seiten, stießen die Knie vor, spreizten und schlossen die Schenkel

in akkordeonähnlichen Bewegungen, während die Mädchen, hysterisch, zerzaust, mit verzerrten Mündern und geschlossenen oder weit aufgerissenen Augen auf einem Bein hopsten und das andere mit den Händen möglichst senkrecht hoch über ihren Kopf hielten, bis sie zuletzt, bei dem ohrenbetäubenden Tusch der Instrumente zu Boden fielen und wie aufgeschlitzt dalagen, die Beine gespreizt, die Leiber schlaff, die Körper zur Seite hängend, wie zerbrochene Marionetten.

Im Atelier setzte Henri seine Farben mit Hingabe, hielt seine „falschen" malerischen Instinkte im Zaum und lachte pflichtschuldigst über Cormons Witze. Häufig fuhr er zum Boulevard Malesherbes und berichtete seiner Mutter über seine künstlerischen Fortschritte, über die kleinen Begebenheiten seines Lebens und wie ihn Cormon bei seinem letzten Rundgang gelobt habe wegen der hübschen Behandlung des farblichen Gleichgewichts bei einer liegenden Venus. Er erzählte ihr von seinen Galeriebesuchen mit Rachou und von seiner Begegnung mit dem Kunsthändler Théo van Gogh bei Boussod & Valadon. Er versuchte, ihr seine Begeisterung für Degas und seine wachsende Liebe zum Montmartre begreiflich zu machen. Er beschrieb den Zauber der krummen gewundenen Gassen, das morgendliche Erwachen der Rue Fontaine, wenn er und Grenier zum Frühstücken in die kleine Kneipe gingen, die schiefen alten Häuser, die Wäscherinnen mit den ausgelaugten Armen, die Straßenhändler, die Akrobaten in ihren schmutzigen rosa Trikots, die auf dem Bürgersteig ihre Matten auslegten ... Aber diese Dinge waren nicht leicht in Worte zu fassen. Montmartre war eine Gemütsverfassung und eine Lebensweise. Maman konnte das nicht verstehen. Sie lebte in einer völlig anderen Welt.

Henri hörte weiter die Bekenntnisse seiner Freunde an und half ihnen in ihren Nöten. Gauzi fand eine neue *femme parfaite*, die ihn drei Wochen später verließ, unter Hinterlassung eines Abschiedsbriefes, den sie innig an das Kopfkissen ihres *lit d'amour* gesteckt hatte. Einen Monat lang lief er bitter enttäuscht und aller Liebe entsagend herum, klagte das ganze weibliche Geschlecht der Treulosigkeit an und wollte nichts mehr von den Frauen wissen. Anquetin verlor wiederum seine Geliebte im Louvre, diesmal im Saal der frühen Italiener, und Grenier hatte eine kurze, aber heftige Affäre mit einer Halbweltdame aus der Nachbarschaft. Es war erstaunlich, daß Henri trotz des Matratzengequietsches und der verworrenen Laute, die aus dem Nebenzimmer drangen, so gut schlief.

Rachou lockte mit bestem Erfolg nichtsahnende Mädchen in sein Studio. Er hatte eine individuelle Blitzkrieg-Strategie entwickelt; seine Waffe war die Überraschung, sein Köder Sympathie, sein Jagdrevier die Straße. Den Hut in der Hand, ein harmloses Lächeln auf seinem bärtigen Gesicht, pflegte er sich an seine Beute heranzupirschen. „Pardon, mademoiselle. In der Regel spreche ich auf der Straße keine jungen Damen an. Aber in diesem Fall konnte ich mich nicht bezwingen. Sie müssen wissen, ich bin Maler und gerade im Begriff, dem Salon mein Bild einzureichen – eine Madonna. Als ich nun Ihr schönes Profil sah, die unwiderstehliche Lieblichkeit Ihres Gesichtes . . .“

In neun von zehn Fällen klappte es. Das Mädchen willigte ein, zu der vermeintlichen Madonna Modell zu stehen, und folgte Rachou in sein Studio. Dort erwarteten sie das düstere Panorama des Friedhofs, die Mandoline und die Flasche Calvados unter dem Bett. Diese Eintagsromanzen genügten Rachou vollauf für seinen Bedarf und hielten ihn bei guter Stimmung.

Um die Mitte des Semesters schrieb sich ein neuer Student bei Cormon ein und schloß sich der kleinen Gruppe von Henris Freunden an: Paul Lucas. Er war hübsch, faul und schwerfällig, außer bei plötzlichen und unberechenbaren Einfällen, die er sofort in die Tat umsetzte. Einem solchen Einfall folgend, hatte er beschlossen, Künstler zu werden, und war von der heimatlichen Normandie nach Paris gekommen ohne Rücksicht auf die wohlhabende, empörte Familie, die er zurückließ. Schon während der Reise waren seine künstlerischen Absichten gestorben, und er hatte sich im Atelier nur einschreiben lassen, um seine Anwesenheit auf dem Montmartre vor seinem Vater zu rechtfertigen, einem frommen Provinzbankier, der ihm allmonatlich zusammen mit seinem Fluch ein mageres Taschengeld übersandte.

Ähnlichen unberechenbaren Impulsen folgte Lucas gegenüber Frauen, und zu seinem Kummer waren sie unweigerlich von schnellem und vollkommenem Erfolg gekrönt. Im Handumdrehen hatte sich sein schäbiges Zimmer in der Rue des Abbesses mit den verschiedensten Parfümdüften angefüllt, die von den zahlreichen Besucherinnen hinterlassen wurden. Ihn erfüllte die Leichtigkeit dieser Eroberungen mit Abscheu, denn sein Interesse an Frauen war rein sportlich und dauerte gerade so lange wie die Schwierigkeiten, denen er bei der Jagd auf sie begegnete. Glücklich war er eigentlich nur, wenn das Objekt seiner Bemühungen außer Reichweite blieb. Der Sieg brachte ihm Überdruß, und sein Verlangen welkte mit den Lorbeeren des Triumphs.

So ging der Winter zu Ende. Den eisigen Februarwinden folgten die üblichen Märzregengüsse, die die Seine in einen schmutzigen Wildbach verwandelten. In den Straßen und auf den Dächern schmolzen die letzten Schneeflecken und krochen schließlich als träge wässerige Schlangen in die Abflußkanäle hinunter. Der April kam und brachte der Luft neue Weichheit, den Kastanien am Boulevard Clichy ein blaßgrünes Gefieder und den Straßen huschende Regenschauer, vor denen die Menschen eilig unter den Markisen der Cafés Schutz suchten.

Und dann war es Frühling. Zwischen den Pflastersteinen der Straßen vom Montmartre drängten sich Grashalme hervor, die Wäscherinnen sangen an ihren Bütten, und die Gendarmen schlenderten mit wohlwollendem Lächeln unter ihren Schnauzbärten einher. Für Henri war Montmartre nie so liebenswert wie im Frühling. Er fühlte sich überströmend glücklich, summte vor sich hin und beobachtete Degas vom Fenster seines kleinen Zimmers. In den länger werdenden Dämmerstunden bummelte er mit seinen Freunden nach La Nouvelle, saß dort mit ihnen auf der Terrasse, trank sein Bier, redete über Kunst, schlug mit der Faust auf den Tisch und fluchte fachmännisch als der vollendete Kunststudent, der er nun war.

So endete in einer Atmosphäre ungetrübten Glücks sein zweites Studienjahr.

Nach der abwechslungsreichen Zeit auf dem Montmartre erschien ihm Malromé besonders still. Natürlich war es nett, wieder mit Maman zusammen zu sein, Tante Armandine einmal wieder zu necken, nachmittags in der blauen Viktoria auszufahren und abends mit Abbé Soulac Schach zu spielen. Aber im Grunde war das alles nichts gegen ein Frühstück bei Agostina, die Wortgefechte in La Nouvelle und das Glühweintrinken im Ely.

Eines Abends gegen Ende September sagte er zu seiner Mutter: „Das nächste Jahr ist mein letztes bei Cormon. Dann muß ich mein

Ausstellungsbild für den Salon malen. Dafür brauche ich ein eigenes Studio, Maman."
Sie widersprach nicht. „Gut", sagte sie, „wenn wir wieder in Paris sind, kannst du dich nach einem Studio umsehen."

6

Rue Caulaincourt Nummer 21 war ein vierstöckiges Haus mit grünen Fensterläden und eisernen Balkonen. Es strömte die sanfte Melancholie jener gutgemeinten Experimente aus, die nicht nur mißlungen sind, sondern niemals hätten gemacht werden dürfen.
Kurz nach dem französisch-preußischen Krieg war es von einem gewissen Monsieur Levallier, einem wohlwollenden Pariser Kapitalisten, erbaut worden als erste Verwirklichung eines großen Hausbauprojektes, durch das bequeme und würdige Wohnungen für anspruchsvolle, ehrbare, bemittelte Familien geschaffen werden sollten. Zuerst waren die Mieter entzückt gewesen, und zwar sowohl von der frischen Landluft des Montmartre, von den luxuriösen Einrichtungen des Hauses (auf jedem Treppenabsatz eine Gaslampe, auf jedem Flur eine Toilette und zwei Wohnungen mit eigenen Badezimmern) als auch von der gebildeten und freundlichen Art der Hausmeisterin Madame Micheline Loubet.
Es dauerte indessen nicht lange, bis sie merkten, was es mit der moralischen Atmosphäre Montmartres auf sich hatte. Nachts mußten die Familienväter sich ihren Weg durch Schwärme von Straßenmädchen bahnen, die sich ohne Umstände bei ihnen einhängten und exquisite Vergnügungen versprachen, die ihre Ehefrauen ihnen nie und nimmer bieten könnten. Einige der Herren erreichten ihr Zuhause, andere indessen nicht. Entsetzliche Familienzwiste waren die Folge. Untröstlich sah Madame Loubet ihre Mieter, einen nach dem andern, und manchmal sogar in Gruppen, wieder ausziehen.
Mehrere Monate lang hatte das Haus leer gestanden. Monsieur Levalliers Erben – der Kapitalist war zu seinem Glück gestorben, bevor das Unternehmen zusammenkrachte – hatten Madame Loubet angewiesen, die moralischen Anforderungen an die Mieterschaft auf ein derartiges Minimum herabzumindern, daß jeder, der nur bereit war, die Miete zu zahlen, aufgenommen werden

konnte. Als daher ein paar Tage später ein Montmartre-Flittchen mit Federboa und Netzstrümpfen angetrippelt kam und nach der Hinterwohnung im zweiten Stock fragte, hatte Madame Loubet keine andere Wahl, als ihr schmutziges Geld zu nehmen.

Dann war ein Künstler, ein rothaariger Riese, im vierten Stock eingezogen. Er war sofort an die Arbeit gegangen. Zunächst hatte er, weil ihm an einem großen Studio gelegen war, die Wand zwischen den beiden Vorderzimmern entfernt, den Schutt auf den Treppenflur gekehrt und dort liegen lassen. Dann hatte er ein breites Fenster in die Hauswand geschlagen, wobei etliche Leute auf der Straße von hinausfliegenden Mauerbrocken getroffen wurden. Daß sie wütend mit Fäusten zu ihm heraufdrohten, kümmerte ihn wenig, er spuckte vielmehr auf sie hinunter. Schließlich mußte Madame Loubet intervenieren. Sie klopfte mehrmals an seine Tür. Als endlich aufgemacht wurde, erblickte sie den schwitzenden Künstler in ganzer Länge, völlig nackt, den Hammer in der Hand und Gips im Bart. „Herrlich, was?" brüllte er. „Jetzt kann ich malen! Jetzt hab ich ein Studio!" Er hatte gerade begonnen, große Löcher in die Tür zu sägen zwecks besserer Ventilation, als er gewaltsam durch Gendarmen hinausgesetzt wurde.

Seitdem war Monsieur Levalliers Haus von einer bunten, verrufenen, echten Montmartre-Mieterschaft bewohnt. Die Farben an den Wänden waren verblichen, die Decken abgeblättert, und auf den Fußböden liefen Kakerlaken herum. Seufzend hatte Madame Loubet ihr schmuckes Alpakakleid und ihr Fischbeinkorsett beiseitegelegt. Sie hatte gelernt, beide Augen zuzudrücken und die Mieter zu nehmen, wie sie kamen, immer auf das Schlimmste gefaßt, das denn auch meistens eintraf. Sie verbrachte ihre Tage in der Portierloge, las die Zeitung, pflegte die Geranien, die sie beim ersten Frühlingshauch auf ihr Fensterbrett stellte, und unterhielt sich ausgiebig mit Mimi, einer gelben Straßenkatze, die ihre einzige Freundin und Vertraute war. So lebte sie ihr untadeliges, einsames Leben mitten im Sündenpfuhl von Montmartre.

In der Dämmerung eines Oktobermorgens im Jahre 1885 stand Madame Loubet an ihrem Küchenfenster, schlürfte ihren Milchkaffee und sah wieder einmal einen düsteren, regnerischen Tag heraufkommen. Er erschien ihr so häßlich und kränklich, daß er ihretwegen gern hätte dahin zurückgehen können, woher er gekommen war.

„Oh, dieses Montmartre“, seufzte sie und schüttelte ihre Hängebacken, „es ist entsetzlich.“
Eine Weile blieb sie regungslos und starrte mit der Tasse in der Hand gedankenlos auf die vom Regen gestreiften Scheiben – eine dicke alte Frau mit weitem braunen Rock und rotbraunem Umschlagetuch, das graue Haar zu einem eiförmigen Knoten auf dem Kopf zusammengedreht, in den Augen den sehnsüchtigen, verwirrten Blick der Leute vom Lande, die gezwungen sind, in der Stadt zu leben.
Draußen trommelte der Regen eintönig auf die Schieferdächer der Mansarden, rann in schmutzigen Bächen an den Wänden der halb verfallenen Häuser herunter, tropfte von Dachrinnen, gurgelte aus Abflußrohren und hüpfte auf den Pflastersteinen, zwischen denen er sich hier und da zu wässerigen Spiegeln mit zackigen Rändern sammelte. Auf dem Montmartre hatte der Regen eine ganz eigene Traurigkeit, eindringlicher als irgendwo sonst in Paris. Es war gleichsam flüssig gewordene Verzweiflung, in Wasser verwandeltes Elend.
Madame Loubet hob die Tasse, um den letzten Tropfen Kaffee herauszuschlürfen, warf noch einen verdrießlichen Blick nach draußen und watschelte auf einen Sessel am Fenster zu, in dem sie die meiste Zeit verbrachte und von dem aus sie sehen konnte, was auf der Straße vor sich ging. Stöhnend ließ sie sich hinfallen, zog den Rock um die Knie, stopfte sich das Rückenkissen zurecht, nahm die stahlgeränderte Brille vom Tisch neben sich und entfaltete raschelnd mit einer Art unterdrückter Gier die Zeitung.
Wie alle Pariser Pförtnerinnen war sie eine eifrige und sehr kritische Zeitungsleserin. Sie überflog schnell die Nachrichten über ein Erdbeben in Japan, ein Gemetzel in Indien, eine Revolution in Peru, einen neuen Balkankrieg, um zu interessanteren Dingen zu kommen. Sie las den ersten Absatz eines Artikels über die Große Weltausstellung, die 1889 stattfinden sollte, in vier Jahren also, und für die sie mitten in Paris einen riesigen eisernen Turm bauen wollten.
Einen eisernen Turm, na so was! Mit einem ungeduldigen Achselzucken wandte sie das Blatt um und stürzte sich auf die *mondanités.* Gewöhnlich hatte sie dabei Visionen von luxuriösen Empfangszimmern oder palmengeschmückten Gesellschaftsräumen, in denen sich unglaublich vornehme Herren mit Damen der großen Welt

in schleppenden Abendkleidern und langen Handschuhen im Walzer wiegten oder auch nur in erlesenem Müßiggang daherwandelten.
Aber an diesem Morgen waren die *mondanités* langweilig und brachten sie nicht in die richtige Stimmung. Sie knüllte daher die Zeitung zusammen und zog einen Rosenkranz aus der Schürzentasche. Als sie das Ave Maria zu murmeln begann, trieben die Gedanken hoffnungslos davon. Ihr Kopf fiel schließlich nach vorn, das Kinn fand Halt auf dem rotbraunen Umschlagetuch, sie schlief ein.
Als sie erwachte, hatte der Regen aufgehört. An den Dachrinnen hingen noch Tropfen, aber der Himmel war schon fast blau. Sie wollte gerade wieder anfangen zu beten, als sie das Rumpeln eines näherkommenden Wagens hörte. Rasch schob sie die Gardinen ein wenig beiseite und äugte auf die Straße. Sie sah einen schwarzbärtigen Herrn mit Hilfe eines kurzen Stockes aus dem Wagen klettern.
„Guck mal, Mimi, ein Zwerg", sagte sie zu der gelben Straßenkatze. Dann stand sie auf, um die Tür ihrer Loge zu öffnen.
„Bitte, mein Herr?" sagte sie unverbindlich.
Höflich zog der Fremde seinen Hut, und sie bemerkte, daß er das Haar kurz geschnitten und ordentlich nach einer Seite gekämmt trug.
„Darf ich Sie bitten, mir die Atelierwohnung zu zeigen, die nach dem Schild draußen zu vermieten ist?" sagte er.
„Gewiß, mein Herr." Da stand er vor ihr, vier Fuß hoch, höflich und mit freundlichem Lächeln hinter seinem Pincenez zu ihr aufsehend.
„Aber es ist im vierten Stock", sagte sie und blickte auf seine Beine. „Und die Treppen sind ziemlich steil."
„Ja, sie sehen steil aus", sagte er mit einem Blick auf die Treppe im Hintergrund. „Darf ich aber die Wohnung trotzdem sehen?"
Sie sah ihn noch einmal zweifelnd an, raffte dann mit beiden Händen ihren Rock und begann hinaufzusteigen. Er folgte ihr, indem er mit einer Hand das Geländer hielt, sich mit der andern auf seinen Stock stützte und offensichtlich unter großer Anstrengung die Beine zwang, das Übergewicht des Oberkörpers die Treppe hinaufzutragen. Als sie den vierten Stock erreichten, war er völlig außer Atem, und sein Gesicht glänzte von Schweiß.

„Sie hatten recht", keuchte er und versuchte zu lächeln. „Die Treppen sind sehr steil." Er zog ein Taschentuch aus der Tasche und trocknete sein Gesicht. „Als ob man auf die Alpen kletterte, nicht wahr?"
Sie bemerkte, daß er ungewöhnlich große braune, merkwürdig kindliche Augen hatte. Auf den ersten Blick wirkte er sehr jung, trotz des Bartes.
„Ist der Herr Künstler?" fragte sie argwöhnisch.
„Nein, noch nicht, nur Kunststudent." Seine dicken roten Lippen blieben lächelnd geöffnet. „Ich habe gerade mein drittes Jahr bei Professor Cormon begonnen und will jetzt mit meinem Bild für den Salon anfangen. Deshalb brauche ich ein Studio."
Sie blickte ihn unschlüssig an. Mein Gott, noch ein Künstler im Haus! Aber vielleicht würde dieser anders sein! Er sah so jung aus und war so klein und so höflich. Und er hatte schöne Augen. Vielleicht würde dieser ihr keine Ungelegenheit machen.
Sie steckte den Schlüssel ins Schloß und stieß die Tür auf.
„Oh!" rief er entzückt. „Ein richtiges Studio!"
Ein paar Sekunden lang stand er mit offenem Mund auf der Schwelle, ganz versunken in Bewunderung für den riesigen leeren Raum mit den blaßgrauen Wänden, dem Ofen in der Mitte, dem ungeheuren, deckenhohen Fenster.
Dann hinkte er eifrig durch das Zimmer und sah aus dem Fenster auf das Gewirr von Dächern und Schornsteinen.
„Was für eine schöne Aussicht!" sagte er über die Schulter. „An klaren Tagen muß man Notre Dame sehen können."
Er wandte sich um und bemerkte eine schmale Treppe, die zu einer kleinen Galerie mit Eisengitter führte. „Darf ich da hinaufsehen?"
„Das Schlafzimmer ist links", rief sie ihm nach, als er sich die Stufen hinaufzog.
Von unten sah sie, wie er flüchtig in den kleinen tapezierten Raum blickte, und hörte ihn sagen: „Hübsch, sehr hübsch."
Dann stieß er eine andere Tür auf und rief überrascht: „*Mon dieu,* ein Bad!"
„Ja, mein Herr. Dies Haus ist für feine, wohlhabende Leute gebaut worden. Nicht für den Pöbel von Montmartre! Aber ich muß Ihnen noch sagen, daß die Toilette nicht funktioniert. Der Künstler, der hier wohnte, pflegte Gips hineinzuwerfen. Stellen

Sie sich so etwas vor! Am Ende des Korridors ist aber noch eine Toilette, die können Sie benutzen, bis diese in Ordnung ist. Und die Badewanne funktioniert auch nicht, aber wenn der Herr Bäder nehmen will" – ihr Ton besagte, daß nette Leute dieses Ansinnen nicht stellen würden –, „so könnte ich sie ebenfalls reparieren lassen."

„Oh, das hat keine Eile", sagte er obenhin, als er die Altantreppe wieder herunterstieg, „ich will hier nicht eigentlich wohnen, ich komme nur zum Arbeiten her. Ich habe mit einem Freund zusammen eine Wohnung in der Rue Fontaine."

Ihr Argwohn wurde sofort wieder wach. Zwei Wohnungen? Das ging nicht mit rechten Dingen zu. Kein Mensch hatte zwei Wohnungen.

Der Weg treppab war schweigsam und mühselig. Ängstlich sah sie ihn Stufe für Stufe mit Hilfe seines kurzen Stockes hinunterstampfen. Sicher würde er eines Tages stolpern und sich den Hals brechen . . .

„Ich nehme die Wohnung", sagte er, als sie die Portierloge erreicht hatten.

„Wollen Sie wirklich?" Sie konnte ihre Befürchtungen nicht verbergen. „Bedenken Sie, die Treppen sind sehr steil."

„Oh, das wird schon gehen. Ich bin an Treppensteigen gewöhnt. Das Atelier, in dem ich jetzt arbeite, ist auch im vierten Stock, und die Treppen sind fast so schlimm wie diese. Es ist eine gute Übung. Wie teuer ist die Miete?"

„Für ein Jahr?"

Er nickte.

„Vierhundertzwanzig Francs", sagte sie und wappnete sich gegen den üblichen Widerspruch.

„Gut. Und wann kann ich einziehen?"

Sie war von seinem sofortigen Einverständnis derartig aus der Fassung gebracht, daß sie Mimi vom Stuhl scheuchte und ihn nötigte, sich zu setzen.

„Jederzeit. Aber ich muß erst Ihren Namen notieren." Sie begann nach ihrem Büchlein zu kramen, ließ sich, als sie es gefunden hatte, am Tisch nieder und setzte die Brille auf.

„Also bitte zuerst Ihren Namen", sagte sie lebhaft und hielt den Federhalter schräg über dem Buch. „Es ist wegen der Polizei, verstehen Sie. Die wollen alles wissen."

„Natürlich. Toulouse. Henri de Toulouse ..."
„Ich habe nicht gefragt, wo Sie geboren sind. Ich brauche erst Ihren Namen."
„Ja, ja. Toulouse ist mein Name."
Sie legte den Federhalter hin. „Toulouse ist kein Name, mein Herr, sondern eine Stadt." Ihre Stimme war geduldig, aber bestimmt. „Wo sollte das wohl hinführen, wenn die Leute sich Paris oder Marseille nennen wollten? Nun also, sagen Sie mir schon Ihren Namen." Sie nahm den Federhalter wieder auf und wartete.
„Aber ich sagte Ihnen ja: Toulouse. Ich kann nichts dafür, wenn ..."
„Ich sehe, monsieur belieben zu scherzen", sagte sie unwillig. „Mich geht es ja letzten Endes nichts an, ob monsieur sich Napoleon oder Jeanne d'Arc nennt, aber die Polizei gibt sich damit nicht zufrieden." Ihre Finger schlossen sich energisch um den Federhalter. „Sagen Sie mir jetzt Ihren Namen, wo geboren und so weiter."
Langsam diktierte er: „Henri Marie Raymond de Toulouse-Lautrec-Monfa. Geboren in Albi am 24. November 1864 ..."

Später bereitete und verzehrte Madame Loubet wie gewöhnlich ihr Mittagessen, unterhielt sich mit Mimi, wischte die Treppen auf, erinnerte mehrere Einwohner an die längst fällige Miete, zertrat Kakerlaken, zündete gegen Ende des Nachmittags die Petroleumlampe an und setzte sich wieder in den Lehnstuhl am Fenster, um die Zeitung zu lesen.
Da vernahm sie zum zweitenmal an diesem Tage das Geräusch eines näherkommenden Wagens. Wieder schob sie die Gardine zurück und spähte auf die dämmerige Straße hinaus. Ihre Augen wurden rund vor Verwunderung. Nanu, das war ja kein gewöhnlicher Fiaker. Droschkenkutscher trugen keine Kokarde am Hut, keine weißen Hosen und langen Stiefel. Das war tatsächlich ein privater Landauer! Wer um alles in der Welt ...
Gespannt beobachtete sie, wie der geschlossene Wagen vor dem Hause hielt und der livrierte Kutscher von seinem Sitz kletterte, um den Schlag zu öffnen.
Eine schlanke, grauhaarige Dame stieg aus, sagte ein paar Worte zu dem Kutscher, blickte prüfend an dem Haus empor und betrat die Vorhalle.

„Gnädige Frau?“ sagte Madame Loubet höflich, denn sie merkte es sofort, wenn sie eine Dame vor sich hatte. „Was steht zu Diensten, gnädige Frau?“

„Kann ich Sie einen Augenblick sprechen?“ sagte die Besucherin leise.

Madame Loubets Blicke gingen über das blasse, vornehme Gesicht hinter dem schwarzen Schleier, das schlichte schwarze Kostüm, das kurze Zobelcape und den Muff, ebenfalls aus Zobel. Sie bat die Dame, in ihrem Lehnstuhl Platz zu nehmen, und bestand darauf, ihr das Kissen in den Rücken zu stopfen. Dann setzte sie sich ihr gegenüber und wartete, die Hände im Schoß.

„Mein Sohn hat heute morgen hier eine Wohnung gemietet ...“

„Ihr Sohn!“ Madame Loubet schnappte nach Luft. „Ach so, der Zwerg ...“ Die Worte waren ihr unversehens entschlüpft. „Verzeihen Sie, madame“, murmelte sie, „ich wollte nicht ...“

Die Lippen der Dame waren blaß geworden, und der Ausdruck ihres Gesichtes wurde verschlossen und kummervoll. „Ja“, sagte sie schließlich, „er brach sich als Kind die Beine ...“

In der lampenerleuchteten Stille der Portierloge sprach sie über Henri, über die rätselhafte Krankheit, die gebrochenen Beine, die nutzlosen Operationen, die Anfälle. Hin und wieder ließ Madame Loubet ein Stöhnen des Mitgefühls hören. Es gab keine sozialen Schranken mehr zwischen den beiden Frauen.

„Deshalb habe ich Sie aufgesucht“, sagte Henris Mutter zum Schluß. „Wollen Sie mir versprechen, etwas auf ihn zu achten? Und wenn irgend etwas passiert, wenn er sich die Beine verletzt, würden Sie mir sofort Nachricht geben?“

„Seien Sie unbesorgt“, sagte Madame Loubet, die jetzt ungehemmt weinte und in ihr großes Taschentuch schnaubte. „Ich werde ein Auge auf ihn haben, als wäre er mein eigener Sohn. Ich werde dafür sorgen, daß sein Studio immer aufgeräumt und warm ist, wenn er kommt, und daß er einen Mantel anzieht, wenn es kalt ist. Und ich werde ihm nicht sagen, daß Sie hier waren. Ich weiß, wie empfindlich sie in dem Alter sind.“

Als sie Henris Mutter durch die Halle hinausgeleitete, sagte sie: „Würden Sie mir wohl noch seinen richtigen Namen sagen? Er sagte, er heiße Toulouse, aber ich weiß, das war nur ein Scherz. Wir haben uns beinahe darum gestritten.“

„Er heißt wirklich Toulouse. Sein Vater ist Graf Alphonse de Toulouse-Lautrec.“

„Graf? Dann ist er also auch ein Graf?"
„Ja", sagte die Gräfin müde. „Aber er macht keinen Gebrauch von seinem Titel. Diese Dinge sind im Grunde so unwichtig."
Einen Augenblick standen sie nebeneinander im Hauseingang.
„Ich danke Ihnen, Madame Loubet", sagte Henris Mutter dann und reichte ihr die Hand.
Madame Loubet sah den Landauer die Straße hinunter verschwinden. Es war dunkel geworden. Hier und da leuchteten Fenster gelb in der nebligen Dunkelheit. Fern vom Gare du Nord her heulte ein abfahrender Zug wie ein Tier. Die Traurigkeit großer Städte senkte sich über Paris.

Einige Tage später versetzte ein ungewöhnlicher Begräbniszug die Bewohner der Rue Caulaincourt in Aufregung.
Der Leichenwagen, den eine elende, keuchende Mähre zog, war hoch beladen mit Korbmöbeln, drei Staffeleien, einem Zeichentisch, einer langen Leiter und einem Haufen verschiedenster Dinge, unter denen besonders bemerkenswert eine lebensgroße Venus aus Gips war, die aus dem Wagen herausragte wie ein Leichnam, der ins Leben zurückstrebt. Der junge Riese auf dem Kutscherbock knallte mit der Peitsche und sang einen Schlager nach dem andern. Er unterbrach sich nur hin und wieder, um an seiner langen Pfeife zu saugen und mit den Wäscherinnen und Dirnen, die zum Fenster hinauslehnten, einige Montmartre-Redensarten zu wechseln.
Hinter dem Wagen gingen vier junge Männer in schäbigen Anzügen mit flatternden Halstüchern, die Madame Loubet von ihrem Fenster aus ohne Zögern als Künstler erkannte. Sie erblickte auch ihren neuen Mieter, der dem Zug so eilig wie möglich nachhinkte.
Als sie das Haus erreicht hatten, machten sich die Studenten eilig an die Arbeit und lösten die Stricke, die das Mobiliar zusammenhielten, während Henri auf die Portierloge zuhumpelte.
„*Bonjour*, Madame Loubet", keuchte er, indem er den Hut abnahm und nach Atem rang. „Ich konnte keine Möbelleute auftreiben, deshalb haben sich meine Freunde erboten, mir zu helfen. Haben Sie keine Sorge, wir werden ganz ruhig und vorsichtig sein."
Im nächsten Augenblick hallte das Haus wider von Getrampel, Atelierliedern und Flüchen. Im Gänsemarsch kletterten Henris

Freunde mit den Möbeln auf dem Rücken die Treppen hinauf, stießen überall gegen die Wände und das Geländer, schrien einander von einem Stockwerk zum andern gute Ratschläge zu und verursachten ein erstaunliches Maß an Lärm und Verwirrung.
Oben im Studio trippelte Henri schwitzend in Hemdsärmeln herum, leitete die Möbelverteilung und bot eifrig seine nutzlosen Dienste an.
„He, Lautrec", rief Lucas vom Eingang her, einen Stoß ungerahmter Bilder unter jedem Arm, „wohin mit diesem Dreckzeug?"
„Irgendwo . . . da, in die Ecke. Sei vorsichtig. Eins ist noch nicht ganz trocken."
Lucas ließ seine Last fallen und drehte sich um, den Raum zu besichtigen.
„Das nenn' ich ein Studio! Wenn doch mein alter Geizkragen von Vater mir auch so eins erlauben würde!"
„Du kannst kommen und hier arbeiten, wann du willst."
Die bloße Vorstellung von Arbeit war Lucas widerwärtig. Er machte kehrt und stürzte aus dem Zimmer, gerade als Rachou, tief gebeugt unter der Last des schweren Zeichentisches, hereinstampfte.
„Zum Donnerwetter", brummte er, ließ den Tisch zu Boden gleiten und reckte sich. „Mußtest du ausgerechnet ein Studio im vierten Stock nehmen? Warum bist du nicht gleich auf die Spitze der Vendôme-Säule gezogen, da du schon mal dabei warst? Oder findest du das Treppensteigen so besonders schön?"
Er wankte zum Diwan, der schon unter dem Fenster stand, und setzte sich. Die Hände auf den Knien, inspizierte er den Raum. „Sehr ordentlich!" sagte er anerkennend. „Angefangen vom Nordlicht bis zu der Aussicht."
„Gefällt es dir wirklich?" Henri setzte sich neben ihn. Er hätte am liebsten Rachous Hand ergriffen, aber er hatte gelernt, daß die studentische Etikette jede Gefühlsäußerung verbot. „Vielen Dank übrigens für die Besorgung des Leichenwagens."
Rachou tat die Sache mit einem Achselzucken ab und erhob sich stöhnend. „Ich muß weitermachen. Ist noch allerhand raufzubringen."
Als er aus der Tür ging, hörte man vom Treppenhaus her den Lärm streitender Stimmen. Henri hastete auf den Flur. „Macht doch bitte nicht solchen Krach!" rief er über das Geländer hinunter.

„Ach was, der Gauzi, diese Mißgeburt, hat eine Frau beleidigt, die ich mal näher gekannt hab“, brüllte Anquetin vom zweiten Stock herauf. „Er sagt, sie sei ’ne alte Hexe.“

„Alles, was ich gesagt hab“, schrie Gauzi hinter einer Staffelei hervor, die er schleppte, „war, daß sämtliche Pförtnerinnen alte Hexen sind. Und seine Freundin war eine Pförtnerin.“

„Stimmt, das war sie“, rief Anquetin zurück, „aber sie war schön. Ich ging immer zu ihr in die Loge runter, wenn ihr Mann weg war zum Kohlenliefern.“ Er setzte den dreiteiligen Wandschirm ab, den er die Treppen hinaufwuchtete, und lehnte sich über das Geländer. „Komm du nur rauf hier“, schrie er drohend, „komm rauf, wenn du es wagst, und ich werd dir zeigen, ob Emilie ’ne alte Hexe war. Du stumpfsinniger Banause, noch nie hast du mit solch einem Mädchen geschlafen, wie die war. Du hättest ihren Busen sehen sollen! Wie Marmor war der.“

Von unten hörte man Gauzis verächtliches Schnauben. Gerade vor einer Woche hatte er wieder einen Abschiedsbrief gefunden, diesmal an den Saum seines frisch gewaschenen Hemdes gesteckt, und war daher in düsterer, weiberfeindlicher Stimmung. „Deine Emilie, die war auch nicht anders als alle andern. Eine alte Kracke mit runzligem Bauch und Brüsten runter bis zum Nabel!“

„Runter bis zu den Knien!“ schrie Lucas.

„Sie konnte drauf sitzen!“ überbot ihn Grenier unter einem Korbstuhl hervor, den er auf dem Kopf hinauftrug.

„Sie stolperte über sie!“ brüllte Rachou, der von oben herunterkam.

Jetzt lachten sie alle, und das Treppenhaus hallte wider von den Ausbrüchen ihrer gallischen Heiterkeit. Türen wurden geöffnet. Mieter traten heraus und stimmten in die allgemeine Fröhlichkeit ein.

„Um Gottes willen, hört auf!“ flehte Henri vom obersten Flur her. „Wenn Madame Loubet euch hört . . .“

Sie tat es. Und sie schloß ihn in ihr Herz dafür, daß er ihre weiblichen Gefühle schonen wollte. Künstler waren eine rohe und lärmende Bande, aber er war anders . . .

Gauzi und Anquetin stritten sich immer noch, als sie oben im Studio ankamen.

„Ich versichere dir, Emilie war wirklich schön“, sagte Anquetin versöhnlich. „Und so leidenschaftlich! Du kannst dir nicht vor-

stellen, wozu die mich gebracht hat." Er lehnte den Schirm gegen die Wand und wischte sich mit dem Ärmel den Schweiß von der Allmählich kam der Umzug zum Ende. Einer nach dem Stirn.
andern torkelten die jungen Leute in das Studio, setzten ihre Lasten ab und sich selber breitbeinig auf den Fußboden oder flegelten sich auf den Diwan, pusteten und starrten abgekämpft vor sich hin.
„So, dies ist nun das Letzte", keuchte Rachou, der die gipserne Venus von Milo in den Armen hielt. „Sie wiegt eine Tonne, dieses Weib. Aber, *mes amis,* was für ein Hintern, was für ein gluteus maximus! Ich hab ihn studiert, während ich sie rauftrug, und ich kann euch sagen ..."
„Ich danke euch allen für die Hilfe", sagte Henri, „und ..."
„Ich für mein Teil hab Durst", fiel ihm Grenier ins Wort.
„Der Leichenwagen steht noch unten", sagte Rachou. „Wie wär's, wenn ich euch auf der Rückfahrt zum Friedhof bei La Nouvelle absetzte?"
Der Vorschlag wurde begeistert aufgenommen. Sie sprangen auf und drückten sich die Hüte auf den Kopf.
„Geht ihr schon vor", sagte Henri. „Ich komme später nach."
Wieder hörte man das Gelärme von trampelnden Füßen im Treppenhaus. Dann verging allmählich auch der Laut ihrer Stimmen. Das Zimmer mit seinem tollen Durcheinander wurde plötzlich ganz still. Henri setzte sich auf den Rand des Diwans und ließ seine Augen selig über die schief hängenden Bilder gleiten, über die Staffeleien, die übereinandergestellten Stühle, die Leiter, die Venus von Milo ...
Sein Studio! Endlich hatte er sein eigenes Studio! Hier würde er glücklich sein. Er fühlte es. Dies war der Beginn seiner Laufbahn. Selbst wenn er ein berühmter Porträtist werden sollte, würde er nie diesen riesigen Raum vergessen, den Ofen, das breite Fenster, den Altan mit Schlafzimmer und Bad.
Lächelnd erhob er sich, nahm Hut und Mantel, überblickte den Raum noch einmal mit glücklichen Augen und hinkte hinaus. Sorgfältig schloß er die Tür hinter sich.
Er bemerkte, daß die Gaslampen auf den Treppenabsätzen angezündet worden waren. Wie nett und aufmerksam von Madame Loubet! Offenbar hatte sie Sorge, daß er sich sonst den Hals

brechen konnte auf diesen steilen Stiegen. Ja, hier würde er bestimmt glücklich sein ...

La Nouvelle war überfüllt und zum Ersticken voll von Rauch, als Henri die Tür aufstieß. Er fand seine Freunde am gewohnten Tisch. Seine Ankunft unterbrach die Debatte, die zwischen Gauzi und Anquetin im Gange war, in keiner Weise. Die beiden starrten sich über ihr Bier hinweg noch immer feindlich an, übertrumpften einander in Beleidigungen und bliesen sich gegenseitig den Rauch ihrer langen Pfeifen ins Gesicht.

Henri setzte sich neben Rachou auf die Lederbank, rieb die Gläser seines Kneifers blank, bestellte ein Bier und sah sich um. Es war die den Künstlern heilige Stunde des Apéritif. Die Kellner flitzten mit tollkühn auf den Fingerspitzen balancierten Tabletts von Tisch zu Tisch. Draußen auf der Place Pigalle toste der abendliche Verkehr wie eine wütende Brandung, die jedesmal, wenn sich die Tür öffnete, in das Café hereinrauschte und für einen Augenblick das Gerede und das Geklapper der Tassen auf den Marmortischen ertränkte.

Gegen sechs Uhr waren Henris Freunde mit allem ziemlich vorgeschritten: sie hatten sich gegenseitig ausgiebig beleidigt, hatten ihre Ansichten über Veronese oder Goya oder Delacroix zum Ausdruck gebracht und waren sich mehr oder weniger einig darüber geworden, wie man sich die Frauen zu Sklaven macht und das Schlimmste aus ihnen herausholt. Sie hatten mehrere Runden Bier getrunken, eine Unmenge scharfen Tabak geraucht und fingen an, ein wenig müde zu werden.

Zu diesem Zeitpunkt verkündete Lucas, daß er eine Verabredung mit Julie habe. „Sie arbeitet bei Le Chapeau Fleuri, wißt ihr, einem dieser Modesalons, wo ein Hut fünfzig Francs kostet. Sie ist sehr hübsch, aber mächtig spröde. Ich hab versucht, sie zu küssen. Und wißt ihr, was sie getan hat? Sie gab mir eine Ohrfeige." Sein sportlicher Ehrgeiz war geweckt. Die Möglichkeit einer Niederlage machte seine Augen strahlen. „Ich bin furchtbar scharf auf das Mädel", sagte er und stieß seinen Stuhl zurück.

„Armes Mädchen!" sagte Grenier. „Wenn du sie genau so wie die andern behandelst, täte sie besser, jetzt gleich in die Seine zu springen."

Gleichmütig bezahlte Lucas den Kellner und steckte das Wechselgeld in die Tasche. „Was sollte ich denn deiner Meinung nach tun? Mich verlieben? Frauen machen nur Spaß, wenn man sich nicht in sie verliebt. Liebt man sie, ist man der Dumme. Sie werden unverschämt und sehen sich nach einem um, der sie schlecht behandelt. Das ist ihre Natur. Sie wollen es in der Liebe gar nicht gut haben. Wenn sie eine unglückliche Liebe haben, grübeln und reden sie ihr ganzes Leben lang darüber. Ist man aber nett zu ihnen, vergessen sie einen innerhalb einer Woche." Er nickte ihnen flüchtig Gutenacht zu. „Wir sehen uns morgen bei Cormon."

„Widerlich, die Art, wie sich die Weiber ihm an den Hals werfen", sagte Gauzi neidisch.

Irgend jemand schlug vor, zu Agostina zu gehen und nachher ins Ely. Der Vorschlag wurde einen Augenblick erwogen und dann abgelehnt.

„Heut abend nicht", sagte Rachou. „Ich bin müde. Die verdammte Venus von Milo wog eine Tonne."

Grenier ging; kurz danach folgten Gauzi und Anquetin, die zusammen aufbrachen. Henri und Rachou blieben noch eine weitere Stunde in behaglichem Schweigen allein am Tisch.

„Wollen wir nicht jetzt doch noch was essen?" fragte Rachou plötzlich und klopfte seine Pfeife am Tischrand aus. „Ich bin mächtig hungrig."

Als sie Agostinas Restaurant erreichten, war die Essenszeit vorbei. Das Tambourin war leer bis auf einen älteren ziegenbärtigen Herrn, der seine Zeitung gegen eine Chiantiflasche gelehnt hatte und während des Lesens an einem Apfel kaute, und ein blondes Straßenmädchen mit scharfen Gesichtszügen, die gierig ihre Suppe hinunterschlang. Eine angenehme Muffigkeit mischte sich mit dem Geruch von Essen. Aus der Ecke hinter dem Vorhang hörte man das gedämpfte Geklapper von Geschirrwaschen und den Klang einer Frauenstimme, die ein italienisches Ritornell summte.

Die beiden Studenten setzten sich, und sogleich brach der Gesang ab und Agostina eilte auf sie zu. „*Madonna mia!* Warum kommt ihr so spät? Ich hab schon gedacht, vielleicht haben die *bambini* etwas Besseres gefunden als bei Agostina."

Sie fischte nach Komplimenten, und so versicherten sie ihr, daß es nichts gebe, was sie von ihrem Kochtopf weglocken könne. Bescheiden gab sie zu, daß das Tambourin vielleicht nicht gerade das

beste Restaurant der Welt sei, aber doch immerhin unermeßlich viel besser als diese neumodischen Pariser Restaurants, von denen soviel Aufhebens gemacht wurde.
„Wißt ihr, wo sie die beste Küche der Welt haben? In Palermo! Da gibt es Essen, kann ich euch sagen! Für eine Lira könnt ihr dort essen und trinken wie ein Schwein. Und der Wein! Die Spaghetti! Gut genug für Engel! Ah, Palermo!" Ihre lyrischen Stimmungen steigerten sich in dem Maße, wie die Erinnerungen ihre schönen Augen verdunkelten. „Immer scheint die Sonne in Palermo. Und der Himmel ist blau wie der Mantel der Madonna. Und die Luft ist wie Parfüm ..."
Nachdem sie das Lob Palermos in allen Tonarten gesungen hatte, ging sie in die Küche und kam sofort wieder mit zwei Suppentellern Minestrone zurück.
Die beiden Freunde ließen sich Muße bei ihrer Mahlzeit. Nach einer Weile ging der apfelkauende Herr fort, die Zeitung unter den Arm geklemmt. Das Mädchen saß weiter an ihrem Tisch, rauchte jetzt eine Zigarette und starrte ohne etwas zu sehen auf ihr Abbild in den Spiegelglasscheiben. Von seinem Platz aus beobachtete Henri die langsamen Bewegungen ihrer Hand, das lässige Kräuseln ihrer Lippen und das zarte Beben ihrer Nasenlöcher, durch die sie den Rauch ausstieß. Das Gaslicht machte ihre Züge weicher und sprenkelte ihr Haar mit Gold.
„Hast du schon ein Thema für deine Einsendung?" fragte Rachou plötzlich.
„Zuerst dachte ich an etwas Biblisches. So etwas wie ‚Abraham opfert seinen Sohn' oder ‚Moses schlägt an den Felsen'. Aber das ist zu schwer."
„Da hast du recht", sagte Rachou. „Zuviel Kleinkram."
„Was meinst du zu Ikarus? Du weißt doch, das ist der, der aus dem Labyrinth entfloh und mit Wachsflügeln zu fliegen versuchte. Er würde eine gute Dreieckskomposition abgeben. Ich würde ihn malen, wie er mit ausgebreiteten Flügeln auf dem Felsen steht, im Begriff abzuspringen."
„Ich weiß nicht recht", sagte Rachou unentschieden. „Kein Mensch hat je von dem gehört. Warum machst du nicht eine Venus oder eine Diana? Die sind immer gut. Da brauchst du nur in den Louvre zu gehen, einen Boucher zu kopieren, ein paar Kleinigkeiten zu ändern und fertig bist du."

Eine Weile erörterten sie die verschiedenen Themen, die für Salonbilder annehmbar waren.
„Wie wär's mit einer Kreuzigung?“ meinte Rachou, als die Venus abgelehnt worden war. „Die sind auch sehr gut. Und der Louvre ist voll von Kreuzigungen“, fügte er hilfreich hinzu.
Lang und breit diskutierten sie das religiöse Thema. So ohne weiteres lehnte die Jury nicht so leicht eine Kreuzigung ab, ebensowenig eine Pietà, eine Maria Magdalena, die mit ihren Haaren des Heilands Füße trocknete, oder einen Heiligen Sebastian, der seine Brust den grausamen Pfeilen darbot.
„Ich hab's!“ schrie endlich Rachou und schlug vor Begeisterung mit der Faust auf den Tisch. „Ein Kavallerieangriff! Das ist eine todsichere Sache! Du gehst ins Luxembourg, kopierst einen von den Detailles, änderst zwei oder drei Uniformen und hast es geschafft. Möglicherweise kriegst du dann sogar eine Bronzemedaille.“
Das patriotische Thema stand ernstlich zur Diskussion. Aber technische Schwierigkeiten und die Menge des erforderlichen Zubehörs sprachen dagegen. Ehrlich enttäuscht gab Rachou zu, daß sich ein lebensgroßes ausgestopftes Pferd doch etwas störend im Studio ausnehmen würde.
„Schließlich“, brachte er als letzten Vorschlag hervor, „gibt es immer noch das Thema Familie.“
„Ich weiß. ‚Kleines Mädchen weint über zerbrochene Puppe‘ oder ‚Kleiner Junge nascht Marmelade‘“, sagte Henri ironisch.
Rachou mochte diesen Ton nicht. „Zum Donnerwetter, was hast du gegen ‚Kleiner Junge nascht Marmelade‘?“
„Nichts. Ich will nichts sagen gegen schmutzige Windeln und Bettnässen. Aber man sollte eines Tages darüber hinaus sein. Findest du nicht auch?“
„Also gut.“ Rachou gab es auf. „Wenn du so denkst, dann ist Ikarus deine einzige Chance. Würdig und klassisch. Vorausgesetzt, daß du eine gute geleckte Malerei lieferst. Du weißt, wie Cormon darüber denkt.“ Er merkte, daß Henri gar nicht zuhörte. „Wonach schaust du?“
Henri nickte nach der Richtung des Mädchens, die in Gedanken versunken an ihrem Tisch saß. „Interessantes Gesicht, was?“ flüsterte er. „Siehst du die grünen Schatten auf ihrem Hals?“
Als ob sie erriete, daß von ihr gesprochen wurde, zerdrückte das Mädchen die Zigarette auf ihrem Teller, schüttelte ihre Federboa

auf, legte das Geld für das Essen auf den Tisch und schlenderte hinaus.
„Was ist mit dir los?“ Rachou sah Henri stirnrunzelnd an.
„Nichts. Ich sagte nur, daß sie ein interessantes Gesicht hat. Sie müßte sich gut malen lassen. Es gibt Gesichter, die sind wie Wände, und andere, die durchsichtig wie Fensterscheiben sind. Man sieht durch sie hindurch, verstehst du? Aber entschuldige. Du sprachst von Ikarus und von der geleckten Malerei ...“
„Mit dir nimmt es auch noch mal 'n schlimmes Ende“, sagte Rachou. Seine Stimme war ernst. „Weshalb zum Teufel willst du dieses Flittchen malen? Weil sie grüne Schatten auf dem Nacken und ein Gesicht wie eine Fensterscheibe hat?“
„Das hab ich nicht gesagt. Ich sagte ...“
„Halt 's Maul und laß mich ausreden! Gut. Sagen wir, du malst das Mädchen. Was willst du damit machen? Verkaufen? An wen? Ausstellen? Wo? Wer wird sich schon ein Porträt von einer Montmartre-Hure hinhängen wollen?“
„Niemand wahrscheinlich. Aber nichtsdestoweniger wäre es sehr viel interessanter, sie zu malen, als deinen verdammten Kavallerieangriff oder den Jungen, der Marmelade nascht. Oder auch sogar Ikarus. Hast du denn niemals nur aus reiner Freude am Malen gemalt, nur weil du etwas sagen wolltest? Als Kind habe ich immerzu nur Porträts von meiner Mutter gemacht und alle Leute gequält, stillzuhalten, weil ich sie zeichnen wollte.“
„Und jetzt?“ Rachou sprach mit der gefährlichen Ruhe eines Staatsanwalts, der einen Zeugen in eine Falle lockt. „Jetzt magst du überhaupt nicht mehr malen, was? So ist es doch?“
„Ja. Ich mag nicht mehr. Ich hasse es. Ich hab die idiotischen Venusse und Dianas satt, die wir im Atelier machen. Ich hab es satt, die Schatten mit ungebranntem Umbra zu füllen. Ich hab es satt, die Komposition immer dreieckig zu machen und mich mit geleckter Malerei abzugeben. Wer sagt, daß jeder Pinselstrich geleckt sein muß? Wer bestimmt das? Darf es dieses ‚Geh zur Messe oder scher dich zur Hölle‘ in der Kunst geben? Warum kann ich nicht malen, was ich will, warum kann ich nicht die Schatten blau oder grün machen, wenn ich sie blau oder grün sehe? Warum kann ich nicht ...“
„Weil du nicht kannst!“ donnerte Rachou. „Du hast zu malen, was Cormon will und wie er es gemalt haben will, oder du wirst

nie im Salon aufgenommen werden. Und weißt du, was das bedeutet, wenn du nicht aufgenommen wirst? Das heißt, daß du ebensogut der Künstlerlaufbahn Lebewohl sagen kannst. Als Maler bist du jedenfalls erledigt."

„Du hast recht", sagte Henri. „Ich weiß nicht, was über mich kam. Sei unbesorgt. Ich werde meinen Ikarus malen und in den verdammten Salon kommen, und wenn es das Letzte ist, was ich je mache."

Die Türglocke schepperte, und sie blickten auf. Zwei Männer betraten das Restaurant.

Henri erkannte Théo van Gogh, den Leiter der Galerie Boussod & Valadon. „Aber wer ist der andere?" flüsterte er.

Rachou zuckte die Achseln. „Irgendein Landstreicher, den er hierher zum Essen eingeladen hat."

Théos breitschultriger Begleiter trug schmuddelige farbbekleckste Samthosen und einen schäbigen blauen Rock, der seinen mächtigen Brustkasten eng umspannte. Er hatte keinen Hut; sein ungekämmtes Haar fiel in schwarzen, öligen Ringeln über seine Ohren. An der Tür warf er seine Zigarette auf den Boden, ließ seine dunklen vorstehenden Augen herausfordernd durch den Raum wandern und steuerte mit dem wiegenden Gang der Seeleute auf einen Tisch zu.

Théo van Gogh erkannte die beiden Freunde, entschuldigte sich hastig und kam rasch zu ihnen. „Gerade die beiden, die ich gern treffen wollte. Darf ich mich setzen?" Er zog sich einen Stuhl heran und rief über die Schulter: „Bestell, was du magst, Paul. Ich hab schon gegessen."

„Wer ist das?" fragte Rachou.

Théo lehnte sich über den Tisch und sagte leise: „Paul Gauguin. War Börsenmakler. Gab das aber auf, um Maler zu werden."

„So ein Narr", sagte Rachou.

Théo wurde gesprächig. „Er ist nicht der einzige. Mein Bruder hat sich auch in den Kopf gesetzt, Maler zu werden. Er hat sich an allem möglichen versucht, es aber nirgends lange ausgehalten. Eine Zeitlang glaubte er, Priester werden zu müssen, und lebte unter belgischen Grubenarbeitern. Aber das war auch nicht von Dauer."

„Wie alt ist Ihr Bruder?" fragte Henri arglos. Gleich darauf bedauerte er seine Frage, denn Théo errötete vor Verlegenheit.

„Dreiunddreißig. Viel zu alt, um ein Kunststudium anzufangen. Ich weiß nicht, ob er nun dabei bleiben wird oder nicht." Er zögerte und strich sich langsam über sein welliges rotes Haar. „Immerhin ist er mein Bruder und ich möchte ihm helfen, so gut ich kann. Er schrieb mir, er käme nach den Weihnachtsferien nach Paris. Ich habe ihn für das nächste Semester bei Cormon angemeldet."

Seine Stimme wurde drängend. „Ich wollte Sie beide bitten, nett zu ihm zu sein und dafür zu sorgen, daß ihm nicht die üblichen Atelierstreiche gespielt werden. Er ist außerordentlich empfindlich. Hoffentlich mokieren sich die andern nicht über ihn, weder über seinen Akzent noch über sein Alter."

„Wie heißt er?"

„Vincent. Vincent van Gogh. Sie können ihn leicht erkennen. Er hat ebensolchen roten Bart wie ich. Und er ist ein prächtiger Mensch, wenn man ihn erst mal kennt."

Am nächsten Tag fuhr Henri zu Père Tanguys Laden in der Rue Clauzel, um sich einen Vorrat an Farben zu kaufen und die Leinwand für sein Salon-Bild zu bestellen.

Die Rue Clauzel war zweifellos die ungeeignetste Straße für einen Kunstladen. Während des Tages wurde sie kaum besucht, des Nachts aber erfreute sich dieses Montmartregäßchen einer großen Belebtheit, weil die Raufbolde und Dirnen der Nachbarschaft ihre völlige Dunkelheit zu schätzen wußten. Tanguy, ein überzeugter Anarchist, blieb ihr treu mit der Begründung, Kunst sei ein Ausdruck des sozialen Bewußtseins und müsse in proletarischer Umgebung betrachtet werden. In dieser Überzeugung hängte er das kleine Schaufenster seines Ladens voll mit ungerahmten Cézannes, die niemals jemand ansah.

Als Henri eintrat, saß er hinter dem Ladentisch und rauchte schläfrig seine Pfeife.

„Ah, Monsieur Toulouse, welch ein Vergnügen!" rief er und sprang schnell auf, um einen seiner seltenen Barzahler zu begrüßen. „Und wie ist die werte Gesundheit heute?" Sein rundes flaches Gesicht zeigte eitel Teilnahme. „Und Monsieur Rachou? Wie ist seine werte Gesundheit?"

Und die Herren Anquetin, Gauzi, Grenier, wie war deren werte Gesundheit? Und war es nicht ein abscheuliches Wetter heute?

Das Geschäft lag vollständig still. Die Maler konnten nicht malen, wenn das Licht so trübe war. Deshalb kauften sie weder Farben noch Leinwand. Und infolgedessen lag das Geschäft vollständig still.

„Nun, Monsieur Toulouse, was kann ich für Sie tun?"

„Ich brauche sechs Tuben ungebrannten Umbra und vier Tuben Van-Dyck."

„Sechs große Umbra und vier große Van-Dyck", schmetterte Tanguy mit Trompetenstimme, als ob er eine Legion unsichtbarer Farbenreiber in Aktion setzen wolle.

Aus dem Hinterzimmer fragte eine müde Frauenstimme zurück: „Bar oder auf Kredit?"

Tanguy machte eine ungeduldige Geste. „Aber, *chérie*, bar natürlich. Es ist für Monsieur Toulouse."

„Gott sei Dank!"

Henri bestellte eine große, feinkörnige Leinwand, mehr als acht Fuß hoch und beinahe ebenso breit. Drei Tage später begann er mit seinem Bild für den Salon „Ikarus erprobt seine Schwingen".

Von da an wurden seine Tage und sogar seine Nächte heimgesucht von dem Geist des fliegenden Atheners. Seine Karriere, sein ganzes Leben hing von ihm ab. Gleich nach dem Frühstück bei Agostina hastete er zur Rue Caulaincourt, quälte sich keuchend die vier Treppen zu seinem Studio hinauf und stürzte sich in eine Orgie von ungebranntem Umbra und geleckter Malerei.

Als Madame Loubet ihn zum ersten Male so erblickte, wie er mit der Palette in der Hand auf seinen dünnen Beinen die Leiter hinauf- und herunterkletterte, wurde sie beinahe ohnmächtig und meinte, er sei verrückt geworden.

„Mußten Sie denn wirklich so ein Riesenbild machen?"

Unaufdringlich war sie zu einem Bestandteil seines Lebens geworden. Kaum hatte er zu arbeiten begonnen, so pflegte sie an die Tür zu klopfen und mit freundlichem Lächeln zu fragen, ob sie eben mal nach dem Ofen sehen dürfe. Dann watschelte sie herein, stieß den Feuerhaken in den rotglühenden Bauch des Ofens, rüttelte die Kohlen durcheinander und brummte und schimpfte dabei mit vielen Worten über die Pariser Kohle, die gar nicht gut sei und keine Hitze gebe. Wenn das getan war, blieb sie unter diesem oder jenem Vorwand noch ein wenig da, bis er sie schließlich aufforderte, sich zu setzen.

„Aber nur für eine Minute“, beteuerte sie und ließ sich in den Korbstuhl fallen. Manchmal erzählte sie ihm dann von Monsieur Levallier, dem idealistischen Kapitalisten, dessen Haushälterin sie gewesen war, bevor sie hier in seinem unseligen Bau Pförtnerin wurde. Manchmal las sie ihm auch die Zeitung vor.

So vergingen die Nachmittage. Geduldig stieg er die Leiter hinauf und herunter, füllte die Grundschatten mit ungebranntem Umbra und mühte sich ab mit geleckten Pinselstrichen, bis die Farbe glatt und flach wie ein Seidenband auf der Leinwand lag. Zuweilen allerdings überwältigte ihn die Langweiligkeit dieser Arbeit. Wie lange würde es noch dauern, bis das Gesicht dieser blöden Figur mit ihren leeren Augen, der flächigen Nase und den mädchenhaft karminroten Lippen fertig war? Und diese absurden Wachsflügel? Die schwellenden Muskeln und die Brust, die einer Trommel glich? Immer wieder mußte er sich Rachous Warnung ins Gedächtnis zurückrufen, um dann zähneknirschend weiterzuarbeiten, mit einem Fluch bei jedem Pinselstrich, jedem öligen Schatten dieses glatten butterfarbenen Körpers.

Aber manchmal hielt er es nicht mehr aus. Allen guten Vorsätzen zum Trotz kletterte er dann von der Leiter herunter, setzte eine kleine Leinwand auf die Staffelei und malte eine Montmartre-Szene. Eine Wäscherin zum Beispiel, die mit dem Weidenkorb am Arm die Rue Caulaincourt hinuntergeht; das Gesicht einer Hure, im Vorübergehen auf der Straße oder in irgendeinem Café erhascht; eine Cancanszene, die er am Abend zuvor im Ely skizziert hatte. Sofort verging dann die Müdigkeit. Die alte Begeisterung war wieder da. Und mit ihr das scharfe Grün, das schiefrige Blau, die zarten Malventöne. Die reine Freude am Malen belebte ihn wieder und wurde noch prickelnder durch die vorwurfsvolle Nähe des Ikarus.

So malte er gerade an einer Cancanszene, als es eines Nachmittags an die Tür klopfte und sein Vater eintrat. Madame Loubet warf ihm einen entsetzten Blick zu und zog sich eilig zurück.

„Ich hörte von deiner Mutter, daß du ein Studio gemietet hast, und da wollte ich einmal sehen, wie du dich eingerichtet hast.“ Die Hände auf dem Rücken, den Spazierstock mit dem goldenen Knauf unterm Arm, blickte er sich um. „Nicht übel, gar nicht übel. Das Haus ist zwar ziemlich baufällig, aber ich glaube, alle Häuser auf dem Montmartre sind so.“

Er trat zum Fenster und blieb dort einen Augenblick mit gespreizten Beinen stehen. „Schöne Aussicht. An klaren Tagen kannst du wahrscheinlich Notre Dame sehen." Er wandte sich um und ließ die Blicke wieder durch den Raum gehen. „Ja, hier kannst du wohl nach Herzenslust herummalen. Du warst ja schon als Kind aufs Zeichnen versessen. Vielleicht wirst du ein guter Pferdemaler, wie der arme Princeteau."

Mit klopfendem Herzen beobachtete Henri ihn. Er war betroffen von der Veränderung in der Erscheinung seines Vaters. Gewiß, es war alles noch da: der Seidenhut, die weiße Nelke, die Gamaschen, – aber er schien auf eine Weise verändert, die nichts mit dem Ablauf der Jahre zu tun hatte. Eine fremde Festigkeit, fast Wildheit lag in seinen Augen. Seltsame Gerüchte waren über ihn im Umlauf. Armer Papa, der sich so sehr einen Sohn gewünscht hatte, der mit ihm reiten und in Loury Hirsche jagen könnte ...

„Oben habe ich noch ein Schlafzimmer und ein Bad. Möchtest du sie sehen, Papa?"

Der Graf überging den Vorschlag. „Was ist das?" fragte er und deutete mit dem Stock auf den unvollendeten Ikarus.

„Mein Prüfungsbild für den Salon."

„Was um alles in der Welt hat der mit diesen lächerlichen Flügeln vor?"

„Es ist eine alte griechische Sage. Sein Vater Dädalus hatte ihm ein Paar Wachsflügel gemacht, damit er mit ihnen über das Meer fliegen könne. Aber er kam der Sonne zu nahe, das Wachs schmolz, und er ertrank."

„Ein Idiot weniger in der Welt!" Der Graf zuckte die Achseln und wandte sich von dem Bild ab. „Ich muß jetzt gehen. Es freut mich, daß du es hier behaglich hast."

Als er im Begriff war, zu gehen, fiel sein Blick auf die kleine Cancanszene auf der Staffelei. Er trat näher heran und beugte sich vor, um die wirbelnden Unterröcke und die hochgeworfenen Beine genauer zu betrachten. „Deine Mutter würde ziemlich entsetzt sein, wenn sie den Schund sähe, den du malst. Das ist ja die reinste Pornographie. Dirnen sind ganz angebracht, aber nicht auf Bildern."

Er ging endgültig zur Tür. „Aber das hat nichts zu bedeuten. Nichts hat mehr etwas zu bedeuten."

Auf der Schwelle sahen sie einander einen Augenblick an, als wollten sie noch versuchen, den Abgrund zwischen sich zu überbrücken.
Der Graf wandte sich als erster ab. „Also, lebwohl, Henri."
„Lebwohl, Papa. Ich dank dir für deinen Besuch."
Der Graf erwiderte nichts. Vom Treppenflur aus sah Henri seinen Vater die Treppen hinuntergehen.

Schon Anfang Dezember senkte sich fröhliche Vorweihnachtsstimmung auf Paris herab und zauberte ein Lächeln auf das grimmige Gesicht des Winters. In den Schaufenstern wurde Spielzeug ausgelegt. Die Menschen stampften, beladen mit Paketen, durch den schneeigen Matsch.
Eines Morgens kam Lucas in der Fünf-Minuten-Pause zu Henri.
„Dieses Mädel, die Julie, weißt du . . ."
„Die in dem Modegeschäft arbeitet?"
„Ja. Du, die ist nicht rumzukriegen. Sie sagt, Gott würde sie strafen, wenn sie nachgibt."
„Warum machst du dich nicht an eine andere heran? Du liebst sie doch gar nicht."
„Darauf kommt es nicht an. Das Entscheidende ist, daß es bei mir eine Frage der Selbstachtung geworden ist. Außerdem bin ich inzwischen immer schärfer auf sie geworden. Wenn ich ihr nur 'ne Kleinigkeit zu Weihnachten schenken könnte, dann würde sie sich vielleicht küssen lassen. Frauen sind komisch in bezug auf das Küssen. Es muß irgendwie auf ihre Eierstöcke oder was sie sonst haben, wirken, denn wenn man sie mal geküßt hat, verstehen sie alles gleich viel besser. Nun hab ich in dem kleinen Trödelladen in der Rue Provins gerade einen hübschen kleinen Pelzkragen gesehen . . ."
Henri merkte mit Schrecken, daß seine Freunde Pläne für Weihnachten gemacht hatten, die ihn nicht mit einschlossen. Lucas konzentrierte sich auf Julie, die spröde Putzmacherin; Grenier hatte kürzlich eine Verabredung mit einer geheimnisvollen Schönen erwähnt, über die er sich nicht näher äußern wollte; Rachou hatte seinen Weihnachtsabend „verkauft" an eine alte Tante, die ihm ein Zwanzig-Francs-Stück versprochen hatte, das sie ihm aber erst nach der Weihnachtsmesse aushändigen würde; Anquetin war an Jeannette, eine der Cancantänzerinnen vom Ely, verloren, und

Gauzi hatte wieder eine *femme parfaite* aufgestöbert, diesmal eine Schauspielerin.
Das plötzliche Ausschwärmen seiner Freunde verstörte ihn und machte ihm klar, wie unsicher diese Atelierkameradschaft war, die er für fest und dauerhaft gehalten hatte. Ein paar Monate noch, und sie verließen Cormons Atelier. Die kleine Gruppe würde auseinandergerissen. Es würde keine lärmenden Essen mehr bei Agostina geben, keine Diskussionen in La Nouvelle, keine Abende im Ely ...
Diese Gedanken gingen ihm am Weihnachtsabend durch den Kopf, als er versonnen im Wohnzimmer seiner Mutter auf die glimmenden Holzscheite starrte. Die Lampe warf einen gelben Lichtkreis an die Decke, und auf dem Kamin tropfte die Zeit aus der kleinen Alabasteruhr wie Wasser aus einem undichten Hahn. Draußen türmte sich der Schnee auf dem Fenstersims. Hin und wieder drangen von unten gedämpft die Laute des Straßenverkehrs und der Weihnachtsfröhlichkeit herauf. Und dann war das Zimmer wieder nur von Lampenlicht und Stille erfüllt.
„Was macht der Ikarus?“ fragte die Gräfin und hielt einen Augenblick mit dem Stricken inne. „Bist du zufrieden mit ihm?“
„Oh, ich komme großartig voran.“ Rührende Maman, sie versuchte Interesse zu zeigen an seiner künstlerischen Laufbahn. „Die Grundschatten sind alle fertig und auch das Gesicht. Es muß aber noch viel geglättet werden. Cormon verlangt geleckte Malerei.“
Er sah sie an, als er sprach. Ihre wachsende Entfremdung hing wie ein durchsichtiger Vorhang zwischen ihnen. Eine Welle von Liebe flutete über ihn hin. Arme Maman, wie einsam mußte sie sein!
„Sobald der Salon eröffnet hat, können wir nach Malromé gehen“, sagte er, um ihr eine Freude zu machen. „Und da ich ja fertig bin bei Cormon, könnten wir den ganzen Herbst dort verbringen und sogar bis Weihnachten bleiben.“
Ihre Augen wurden feucht vor Zärtlichkeit. Er wollte sie entschädigen für sein Studio auf dem Montmartre, für die Abende, die er statt mit ihr mit seinen Freunden verbracht hatte. Er wollte ihr zeigen, daß er sie lieb hatte. Und echt Riri, wollte er es in einer verschwenderischen, übertriebenen, fürstlichen Art tun, indem er ihr ganze Wochen und Monate seiner Zeit widmete, ähnlich wie Alphonse, der Hundert-Francs-Scheine als Trinkgelder gab ...

„Ich fürchte, Malromé wird im Herbst nicht sehr freundlich sein. Es regnet dort nach dem Oktober so viel.“
Er blieb hartnäckig dabei, ihr sein Opfer aufzuzwingen. Sicher konnte das Wetter nicht schlechter sein als in Paris, und es würde schön sein, zur Mitternachtsmesse nach Saint André du Bois zu fahren.
„Und dann könnten wir Abbé Soulac zum Weihnachtsessen einladen“, fuhr er fort. „Bitte, Maman, sag, daß du bis Weihnachten bleibst.“
Die schmeichelnde Stimme erinnerte sie an den kleinen Jungen, der auf dem Rasen vor dem Schloß hockte und sie anflehte, ihm für ein Porträt stillzuhalten. Er hatte sich nicht verändert. In gewisser Hinsicht würde er immer ein kleiner Junge bleiben.
„Wir wollen sehen“, sagte sie lächelnd.
Dann sprachen sie von dem Atelier, das er im nächsten Jahr mieten würde. Nicht auf dem Montmartre natürlich, sondern in einem ruhigen, vornehmen Stadtteil.
„Eigentlich müßtest du dann eine Haushälterin haben“, sagte sie. „Was meinst du zu Madame Loubet? Nach dem, was du mir erzählt hast, scheint sie eine sehr nette Person zu sein.“
Das war eine ausgezeichnete Idee. Er würde mit ihr sprechen, sobald der Ikarus für den Salon angenommen war.
Sein Blick kehrte zum Fenster zurück. Müßig beobachtete er die blauen Flammen, die wie winzige Tänzerinnen über die schwelenden Kohlen hüpften. Was mochten seine Freunde in diesem Augenblick tun? Ob Julie wohl vor dem kleinen Pelzkragen aus dem Trödelladen weich geworden war und Lucas endlich seinen Kuß bekommen hatte? Es mußte schön sein, sich von einem hübschen Mädchen küssen zu lassen ...
Über ihr Strickzeug hinweg beobachtete seine Mutter ihn. Er schien ihr unruhig und verstört. Bis jetzt war er noch zu erfüllt davon gewesen, das Leben zu entdecken, um über das Leben nachzudenken. Aber nun war dieser Rausch, in dem er nichts verlangte als zu sehen und zu entdecken, vorbei. Jetzt begann er, das verspätete Jünglingsalter und die sinnliche Unbewußtheit abzustreifen. Noch war er sich dessen nicht bewußt, aber sie fühlte es. Seine Augen waren nicht mehr so klar. Das leidenschaftliche Blut der Toulouse-Lautrecs fing an, sich in seinen Adern zu regen.
Noch war der Sturm nicht ausgebrochen, aber er war unterwegs.

7

Die Weihnachtsferien waren vorüber; sie hatten reichlich drei Wochen gedauert. Längst waren die Spielsachen wieder aus den Schaufenstern verschwunden. Wer wollte nach Weihnachten noch Spielzeug sehen? Selbst das Konfetti und die Papierschlangen waren weggefegt oder von den Regengüssen der letzten Tage weggespült. Die Menschen hatten Festtagslächeln und gefühlvolle Freundlichkeit abgestreift und waren wieder an die Arbeit gegangen. Henri war zu Ikarus und seinem ereignislosen und arbeitsamen Studiendasein zurückgekehrt.

Pflichteifrig saß er eines Morgens im Atelier auf dem kleinen Klappstuhl und mühte sich redlich um seine Diana im Bade, indem er Fleischtöne mischte, das anatomische und farbliche Gleichgewicht ausbalancierte und hin und wieder auf die dicke Maria* blickte, die aufrecht und nackt ein paar Meter von ihm entfernt auf dem Podium stand.

Alles war, wie es immer war. Im Ofen knisterte es leise. Das Atelier war warm, beinahe heiß, gerade angenehm. Schlumberger, der Klassenälteste, las in einer Ecke seine Zeitung und wartete auf eine Fünf-Minuten-Pause. Die Studenten standen an ihren Staffeleien, traten zurück und wieder näher heran, bückten sich, um in ihren Malkästen zu kramen, und drückten Farbe auf ihre Paletten. Und natürlich regnete es. Die Regentropfen klopften mit einschläferndem Geklapper auf das Oberlicht, wie wenn eine Herde kleiner Lämmer auf winzigen Hufen darüber hinlief. Ja, alles war, wie es immer war, und nichts hatte sich verändert, außer — außer, daß nichts mehr war, wie es immer war, und alles sich verändert hatte. Komisch, wie? Und warum war jetzt alles anders?

Henri scheute vor dieser Frage zurück. Ungeduldig lehnte er sich auf seinem Stuhl zurück, um seine Arbeit zu überprüfen. Ein bißchen mehr Umbra mußte in den Schatten dort. Und der linke Arm mußte glatter erscheinen, mußte mehr „geleckt" werden. Würde diese geleckte Malerei je ein Ende nehmen? Warum bestand Cormon so unerbittlich darauf? Und ebenso darauf, daß alles „hübsch" erscheine? Das waren dumme Forderungen. Schließlich war Cormon doch ein intelligenter Mann, der sicherlich Michelangelo und

* Eine Lautrecsche Atelierstudie „La grosse Maria" hängt heute im Stockholmer Museum.

Greco und Hals und Velasquez kopiert hatte und also wissen mußte, daß große Kunst, wirkliche Schönheit nicht „hübsch“ war. Aber noch gestern hatte er geredet über die hübschen Akte, die man von einem guten Maler erwarten müsse. Hübsch und schmissig, keusch und verführerisch sollten sie sein. „Die Brüste sollen die Phantasie nur angenehm kitzeln, nicht mehr. Das Becken muß jungfräulich erscheinen und gleichsam ein Versprechen aller Entzückungen enthalten. Die Scham malt man ohne Haare, am besten etwas verschleiert oder verdeckt durch eine zart sich darüber wölbende Hand, wie bei Tizians Venus.“ Ob er diesen Unsinn wirklich so meinte? Er mußte wohl, denn er wurde immer unduldsamer. Vor einer Woche hatte ein Student ein wenig Mauve in seine Fleischtöne eingeschmuggelt, und man hätte denken können, daß für Cormon die Welt darüber unterging. „Das ist Impressionismus! Ich habe Ihnen gesagt, daß ich in meiner Klasse keinen Impressionismus dulde! Sie haben wohl vergessen, daß ich Mitglied der Jury für den Salon bin?“ Der Student war nicht wiedergekommen. Wozu auch? Er wußte, Cormon würde seine Einsendung zurückweisen. Und er wußte ebenso, daß er ohne Salon als Künstler erledigt war. Aber jetzt genug davon. Zurück an die Arbeit! Her mit dem verfluchten ungebrannten Umbra!

Henri nahm einen neuen Pinsel, glättete die Borsten in der Handfläche, tauchte ihn in das Häufchen brauner Farbe auf seiner Palette und widmete sich der langweiligen Aufgabe, die Farbe mit vorsichtigen Strichen auf die Leinwand aufzutragen.

Aber wieder glitten ihm die Gedanken davon. Er dachte an Ikarus, der auf ihn wartete, und fühlte sich elend bei der Vorstellung, auch den Nachmittag mit sorgsam geleckter Malerei verbringen zu müssen. Ob dieser gottverfluchte Grieche wohl je fertig werden würde?

Die Heftigkeit seines Widerwillens erschreckte ihn. Was war mit ihm los? Er hatte doch gewußt, daß Ikarus eine Plage sein würde, aber er wußte auch, daß er der Schlüssel zum Salon war und getan werden mußte. Warum also dieser Abscheu, dieser Ausbruch von Reizbarkeit? Was zum Teufel war mit ihm los? Selbst seine Freunde hatten eine Veränderung bemerkt. Irgend etwas stimmte nicht. Er, der sonst wie ein Klotz zu schlafen pflegte, wälzte sich jetzt unruhig herum und redete im Traum. Das hatte ihm Grenier gesagt. Und dann dieser jähe Stimmungswechsel! Eben noch war

er bester Laune, lachte und schwatzte, und im nächsten Augenblick hätte er am liebsten zu Maman laufen, den Kopf in ihren Schoß vergraben und weinen mögen. Was bedeutete das alles?
Julie! Wie eine geheime Schuld hatte sich dieser Name in irgendeiner Windung seines Gehirns festgesetzt und drang langsam in sein Bewußtsein. Das war es, was ihn verwandelt hatte. Er hatte versucht, es vor sich selbst zu verbergen, und hatte es im Grunde doch die ganze Zeit gewußt. Sie hatte ihm keinen Augenblick Ruhe gelassen, seit Lucas sie zum ersten Male ins Ely mitgebracht hatte.
Ganz plötzlich hatte sie vor ihm gestanden, schlank, blond und schön wie der Frühling. Der Frühling in Gestalt einer kleinen Putzmacherin mit rüschenbesetztem Hütchen, Schleier und dem billigen Pelzkragen, den Lucas ihr zu Weihnachten geschenkt hatte. Welcher Art auch immer ihre Gewissensbisse gewesen sein mochten, sie hatte sie zum Schweigen gebracht. Sie machte keineswegs den Eindruck, daß sie ihn je wieder wegen eines Kusses ohrfeigen würde. Vielmehr verriet sie in jeder Bewegung, jedem Blick, in dem heimlichen Tasten ihrer Hand unter dem Tisch ihre Liebe zu diesem mittelmäßigen, hübschen Normannen. Es war spannend und ein wenig taktlos, diese heimlichen Liebesbezeugungen vor den andern, diese restlose Unterwerfung eines zurückhaltenden Mädchens unter die Forderungen ihres Herzens und ihrer Sinne. Lucas hatte recht, Küssen wirkte Wunder bei den Frauen ...
Sie hatten an jenem Abend nur ein paar höfliche Worte gewechselt. Zweimal hatte sie ihm über den Tisch hinweg zugelächelt. Er hatte beobachtet, wie sie zwischen den Tänzen an ihrem Glühwein nippte, ihr reizendes Lachen lachte und über Le Chapeau Fleuri plauderte, wo sie offenbar nur „Originale“ hatten, nur an Kundschaft lieferten, die im Wagen vorgefahren kam, und sie selber einmal Madame Sarah Bernhardt persönlich bedient hatte. Während sie sprach, hatte er ihre ganze Lieblichkeit in sich aufgenommen. Verstohlen waren seine Blicke über sie hingegangen, hatten die jungen aufrechten Brüste unter der selbstgeschneiderten Bluse gesehen, den blonden Flaum unter ihren Achseln, die warme Rundung ihrer Schenkel. Das hatte ihm eine neue und seltsame Empfindung gegeben, gleichzeitig wunderbar schön und schmerzlich. Und er wußte, daß in dem Augenblick die Verwandlung in ihm begonnen hatte, bei diesem heimlichen Betrachten einer Frau,

die so nahe war und doch so weit entfernt und unberührbar wie ein Stern.
In der Nacht, als er in seinem kleinen Zimmer im Bett lag, war sie wieder zu ihm gekommen. Natürlich nur im Traum, aber ein Traum konnte ebenso wirklich sein wie das Leben. Sie lagen zusammen auf dem Diwan unter dem großen Fenster seines Studios. In dem Licht der Lampe war ihre Haut halb bernsteinfarben, halb mitternächtig blau. Ihre Brustwarzen waren rot wie wilde Erdbeeren. Zärtlich liebkoste er sie, ließ seine Finger über ihren bebenden Leib gleiten, über die feinkörnige Haut ihrer Hüften. Dann berührten sich ihre Lippen, ihr Atem mischte sich, und sie wurden eins in dem pulsenden Strom ihrer verschlungenen Leiber.
Schwer atmend war er erwacht, mit einem neuen Gefühl lustvoller Erschöpfung, einem vollkommenen Wohlgefühl, das er nie zuvor erfahren noch für möglich gehalten hatte. Selbst seine Beine hatten aufgehört zu schmerzen. Er glaubte noch zu träumen und blieb regungslos auf seinem schmalen Eisenbett liegen. Kaum wagte er zu atmen. Zu verwirrt, um zu denken, zu glücklich, um schlafen zu können, hatte er in die Dunkelheit hineingelächelt.
So war es seither jede Nacht gewesen. Auch am Tage kam sie zu ihm, unsichtbar für die andern, für ihn aber so wirklich, daß, wenn sie zufällig im Ely oder La Nouvelle auftauchte, sie nur das Abbild seines Traumes zu sein schien. Sie lächelte ihn an von dem dunklen, glänzenden Hintergrund des Ikarusbildes, neckte ihn, während Madame Loubet aus der Zeitung vorlas oder die Freunde sich stritten und einander Rauch ins Gesicht bliesen. Manchmal war sie spielerisch und keck, ein anderes Mal fast unerträglich weich und zärtlich, dann wieder unnahbar und grausam. Er wurde zum Narren darüber. Sie liebte ihn nicht, würde ihn nie lieben, kannte ihn ja kaum ...
Er riß sich von seinen Gedanken los und zwang sich zur Arbeit. Da war die Staffelei mit der Diana. Sie war gut, sehr gut. Der linke Arm glich in seiner Glätte einem ausgestopften Lederhandschuh. Cormon würde äußerst zufrieden sein. Die Grundschatten waren einfach wunderbar. Eine solide braune Tunke ...
Unwiderstehlich kehrten seine Gedanken zu Julie zurück. Aber mit der erstaunlichen Vielseitigkeit des Geistes konnte er diesmal in heiterer, fast abgeklärter Losgelöstheit auf sich selber herabsehen. Es war alles sehr einfach und natürlich. Nichts war mit ihm

los. Er wollte nur lieben, mit einem Mädchen ins Bett gehen – das war alles. Merkwürdig daran war nur, daß er dieses Verlangen nicht längst schon gehabt hatte. Vielleicht hatte seine lange Krankheit etwas damit zu tun. Was Julie betraf, so war sie offenbar ein Geschöpf seiner Phantasie wie jene schönen Frauen, die sich über die Schulter der Dichter neigten, wenn sie Sonette schrieben. Sie hatte seinem unklaren, gestaltlosen Sehnen nur Form gegeben. Was er jetzt brauchte, war ein Mädchen, ein wirkliches Mädchen aus Fleisch und Blut. Furchtbar einfach. Nichts leichter als das. Montmartre wimmelte ja von Mädchen. Von leichten Mädchen, die begierig waren zu lieben und sich lieben zu lassen, hungrig nach Zärtlichkeit, hübschen Hüten, hübschen Kleidern und Essen in netten Restaurants. Und, wenn es drauf ankam, hungrig nach Geld. Das war alles kein Problem, überhaupt kein Problem ...

„Fünf Minuten Pause."

Schlumbergers Stimme zerriß das Gespinst von Henris glücklichen Träumen. Nach einem triumphalen Pinselstrich legte er seine Palette hin, nahm seinen Stock und hinkte auf einen hageren rotbärtigen Studenten in billigem blauen Serge-Anzug zu, der keine Notiz von der Pause nahm und mit dem linkischen Fleiß des Anfängers weitermalte.

„Sie sind Vincent van Gogh, nicht wahr? Ihr Bruder sagte, er erwarte Sie nach den Feiertagen."

„Und Sie sind sicher Toulouse-Lautrec?" Der neue Student hörte auf zu malen und sah Henri mit seinen hellen Augen an. „Théo hat mir von Ihnen erzählt."

„Wann sind Sie angekommen?"

„Gestern erst. Aber im Louvre bin ich schon gewesen!"

In seinem Ton lag so viel Ehrfurcht und Inbrunst, daß Henri lächeln mußte. Sofort erstarrte van Goghs Gesicht und seine Augen wurden hart.

„Warum lachen Sie? Warum machen Sie sich über mich lustig? Hab ich irgendwas Verkehrtes gesagt?"

„Nein, nein. Entschuldigen Sie bitte." Théo hatte recht, sein Bruder war sehr empfindlich. „Ich hab nicht über Sie gelacht. Ich dachte nur, Sie haben es offenbar kaum abwarten können, diesen alten Friedhof zu besuchen."

„Friedhof?" Vincents Verwirrung wich einem Blitz des Verstehens. „Der Louvre ein Friedhof! Das ist ein guter Witz! Ha-ha-ha! Oh-ho-ho!"
Das Lachen breitete sich ganz und gar über ihn aus, lief in kleinen Heiterkeitsbächen über seine zerfurchten Backen, stieß den Adamsapfel in seinem sehnigen Hals auf und nieder, stürzte sich auf seine Schultern, seine Brust, seine langen Arme. Seine Fröhlichkeit nährte sich von sich selbst und schwoll immer wieder an zu Ausbrüchen rauhen Gelächters.
„Friedhof! Ha-ha-ha! Oh-ho-ho!" Er krümmte sich wie in einem Schmerzanfall, und das Lachen spritzte aus ihm heraus wie Wasser aus einem Schwamm, den man zusammenpreßt. Er glich einem Menschen, der von einem Lachdämon besessen ist.
Henri beobachtete diesen wilden, beunruhigenden Heiterkeitsausbruch mit einem gewissen Unbehagen. Ob alle Holländer so hemmungslos lachten? Die anderen Studenten unterbrachen ihr Gerede, um sich diese Lachexplosionen nicht entgehen zu lassen, und vom Podium starrte die dicke Maria, die ihre Nägel mit dem Aufschlag ihres schwarzen Kimonos polierte, erstaunt auf ihn herab.
Schließlich verrann das Gelächter in gurgelnden, schwächer werdenden Glucksern. „Das war wirklich schrecklich komisch", prustete er und wischte sich die Augen. *„Kolosaal!* Wie sagt man auf französisch? *Epastrouillant!"* Er gebrauchte den Ausdruck aus der Umgangssprache mit dem Stolz des Ausländers, der zeigen möchte, wie vertraut er mit dem Slang einer fremden Sprache ist.
„Sie sprechen ausgezeichnet Französisch", sagte Henri und hoffte inständig, daß diese Bemerkung den Holländer nicht zu neuen Lachkrämpfen reizen würde. „Haben Sie das in der Schule gelernt?"
„Nein. Ich hab es vor vielen Jahren hier in Paris gelernt, als ich versuchte, Kunsthändler zu werden wie Théo. Ich hab sogar eine Zeitlang an einer kleinen Schule in England Französisch unterrichtet. Man lernt eine Sprache am besten, wenn man sie andern beibringt."
Blitze neuen Gelächters erschienen in seinen Augen, und Henri hielt den Atem an. „Mögen Sie mit uns essen?" fragte er schnell. „Sie müssen unbedingt Agostinas Kochkunst kennenlernen. Und nachher können wir in mein Studio gehen, wenn Sie Lust haben."

Die Lachblitze milderten sich zu einem zustimmenden Lächeln. Henri bemerkte, daß es ein ungemein sensitives Lächeln war.
Während des Frühstücks wurde Vincent mit tausend Fragen bestürmt: über Holland, über die Windmühlen, die Kanäle, die Tulpen, den Käse und über die genaue Aussprache seines Namens, der für das französische Ohr wie ein Gurgeln klang. Gab es in Holland wohl solche Ateliers wie das von Cormon? Hatten sie einen Salon, und mußte man dort auch geleckte Malerei und Anatomie büffeln? Und Rembrandt? Hatte er viele Rembrandts gesehen? Hatte er sein Haus in Amsterdam gesehen – oder Rotterdam – jedenfalls irgendwo in Holland? Und die Mädchen, wie waren die? Hatten sie *élan?* Hatten sie *savoir-faire?* Oder waren sie steif wie Nudelbretter? Nun, hier auf dem Montmartre leisteten die Mädchen zuerst ein bißchen Widerstand, aber nach einer Weile waren sie dankbar für die Gewalt, die man ihnen antat. Je kräftiger man vorging, desto größer war die Liebe. War das bei den Mädchen in Holland ebenso?
Die Studenten waren sich noch nicht ganz einig über diesen karottenhaarigen Patriarchen von dreiunddreißig Jahren, der plötzlich mitten unter sie geraten war, der in seinem förmlichen, gutturalen Französisch auf ihre Fragen antwortete und sie dabei mit seinen magnetischen Habichtaugen fixierte.
„Sie haben sicher unsere Mona Lisa im Louvre gesehen?" sagte Anquetin mit seinem besten Konversationston. „Ein Meisterwerk, nicht wahr? Ein unvergleichliches Kunstwerk. Nur der göttliche Leonardo konnte sie malen. Es ist das großartigste Gemälde der Welt, und" – er warf einen herausfordernden Blick in die Runde – „wer das nicht auch findet, der kann mir den Buckel runterrutschen."
Liebenswürdig wandte er sich wieder an Vincent. „Vorige Woche war ich im Louvre und hab sie mir nochmal wieder mit Muße angesehen. Sie war so vollkommen, so edel, so erhaben, daß ich am liebsten vor ihr auf die Knie gefallen wäre."
„Warum hast du's nicht getan?" unterbrach Henri ihn und grinste respektlos. „Woher willst du übrigens wissen, daß es das großartigste Gemälde der Welt ist? Woher weißt du überhaupt, daß Leonardo es gemalt hat?"
„Woher ich das weiß?" Anquetin sah Henri drohend an. Er war sehr eifersüchtig auf seinen Ruf als bester Debattenredner der

Gruppe. Wer immer ihn herausforderte, tat es auf eigene Gefahr. Mit einem nachsichtigen Lächeln sagte er zu den andern: „Dieser kleine Fliegendreck möchte wissen, woher ich weiß, daß Leonardo die Mona Lisa gemalt hat!“ Ähnlich mochte Goliath gelächelt haben, als David ihm gegenübertrat.

Er stärkte sich mit einem Schluck *vino rosso,* betupfte seinen Schnurrbart mit der Serviette und hieb mit der Faust auf den Tisch. „Gut, ich will es dir sagen, du Dummkopf! Ich will dir ganz genau sagen, woher ich weiß, daß Leonardo die Mona Lisa gemalt hat. Ich fühle es nämlich, verstehst du? Ich fühle es, hier, in meinem Herzen!“

„Ich hab dich nicht gefragt, wo du es fühlst. Wenn es danach geht, dann kann ich hier in meinem Herzen fühlen, daß du ein Esel bist. Aber das macht dich ja doch wohl nicht zu einem Esel. Oder doch?“

Die andern lachten. Vincent steckte seine kurze Pfeife an. Anquetin kriegte einen roten Kopf. Er hatte mit einem Knockout auf den ersten Schlag gerechnet.

„Das Lächeln!“ brach er aus, wie vom Blitz der Inspiration getroffen. „Selbst eine einäugige Mißgeburt wie du muß dieses bebende, ungewisse, sinnverwirrende Lächeln ihrer Augen bemerkt haben. Wenn du zu behaupten wagst, sie lächelt nicht mit den Augen, kannst du mir gestohlen bleiben.“

„Von mir aus kann sie mit dem Nabel lächeln. Was ich wissen will, ist, verdammt noch mal, woher du weißt, daß sie von Leonardo gemalt ist.“

„Das ist ganz einfach“, versetzte Anquetin nach kurzem Schweigen in einem neuen Ausbruch von Inspiration. „Die Technik zeigt es. Jawohl, die Technik, mein Lieber. Der Strich. Jeder kann Leonardos Strich erkennen.“ Er lehnte sich in seinem Stuhl zurück, überzeugt, seinen Gegner geschlagen zu haben. „Sag was dagegen, wenn du kannst.“

„Das kann ich weiß Gott“, sagte Henri. „Hör zu und konzentrier dein Amöbengehirn eine Minute lang, wenn das möglich ist. In London gibt es ein Museum, das heißt Nationalgalerie und ist sozusagen der Louvre der Engländer. Da haben sie eine Fassung der Madonna in der Felsgrotte, die ganz anders als unsere ist. Man nimmt an, daß sie mit Hilfe eines seiner Schüler von Leonardo gemalt ist ... Augenblick noch! Unterbrich mich nicht“, sagte er, als Anquetin etwas sagen wollte. „Kein Mensch hat je feststellen können, welche Partien von Leonardo gemalt sind und welche von seinem Schüler. Der Strich war absolut der gleiche. Möglicherweise hat der Schüler sogar das Ganze gemalt.“

Anquetin hatte seine Pfeife angezündet und blies Henri Rauchwolken ins Gesicht; eine bewährte Kampfmethode.

Henri hustete und wedelte den Rauch mit der Hand fort. „Ich werde dir sagen, woher du weißt, daß Leonardo die Mona Lisa gemalt hat.“

„In Ordnung“, hohnlachte Anquetin, entzückt von dem Seitenwechsel. „Sag du es mir.“

„Durch das kleine Metallschild am Rahmen!“ Henri grinste. „Jawohl, mein Lieber, durch das kleine Metallschild mit der Aufschrift ‚Leonardo da Vinci. 1452–1519‘. Daher weißt du es. Wenn du die Mona Lisa in einem Pfandhaus sähest, ungerahmt und verstaubt, so würdest du denken, sie wäre irgendein rissiges, kräftig gefirnißtes Renaissance-Porträt, und würdest vielleicht fünfhundert Francs dafür geben.“

„Wenn ich fünfhundert Francs hätte, wüßte ich, was ich damit täte!“ sagte Rachou wehmütig.

„Aber im Louvre“, fuhr Henri fort, nachdem die andern sich ausgiebig darüber ausgelassen hatten, was sie tun würden, wenn sie fünfhundert Francs hätten, „im Louvre ist das natürlich ganz was anderes! Man nimmt den Hut ab, geht auf Zehenspitzen und wagt nur flüsternd zu sprechen, als sei man in der Kirche. Im Vorübergehen liest man die kleinen Messingschilder: Correggio, Rembrandt, Tizian, Rubens. Jedesmal macht man im Geist eine Verbeugung und bekreuzigt sich. Und wenn man dann zur Mona Lisa kommt, ist man groggy vor Ehrfurcht. Man sieht nicht eine unbedeutende mittelalterliche Florentiner Hausfrau, die die Hände über dem Magen faltet und ein kleines Lächeln in den Augenwinkeln hat, sondern man sieht Leonardo. Einen legendären, romantischen, literarischen Leonardo, umhüllt von der Glorie seines Bartes und seines Genius. Man sieht Florenz, den Ponte Vecchio, die Tauben, die Medici, lautespielende Damen in Brokatkleidern – und man möchte am liebsten vor all dem auf die Knie fallen.“

„Das ist nicht wahr!“ donnerte Anquetin. „Man sieht einzig und allein den Genius. Genie, mein armer Irrer, ist wie ein Diamant.

Man erkennt es mit einem Blick. Es springt einem in die Augen. Man sieht es klar wie die Sonne an einem Rembrandt, einem Tizian, einem Leonardo! Jeder kann es erkennen!"
„Verflucht noch mal!" schrie Henri, und Rachou strahlte vor Stolz über die Fortschritte seines Schülers. „Warum hat es dann Mona Lisas Ehemann nicht erkannt? Er wies bekanntlich das Bild zurück. Himmel und Hölle, wenn es so leicht sein soll, das Genie zu erkennen, wenn es einem geradezu in die Augen springt, warum hat dann Lorenzo di Medici es nicht gesehen? Warum ließ er Leonardo Tischkarten und Kostüme für Maskenbälle entwerfen, anstatt ihn in Frieden malen zu lassen? Warum, wenn jeder das Geniale in seinem Werk erkennen kann, ist Rembrandts Nachtwache verlacht worden und hat man ihn in Armut sterben lassen? Und Watteau, der Firmenschilder malen mußte? Und Teniers, der die Nachricht über seinen eigenen Tod verbreiten mußte, damit seine Bilder für ein paar Francs verkauft wurden? Und Chardin, der ein Bild für eine Weste eintauschte? Warum haben sämtliche Zeitgenossen den Genius dieser Großen verkannt, wenn wir uns so klar darüber sind? Und wenn wir so klug und klarsehend sind in bezug auf die alten Meister, warum sind wir so verdammt blind gegenüber den Lebenden? Woher zum Beispiel willst du wissen, ob nicht Cézanne ein großer Künstler ist und eines Tages neben deinem göttlichen Leonardo im Louvre hängen wird?"
„Wer ist Cézanne?" fragte Vincent.
„Niemand", versicherte Gauzi vom Ende des Tisches her. „Lautrec versucht nur, geistreich zu sein."
„Es mag was dran sein an dem, was du sagst", sagte Rachou gönnerhaft zu Henri. „Aber du gehst zu weit. Schließlich weiß jeder, daß Cézanne nicht malen kann. Selbst die Impressionisten haben ihn nicht auf der Rechnung. Sie haben seine Bilder immer in die Ecke gehängt, wo kein Mensch sie sehen kann." Er fühlte sich verantwortlich für seinen Schützling, dieses Muttersöhnchen, aus dem er einen zünftigen Kunststudenten gemacht hatte. „Verflucht noch mal, es ist weiß Gott nicht einfach, in den Louvre zu kommen. Und wenn du sagst, Cézanne würde eines Tages im Louvre hängen, dann redest du wirklich wie ein Kind daher. Das ist genau so kindisch, als wenn du sagtest, du selber würdest eines Tages im Louvre hängen!"

Das Gespräch wandte sich wieder Vincent zu. Man gab ihm ausführliche und einander widersprechende Ratschläge: wo er auf Kredit kaufen könne, welche Sorte Kohlefixativ er nehmen solle und wo ein gebrauchtes Handbuch der Anatomie zu verkaufen sei. Das Essen endete schließlich in einer heftigen und allgemeinen Diskussion über den relativen Wert der Dreieckskomposition, des farblichen Gleichgewichts und sämtlicher Forderungen, die an ein Bild für den Salon gestellt wurden.
Immer noch redend, verließen sie Agostinas Restaurant und gingen nach verschiedenen Richtungen auseinander.

„Ziemlich verwirrend, was?“ sagte Henri zu Vincent, als sie die Rue Caulaincourt hinaufgingen.
Vincent van Gogh hielt den Kopf gesenkt und die Mappe eng unter den Arm geklemmt. „Ich dachte, hier in Paris könnte ich etwas lernen und vielleicht ein Künstler werden“, sagte er schließlich. „Jetzt bin ich dessen nicht mehr so sicher. Vielleicht hatte Théo doch recht; vielleicht bin ich zu alt.“
Alle Heiterkeit war verschwunden. Er wirkte so verwirrt, so fremd und verloren in dieser Montmartre-Straße, daß er Henri leid tat.
„Nur nicht den Mut verlieren. Lassen Sie sich nicht konfus machen von all dem Gerede über Dreieckskomposition und Gleichgewicht der Farben. Es ist in Wirklichkeit nicht so schwierig, wie es sich anhört.“ Und da Mitleid sich gern der Täuschung bedient, fügte er hinzu: „Sie werden uns in ganz kurzer Zeit eingeholt haben.“
Langsam gingen sie weiter zum Studio, wo Madame Loubet auf dem Altan Gipsbrocken zusammenfegte und dabei Unverständliches vor sich hin brummte.
„Diese Klempner, monsieur!“ rief sie Henri von oben zu. „Sehen Sie sich das hier nur an! Wenn ich gewußt hätte, daß sie alles kaputt schlagen, hätte ich die Badewanne nie und nimmer reparieren lassen.“
Sie nickte Vincent kurz zu, machte noch ein paar energische Besenstriche und kletterte schwerfällig die schmale Treppe herunter, in einer Hand den Besen, in der anderen den Eimer.
„Darf ich Ihnen helfen, madame?“ Vincent streckte den Arm aus, um ihr den Eimer abzunehmen.
Die Geste war so spontan und höflich, daß sie ihn erstaunt musterte.

„Nett von Ihnen, aber ich komme schon zurecht. Und nun unterhalten Sie sich beide recht gut und lassen sich's wohl sein." Sie ging hinaus und schloß die Tür hinter sich.

„Sie haben Madame Loubets Herz gewonnen", sagte Henri, während er Hut und Mantel an den Haken hängte. „Es wird gar nicht lange dauern, und sie ist wieder da mit einer Kanne Kamillentee. Sie müssen ihn trinken, auch wenn Sie ihn nicht mögen. Es hat keinen Zweck, sich dagegen zu wehren. Ich hab es versucht. Es ist, als gehe man gegen eine Lokomotive an. So, und nun: wie wär's, wenn Sie mir Ihre Skizzen zeigten?"

Er ging zu dem großen Tisch und stellte die Petroleumlampe weg, um für Vincents Mappe Platz zu machen.

„Kann ich nicht erst Ihre Bilder ansehen?" fragte van Gogh und betrachtete den unvollendeten Ikarus. „Der ist gut gemalt. Man sieht, daß Sie die Anatomie beherrschen. Ich wollte, ich beherrschte sie auch."

„Man braucht nur eine Liste lateinischer Namen auswendig zu lernen. Wenn Sie wollen, können wir das zusammen üben." Henri fand, daß dieser rothaarige Holländer etwas seltsam Anziehendes hatte. „Sie können jederzeit hierherkommen, wenn Sie mögen. Und Sie brauchen sich keine Gedanken deswegen zu machen. Ich habe Rachous Studio zwei Jahre lang mitbenutzt."

Vincent wandte sich Henri zu, aber seine Augen gingen über ihn hinweg, als habe er eine Vision. „Wissen Sie, was ich tun würde, wenn ich so malen könnte wie Sie? Ich würde die Bauern auf dem Felde malen. Ich würde versuchen, ihre Erschöpfung wiederzugeben, das Stechen in ihren Rücken am Ende des Tages, die Art, wie sie sich mitten bei der Arbeit in einer Furche aufrichten und sich mit dem Ärmel den Schweiß vom Gesicht wischen. Ich würde die Felder, die Bäume, die Blumen, die Sonne malen. Gelb würde ich nehmen, viel Gelb, große, dicke Kleckse von Gelb! Gelb ist Gottes Farbe, denn er machte die Sonne gelb!"

Henri erschienen diese Worte sehr merkwürdig. „Es mag schon sein, daß Gott Gelb liebt, aber Cormon liebt Braun", sagte er lächelnd. „Sie sollten sich lieber mit Van-Dyck und ungebranntem Umbra eindecken. Ich werde Sie zu Père Tanguy mitnehmen. Dort kriegen Sie es billig. Was ist los?" fragte er, als Vincent plötzlich quer durch das Zimmer auf die kleine Cancanszene zustürzte. „Oh, das! Das ist ein kleines Bild von den Mädchen, die im Ely Cancan

tanzen. Wir nehmen Sie mal abends mit dorthin, vielleicht heute schon."
„Das ist schön! Schön! Schön!" rief Vincent. Mit jedem Ausruf wuchs seine Begeisterung. „Das ist viel besser als das große Gemälde da! Diese Mädchen leben. Man sieht sie tanzen, man hört die Musik, fühlt die Überfülltheit, riecht die Atmosphäre. Diese Lebensfreude! Warum haben Sie das nicht fertig gemalt?"
„Weil ich keine Zeit dazu hatte. Außerdem fand mein Vater, es sei Pornographie."
„Sie müssen es fertig machen!" sagte Vincent.
„Das werd ich auch irgendwann tun. Aber regen Sie sich doch nicht so auf! Ich dachte, Holländer seien phlegmatisch; Sie müssen wohl eine der Ausnahmen sein, die die Regel bestätigen. Aber natürlich freue ich mich, daß Sie es mögen. Ich mag es selber auch ganz gern. Ich würde nur noch so etwas malen, wenn ich könnte."
„Und warum können Sie nicht?"
„Weil ich in den Salon kommen will, und mit Cancanmädchen kommt man bestimmt nicht hinein. So, aber nun zeigen Sie mir Ihre Skizzen. Sonst ist das Licht nachher weg."
Widerstrebend stellte Vincent die Cancanszene gegen die Wand, setzte sich an den Tisch und löste die Bänder seiner Mappe.
„Vergessen Sie bitte nicht, daß ich Anfänger bin", sagte er. „Ich bin nie in einem Atelier gewesen und habe niemals Malerei studiert." Er nahm einen liniierten, etwas zerknitterten Bogen Konzeptpapier heraus. „Dies ist eine meiner frühesten Zeichnungen. Eine Kopie von Millet, die ich nach einer Buchillustration machte."
Eins nach dem andern reichte er die Blätter über den Tisch.
„Dies sind Rotterdamer Fischer. Dies ist ein alter Weber aus Nuenen. Dies ist Sien, ein Mädchen, mit dem ich befreundet war. Dies sind Brabanter Bauern, Kartoffelesser nennen wir sie."
Als er zum letzten Blatt kam, war das Tageslicht im Vergehen. „So, das war es. Was halten Sie davon?" Seine Stimme zitterte ein wenig. „Glauben Sie, daß aus mir ein Künstler werden kann?"
Langsam legte Henri die Zeichnung, die er noch in der Hand hielt, nieder. Einen Augenblick lang sah er Vincent an, erschüttert von der Bescheidenheit dieses sommersprossigen Mannes, der in fieberhafter Spannung auf seine Antwort wartete. „Ein Künstler? Aber, Vincent, die Skizzen sind herrlich! Großartig! Wie können Sie nur

den leisesten Zweifel an diesen kleinen Kunstwerken und an sich selber haben?"
„Wirklich? Das meinen Sie wirklich?" Vincents Stimme brach vor Bewegung, als ob plötzlich eine innere Feder gesprungen sei. „Sie sagen das nicht nur aus Höflichkeit? Sie glauben wirklich, daß aus mir noch ein Künstler werden kann?"
„Werden? Sie sind ein Künstler, Vincent!"
„Ich danke Ihnen, oh, ich danke Ihnen, Henri. Sie ahnen nicht, was das für mich bedeutet. Ich brauchte es so, daß mir jemand das sagte."
Sie sahen sich über den Tisch hinweg an, lächelten und wußten nicht, wie sie ihre Gefühle in Worten ausdrücken sollten.
„Ich glaube, wir werden Freunde werden", sagte Vincent schließlich zögernd.
„Das glaube ich auch. Ich bin sehr froh, daß Sie nach Paris gekommen sind. Wirklich." Henri fühlte die Unzulänglichkeit seiner Worte, zuckte hilflos die Achseln und stand auf. „Wollen wir ins Nouvelle gehen und ein Bier trinken?"
Es pochte leise an der Tür. Madame Loubet trat ein mit zwei Tassen dampfendem Kamillentee auf dem Tablett.
Henri zwinkerte Vincent zu. „Hab ich's nicht gesagt?" flüsterte er.

In diesem Winter merkte Henri, daß eine Veränderung mit seinen Freunden vor sich ging. Wohl stritten sie immer noch über Kunst und Frauen, fluchten, qualmten ihre Pfeifen und prahlten mit ihren Ausschweifungen und ihrer Männlichkeit, aber hinter den hochtrabenden Reden spürte er eine neue Unsicherheit, eine Furcht vor der Zukunft, die sich in Seufzern und Ausbrüchen von Besorgnis äußerte.
„Wißt ihr noch, was der alte Bastard Degas voriges Jahr bei Agostina zu uns sagte?" fragte Gauzi eines Abends. „Über verhungerte Künstler, die mit Löchern in den Schuhen herumlaufen? Damals hab ich das weiter nicht beachtet, aber jetzt gibt es mir doch zu denken . . ."
„Mir auch", sagte Anquetin. „Wenn ich bedenke, daß ich 'ne gute Anstellung beim Postamt hätte kriegen können!"
Zögernd zog Gauzi einen illustrierten Katalog über Haushaltswaren aus der Tasche. „Katalogillustrationen bringen mächtig viel ein", sagte er mit etwas kläglicher Prahlerei. Er wies auf die Abbildung

einer Suppenschüssel. „Ihr glaubt nicht, was für ein kleines Ding wie das da gezahlt wird."
Sie schwiegen einen Augenblick, völlig einig in ihren Gedanken. Sie hatten Künstler werden wollen. Gut, bald waren sie soweit. Und dann? Wovon zum Teufel sollten sie leben? Jetzt wurde es deutlich, daß ihr Bohemientum nur eine dünne Schicht war. Der gesunde Instinkt des französischen Kleinbürgers sagte ihnen, daß das Leben kein ewiges Gelage im Ely und Biertrinken in La Nouvelle war und daß Cormons Gefasel über Darstellungen der Diana oder einer liegenden Venus sie zwar in den Salon bringen, ihnen aber keine regelmäßigen Mahlzeiten garantieren konnte.
„Ich weiß jemanden", sagte Anquetin, „der fünfundzwanzig Francs für eine Himmelfahrt à la Murillo gibt und siebenundzwanzig für eine Geburt Christi. Und er nimmt alles, was man ihm anbietet."
Rachou verkündete, er habe sich um einen Posten als Museumswärter beworben, zweite Gehaltsklasse. „Das ist die niedrigste", sagte er bescheiden. „Aber ist man erst mal drin, hat man zu essen."
Ein paar Tage später fragte Grenier Henri unvermittelt: „Wie wär's mit Tapeten?"
Sie saßen beim Frühstück in ihrer gewohnten Kneipe auf dem Weg ins Atelier. Die Rue Fontaine wimmelte vom morgendlichen Verkehr und hallte wider von den Rufen der Karrenhändler und den groben Witzen der Kutscher. Hausfrauen mit Pantoffeln und Lockenwicklern feilschten mit Fischweibern oder untersuchten mit der Miene Hamlets, der den Schädel in der Hand wiegt, verschiedene Salatköpfe. Altkleiderhändler, kenntlich an den drei Hüten, die sie auf ihren Kopf gestapelt hatten, riefen ihren altbekannten Singsang aus; chinesische Kesselflicker läuteten ihre kleinen Glokken; Messerschleifer beugten sich, mit einem Fuß im Rinnstein, über ihre blitzenden Räder. Herrenlose Hunde streunten herum, und hin und wieder kam ein Glaser vorbei, der seinen Vorrat an Scheiben auf den Rücken geschnallt trug, hoffnungsvoll nach zerbrochenen Fenstern ausblickte und sein unvergeßliches „*Viiiiiii-trier!*" jodelte.
Henri wollte gerade sagen, daß ihm diese Szene immer wie eine lebendig gewordene Rembrandtsche Radierung erscheine, als Grenier mit seinen Überlegungen fortfuhr. „Höchst interessantes

Geschäft, das Tapetengeschäft. Bringt viel ein. Und stellt außerdem noch künstlerische Aufgaben. Wüßtest du zum Beispiel, wie man eine gute Tapete macht?"
„Ich glaube nicht", gab Henri zu. „Das ist doch ein Handwerk, das man gelernt haben muß."
„Handwerk! Verflucht noch mal, eine Kunst ist es!" Grenier lehnte sich über den Tisch und sprach leiser. „Kannst du dich an die junge Dame erinnern, mit der ich Weihnachten zusammen war? Sie heißt Lili. Sie ist eine richtige junge Dame, keine von diesen Montmartre-Mädchen, die mit jedem ins Bett gehen. Sehr gut erzogen. Na also, die ist wild nach mir. Ihr Vater hat ein Tapetengeschäft. Er hat es mir mal gezeigt und mir zu verstehen gegeben, daß ich mit meiner künstlerischen Erfahrung einfach unschätzbar für ihn sein könne."
Henri blickte ihn über den Rand seiner Tasse nachdenklich an. Guter, vernünftiger Grenier! Er wußte also auch, daß das Leben nicht aus Montmartre-Vergnügungen und Tanzereien im Ely bestand...
„Du hast völlig recht", sagte er deshalb auf diese Geständnisse hin. „Heiraten muß etwas sehr Schönes sein."
In diesem Winter kam Henri viel mit Vincent van Gogh zusammen. Er porträtierte ihn, vor einem Glas Absinth sitzend*; er hörte seinen Selbstanklagen, seinen politischen Reden und den ungestümen Ausbrüchen eines von Mystizismus, Alkohol, Krankheit und erwachendem Genie entfachten Geistes zu. Er gewöhnte sich an seine pathetische Bescheidenheit, sein zurückhaltendes Lächeln und beängstigendes Gelächter, an seine eruptive Begeisterung und sein brütendes Schweigen. Im Ely sah er den ehemaligen Priester Montmartre-Flittchen über den Tanzboden schwingen und unbeholfen mit jungen Wäscherinnen flirten, die sich über seine fremde Aussprache, sein Ungeschick und seinen roten Backenbart lustig machten. Und in La Nouvelle sah er ihn Absinth trinken und wilde Bewegungen mit seiner kurzen Pfeife machen, wenn er seine nebelhaften Pläne für eine Künstlerkolonie erläuterte. „Wir würden alle zusammenlegen. Immer, wenn einer von uns ein Bild verkaufte, würde er das Geld aushändigen..."
Wenn sie allein waren, stritten sie unablässig. Ihre Vertrautheit und ihr gegenseitiges Verstehen nährten sich von Meinungsver-

* Das Pastell hängt heute im Städtischen Museum von Amsterdam.

schiedenheiten. Die Verschiedenheit ihres Temperaments und ihrer Erziehung verursachte heftige Zusammenstöße, aus denen sie heiser und als noch bessere Freunde hervorgingen.
„Deine Künstlerkolonie ist Blödsinn“, schimpfte Henri. „Da hat man dir einen Floh ins Ohr gesetzt. Glaubst du denn wirklich, daß Künstler zusammen leben können? Sperre zwei Maler zusammen in ein Zimmer ein, und nach einer Woche schlitzen sie sich mit der Kante ihrer Paletten gegenseitig die Gurgeln auf.“
Eines Nachmittags stürmte Vincent ins Studio und verkündete, er habe jetzt das Licht entdeckt: er würde Pointillist werden.
„Großer Gott, du und Pointillist!“ Henri unterbrach seine Arbeit am Ikarus und lachte den Freund aus. „Vorige Woche warst du Impressionist, weißt du noch? Wie Renoir und Monet.“
„Diesmal ist es etwas anderes“, sagte Vincent mit einem verzückten Ausdruck in den Augen. „Seurat war gestern abend zum Essen da und hat seine Theorien erklärt. Ich sag dir, das ist die Lösung aller künstlerischen Probleme. Und so einfach! Du brauchst nur Optik zu lernen, die Gesetze der Lichtbrechung, das Prinzip der Dominanten, die Dauer der Lichteinwirkung auf die Netzhaut ...“
„... und ungefähr ein Jahr lang an einem Bild zu arbeiten wie Seurat! Kannst du dir vorstellen, daß du ein Jahr lang Punkte auf dieselbe Leinwand tupfst? Ausgerechnet du?“
Sie stritten auch über Politik.
„Es ist mir völlig unbegreiflich, wie ein hirnverbrannter Idealist wie du in seinen Zeichnungen so objektiv sein kann“, sagte Henri einmal in der Hitze des Gefechts. „Nach allen Regeln der Logik müßtest du eigentlich so süßlich malen wie dein Abgott Millet, aber das tust du Gott sei Dank nicht. Deine Kartoffelesser sind echt. Man kann sagen, daß sie schlechte Zähne haben, sich nicht genug waschen, zum Himmel stinken und in jeder Hinsicht elend sind.“
„Die Bauern waren immer elend dran. Es war sogar früher noch schlimmer, als der König ihnen die Ernte stahl.“
„Wo hast du solchen Unsinn gelesen?“
„Es ist wahr!“
„Es ist nicht wahr!“
„Es ist doch wahr.“
„Nein! Großer Gott, geh in den Louvre und sieh dir Breughel, Hals, Teniers und so weiter an und sag mir, ob ihre Bauern ver-

hungert aussehen! Sieh dir die Wänste, die fetten Hinterteile an! Und was tun sie, deine armen verhungerten Bauern? Sie tanzen unter den Bäumen, stopfen sich mit Essen voll, entpfropfen Fässer mit Wein oder Cider. Und ihre Weiber! Feist wie Wachteln. Die Brüste quellen ihnen aus dem Mieder!"

„Warum haben sie dann die Revolution gemacht?"

„Haben sie ja gar nicht. Sie haben sie mit Zähnen und Nägeln bekämpft. Es war deine verdammte Republik, die die Bauern durch Aushebungen zum Militär ins Elend gebracht hat. Ein König hätte nie gewagt, einen Mann von seinem Boden wegzunehmen ... Aber warum streiten wir überhaupt? Laß uns ins Nouvelle gehen und ein bißchen Karten spielen. Ich glaube, ich hab heut abend Glück."

Bald zeigte sich Vincents Ruhelosigkeit aufs neue. Er konnte die Plackerei des Atelierbetriebs nicht ertragen. Lieber stellte er seine Staffelei in einer Straße von Montmartre auf oder blieb zu Hause bei seinem Bruder und malte Stilleben mit schmutzverkrusteten Schuhen oder Bücher mit gelben Rücken. Manchmal verschwand er auch für zwei oder drei Tage, ohne vorher etwas zu sagen, und tauchte dann wieder auf, durchnäßt bis auf die Knochen, mit zerdrücktem Anzug und ungekämmten Haaren. „Ich war weg, um Bäume zu sehen", sagte er. „Ich kann in der Stadt nicht atmen. Wo ich geschlafen habe? Du bist ein komischer Kerl, Henri! Das weiß ich doch jetzt nicht mehr. Irgendwo an der Seine. Der Regen? Du bist drollig. Weißt du nicht, daß der Regen uns Holländern nichts ausmacht? Sieh her, Henri! Sieh, was ich gemacht habe, während ich weg war ..." Schamhaft, beinahe abbittend stellte er ein Bild gegen die Wand. Irgend etwas, was er in drei Stunden heruntergemalt hatte. Ein Gemisch aus Pissarro, Delacroix, Seurat und dennoch ganz eigen im Ausdruck. Alles völlig falsch und doch herrlich.

Oder er kam, keuchend vom Treppensteigen, unerwartet ins Studio, die Skizzenmappe unterm Arm und auf dem Kopf eine runde Pelzmütze, die ihm das Aussehen eines spleenigen Trappers gab. „Henri, du wolltest mir doch Anatomie beibringen. Ich muß was von Anatomie wissen, damit ich ein guter Maler werde. Übrigens, wie gefällt dir meine Kopfbedeckung? *Kolosaal,* was? Außerordentlich praktisch. Im Winter kann man die Klappen herunterlassen, um die Ohren warm zu halten." Er nahm einen Schluck

Rum aus der kleinen Kürbisflasche, die er um den Hals hängen hatte, und atmete tief und wohlig aus. „*Allons, au travail!*" Und die Lektion begann. „Dies, Vincent, ist der latissimus dorsi . . ."
Aber Vincent warf bald seinen Kohlestift gegen die Wand. „Es hat keinen Zweck! Solche Namen werde ich nie lernen. Ich bin zu alt und zu dumm. Komm, wir gehen Stockfisch essen."
Und sie gingen nach der kleinen Wohnung, die die Brüder van Gogh in der Rue Laval hatten, wo Henri nicht nur verschiedene holländische Delikatessen wie Stockfisch mit gebratenen Zwiebeln kennenlernte, sondern auch eine Reihe von unbekannten und sehr gesprächigen Indépendants, deren Werke Théo in seiner Kunsthandlung zwischen Stichen von Meissonier und Idyllen von Barbizon an den Mann zu bringen versuchte.
So verging der letzte Winter in Henris Dasein als Malschüler. Aber dies waren nur die äußeren Erscheinungen, und sie waren, wie die meisten Erscheinungen, trügerisch. Henri führte ein Doppelleben. Er war ein Mensch mit einem Geheimnis. Wie stellte man es an, ein Mädchen zu bekommen?

An jenem Morgen im Atelier war es ihm sehr einfach erschienen, aber bei näherer Betrachtung war es keineswegs einfach. Zunächst: wohin sollte man gehen, um eine zu finden? Ins Ely? Dort fanden seine Freunde meistens ihre Mädchen. Sie spürten immer irgendeine rundäugige Näherin oder Wäscherin auf, die es nach Abenteuern und Romantik gelüstete. Sie setzten ihnen mit Glühwein zu, tanzten mit ihnen und erzählten ihnen, wie einsam sie seien und was für herrliche *nuits d'amour* sie zusammen haben könnten. Früher oder später, oft schon am ersten Abend, nahmen sie sie mit in ihr Zimmer, und eine oder zwei Wochen ging es dann so weiter. Aber um das zu tun, mußte man tanzen können. Also – kam das schon nicht in Frage.
Die Straße? O ja, manchmal gab es wunderbare Gelegenheiten auf der Straße. „Sie sind im Grunde alle bereit", pflegte Rachou, der anerkannte Meister des plötzlichen Angriffs, zu sagen. „Wenn man es nur oft genug versucht, kommt man schon zum Zuge. Mit mathematischer Sicherheit . . ." Er hatte einige aufsehenerregende Eroberungen gemacht auf der kurzen Strecke zwischen Place Pigalle und Place Clichy. Aber dazu mußte man das Mädchen erst überholen. Wie konnte man jemanden überholen, wenn man sich

selbst kaum vorwärtsbringen konnte und alle paar Schritte stehenbleiben mußte, um seine Beine auszuruhen? Und angenommen, man überholte sie, was sollte man sagen? Und was würde sie sagen, wenn sie jemanden sah, der nach Atem rang und sich keuchend auf seinen Stock stützte? Die Straße schied also auch aus.

Was dann? Das Bordell. Der Graue Papagei in der Rue Steinkerque, wo er mit seinen Freunden gewesen war an dem Tag, als Bonnat seine Klasse entließ. Die schmale, mit einem schäbigen Teppich belegte Treppe, die zum Salon führte, der Öldruck der Kleopatra an der Wand, die roten Plüschbänke, der Geruch nach billigem Parfüm. Die Mädchen, nackt unter ihren leichten Kleidern oder langfransigen Schals. Ihre kalten Hände und ihre gemalten Lippen, die wie rote Wunden in den Gesichtern standen. Schon der Gedanke, diese Mädchen zu küssen, machte ihm übel. Nein, das Bordell auch nicht, sondern irgend etwas anderes. Irgendwas . . .

Was also? Weiter von Julie träumen, sie in Gedanken ausziehen, jedesmal heiß und kalt werden, wenn ein Mädchen auf der Straße vorübergeht? Er wälzte sich nachts im Bett, stöhnte im Schlaf und erwachte völlig zerschlagen, gereizt und nach Streit suchend, nur um die Nerven zu entlasten. Aber er machte weiter, so gut er konnte. Im Atelier plagte er sich mit irgendeiner verdammten Venus oder schlafenden Muse ab und hielt an sich, wenn Cormon über gefällige Bilder und malerische Verfeinerung redete. Er arbeitete am Ikarus, trank Bier in La Nouvelle und Glühwein im Ely und brachte es auf diese Weise fertig, von einem Tag zum andern zu leben und sein Geheimnis zu verbergen, als sei es eine schreckliche Krankheit. Und da niemand da war, dem er sich anvertrauen mochte, verschloß er sich ganz. Vielleicht verging ja allmählich dieses neuartige Leiden, dieser wütende Hunger des ganzen Leibes. Vielleicht kamen die Dinge von selbst wieder in Ordnung – irgendwie.

Im März verkündete Lucas, daß er nicht mehr so scharf auf Julie sei und ihrer allmählich überdrüssig werde. „Sie ist bestimmt ein nettes Mädel, und im Anfang, als sie nicht wollte und mir eine Ohrfeige gab, hat sie mir mächtig gefallen. Sie hat mir ein richtiges Gefecht geliefert, und ich habe tatsächlich jede Minute davon genossen. Aber verflucht noch mal, jetzt ist es nichts mehr, und sie sollte merken, daß es Zeit für sie ist, *au revoir* zu sagen. Man kann wohl Himmel und Hölle dransetzen, um zum Nordpol zu kommen, aber das bedeutet ja schließlich nicht, daß man sein Leben lang auf ihm sitzenbleiben will. Stimmt's?"

Ermutigt durch das Interesse seiner Freunde, beschrieb er mit gerechtem Zorn, wie Julie ihn mit ihren Liebesbeteuerungen und ihrer rasenden Verliebtheit belästige. „Ihr würdet niemals für möglich halten, daß dieses Mädchen noch vor drei Monaten Jungfrau war! Jetzt ist sie immer nur versessen darauf, sich auszuziehen und ins Bett zu hopsen . . ."

Die Neuigkeit, daß Julie bei ihrem Liebhaber in Ungnade gefallen und in ihrer Sinnlichkeit so lebhaft geworden sei, ließ sie Henri plötzlich leichter zugänglich, noch begehrenswerter und wenn möglich wirklicher denn je erscheinen. Sie war ein Bild gewesen, wollüstig und unerreichbar, jetzt wurde sie eine Frau von Fleisch und Blut, unvernünftig, sinnlich und hungrig wie er selbst.

Tausend verrückte und erregende Einfälle gingen ihm durch den Kopf. Er versuchte, sie als Phantastereien zu verlachen, aber wie konnte man etwas leugnen, was man sah, hörte, fühlte? Denn er konnte die rosigen Windungen ihres Ohres, die Biegung ihrer Nasenflügel sehen, konnte ihr Flüstern hören und fühlte unter seinen Fingern die Elastizität ihrer Brüste, die Feuchtigkeit ihrer Tränen, das Seidige ihres blonden Haares. Sie war eine dreidimensionale Halluzination geworden, wirklicher als Madame Loubet, Cormon und seine Freunde. Seltsam, wie etwas so Unwägbares wie ein Gedanke Schmerzen verursachen konnte, die so wirklich waren wie der Stich einer Nadel ins Fleisch. Er hatte nur damals bei den „Attacken" diesen Grad von Wirklichkeit erlebt.

Eine verzweifelte Raserei bemächtigte sich seiner. Er hätte schreien, mit den Fäusten gegen die Wände schlagen und mit langen wütenden Schritten dahinstürmen mögen. Ja, das hätte helfen können, ausschreiten, die innere Anspannung aus sich herauslaufen. Aber er konnte nicht laufen, mußte froh sein, wenn er das Gehen bewältigte. So hockte er weiter auf seinem kleinen Klappstuhl, legte nur häufiger die Palette hin, nahm das Pincenez ab, bedeckte die Augen mit den Händen – und sah doch wieder nur Julie, nackt und herausfordernd, zusammengeringelt wie eine winzige Schlange in der Wölbung seiner Hand.

Dann wieder sagte er sich, daß er vielleicht zur Ruhe kommen und erlöst werden würde von dieser Besessenheit oder was immer es war, was ihn wahnsinnig machte, wenn er sich ganz gehen ließ und im Schlamm seiner Gedanken untertauchte.
Er tat es. In seiner Phantasie riß er ihr die Kleider herunter, zog ihr das Hemd über den Kopf, drängte sie zum Bett und warf sich über sie wie ein vor Durst Sterbender über eine Pfütze; dann preßte er seine Lippen auf ihre, sog sich an ihrem Mund fest, betastete mit fiebrigen Händen ihren Leib und nahm sie mit wilder Brutalität, bis ihr das Bewußtsein verging und sie wie ein warmer, geschändeter Leichnam auf dem Bett lag.
Manchmal half das. Meistens half es nicht. Und eines Abends, als er es nicht mehr länger aushalten konnte, fuhr er ins Moncey an der Place Clichy.
Die Place Clichy hatte nichts von der Atmosphäre Montmartres. Selten kamen Künstler dorthin. Es war eine belebte Geschäftsgegend mit Läden und Cafés, geschmückt mit der Statue des Generals Moncey, die wie eine riesige Schachfigur in der Mitte stand.
Als Henri die Brasserie Moncey betrat, wußte er, daß dies das Richtige war. Ein strahlendes, geräuschvolles Café, das auf Laufkundschaft eingestellt war. Kein bekanntes Gesicht, wohin er auch blickte. Und Frauen – Frauen überall! Welche würde es sein? Die Blonde da in der grünen Pelerine oder die üppige Brünette, die in ihrem Korsett beinahe erstickte? Das machte nichts, kam gar nicht darauf an ...
Er bestellte einen Benediktiner und spielte mit dem Stiel des Glases, während er die Annäherungsversuche der Frauen beobachtete. Es schien nach einem ganz bestimmten Schema vor sich zu gehen: Ein Mann trat ein, setzte sich an einen Tisch, bestellte ein Getränk. Sofort ging eines der Mädchen geziert auf ihn zu und fragte, wieviel Uhr es sei. Wenn der Angeredete brummend antwortete und auf die große Uhr an der Wand zeigte, wurden die Verhandlungen sofort abgebrochen, und das Mädchen kehrte mit einem Achselzucken an ihren Tisch zurück. Zog er aber seine Uhr aus der Tasche und hielt sie ihr mit der freundlichen Mitteilung, daß es viertel vor zehn sei, ans Ohr, so ließ sie sich neben ihm niedergleiten und unterhielt ihn lebhaft über Taschenuhren und ihre Unentbehrlichkeit, und wie sie einmal den Zug versäumt

habe – oder eine entscheidende Verabredung – nur, weil ihre Uhr ungenau ging. Dies sollte eine gesellige Atmosphäre schaffen und ihm Gelegenheit geben, ihre Reize abzuschätzen, ihr berauschendes Parfüm einzuatmen und den Druck ihrer Schenkel gegen die seinen zu fühlen.

An diesem Punkt pflegte eins von zwei Dingen zu geschehen. Entweder erklärte der Mann plötzlich, er warte hier auf seine Frau oder einen Freund – dann zog sich Mademoiselle gütlich zurück und belästigte ihn nicht weiter. Oder er bot ihr zu trinken an. In diesem Fall wurden die Präliminarien als erledigt angesehen und das Geschäft begann.

Das Mädchen schmiegte sich nun an ihn, strich abwesend mit ihren langnägeligen Fingern über die Partien, die sie aus Erfahrung als die empfänglichsten kannte, flüsterte ihm ins Ohr, was für eine kundige *amoureuse* sie sei, wie sie es sich zur Regel gemacht habe, immer für volle Befriedigung zu sorgen, und wie es ihr allerdings bei einem so schönen, männlich aussehenden Mann auch gar nicht anders möglich sei, als sich rückhaltlos gehen zu lassen und die verrücktesten Dummheiten zu machen. Als letztes Mittel zur Überredung erwähnte sie die unmittelbare Nähe des Hotels, die Sauberkeit und Traulichkeit des Zimmers, das Federn der Matratzen und die Diskretion der ganzen Angelegenheit.

Dann erfolgte gewöhnlich ein schneller Austausch der Ansichten über die Preisfrage. Jeder hier herum wisse, daß ihr Preis zwanzig Francs sei und immer gewesen wäre. Niemals, niemals hatte sie für weniger auch nur einen Mann angesehen. Aber für ihn würde sie es, weil er so schön sei und seine Augen es ihr angetan hätten, ja, für ihn würde sie es für fünfzehn machen. Hierauf pflegte der Mann meistens mit einem groben und unzweideutigen Anschnauzer zu antworten. Wofür sie ihn halte? Für einen Vergnügungsreisenden? Für einen Amerikaner? Fünf Francs wäre sein letztes Wort. Für fünf Francs könne er jedes Mädchen haben, das er wolle. Sicher, das könne er, aber – gab sie zu bedenken – was für eine Sorte von Mädchen? Alte *pouffiasses* mit runzligem Hals und schlappen Brüsten, denen jeder recht war. Sie aber sei von strahlender Gesundheit, innen und außen. Immerhin, weil sie verrückt nach ihm sei und unter allen Umständen mit ihm ins Bett wolle, könne er sie für zehn Francs haben. Aber er dürfe kein Wort darüber verlauten lassen, sonst sei ihr Ruf verloren.

Während dieser Auseinandersetzung, die sie mit weiterem Streicheln unterstützte, verlor der Interessent allmählich die Kraft, den Handel weiterzuführen. Gut, er würde bis zu acht Francs heraufgehen. Das Mädchen warf ihm einen vorwurfsvollen Blick zu. Wie alle schönen Männer sei er knauserig, aber sie müsse einfach ihre Laune durchsetzen. In Ordnung also, acht Francs und zwei Francs Trinkgeld ... Die letzte Runde war ausgefochten. Sie leerten ihre Gläser und verließen zusammen das Café.
Zwanzig Minuten später war sie wieder zurück, frisch geschminkt und gepudert – und allein.
Henri war von dem Schauspiel mehrerer solcher Zweikämpfe so gefesselt, daß er erschrak, als er entdeckte, daß er schon beinahe eine Stunde in dem Café saß, ohne daß ihn ein Mädchen nach der Zeit gefragt hatte. Erstaunen und Angst überkam ihn. Was war los mit diesen Mädchen? Sahen sie nicht, daß er allein war? Glaubten sie, er sei zu jung oder habe kein Geld?
Er blickte sich um und sah an einem Tisch in seiner Nähe ein braunhaariges Mädchen sitzen, die träumerisch, das Kinn auf die Hand gestützt, rauchte. Sie hatte strahlende Augen, einen harten Mund und glattes kurzgeschnittenes Haar unter ihrem Blumenhut. Er blickte sie mit solcher Beharrlichkeit an, daß sie schließlich den Kopf zu ihm hinwandte. Da errötete er, lächelte scheu und bewegte die Lippen zu einer stummen Einladung. Sie stand nicht auf, sondern sah durch den Rauch ihrer Zigarette weiter zu ihm hinüber. Er fühlte, wie ihr Blick sein Gesicht abtastete, dann über seinen Stock mit der Gummispitze ging und schließlich auf seinen Füßen ruhte, die ein paar Zoll über dem Fußboden hingen. Danach nahm sie mit derselben gleichmütigen Langsamkeit einen neuen Zug und wandte den Kopf ab.
Seine Kehle war wie zugeschnürt. Sein Atem stockte. Das kleine Glas zitterte in seiner Hand. Ungläubig starrte er sie an. Sie hatte ihn also abgelehnt? Eine Zehn-Franken-Hure hatte ihn abgelehnt, wollte nicht gesehen werden, wie sie mit einem humpelnden, keuchenden Krüppel zusammen wegging!
Der Atem kam in heftigen Stößen zurück. Das Herz hämmerte, und die Gedanken wirbelten ihm im Kopf. Keine von diesen Dirnen wollte ihn. Deshalb war keine gekommen und hatte ihn gefragt, wie spät es sei. Vielleicht würde ihn niemals ein Mädchen wollen, vielleicht würden sie alle den Kopf abwenden ...

Er ergriff seinen Stock, glitt von der Bank, ließ seinen Wein stehen und hinkte so schnell er konnte aus dem Café.

Während der folgenden Tage gelang es ihm, sich über die Wahrheit hinwegzutäuschen und aus einem Akt der Selbsterhaltung heraus in einen unsicheren Frieden zu flüchten. Das Mädchen hatte ihn gar nicht zurückweisen wollen. Jeder hatte sehen können, daß sie in Gedanken verloren dasaß und jemand erwartete ... Und die andern? Nun, die waren zu beschäftigt gewesen, und die es gerade nicht waren, hatten ihn nicht bemerkt, das war alles. Es waren zu viele Menschen um ihn herum gewesen und zuviel Lärm ... Erst bildete er sich ein, wirklich davon überzeugt zu sein, und dann versuchte er, die ganze Moncey-Episode zu vergessen. Er versuchte sogar, überhaupt nicht mehr an Frauen zu denken, und bis zu einem gewissen Grade gelang es ihm.
Leidenschaftlich stürzte er sich in die Arbeit. Im Atelier wurden seine Venus- und Leda-Bilder Wunderwerke minutiös geleckter Malerei. Cormon war begeistert. „Ausgezeichnet, Lautrec, wirklich ausgezeichnet! Sie haben zwar kein malerisches Feingefühl und kein natürliches Talent, aber Sie haben bewiesen, daß unbeugsamer Fleiß alles aufwiegen kann." Im Studio arbeitete er unermüdlich am Ikarus und plauderte dabei mit Madame Loubet, um kein Schweigen eintreten zu lassen, das seinen Geist auf gefährliche Pfade locken könne. Im Nouvelle überraschte er die Freunde durch seine Gesprächigkeit und hob ihre Stimmung mit vielen Runden Bier und aufreizenden Diskussionen über Kunst. Kam das Gespräch auf Frauen, versuchte er, nicht hinzuhören. Das Schwerste waren die Nächte. In der Wehrlosigkeit des Schlafes wurde er von Träumen gequält. Er nahm die Gewohnheit an, im Bett zu lesen, bis er erschöpft einschlief. Das Buch blieb offen auf der Bettdecke liegen, die Lampe auf dem Nachttisch brannte weiter.
So war es Frühling geworden, und eines Tages erwachte er von Schwalbengezwitscher. Er kletterte aus dem Bett, langte nach seinem Stock und hinkte zum Fenster. Dort stand er, barfuß in seinem langen wollenen Nachthemd, komisch anzusehen wie ein bärtiger Engel. Lächelnd sah er den Vögeln zu, wie sie zankten, um die Wette flogen, imaginäre Abhänge hinunterglitten, wie geflügelte Geschosse vorübersausten und den Hof mit ihrem schrillen Gezwitscher erfüllten. Was für ein lieblicher Tag!

„Wie geschaffen für ein Picknick!"
Er flüsterte die Worte vor sich hin, und ehe er es verhindern konnte, zwang sich ihm diese zärtliche und grausame Fata Morgana auf: Ein Flußufer, vielleicht die Seine, oder die Marne, oder irgendein namenloser träger Fluß ... Julie an seiner Seite ins Gras gestreckt, scheinbar schlafend ... Das Nachmittagslicht, das durch das Laub sickert und das ihr Gesicht mit kleinen Sonnenflecken betupft, die er zu küssen versucht ... Das neckende Spiel, das zu leidenschaftlichen Küssen, zur Umarmung wird, in der sich ihr Haar löst und wie ein Stück Sonne auf dem Waldboden liegt, in der sie die Arme ausbreitet und die Hände krümmt in der Kreuzigung der Lust ... Dann später, viel später, Julie aufrecht sitzend, hastig ihren Rock glatt streichend, ihre Bluse zuknöpfend, Grashalme aus dem Haar zupfend und so tuend, als schäme sie sich ihres Fehltritts. Und er, der alle Schuld auf den Frühling schiebt und ihr lächelnd erklärt, daß eben dazu das Picknick erfunden worden sei und weniger, damit man zusammen mit seinem Brot Ameisen verzehre ...
Gewaltsam riß er sich von diesen qualvollen Phantasiegebilden los, wandte sich vom Fenster ab und hoppelte zum Waschtisch.
„Steh auf, Grenier! Es ist höchste Zeit!"
An diesem Tag arbeitete er an „Andromeda auf dem Felsen". Das war das Thema der Woche. Cormon hatte ihnen die alte Sage von der mythischen Prinzessin erzählt, die von ihren königlichen Eltern der Begierde einer gräßlichen Seeschlange geopfert wurde, die die Küsten des Landes heimsuchte. „Stellen Sie sich das Entsetzen dieses lieblichen jungen Mädchens vor, das in der stürmischen Nacht wehrlos, nackt, an den Felsen gekettet dasteht und das Ungeheuer auf sich zu schwimmen sieht! Dies, *mes amis*, ist die Pose, der flüchtige Augenblick dramatischer Schönheit, den Sie festzuhalten versuchen müssen. Um das zu erreichen, müssen Sie die Augenbrauen hochgezogen, die Augen aufwärts gerichtet malen und die Lippen geöffnet, so als ob ihnen gerade ein unhörbarer Schrei entweicht. Und vergessen Sie nicht, daß Andromeda selbst in ihrer Qual verführerisch, künstlerisch anziehend bleiben muß ..."
Mit einem Seufzer blickte Henri nach der dicken Maria auf dem Podium. Wie zum Teufel sollte man die verführerisch und künstlerisch anziehend machen? Man sehe sich nur dieses müde, sinn-

liche Gesicht, diese Zotteln von schwarzen Haaren unter ihren Armen, diese fleischigen Schenkel an! Nun, Gott sei Dank, nur ein paar Wochen noch, und es gab keine Andromeda und keine geleckte Malerei mehr.
Am Nachmittag vollendete er den Ikarus. Mit feuchten Augen sah Madame Loubet zu, wie er sein Namenszeichen in die rechte Ecke der riesigen Leinwand kritzelte.
„Er sieht wundervoll aus, Monsieur Toulouse! Wie eine Photographie!"
Es war nett gewesen, ihn im Haus zu haben. Immer war er höflich und freundlich und voller zarter Aufmerksamkeiten. Nun war das alles vorbei. Im Winter würde er nicht mehr hier sein. Er würde sich in irgendeinem eleganten Stadtteil ein Studio mieten und nicht in diesem abscheulichen Montmartre mit seinen Dirnen und dem ganzen Gesindel bleiben. Es würde einsam ohne ihn sein in diesem großen Haus, wenn sie nicht mehr auf seine schleppenden Schritte horchen, nicht mehr über ihn wachen und ihm eine Tasse Kamillentee bringen konnte ...
„Er sieht gerade so aus, als ob er aus dem Bild herausfliegen wollte", redete sie weiter und drängte die Tränen zurück.
Er legte die Palette hin und wandte sich ihr lächelnd zu. „Ich freue mich, daß es Ihnen gefällt, Madame Loubet. Ich werde Ihnen sagen, was ich damit vorhabe. Nach der Ausstellung im Salon lasse ich es Ihnen bringen, und Sie können es in Ihre Loge hängen. Doch, doch, das müssen Sie mir schon erlauben."
Er sah, daß sie dem Weinen nahe war, und ergriff ihre Hand. „Es ist eine kleine Aufmerksamkeit für alles, was Sie getan haben, und für die guten Stunden, die wir zusammen verbrachten. Wir hatten es doch wirklich gut letzten Winter, nicht wahr, Madame Loubet?"
Er wollte sie schon bitten, im nächsten Winter als seine Haushälterin mit ihm zu kommen. Aber dafür war es noch zu früh. Erst mußte er zum Salon zugelassen sein ...
„Jetzt muß ich zu Tanguy", sagte er deshalb schnell, „und einen Rahmen bestellen. Meinen Sie, daß ich meinen Mantel anziehen muß? Es ist ganz warm draußen."
Sofort war sie wieder sie selbst. „Natürlich müssen Sie den Mantel anziehen, Monsieur Toulouse. Sie wissen doch, daß man diesem Pariser Wetter nie trauen kann. Einen Augenblick ist es ganz milde, und im nächsten kann man sich zu Tode erkälten."

Ihre Warnungen klangen ihm noch in den Ohren, als er das Haus verließ und die Rue Caulaincourt hinunterging. Die Sonne schien warm, der Himmel war blaß und wolkenlos. Er hatte keine Schmerzen in den Beinen, und Ikarus war endlich fertig – Gott sei Dank! Er fühlte sich frei, glücklich, zum Platzen voll von unverbrauchter Zärtlichkeit. Gutes altes Montmartre! Gute alte stinkende Rue Caulaincourt! Es würde ihm schwer werden, sie zu verlassen, die baufälligen Häuser mit ihren schmutzigen Fassaden, die abgenutzten Pflastersteine, die freundlichen Menschen. Selbst den Gestank würde er vermissen. Es war ein ganz besonderer, zusammengesetzter Gestank, eine Mischung aus den verschiedensten Gerüchen, von denen kein einziger gut war: der Dunst von bratendem Fett, von Küchenabfällen, die ungestört in düsteren Torwegen verrotteten, und der dumpfige Geruch der Armut, echter, unromantischer, jahrhundertealter Armut.
Hin und wieder blieb er stehen, um seine Beine auszuruhen. Aus den Fenstern beugten sich die Wäscherinnen und riefen ihm einen nachbarlichen Gruß zu. Er kannte sie nicht, aber er zog zur Erwiderung den Hut, und seine Höflichkeit entzückte sie. „Das ist ein wirklicher Herr, wenn er auch ein Zwerg ist", seufzten sie und kehrten an die Wannen zurück.
Die Hauswäscherei war Montmartres einziges Gewerbe. Es hatte sich durchgesetzt, weil es für Frauen, die zu häßlich, zu alt oder zu jung waren, um auf angenehmere Weise Geld zu verdienen, einen Unterhalt bot. Alle Frauen von Montmartre waren gleichsam dafür geboren; manche taten es ihr Leben lang, die meisten starben dabei. Sie begannen als rattenschwänzige Gören von sieben Jahren mit dem Austragen der Wäsche im Bezirk. Mit vierzehn rückten sie auf zum Waschfaß. Zehn Stunden am Tag für zwei Francs. Sie schrubbten, rieben, wrangen, schwangen das Schlagholz, erduldeten das Beißen der Lauge an ihren Händen, bückten sich Stunde um Stunde über den dampfenden Bottich, mit den Füßen in der seifigen Nässe. Und dann rissen sie eines Tages aus, schwuren nie mehr wiederzukommen. Huren war eine schöne Sache, eine leichte Arbeit nach der Plakkerei am Waschfaß. Aber es dauerte nicht ewig. Der Tag kam, an dem selbst das schäbigste Bordell sie nicht mehr haben wollte. Was dann? Wovon leben? Keine Bodenkammer war zu eng, kein Keller zu düster, ein Waschfaß aufzustellen, und so kehrten

sie zurück zu dem erstickenden Dampf, der Lauge, dem schmerzenden Bücken, dem kantigen Schlagholz, bis sie eines Tages starben*.

An der Ecke des Boulevard Clichy rief er eine freie Droschke an.

„Rue Clauzel", sagte er zu dem Kutscher.

Père Tanguy rauchte seine Pfeife und sonnte sich auf den Stufen seiner blauen Ladenfront, als der Wagen hielt. Als er Henri erkannte, sprang er auf, machte eine Art Verbeugung und erkundigte sich nach der werten Gesundheit.

„Einen Rahmen wollen Sie haben, einen Rahmen für Ihr Ausstellungsbild", sagte er etwas später stirnrunzelnd, nachdem Henri den Zweck seines Besuches hatte erklären können. „Ja, ich will ihn Ihnen geben, aber zunächst muß ich Ihnen meinen Standpunkt klarmachen. Es ist eine Prinzipienfrage, und wenn es um Prinzipien geht, bin ich unerbittlich und gebe keinen Zentimeter nach. Als Anarchist muß ich Ihnen sagen, daß ich den Salon und alle kapitalistischen und bürgerlichen Kunstäußerungen ablehne. Wenn es nach mir ginge, sollten alle Akademiemitglieder samt und sonders erschossen werden." Damit tauchte er unter den Ladentisch und kam mit vier verstaubten Rahmenmustern wieder zum Vorschein. „*Voilà!* Suchen Sie sich aus!"

Henri wählte, und Tanguy schrieb die Maße auf ein Stück Papier. Dann legte er bedeutsam den Finger an die Lippen, ging auf Zehenspitzen zu einer Mappe in der Ecke und zog einen japanischen Druck hervor.

„Etwas ganz Außergewöhnliches!" flüsterte er und hielt das Blatt, als ob es das heilige Schweißtuch sei. „Ein Utamaro, monsieur. Ein Triptychon von Utamaro."

Es zeigte drei Geishas am Meeresufer. Die eine kämmte ihr Haar, die andere kniete im Sand und suchte nach Muscheln, und die dritte blickte auf die schimmernden Wogen. Es war ein Werk von erlesener Anmut.

„Es ist sehr schön", sagte Henri und ließ sich das Blatt geben, um es genauer anzusehen. „Wieviel wollen Sie dafür haben?"

Tanguy blickte ihn gekränkt an. „Das ist nicht zu verkaufen. Ich wollte es Ihnen nur zeigen. Mir sind diese Mädchen lieb geworden, als wären es meine eigenen Töchter."

*** Eines der bedeutendsten Lautrecschen Werke ist das Porträt einer jungen Montmartre-Wäscherin, die sehnsüchtig aus dem Fenster blickt.**

„Aber es sind nicht Ihre Töchter, Tanguy. Sie sind seit mehr als hundert Jahren tot. Kommen Sie, seien Sie nett, und sagen Sie mir, wieviel sie kosten sollen."
„Aber, Monsieur Toulouse, ich sagte Ihnen, daß ich diese Mädchen liebe, als sei ich ihr Vater. Sie werden nicht wollen, daß ich meine eigenen Töchter verkaufe, oder –?"
„Seien Sie vernünftig, Tanguy. Es sind doch nicht Ihre Töchter."
„Nein, ich kann es nicht", sagte Tanguy mit tragischer Stimme. „Verlangen Sie alles von mir, aber dies..."
Hinter ihnen sagte eine müde Stimme: „Zwölf Francs, und vierzehn, wenn Sie es gerahmt haben wollen."
Tanguy schnellte auf dem Absatz herum, als seine Frau mit einem Arm voll Farbtuben aus dem Hinterzimmer herangeschlurft kam. „Aber, *chérie,* wie kannst du! Ein Utamaro! Ein Utamaro-Triptychon!"
Sie beachtete ihn nicht, sondern ging an den Ladentisch und begann ruhig die Tuben in eine alte Zeitung zu wickeln. „Hören Sie nicht auf ihn, Monsieur Toulouse. Er will nie etwas verkaufen. Vorige Woche kam jemand und fragte nach einem Cézanne – der erste, der jemals danach gefragt hat, verstehen Sie? –, und Tanguy verlangte zehntausend Francs! Gott sei Dank war ich dabei und verkaufte das Bild für fünfundzwanzig. Stellen Sie sich vor, nur drei kleine Äpfel!"
„Frauen verstehen nichts von Kunst", sagte Tanguy und gestikulierte heftig mit seinen kurzen Armen. „Alles, was sie denken können, ist Geld, Geld, Geld."
Eine Weile stritten die beiden sich mit der Heftigkeit von Leuten, die ihrer Liebe sicher sind. Zum Schluß küßten sie sich und schlossen Frieden.
„Jetzt gehst du und bringst diese Farben zu Monsieur Degas", sagte sie und stopfte ihm das Paket unter den Arm. „Und bleib nicht den ganzen Tag bei Zoé in der Küche, um ihr zu erzählen, was für eine wunderbare Köchin sie sei und wie gern du sie heiraten würdest."
Tanguy ergriff seinen runden Strohhut und geleitete Henri zum Wagen. „Unter uns gesagt, Frauen sind doch eine niedrigere Spezies", sagte er, als sie außer Hörweite waren. „Sie haben kein Verständnis für die feineren Dinge des Lebens."
Henri verabschiedete sich und wandte sich zum Kutscher. „La Nouvelle Athènes – und lassen Sie sich Zeit."

Er lehnte sich auf dem Sitz zurück und blickte zum Himmel. Der Streifen zwischen den Dächern war rosenrot. Es war die Stunde des Sonnenuntergangs, die in den Städten kaum wahrgenommen wird und auf dem Lande so schön und feierlich ist. Seine Gedanken gingen zurück zu den Sonnenuntergängen auf Schloß Albi. Er sah den von den Schatten der Sykomoren geäderten Rasen, sah Dun unter dem Gartentisch schlafen, seine Mutter über ihre Näherei gebeugt und sich selbst zu ihren Füßen, das Skizzenbuch auf dem Schoß. „Bitte nicht bewegen, Maman, ich möchte eine Zeichnung von dir machen." Wie weit zurück lag das alles!

In La Nouvelle fand er seine Freunde im Gespräch über ihre Salonbilder.

„Ich reiche etwas Frühchristliches ein", sagte Rachou. „Mit einem religiösen Thema liegt man immer richtig."

Über ihrem Bier diskutierten sie über Frauen und verschiedene andere Dinge, aber ihre Gedanken kehrten doch immer wieder zur Zukunft zurück.

„Wenn ich nochmal anfangen könnte, würde ich Apotheker", sagte Gauzi. „Jedesmal wenn einer krank wird, werden die reicher."

„Dentist, das wäre eine Karriere!" murmelte Anquetin durch eine Rauchwolke. „Jeder Mund eine Goldgrube."

Unbewußt suchten sie nach einem Schuldigen, und mit der Ungerechtigkeit der Jugend richteten sie ihre Wut gegen Cormon und machten ihn für die Aussichtslosigkeit ihrer Laufbahn verantwortlich.

„Dieser Hurensohn hätte uns darauf aufmerksam machen müssen, daß man als Künstler nicht genug zum Leben verdient", sagte Grenier und klopfte seine Pfeife an der Tischecke aus. „Statt dessen hat er ewig von seinen verdammten Venussen und Andromedas gefaselt."

„Andromeda!" rief Gauzi geziert, indem er des Professors Flötenstimme nachahmte. „*Ah, mes amis, quel sujet dramatique!* Stellen Sie sich das Entsetzen des armen Mädchens vor, als sie die Seeschlange auf sich zuschwimmen sieht."

„Denn wen eine Seeschlange entführt, der wird bestimmt verführt", witzelte Rachou im Ton der alten Sorglosigkeit.

Sie aßen bei Agostina und gingen hinterher ins Ely. Für Henri verlief der Abend wie zahllose andere. Er trank *vin chaud,* sah seine Freunde über den Tanzboden toben, winkte ihnen zu und machte seine kleinen Skizzen.

Es war nach zehn, als ein Mädchen in den Armen eines schäbig angezogenen Burschen an ihm vorbeiwirbelte. In der trüben verqualmten Luft konnte er ihre Züge nicht recht unterscheiden, aber er erriet, daß sie jung war. Jung und sehr verliebt in jenen dummen albernen Lümmel ...

Da brach plötzlich das vorsichtig errichtete Gebäude seines inneren Friedens zusammen. Unversehens stand er in Flammen, sein ganzes Sein empörte sich gegen die Ungerechtigkeit seines Geschicks. Was hatte er getan, daß er nicht tanzen konnte wie seine Freunde? Warum war es ihm nicht vergönnt, ein Mädchen in den Armen zu halten, geliebt zu werden, ihm, der sich so verzweifelt nach Liebe sehnte? Welches Verbrechen hatte er begangen, wofür wurde er gestraft? Warum, warum das alles? Seine Hände waren feucht, seine Zähne fest zusammengepreßt. Er fühlte sich einem entsetzlichen Anfall von Begierde und Zorn ausgeliefert. Er mußte ein Mädchen haben, irgendein Mädchen, und zwar jetzt, auf der Stelle ...

Während die andern noch tanzten, stürzte er hinaus, kletterte in eine Droschke.

„Brasserie Moncey."

Warum dorthin? Er hätte es nicht sagen können. Es war ihm als erstes eingefallen.

Das Café war genau wie an jenem ersten Abend. Helle Lampen, Kellner, die eilfertig herumflitzten, und andere, die dastanden, die Serviette unterm Arm, und mit der Miene trübsinniger Schafhirten ihre Tische bewachten. Und vor allem Mädchen, die sich an Männer heranmachten und fragten, wieviel Uhr es sei.

Er bestellte einen Absinth, warf ein Stück Zucker in das Glas, tat etwas Wasser dazu und trank. Der Likör hatte keine Zeit gehabt, sich aufzulösen, und schmeckte dick und ölig. Ja, er wollte eins von diesen Mädchen haben. Diesmal würde er mutig sein und seine Absichten unmißverständlich zum Ausdruck bringen.

„Noch einen Absinth", rief er gleich darauf, als der Kellner wieder vorbeiging.

Die Bank, auf der er saß, begann zu wanken, die Marmorplatte seines Tisches zu schmelzen. Die Menschen um ihn herum hatten zitternde Gesichter, und die Gasflammen in ihren matten Kugeln sahen aus wie fusselige Knäuel gelber Wolle. Er fühlte sich leicht und frei wie nie zuvor. Ein Krüppel? Wer war hier ein Krüppel?

Er konnte über den Tisch springen. Er konnte fliegen wie Ikarus. Und stark war er! Es sollte nur einer ein unrechtes Wort sagen oder ein unangebrachtes Lächeln wagen – dem würde er es schon zeigen! Man brauchte nur eine Ermunterung, so einen kleinen Schubs, das war alles ...

An den Nebentisch setzte sich ein dralles, junges Mädchen mit leuchtendem roten Mund in dem verderbten Puppengesicht. Sie schlug die Beine übereinander, zündete sich eine Zigarette an und zog einen Brief aus ihrer Handtasche. Er beobachtete, wie sie, das Gesicht halb hinter dem Rauch verborgen, die Lippen beim Lesen bewegte. Das war die Richtige ... Um ihr jede Verlegenheit zu ersparen, würde er sich draußen mit ihr treffen, und sie würden dann zusammen zu ihrem Zimmer fahren.

Er beugte sich vor und flüsterte: „Mademoiselle, darf ich Sie einladen, ein Glas mit mir zu trinken?"

Sie sah ihn an. „Sehen Sie nicht, daß ich beschäftigt bin? Wenn ich so ein Gesicht und solche Stümpfe hätte wie Sie, dann würde ich mich lieber nicht sehen lassen."

Ihre Worte fuhren wie ein elektrischer Schlag durch ihn. Zuerst dachte er, er würde sterben. Er schloß die Augen. Es war also wahr: selbst eine Dirne wollte ihn nicht. Kein Mädchen würde ihn jemals wollen. Er würde immer allein bleiben. Bis jetzt hatte das Krüppeldasein nur Schmerzen in den Beinen, den Stock mit der Gummizwinge, Keuchen und Haltmachen beim Gehen bedeutet. Jetzt bedeutete es außerdem, daß er nie geliebt werden würde, nie mit einem Mädchen ein Picknick erleben und niemals geküßt werden würde ... Aber, beim Bart des Sankt Joseph, er würde ihnen zeigen, ob er nicht ein Mädchen kriegen konnte, ob er sich nicht dasselbe erkaufen konnte, was jeder in Paris für zehn, fünf oder drei Francs kaufte. Er würde in ein Bordell gehen, jetzt, sofort ... Er öffnete die Augen wieder. Das Mädchen hatte sich an einen anderen Tisch gesetzt. Er griff nach seinem Stock und ging hinaus.

„Zum Grauen Papagei, Rue Steinkerque", rief er dem Kutscher zu. „Und zwar schnell!"

Als er spät in der Nacht in sein Zimmer zurückkam, sank er auf den kleinen Stuhl am Fenster und saß regungslos in der Dunkelheit, die Hände zwischen den Knien gefaltet, zu müde, um sich

auszuziehen oder die Nachttischlampe anzuzünden. Er war nicht ins Bordell gegangen. Nur bis zur Tür war er gekommen und hatte beinahe die Glocke gezogen, aber dann war ihm der Mut vergangen. Hinter den gelbgestreiften Fensterläden ertönten gedämpft das Hacken des mechanischen Klaviers und der Klang von Gelächter. Er hatte im Geist den überfüllten, verräucherten Salon vor sich gesehen, die Männer mit von Wein und Begierde geröteten Gesichtern, die Mädchen, auf die Bänke gerekelt, aufreizend, gemein, und, wie ein groteskes Götzenbild, die Madame hinter der Theke thronend. Was würden sie alle sagen, wenn er sich hereinschleppte? Lachen und grobe Witze machen über seine Liebesabsichten mit solchen Beinen? Nein, er konnte nicht in ein Bordell gehen, niemals ... Und selbst wenn es so weitergehen sollte, wenn er im Schlaf stöhnen und Träume von Picknicks und nackten Frauen ihn quälen würden. Gut, er würde eben stöhnen und die Qual über sich ergehen lassen.
Trübe blickte er hinaus und sah für einen Augenblick Degas' Silhouette hinter seinem erleuchteten Fenster, sah die gelben Lichtvierecke im Hof und mußte denken, daß sich vielleicht hinter diesen Fenstern Paare liebten. In ganz Paris küßten und liebten sich in diesem Augenblick Hunderte, Tausende von Paaren. Nur er war ein Krüppel, ein zwergenhafter, grotesk aussehender Krüppel, der nie geliebt werden würde.
Verzweiflung überkam ihn. Er schlug die Hände vors Gesicht und stöhnte: „Oh, Maman, warum hast du mich nicht sterben lassen?"

8

Schloß Malromé lag in der betäubenden Hitze des Augustnachmittags da. Es war die mittägliche Vesperstunde, zu der die Arbeit auf den Feldern und in den Weingärten ruhte und die Feldarbeiter mit dem Hut über dem Gesicht im Schatten der Heuhaufen dösten. Alles ringsum war Reglosigkeit, Hitze und Schweigen. Aber auf Malromé war dieses Schweigen nicht die erholsame Pause, die Menschen und Tiere kräftigte und wieder bereit zur Arbeit machte, sondern es war wie die bedrückende Unbewegtheit eines trauernden Märchenreiches, es war die Lautlosigkeit eines Ortes, von dem sich das Leben zurückgezogen hat, die Stille ste-

hengebliebener Zeit, die auf den großen ummauerten Garten mit den gewundenen, kiesbedeckten Wegen fiel, auf die Dahlienbeete, den glasklaren Teich und das hohe eiserne Tor, das drohend und schwarz dastand wie ein Friedhofstor.
Auf der schattigen Terrasse an der Rückseite des Hauses saß die Gräfin von Toulouse-Lautrec. Nachdenklich betrachtete sie Henri, der in weißem Leinenanzug und Sandalen auf dem Liegestuhl lag und seinen gewohnten Mittagsschlaf hielt. Er schlief friedlich, das Pincenez schief auf der Nase, die eine Hand auf der Brust, die andere schlaff herunterhängend. Bei jedem Atemzug, den er tat, bewegten sich seine dicken roten Lippen. Das Buch, in dem er gelesen hatte, lag neben einem halbgefüllten Glas Limonade auf dem Fliesenboden.
Er war also schließlich doch zurückgekehrt! Sein Vorstoß in die Welt hatte ein unglückliches und dennoch gnädiges Ende genommen. Armer Riri, er war völlig gebrochen gewesen über seinen Mißerfolg, „den Salon zu machen“, wie er sagte, aber jetzt begann der Schmerz darüber abzuklingen. Er war nicht mehr ruhelos, er schien zufrieden zu sein, sogar beinahe glücklich. Morgens hinkte er durch den Garten, fuhr gelegentlich zum Schachspiel mit Abbé Soulac hinüber ins Pfarrhaus, las und schlief sehr viel. Und am Nachmittag machten sie zusammen lange Spazierfahrten. Er beklagte sich nie über die Eintönigkeit dieses Lebens, sprach nie davon, daß er seine Freunde vermisse, und erwähnte Montmartre überhaupt nicht. Er hatte Furchtbares durchgemacht, die Wahrheit über seinen Zustand war ihm klar geworden. Aber vielleicht hatte er sich jetzt mit seinem Schicksal ausgesöhnt. Resignation war eine Form von Glücklichsein. Vielleicht würde er im nächsten Jahr sogar zu seinen Büchern zurückkehren. Die Bücher würden ihn vor der Wiederholung solcher Qualen bewahren. Er würde nicht wieder so leiden ...
Sie sah, daß er sich bewegte, und senkte rasch den Blick.
„Gut geschlafen?“ fragte sie und setzte ihren Fingerhut auf.
„Eine Fliege hat mich geweckt. Komisch, daß sich einem Fliegen immer genau auf die Nasenspitze setzen müssen, obwohl es doch weiß Gott genug Platz in der Welt gibt. Im übrigen hab ich aber auch genug geschlafen. Wie spät ist es eigentlich?“
„Genau viertel nach zwei“, sagte Tante Armandine und raschelte mit der Zeitung.

Nach einer Pause sagte die Gräfin: „Hättest du Lust, den Winter in Italien zu verbringen, Henri?"
„Ja, sehr." Gute Maman, sie wußte, daß er vor Langerweile umkam, und bot ihm deshalb die Ablenkung einer Reise an. „Aber hatten wir nicht mehr oder weniger schon abgemacht, bis Weihnachten hier zu bleiben?"
Blitzartig erinnerte er sich des letzten Weihnachtsabends im Wohnzimmer seiner Mutter, wie er zugeredet hatte, den ganzen Herbst in Malromé zu verleben, und wie sie vorgeschlagen hatte, Madame Loubet zu bitten, seine Haushälterin zu werden. Hatte es wirklich einmal eine Zeit gegeben, da er glaubte, er könne ein Porträtist der eleganten Welt werden mit einem Atelier in irgendeinem vornehmen Viertel? Es lag nur vier Monate zurück, aber ihm erschien es genau so unwirklich wie die Kanadapläne, die er einst mit Maurice gemacht hatte.
„Weißt du noch, wie wir darüber gestritten haben?" sagte er.
„Ja, aber ich hatte nie große Lust, den Winter hier zu verbringen. Malromé ist kein Wintersitz. Was meinst du zur italienischen Riviera?"
„Wie wär's mit San Remo?" fragte er eifrig, froh, sein Opfer nicht bringen zu müssen. „Weißt du noch: an dem Tag, als wir nach Mentone fuhren, sahen wir es fern liegen. Es soll sehr schön sein. Später könnten wir dann nach Florenz und Rom gehen. Ich würde gern Michelangelos Deckengemälde in der Sixtina sehen. Man sagt, Raffael sei fast ohnmächtig geworden, als er sie zum erstenmal sah. Meinst du, daß wir nach Rom gehen könnten?"
„Ich wüßte nicht, warum nicht. Wir könnten Mitte Oktober aufbrechen."
„Warum nicht am ersten, oder vielleicht schon im September?"
Sie lächelte über seine Ungeduld. Er wäre bereit, auf der Stelle zu packen und zu reisen! Genau wie Alphonse, der keinerlei Aufschub vertragen konnte. „Der fünfzehnte wird früh genug sein. Dann hat der Herbstregen schon eingesetzt, und wir werden uns über den Sonnenschein in San Remo um so mehr freuen."
„Ich schreibe heute abend nach Bordeaux, damit man uns einige Reiseprospekte schickt." Er beugte sich herab, nahm sein Glas und leerte es in einen der Blumentöpfe auf der Terrasse. „Es würde Annette kränken, wenn sie sähe, daß ich ihre Limonade nicht ge-

trunken habe. Aber sie muß ungefähr die Vorstellung haben, ich sei ein Schwamm."
„Es ist ihre Art, zu zeigen, wie lieb sie dich hat."
Kaum hatte die Gräfin dies gesagt, als sie beide leichte Schritte hörten und Annette mit wehender weißer Haube und einem Glas in der Hand erschien.
„Oh, vielen Dank, Annette", rief Henri, indem er die frische Limonade nahm. „Gerade habe ich gesagt, ich wüßte niemanden, der eine so gute Limonade macht wie du."
Die Alte sah glücklich zu, wie er an dem unerwünschten Trank nippte, lächelte ihm verehrend und zahnlos zu und verschwand.
Wieder leerte er das Glas in den Blumentopf. „Diese Geranien werden nächstens Zitronenschößlinge treiben."
Er setzte das Glas auf den Boden neben seinen Liegestuhl und nahm sein Buch wieder auf. Eine Weile tat er so, als lese er, aber er lehnte sich bald weit zurück und ließ die Augen über den Himmel gehen. Jene Wolke dort, war sie schon länger da gewesen oder hatte sie sich erst neu gebildet? Wolken waren wunderlich. Manche erschienen am Horizont nicht größer als ein Kaninchenschwanz und waren doch groß wie Eisberge, wenn sie näher kamen und über das Haus hinwegsegelten. Und andere entschwanden ins Nichts. Über Wolken könnte man eine höchst sinnreiche Fabel schreiben ... Es gab freundliche Wolken, die wie heitere Clowngesichter auf einen herabsahen; andere wieder waren böse und schnitten finstere Grimassen. Es gab Junggesellenwolken und Familienwolken mit einer ganzen Herde von Wölkchen um sich herum ...
Müßig starrte er in den Sommerhimmel. Was für ein lieblicher Tag! Mit einem Lächeln erkannte er die Worte wieder. Das hatte er gesagt an dem Morgen, als er den Schwalben zugesehen hatte ...
Das Bild seiner selbst, wie er barfuß am Fenster gestanden hatte, brachte auch das des geträumten Picknicks mit Julie zurück. Wieder sah er die huschenden Sonnenflecken auf ihrem Gesicht, aber diesmal verbot er sich, die Vorstellung weiter auszumalen. Genug davon. Er war ein Krüppel, und Krüppel machten keine Picknicks mit und hatten keine Liebeserlebnisse unter Bäumen. Sie blieben zu Hause. Manche Menschen brachten es fertig, ohne Liebe zu leben. Das mußte er auch lernen. Er durfte nicht an Romantik, Küsse im Mondschein und all diesen Unsinn denken. Er durfte

vor allem nicht an Frauen denken. Hatten sie ihn nicht schon genug gekostet? Hatten sie ihn nicht den Salon und seine Laufbahn gekostet?
Was war an jenem Morgen im Atelier nur in ihn gefahren? Zum tausendsten Male stellte er sich diese Frage, ohne sie beantworten zu können. Welcher Teufel hatte ihn geritten, Cormon zu widersprechen? Er wußte es nicht und konnte es sich nicht anders erklären, als daß man eben, wenn man einen gewissen Punkt der Verzweiflung, eine gewisse Grenze der Erschöpfung und Mutlosigkeit erreicht hatte, Dinge sagte, die man niemals sagen wollte, einfach weil man die Selbstkontrolle verlor und eine Zeitlang fast verrückt war. Er hatte nicht geschlafen. Während der ganzen Nacht hatte er die Worte jener Dirne gehört: „Wenn ich so ein Gesicht und solche Stümpfe hätte wie Sie, dann würde ich mich lieber nicht sehen lassen." Krank und fiebrig war er ins Atelier gekommen. Warum er überhaupt an diesem Morgen hingegangen war, konnte er ebensowenig erklären. Er schmeckte noch die Bitterkeit des Absinths. Seine Augen waren heiß und übermüdet gewesen und seine Nerven wie zerrissen.
Cormon war bei seiner Staffelei stehengeblieben und hatte mit seinem üblichen Geschwätz angefangen. „Sehr gut, Lautrec. Man sieht, daß Sie sich Mühe geben. Sie haben zwar kein malerisches Feingefühl, kein natürliches Talent, aber schließlich kann ja nicht jeder begabt sein, nicht wahr?" An jedem anderen Tag hätte das nichts bedeutet. Er wäre auf seinem Stuhl sitzengeblieben und hätte ruhig weitergemalt. Aber an diesem Morgen war es etwas anderes. Eine weißglühende Wut hatte ihn plötzlich ergriffen. Jäh hatte er sich herumgeschwungen und hatte Cormon entgegengeschleudert, was er von seinem malerischen Feingefühl, von seinen gefälligen Bildern und den konventionellen Nacktheiten hielt. Oh, er hatte fünf Minuten höchsten Genusses ausgekostet! Er hatte geschrien und geschimpft und hohngelacht ... O ja, es war schon eine prächtige Szene gewesen! Und die ganze Zeit war er sich dessen bewußt gewesen, daß er seine Zukunft zertrümmerte, daß er künstlerisch Selbstmord beging. Aber es hatte ihn damals nicht bekümmert. Es war einer der unerklärlichen Ausbrüche gewesen, einer jener Wahnsinnsanfälle, die man bekommt, wenn man den Zerreißpunkt erreicht und einem alles gleichgültig ist.

Er drehte sich auf dem Liegestuhl um und sah Joseph, der mit einem kleinen silbernen Tablett in der Hand auf die Terrasse trat.
„Der Wagen wartet am Tor, Madame la Comtesse."
Sie nahm die Karte und sah sie mit ungläubigem Staunen an. Dann sprang sie ungewohnt lebhaft auf.
„*Mon Dieu!* Angélique!"
Angélique? Wer zum Teufel war Angélique? Und was fiel ihr ein, ausgerechnet während der Mittagsruhe Besuch zu machen?
Er erhob sich mürrisch und wollte seiner Mutter nachgehen, die, gefolgt von der aufgeregten Armandine, schon auf dem Weg zur Freitreppe war. Zuvor aber nahm er die Karte, die auf dem Tisch lag, und las „Madame la Baronne André de Frontenac". Der Name sagte ihm nichts, bis es ihm plötzlich auf dem halben Weg zur Vorderterrasse blitzartig einfiel. Natürlich! Angélique war Mamans Schulfreundin vom Kloster zum Heiligen Herzen in Narbonne. Jene beste Freundin, die einen Marineoffizier geheiratet hatte und mit ihm nach Martinique gefahren war. Oder war es Madagaskar?
Als er die Freitreppe erreichte, sah er eine altmodische Kutsche vor den Stufen. Ein Lakai sprang gerade herab, öffnete den Schlag und ließ das Fußbrett herunter.
Im Wagen war ein undeutliches Gewoge von Schleiern. Wie der Kopf einer vorsichtigen Schlange erschien die Spitze eines eleganten schwarzen Schuhes an der Schwelle. Dann kam eine behäbige, in Trauerschleier gehüllte Dame mittleren Alters in Sicht und stürzte sich mit einem vogelhaften Freudenschrei in die ausgebreiteten Arme der Gräfin.
„Adèle!"
„Angélique!"
Die Umarmung der beiden Damen war so fesselnd und dramatisch, daß Henri beinahe der Auftritt einer zweiten Besucherin entgangen wäre: in der Wagentür erschien ein junges Mädchen von siebzehn oder achtzehn Jahren, ebenfalls in Trauerkleidung, ganz beschäftigt damit, ihren Rock vorsichtig bis zu den Fesseln hochzuheben, als sie auf das Fußbrett herunterstieg. Es verschlug ihm den Atem. Julie! Sofort rief er sich zur Ordnung. Natürlich war es nicht Julie. Julie war blond gewesen, dieses Mädchen hatte kastanienbraune, fast rötliche Haare. Außerdem sah sie nicht im geringsten wie eine kleine Putzmacherin aus.

„Meine Tochter Denise", stellte die Baronin vor, die heftig weinte und ihre langen schwarzen Schleier zurückschob, um in ihrem Täschchen nach einem Taschentuch zu suchen. „Sie ist in Fort-de-France geboren."
Denise machte einen anmutigen Knicks und nahm sittsam den Kuß entgegen, den die Gräfin ihr auf die Stirn drückte.
Eine Stunde später hatte Henri bereits endlose Klostererinnerungen gehört und hatte die Genealogie, die Zweige und Verästelungen der Familie Frontenac in den letzten zwanzig Jahren bis auf das genaueste kennengelernt. Die Baronin war eine unermüdliche Erzählerin. Sie konnte reden, während sie mit ihren Trauerschleiern hantierte, sich mit dem Taschentuch fächelte, Tee trank und mit ihrer rundlichen Hand in die Sèvres-Gebäckschale langte.
„Und jetzt, da mein armer Mann tot ist" – ihre Augen füllten sich mit Tränen, während sie gleichzeitig einen kleinen Kuchen in den Mund schob –, „sind Denise und ich ganz allein auf der Welt." Sie wandte sich an ihre Tochter: *„Chérie,* willst du nicht Herrn Toulouse-Lautrec etwas auf dem Klavier vorspielen?" und zu Henri: „Sie ist nämlich eine ausgezeichnete Pianistin."
Folgsam erhoben sich die beiden von ihren Stühlen. Henri hinkte zur Tür und öffnete sie für Denise.
Während sie spielte – und sie spielte wirklich gut, ohne die üblichen backfischhaften Mätzchen –, beobachtete er sie vom Sofa her. Er sah ihre zierliche Gestalt sich in der Sonne gegen das Fenster abzeichnen, und er mußte denken, daß seine Mutter in ihrer Jugend ganz ähnlich ausgesehen haben müsse.
„Soll ich weiterspielen oder haben Sie genug?" fragte Denise plötzlich und lächelte ihm über den Flügel hinweg zu. „Aber warten Sie", rief sie, noch bevor er geantwortet hatte. „Ich möchte Ihnen noch mein Lieblingslied spielen. Es ist von César Franck, einem zeitgenössischen Komponisten, der noch nicht sehr bekannt ist. Papa mochte es so gern. Ich mußte es ihm oft vorspielen, wenn er zu Hause war. Es heißt Präludium, Choral und Fuge."
Als der letzte Akkord verklungen war, schwang sie sich auf dem Klaviersessel herum, eine Hand noch auf den Tasten. „Ich sehe Ihnen an, daß Sie es auch mögen. Das freut mich. Es ist wirklich wundervoll, nicht wahr?"
Sie stand auf und setzte sich neben ihn auf das Sofa.

„Es tut mir leid, daß wir hier so hereingeplatzt sind, aber Maman war ganz außer sich, nachdem Abbé Soulac heute bei uns war. Nur um irgend etwas zu reden, fragte sie ihn nach den Namen der Familien, die den Sommer hier in der Nachbarschaft verbringen. Nicht daß wir viele Besuche machen könnten, wissen Sie, wir sind ja in Trauer, aber Sie haben gesehen, wie Maman ist und daß sie gern redet ..." Sie sahen sich mit dem Verschwörerlächeln junger Leute an, die über ihre Eltern sprechen. „Als Abbé Soulac erwähnte, daß ihre Mutter nur vier Kilometer entfernt wohne, dachte ich, Maman rührt der Schlag! Sie ließ sich kaum Zeit, das Essen zu beenden, und läutete nach dem Wagen, sobald wir vom Tisch aufgestanden waren. Es ist ja auch wirklich ein erstaunliches Zusammentreffen, wenn man es bedenkt, daß sie sich nach all den Jahren hier wiederfinden, nicht wahr? Aber ich fürchte, wir haben Sie in Ihrer Mittagsruhe gestört. Ich konnte Sie von meinem Platz aus sehen. Sie machten ein ziemlich wütendes Gesicht, als wir kamen."

Er schwur, daß er im Gegenteil entzückt sei von ihrem Besuch. Lachend erwiderte sie, davon glaube sie kein Wort. Er protestierte um so lebhafter. Aber sie weigerte sich, ihm zu glauben.

„Sie können nicht gut lügen", sagte sie neckend. „Ich kann es ausgezeichnet, wenn es nötig ist."

Er wagte die Erwiderung, daß das Lügen bei Frauen wohl ganz natürlich sei. Worauf die Unterhaltung auf das Lügen im allgemeinen überging, auf die natürliche Begabung der Frauen für das Lügen überhaupt, auf die Anforderungen, die man an einen guten Lügner stellen müsse, und den Unterschied zwischen richtigen Lügen und gesellschaftlichen Höflichkeitslügen. Zehn Minuten später waren sie wie alte Freunde und nannten einander beim Vornamen.

„Sind Sie schon über Land gefahren?" fragte er. „Die Umgebung ist sehr schön."

Sie ergriff die Chance. „Nein, wir sind nirgends gewesen. Ich sagte Ihnen ja, daß wir erst vor ein paar Tagen angekommen sind. Ob wir wohl zusammen ausfahren könnten, Henri? Schließlich kann man doch auch, wenn man in Trauer ist, Fahrten in die Umgebung machen, nicht wahr?" Mit einem kaum merklichen Zwinkern fügte sie hinzu: „Wir könnten auf diese Weise unseren Müttern ein wenig entgehen. Übrigens, die beiden sind so alte Freundinnen, daß wir beinahe Vetter und Base sind, finden Sie nicht auch?"

Von nun an begann eine neue Tageseinteilung. Jeden Nachmittag kamen die Frontenacs nach Malromé, und Denise und Henri machten lange Spazierfahrten, während ihre Mütter und Armandine auf der Terrasse blieben.

Für Henri unterbrach Denises Erscheinen die Eintönigkeit des Sommers und beschenkte ihn mit den Freuden weiblichen Umgangs, die er nie zuvor kennengelernt hatte. Sie besänftigten sein Gemüt, das sich mit dem Gram um seine verunglückte Karriere und der Aussicht auf lebenslänglichen Müßiggang herumquälte. Mehr noch: sie milderten den Aufruhr seiner erwachenden Männlichkeit. Von Anfang an hatte er jeden Gedanken an eine Liebesbeziehung zwischen ihnen beiden ausgeschaltet und sich vorgenommen, nur das Glück des Zufalls auszukosten, der dieses reizende junge Mädchen in sein einsames Leben gebracht hatte. Trotzdem verwendete er mehr Zeit auf seine Toilette, pflegte seinen Bart mit größerer Sorgfalt und polierte seine Nägel, bis sie glänzten. Er bestellte durch Eilboten in Paris ein Dutzend feinster Leinenhemden, setzte Annette auseinander, daß die Bügelfalten seiner Hosen scharf wie ein Rasiermesser sein müßten, und pflegte jetzt den schweren goldenen Siegelring zu tragen, den seine Mutter ihm zu seinem einundzwanzigsten Geburtstag geschenkt hatte. Beim Frühstück besprach er mit Joseph die tägliche Ausfahrt und fand geschickt immer wieder neue malerische Ziele für die Ausflüge. Von Abbé Soulac hatte er sich ein Buch über die Geschichte der umliegenden Orte ausgeliehen und wurde unterwegs ein ebenso kenntnisreicher wie unterhaltender Führer. Wenn sie irgendeinen alten Altar besuchten, war er zur Stelle mit einem Bericht über die Wunder, die sich hier begeben hatten; fuhren sie zu den moosüberwachsenen Ruinen einer mittelalterlichen Festung, so konnte er die Geschichte der edlen Herren erzählen, die sie erbaut hatten.

Da sie sich auf altem aquitanischen Boden befanden, über den seine Familie jahrhundertelang geherrscht hatte, war es natürlich, daß in seinen Erklärungen die Namen verschiedener Grafen von Toulouse eine Rolle spielten. Bei solcher Erwähnung kam in Denises Augen ein Ausdruck von Bewunderung.

„Wie stolz müssen Sie sein, daß Sie ein Toulouse-Lautrec sind!" sagte sie eines Tages, als sie bei Sonnenuntergang nach Hause fuhren. „Wir Frontenacs stammen auch aus dieser Gegend, aber das Stammschloß wurde vor langer Zeit zerstört. Während der Revolution, glaube ich. Vielleicht waren meine Vorfahren Vasallen der Ihren? Sehen Sie nicht meinen Ururururururgroßvater, wie er sich huldigend" – daß sie das altertümliche Wort gebrauchte, entzückte ihn – „vor Ihrem Ururururururgroßvater verneigt? Vielleicht haben sie die Kreuzzüge zusammen gemacht?"
Ebensosehr wie ihre echte Kameradschaft und die Ähnlichkeit ihres Geschmacks schuf diese Bindung sozialer Verwandtschaft eine natürliche Vertraulichkeit zwischen ihnen. Sie war kein Montmartre-Mädchen, sie war aristokratischer Abstammung wie er selber. Sie gehörte zu seiner Welt, hatte teil an denselben Traditionen, denselben Vorurteilen, demselben Sittenkodex. Das alles brachte sie ihm sehr nahe, manchmal erschien sie ihm fast wie die Schwester, die er sich immer gewünscht hatte.
Der Oktober brachte die ersten schweren Regenfälle. Die Wagenfahrten mußten eingestellt werden. Aber sie hatten inzwischen eine andere Zerstreuung gefunden: er malte ihr Porträt.
So kam sie noch jeden Nachmittag, machte in der verglasten Veranda halt, um die Gräfin und Armandine zu begrüßen, und rannte dann, nachdem ihre Mutter sich den Damen zugesellt und ihr Strickzeug aus der Handtasche gezogen hatte, hinauf ins „Atelier".
„*Bonjour*, Henri", rief sie schon in der Tür, ein wenig atemlos vom Treppensteigen, „was macht unser Meisterwerk heute?"
Weiterplaudernd trat sie vor den Spiegel, brachte ihr Haar in Ordnung, strich sich mit den Händen über die Hüften. „Nun, finde ich Gnade vor den Augen des Herrn Porträtisten?" Sie nahm auf dem Podium Platz und setzte sich in die richtige Stellung. Mit fachmännischem Stirnrunzeln dirigierte Henri: „Den Kopf bitte ein bißchen schräger, Denise ... Nein, nicht soviel. Ja, gut so. Die rechte Schulter etwas tiefer halten. So, ausgezeichnet. Jetzt bitte einen Augenblick ganz still sitzen." Wenn sie müde wurde, legte er eine Pause ein und läutete nach Tee. Lachend und plaudernd verschlangen sie dann Berge von Keks, während draußen der Regen gegen die Fenster schlug und an den Läden rüttelte. Mochte es regnen und stürmen, soviel es wollte! Was konnte

schöner sein, als hier so zurückgezogen zu leben, wenn im Kamin die Scheite prasselten und Denise ...

Eines Tages setzte sie plötzlich ihre Tasse auf den Tisch und ergriff impulsiv seine Hand.

„Henri, ich weiß nicht, wie ich Ihnen jemals danken soll. Sie waren so gut. Nein, sagen Sie nichts dagegen! Wenn ich Ihnen nicht begegnet wäre, weiß ich nicht, was hier aus mir geworden wäre. Ich glaube, ich wäre vor Langerweile gestorben. Sie sind der netteste Mensch, dem ich je begegnet bin."

„Aber ich habe doch nichts getan, Denise." Die unerwartete Aufgabe ihrer Zurückhaltung überrumpelte ihn und trieb ihm das Blut ins Gesicht. „Ich war es, der vor Langerweile verging, bis Sie kamen. Sie sind das reizendste Mädchen, das ich je kennengelernt habe."

Einen Augenblick lang ruhte sein Blick auf ihr, sanft und eindringlich. Dann gab er ihr einen leichten Klaps auf die Finger und griff nach seinem Stock. „Aber von dieser gegenseitigen Bewunderung wird unser Porträt nicht fertig. Schnell, trinken Sie Ihren Tee aus und dann zurück an die Arbeit, meine Gnädigste!"

Worte können Gefühle hervorbringen. Dieser unbedeutende Vorfall gab ihrer Freundschaft eine neue Innigkeit. Die Melancholie des Herbstes hatte bei ihnen beiden das Gefühl der Einsamkeit verstärkt; in der Vertrautheit miteinander fand ihre Jugend einen Ausweg. Und so begannen sie bald bei den Sitzungen für das Porträt Geständnisse auszutauschen. Sie erzählte ihm von ihrem Vater, der im Indochina-Feldzug am gelben Fieber gestorben war und den sie innig geliebt hatte, viel mehr, als sie ihre Mutter liebte; sie sprach von dem Kloster, aus dem sie gerade entlassen war, und den Streichen, die die Mädchen den Nonnen gespielt hatten; von Fort-de-France, wo sie geboren war, und von ihrer kreolischen Kinderfrau, die heimlich Zauberei trieb und ihr Amulette gegen den bösen Blick gab, und schließlich von ihrer Kindheit in Tahiti, wo ihr Vater mehrere Jahre stationiert war.

Er hingegen erzählte ihr von seiner Krankheit, von der Blutsbrüderschaft mit Maurice und ihren gemeinsamen kanadischen Plänen, von den Jahren, die er auf dem Montmartre als Kunstschüler verbrachte, von La Nouvelle und Agostina, von seinem Umzug, bei dem Rachou seine Möbel mit dem Leichenwagen beförderte, und von Madame Loubet, die anfangs nicht glauben

wollte, daß er Toulouse heiße – „Toulouse ist kein Name, monsieur, sondern eine Stadt“.
„Vermissen Sie Montmartre gar nicht?“ fragte sie eines Tages.
„Eine Zeitlang habe ich es schrecklich vermißt. Aber jetzt nicht mehr.“
Das stimmte. Voller Nachsicht blickte er zurück auf seinen Ehrgeiz, in den Salon aufgenommen zu werden und ein gesuchter Porträtist zu werden. Seine Phantasien von Liebesszenen im Studio und Picknicks mit zärtlichen Mädchen hatte er weit hinter sich gelassen als die Phantasien eines unreifen und gefühlvollen Narren. Das Leben war eine ernste und gewichtige Sache. Fast unbewußt begann er sich gleichsam als einen jugendlichen Grandpère Celeyran zu empfinden, als einen friedlichen Landedelmann, der sich auf seine Güter zurückgezogen hat, die Bewirtschaftung überwacht, hin und wieder seine Pächter besucht und ein Gläschen mit ihnen trinkt, zur Kelterei fährt und bei der Weinlese zusieht. Und der auf diese Weise ohne Gram und Bitterkeit alt wird in seinem Heim, das von dem zärtlichen Dasein einer Frau und dem Lachen der Kinder erhellt wird.
Wenn er sich diese Frau vorstellte, mußte er in letzter Zeit immer wieder an Denise denken. Ganz allmählich war er dazu gekommen, in ihr nicht nur die unverhoffte Zerstreuung eines langweiligen Sommers zu sehen, sondern die künftige Gräfin von Toulouse-Lautrec. Mit diesem Wandel schwand sein innerer Friede dahin.
Sie hatte ihn gern, daran zweifelte er nicht. Aber hatte sie ihn so gern – auf Liebe wagte er nicht zu hoffen –, daß sie einwilligen würde, seine Frau zu werden? Gewiß, er war häßlich und ein Krüppel. Die Worte der Dirne in dem Café würde er nie vergessen. Aber es gab doch manche junge Mädchen, die Krüppel heirateten. Nach jedem Krieg fanden sich soundso viele, die ihr Herz einem verstümmelten, erblindeten oder sonstwie verwundeten Soldaten schenkten. Ob Denise eines von diesen bewundernswerten selbstlosen Mädchen war? Oder verlangte sie vor allem ein hübsches Gesicht und einen schönen Körper? Wußte sie, daß Lieben mehr war als eine kurze romantische Verblendung und daß das Glück zur Dauer mehr braucht als ein Paar stämmige Beine und regelmäßige Gesichtszüge? Kam sie nach Malromé, weil es ihr etwas bedeutete, mit ihm zusammen zu sein? Oder kam sie aus Langerweile, weil die Gesellschaft ihrer Mutter noch

weniger anziehend war als die seine und weil die Trauer sie vorübergehend ausschloß von der Gesellschaft anderer junger Männer?
Wie ein Jäger im Hinterhalt begann er Denise zu beobachten, bemerkte, analysierte und deutete jeden Blick, jeden Ton und jede Geste, um zu erkennen, was sie für ihn fühlte. Und da für ein hungerndes Herz jeder kleinste Brocken Nahrung ist, stellte er mit vermindertem Scharfsinn mancherlei Anzeichen fest: bald hatte ihr Lachen einen neuen schmeichelnden Unterton, bald verrieten ihre alltäglichsten Bemerkungen zärtliche Andeutungen. Ja, sie hatte ihn gern, hatte ihn zweifellos ungeheuer gern, er war ihr bestimmt lieber als irgendein anderer Mensch, dem sie je begegnet war, sie hatte ja selber etwas Ähnliches gesagt. Außerdem machten ihr sein Titel und sein Vermögen tiefen Eindruck. Sie gehörten derselben Gesellschaftsstufe an. Brauchte es mehr zu einer guten Ehe?
Durch den sehr alten, sehr einfachen und sehr menschlichen Vorgang der Selbsttäuschung gelang es ihm, in Denise die Eigenschaften zu finden, die er zu finden wünschte, und zu glauben, was er glauben wollte. Wie in der Zeit seiner Genesung überkam ihn jetzt eine sprudelnde, überschäumende Lebensfreude. Er lebte in einem leuchtenden Traum. Die Welt, selbst die trübe Novemberwelt, war voll von Liedern, die nur er vernahm. Jeder sollte teilhaben an diesem Glücksgefühl. Er mußte frohe Gesichter um sich sehen. Bisher war er gut gelaunt gewesen, jetzt strömte er über, ein Apostel der Heiterkeit, ein Bekenner des Optimismus. Am Morgen begrüßte er Joseph mit einem munteren *„Bonjour,* Joseph!“. Wenn es zufällig einmal nicht regnete, sagte er: „Einen prächtigen Herbst haben wir, findest du nicht auch?“ Und wenn es goß: „Die Saat wird großartig stehen im nächsten Frühjahr. Es gibt nichts Besseres als jetzt viel Regen, weißt du?“ Während er frühstückte, neckte er ihn mit seinem Mangel an Fröhlichkeit. „Du wirst alt, Joseph, alt und mürrisch.“
„Ja, Monsieur Henri.“ Friedfertig ging der alte Diener hin und her, öffnete Schubladen und legte Henri alles zum Ankleiden zurecht.
„Das kommt daher, weil du nicht geheiratet hast. Jeder sollte heiraten. Der Mensch ist nicht dazu bestimmt, allein zu leben.“
„Ja, Monsieur Henri.“
„Warst du jemals verliebt?“

„Jawohl, Monsieur Henri."
„Warum hast du dann nicht geheiratet?"
„Nie zu fragen gewagt, Monsieur Henri."
„Da siehst du es! Keine Leidenschaft, kein *élan*. Frauen lieben mutige und kraftvoll zupackende Männer."
„Jawohl, Monsieur Henri. Wünschen Sie Ihr Bad jetzt oder später?"
Am meisten aber lag ihm daran, seine Mutter froh und glücklich zu wissen. Seit kurzem fiel ihm eine Veränderung an ihr auf. Während sie im Anfang Denises Besuche gern gesehen, ihn zu den Ausfahrten mit ihr ermutigt und sich darüber gefreut hatte, fühlte er in den letzten Wochen oft ihre Augen forschend und traurig auf sich gerichtet, wenn sie bei Tisch saßen. Wiederholt hatte sie ihn an ihren Plan erinnert, den Winter an der italienischen Riviera zu verbringen. Natürlich wußte sie nicht, konnte sie ja nicht wissen, daß etwas ganz Entscheidendes, etwas Ungeheures bevorstand: Denise würde ihn heiraten. Bald würde er ihr seinen Antrag machen . . .
Er war völlig erstarrt, als seine Mutter eines Abends am Kaminfeuer einen Augenblick beim Nähen innehielt und ruhig sagte: „Henri, ich habe angeordnet, daß unsere Koffer gepackt werden. Übermorgen fahren wir nach San Remo."
Der Schreck machte ihn zunächst sprachlos. Es war doch nicht möglich, daß Maman das tat ohne ihn zu fragen. Sie konnte ihn doch nicht mehr wie ein Kind behandeln!
„Aber ich bin noch nicht fertig mit Denises Porträt", sagte er schließlich.
„Das tut mir leid." Ihr Gesicht war verschlossen, ihre Stimme hart; es war gar nicht ihre Stimme, die er kannte und liebte. „Du hattest es längst fertig haben wollen. Wir haben den 20. November und wollten ursprünglich Mitte Oktober reisen. Ich kann es nicht länger aufschieben."
„Warum nicht? Was macht es aus, ob wir diese Woche fahren oder die nächste? Oder erst nächsten Monat? Oder nächstes Jahr? Kein Mensch erwartet uns."
Plötzlich schoß ihm ein Gedanke durch den Kopf. Sie war sicher krank! Sie hatte sich erkältet in diesem großen zugigen Haus. Deshalb sah sie so blaß aus, deshalb hatte sie ihn gedrängt, das Porträt fertig zu machen. Wie gewöhnlich hatte sie nichts gesagt, hatte sich

aufgeopfert, hatte gewartet und gehofft, daß er von sich aus etwas sagen würde. Eine Woge von Liebe überflutete ihn.
„Vergib mir, Maman. Ich hatte nichts gemerkt. Selbstverständlich sollten wir sofort aufbrechen. Aber – aber könntest du wohl noch bis zu meinem Geburtstag warten? Es sind nur noch vier Tage bis dahin. Es wäre soviel schöner, ihn hier zu verleben, als in einem fremden Hotel."
Sie sah ihn ernst und unsicher an. „Ich weiß nicht . . ."
„Bitte, Maman, bitte!" Unbewußt war er in den Ton verfallen, mit dem er als Kind seinen Bitten Nachdruck verliehen hatte. „Es handelt sich doch nur um vier Tage."
„Also gut. Wir fahren einen Tag nach deinem Geburtstag."

Henri nahm einen tiefen Schluck Champagner und zog sein Frackhemd zurecht, das sich immer wieder vorwölbte. Sein Blick ging über die schön gedeckte Tafel, die weißen Rosen in den hohen Vasen, das Silberzeug, die zerbrechlichen kelchförmigen Sektgläser und die Kristallkaraffen, die im Kerzenlicht glänzten, streifte die Baronin, die sehr elegant aussah in ihrem pflaumenfarbenen Kleid und dem Reiher-Kopfschmuck, Tante Armandine, die mit einer neuen, noch helleren Perücke jünger denn je wirkte, Abbé Soulac, der in seiner etwas fleckigen Soutane wie immer aussah, und seine Mutter, deren einfaches schwarzes Samtkleid mit dem großen Smaragd wunderschön wirkte. Und schließlich blickte er zu Denise. Ihr weißes Taftkleid war fast wie ein Brautgewand.
Hatte er wirklich einen Grund zur Hoffnung? Hatte Denise ihn so gern, wie er glaubte, war dieses Gefühl so stark, daß sie seine Frau werden würde? Die letzten vier Tage waren eine Qual gewesen. Er hatte ihr seinen Antrag noch nicht gemacht, einfach weil sich keine Gelegenheit dazu geboten hatte. Wie konnte man eine so gewichtige Frage an ein Mädchen richten, das unentwegt plauderte? Ihr Mund stand keinen Augenblick still; fröhlich erklärte sie, daß sie die Nachmittage im Atelier mit den Pausen, dem Teetrinken und dem köstlichen Gebäck sehr vermissen werde, und schwatzte weiter drauflos, als ob sie nicht im geringsten ahnte, wie sehr er sich verzehrte vor Verlangen, ihre Hand zu ergreifen und die Worte zu sagen, die ihm seit langem auf der Zunge brannten: „*Chérie*, ich weiß, ich kann nicht erwarten, daß du mich liebst, aber ich werde mein ganzes Leben für dich . . ."

Wer hatte behauptet, Frauen seien intuitiv? Und wie, wenn alles nur Maske war? Wenn sie ihre wahren Gefühle hinter scheinbarer Lebhaftigkeit verborgen hatte? Schließlich konnte man wohl nicht erwarten, daß ein wohlerzogenes und zurückhaltendes junges Mädchen in Tränen ausbrach – oder? Er leerte sein Glas, das sogleich wieder von einem der livrierten Diener mit Champagner gefüllt wurde.
Wie schön sie heute abend war! Die Schultern! Wie glatt gespannte Seide! Wie das Kerzenlicht in ihren Augen widerschien! Wenn er sie so malen könnte! Zum Teufel mit dem Malen! Küssen wollte er sie, und ...
O Gott, der Gedanke, ein solches Mädchen zu besitzen, ein vornehm erzogenes, scheues und dennoch leidenschaftliches Mädchen! Bei Gott, sie sollte sein werden, sie gehörte zu ihm! Hatte sie ihm nicht Beweise ihres Gefühls gegeben? Jawohl, Beweise! Die Art zum Beispiel, wie sie seine Hand ergriffen, wie sie gesagt hatte: „Sie sind der netteste Mensch, dem ich je begegnet bin." Ein Mädchen wie sie sagte dergleichen nicht, wenn sie nicht mehr, viel mehr damit meinte! Und er würde nicht so dumm sein abzureisen, ohne mit ihr gesprochen zu haben, um sie dann bei seiner Rückkehr womöglich mit einem anderen verlobt zu finden, nur weil er zu schüchtern zum Reden war.
Er bemerkte, daß seine Mutter im Begriff war, die Tafel aufzuheben, und stürzte hastig den Champagner hinunter. Eine herrliche Leichtigkeit überkam ihn, und als er nach seinem Stock griff und sich zum Gehen anschickte, schien der Boden nicht mehr ganz fest unter seinen Füßen.
Alle gingen ins Wohnzimmer zum Kaffee. Nur Abbé Soulac empfahl sich. Die Damen setzten sich rund um den Kamin.
Denise beugte sich zu Henri. „Haben Sie Lust, das Präludium noch einmal zu hören, wissen Sie, das eine, das Ihnen so gut gefiel, das ich am ersten Tag spielte?"
Während sie spielte, saß er neben ihr. Am Kamin plauderte ihre Mutter unbeteiligt weiter.
„Man sollte nicht glauben, daß wir uns erst seit drei Monaten kennen", sagte sie nachdenklich. „Wir haben eine schöne Zeit gehabt, nicht wahr, Henri?"
Jetzt war der richtige Zeitpunkt gekommen.
„Kommen Sie, wir entfliehen ins Atelier", flüsterte er.

„Jetzt?“
„Ja, jetzt. Es ist sehr wichtig.“
Wie gut, daß er Auftrag gegeben hatte, die Lampen anzuzünden und ein Feuer im Kamin anzulegen, dachte er, als er mühsam oben ankam. Der Champagner hatte ihn in Hochstimmung versetzt. Nein, kein anderer als er würde sie heiraten. Und dies hier war der einzig richtige Ort, ihr einen Antrag zu machen, dieses Zimmer, in dem sie so glücklich miteinander gewesen waren. Wenn nur sein Herz nicht so aufgeregt klopfen wollte ...
„Was wollten Sie mir zeigen?“ fragte sie.
„Kommen Sie und setzen Sie sich hier aufs Sofa.“
Sie tat es. Mit einer Behendigkeit, die ihn selbst überraschte, ließ er sich neben ihr nieder.
„Ich wollte mit Ihnen sprechen“, sagte er leise und atemlos, als fürchte er, jeden Augenblick unterbrochen zu werden. „Im April bin ich wieder zurück. Werden Sie auf mich warten?“
„Natürlich.“ Sie blickte ihn etwas enttäuscht an. War das alles, weshalb er sie hierher gebeten hatte? „Ich sagte schon, daß wir die Villa für ein Jahr gemietet haben und unsere Trauer erst im Juni endet.“
„Das meine ich nicht.“ Eindringlich sah er ihr in die Augen und ergriff ihre beiden Hände. „Ich meine, wirst du auf mich warten, in einem viel tieferen Sinn warten?“
Ihr Blick wurde abweisend. „Ich verstehe nicht.“ Sie sagte diese Worte mit scharfer, mißtrauischer Stimme.
Er hatte plötzlich die Vorstellung, vor einem gähnenden Abgrund zu stehen. Ein paar Sekunden lang kämpfte er verzweifelt mit sich, versuchte, sich zurückzuhalten, bevor es zu spät war. Doch schon stürzten die lang überlegten Worte aus ihm heraus.
„*Chérie*, ich weiß, ich kann nicht erwarten, daß du mich liebst, aber ich werde mein ganzes Leben daransetzen, dich glücklich zu machen. Du sollst es niemals bereuen, mich geheiratet zu haben. Ich werde alles für dich tun. Ich werde dich glücklich machen. Wir werden gehen, wohin du willst, und alles tun, was du willst.“ Leidenschaftlich küßte er ihre Hand.
Sie sah ihn an, zu erstarrt, um zu widerstreben, in einem Widerstreit von Erstaunen, Mitleid und Erheiterung über die Ungeheuerlichkeit seiner Worte.
„Aber – ich liebe Sie nicht, Henri. Es kam mir niemals in den Sinn, daß Sie ...“

„Ich weiß, ich weiß, du kannst nicht selber die Entscheidung treffen, und ich hätte erst mit deiner Mutter sprechen müssen. Ich verstehe, aber bevor ich abreiste, wollte ich . . ."
„Aber Sie begreifen immer noch nicht!" Sie hatte ihre Selbstbeherrschung wiedererlangt, und ihre Stimme wurde entschiedener. „Sie begreifen ganz und gar nicht, Henri. Ich liebe Sie nicht. Es tut mir leid, aber es ist so. Bitte lassen Sie meine Hände los."
Alles ging jetzt sehr schnell. Sein Kopf war wirr vom Champagner. „Ich habe ja auch nicht gesagt, daß du mich liebst. Ich sagte nur, daß du mich gern hättest. Und das ist doch wahr? Denk an den Tag, an dem du meine Hand nahmst und sagtest . . ."
„Sie sind verrückt. Bitte lassen Sie sofort meine Hände los, Sie tun mir weh. Ich war nur dankbar für das, was Sie getan hatten. Weiter bedeutete es nichts. Ich habe Sie nie geliebt und werde Sie auch nie lieben. Der Gedanke ist einfach absurd."
Sie war tief erschrocken über die Wirkung ihrer Worte. Er begriff endlich. Seine Augen weiteten sich, seine Lippen zitterten. Im Lampenlicht wurde seine Häßlichkeit grotesk, monströs.
„Warum ist es absurd? Warum?" Sein Gesicht war grau geworden. Seine Finger schlossen sich wie Fesseln um ihre Handgelenke. „Weil ich ein Krüppel bin? Sag es doch, ist das der Grund? Weil ich ein Krüppel bin?"
Schmerz und Wut waren stärker als ihre Furcht. Durch die Tränen blitzten ihre Augen.
„Ja!" schrie sie. „Ja, ja! Weil Sie ein Krüppel sind. Und weil Sie so häßlich sind. Sie sind der häßlichste Mann, den ich je . . ."
Sie kam nicht zu Ende. Mit einem jähen Ruck zog er sie an sich und preßte seinen Mund auf den ihren. Wie im Traum schmeckte er die Feuchtigkeit ihrer Lippen, versuchte er gewaltsam, die Wand ihrer zusammengebissenen Zähne zu durchbrechen. Er fühlte den Druck ihrer Brüste gegen sein steifes Vorhemd, fühlte, wie sich ihr Rücken abwehrend wölbte und wie sich ihre Fingernägel in seine Arme krallten.
Mit verzweifelter Anstrengung gelang es ihr endlich, sich loszureißen. Sie stürzte zur Tür. Dort wandte sie sich noch einmal um, wohl wissend, daß er ihr so schnell nicht folgen konnte. Er hatte sich nicht gerührt; völlig erschöpft und zusammengesunken saß er auf dem Sofa. Der Anfall von Wut und Raserei war vorüber.

„Sie ekelhafter, häßlicher Zwerg! Nie wird sich ein Mädchen finden, das Sie heiratet. Hören Sie, Henri? Nie!“
Die Wut ihrer Rachsucht verzerrte ihren Mund. Langsam wiederholte sie die Worte, als ob sie sie einzeln in ihn hineinhämmern wollte.
„Nie! Haben Sie gehört? Niemals!“
Er sah sie nicht gehen. Er hörte nur das Geräusch ihrer Schritte die Treppe hinunter, das gedämpfte Durcheinander aufgeregter Stimmen im Wohnzimmer, einen lauten Klingelton und nach einer Weile das Knirschen von Rädern auf dem feuchten Kies. Dann war nur noch Stille um ihn, die sanfte, einlullende Stille seines Zimmers, bronzefarben und begütigend.

Einige Minuten lang fühlte er nichts. Absolut nichts. Dann begannen, wie Rauchwölkchen nach einem Brand, hier und dort verschiedene kleine Gedanken in der Leere seines Hirns aufzuzüngeln. Am Schlag seines Herzens wurde er gewahr, daß die Zeit nicht stillstand. Schlug ein menschliches Herz schneller oder langsamer, als eine Uhr tickte? Wieviel Schmerz konnte ein Herz ertragen, bis es brach und aufhörte zu schlagen?
Bald würde er zu Maman hinuntergehen müssen. Wie gut von ihr, nicht heraufzukommen und ihm mit Fragen und Vorwürfen zuzusetzen! Sie saß jetzt sicher im Wohnzimmer am Kamin und wartete auf ihn. Arme Maman! Ob sie ihm vergeben würde? Wieviel Kummer hatte er ihr bereitet!
Er suchte nach seinem Stock und hinkte aus dem Zimmer. Wie er erwartet hatte, sah er vom Fuß der Treppe aus seine Mutter am Kamin sitzen und in das Feuer starren, die Hände im Schoß gefaltet, das Gesicht so blaß und unbewegt, als sei es aus Stein gehauen.
Er setzte sich ihr gegenüber in den Stuhl, in dem vor kurzem die Baronin gesessen hatte. Seinen Stock legte er auf den Fußboden und strich mechanisch mit den Händen über seinen Frack.
Eine Weile sagte keiner von ihnen etwas. Endlich begann er, die Augen unentwegt auf die Flammen gerichtet, zu sprechen.
„Du wußtest sicher schon lange, Maman, daß ich im Begriff war, eine Dummheit zu machen. Tief innen wußte ich es selbst wohl auch, glaube ich. Aber ich wollte mir so gern vormachen, daß Denise anders sei als die anderen Mädchen und daß sie mich lieben könne. Ich hoffte es so sehr, daß ich es schließlich glaubte.

Du hast keine Ahnung, Maman, wie leicht man sich selbst täuschen kann, wenn man ein Krüppel ist. Nach und nach erscheint einem das Gebrechen immer kleiner. Und ebenso die Häßlichkeit. Unversehens hält man sich für einen ganz passablen jungen Mann, der ein wenig hinkt, und vergißt, daß man statt dessen ein abstoßender Zwerg mit einem Paar Stümpfen von Beinen ist."

„Bitte, Henri, sprich nicht so."

„Aber es ist doch wahr, Maman. Weißt du, daß ich zweimal in Montmartre in ein billiges Café gegangen bin, um eine Frau zu suchen, irgendeine Frau? Beide Male bin ich abgelehnt worden. Weißt du, daß mich die Vorstellung von nackten Frauen Tag und Nacht gefoltert hat, daß ich nachts von wollüstigen Träumen gequält wurde, aus denen ich schweißgebadet aufwachte? Du mußt es wissen, weil du alles von mir weißt. Du kennst mich besser, als ich mich selber kenne. Ich schwöre dir, ich habe nichts getan, um mich noch mehr in diese Gedanken hineinzusteigern. Im Gegenteil, ich wies sie von mir. Aber sie kamen wieder, immer und immer wieder, bis ich dachte, ich würde verrückt."

Sie bewegte sich nicht. Ihr Gesicht war übergossen vom Glutschein des Feuers. Streifen orangefarbenen Lichts liefen an den Falten ihres dunklen Kleides hinauf.

„Eines Tages stößt man dann endlich mit der Nase auf die Wahrheit über sich selbst", fuhr er fort. „Und das ist ebenso ekelhaft, als wenn man auf eine Schlange tritt. Was geschehen ist, kann man nicht wieder ungeschehen machen, aber es befreit einen von den Illusionen. Und deshalb, Maman" – er blickte sie voll an –, „muß ich nach Montmartre zurück."

Er sah, daß ihre Lippen zitterten und ihre Hände sich verkrampften.

„Vergib, Maman", sagte er verzagt. „Vergib, daß ich dir wieder weh tun muß. Aber es ist die einzige Lösung. Was heute abend geschehen ist, mußte geschehen. Es wäre sonst in San Remo oder Florenz oder irgendwosonst geschehen. Denise war nur ein Vorwand. Es hätte ebensogut jedes andere Mädchen sein können. Und es würde in sechs Monaten oder in einem Jahr wieder genau so kommen. Ich will aber nicht, daß es sich wiederholt. Niemals! Nur in Montmartre kann ich mir eine Art eigenes Leben schaffen. Und dort kann ich dir wenigstens nicht solchen Kummer machen, wie ich es heute hier getan habe."

Sie schloß die Augen, damit er nicht sah, daß sie sich mit Tränen gefüllt hatten.

„Du wirst sehr einsam sein in Montmartre, *mon petit.*"

„Ich werde überall einsam sein, Maman. Das weiß ich jetzt."

Er nahm seinen Stock auf und hinkte zu ihr hinüber. Einen Augenblick blieb er vor ihr stehen.

„Weine nicht, Maman. Wir brauchen beide unseren Mut. Und es gibt wirklich keinen anderen Weg. Ich werde oft kommen und dich besuchen . . ."

Er konnte nicht weitersprechen. Er beugte sich vor und küßte sie.

„Und vergiß nie", flüsterte er ihr dann ins Ohr, „was auch geschehen mag, vergiß nie, daß ich dich lieb habe und immer von ganzem Herzen lieben werde."

Sie versuchte nicht, ihn zurückzuhalten. Er hatte recht. Es gab keine andere Lösung.

Sie sah ihn sich durchs Zimmer schleppen und hinausgehen. Sie hörte den schwächer werdenden Aufschlag seines Stockes auf dem Teppichläufer und nach einer Weile das Zuschnappen seiner Schlafzimmertür.

Diesmal würde er nicht wiederkommen. Sie hatte sich geirrt, wenn sie gemeint hatte, ihn vor seinem Schicksal bewahren zu können. Das Schicksal wurde von Gott bestimmt. Was würde aus ihm werden? Er war verkrüppelt, häßlich, und dabei hungrig nach Liebe und keineswegs bereit zu entsagen. Was würde er tun? Sie wußte es nicht. Aber eines wußte sie. Er war ihr Kind und würde leiden. Und sie würde ihn nicht im Stich lassen. Sie würde ihn lieben, für ihn beten, auf ihn warten — immer.

9

„Monsieur Toulouse!"

Aus dem Haus stürzte Madame Loubet, den Rock mit beiden Händen hochgerafft, so daß ihre rundlichen, baumwollbekleideten Beine sichtbar wurden.

Seit der Ankunft des Telegramms hatte sie keine Ruhe gehabt und ständig zwischen Besorgnis und Entzücken geschwankt. Irgend etwas Schreckliches mußte geschehen sein, das ihn veranlaßte, in dies häßliche Montmartre zurückzukehren. Jedoch er kam, und das war wundervoll! Es war einsam ohne ihn gewesen. Jeden Morgen hatte sie sich in ihrer Portierloge um seinen Weggang gegrämt, war unfähig gewesen, die Zeitung zu lesen oder ihren Rosenkranz zu beten, und hatte alle paar Minuten aus dem Fenster gesehen.

Und nun war er endlich da!

„Monsieur Toulouse!" wiederholte sie, als er aus dem Wagen gestiegen war. „Wie geht es Ihnen, Monsieur Toulouse? Das Studio ist noch genau so, wie Sie es verlassen haben. Ich habe Feuer angemacht, damit es schön warm ist, wenn Sie kommen, und ..."

Sie hielt inne. Irgend etwas war nicht in Ordnung. Er war derselbe, und er war es auch wieder nicht. Seine Augen! Das war es! Sie waren größer und dunkler geworden und sahen nicht mehr fröhlich und jungenhaft aus wie früher.

„Geht es Ihnen gut?"

Er lächelte sie traurig an. „Ja, Madame Loubet, vielen Dank. Es geht mir ganz gut. Und es ist schön, wieder da zu sein. Ich habe Sie vermißt."

Als sie in den vierten Stock hinaufgestiegen waren, stieß er die Tür auf und hinkte zum Fenster. Einen Augenblick lang stand er da, auf seinen Stock gelehnt, und blickte auf das vertraute Bild übereinandergeschobener Dächer und Schornsteine. Der Winterhimmel hatte eine verspätete herbstliche Sanftheit, die ihn an die letzten Ausfahrten mit Denise erinnerte.

Er wandte sich um, ging umher und schnupperte den schwachen Terpentingeruch, der noch in der Luft lag.
„Es ist schön, wieder da zu sein", sagte er noch einmal.
Er blickte auf die Bilder an der Wand, auf die Staffelei, die Korbmöbel, den rundbauchigen Ofen und die Venus von Milo, die immer noch in der Ecke stand, wo Rachou sie hingestellt hatte. Es war wie eine Rückkehr zu alten Freunden.
„Ich werde jetzt ganz hier wohnen, Madame Loubet. Nicht nur arbeiten. Dies soll mein Heim sein. Ich werde nicht wieder fortgehen."
Das Balkonzimmer mit dem großen Fenster und der Tapete mit weißen und gelben Gänseblümchen war behaglicher, als er erinnerte. Er stellte ein altes Bild seiner Mutter auf den Nachttisch, nagelte ein paar Celeyraner Skizzen an die Wand sowie ein vergilbtes Klassenbild aus Fontanes, auf dem Blutsbruder Maurice und er Seite an Seite standen, mit nackten Beinen und sehr selbstbewußt. Zwei Tage später kamen seine Koffer an. Madame Loubet legte seine Hemden säuberlich in die Kommodenschubladen und hängte seine Anzüge in den Schrank. Als er seine monogrammverzierten Handtücher, seinen Rasierpinsel und die mit der Grafenkrone versehene Toilettengarnitur im Badezimmer sah, begann er sich heimisch zu fühlen. Doch, man würde hier schon ganz glücklich sein können.
Als ersten besuchte er Rachou. Er hatte erwartet, ihn mit Malen oder Mandolinespielen beschäftigt zu finden oder ihn beim Biertrinken mit Friedhofsbekanntschaften oder bei der Unterhaltung mit einem Mädchen anzutreffen. Statt dessen fand er in einem eiskalten Studio einen müden, bekümmerten Riesen, in seinen Mantel eingewickelt, über mehreren kunstgeschichtlichen Bänden brüten.
„Wie du siehst", sagte Rachou und rappelte sich hoch, „pauke ich für dieses verdammte Museums-Examen. Ich hab niemals geahnt, was ein Museumswärter alles wissen muß."
Er hatte sein lautes Bohemienbenehmen, sein schallendes Gelächter abgelegt. Der Bürger in ihm war zum Vorschein gekommen, und er war bedacht auf Auskommen und Sicherheit. Das Herumflanieren im Ely und das Biertrinken in La Nouvelle hatten keinen Reiz mehr für ihn.
„Diese Dinge mögen gut sein, wenn man Student ist. Aber: was bringen sie ein?"

Sie redeten eine Weile über dies und jenes und versuchten, die alte Vertrautheit wiederherzustellen.
„Weißt du, daß Grenier geheiratet hat und daß Lucas wieder zurück in die Normandie gegangen ist?"
Henri nickte. „Du schriebst mir davon. Und wie geht es Vincent?"
Oh, Vincent war immer noch da, trank seinen Absinth und brachte alle zur Verzweiflung mit seiner verdammten Künstlerkolonie und seinen Ideen einer Verbrüderung aller Künstler. Im Sommer hatte er eine Ausstellung bei Agostina gemacht, die natürlich ein Mißerfolg war.
„Außerdem fragte er Agostina, ob sie ihn heiraten wolle. Natürlich lachte sie ihn aus. ‚*Mio piccolo Vincente*' – du weißt ja, wie sie redet –, ‚du bist wohl nicht ganz bei Trost, du bist *pazzo!* Ich glaub, du hast einen Floh im Gehirn!' Unter uns gesagt, ich finde, sie hat recht. Er ist ein netter Kerl, aber irgendwo ist bei ihm eine Schraube los." Er tippte sich bedeutungsvoll an die Stirn.
Von Gauzi und Anquetin hatte er nicht viel gesehen, obwohl sie beide auf dem Montmartre wohnten. Aber sie waren zu beschäftigt, viel zu beschäftigt damit, irgend etwas zum Leben zu verdienen. Oh ja, es war schon ein wundervoller Beruf, die Kunst!
Alles in allem war es ein langweiliger und heißer Sommer gewesen. Glücklicherweise hatte er eines Tages auf dem Weg zu seinem Studio am Tor des Montmartre-Friedhofs ein Mädchen aufgegabelt.
„Ich redete sie wie üblich an, mir für meine Madonna zu stehen, und sie schluckte es. Sie ist nicht sehr helle und ein bißchen taub, aber sonst ein gutes Kind mit einem goldenen Herzen. Sie ist Kassiererin in einem Hotel, wenigstens sagt sie das, aber bei Frauen weiß man ja nie, wann sie die Wahrheit sagen. Ich hab sie sogar porträtiert – eine kleine Skizze auf einem Leinwandfetzen. Sie hat geweint, als ich ihr das Bildchen gab. Sie ist wirklich ein nettes Mädchen. Berthe heißt sie übrigens."
Er schwieg einen Augenblick nachdenklich. „Und du? Was hast du vor?"
„Zu malen, denk ich. Was sollte ich sonst tun?"
„Du brauchst dich wenigstens nicht um deinen Lebensunterhalt zu kümmern. Du kannst jetzt malen, was du willst. Weißt du noch, wie du mal bei Agostina ein Flittchen malen wolltest, weil sie eine durchsichtige Haut und grüne Schatten im Nacken hatte?"

„Ja, ja. Jetzt kann ich soviel grüne Schatten malen, wie ich will. Das ist der Vorteil des Amateur-Daseins. Man kann malen, was man will. Kein Mensch kümmert sich darum."
Sie hatten sich nichts mehr zu sagen. Sicher wären sie gern noch Freunde geblieben, aber das Leben hatte sie getrennt. Ihre Wege gingen auseinander. Die Dinge, die sie verbunden hatten, gab es für sie nicht mehr. Sie waren sich fremd bis auf eine Handvoll gemeinsamer Erinnerungen.
„Ich muß gehen", sagte Henri und erhob sich vom Rand des Diwans. „Ich will dich nicht von der Arbeit abhalten. Vielleicht sehen wir uns hin und wieder?"
An der Tür schüttelten sie sich verlegen lächelnd die Hände. Mit den Augen verabschiedeten sie sich für immer.
„Wir werden uns noch oft sehen, bevor ich wegfahre", sagte Rachou. „Übrigens: von Julie – das hast du doch gehört?"
„Nein."
„Sie hat sich ertränkt. Ungefähr eine Woche nachdem du weg warst."
„Wo ist sie begraben?"
Rachou zuckte die Achsel. „Du weißt doch, wie so was geht. Kein Geld, keine nahen Verwandten ... es kostet Geld, ein Grab für sich allein zu haben."
Als Henri die Treppen hinunterging, kamen ihm die Tränen.
Der Abend in La Nouvelle war ebenfalls enttäuschend.
„Gebrauchs- und Werbekunst, das ist das Richtige", sagte Gauzi mit großen Gesten in ausgefransten Ärmeln. „Das bringt was ein. Katalogillustrationen, Anzeigen, sogar Schildermalen: das hat eine Zukunft und bringt einem Geld, – sofern man nur an so etwas herankommt."
Anquetin prahlte mit seinen Erfolgen als Serienmaler von religiösen Themen.
„Eine Himmelfahrt nach Murillo kostet mich drei Tage. Ich könnte es auch in zweien schaffen, aber man braucht soviel Zeit für all diese verdammten Engel. Eine Geburt dauert vier Tage. Zuviel nebensächlicher Kleinkram, weißt du."
Sie taten ihr Bestes um fröhlich zu sein, sprachen von der Vergangenheit und machten die alten Atelier-Witze. Aber sehr bald hatte sich das, was ihnen damals so wichtig schien, erschöpft.
Hinter den Prahlereien fühlte Henri ihre Angst vor der Zukunft und ihr Bedauern über die verlorenen Jahre.

„Ist das nicht verrückt?" brummte Gauzi. „Da schindet man sich ab, um in diesen verfluchten Salon zu kommen, und ist man einmal drin, entdeckt man, daß man damit noch gar nichts hat."
„Die Hälfte der Künstler, die jetzt in Paris verhungern, haben es mal bis zum Salon gebracht", bekräftigte Anquetin. „Degas hatte recht, dieser alte Bastard. Kunst ist kein Beruf, sondern eine Form von Selbstmord, bei der einem so allmählich die Puste ausgeht. Du brauchst dich ja allerdings nicht darum zu kümmern, woher du das Geld zum Essen nimmst . . ."
Vom ersten Augenblick an hatte er beides empfunden: ihr Erstaunen über seine Rückkehr nach Montmartre und ihren unwillkürlichen Neid. Aber sie hatten ja recht, er konnte es sich leisten, auf den Salon zu verzichten, er konnte alles, was er wollte, in seinem schönen Studio dahermalen, er brauchte sich nicht um Essen, Kleidung und Geld zu sorgen. Er war reich und sie waren arm. Dieser Gedanke zerstörte ihre Beziehungen und löschte die Jahre der Kameradschaft aus. Mit einem großen Sprung rückwärts war er wieder der reiche Amateur aus den Tagen Bonnats.
Sie trennten sich, machten aus, daß sie sich sehr häufig sehen wollten, und wußten im Grunde genau, daß sie es nicht tun würden.
Vincent war der einzige, der sich wirklich freute, Henri wiederzusehen. Seine hellen Augen strahlten, als er ihm seine knochige, sommersprossige Hand entgegenstreckte. „Ich hab dich vermißt, Henri. Ich muß sehr viel mit dir besprechen. Komm, laß uns zu mir nach Hause gehen und Stockfisch essen."
Sie verstanden sich noch genau so gut wie damals und stritten während der wenigen glücklichen Abende, die sie miteinander verbrachten, heftig wie in der ersten Zeit. Aber Vincent war ein kranker Mann. Auch er hatte sich verändert in diesen letzten Monaten. Etwas Ungeheuerliches, Schreckliches ging zuweilen in ihm vor, lähmte seinen Geist und schien ihn in einen Strudel zu reißen.
„Ich will heraus hier", schrie er dann. „Ich will dorthin gehen, wo Sonne ist. Ich möchte die Sonne malen, Felder . . ."
Paris war unerträglich für ihn geworden. Die chronische Ruhelosigkeit rieb seine Nerven auf. Zuweilen zuckten seine Lippen konvulsivisch und verdrehten sich seine Augen wie bei Wahnsinnigen. Alles um ihn deutete auf ein bevorstehendes Unheil.
Eines Tages taumelte er in Henris Studio, betrunken, völlig verstört, durchnäßt bis auf die Haut.

„Glaubst du, daß ich verrückt bin?“ stöhnte er. Er saß auf dem Diwan, den Kopf zwischen den Händen. „Glaubst du auch, daß ich verrückt bin? Glaubst du, daß sie mich einsperren wollen?“
Er hatte in Père Tanguys Laden Cézanne getroffen, der nach eingehender Betrachtung seiner Bilder gedehnt und nasal erklärt hatte: „Offen gestanden, monsieur, Sie malen wie ein Verrückter!“ Diese Bemerkung war in Vincent hineingefallen wie der Funke in ein Pulverfaß.
Nach diesem Zwischenfall wurde er vollends ruhelos. Er trank noch mehr, und wenn er ins Studio kam, redete er unzusammenhängendes Zeug, wobei er ins Holländische verfiel. Mit diesem Gestammel wurde es allmählich schlimmer. Außerdem geschah es immer häufiger, daß er plötzlich für Tage verschwand.
Schließlich, an einem düsteren Februartag, ging er fort nach Arles. Henris letzter Eindruck von seinem Freund war ein spukhaftes Bild: aus dem Fenster eines Eisenbahnwagens dritter Klasse lehnte ein Alkoholiker mit rotumränderten Augen, grinste abwesend in seinen strähnigen Bart und verschwand allmählich in einer Wolke von Dampf, wobei er mit den Armen winkte wie ein Ertrinkender.
Einige Tage später reiste auch Rachou ab. Er hatte das Examen hinter sich gebracht und eine Stellung als Museumswärter in Draguignan bekommen, einem verschlafenen sonnigen Städtchen in der Provence. Wieder fuhr Henri zum Bahnhof und sagte all die nichtigen Dinge, die auf Bahnhöfen gesagt werden.
Die letzte Bindung an die Vergangenheit war gelöst.

Verbissen stürzte er sich in die Arbeit. Er fing zwei, drei, vier Bilder zugleich an, blieb an der Staffelei, solange das Licht es nur irgend erlaubte, und malte mit zunehmender Schnelligkeit und Sicherheit, während Madame Loubet ihm aus der Zeitung vorlas. In der Dämmerung aber wurde er sich dann der Einsamkeit bewußt und litt sehr darunter. Einsamkeit läßt die Erinnerungen aufsteigen. In dem dämmernden Studio drangen die Erinnerungen durch die Wände, wogten vor seinen Augen, umringten ihn. Um ihnen zu entfliehen, nahm er seinen Hut und ging weg.
Er ging ins Nouvelle und entdeckte, wie fremd das Vertrauteste werden kann. Das Café, das ihm vor einem Jahr so herrlich und aufregend erschien, war jetzt eine lärmende, unsympathische

Kneipe geworden. Studenten unterbrachen ihre Debatten und starrten ihn an, wunderten sich, weshalb er noch hier herumhing, da es ihm doch nicht gelungen war, in den Salon aufgenommen zu werden. Die älteren Künstler waren zu versunken in ihre eigenen Probleme oder in ihr Dominospiel, um Notiz von ihm zu nehmen. Mit zweiundzwanzig Jahren war er ein Gescheiterter von Montmartre mehr, zu alt für die einen, zu jung für die anderen, uninteressant für alle.

Er verbrachte die Abende mit ziellosen Wanderungen. Er erfuhr, wieviel bitterer noch die Einsamkeit an menschenüberfüllten Orten ist. Allein ging er in die verschiedensten *cafés chantants* und in den Zirkus Fernando, wo er wie damals den Clowns, den Kunstreitern, den dressierten Pudeln und den Akrobaten in ihren rosa Trikots zusah.

Er ging auch ins Ely, wo La Goulue sich für einige Minuten an seinen Tisch setzte, dann aber wegstürzte und nicht mehr an ihn dachte. Père la Pudeur begrüßte ihn mit neuen Klagen über das Benehmen der Mädchen und erzählte ihm von dem schrecklichen Sergeanten der Sittenpolizei, der nach Montmartre versetzt war. „Er heißt Patou, Balthazar Patou", flüsterte er furchtsam. „Ich hoffe, Sie werden nie etwas mit ihm zu tun bekommen. Der Kerl ist schrecklich. Er streicht nachts durch die Gegend und sucht nach Mädchen, die ohne Karte auf die Straße gehen – Sie wissen doch, die Karte von der Präfektur, die die Prostituierten haben und immer bei sich tragen müssen. Seit er seine Uniform nicht mehr trägt, können sie nicht so schnell merken, daß er Polizist ist, und so fällt er über sie her und schickt sie nach Saint-Lazare. Wenn er je hierherkommen sollte und sieht die Mädchen ohne ihre Hosen tanzen, wird es bestimmt einen mächtigen Ärger geben ..."

Schließlich wurden die unpersönlichen Lokale am Boulevard Clichy seine Zuflucht. Dort verbrachte er endlose Abende, den steifen Hut tief ins Gesicht gezogen, die kurzen Beine über dem Boden hängend, den Geist verloren an eine tödliche Langeweile. Mit seinem Stock neben sich saß er so Stunde um Stunde, las die Abendzeitungen, beobachtete die Dirnen bei ihrem Männerfang, machte flüchtige Skizzen, starrte auf das Spiegelbild seines häßlichen Gesichts in den Krümmungen seines Glases und wartete, wartete und wußte nicht, auf was.

Maman hatte gesagt, er würde einsam sein. Er war es.

Dann bestellte er eines Tages einen Cognac. Dann noch einen. Dann noch einen. Etwas Außergewöhnliches geschah. Seine Beine hörten auf zu schmerzen. Und noch etwas: die trüben Gedanken verschwanden.
Mit heimlichem Jubel stellte er fest, daß er ein „geborener" Trinker war. Ohne unangenehme Nachwirkungen zu spüren, konnte er erstaunliche Mengen Alkohol vertragen. Diese Tatsache befriedigte ihn außerordentlich. Es gab Leute, die konnten Berge erklimmen oder ein Pferd über eine sechs Fuß hohe Hürde bringen. Nun gut, jetzt gab es etwas, was er auch konnte: er konnte trinken!
Und der Alkohol tat noch mehr. Er gab ihm die Kraft, seinen Ekel zu überwinden und ins Bordell zu gehen.

Diesmal fuhr er bis vor die Tür vom Grauen Papagei und zog entschlossen die Glocke. Schlau hatte er es angefangen und diesen trüben, verregneten Nachmittag gewählt in der Hoffnung, daß der rote Plüschsalon leer sein würde und die Mädchen nichts zu tun hätten.
„Komm rein, schnell, komm doch rein." Die triefäugige Schlampe zog ihn ins Haus. „Siehst du denn nicht, daß es regnet?" fuhr sie fort und schloß die Tür hinter ihm.
Ein Blitz des Erinnerns ging über ihr aufgeschwemmtes Gesicht. „Warst du nicht vor zwei oder drei Jahren schon mal hier? Mit ein paar Freunden? Dja, ich hab ein Gedächtnis, das nie was vergißt."
Er nickte und ließ die Silbermünze, die er bereit hielt, in ihre Hand gleiten.
„Das nenn ich ein Trinkgeld!" Sie schnaufte vor Hochachtung. „Wenn es mehr solche gäbe wie du, dann könnte ich mich aufs Land zurückziehen. Ich seh schon, du und ich, wir werden gute Freunde."
Sie schielte ihn freundlich an, als fühle sie seine Schüchternheit. „Du bist gerade im richtigen Augenblick gekommen", flüsterte sie, indem sie sich zu ihm herabbeugte. „Es ist niemand oben."
Ihre Augen wurden plötzlich argwöhnisch. „Wenn du auch ein Zwerg bist, im Bett weißt du hoffentlich, was du zu tun hast, wie?"
Als er nickte, wurde sie wieder beredt. „Dann ist alles in Ordnung. Groß oder klein, alt oder jung – für uns ist das alles das-

selbe. *L'amour,* dafür sind wir da. Geh nur nach oben, ich ruf die Mädchen."
An das Geländer geklammert zog er sich die steile, mit einem dünnen Läufer belegte Treppe hinauf und hinkte schwer atmend in den trübe beleuchteten, leeren Salon. Nichts hatte sich verändert. Er erkannte alles wieder: die roten Portieren, die abgeschabten Plüschbänke hinter der Reihe angestrichener Eisentische, das elektrische Klavier, die staubigen Palmen in der Ecke, den mit Fliegenschmutz befleckten Öldruck „Kleopatra im Bade", der zwischen zwei goldgerahmten Spiegeln hing, und den Geruch nach Puder und kaltem Tabaksrauch. Es war eine Atmosphäre abgestandener Verworfenheit, der schlammige Frieden eines Sumpfes.
Er setzte sich an einen Tisch, legte seinen Hut neben sich auf die Bank und wartete mit klopfendem Herzen. Es war leichter gewesen, als er gedacht hatte. Über sich hörte er verschwommene Geräusche, dann das scharfe Einschnappen einer Tür und gleich darauf ein eiliges Getrappel von Füßen die Treppe herunter.
Ein Mädchen in hauchdünnem Morgenrock und roten, hochhackigen Pantoffeln stürzte in den Salon. Bei seinem Anblick stockte sie; ihr Lächeln verschwand. Einen Augenblick sah er nur ein Paar erschreckte, weit geöffnete Augen.
Plötzlich drehte sie sich um und floh.
Er hörte die hämmernden Schläge seines Herzens, hörte andere Schritte und ein undeutliches Durcheinander von Gekicher und aufgeregtem Geflüster im Treppenhaus.
Eine Hand hob die Vorhänge auseinander. Fünf Frauengesichter drängten sich durch die Öffnung, und zehn Augen starrten ihn an. Er fühlte, wie er rot wurde.
„Mein Gott, das ist ja Henri!"
Erstaunt sah er eine pummelige, kuhäugige Brünette quer durch den Salon auf sich zukommen. Ihre großen Brüste wabbelten unter dem Hemd.
„Du kennst mich nicht, was?" Sie stand strahlend vor ihm. „Aber ich, ich kenne dich!"
Eine gewisse ländliche Frische haftete noch an ihrem runden Gesicht. Unwillkürlich erinnerte sie ihn an Madame Loubet, eine fünfundzwanzigjährige Madame Loubet in malvenfarbenem Hemd.
„Ich bin Berthe." Sie beugte sich über den Tisch, ein Lächeln in den vorquellenden Augen, und sprach, als ob sie die Lösung

irgendeines kindischen Rätsels verriete. „Dein Freund Rachou hat mir oft von dir erzählt."
Bevor er etwas sagen konnte, wandte sie sich an die anderen Mädchen, die ihr zögernd in den Raum gefolgt waren. „Es ist alles in Ordnung. Er ist Künstler. Er malt Bilder, wie mein *chouchou.*"
Irgendwie schien das alles zu klären. Die Spannung löste sich. Die Mädchen kamen an den Tisch.
„Das ist Veronika", sagte Berthe und wies auf ein mageres braunhaariges Mädchen mit vorstehenden Zähnen, die einer betrübten Maus glich. „Sie arbeitet hier noch nicht lange. Erst drei Monate ungefähr."
Veronika hielt ihm eine schlaffe Hand hin und wollte etwas sagen, aber Berthe zeigte schon auf ein anderes Mädchen.
„Das ist Suzanne. Sie kommt wie ich aus der Bretagne."
Die Pflichten einer Wirtin schienen ihr Spaß zu machen. Rasch wandte sie sich zu einer großen, starkknochigen Frau, die nackt unter einem gelben spanischen Schal dasaß. „Das ist Giannina. Sie ist Italienerin." Ihr Ton tat Giannina als unwichtige Ausländerin ab, die keines weiteren Kommentars würdig war.
„Und das ist Minette", schloß sie und setzte sich neben Henri. „Sie ist beinahe ebenso lange hier wie ich."
Die Mädchen hatten ihm die Hand gegeben und mit leichtfertigem Lächeln, völlig ungeniert durch ihre Nacktheit, Platz am Tisch genommen. Die ganze Angelegenheit bekam einen geselligen Anstrich. Ein Kellner in Pantoffeln und Hemdsärmeln kam hereingeschlurft und wischte mechanisch mit der zerknüllten Serviette, die er unterm Arm trug, den Tisch ab, während er die Bestellungen entgegennahm. Henri ließ die Schachtel mit türkischen Zigaretten, die er unterwegs gekauft hatte, herumgehen, strich Zündhölzer an und gab ihnen allen einzeln Feuer. Sie waren solche Aufmerksamkeiten nicht gewohnt und dankten ihm affektiert mit gespitzten Lippen und damenhaften Stimmen. Verstohlen blickten sie nach seinen Beinen, taxierten Stoff und Schnitt seiner Kleidung und fühlten ein unbestimmtes Mitleid mit diesem jungen Krüppel, der so höflich und gut angezogen war und der hierher kam, weil er sonst kein Mädchen finden konnte.
„Sie malen Bilder, monsieur?" fragte Veronika, um Konversation zu machen. „Alle Arten von Bildern?"

Es war Berthe, die antwortete. Sie tat es mit Empfindlichkeit und Autorität. Natürlich malte er alle Arten von Bildern! Wenn jemand ein Kunstmaler war, konnte er eben alles malen. „Mein *chouchou* konnte alles malen, was ihm in den Kopf kam. Er konnte euch ein Porträt malen, ich sag euch, aber so! wenn er wollte." Sie schnippte mit den Fingern, um zu zeigen, daß Porträts für Rachou eine Kleinigkeit waren.

„Ich habe einmal für einen Maler Modell gestanden, für einen Österreicher", sagte Giannina.

Sie hatte feuchte Augen mit langen Wimpern und klassische Gesichtszüge, jetzt von Verfettung etwas verwischt, dazu dichtes Haar, das sie in einem tiefen Knoten trug. Sie erinnerte Henri an die stattlichen Bäuerinnen auf den Bildern von Poussin.

Mit ihrer klaren venezianischen Stimme beschrieb sie, wie der österreichische Maler, ein älterer melancholischer Mann, von Zeit zu Zeit die Palette beiseitezulegen und aufzustehen pflegte, um ihren Busen oder ihr Hinterteil zu tätscheln, dann wieder zu der Staffelei zurückkehrte und versonnen einige Pinselstriche machte.

„Er sagte, ich sei eine Inspiration für ihn", schloß sie.

Suzanne war empört. Es machte ihr nichts aus, mit einem Mann zu schlafen, aber sie würde doch nie nackt für einen Künstler Modell stehen. Unter keinen Umständen!

„Ich finde das einfach ekelhaft." Unter ihrem Spitzenhemd bebten ihre Brüste vor Rechtschaffenheit.

„Das verstehst du nicht", sagte Giannina geduldig zurechtweisend. „Ein Künstler ist kein Mann. Er sieht dich nicht wie ein Mann an. Eher wie ein ..."

„Eher wie ein Arzt", sagte Berthe fachmännisch. Ihr Verhältnis mit Rachou hatte sie zu einer Autorität in künstlerischen Dingen gemacht. „Du scheust dich doch auch nicht, dem Doktor jeden Montag dein Hinterteil zu zeigen, wenn er zur Visite kommt, nicht? Na also, genau so ist es mit einem Künstler."

Das sahen die Mädchen ein. Henri beobachtete sie lächelnd, wie sie an ihrem Wein nippten und die ungewohnten türkischen Zigaretten rauchten.

Diese Mädchen waren keineswegs so widerlich, wie er angenommen hatte. Sie waren im Gegenteil nett, freundlich und schienen von seinen Beinen keine Notiz zu nehmen. Wie einfach

war alles gewesen! Wieviel Qual hätte er sich ersparen können, wenn er schon früher hierhergekommen wäre!
„Er hat mir oft gesagt, du seiest sehr nett.“ Berthe sah ihn an und ließ die anderen sich weiter unterhalten. „Das stimmt“, fuhr sie dann fort, mit einem Lächeln in ihren blauen vorstehenden Augen. „Du bist wirklich nett. Er war auch sehr nett, nicht? Wie er Mandoline spielen konnte! Und was für eine Stimme er hatte! Und so groß und stark, wie er war, so zärtlich konnte er sein. Er hat mein Porträt gemalt, weißt du. Du mußt es unbedingt sehen.“
Sie schwieg und versank in Erinnerungen.
„Geht es ihm gut?“ fragte sie nach einer Weile. Es ergriff Henri, daß ihre Stimme, die vorher mutwillig und sicher geklungen hatte, bei dieser Frage zitterte. „Hast du was von ihm gehört? Weißt du, er kann mir ja nicht schreiben, weil ich ihm meine Adresse nicht gegeben habe. Damals habe ich ihm gesagt, ich sei Kassiererin in einem Hotel. Ich wollte nicht, daß er wüßte ...“
„Er ist Museumswärter im Museum von Draguig –“
Sie unterbrach ihn: „Museum? Er arbeitet in einem Museum?“ Ungestüm wandte sie sich zu den anderen Mädchen. „Hab ich nicht gesagt, daß mein *chouchou* ein großer Künstler ist? Er ist jetzt sogar am Museum!“
„Ich hatte mal einen *chouchou*, der war Abteilungsleiter im Ministerium für Landwirtschaft“, prahlte Veronika und zog stolz die Augenbrauen hoch. „Er sagte immer, ich erinnere ihn an seine Tochter.“
Es war allmählich spät geworden. Octave, der Kellner, zündete die Gaslampen an und brachte eine neue Runde Vermouth. Bald darauf kamen die ersten Kunden. Linkisch nahmen sie ihre Plätze auf den roten Plüschbänken ein, wobei sie es vermieden, einander anzusehen, und die Mützen unbeholfen in den Händen drehten.
Ein Mädchen nach dem andern stand auf und verabschiedete sich. „Auf Wiedersehen, Henri“, sagten sie und hielten ihm die Hand hin. „Es war sehr nett.“
Er sah sie zu den Männern hinüberschlendern, ihnen die Arme um den Nacken legen und hörte sie die ewig gleichen Worte sagen: „Na, Liebling, wie ist es, gibst du einen aus?“ Irgend jemand setzte das mechanische Klavier in Gang. Und damit hatte die Nacht im Grauen Papagei begonnen.

Nur Berthe blieb noch an seinem Tisch. Sie erinnerte sich plötzlich an den eigentlichen Grund seines Besuchs.
„Möchtest du vielleicht mit mir nach oben gehen?“ fragte sie.
Er nickte und folgte ihr.

Während der nächsten Monate war Henri zwar immer noch einsam, aber doch ruhig, zuweilen sogar beinahe glücklich.
Er ging öfter ins Bordell, gewöhnlich nachmittags. Auf Berthes Anregung ging er auch mit den anderen „nach oben“ und fand sie taktvoll, erfahren und besorgt um seine Freuden. Es tat ihm wohl, daß sie ihn selbstverständlich aufnahmen, daß sie seine großzügigen Trinkgelder lobten und ihm Komplimente über seine Männlichkeit machten. In ihren Armen fand er ein kurzes, aber vollkommenes Vergessen und ein merkwürdiges Gefühl der Vergeltung. Gesegnet seien die Huren, die den Spott und die Verachtung der anderen Mädchen wiedergutmachten! Sie brachten ihm das Alphabet der Sinneserregungen bei, die Anatomie der Lust. Mit ihnen erforschte er die Grade der Wollust und entdeckte den kalten Rausch der Sinne, der nicht mit romantischen Vorstellungen belastet ist.
Sie gaben ihm sogar das Gefühl einer gewissen Kameradschaft. Wie in seinen Ateliertagen wurde auch hier bald seine Fähigkeit, mitfühlend zuhören zu können, in Anspruch genommen. Im Laufe der Zeit hörte er auf, nur ein gut zahlender Kunde zu sein, und wurde zum Vertrauten, dem sie ihre Liebesgeschichten, ihre Klagen, ihre wirklichen und eingebildeten Hoffnungen und Kümmernisse erzählten. Wieder einmal entdeckte er, wie nötig es die meisten Menschen haben, sich auszusprechen.
Er brachte ihnen Parfüm, Bonbons und die türkischen Zigaretten mit, die sie so gern mochten. Er trug ihre Geburtstage in sein Notizbuch ein und sandte ihnen an diesen Tagen Körbe mit Beaujolais und Büchsen mit Gänseleberpastete.
Allmählich begann er unter der Anonymität der weiblichen Nacktheit Einzelwesen zu unterscheiden. Suzanne hatte ein Kind und schickte jeden Sou, den sie verdiente, an die Familie, bei der es irgendwo auf dem Lande aufgezogen wurde. Giannina war lesbisch. Veronika wettete bei Radrennen und gewann nicht ein einziges Mal, obwohl sie Stunden damit verbrachte, über den Sportseiten der Zeitungen zu brüten. Minette ging an ihrem freien

Tag ins Theater, wobei sie eine besondere Vorliebe für quälende Melodramen hatte, die sie nach ihrer Rückkehr in haarsträubenden Einzelheiten wiedergab.
Und dann Berthe, die gute mütterliche Berthe! Er sprach mit ihr über Rachou. Immer und immer wieder erlebte sie die Stunden, die sie in dem schäbigen Studio in der Rue Ganneron verbracht hatte. Ihr Porträt, das Rachou gemalt hatte, ein kleines dunkles Bild, das sie in einem kolossalen Goldrahmen an die Wand hängte, nahm in ihrem Zimmer den Ehrenplatz direkt über dem Bett ein. Dieses Porträt! Es war die Ikone, die Mona Lisa des Grauen Papagei. Wehe dem Besucher, der versäumte, es zu bewundern! „Es ist ein Meisterwerk!" pflegte Henri zu erklären. Bei diesen Worten füllten sich ihre großen Kuhaugen mit Tränen, und sie errötete vor Stolz*.

So sah sein Leben aus, als er, ungefähr ein Jahr nach seiner Rückkehr zum Montmartre, eines Abends zufällig bei Le Mirliton einkehrte. Er liebte diesen überfüllten rauchigen Keller, der so tief lag, daß auch der größte Lärm nicht die Aufmerksamkeit der Polizei erregte.
Auf einer winzigen Bühne sang Aristide Bruant in seinem üblichen schwarzen Samtanzug, kniehohen Stiefeln und rotem Halstuch eine *ballade réaliste* eigener Komposition. Henri bahnte sich seinen Weg zu einem kleinen Ecktisch und winkte den Kellner heran.
„Einen doppelten Cognac." Er flüsterte, um die gerührte Stimmung, in die die weibliche Zuhörerschaft verfallen war, nicht zu stören.
Sobald der Cognac gebracht wurde, hob er das Glas und leerte es mit einem Schluck. Ein paar Sekunden lang blieb er bewegungslos mit zurückgelehntem Kopf und geschlossenen Augen und fühlte die prickelnde Wärme des Alkohols durch seine Glieder rieseln. Dann öffnete er die Augen tief befriedigt und ließ die Zunge genußvoll über Lippen und Schnurrbart streichen. Cognac war doch eine wunderbare Sache ...
Bereitwillig klatschte er mit, als der Beifall losbrach. Bruant, der sein Kommen bemerkt hatte und, wenngleich ein Dichter,

* Lautrec malte zwei berühmte Porträts der tauben Berthe: eins in seinem Studio, das andere in Père Forests Garten.

einen guten Kunden sogleich erkannte, begrüßte ihn mit einem Lächeln.

„Und jetzt", sagte der *chansonnier*, nachdem er sein wohlgenährtes Gesicht ausgiebig abgetrocknet hatte, „singe ich mit Ihrer gütigen Erlaubnis meine Ballade ‚Saint-Lazare'."

Ein Schauer überlief die Zuhörer. Der Begleiter entlockte dem blechern klingenden Klavier einige düstere Tremolos. Bruant legte sein breites glattrasiertes Gesicht in finstere Falten, warf das Halstuch pathetisch über die Schulter und begann zu singen.

„Saint-Lazare" war Bruants Meisterstück. Alle, einschließlich seiner selber, waren sich darin einig. Die klagende Melodie war ergreifend und der Text von einer Sentimentalität, die die Mädchen von Montmartre unwiderstehlich fanden. Wie Bruants andere Balladen handelte auch diese von einem Straßenmädchen, einem süßen, rührenden Ding, das nicht etwa aus Gier, Faulheit oder Veranlagung auf die Straße ging – o nein, nein, nein –, sondern nur aus zuviel *amour*.

Geschnappt ohne ihre Karte – die berühmte rote Karte, die den Prostituierten von der Polizeipräfektur ausgehändigt wird –, ist sie ins Saint-Lazare geschickt worden, das gefürchtete Gefängnishospital für Straßenmädchen. Wenden sich in dieser Lage ihre Gedanken nun ihrem eigenen Unglück zu? O nein! Sie denkt an den Mann, der nun ihres Verdienstes beraubt ist, und macht sich Sorgen um seine Zukunft. Wer wird jetzt seinen Schnaps bezahlen und seine Haarpomade? In ihrem Elend nimmt sie die Feder zur Hand und schreibt ihm einen traurigen mitfühlenden Trostbrief voll falsch geschriebener Worte und standhafter Ergebenheit. Wie sie sich um ihn sorge und quäle, einsam und ohne einen Sou, und wie sie hilflos in diesem verdammten Loch verfaulen müsse. Aber: *courage, mon homme!* Bald würde sie entlassen, und fröhlich würde sie zurücklaufen zu dem Laternenpfahl und die verlorene Zeit wieder einholen.

Soviel Treue und Pflichtbewußtsein machte das Auf-den-Strich-Gehen zum Märtyrertum und brachte die Zuhörerinnen dazu, heiße Tränen der Selbstbemitleidung zu vergießen.

Auf der Bühne wuchs Aristide Bruants Darstellung zu einem erbarmungswürdigen Crescendo von Traurigkeit, die ihn selber so sehr mitnahm, daß sein Gesicht schweißüberströmt war.

Endlich sang er den letzten Vers:

„J' finis ma lettre en t'embrassant,
Adieu, mon homme.
Malgré qu'tu soy' pas caressant,
Ah! j' t'adore ..."

An dieser Stelle brachen alle Mädchen im Lokal, die des öfteren schmerzhafte und wohlgezielte Fußtritte oder Hiebe von ihren Geliebten bekommen hatten, in großzügig verzeihendes Schluchzen aus. Wie gut sie diesen Brief verstanden! Was bedeuteten zwischen Liebenden schon ein paar Tritte ins Hinterteil?
Bruants Darbietung wurde belohnt mit donnerndem Applaus, heftigem Geschnaube der Frauen und tränenfeuchten Augen. Er verbeugte sich, lächelte angestrengt und kletterte von der Bühne herunter. Er kam an Henris Tisch.
„Ich bin völlig erledigt", sagte er seufzend und ließ seine hundert Kilo auf die Bank fallen. Noch ganz außer Atem fuhr er sich immer wieder mit dem Taschentuch über das Gesicht. „Jedesmal, wenn ich dieses Lied singe, nimmt es mich entsetzlich mit. Ich lege zuviel Herz hinein."
Henri unterdrückte ein Lachen. „Darf ich Sie zu einem Glas einladen?" schlug er vor.
„Aber, monsieur, ich bitte Sie! Ich bin es, der Sie zu einem Glas einladen möchte. Doch, doch, ich bestehe darauf!" Er wandte sich an den Kellner. „Jacques, noch einen Cognac für monsieur."
Henris Erstaunen über diese ungewöhnliche Großzügigkeit dauerte nicht lange. Kaum war der Cognac gebracht, als Bruant sich über den Tisch beugte und ihm leise anvertraute, daß „Saint-Lazare" veröffentlicht werde.
„Ja. Ich habe endlich einen Verleger gefunden. Was ich jetzt brauche ..."
Was er brauchte – er wurde noch vertraulicher –, war eine kleine Skizze, irgend etwas, was als Illustration auf dem Umschlag des Notenheftes dienen könne.
„Mir kam der Gedanke, daß Sie das vielleicht für mich tun würden. Nichts besonders Kunstvolles. Nur eine kleine Skizze, die Sie nicht viel Zeit kostet. Selbstverständlich", fügte er hastig hinzu, „könnte ich nicht viel dafür bezahlen. Ich bin Dichter, und Sie wissen, wie es Dichtern geht." Hier folgte ein entschuldigendes Seufzen und hilfloses Achselzucken. „Immer verhungert, immer ohne Geld ..."

Die Tatsache, daß er eines der einträglichsten Kabaretts auf dem Montmartre besaß, schien ihm im Augenblick völlig entfallen zu sein. In seinem Ton lag so viel Aufrichtigkeit, daß Henri zu dem Schluß kam, er sei wirklich ein Dichter, der an seine eigenen Geistesprodukte glaube.
„Bitte, machen Sie sich wegen der Bezahlung keine Sorgen", sagte er beruhigend. „Es wird mir ein Vergnügen sein, Ihnen einen Gefallen zu tun."
Einige Tage später brachte er Bruant die Skizze und vergaß die ganze Geschichte gleich darauf wieder.

Mit Henris Zeichnung auf der Titelseite wurde „Saint-Lazare" ein Riesenerfolg. Bruant und sein Verleger wurden reich an den Tränen der Straßenmädchen, der Dirnen mit und ohne rote Karte, der Bahnhofs- und Kasernenhuren, der ausgehaltenen Frauen, der Halbweltdämchen und *cocottes de luxe*, der Wirtshausflittchen und Gelegenheitsnutten, der Huren aller Stände und Tarife, die sich in der Schreiberin des zu Herzen gehenden Briefes wiedererkannten. „Saint-Lazare" wurde eine Art Zunftgesang, die Hymne aller, die von der Liebe lebten.
Für Henri brachte das alles kein Geld, aber es veränderte sein Leben. Die erhabene und zurückhaltende Welt der Kunstkritik, die nie zuvor von einer so unwichtigen Sache wie dem Titelblatt eines Liedes Notiz genommen hatte, wurde seltsam erregt über seine Zeichnung.
„Ein tiefer und bitterer Kommentar zu dem uralten Problem der Prostitution . . ."
„Eine Skizze voll erstaunlicher Einsicht und Sicherheit von einem jungen, bisher unbekannten Künstler . . ."
„Das weitere Schaffen dieses jungen, schon jetzt meisterhaften Könners sollte von Kunstfreunden mit Interesse beobachtet werden . . ."
Bald veröffentlichte Bruant ein anderes Lied. Natürlich wandte er sich wieder an den entgegenkommenden Künstler, der die Dichter so gut verstand. Wieder hoben die Kunstkritiker entzückt die Augenbrauen und rannten zu ihren Tintenfässern, um über den „starken Realismus", die „grausame Objektivität" dieses „jungen und wagemutigen Künstlers" zu schreiben. Beglückt von diesem Interesse der Öffentlichkeit hängte Bruant Henris Originale ein-

gerahmt in seinem Kabarett auf, wo sie beträchtliches Aufsehen erregten.
Jetzt zogen Fremde ihren Hut vor ihm auf der Straße. Die Wäscherinnen der Rue Caulaincourt hatten einen gewissen Stolz in der Stimme, wenn sie ihm von ihren Fenstern aus zuriefen. Auch die Kellner hatten sich seinen Namen gemerkt und beugten sich beflissen herab, um seine Bestellungen entgegenzunehmen. „Gewiß, Monsieur Toulouse . . . Sofort, Monsieur Toulouse . . . Was darf es noch sein, Monsieur Toulouse?" Natürlich taten seine üppigen Trinkgelder auch das Ihre, aber das meiste an dieser Diensteifrigkeit war aufrichtig. Im Grauen Papagei flüsterten die Dirnen ihren Kunden zu, der bärtige häßliche Zwerg sei ein großer Künstler, und zum Beweis zeigten sie auf das Titelblatt von „Saint-Lazare", das sie an die Wand ihres Zimmers genagelt oder an den Spiegelrahmen gesteckt hatten.
Wie aus dem Boden gestampft erschienen dürftige kleine Herausgeber von Eintagsveröffentlichungen. Würde er ihnen vielleicht für ihre Zeitschrift eine kleine Skizze überlassen, irgend etwas, was er entbehren oder schnell entwerfen könne? Natürlich könnten sie nichts zahlen. Die Zeitschrift stehe nämlich erst am Beginn ihrer Tätigkeit, und aller Anfang sei schwer . . . Aber später, später selbstverständlich! Mit einer Handbewegung bagatellisierte Henri die Geldfrage und machte die Zeichnungen. Gewöhnlich gingen die Zeitschriften nach dreimaligem Erscheinen ein. Dafür waren aber andere gleich wieder zur Stelle. Seine Arbeiten wurden überall gesehen und besprochen, wenn auch nicht bezahlt.
Dann kam die Reihe an die Kunsthändler. Nicht die berühmten, sondern die kleinen, zweifelhaften mit den düsteren muffigen Läden in den Seitenstraßen. Noch außer Atem vom Treppensteigen und mit einem Lächeln, das wie die gewölbte Schnitte einer Melone in ihren schlauen Gesichtern saß, klopften sie an die Tür des Studios und eröffneten ihm, daß es ihre Leidenschaft sei, junge Talente zu entdecken. Nichts freue sie mehr, als einem vielversprechenden unbekannten Anfänger wie ihm eine Chance zu geben. Vielleicht habe er ein paar Bilder, einige herumliegende Kleinigkeiten, die sie in ihre Schaufenster stellen könnten? Zufrieden verließen sie das Studio mit Armen voller Bilder, für die sie keine Quittung hinterlassen hatten.

„Das sind ja Diebe, Monsieur Toulouse, nichts weiter als Diebe", protestierte Madame Loubet aufgeregt.
Er beruhigte sie und versicherte, daß es ihm nichts ausmache. Er habe sein Vergnügen an diesen Bildern gehabt. Sie hätten ihm nur noch Platz weggenommen.
Unerwartet kamen Gauzi und Anquetin zu Besuch. Sie hatten seine Zeichnungen gesehen, alle Welt auf dem Montmartre sprach ja davon. Ob der alte Bastard Cormon jetzt nicht erstaunt sein würde? Dachte er mitunter noch an das Atelier, an die dicke Maria, an Agostina? Das waren damals gute Tage, was? Übrigens: wie zum Teufel kam er an die Magazine heran, die seine Zeichnungen druckten? Mußte er für die Kritiken, die über ihn geschrieben wurden, bezahlen? Wie wäre es, wenn er dafür sorgen würde, daß auch mal ein paar Worte über ihre Arbeiten eingefügt würden? Und wie wäre es mit einem Glas Bier im Nouvelle an einem der nächsten Abende?
Dann kam eines Tages Pissarro. Der Führer des Impressionismus, anzusehen wie ein böhmischer Schäfer, verneigte sich liebenswürdig vor Madame Loubet und blieb am Ofen stehen, um sich die Hände zu wärmen. Ja, ja, diese Umschläge zu den Liedtexten und alle diese kleinen Skizzen in den Magazinen seien außerordentlich interessant. „Sie gefallen Degas auch. Er möchte Sie sehen und lädt Sie ein, in der nächsten Woche zum Mittagessen zu kommen. Bringen Sie bitte einige Skizzen mit. Er wird allerdings möglicherweise sagen, sie seien scheußlich, aber ich rate Ihnen, glauben Sie kein Wort davon."
In den Cafés blieben jetzt Menschen, die ihn vorher nie beachtet hatten, an seinem Tisch stehen.
„Verzeihung, monsieur. Sie sind Monsieur de Toulouse-Lautrec, nicht wahr? Ich möchte Ihnen zu Ihrer letzten Zeichnung gratulieren. Herrlich, einfach herrlich! *Absolument superbe!* Diese Feinheit, diese sparsame Linienführung! Ich solle doch ein Glas mit Ihnen trinken, meinen Sie? Aber mit Vergnügen! *Garçon, une absinthe!* Wie ich schon sagte, ich bin ein Bewunderer Ihrer Kunst. Ich bin selber Künstler . . ."
Es waren Bildhauer, Maler, Graphiker, Schriftsteller, Dramatiker der besonderen Art von Montmartre, immer am Vorabend des Tages, an dem sie mit ihrem nächsten Bild, mit ihrem beinahe abgeschlossenen Roman, mit ihrer fünfaktigen Verstragödie Paris

im Sturm erobern würden. Im Grunde alles gute Jungen, groß im Reden und in Gesten, mit Bärten, klugen Augen und schmutzigen Fingernägeln, mit schäbigen Schlapphüten und Mänteln mit durchgescheuerten Ärmeln. Die meisten waren Mitte Dreißig, einige Anfang Vierzig, und alle klammerten sich in einem heimlichen Trotz und einer Art versteinerter Jugendlichkeit an die Bravour ihrer Studententage. Immer noch hatten sie große Pläne, große Hoffnungen, immer noch erwarteten sie jeden Tag das Glück ...
„Und doch ist es nicht wie früher. Wir haben jetzt unseren eigenen Salon und können dem Publikum unsere Arbeiten zeigen. Bei dieser Gelegenheit, Lautrec: sind Sie eigentlich Mitglied der Gesellschaft unabhängiger Künstler? Nein? Sie müssen, Sie müssen unbedingt. Sie gehören einfach nicht zum Montmartre, wenn Sie nicht ..."
Natürlich, wenn man sich den Indépendants anschließen mußte, um dazuzugehören, dann auf alle Fälle ... Er war lange genug einsam gewesen. Er brauchte Freunde wie in den alten Atelier-Tagen. Er wurde überschwenglich begrüßt von der heulenden Menge der „Irregulären der Kunst". Sein erlauchter Name wie auch sein beginnender Ruhm machten ihn zu einem höchst erwünschten Neuling. Bald wurde er in den leitenden Ausschuß der Gesellschaft gewählt. Im Handumdrehen war er eine Persönlichkeit auf dem Montmartre geworden.
Und dann ereignete sich eines jener unwahrscheinlichen, melodramatischen Geschehnisse, wie sie nur das wirkliche Leben zu bieten hat.

10

„Maurice!"
Da stand er in der Tür mit seinem Zylinder und Überzieher, groß, blond, stattlich, mit einem kleinen Schnurrbart und einer erstaunlichen Ähnlichkeit mit Théo van Gogh – ein Théo ohne Bart, aber mit dem gleichen ehrlichen, ernsten Gesicht, den gleichen blauen Augen, redlich, geduldig und freundlich.
„Henri!"
Madame Loubet, die ihre Zeitung hatte sinken lassen und über den Rand ihrer Brille die folgende Szene beobachtete, hatte den

Eindruck, daß *le petit monsieur* plötzlich verrückt geworden sei und daß der große junge Mann, der so unversehens ins Zimmer gestürzt war, ein Flüchtling aus dem Irrenhaus sein müsse. Erst nach einigen Sekunden wilden Gestikulierens, begeistertem Händeschütteln und den verschiedensten Ausrufen wurde sie ins Vertrauen gezogen.

„Wissen Sie, Madame Loubet, dies ist mein ältester Freund, mein bester Freund, mein Blutsbruder Maurice Joyant. Wir haben uns fünfzehn Jahre lang nicht gesehen. Ich dachte, er sei in Lyon, und er dachte, ich sei in Albi, und die ganze Zeit lebten wir beide hier in Paris. Wir sind zusammen zur Schule gegangen, wir haben Indianer in Parc Monceau gespielt. Und wir hatten vor, zusammen nach Kanada zu gehen und Bären zu fangen."

Diese Sätze, in einem einzigen Atemzug, mit einem Gesicht, strahlend vor Freude, herausgehaspelt, klärten sie zwar nicht hinreichend auf, überzeugten sie aber wenigstens davon, daß das Ganze eine äußerst glückliche Angelegenheit sei. Sogleich paßte sie sich der Stimmung des Augenblicks an, brach in Tränen der Rührung aus und erklärte, es gäbe doch nichts Schöneres als Freundschaft und Monsieur Toulouse könne bestimmt einen wahren Freund brauchen . . .

Dann eilte sie hinunter, um zwei Tassen Kamillentee zu holen, die sie den beiden aufdrängte, bevor sie ihnen das Ausgehen erlaubte, denn, so erklärte sie, es sei immerhin erst April und das Wetter völlig unzuverlässig und die Nachtluft auf dem Montmartre sowieso widerwärtig.

Eine Stunde später erzählte Maurice Henri in einem ruhigen Restaurant das Zusammentreffen von Ereignissen, das zu dem Wunder ihrer Wiedervereinigung geführt hatte.

„Wirklich ein Zufall. Wie ich dir schon erzählte, sitze ich mit in der Redaktion des *Paris Illustré*. Heute nachmittag will ich mit einigen Korrekturabzügen für die nächste Ausgabe zu unserem Drucker. Ich gehe durch die lithographische Abteilung, um in die Setzerei zu kommen, als mir plötzlich ein Probeabzug einer neuen Zeichnung auffällt. Und da bemerke ich in der Ecke die Signatur ‚Lautrec'. Du hast bestimmt niemals jemanden so laufen sehen! Ich war so sicher, du seiest in Albi, daß ich nie auf den Gedanken gekommen war, mich an deine alte Adresse zu wenden. Also, ich stürze zum Boulevard Malesherbes, und die Portiersfrau sagt mir,

daß deine Mutter noch in derselben Wohnung wohnt. In wenigen Sprüngen war ich im zweiten Stock, Joseph öffnete mir. Deine Mutter sagte mir dann, wo du wohnst – und hier bin ich."
So trat Maurice nach fünfzehn Jahren wieder in Henris Leben. Mühelos stellte sich die alte Vertrautheit wieder ein. Die Blutsbrüder verbrachten viele Abende und Sonntage zusammen, tauschten Erinnerungen aus, diskutierten miteinander und sagten sich alles, was sie bewegte.
„Weißt du, Henri", sagte Maurice eines Tages, „ich hab es dir noch nicht erzählt, aber in den letzten zwei Jahren habe ich versucht, eine Anstellung in einer Galerie zu bekommen. Ich hätte Lust, Kunsthändler zu werden."
„Kunsthändler!" Mit der Palette in der Hand kam Henri auf ihn zu. „Ausgerechnet du willst Kunsthändler werden, wo du in wenigen Jahren Redakteur der größten Zeitschrift von Paris sein kannst! Du bist einfach verrückt. Kunsthändler! Das ist beinahe ebenso aussichtslos wie Künstler. Weißt du nicht, daß in Frankreich jeder malt, aber kein Mensch Bilder kauft? Warum sollte man, da man ja seine eigenen hat, die einem viel besser gefallen?"

So verging der freundliche Frühling des Jahres 1888. Henri fühlte sich glücklich, glücklicher als je zuvor. Seine Zufriedenheit schien grenzenlos zu sein.
Im folgenden Jahr würde Frankreich die Jahrhundertfeier der Revolution und des Sturmes auf die Bastille begehen. Zur Erinnerung an diese ruhmreichen Ereignisse bereitete die Regierung wieder eine der riesigen Weltausstellungen vor, für die Paris berühmt geworden war.
Auf der weiten Fläche des Marsfeldes sollte eine Stadt aus Tausend und einer Nacht ins Leben gerufen werden, eine Metropole der Illusion mit weißen Stuckpalästen, Harems und Moscheen, mit marmorn ausgelegten Höfen, Mosaikbrunnen, Minaretts, Tahitihütten mit Palmdächern, Kambodscha-Tempeln, Dschungeldörfern aus Ubanga, tunesischen Basaren und algerischen Kasbahs. Der Eiffelturm war beinahe fertig, er wuchs mit jeder Woche höher und schlanker empor. Ein Heer ameisengleicher Arbeiter hing in dem hohen, sich verjüngenden Eisengestrebe, das wie ein herausfordernder Pfeil in den Himmel wies. Zeitungsredakteure besangen ihn mit vielen Superlativen und erinnerten ihre Leser unermüdlich

daran, daß es das höchste Gebäude der Welt sei, höher als das Flatiron Building in New York, der Petersdom und der Obelisk von Washington und sogar zweimal so hoch wie die Cheopspyramide; außerdem wiesen sie darauf hin, daß die Fundamente achtundvierzig Fuß tief in den Boden eingelassen und daß zweimillionenvierhunderttausendundsechsundzwanzig Nieten erforderlich seien, um die Eisenträger zu befestigen.
Auch Montmartre war glücklich in dieser Zeit. Nicht wegen der Weltausstellung, denn es konnte kaum erwarten, mit der irgend etwas zu tun zu haben, sondern einfach, weil es Frühling war, die Polizei bei manchen Dingen ein Auge zudrückte und die Spatzen in den Kastanien des Boulevard Clichy tschilpten.
Bald würde es Sommer sein. Auf der Terrasse von La Nouvelle saßen bärtige Künstler, schlürften ihren Absinth und fächelten sich mit ihren riesigen Hüten. Familien nahmen die Mahlzeiten auf den kleinen Balkonen ihrer Wohnungen ein und unterhielten sich über die Straße hinweg mit ihren Nachbarn. In der Rue Caulaincourt wischten sich die Wäscherinnen mit ihren seifigen Armen den Schweiß von der Stirn. Kutscher dösten auf ihren Böcken und hielten die Zügel schlaff in der Hand, indes die Pferde, die lustige Strohhüte mit Löchern für die Ohren trugen, geduldig im Rinnstein standen und mit einem sausenden Wischen ihres Schwanzes die Fliegen von ihren Leibern verjagten.
Das war Montmartre: eine Oase der Lebensfreude in einer viktorianischen Welt, die fröhliche Gemeinde von Bohemiens und sorglosen Abenteurern, ein halb ländlicher Bezirk am Rande von Paris, wo die Kirschbäume darauf bestanden, auf freien Plätzen zu blühen, wo Liebende sich in Torbögen küßten und junge Wäscherinnen den Cancan tanzten, weil es ihnen in den Beinen juckte und sie leichte Herzen hatten.
Es war das Montmartre, wie es immer gewesen war: verliebt, verhurt, sentimental und zusammenhaltend wie Pech und Schwefel. Aber es schickte sich an zu sterben.

Schon bewegte sich der Engel des Todes unter dem Völkchen von Montmartre, aber niemand erkannte ihn, zumal er als ein untersetzter Mann mit gelichtetem Haar und einer grauhaarigen Bürste von Schnurrbart auftrat. In seinem Konfektionsmantel und dem alten Hut konnte er eher für einen Bauer in städtischer Kleidung,

einen pensionierten Beamten oder auch für einen Polizisten in Zivil gehalten werden. Unbemerkt und ohne Eile bummelte er über La Butte, einen erloschenen Zigarrenstummel im Mundwinkel und hin und wieder stehenbleibend, um sich das Kinn zu reiben und nachdenklich in den Rinnstein zu spucken.
Als Henri eines Abends im Ely eine Skizze des Cancan beendete, trat er ihm Auge in Auge gegenüber.
Der Fremde kam an seinen Tisch und tippte höflich an seinen Hut. „Mein Name ist Zidler“, sagte er. „Charles Zidler.“
Henri sah auf.
„Sehr angenehm, Monsieur Zidler“, sagte er und arbeitete weiter an der Skizze. „Ich heiße Toulouse-Lautrec. Mögen Sie sich nicht setzen und einen Glühwein mittrinken?“
„Nein, danke. Ich hab schon gehabt.“ Aber er setzte sich und sah Henri beim Zeichnen zu. Dann sagte er, während sich seine lederne Hand wie ein Krebs über den Tisch bewegte: „Ich komme jetzt hier seit ungefähr einem Monat...“
„Sie sind Elsässer, nicht wahr?“ fragte Henri, der den Akzent erkannte. „Mein bester Freund ist aus Mülhausen. Vielleicht kennen Sie ihn? Maurice Joyant.“
Zidler schüttelte den Kopf. „Ich bin zwar im Elsaß geboren, aber nicht in Mülhausen. Außerdem hätte ich Ihrem Freund kaum begegnen können, es sei denn, er war ein ebenso armer Junge wie ich. Mit sieben verdiente ich mir mein Geld schon in einer Gerberei. Und glauben Sie, das war eine harte Arbeit für einen kleinen Jungen. Lesen lernte ich erst, als ich schon über zwanzig war.“
Henri musterte den Fremden. Etwas seltsam Zwingendes ging von ihm aus, eine verborgene Energie, die Zähigkeit eines Bauern, auch eine gewisse Bauernschlauheit. Was zum Teufel mochte er wollen, und was tat er hier im Ely?
„Wie ich schon sagte“, fuhr Zidler fort, „bin ich seit ungefähr einem Monat jeden Abend hierhergekommen. Und ich habe gesehen, daß Sie Skizzen vom Cancan machen. Der Cancan interessiert Sie wohl, wie? Mich auch, sehr.“
Er sah sich um, um sicher zu sein, daß er nicht belauscht wurde.
„Es steckt viel Geld im Cancan.“
„Im Cancan?“
Zidler nickte. „Enorm. Aber nur für denjenigen, der es richtig anpackt.“

„Was richtig anpackt?“
Zidler kicherte. „Die Ausbeutung. Oder die geschäftliche Nutzbarmachung, wenn das besser klingt. Denken Sie nicht, ich redete wie ein Blinder von der Farbe. Ich bin Theatermann. Seit zwanzig Jahren im Beruf. Zur Zeit bin ich Direktor vom Zirkus Hippodrom.“
Förmlich zog er seine Karte. Die Mitteilung machte Eindruck auf Henri. Das Hippodrom war der größte Zirkus in Paris.
Im Laufe des Abends entwickelte Zidler seinen Plan. „Ja“, sagte er, setzte sein Bier auf den Tisch und wischte sich mit der Hand den Schaum vom Schnurrbart, „seit mehr als einem Jahr bin ich auf der Suche nach etwas Neuem. Nach etwas Besonderem, wissen Sie. Etwas, was mir eine Million einbringt.“
„Eine Million! Für weniger tun Sie's wohl nicht?“
„Wenn es nur darum ginge, meinen Lebensunterhalt zu verdienen, könnte ich ebensogut bleiben, wo ich bin. Ich will eine Million — oder gar nichts.“
„Und nun meinen Sie, der Cancan werde Ihnen eine Million einbringen?“
„Jawohl.“ Zidler nickte mit ruhiger Sicherheit. „Der Cancan wird mir eine Million einbringen.“
„Na gut. Darauf wollen wir trinken.“
Sie tranken. Henri rief einen vorbeigehenden Kellner. „Noch einen Cognac.“
Wieder wischte Zidler mit dem Rücken seiner Hand über den Schnurrbart. Er lächelte schlau. „Sie glauben mir nicht. Sie denken, ich bin verrückt, nicht wahr? Aber das bin ich nicht. Wenn ich damit durchkomme, wird der Cancan in der ganzen Welt bekannt. Ich hab mir alles genau überlegt und sehe nicht, wo ein Fehler sein sollte. Passen Sie auf!“ Mit einer raschen Bewegung schob er sein Glas beiseite. „Im nächsten Frühjahr wird die Ausstellung eröffnet. Tausende und Tausende von Menschen werden nach Paris kommen. Was werden sie tun?“
„Auf die Ausstellung gehen vermutlich.“
„Natürlich. Sie werden auf die Spitze dieses Turmes klettern, den sie da jetzt bauen, sie werden die Neger, die Chinesen und die Schlangenbeschwörer und schließlich die Kamele und die Elefanten begaffen. Aber was werden sie sonst noch tun? Wie werden sie ihre Abende verbringen?“

Aus seiner Westentasche zog er einen Zigarrenstummel und steckte ihn unangezündet zwischen die Lippen.
„Sehen Sie", fuhr er fort und rollte den Stummel zwischen den Zähnen, „die Menschen sind komisch. Sie können allein nichts mit sich anfangen. Sie können selber nichts für ihr Vergnügen tun. Irgend jemand muß es für sie machen. Sie müssen unterhalten werden. Sie wollen Unterhaltung und Vergnügen, und Vergnügen, monsieur, bedeutet ein für allemal nur eines: Frauen! Wenn ich etwas in den zwanzig Jahren meines Berufs gelernt habe, dann ist es das. Blöd, aber so sind die Menschen. Und genau da kommt der Cancan zum Zuge und wird mich reich machen."
„Sie mögen recht haben", sagte Henri höflich-ungläubig. „Obwohl der Cancan schon seit mehreren Jahren im Ely getanzt wird und, soviel ich weiß, bisher noch niemanden reich gemacht hat."
„Im Ely!" In Zidlers Ton lag ungeduldiger Spott. „Reden Sie mir nicht vom Ely! Wie können Sie erwarten, daß reiche Leute, Engländer und Amerikaner in so ein Bumslokal gehen? Ein Lokal, das nicht einmal eine Bar hat! Ich kenne Desprez, den Besitzer. Er ist kein Revuemann. Er versteht auch nicht einen Fetzen vom Revuegeschäft. Wahrhaftig, er kann seinen Bauch nicht von seinem Hintern unterscheiden, wenn Sie diesen Ausdruck entschuldigen wollen. Er sitzt in Wahrheit auf einer Goldgrube. Aber warten wir's ab. Ich werde ihm zeigen, was er aus dem Cancan hätte machen können."
„Wie wollen Sie das machen?"
Die Frage drang in Zidlers Gehirn wie ein Banderilla in die Flanke des Stiers. „Wie? Ich werde Ihnen erzählen, wie. Zunächst werde ich alle diese Mädchen engagieren, die im Ely tanzen. Hauptsächlich die Blonde, die mit der spaßigen Haarfrisur."
„La Goulue?"
„Ihren Namen weiß ich nicht, aber das Mädchen kann tanzen. Sie wird eine Sensation sein. Dann engagiere ich den Dirigenten. Und dann, wenn ich alle unter Vertrag habe, baue ich mein eigenes Lokal. Und ich sage Ihnen, ich werde eine Bar haben. Bei einer Bar, monsieur, da kriegt man Geld in die Hände."
„Es kommt drauf an, auf welcher Seite der Bar Sie stehen", sagte Henri lachend.
Zidler hörte es nicht und fuhr fort: „Wenn man Geld verdienen will, muß man anständigen Alkohol und einen guten Barkeeper

haben. Als Barkeeper sind Frauen zehnmal mehr wert als Männer, und die eine, die ich im Auge habe, ist hundert Männer wert. Ich hab sie bei der Arbeit beobachtet, die ist richtig. Mit einem Blick kann sie die Betrunkenen unterscheiden: diejenigen, die den Alkohol nicht bei sich behalten können, die, die weinerlich werden, und solche, die einen Streit vom Zaun brechen. Außerdem sieht sie gut aus. Ihrem ‚Noch etwas zu trinken, m'sieur?' kann kein Mann widerstehen. Und was allem die Krone aufsetzt, sie ist anständig und arbeitsam."

„Und wo ist diese wunderbare Person?"

„In den Folies Bergère. Sie heißt Sarah und ist dort an der Bar. Ich kriege das Mädchen schon, wenn ich ihr hundert Francs im Monat gebe und zehn Prozent vom Umsatz."

Er hielt plötzlich inne, etwas entsetzt über seinen eigenen Leichtsinn. „Nein, nein, keine zehn Prozent. Aber bis fünf werde ich gehen."

„Da wir vom Trinken sprechen, wie ist es mit noch einem Bier? Ich werde mir noch einen Cognac bestellen."

Zidler schüttelte den Kopf. „Nein, vielen Dank, monsieur. Ich halt nicht viel vom Trinken. Ein Bier, das ist genug. Oder allenfalls manchmal, wenn ich nicht ganz auf der Höhe bin, ein Rum. Aber das ist auch alles."

Henri bestellte seinen Cognac, und Zidler erging sich weiter in seinen Plänen.

„Und dann wird es bei mir nicht nur eine gute Bar und einen guten Barkeeper geben, sondern auch exquisite Vorführungen."

„Vorführungen? In einem Tanzlokal?"

„Ja. Die Leute können nicht die ganze Zeit tanzen, sondern müssen, wie ich schon sagte, unterhalten werden. Ich werde ein richtiges Programm ablaufen lassen. Und zwar nicht auf einer Bühne, wie in den Folies, wo man ein Fernglas braucht, um die Beine der Mädchen zu sehen, sondern mitten auf der Tanzfläche, wo jeder alles sehen kann. Und was für ein Programm wird das werden, kann ich Ihnen sagen! Als erstes, sozusagen als hors-d'œuvre, während die Besucher hereinströmen, werde ich ihnen Yvette Guilbert servieren. Den Namen haben Sie wohl nie gehört, wie?"

Henri schüttelte den Kopf.

„Sie werden schon noch von ihr hören. Ich hab sie in einem kleinen Konzert-Café aufgegabelt, wo man gar nicht wußte, was man

an ihr hat. Ich sag Ihnen, die hat Talent! Sie hat einen eigenen Stil. Mit niedergeschlagenen Augen und der Miene einer prüden Jungfrau singt sie Sachen, daß einem die Haare zu Berge stehen. Sie werden sie bei den Proben kennenlernen. Und Sie werden sehen, die wird Ihnen gefallen. Ich sag Ihnen, sie wird eine Sensation. Danach lasse ich die Leute ein bißchen tanzen, damit sie warm und durstig werden. Und dann, während sie ihre Getränke bestellen, kriegen sie Aicha zu sehen. Aicha kennen Sie wohl auch nicht?"
Ohne Henris Antwort abzuwarten, fuhr er fort: „Sie ist ein kleiner Stromer. Aber wenn sie anfängt, ihre Hüften zu schwenken, und ihre *danse de ventre* losläßt, dann gehen Ihnen die Augen über. Das Mädchen hat einen Nabel, an dem ist alles dran. Nach Aicha wieder ein bißchen Tanz. Und dann kommen die Morellis, ein akrobatischer Akt, den ich im Hippodrom hatte. Das ist was für die Frauen. Sie wissen, wie die sind. Sie schwärmen für Männer mit starken Muskeln. Danach Tanz, noch ein paar Nummern und schließlich der Cancan. Sie werden zugeben, der Cancan ist als Schlußeffekt nicht zu überbieten."
„Er ist auf jeden Fall sehenswert", gab Henri zu. „Er scheint sogar der Polizei hin und wieder sehenswert."
Zidler tat die Bemerkung mit einer Handbewegung ab. Eine gewisse Scheu befiel ihn plötzlich. „Sie denken vielleicht, ich bin verrückt, daß ich so zu Ihnen rede?"
Henri schüttelte vage den Kopf.
„Vielleicht denken Sie: ‚Warum erzählt er mir das alles?'" fuhr Zidler fort. „Schließlich kenne ich Sie kaum eine Stunde. Aber, verstehen Sie, ich hab diese Dinge immer wieder in meinem Kopf herumgewälzt, und dann kommt eben der Augenblick, wo man zu jemandem sprechen muß. Zu jemandem, bei dem man das Gefühl hat, man kann ihm vertrauen. Haben Sie das schon jemals empfunden: daß Sie etwas nicht länger bei sich behalten können, sondern reden müssen, zu irgend jemand, von dem Sie fühlen, daß er Sie verstehen wird?"
Er blickte Henri gespannt an. „In dem Augenblick, als ich Sie sah, hab ich genau das empfunden, Monsieur – wie war doch noch Ihr Name?"
„Toulouse-Lautrec, aber man nennt mich allgemein Toulouse. Das ist kürzer."

„Schön, Monsieur Toulouse, ja, das war es also, was ich fühlte."
„Ich danke Ihnen für Ihr Vertrauen. Ich werde es nicht enttäuschen. Wo wollen Sie Ihr Tanzlokal bauen?"
„Hier mitten auf dem Montmartre."
„Ist das nicht zu abgelegen? Es ist doch ziemlich weit weg von der Ausstellung."
„Nein, Monsieur Toulouse. Montmartre ist das Richtige. Ich hab mich gut umgesehen. Hier ist alles, was erforderlich ist. Es ist malerisch, verhurt, bohemienhaft. Genau das, was die Fremden wollen. Sie haben die Vorstellung, Künstler seien romantisch."
„Die meisten Künstler meinen das auch", sagte Henri lächelnd. „Aber haben Sie auch bedacht, daß es schon sehr viele Tanzdielen auf dem Montmartre gibt?"
„Aber keine solche wie mein Unternehmen, monsieur! Sowas gibt's noch nicht. Ich sag Ihnen, solche Tanzdiele hat es überhaupt noch nicht gegeben, nicht mal in San Francisco. Und Sie können mir glauben, dort haben sie ein paar nette Lokale. Aber meins wird ganz anders sein, einmalig. Es wird eine Mischung zwischen Tanzlokal und Bordell sein, mit anderen Worten also eine Kombination, die nicht zu schlagen ist. Sogar das Gebäude wird ganz ungewöhnlich sein. Ich will ihm die Gestalt einer Windmühle geben. Weshalb? Nur um es anders zu machen als die andern. Und ich werde sie rot anstreichen lassen. Ganz und gar rot, innen und außen. Weshalb? Weil es in ganz Paris nicht ein einziges rotes Gebäude gibt. Außerdem ist Rot eine hübsche Farbe, besonders nachts. Es steht den Frauen und macht die Männer durstig und lüstern. Und die Mühle wird richtige Flügel haben, die sich drehen und mit hundert elektrischen Lampen aus Amerika erleuchtet sein werden. Rote natürlich. Man wird sie zehn Meilen weit sehen. Können Sie sich das alles vorstellen?"
Er hielt inne, starrte vor sich hin und sah in Gedanken, wie sich die roten glühenden Mühlenflügel in der Nacht drehten. Dann wandte er sich wieder an Henri.
„Ja, Monsieur Toulouse, sieben oder acht Monate brauche ich, und Sie werden sehen, bei der Ausstellung, wenn alle diese Engländer und Amerikaner nach Paris kommen, habe ich das berühmteste Tanzlokal von Frankreich. Was sage ich: von Frankreich? Von der ganzen Welt! Ich sag Ihnen, es kann nicht fehlgehen. Ich hab mir die Sache bis in die letzte Kleinigkeit überlegt. Ich hab sogar schon

den Namen dafür. Den einzig richtigen, den absolut vollkommenen Namen. Wissen Sie, wie ich es nennen werde?"
„Ich habe nicht die leiseste Ahnung", sagte Henri und hob sein Glas an die Lippen.
„Ich werde es Moulin Rouge nennen, monsieur. Merken Sie sich den Namen. Moulin Rouge!"

11

Am 2. April 1889 wurde die französische Flagge auf der Spitze des Eiffelturmes gehißt. Der Präsident der Republik, Monsieur Sadi Carnot, eröffnete um zehn Uhr vormittags im Abendanzug die Weltausstellung. Und eine Million Franzosen sahen ihren Traum verwirklicht, die ganze Welt kennenzulernen, ohne ihre Heimat zu verlassen.
Monatelang strömten die Menschenmengen durch die künstliche Metropole auf dem Marsfeld und sahen sich die Augen aus dem Kopf nach bloßbrüstigen Amazonen und Eunuchen aus dem Sudan, nach Perlentauchern aus Tahiti, Kongohäuptlingen, annamitischen Schlangenbeschwörern, Zauberpriestern aus Martinique, nach einer singenden, trommelnden, tanzenden Menschheit in Turbanen, Tigerfellen, Lendenschurzen, Sarongs, Kimonos und brokatenen Saris. Die Pariser Schuljungen kletterten auf die Rücken geduldiger Elefanten, kichernde Mädchen ritten auf Kamelen und arabischen Ponies. Damen mit riesigen Hüten und Keulenärmeln probierten Parfüms aus Algier und kauften tunesische Armbänder, während ihre Ehemänner in der Menge verlorengingen und sich irgendwie im Tanzzelt wiederfanden.
Aus England kam ein dicker froschäugiger Bonvivant in weißen Gamaschen und einem Rock mit seidenen Aufschlägen und ließ die Herzen von zehntausend Kokotten in ihren Fischbeinkorsetts höher schlagen. Mit achtundvierzig war Eduard, Prinz von Wales, noch immer das *enfant terrible* an Viktorias Hof, aber in Paris war er König. Die Enkel der *sans-culottes*, die ihren tugendhaften König geköpft hatten, schrien sich heiser, wann immer sie den gutmütigen, Zigarren paffenden Stammgast der Boulevards erspähten, der alle die Mängel verkörperte, die sie von einem König erwarteten. Als dann noch Edison, dem es gelungen war, Maschinen zum Sprechen

zu bringen und das Sonnenlicht in kleinen Glasballonen einzufangen, von jenseits des Ozeans kam und mit der „fliegenden Kabine" zur Spitze des Eiffelturms aufstieg, da erreichte die Begeisterung geradezu hysterische Ausmaße.
Wie die Zeitungen vorausgesagt hatten, kam die ganze Welt nach Paris. Auf den Terrassen der Cafés konnte man jetzt sämtliche Sprachen hören. Kellner und Barkeeper lernten, daß ein Dollar fünf Francs, ein Pfund fünfundzwanzig und ein Rubel vier Francs wert war, daß dagegen ein österreichischer Kreuzer nur den Wert von zwei Sous und ein holländischer Gulden den von zwei Francs und fünfundzwanzig Centimes hatte. Kokotten wurden sprachkundig und animierten in fremden Idiomen. „Sie English, yes? Englishmen very nice, sehr nett, aber London very sad, sehr traurig. No *amour* in London. In Paris viel *amour*. Frauen in Paris sehr schön, very passionate. Ich sehr leidenschaftlich mit Englishmen. Oh-la-la! Sie mir kaufen einen little drink, yes?"
Auf dem Montmartre begann die Moulin Rouge ihre roten glitzernden Flügel zu drehen, und Henri wurde der treueste Stammgast. Im Herbst und Winter des vorigen Jahres hatte er miterlebt, wie Zidlers schwindelerregende Schöpfung Leben gewann und der alte Zirkusmann sich in einen menschlichen Dynamo verwandelte, der sechzehn Stunden am Tag arbeitete, jede Einzelheit überwachte, auf die Gerüste kletterte, die Arbeiter antrieb, Teppiche und Seide aussuchte, Personal engagierte, die Proben leitete, mit den Händlern feilschte, donnerte, Späße machte und auf seiner kalten Zigarre herumkaute. Sie waren richtige Freunde geworden. „Ich sag Ihnen, Monsieur Toulouse, es muß gelingen! Ich habe an alles gedacht, und mit der Eröffnung der Ausstellung in einigen Wochen ... Entschuldigen Sie bitte! He, du da oben! Widme dich gefälligst mal deinem Pinsel! *Nom de Dieu!* Glaubst du, ich zahle dir zwei Francs den Tag, damit du Fliegen fängst? Ja, Monsieur Toulouse, wie ich schon sagte ... Übrigens, wie gefällt Ihnen die Bar? Rein Mahagoni. Kostet ein Vermögen. Aber warten Sie, bis Sarah dahinter steht! Sagte ich Ihnen schon, daß ich sie bekommen habe? Ja, ja, ich hab sie. Es war nicht leicht, sie von den Folies loszukriegen, aber ich hab sie schließlich doch bekommen ..."
Wann schlief er eigentlich? Kein Mensch wußte es. Alle um ihn herum sahen erschöpft aus. Trémolada, ein dicker, weißhaariger Mann, früher ein berühmter Clown, jetzt Zidlers Assistent, rannte

sich halbtot und war unentwegt damit beschäftigt, sein rundes Gesicht mit einem roten Taschentuch abzuwischen.
Im März begannen mitten zwischen dem Gehämmer, Klappern und Sägen, den Rufen der Elektriker, dem beißenden Geruch der Farbe die Proben. Henri sah La Goulue wieder und Sardine, Nini-Patte-en-l'Air und andere leichtfüßige Wäscherinnen, die er im Ely kennengelernt hatte. Keuchend und schwitzend kamen sie zwischen den Übungen an seinen Tisch, denn der Cancan war jetzt keine Improvisation mehr, sondern wurde bis ins letzte genau eingeübt.
Gelegentlich setzte sich auch Zidler einen Augenblick neben ihn, beförderte seine kalte Zigarre von einem Mundwinkel in den andern und fragte: „Na, wie gefällt Ihnen meine Vorstellung, Monsieur Toulouse? Sehen Sie, ich hab die Mädchen alle bekommen, und La Goulue habe ich zur Anführerin der Truppe gemacht. Ich sag Ihnen, es wird eine Sensation. Warten Sie nur, bis mein Plakat herauskommt! Das Beste, was Sie je gesehen haben. Ich hab eine Menge dafür bezahlt, aber man kriegt die Leute damit heran. Bekannt werden, monsieur, das ist das Geheimnis ... Entschuldigen Sie ... Aicha! Aicha, komm mal her! Ich hab gehört, du hast dich mit La Goulue in die Haare gekriegt? Glaubst du, dies ist genau so ein Loch wie das, wo du bisher gearbeitet hast? Weißt du, was ich tue, wenn ich euch noch mal dabei erwische? Ich gebe euch beiden einen Tritt in den Hintern und schmeiß euch raus. Ich wünsche Frieden hier, verstanden? So, und nun geh wieder in deine Ecke und probiere weiter ... Übrigens, Monsieur Toulouse, haben Sie nicht ein Bild für mich, das ich ins Foyer hängen kann? Irgendwas mit Rot?"
Nach der Eröffnung wurde Moulin Rouge für Henri so etwas wie eine Heimat. Er kannte jeden und konnte alles tun, was er wollte, denn für ihn gab es keine Vorschriften. Obgleich im Lokal kein Essen serviert wurde, machte man bei ihm eine Ausnahme und er gab, so oft er wollte, kleine Soupers. Die Cancan-Mädchen saßen an seinem Tisch und erzählten ihm ihre Liebesaffären. Aicha versuchte ihn in ihrem Streit mit La Goulue auf ihre Seite zu ziehen. Sarah, das Barmädchen, hielt ihm lange Vorträge über die schädlichen Wirkungen des Alkohols.
So endeten Frühling und Sommer des Jahres neunundachtzig. Die Pariser hatten sich an die Fremden und an den Eiffelturm gewöhnt. Moulin Rouge mit den roten, sich drehenden Flügeln war zu

einem Teil Montmartres geworden. Im Oktober begannen die Ausländer wieder nach Hause zu fahren. Einen Monat später schloß die Ausstellung ihre Pforten. Die Zauberstadt auf dem Marsfeld schmolz mit dem ersten Winterschnee dahin. Die exotischen Paläste entblößten ihre Gestelle von billigem Gerümpel, und bald waren sie nicht mehr. Die malerischen Horden der Eingeborenen wurden eingeschifft zurück nach ihren Inseln, ihren Wüsten und Dschungeln. Nur der Eiffelturm blieb, wie eine verirrte Giraffe, die ein abgereister Zirkus vergessen hat. Paris wurde wieder Paris.

Das Jahresende brachte Henri einen verdächtig aussehenden Brief mit einer ausländischen Briefmarke, den Madame Loubet ihm voll böser Ahnungen übergab.

„Hoffentlich nichts Schlimmes", sagte sie und konnte ihre Neugier kaum bezwingen. „Ist jemand gestorben?"

„Im Gegenteil!" rief er aus, als er den Brief gelesen hatte. „Die Société des Vingt lädt mich ein, im Januar in Brüssel auszustellen!"

Sofort war sie hellwach. „Bedeutet das, daß Sie wegreisen müssen?"

„Natürlich, Madame Loubet, es ist eine große Ehre."

„Ehre, hm! Haben die nicht selber genug Maler in Brüssel? Es geht mich ja nichts an, wenn monsieur in einem fremden Land herumziehen mag. Monsieur kann nach China oder Afrika gehen, wenn monsieur es wünschen."

Ihre bebenden Lippen und zitternden Wangen verrieten den inneren Aufruhr. Jäh schwand ihre kriegerische Stimmung dahin und ihre Augen füllten sich mit Tränen.

„Und wenn Ihnen nun etwas zustößt? Nehmen Sie an, Sie fallen hin ... Und dann sind Sie ganz allein unter all den Bulgaren."

Es bedurfte einer ganzen Weile, um sie davon zu überzeugen, daß Brüssel nur wenige Stunden von Paris entfernt liege, daß die Belgier keine Bulgaren seien, sondern französisch sprächen und ausgezeichnete Ärzte hätten.

„Außerdem ist Monsieur Seurat – Sie wissen doch, der große, junge Mann, der vor einiger Zeit einmal hier war – gleichfalls eingeladen. Wir werden zusammen reisen."

Wieder einmal war es Altjahrsabend, und Henri saß mit seiner Mutter am Kamin. Er hatte ihr am Nachmittag Blumen geschickt, weiße Rosen, die sie liebte und für die er einen sündhaften Preis

gezahlt hatte. Beim Essen hatten sie versucht lustig zu sein. Er hatte ihr von Madame Loubet erzählt und wie sie in den letzten Monaten, als er sich erkältet hatte, zu einem feuerspeienden Drachen geworden war, ständig an seinem Bett gesessen und ihn mit heißen Umschlägen traktiert hatte.
„Sie hat mich beinahe ertränkt in Kamillentee. Und dazu las sie mir aus den ‚Drei Musketieren' vor."
Er hatte ihre finsteren Blicke und ihr Brummen nachgeahmt, und Maman hatte so getan, als ob sie sich darüber amüsiere. Dann waren sie zum Kaffee ins Wohnzimmer gegangen und hatten sich höflich über Annette und Joseph unterhalten. Aber allmählich war das Gespräch mühsam geworden. Und jetzt saßen sie sich gegenüber am Kamin, sie über ihre Strickerei gebeugt, das Gesicht bernsteinfarben im Lampenschein, er im Abendanzug, mit unbewegtem Gesicht ins Feuer starrend und nach einem unverfänglichen Gesprächsstoff suchend.
Seit seiner Rückkehr zum Montmartre waren ihre Beziehungen zu einem melancholischen, unendlich heiklen Spiel geworden, das sie beide mit vollendetem Geschick spielten. Da sie in völlig verschiedenen Welten lebten, war es unmöglich, so vertraut wie früher miteinander zu sein. Er wußte, sie konnte und wollte sein Leben nicht gutheißen und vermied es taktvoll, davon zu sprechen. Sie hatten keineswegs aufgehört, sich zu lieben, aber sie waren einander fremd geworden. Und ihre Liebe, unzerstörbar, wie sie war, vertiefte die Bitterkeit ihrer Entfremdung und den Schmerz ihrer Einsamkeit noch mehr.
„Habe ich dir schon erzählt, Maman, daß ich von der Société des Vingt eingeladen bin, im nächsten Monat in Brüssel auszustellen?"
„Wirklich? Wie schön!" Sie lächelte ihm zu. „Das freut mich sehr."
Traurig sah er sie durch seine dicken Brillengläser an. Arme gute Maman, sie spielte das Spiel ... Sie versuchte, sich erfreut zu zeigen, obwohl sie weder erfreut noch beeindruckt oder auch nur interessiert war. Natürlich hatte sie nicht die leiseste Ahnung, was die Société des Vingt war, aber selbst wenn sie es gewußt hätte, wäre es dasselbe gewesen. Sie war so vergrämt über sein „sündiges" Montmartre-Leben und das Trinken – hauptsächlich über das Trinken –, daß ihr die Tatsache, daß er begann, sich einen Namen zu machen, gar nicht bewußt geworden war.

Ob sie wohl zum Beispiel den Umschlag zu „Saint-Lazare“ überhaupt je gesehen hatte? Und ob sie etwas wußte von seinen Zeichnungen für Magazine, seinen Bildern, die man in einigen Kunsthandlungen sah, und den schmeichelhaften Dingen, die die Kritiker über ihn schrieben? Sie hatte nie ein Wort gesagt. Vielleicht würde diese Einladung aus einem andern Land ihr doch Eindruck machen und sie davon überzeugen, daß sein Leben nicht nur aus Trinken und Zechen im Moulin Rouge bestand, sondern daß er arbeitete, intensiv arbeitete ...

Eifrig erzählte er ihr von der Société des Vingt.

„Das ist eine Gruppe belgischer Künstler, die jedes Jahr ein paar ausländische Maler einladen, mit ihnen zusammen auszustellen.“

Was ihre Einladung bedeutsam machte, war die Tatsache, daß die „Vingt“ bisher eine erstaunliche Witterung gehabt hatte bei der Auswahl. Es waren immer Maler gewesen, die nachher berühmt geworden waren, zum Beispiel Männer wie Renoir, Whistler, Sargent, Rodin ...

„Und ich bin der Jüngste, der jemals eingeladen wurde“, sagte er und hoffte auf ein Lob.

„Das ist wirklich sehr schön.“

„Arsène Alexandre, der Kunstkritiker des ‚Figaro‘, schrieb einen Artikel über mich. Er sagte ...“

Noch während er sprach, verging seine Hoffnung. Es war zwecklos. Im Grunde war es ihr gleichgültig, was Arsène Alexandre gesagt hatte und was die Einladung bedeutete. Für sie würde er immer ein Versager sein. Ein sehr geliebter Versager zwar, aber eben doch ein Versager. Sie würde nie vergessen, daß es ihm nicht gelungen war, in den Salon aufgenommen zu werden. Sie hatte eben die Vorurteile ihrer Gesellschaftsklasse: Gute Musiker erhielten ihren Rang durch das Konservatorium, gute Schauspieler spielten an der Comédie Française, gute Sänger sangen an der Oper, und gute Maler stellten im „Salon“ aus.

Er verbarg seine Enttäuschung und erzählte weiter, um die Stille auszufüllen. Er würde mehrere Gemälde in die Ausstellung schikken, darunter das Porträt von Mademoiselle Dihau. (Natürlich nicht eine Silbe von den anderen Bildern, von den Mädchen im Grauen Papagei, die er im letzten Sommer gemalt hatte ...) Mademoiselle Dihau war eine ehrenwerte ältere Dame, die er durch

Monsieur Degas kennengelernt hatte. Sie gab Klavierunterricht und lebte mit ihren beiden Brüdern zusammen, die auch Musiker waren. Désiré, der ältere, spielte Fagott an der Oper (das klang respektabel), und sein Bruder spielte Flöte. An Sonntagabenden gaben die Dihaus Hausmusiken im kleinen Kreis, die Monsieur Degas nie versäumte, denn er liebte Musik, insbesondere Mozart.

So ausführlich wie möglich verbreitete er sich über die Dihaus: was für eine entzückende, kultivierte Familie es sei, wie viele interessante Menschen man auf ihren Musikabenden treffe und wie sehr er diese Abende genieße. Und sie erwiderte darauf, wie sehr sie sich freue, daß er so nette Freunde habe, wie gütig es von Mademoiselle Dihau sei, ihre Zeit zu opfern, um ihm für ihr Porträt zu sitzen ... Dann, wie ein Vorhang, fiel Schweigen zwischen sie, ein Schweigen voll von ungesagten Dingen.

Wieder schleppte sich eine Stunde hin. Die kleine Alabasteruhr auf dem Kamin schlug.

„Es war nett von dir, Henri, den Altjahrsabend mit mir zu verbringen, aber du hast sicher noch andere Verabredungen, und ich möchte nicht ..."

Mit einem zarten Kuß und einem geflüsterten „Glückliches Neues Jahr, Maman" verabschiedete er sich.

Auf der Straße rief er einen vorbeifahrenden Landauer an.

„Zum Moulin Rouge."

Als der Wagen sich in Bewegung setzte, lehnte Henri sich vor, um noch einen Blick auf das Fenster seiner Mutter zu werfen, das undeutlich durch das Netzwerk der Kastanienzweige schimmerte. Arme Maman! Altjahrsabend allein! Vielleicht hätte er den ganzen Abend mit ihr verbringen sollen? Aber es hatte keinen Zweck, sie verwundeten sich nur immer gegenseitig.

Mit einem Seufzer schob er das Fenster hoch, warf sein Abendcape zurück und setzte sich tief in die Ecke.

Schön, er trank etwas zuviel, aber was besagte das? Schließlich verstand er wie ein Gentleman zu trinken. Er konnte aufhören, wann immer er wollte. Außerdem schläferte der Alkohol die Schmerzen in seinen Beinen ein, die schrecklichen Schmerzen, die ihn sonst nie verließen. Die andern verstanden das nicht.

Gereizt öffnete er das Fenster. „*Nom de Dieu*, können Sie nicht ein bißchen schneller fahren?"

Durch den Regen wehte die Stimme des Mannes zu ihm herunter.
„Ich tu mein Bestes, monsieur. Aber heute nacht ist jeder unterwegs ... am Altjahrsabend."
„Gut, gut, hoffentlich kommen Sie wenigstens bis zum nächsten Altjahrsabend hin!"
Als er das Fenster hochschob, hörte er das grunzende Lachen des Kutschers. Diese derbe Fröhlichkeit verbesserte seine Stimmung augenblicklich. Die Welt war doch nicht so traurig, wenn es noch Kutscher gab, die im Regen lachen konnten. Lachen, das war das Geheimnis. Soviel wie möglich zu lachen und so wenig wie möglich zu denken. Wie sagte La Bruyère? „Warte mit dem Lachen nicht, bis du glücklich bist, denn du könntest sterben ohne gelacht zu haben." Ein patenter Bursche, dieser La Bruyère ...
Endlich fuhr der Landauer beim Moulin Rouge vor, das an diesem Abend mit Girlanden von roten elektrischen Birnen bekränzt war und dessen Mühlenflügel in der Nacht leuchteten.
„Guten Abend, Monsieur Toulouse ... Guten Abend, Monsieur Toulouse ... Guten Abend, Monsieur Toulouse ..."
Mit einem freundlichen Gruß für den Portier, den Kassierer und einige Angestellte durchschritt er den Vorraum, ohne einen Blick auf sein großes Zirkusbild zu werfen, das an der Wand hing*.
„Ein glückliches Neues Jahr", rief Trémolada und riß die Glastür auf, die den Vorraum vom Foyer trennte. „Sie kommen früh heute nacht."
„Ich gebe eine kleine Gesellschaft und wollte mich überzeugen, ob alles in Ordnung ist. Kommen Sie nachher und trinken mit uns?"
„Ich will's versuchen, aber es wird sicher heute nacht sehr voll. Das können wir auch gebrauchen", fügte er mit gedämpfter Stimme hinzu.
Sie wechselten einen verständnisvollen Blick. Moulin Rouge ging nicht so, wie erwartet. Selbst während der Ausstellung war das Geschäft nicht allzu gut gewesen.
„Gut, versuchen Sie zu kommen, wenn es geht."
Er ging in den Tanzsaal. Hier war es so hell, daß er die Augen mit der Hand beschatten mußte. Der Anblick des Tanzsaals war atemberaubend, man war jedesmal wieder von neuem erschlagen von seiner Größe und Häßlichkeit. Er hatte weder etwas von der

* Das Gemälde „Im Zirkus Fernando" befindet sich heute im Museum von Chicago.

Poesie des Ely noch von der schäbigen Vertraulichkeit der anderen Schlupfwinkel des Montmartre. Er war neu, prunkend, gleichsam offiziell, ein Treffpunkt für Fremde, ähnlich einer Bahnhofshalle, die man für eine Nacht in ein Tanz-Kolosseum umgewandelt hat. Am anderen Ende des Saales hatte das Orchester auf einem hölzernen Podium schon mit dem Spielen begonnen. An den Tischreihen rund um die Tanzfläche nahmen bereits einige Besucher ihre Plätze ein. Wegen der Neujahrsfeier waren am mittleren Kronleuchter und an den Balkongittern entlang dreifarbige Wimpel aus Kreppapier befestigt, die den Eindruck einstudierter Festlichkeit hervorriefen.

Henri hinkte weiter zur Mahagoni-Bar, wo Sarah gegen einen funkelnden Hintergrund von Spiegeln und Flaschen über den Ausguß gebeugt Gläser spülte.

„Nanu, Sie kommen ja früh heute“, rief sie. Ihr anmutiges Gesicht mit den großen Augen und der geraden schwarzen Ponyfrisur strahlte in einem Lachen auf. „Und schon ganz angezogen. Gut sehen Sie aus im Abendanzug. Warum haben Sie es so eilig?“

Er stand vor der Bar, rang nach Atem und versuchte zu lächeln, während er mit einer Hand nach dem Rand des Bartisches griff.

„Gib mir einen Cognac“, sagte er keuchend.

Gewandt füllte sie ein kleines langstieliges Glas und lehnte sich über die Bar, um es ihm zu reichen.

„Sehen Sie, Sie sind ganz außer Atem. Sie sollten nicht so schnell laufen.“ Sie beobachtete, wie er den Cognac hinunterstürzte. „Und Sie sollten nicht so schnell trinken. Es verbrennt Ihren Magen.“

Er setzte das Glas auf den Schanktisch und zog sich auf einen der hohen Hocker. Jetzt erschien er plötzlich groß, seine breiten Schultern waren auf einer Höhe mit den ihrigen. In den Gläsern seines Pincenez konnte sie ihr Gesicht sehen.

„Wirklich, Monsieur Toulouse, Sie trinken zu schnell. Warum schlürfen Sie den Cognac nicht wie jeder andere?“

„Ich war durstig.“ Er nahm seinen Zylinder ab und schlug sein Cape auf. „Und ich bin immer noch durstig. Ich habe zu Hause gegessen und fühle mich ganz kaputt. Seit sechs Uhr habe ich nichts getrunken.“ Er steckte sich eine Zigarette an und blies das Zündholz aus. „Wie wär es mit noch einem?“

„Wie wär es mit einem netten Glas Wasser, wenn Sie so durstig sind? Cognac wird Ihren Durst nicht löschen.“

„Ha, da bist du aber im Irrtum! Cognac löscht den Durst, hilft der Verdauung, stärkt die Muskeln, reinigt das Blut, spült die Leber, kitzelt die Nieren, wärmt die Eingeweide und heitert dich auf. Nun sei ein gutes Mädchen und gib mir noch einen. Und sieh mich nicht so böse an. Es ist Altjahrsabend, und – oh, da wir gerade vom Altjahrsabend sprechen" – er suchte in seinen Taschen und überreichte ihr einen kleinen viereckigen Kasten –, „hier ist eine Kleinigkeit für dich. Nicht, daß du sie verdient hättest, denn immer predigst du nur mit mir und läßt mich um jeden kleinen Cognac betteln; aber ich habe dich irgendwie gern ..."
„Für mich?" schrie sie aufgeregt, trocknete ihre Hände an der Schürze und streckte sie nach der Schachtel aus. „Oh, Monsieur Toulouse, Sie sind einfach süß!"
„Hallo, soll das ein Antrag sein? Beherrsch dich mal, ja! Na, und wie ist es jetzt mit noch einem Cognac?"
Sie tat, als habe sie nichts gehört, und wickelte das Kästchen aus. „Oh, sie sind herrlich! Und mit meinen Buchstaben!" Entzückt befühlte sie den feinen Batist. „Und handgenäht!"
„Früher schenkten sich die Leute zu Neujahr Nachttöpfe. Einige waren sogar auf dem Boden mit den Porträts berühmter Leute bemalt. Wir sind feiner geworden, wir schenken Taschentücher. Und jetzt, zum Teufel, gib mir noch einen Cognac!" Er schlug mit der Hand auf den Tisch. „Die Bedienung ist einfach jämmerlich hier!"
„Sie haben schon einen gehabt", sagte sie. „Soviel Alkohol ist nicht gut für Sie."
„Was ist das für eine Sprache? Ist das die Art, um das Geschäft anzukurbeln? Und Zidler ist der Meinung, du seiest ein guter Barkeeper."
Eine seltsame Weichheit kam in ihre Augen. „Ich mache mir nichts draus, wenn andere sich zugrunde richten, aber Sie, Monsieur Toulouse ..."
„Aber ich sag dir, Alkohol schadet mir nicht."
„Das sagen alle."
„In meinem Fall ist es wirklich so. Hast du mich je betrunken gesehen? Sag doch!"
„Nein", gab sie widerstrebend zu. „Trotzdem ist es nicht gut für Sie."
„Es hat keinen Zweck, mit Frauen zu streiten. *Nom de Dieu*, willst du oder willst du mir keinen geben?"

„Gut“, sagte sie. „Hier haben Sie Ihren Cognac.“ Ungnädig füllte sie sein Glas von neuem.
Er trank, fuhr mit der Zunge über die Lippen und grinste befriedigt.
„So und nun pack die Taschentücher weg und laß uns geschäftlich reden. Hat Drouant die Hummer geschickt?“
„Sie sind hier im Eisschrank“, sagte sie, immer noch mürrisch.
„Gut. Wie ist es mit dem Champagner?“
Sie deutete auf eine Reihe Flaschen mit Stanniolkapseln, die zum Kühlen in silbernen Kübeln standen. „Moet et Chandon, 78er. Genau, wie Sie bestellt haben.“
„Du bist eine Perle, Sarah.“
In dem Spiegel hinter der Bar sah er Zidler niedergeschlagen und mit gebeugten Schultern auf sich zukommen, wie immer eine kalte Zigarre im Mund.
„Was ist los?“ rief Henri und drehte sich auf seinem Hocker um. „Sie sehen aus, als hätten Sie Ihren letzten Freund beerdigt. Ihnen fehlt was zu trinken. Schnell, Sarah! Zwei doppelte Rum!“
Zidler kletterte auf einen Hocker und stützte die Arme müde auf den Tisch. „Ich komme nicht dahinter“, murmelte er und starrte vor sich hin, „ich komme einfach nicht dahinter.“
„Hinter was kommen Sie nicht?“ Henri legte seinen Arm um Zidlers Schultern. „Wo drückt der Schuh?“
„Das ist es ja gerade, was ich nicht weiß.“ Zidler sah Henri verzagt an. „Erinnern Sie, wie ich sagte, es könne nicht fehlgehen, ich würde bestimmt eine Million verdienen? Nun, ich bin gerade die Bücher durchgegangen, und es läuft keineswegs richtig. Aber ich komme nicht dahinter, warum nicht. Die Vorführungen sind gut, die Musik ist gut, der Alkohol ist gut, die Leute sind wild auf den Cancan, die Preise sind nicht zu hoch. Weshalb also ist das Lokal nicht jeden Abend voll?“
„Heute abend ist es das“, sagte Henri. „Sehen Sie, die Leute strömen herein.“
Zidler zuckte die Achseln. „Am Altjahrsabend ist jedes Lokal dicht besetzt. Nein, nein. Irgend etwas ist verkehrt. Selbst während der Ausstellung habe ich nicht halb so viele Engländer hier gehabt, wie ich erwartete, und nur ganz wenige Amerikaner. Und man kann so ein Lokal wie dieses ohne Amerikaner nicht halten.“ Abwesend drehte er den Stiel seines Glases zwischen den Fingern. „Ich glaub,

ich war meiner Sache zu sicher und muß jetzt einsehen, daß ich mich geirrt hab."
„Nichts ist verkehrt mit Ihrem Moulin Rouge, außer, daß die Leute nichts von ihm wissen."
Zidlers Kleinmut wandelte sich in Empfindlichkeit. „*Nom de Dieu*, was wollen Sie denn noch? Ich hab ein Vermögen für Reklame ausgegeben. Mein Plakat hängt an jedem Kiosk, an jeder *pissotière*. Man kann keinen Schritt tun, ohne darauf zu stoßen."
„Das ist wahr, aber die Leute sehen es nicht."
„Was soll das heißen: die Leute sehen es nicht? Warum sehen sie es nicht?"
„Weil Ihr Plakat kein Plakat ist."
„Das verstehe ich nicht. Es ist von dem besten Mann in der Branche gemacht."
„Und wenn es von Michelangelo gemacht worden wäre! Es ist eben ein Bild, aber kein Plakat."
Eine neue Erkenntnis dämmerte in Zidlers Augen. „Was ist der Unterschied?"
„Ungefähr derselbe wie zwischen Kanonendonner und einem Flötenton. Ein Plakat muß schlagend sein, originell, sogar schokierend. Es muß einem in die Augen springen, einen nicht loslassen, es muß im Gehirn haftenbleiben wie die Laus auf dem Rücken des Hundes. Sehen Sie, Zidler, was zeigt denn Ihr Plakat? Ein hübsches Mädchen, das fade lächelnd auf einem Esel sitzt und ihre Beine zeigt. Was hat das mit Ihrem Moulin Rouge zu tun?"
„Aber was sollte sie denn sonst tun?"
Henri lachte. „Das liegt doch auf der Hand. Sie sollte Cancan tanzen."
„Cancan!" Zidlers Augen wurden größer. „Bei Gott, ich glaube, Sie haben recht. Ich glaube, Sie haben es gefunden."
„Sie sollte ihre Unterröcke rauschen lassen und ihre Beine hochwerfen", fuhr Henri fort. „Und zwar mitten unter den Zuschauern, um damit anzudeuten, daß es so jede Nacht hier vor sich geht, nicht etwa auf einer Bühne, sondern mitten auf der Tanzfläche, wo alle es sehen können. Sie sollte . . ."
Er hielt inne, als er Zidlers Gesicht sah. „Eh, einen Moment! Wenn Sie denken, was ich glaube, daß Sie denken, – dann ist es besser, Sie vergessen alles wieder. Ich werde das Plakat nicht machen. Auf keinen Fall. Nicht in tausend Jahren. Ich habe noch

niemals ein Plakat gemacht und weiß überhaupt nichts von Lithographie. Man braucht Jahre dazu, um auf Stein zeichnen zu können ..."

„Père Cotelle könnte es Ihnen zeigen", unterbrach Zidler schmeichelnd. „Er hat das andere Plakat gedruckt. Er ist sehr hilfsbereit."

„Es ist mir völlig gleichgültig, ob er hilfsbereit ist oder nicht. Ich will Ihr Plakat nicht machen. Mich interessieren Plakate nicht. Außerdem habe ich keine Zeit. Ich gehe nächsten Monat nach Brüssel und habe tausend andere Dinge zu tun. Nichts, was Sie sagen oder tun könnten ..."

Eine halbe Stunde später, nachdem er immer wieder beteuert hatte, daß nichts ihn dazu bringen werde, das Plakat zu machen, daß er überhaupt noch nie ein Plakat gemacht habe und daß ihn Lithographie nicht im geringsten interessiere, nachdem er Sarah, die ihn mit Zidler zusammen beschwor, angeschrien hatte und alle miteinander ausgiebig diskutiert, argumentiert, plädiert, räsoniert, sich kompromittiert hatten, gab Henri, platzend vor Wut, die Faust auf den Tisch knallend, drohend, er werde nie wieder einen Fuß ins Moulin Rouge setzen, schließlich nach.

„Es wird ein herrliches Plakat werden", sagte Sarah, als Zidler mit tränenreichem Dank weggegangen war.

Henri wütete weiter. „Laß mich in Ruhe. Ich möchte dir am liebsten den Hals umdrehen. Ich hatte ihn schon überzeugt, und da mußtest du dazwischenkommen und ihm sagen, daß jeder stehenbleibt, um mein Bild im Vorraum anzusehen."

„Das ist ja auch wahr. Alle tun es."

„Mag sein, daß sie es tun, aber du hättest es ihm nicht sagen sollen. Warum können Frauen bloß ihren Mund nicht halten? Du weißt gar nicht, was du mir da eingebrockt hast. Jetzt kann ich zu diesem verdammten Père Cotelle gehen und anfangen, Lithographie zu lernen. Ich brauche mindestens fünf Jahre für das Plakat."

Er blickte auf seine Uhr, drehte sie abwesend auf und steckte sie wieder in die Tasche. „Ich glaube, es ist besser, ich gehe an meinen Tisch. Meine Freunde werden bald hier sein. Gaston soll mir eine Flasche Cognac bringen. Aber ohne Sermon diesmal, das bitte ich mir aus. Merk dir: ohne Cognac kein Plakat."

Sie beobachtete, wie er von der Bar weghinkte, lächerlich und rührend zugleich in seinem Abendanzug.

„Nochmals vielen Dank für die Taschentücher, Monsieur Toulouse", rief sie ihm nach. „Und ein glückliches Neues Jahr."
Er blieb stehen und grinste sie über die Schulter hinweg an. Der Blick seiner traurigen braunen Augen ergriff sie. Armer häßlicher kleiner Mann ...

Die Menge strömte in den Tanzsaal, füllte die Gänge, überflutete den Balkon, stand an den Seiten, schielte umher nach freien Tischen. Hier und da trugen lustige Leutchen Papierhüte und tuteten in Papptrompeten, die von der Direktion zur Verfügung gestellt worden waren. Die ersten Papierschlangen sausten durch die Luft, beschrieben gewaltige Bogen und fielen in die wirbelnde Menge der Tanzenden. An den Tischen knöpften die Frauen ihre Handschuhe auf und hakten ihre Pelerinen los, während die Männer ihre Überzieher ablegten und wichtigtuerisch den Kellnern ihre Bestellungen aufgaben.
Henri nahm an dem Seitentisch Platz, der schon für das Souper gedeckt war. Einen Augenblick lang wurde seine Aufmerksamkeit von einer Gruppe erhitzter und fröhlicher Amerikaner in Anspruch genommen, die dem Kellner in ihrem zusammengestoppelten Französisch auseinandersetzten, daß sie die vier hübschesten Mädchen und die größte Flasche Champagner haben wollten, die das Haus zu bieten hätte. „Voo comprenay, garsonn? Cat joo-lee p'tit femms. Oui, oui. Tray joo-lee. Oh-la-la. Vive la France!"
„*Bonsoir*, Monsieur Toulouse. Hier ist Ihr Cognac." Gaston setzte Flasche und Glas auf den Tisch. „Sarah sagt, ich solle Ihnen sagen ..."
„Laß nur. Ich kann mir schon denken. Wie geht es deiner Frau?"
„Ein bißchen besser, scheint's. Ich war heute nachmittag im Krankenhaus. Entschuldigen Sie mich, Monsieur Toulouse. Heute ist soviel zu tun."
Henri beobachtete, wie Gaston auf einen Tisch mit ungeduldigen Gästen zustürzte. Er füllte sein Glas und begann träge die schimmernden weißen Teller zu zählen und dabei die Namen seiner Gäste zu murmeln. Zuerst Maurice, dann die andern, die Freunde vom Montmartre, die Kollegen vom Comité Exécutif, die Schmarotzer, die wegen der Hummern und des Champagners kamen ...
Er goß wie gewöhnlich den Cognac mit einem Schluck hinunter. Dann erblickte er Maurice, der auf ihn zukam. Ein beinahe hef-

tiges Gefühl von Zuneigung für diesen stattlichen jungen Mann, der sein einziger wirklicher Freund war, durchströmte ihn. Wie schön war es, ihn wieder zu haben und den Altjahrsabend mit ihm zu verbringen!

„Entschuldige, daß ich so spät komme.“ Maurice legte sein Abendcape ab und setzte sich ihm gegenüber an den Tisch. „Es hat zu schneien angefangen und der Verkehr ist entsetzlich. Auf der Straße stieß ich auf Dreyfuß. Erinnerst du dich an ihn? Du hast ihn mal bei mir getroffen. Wir sprachen uns nur kurz. Er ist jetzt Hauptmann und rechnet damit, in diesen Tagen in den Generalstab versetzt zu werden. Im kommenden Frühjahr will er heiraten.“

„Wie schön! Was meinst du zu einem Cognac? Champagner gibt es nachher.“

„Nein, danke, jetzt nicht.“ Maurice sah bedeutungsvoll auf die Flasche Cognac. „Aber ich sehe, du hast schon angefangen. Henri, ehrlich gesagt, du solltest nicht...“

„Bitte! Ich habe schon von Sarah eine Predigt gehabt. Laß mir doch mein Vergnügen am Altjahrsabend.“

Maurice nickte widerstrebend. „Gut.“ Seine Augen blickten über den Tisch. „Eine ganze Gesellschaft? Wer kommt alles?“

„Einige Künstler und Schriftsteller. Wenn du Kunsthändler werden willst . . . Apropos, Kunsthändler. Warum gehst du nicht zu Monsieur Boussod?“

„Zu wem?“

„Monsieur Boussod. Er könnte dir vielleicht eine Stellung als Assistent bei Théo geben. Bei niemandem wärest du besser aufgehoben als bei Théo, und ich glaube, er würde sich freuen, jemanden zu haben, der ihm hilft. Als ich ihn das letztemal sah, hätte ich ihn fast nicht wiedererkannt, so krank sah er aus. Er hat geheiratet, und vor kurzem ist sein Kind sehr krank gewesen. Dann war da die Angelegenheit mit Vincent in Arles, von der ich dir erzählt hab. Du kannst dir vorstellen, wie ihm das zusetzte.“

„Ja. Ich werde ihn nach den Feiertagen aufsuchen. Hast du übrigens den Artikel im Figaro über die Société des Vingt gelesen?“

Er wurde durch die Ankunft einer anziehenden und augenscheinlich sehr aufgeregten jungen Dame unterbrochen.

„Sharlie noch nicht da?“ fragte sie und blickte mit schwarzen, schimmernden Augen um sich. „Er versprach hierher zu kommen.“

„Er wird in einer Minute hier sein. Setz dich, Germaine, und trink erst mal.“ Henri wies auf Maurice. „Dies ist mein Freund Maurice Joyant. Und dies, Maurice, ist Mademoiselle Germaine, Conders Braut.“

„Braut ist gut!“ Sie nickte Maurice knapp zu und nahm Platz. „Ich habe ebensoviel Aussichten, ihn zu heiraten, wie den Papst zu heiraten. Warum ich eigentlich immer noch mit diesem faulen, versoffenen, nichtsnutzigen Engländer schlafe, weiß ich wirklich nicht. Zeigt Ihnen, wie blöd ich bin.“

Sie zog ihre Handschuhe aus, hob den Schleier und redete weiter, ohne Atem zu holen. „Er ist mit seinem Freund ausgegangen, diesem großen fetten Engländer, der sich die Haare kräuselt und das Gesicht anmalt wie eine Frau ...“

Henri winkte Gauzi und Anquetin, die sich durch die Menge drängten. Anquetin trug immer noch denselben alten verbeulten Zylinder, den er als Student getragen hatte. Sein blonder Bart war lockig wie immer, obgleich ein wenig buschiger als früher. Gauzi war der alte Blasse, Hagere und Zerzauste.

„Brr! Was für ein Wetter!“ sagte er schaudernd. „Ich hole mir noch den Tod bei dieser Kälte. Meine Schuhe lassen Wasser durch.“

„Ziehen Sie sie doch aus“, schlug Germaine impulsiv vor.

„Kann ich nicht. Ich habe keine Socken an.“

Er schüttelte Maurice die Hand. „Kein Künstler, hoffe ich. Wenn ich je ein Kind haben sollte, das Künstler werden will, ertränke ich es.“

Inzwischen hatte Anquetin den Schnee von der Krempe seines Hutes geblasen und Tropfen auf die Nacken der Damen an den umliegenden Tischen gespritzt. „Das tut ihnen nichts“, versicherte er leichtfertig, „es ist nur ein bißchen Wasser.“

Eine weitere Gruppe von Gästen kam, geführt von Desboutins, dem alten Graphiker, der in einem schmutzigen nachschleppenden schwarzen Umhang erschien. Eine lange Tonpfeife ragte aus seinem wilden grauen Bart.

„Gott zum Gruß!“ brüllte er, versank in eine abgrundtiefe Verbeugung und fegte den Boden mit seinem erneuerungsbedürftigen Hut. Zu seinem Stil gehörte eine mittelalterlich-höfische Ritterlichkeit, die mit jedem weiteren Grad Trunkenheit zunahm. Auf dem Gipfel verfiel er meistens in eine blumige Ausdrucksweise. „Mögen Bacchus und Venus für immer eure Führer sein, und sämtliche Kunstkritiker und Händler im ewigen Höllenfeuer rösten. Amen!"

Henri blinzelte Maurice zu, während der alte Bohemien auf einen Stuhl zustolperte.

„Essen! Der süßeste Anblick auf Erden!" Er ergriff einen Hummer und betrachtete ihn liebevoll. „Seht diese Linien an, diese Flächen, diese Kurven, diesen traurigen Ausdruck in seinen Augen. Welch eine Radierung könnte ich daraus machen! Ich, ein neuer Rembrandt, ein neuer Dürer. Aber ich bin zu hungrig. Ich werde ihn essen. Wenn Herz und Magen miteinander streiten, gewinnt immer der Magen."

Noch mehr Gäste waren angekommen, zu zweien oder in schwatzenden Gruppen. Maurice wurde bekannt gemacht, und die Frauen blitzten ihn mit anerkennendem, lockendem Lächeln an. Bald waren alle beschäftigt mit Essen, Champagnertrinken, Hummerknacken und lebhafter Unterhaltung über den ganzen Tisch hinweg.

„He, Lautrec, wie haben Sie das fertiggebracht, daß Sie nach Brüssel eingeladen wurden?" schrie Dethomas vom Ende der Tafel. „Warum hat man mich nicht gebeten?"

Henris Antwort erreichte ihn nicht.

„Im zweiten Akt verlangt mein Manuskript achtundzwanzig Elefanten auf der Bühne", brüllte Bouleval, der Dramatiker.

„Die Ehe müßte als unmoralisch und unbiologisch verdammt werden ..."

„Haben Sie Renoirs Ausstellung bei Durand-Ruel gesehen?"

„... der größte Frauenmaler seit Rubens ..."

„... der Boucher der Küchendragoner. Lauter Becken und Hinterbacken ..."

„He, Lautrec, haben Sie gehört, daß Seurat ..."

„Mein nächstes Bild wird eine Mischung aus Veronese und Cézanne ..."

So ging es hin und her inmitten des steigenden Tumults ringsum, der sausenden Papierschlangen, des Gelächters an den Nebentischen, des Konfettis, des heiseren Gequäkes der Papptrompeten. Die Männer, angeregt durch das reichhaltige Essen und die Nähe der Frauen, redeten mit weit ausladenden Gesten und mit der Leidenschaft von Leuten, für die das Reden die letzte Möglichkeit der Selbsttäuschung, der einzige Ausweg aus der drohenden

Katastrophe ist. Von Zeit zu Zeit unterbrachen sie sich, um einen Mundvoll Hummer zu nehmen und ihre Gläser an die Lippen zu heben; oder sie standen auf, um zu tanzen, jedoch nur, um einen Augenblick später zurückzukommen, mit roten Gesichtern und schwer atmend, bereit, sich wieder in jedes Wortgefecht zu stürzen, das gerade im Gange war. Oder sie flirteten liebenswürdig-lüstern mit den Geliebten ihrer Freunde, indem sie unter dem Tisch diskrete, aber unmißverständliche Beziehungen anbahnten.
Die Frauen – es waren acht – waren typische Montmartremädchen in Keulenärmelblusen und selbstgemachten Hüten. Sie hatten mancherlei getan, aber nichts mit Erfolg. Sie hatten Künstlern Modell gestanden, hatten sich beim Ballett versucht, waren halbberufliche Schneiderinnen oder Modistinnen und halbberufliche Kokotten. Sie hatten weder klug noch gut geliebt, sondern nur häufig. Jetzt in ihren späten Zwanzigern oder ängstlich verschwiegenen Dreißigern hatten sie auf die Träume ihrer Jugend verzichtet und nahmen hin, was das Leben ihnen noch bot.
Heute abend in diesem ohrenbetäubenden Höllenlärm, der ihre Sinne aufreizte und ihre Sorgen beschwichtigte, fühlten sie sich wohl. Erhitzt, die Augen strahlend vom Champagner, erregt durch die Losgelöstheit des Abends, schwatzten und lachten sie, warfen Papierschlangen, tanzten, flüsterten unaufrichtige Proteste bei den Annäherungen der Männer, waren glücklich, ein Teil dieser Nacht der Ausgelassenheit zu sein, noch einmal begehrt zu werden und gesagt zu bekommen, daß sie entzückende – und unverstandene – Geschöpfe seien.
„Raten Sie, was dieser Schuft mir für meine Radierungen geboten hat!"
„‚Aber Liebling', sagte sie zu ihrem Mann, ‚wie hätte ich ihm widerstehen können? Er sieht dir doch so ähnlich.'"
„Es stimmt nicht, daß die besten Dinge im Leben frei sind; sie sind verdammt teuer ..."
Heiser vom Reden, ein wenig benommen vom Trinken, griff Henri nach der Cognacflasche und füllte mechanisch immer wieder sein Glas. Er blickte hinüber zu der Gesellschaft von Amerikanern, die sich umarmt hielten, wehmutsvoll „Geneviève, süße Geneviève" sangen und die vier Dirnen an ihrem Tisch vollständig vergessen hatten. An der Bar glitt Sarah, jetzt ein Wunder an Geschäftstüchtigkeit, von einem Ende zum andern, als spiele sie auf einem

riesigen Xylophon. Kellner rannten wie unbeaufsichtigte Spielzeuge hierhin und dorthin und balancierten ihre runden Tabletts auf den Fingerspitzen.

Je näher Mitternacht herankam, desto größer wurde die Ausgelassenheit. Auf der Tanzfläche klammerten sich die Frauen wie in einer dunklen Angst mit geschlossenen Lidern und halbgeöffneten Lippen an ihre Partner. Die Luft, schal von menschlichen Ausdünstungen und dick von Rauch, war mit Konfetti gesprenkelt und gestreift von Papierschlangen.

Ja, das war Leben, das war Lust, so mußte man den Altjahrsabend verbringen. Das war besser, als am Kamin in Mamans Wohnzimmer zu sitzen und Trübsal zu blasen. La Bruyère hatte recht: „Warte mit dem Lachen nicht, bis du glücklich bist..."

Er trank, und die Wärme des Alkohols breitete sich über ihn wie eine Decke.

Plötzlich sah er Charles Conder auf den Tisch zukommen. Er war in Begleitung eines großen, massigen Mannes mit kastanienbraunem Haar, das ihm in Wellen über die Ohren fiel, und einem glatt rasierten Gesicht, dessen fette Wülste von dem gewaltigen Flügelkragen eingerahmt wurden. Beide trugen Abendanzüge. Ihre Frackhemden waren zerdrückt, und die Zylinder saßen schief auf ihren Köpfen. Sie waren sehr betrunken.

„Hier kommt dein Sharlie", sagte Henri zu Germaine, die das Stadium tränenreicher Selbstbemitleidung erreicht hatte und ihr Herz an Anquetins williger Schulter ausschüttete.

Sofort fuhr sie mit flammenden Augen hoch. „Das Schwein! Seht ihn euch an! Hab ich euch nicht gesagt, er wär besoffen wie 'n Schwein?"

„Henri, alter Junge, darf ich dir meinen alten Freund Oscar Wilde vorstellen?" lallte Conder mit britischer Förmlichkeit. „Großartiger Schriftsteller und so weiter. Frisch von London hergeweht . . ." Die Anstrengung des Vorstellens hatte ihn erschöpft. Seine Knie knickten ein, und er sackte auf einen Stuhl.

„Ah, Paris!" rief Wilde, indem er es sich bequem machte. „Die einzige zivilisierte Stadt der Welt. Vor zwei Tagen kam ich an, zermürbt von den Sorgen der Häuslichkeit – eine Frau und zwei Söhne, müssen Sie wissen –, aufgerieben von gelegentlichen Geschäften und dem Geschnatter Londoner Gastgeberinnen. Und schon fange ich an, wieder aufzuleben." Er dehnte seinen Brust-

kasten und sog die raucherfüllte Luft ein. „Hier in diesem wunderbaren Paris kann ich atmen, kann ich denken ... Ah, Champagner!"
Durch den Rauch seiner Zigarette musterte Henri dieses unbekannte Gesicht. Es war füllig und doch durchsichtig und zeigte den Konflikt eines Menschen, der mit sich selbst nicht im Einklang ist. Die unruhigen, etwas vorquellenden Augen verrieten unbürgerliche Begierden. Der Mund war schwach gerötet, klein, ein wenig aufgeworfen, feminin, aber die Stirn war herrlich, marmorn, von fast herrscherlicher Erhabenheit*.
Gern hätte er diesem ungebetenen, aber anziehenden Engländer zugehört, aber gerade rief Anquetin ihm etwas zu.
„He, Lautrec, stimmt es nicht, daß der Kunsthändler in der Rue des Martyrs ein Gauner ist?"
Kunsthändler! Das Wort löste gleichsam eine Selbstentzündung aus. Desboutins, Ibels, Gauzi, Dethomas – alle hegten Groll gegen Kunsthändler und ließen ihm mit einer wilden, fast sinnlichen Genugtuung seinen Lauf. Ihre Augen loderten, und die Adern an ihren Hälsen schwollen.
„Ich hab immer siebenundzwanzig Francs für eine Himmelfahrt bekommen", schrie Anquetin, „und jetzt zahlt mir dieser verfluchte Shylock nur fünfundzwanzig. Er behauptet, das religiöse Gefühl sei im Schwinden. Ihr wißt alle, daß das nicht stimmt. Man braucht sich bloß sonntags irgendeine Kirche anzusehen. Knüppeldick voll."
Henri tauschte einen schnellen Blick mit Maurice.
Die Kunsthändler! Da hatte man die Maden der Kunst, die Schurken, die aus dem Genie und der Not großer Künstler Geld schlugen. Wie sie sich freuten, wenn die Künstler in schrecklichem Elend dahinsiechten!
Die Unterhaltung wurde noch lebhafter, als Bouleval sich auch über die Theaterunternehmer ausließ.
„Das ist wirklich das reinste Otterngezücht! Erst vorige Woche lehnte der Direktor der Comédie Française mein Schauspiel ‚Hannibals Tod' ab. Und wollt ihr wissen, was dieser geborene Idiot sagte?"
Keiner wollte, aber der Dramatiker setzte trotzdem inmitten allgemeiner Gleichgültigkeit seine Verwünschungen fort wie eine Art

* Lautrec hat fast alle Teilnehmer dieser Gesellschaft porträtiert. Sein Bildnis Oscar Wildes, gemalt 1895, ist weltberühmt.

dröhnenden Kontrapunkt zu dem Chor der Klagen über die Kunsthändler.

„He, Dujardin", rief Henri, den diese ewigen Klagen ermüdeten, „wie geht 's Geschäft mit der Schmutzliteratur?"

„Es blüht leider nur allzu sehr", polterte Dujardin fröhlich, „wie alle Geschäfte, die sich auf die Dummheit der Menschen gründen. Augenblicklich schreibe ich die *Secrets Mémoires d'Amour,* die Madame Pompadour eigentlich hätte schreiben sollen. Die arme Frau war frigid, aber in diesem Buch verbrennt sie die Bettücher mit ihrer Glut. Das wird sich verkaufen wie warme Semmeln, sag ich Ihnen."

„Schämen Sie sich, Monsieur Dujardin, schämen Sie sich."

Der Vorwurf kam von Georgette, einer strahlenäugigen Brünette, die in Montmartrekreisen die „Männerfresserin" genannt wurde.

Dujardin klemmte sein Monokel vors Auge und betrachtete Georgette mit einem Blick, der gleichzeitig warme Anerkennung ihrer sichtbaren Reize und äußerste Geringschätzung ihrer geistigen Qualitäten ausdrückte.

„Sie haben recht, mademoiselle, absolut recht. Ich sollte mich schämen. Mein Geist ist wie Gorgonzola. Er stinkt. Aber ich bin zu arm, um mir ein literarisches Gewissen leisten zu können. Vor zwei Jahren brachte ich meinem Verleger ein herrliches Manuskript über Inkunabeln und Meßbücher des vierzehnten Jahrhunderts. Am nächsten Tag warf er es mir ins Gesicht. Seitdem schreibe ich über *l'amour* und habe regelmäßig zu essen. Natürlich ist es ein sehr begrenztes und etwas langweiliges Sujet. Genau genommen ist *l'amour* etwas, was an einem Ende des Verdauungsapparates beginnt und am andern endet."

Er streichelte seinen Bart und seufzte.

„Kann ich dafür, wenn es das einzige ist, was die Leute lesen wollen? Besonders die Frauen!"

Hiergegen erhoben die Damen aufgeregte Proteste.

„Frauen lesen keine schmutzigen Bücher!" rief Ponpon, eine niedliche Näherin, die überhaupt nicht lesen konnte. „Das tun bloß Männer. Die haben alle eine schmutzige Phantasie."

Diese Bemerkungen brachten die verschiedenen Diskussionen, die rings um den Tisch im Gange waren, zum Erlöschen und leiteten eine allgemeine Kontroverse über das ewig populäre Thema Liebe ein.

Es war fast Mitternacht. Der Ballsaal glich jetzt einem gigantischen, brodelnden Kessel. Auf der Tanzfläche, die nicht mehr ausreichte für die Menge, war aus dem Tanzen ein unterschiedsloses Gewühl, ein Schubsen und Reiben der Rücken und Hinterteile geworden. In dem allgemeinen Tumult klangen die Papptrompeten wie das Blöken von Schafen im Sturm. Auf dem Podium schlug Kapellmeister Dufour mit ausladenden Gebärden und wiegenden Hüften den Takt.

Henri füllte sein Glas aufs neue, trank und lehnte sich in seinen Stuhl zurück. Wieder erlebte er das Wunder, daß die Schmerzen in seinen Beinen aufhörten und die ständige Qual verging. Die Gesichter rund um den Tisch waren verwischte Farbflecke geworden, und er hörte das Gemurmel der Stimmen nur wie ein undeutliches Summen.

Ja, so mußte man den Altjahrsabend verbringen. Letzten Endes lebte man das Leben minutenweise – wie man Weintrauben aß, eine Beere nach der andern ... Gelang es einem, jede einzelne Minute, jeden kleinen Mundvoll Zeit zu genießen, so genoß man unversehens das Leben selbst.

Plötzlich brach die Musik ab. Der Kapellmeister schlug mit seinem Taktstock an das Notenpult, drehte sich um und streckte die Arme aus.

„*Mesdames et messieurs*", trompetete er mit schriller, abgehackter Stimme – es hörte sich an wie das Gekläff eines kleinen Hundes –, „es ist genau zwölf Uhr. Im Namen der Leitung des Moulin Rouge wünsche ich Ihnen ein glückliches und erfolgreiches Neues Jahr! *Vive la nouvelle année!*"

Dann wirbelte er wieder herum und verfiel in eine Art epileptischen Anfall. Das Orchester rasselte mit sämtlichen Schlagzeugen und Blechinstrumenten. Der Saal verwandelte sich in ein Tollhaus. Die Leute küßten sich, schrien, trampelten mit den Füßen, schüttelten sich die Hände, stießen mit ihren Gläsern an.

Maurice beugte sich über den Tisch. „*Bonne année, Henri. A la vie et à la mort!*"

„*Bonne année, Maurice.*"

Er stülpte sich einen Papierhut auf, ergriff eine Papptrompete und blies mit aller Kraft hinein.

Ein neues Jahr hatte angefangen.

1890 ... Das Jahr Marie Charlets.

12

„Na, wie war's in Brüssel?" Degas steckte die Ecke einer Serviette oben in den Rock, schob seine Manschetten zurück und streute vorsichtig ein paar Körner Salz auf einen Salatlöffel. „Wie war die Ausstellung, und was haben die Kritiker gesagt?"
„Die Ausstellung war ein Erfolg", erwiderte Henri. „Aber die Kritiker! Was die sich geleistet haben!"
„Die Kritiker!" Degas ließ ein kollerndes Gelächter hören und wandte sich zu Camille Pissarro, der ihm gegenüber am Tisch saß und seinen Bart streichelte. „Hörst du das, Camille? Die Kritiker mochten seine Bilder nicht. Das kennen wir, was? Weißt du noch, was sie vor zehn Jahren über meine Ballettmädchen schrieben?"
Er war in Hochstimmung. Diese formlosen Diners bedeuteten eine Zerstreuung in seinem einsamen Leben. Seine gute Laune drückte sich in nervösen, vogelhaften Bewegungen und einer Flut pessimistischer Bemerkungen aus. Mit jedem neuen Gang brachte er eine neue Anklage vor. Als Zoé, seine treue, hakennasige Haushälterin, den Braten aufgetragen hatte, stieß er Prophezeiungen über eine neue Sintflut und einen Weltuntergang aus.
„Zuerst kommt der Essig", sagte er, nach dem Fläschchen greifend. „Einen Salat zuzubereiten" – er blickte vorsichtig über seine Schulter, um sich zu vergewissern, daß Zoé wieder in die Küche gegangen war –, „ist eine viel zu delikate Angelegenheit, als daß man sie einem Dienstboten überlassen könnte."
Mit Umsicht und Genauigkeit zählte er einige Tropfen Essig ab und mischte sie mit Salz und Pfeffer zu einem körnigen Brei.
„Nun das Öl!" Sein Gebaren wurde feierlich. „Camille, wie willst du den Salat? Mit viel oder wenig Öl?"
„Das ist mir gleich", brummte Pissarro. „Mach ihn ganz wie du willst. *Mon Dieu,* was für ein Aufhebens um einen Kopf Salat!"
Degas wandte sich an Henri. „Da sehen Sie es!" Die Worte fuhren wie ein zorniges Gebell aus ihm heraus. „Das ist Ihr Impressionist! Kann nicht begreifen, warum man Zeit und Gedanken auf die Zubereitung von Salat verwendet! Meint, irgendein übliches Verfahren genüge! Man nehme etwas Salz, ein wenig Knoblauch, gieße Öl drauf, rühre den ganzen Kram um, und der Salat ist fertig. Alle Impressionisten sind so. Warum sich abmühen mit Kleinigkeiten wie Zeichnen und Anatomie? Warum sich anstren-

gen? Schmier einen Klecks Farbe hin, spritz ein paar rosa und blaue Töne über die ganze Leinwand, nenn das Ganze ‚*une impression*', und fertig bist du! Aber jetzt erzählen Sie von Brüssel. Sie haben natürlich St. Gudula und die Verbruggensche Kanzel gesehen? Wundervoll, nicht wahr? Hatten Sie auch Gelegenheit, ins Museum zu gehen und die Van Eycks zu sehen? Da, junger Mann, haben Sie wirklich Vollendung! Absolute Vollendung. Diese Hände, dieser Faltenwurf! Nur Gott hätte noch besser malen können, und auch das bezweifle ich. Aber was hört man denn über Sie – von einem Duell? Na, na, nur heraus mit der Sprache! Sitzen Sie nicht da, als hätten Sie sie verloren."
Henri hatte die Frage erwartet. Die Neuigkeit von seinem „Duell" war auf dem ganzen Montmartre bekannt.
„Ich habe mich nicht duelliert, Monsieur Degas", sagte er errötend, „ich habe nur einen gewissen De Groux zurechtgewiesen. Und zwar, weil ich einfach nicht mit anhören konnte, was er über Vincent sagte. Es geschah beim Abschlußbankett der Ausstellung."
Während er den Zwischenfall beschrieb, sah er die glanzvolle Feier wieder vor sich, die lange, weißgedeckte Tafel, die funkelnden Gläser, die leuchtenden weißen Frackhemden und meinte wieder das Summen der Stimmen zu hören, das sich mit dem gedämpften Klappern der Messer und Gabeln mischte. Plötzlich war er aufmerksam geworden. Lispelnd und mit amethystberingten Händen gestikulierend hatte De Groux, ein blasser, blonder Ästhet, der am Ende der Tafel saß, seine Ansicht ausgesprochen, daß man Vincent van Gogh niemals zu der Ausstellung hätte einladen dürfen. Der Mann war ja völlig verrückt! Hatte sich selber ein Ohr abgeschnitten! Und was seine Arbeiten betraf – nun ja, was konnte man schon von dem Insassen einer Irrenanstalt erwarten!
Zunächst hatte Henri versucht, sich zu beherrschen, aber dann hatte ihn der Zorn überwältigt.
„Monsieur De Groux!"
Er hieb mit solcher Wucht auf den Tisch, daß alle Gläser klirrten und die Kellner mit den Champagnerflaschen in der Hand erstarrt stehenblieben.
„Nur ein Feigling greift einen Menschen an, der sich nicht verteidigen kann. Alle großen Männer sind von Narren, wie Sie einer sind, für verrückt erklärt worden. Wenn Vincent hier wäre, würde er Sie niederschlagen. Oder vielleicht hätte er Ihnen auch ver-

ziehen, ich weiß es nicht. Aber ich bin sein Freund, und ich gedenke nicht, Ihnen zu verzeihen. Ich wollte, ich könnte Sie zu einem Säbelduell herausfordern. Es würde mir ein Vergnügen sein, Ihnen beide Ohren abzuschlagen. Aber ich kann immerhin eine Schußwaffe abdrücken, und ..."

„... und wenn Monsieur Toulouse-Lautrec getötet wird", schrie Seurat aufspringend, „werde ich Sie meinerseits herausfordern!"

In dem nun folgenden Tumult hatte De Groux ein paar gehässige Gegenreden versucht, aber sie waren kurz abgeschnitten worden von dem Präsidenten des Klubs, der ihn aus dem Saal gedonnert hatte.

„Und so", schloß Henri mit einem schüchternen Lächeln zu Degas, „hat es, wie Sie sehen, kein Duell gegeben. De Groux warf seine Serviette auf den Tisch und stelzte hinaus. Der Präsident sagte im Namen der Société einige entschuldigende Worte, und damit war der Zwischenfall erledigt."

„Wundervoll!" Degas war begeistert. „Es erinnert mich an die Duelle, die wegen Olympia ausgefochten wurden. Die Leute standen bei Tagesgrauen auf, fuhren zum Bois und erkälteten sich zu Tode wegen jenes Bildes. Weißt du noch, Camille? Übrigens, was ist eigentlich aus dem Mädchen geworden, das zur Olympia Modell gestanden hat? Hübsches kleines Ding war sie, nicht? Wie zum Teufel hieß sie doch?"

„Victorine. Victorine Meurend. Sie muß jetzt mittlerweile Großmutter sein."

„Sie hatte den frechsten kleinen Busen, den ich je gesehen habe", fuhr Degas fort, der sich an den Erinnerungen erwärmte, „und dazu den reizendsten birnenförmigen Hintern ... Gott im Himmel, beinahe acht!" rief er aus, auf seine Uhr blickend. „Ich habe den Dihaus gesagt, wir würden nach dem Essen zu ihrem musikalischen Abend kommen. Clémentine versprach, Mozart für mich zu spielen. Mozart! Ah, das ist Musik!"

Pissarro verließ sie an der Straßenecke. Degas und Henri gingen die kurze Strecke zur Rue Frochot, wo die Dihaus wohnten. Es war eine stürmische Januarnacht. Die Windstöße rüttelten an den Fensterläden und kräuselten die Regenlachen zwischen den Pflastersteinen.

Als sie die Treppen hinaufstiegen, hörten sie schon die tiefen Arpeggios von Désiré Dihaus Fagott, vermischt mit den helleren

Flötenläufen seines Bruders. Etwas Sorgloses, zart Waldhaftes war in diesem Spiel, es erinnerte an die Possen einer Bärenmutter, die tief im Walde mit ihren Jungen spielt.
Es verstummte, als Degas die Klingel zog.
„Kommen Sie herein, kommen Sie“, sagte Désiré Dihau, der die Tür öffnete. „Sie kommen gerade zurecht, um etwas Schönes zu hören.“
Mit seinem furchterregenden Schnurrbart und der blaugeäderten Nase glich er mehr einem versoffenen Kutscher als einem würdigen Fagottspieler an der Oper.
„Clémentine ist in der Küche und kocht Kaffee“, fuhr er fort, indem er ihnen Hüte und Mäntel abnahm und sie in einen Garderobenraum hängte. „Kaffee verträgt sich gut mit Musik. Ebenso Bier. Ich erinnere mich, daß Wagner bei den Proben zum Tannhäuser fässerweise Bier trank. Ob Sie's glauben oder nicht, er hetzte uns bei dieser verdammten Oper durch hundertfünfzig Proben, und alles, was wir bei der Premiere bekamen, waren faule Eier!“
Immer weiter redend, nötigte er seine Gäste in das stickige, mit Möbeln vollgestopfte Empfangszimmer, in dem bereits einige Leute versammelt waren. Gerade in diesem Augenblick kam Clémentine hereingetrippelt, das knochige Altjungferngesicht gerötet von der Hitze des Küchenherdes.
„*Mon Dieu*“, sagte sie besorgt und setzte das Tablett auf den Tisch, „hoffentlich findet der arme Mann unser Haus! Ich schrieb ihm die Adresse auf, aber er ist so geistesabwesend, daß er den Zettel sicher liegengelassen hat. Er denkt ja nur immer an Musik . . .“
Sie bemerkte Degas und Henri.
„Ah, Monsieur Degas und Monsieur Toulouse, wie nett, daß Sie trotz des schrecklichen Wetters gekommen sind!“
Sie war zerstreut vor Besorgnis. Abwesend strich sie eine lose Haarsträhne zurück, während sie auf die Uhr sah, die in ihrem Glasgehäuse auf dem Kaminsims stand.
„Schon neun Uhr!“ murmelte sie vor sich hin. „Er hat sich bestimmt verlaufen. Nun, fangen wir an zu musizieren. Wir wollen mit der Mozartsonate beginnen, die ich Monsieur Degas versprach.“
Sie wollte anfangen zu spielen, als die Glocke läutete. Ihr Bruder eilte zur Tür und kam in Begleitung eines untersetzten, rundgesichtigen Herrn zurück.

„Wir dachten schon, Sie hätten sich verlaufen." Clémentine ging mit ausgestreckten Händen auf ihn zu.
„Habe ich auch", gestand der alte Herr und schüttelte ihre Hand. „Sie schrieben mir zwar noch Ihre Adresse auf, aber ich habe sie verlegt. Vergeben Sie mir, demoiselle. Mit achtundsechzig Jahren wird man vergeßlich, wissen Sie ... Manchmal vergesse ich sogar die Adressen meiner Schüler. Aber während ich nach Ihrem Hause suchte, schenkte mir der liebe Gott eine liebliche Melodie – oh, so eine liebliche Modulation! Nur eine verminderte Septime und ein umgekehrter Kontrapunkt. Ich hab es unter einem Laternenpfahl schnell aufgezeichnet ..."
Clémentine ergriff ihn am Ärmel, als fürchte sie, er könne ihr davonlaufen, und stellte ihn ihren Gästen vor. „Monsieur César Franck ..."

Um drei Uhr morgens saß Henri erschöpft und durchnäßt bis auf die Haut in einer düsteren Kneipe, blickte kurzsichtig durch das Fenster auf die unbekannte Straße und fragte sich, wo er eigentlich sei und wie er zu dieser Stunde wohl nach Hause kommen könne.
„Wie in aller Welt soll ich eine Droschke finden?" murmelte er vor sich hin und starrte auf sein Spiegelbild in dem Glas vor sich. Nicht, daß es darauf ankam. Dies war eine nette kleine Kneipe, so warm und still mit der flackernden Gaslampe und den fliegenbeschmutzten Kalenderbildern schöner Damen, die in Abendkleidern Vermouth tranken.
Gott sei Dank, der Anfall war vorüber. Er war schlimm gewesen. Und so unerwartet!
Es hatte alles so nett begonnen. Clémentine hatte ihre Mozartsonate gespielt, zart und zerbrechlich wie ein Klang von Kristall. Dann hatte jemand eine Violine hervorgeholt, und dieser Monsieur Franck hatte sich ans Klavier gesetzt und seine eigene Sonate begleitet. Sehr schön übrigens.
Und dann war es geschehen. Clémentine bat den alten Herrn, doch noch etwas zu spielen. Ihr zu Gefallen hatte er eingewilligt. Und, verdammt noch mal, dann spielte er Denises Präludium! Das hatte alles wieder in ihm aufgerührt.
Seltsam, da lebte man monatelang friedlich dahin und vergaß beinahe, daß man ein häßlicher Krüppel war. Und dann traf es

einen plötzlich wieder mitten ins Gesicht. Dieselben alten Gedanken quälten ihn: nie würde er richtig gehen können, niemals würde ihn ein Mädchen lieben, immer müßte er allein bleiben ...
Er wandte sich zum Schanktisch, wo der Wirt flüsternd mit einem Kuppler sprach.
„Wie heißt diese Straße?"
„Rue Lallier, monsieur", erwiderte der Wirt, und ein etwas mitleidiges Lächeln glitt über sein feistes Ochsengesicht.
„Sind wir weit vom Boulevard Clichy?"
„Nein, nein, monsieur. Am Ende dieses Häuserblocks gehen Sie nach links, und Sie sind da."
„Danke. Bringen Sie mir noch einen Cognac."
Wieder beugte er sich vor und blickte in die Dunkelheit hinaus. Es hatte aufgehört zu regnen, aber der Wind heulte noch. Was für eine Nacht! Nun, am Boulevard Clichy würde er eine Droschke finden und nach Hause fahren.
In einer Ecke schlief ein liederliches Frauenzimmer in weißer Kattunbluse, hingesunken auf den Tisch, das Gesicht in den Armen vergraben, vor sich eine leere Weinflasche. Ihr Hut war zu Boden gefallen und lag in dem Sägemehl zu ihren Füßen. Sie atmete regelmäßig wie ein Kind und verfiel dann und wann in ein leises träumerisches Schnarchen.
Er hörte, wie der Wirt zu dem Kuppler sagte: „Entschuldigen Sie einen Augenblick", und sah, wie er geradeswegs auf die Frau zuging, sie an der Schulter rüttelte und neben ihr stehenblieb, bis sie aufwachte. Schwerfällig rappelte sie sich hoch, hob ihr pausbäckiges Gesicht zu ihm auf und lächelte starr. Da schlug der Mann ihr mit dem Handrücken mitten ins Gesicht.
„He, Gueule-de-Bois! Du weißt, ich kann das Schnarchen nicht leiden. Es gehört sich nicht. Das nächstemal schmeiß ich dich raus."
Er schlurfte zur Theke zurück. „Entschuldigen Sie die Unterbrechung", sagte er, „aber ich muß hier Ordnung halten."
„Selbstverständlich", stimmte der Mann zu.
Das alles war so schnell vor sich gegangen, daß Henri die Brutalität erst nach einer Weile bewußt wurde. Er war empört.
Aber gleich darauf wurde seine Entrüstung durch ein anderes Gefühl verdrängt. Die Frau, von dem Schlag noch wie betäubt, hatte sich bisher nicht gerührt. Nun rieb sie sich die Backen und

starrte geistesabwesend auf die leere Weinflasche. Ihr verquollenes Gesicht war grau vor trunkener Müdigkeit. Sie war ein Bild menschlicher Verworfenheit.
Schnell zog Henri einen Bleistiftstummel und ein Stück Papier aus der Tasche. Wenn sie nur eine Minute so bleiben wollte ... Fieberhaft glitt sein Bleistift über das Papier. In wenigen Sekunden hatte er das rohe Gesicht erfaßt, das stumpfe, zerwühlte Haar, die glasigen Augen, die auf die Flasche stierten ...
Aber schon verging das Ganze, schmolz gleichsam dahin. Die Frau schwankte, neigte sich zur Seite, ihre Lider fielen zu. Mit einem dumpfen Laut fiel sie über den Tisch und schlief fest ein*.
Henri bezahlte seine Zeche. „Und das hier ist für eine Flasche Wein. Geben Sie sie ihr." Er wartete, bis der Frau die neue Flasche gebracht worden war. Dann hinkte er hinaus.
Die kalte Luft ließ ihn erschauern. Er schlug den Mantelkragen hoch und machte sich auf seinen mühseligen Weg die Straße entlang, wobei er sich gegen den Wind stemmen und mit einer Hand seinen Hut festhalten mußte. Hoch am Himmel schwamm ein blasser Wintermond zwischen den stürmenden Wolken. An der Ecke hielt er nach einer Droschke Ausschau, aber die breite, sonst so belebte Verkehrsstraße war leer und unheimlich still. So nahm er seinen Weg wieder auf, indem er sich schwer auf den Stock stützte und geräuschvoll durch den Mund atmete. Er hatte herausgefunden, daß er auf diese Weise zwanzig, manchmal dreißig Meter zurücklegen konnte, ohne stehenbleiben zu müssen. In zwanzig Minuten würde er im Bett liegen.

Schon war er am Moulin Rouge vorbeigegangen, das schwarz und stumm wie eine verkohlte Ruine dastand. Er beschleunigte sein Tempo und humpelte über den menschenleeren Boulevard, als er plötzlich leichte Laufschritte hinter sich hörte.
Ein Mädchen tauchte neben ihm auf.
„Bitte, monsieur", flüsterte sie atemlos, „bitte, sagen Sie, ich gehöre zu Ihnen."
Gleichzeitig hörte er noch andere Schritte. Eine Männerhand packte in der Dunkelheit das Handgelenk des Mädchens.
„Zeig mal deine Karte her."

* Nach dieser Skizze schuf Lautrec das berühmte Bild „Gueule-de-Bois".

Sie stieß mit den Füßen, schlug um sich und versuchte, in die Hand zu beißen. Der Mann murmelte einen Fluch und drehte ihr den Arm um. Sie schrie auf und krümmte sich vor Schmerz.
„Na", sagte er, „kommst du jetzt? Oder soll ich dir Beine machen?"
„Lassen Sie sie los", sagte Henri, „sehen Sie nicht, daß Sie ihr weh tun?"
Der Mann drehte sich um. „Ich sah, wie sie jemanden ansprach. Sie hat aber keine Karte, wie sie die Mädchen, die auf die Straße gehen, haben müssen. Außerdem, was geht Sie das eigentlich an?"
„Wie kann sie jemand angesprochen haben, wenn sie den ganzen Abend mit mir zusammen war?" Die Lüge kam Henri ganz natürlich von den Lippen.
„Den ganzen Abend?" wiederholte der Mann spöttisch. „Machen Sie mir doch nichts vor. Ich sag Ihnen, ich hab sie selbst gesehen." Er stockte, und seine Stimme wurde ehrerbietig. „Sie sind Monsieur Toulouse, nicht wahr?"
„Ja. Und ich werde Sie der Polizei melden, wenn Sie nicht aufhören, Leute zu belästigen."
„Polizei? Das ist gut. Ich bin doch von der Polizei."
„Woher soll ich das wissen? Warum sind Sie nicht in Uniform? Zeigen Sie mir Ihren Ausweis!"
Widerstrebend ließ der Mann die Hand des Mädchens los und begann seinen Rock aufzuknöpfen. „Ich bin Sergeant Balthazar Patou von der Sittenpolizei. In unserm Dienst tragen wir keine Uniformen."
„Schön. Ich glaube Ihnen. Ich habe durch Père la Pudeur im Ely schon von Ihnen gehört. Es heißt, Sie seien der gewissenhafteste Beamte im Bezirk. Wir könnten sicher noch mehr solche gebrauchen. Aber glauben Sie mir, in diesem Fall sind Sie im Irrtum. Das Mädchen war wirklich den ganzen Abend mit mir zusammen."
„Aber ich hab sie doch mit meinen eigenen Augen gesehen."
„Wie können Sie das bei dieser Dunkelheit mit solcher Bestimmtheit behaupten? Soviel steht fest: ich sah vorhin eine Frau dort entlang laufen." Henri zeigte die Straße hinunter. „Das muß die sein, nach der Sie suchen."
„Haben Sie ihr Gesicht gesehen?"

„Wie konnte ich? Sie rannte ja an mir vorbei."
Seine Sicherheit verwirrte Patou. „Sagten Sie, sie lief in die Richtung?"
„Ja. Sie bog in die Rue Fromentin ein." Er wandte sich an das Mädchen. „Du hast sie doch auch gesehen, nicht wahr, *chérie?*"
„Ja", sagte sie mürrisch und rieb noch immer ihr Handgelenk. „Da ging sie runter", fügte sie mit einer Kopfbewegung hinzu.
Unentschlossen drehte der Polizist an seinem Schnurrbart und sah beide abwechselnd an.
„Wenn sie die Rue Fromentin runtergelaufen ist, hole ich sie nie mehr ein", murmelte er. „Tut mir leid, Sie aufgehalten zu haben, Monsieur Toulouse. Aber wir haben unsere Vorschriften, Sie verstehen, nicht wahr? Irgendeiner muß über die öffentliche Gesundheit wachen und ein Auge auf diese Mädels haben."
„Natürlich. Ich verstehe durchaus. Also, *bon soir,* Monsieur Patou." Er winkte dem Mädchen. „Komm, *chérie.*"
Sie gingen schweigend zusammen weiter und fühlten, wie der Polizist ihnen nachblickte. Henri ging, so rasch er konnte, merkwürdig erbost über den federnden Gang des Mädchens an seiner Seite. Warum in aller Welt hatte er das alles nur zusammengedichtet?
„Können Sie nicht ein bißchen schneller gehen?" fragte sie flüsternd, als er zum zweitenmal stehenblieb. „Was ist los mit Ihren Beinen?"
Es war weder Mitgefühl noch Teilnahme in ihrer Stimme, nicht einmal Neugier, sondern nur Ärger über den Aufenthalt. Ihre Frage empörte ihn. War das alles, was sie zu sagen wußte?
„Warum laufen Sie nicht allein weiter, wenn es Ihnen nicht paßt, wie ich gehe? Er ist jetzt weg. Sie brauchen nicht bei mir zu bleiben. Er wird Ihnen nicht nachlaufen."
Einen Augenblick war sie still.
„Sind Sie so geboren, oder was ist mit Ihnen?" fragte sie gleich darauf in demselben unbeteiligten Ton. „Ich kannte mal einen, der war mit dem Arm in die Maschine geraten. Der hatte Glück. Kriegte fünfhundert Francs von der Versicherung." Sie blickte sich um. „Bitte, machen Sie doch etwas schneller."
„Sehen Sie denn nicht, daß ich mich so beeile, wie ich nur kann?" Er konnte vor Atemnot kaum sprechen. „Ich sagte Ihnen doch, Sie können jetzt allein weitergehen. Er kommt Ihnen bestimmt nicht nach."

„Ich möchte ihm die Zähne einschlagen, ihm ins Gesicht spucken“, murmelte sie wütend.
„Er hat Sie doch laufen lassen.“
„Egal. Er ist ein Schuft. Der ganzen Bande müßte man einen Tritt in den Bauch geben.“ Eine fanatische, aber unpersönliche Feindseligkeit klang aus ihren Worten, der uralte Haß des Gejagten auf den Jäger. „Aber Sie haben ihn schön angeführt. Es ist schwer, die Polizei anzuführen“, sagte sie nach einer Pause. „Sie sind ein ganz Heller.“
Wieder klang es völlig gleichgültig. Sie dankte ihm nicht, machte ihm kein Kompliment, stellte nur die Tatsache fest, daß er „ein ganz Heller“ sei.
Sie erreichten die Ecke der Rue Caulaincourt, und er blieb unter einer Straßenlaterne stehen.
„Hier ist ein Hotel“, sagte er und wies auf die trübe Lichtkugel über dem Eingang eines schäbigen Hauses. „Es ist die ganze Nacht geöffnet, und Sie können sich ein Zimmer nehmen. Haben Sie Geld?“
„Ich will nicht in ein Hotel gehen“, sagte sie verdrossen. „Erstens lassen sie einen nur rein, wenn die Karte in Ordnung ist. Zweitens nehmen sie den doppelten Preis, wenn sie einen so reinlassen, und morgens sagen sie der Polizei doch Bescheid, um die zehn Francs Belohnung zu kriegen.“
Zum erstenmal konnte er ihr Gesicht sehen. Sie war blond und jünger, als er gedacht hatte. Achtzehn, höchstens neunzehn. In der Dunkelheit waren ihre Augen *terre-verte*, bei Tage wahrscheinlich hellbraun. Sie trug weder Hut noch Mantel, und er vermutete, daß sie unter ihrem Kleid fast nackt war. Trotzdem schien sie nicht zu frieren. Der dünne Stoff spannte sich über ihren spitzen Brüsten und betonte ihre Formen wie bei griechischen Statuen. Sie war zäh, gemein, biegsam, gefährlich und ungemein begehrenswert.
„Wohnen Sie hier in der Nähe?“
„Ja. Ich habe ein bißchen weiter rauf ein Studio.“
„Kann ich nicht mit zu Ihnen kommen?“ Zum erstenmal war etwas Schmeichelhaftes in ihrer Stimme, das ihn wohlig durchwärmte. „Ich mach Ihnen keine Umstände, und morgen früh verdufte ich.“ Sie warf ihm unter halbgesenkten Lidern einen Blick zu. „Und wenn Sie wollen, können Sie mich haben. Umsonst. Auf Ehre, es kostet Sie keinen Sou. Haben Sie 'ne Zigarette?“

Er reichte ihr seine goldene Dose. Sie untersuchte sie, strich mit dem Finger darüber und gab sie zurück, nachdem sie eine Zigarette genommen hatte. „Sieht aus wie echtes Gold. Einer hat mir mal 'n paar goldene Ohrringe geschenkt, aber ich hab sie verloren. Streichholz?"
Er zündete eins an, und sie beugte sich nieder, die Hände um die Flamme wölbend.
„Gott, sind Sie häßlich!" sagte sie zwischen zwei Zügen und blickte ihn durch die Wimpern an.
Das Blut wich ihm aus dem Gesicht.
„Laß mich in Ruh", fuhr er sie an. „Los, geh weg. Ich will nichts mit dir zu tun haben."
„Das stimmt nicht." Ruhig blies sie das Streichholz aus und sog an der Zigarette. „Ich sehe es Ihren Augen an."
Er wandte sich zum Gehen. „Laß mich in Ruh oder ich übergeb dich der Polizei."
Sie war mit ein paar leichten Schritten neben ihm. „Warum so wütend? Ich hab doch nur gefragt, ob ich in deinem Zimmer schlafen kann, weiter nichts. Ich werde dir nichts stehlen. Und wenn du mich willst, kannst du mich haben. Mir ist's egal, ob du 'n Krüppel bist. Ich werde trotzdem nett zu dir sein." Wieder war der schmeichelnde Ton da. „Ich kann sehr lieb und nett sein, wenn ich will."
Er erwiderte nichts, sondern hinkte weiter durch die stille leere Straße, vorsichtig die im Mondlicht glänzenden Regenpfützen vermeidend. Sie ging neben ihm her, blies den Rauch durch die Nase und blieb stehen, wenn er stehenblieb.
„Wenn Sie ein Studio haben, müssen Sie Maler sein", sagte sie, als sie sich dem Haus näherten. „Ich kannte mal einen, der malte Cupidos auf Suppenteller."
Sie gingen an Madame Loubets Loge vorbei und stiegen die Treppen hinauf. Die Gaslampen zischten leise und warfen flackernde Muster aus Licht und Schatten an die Wände.
„Schließen Sie Ihre Tür nicht ab?" fragte sie, als er den Türgriff herunterdrückte.
„Wozu? Bei mir gibt's nichts zu stehlen. Warte hier, bis ich Licht mache."
Er humpelte ins Zimmer und zündete die Petroleumlampe auf dem Zeichentisch an. Der große Raum war plötzlich erfüllt von

gelblichem Licht, das die Balkendecke, die Bilder an den Wänden und die eckigen Umrisse der Staffeleien hervortreten ließ. In der Mitte strahlte der Ofen rosige Wärme aus.
Sie ließ ihre Blicke neugierig umhergehen. „Das ist aber ein großes Zimmer. Und der Ofen ist noch im Gange. Lassen Sie den immer brennen?"
Sie schlenderte zum Fenster, setzte sich auf den Diwan und begann mit völliger Unbefangenheit sich auszukleiden.
Er beobachtete sie, das abgebrannte Streichholz noch in der Hand. Die erste Frau, die eine Nacht in seinem Studio verbrachte! Wie lieblich sie war! Selbst die großen Schatten ihrer Bewegungen an den Wänden waren anmutig. Warum reizte sie ihn so? Weil sie ihm nicht gedankt hatte? Nein, es war ihre Lässigkeit, ihre ruhige Sicherheit, daß er sie begehrte. Woher wußte sie das? Konnte sie es wirklich seinen Augen ansehen, daß er sie begehrte? Sie war keine fünf Minuten hier, und schon zog sie sich aus, als sei sie hier zu Hause. Im Grauen Papagei plauderten die Mädchen, während sie sich auszogen, nannten ihn *chéri* und täuschten so über die etwas peinlichen Augenblicke hinweg. Dieses Mädchen gab sich nicht einmal dazu die Mühe.
„Was starrst du mich so an?" sagte sie und blickte ihn mit ihren katzenhaften Augen von unten herauf an. „Hast noch nie gesehen, wenn sich 'n Mädchen auszieht?"
Sie nahm den Zigarettenstummel aus dem Mund und drückte ihn auf dem Fußboden aus. „Für einen Künstler redest du nicht gerade viel", fuhr sie fort, als er nicht antwortete. „Der, von dem ich dir erzählte, daß er Suppenteller bemalte, der konnte reden! Immer wußte er Geschichten und lustige Sachen."
Henri fühlte Eifersucht auf jenen Maler, der es verstanden hatte, sie zu unterhalten, ja, auf alle Männer, vor denen sie sich schon ausgezogen hatte und die sie besessen hatten. Wie oft mochte dieses neunzehnjährige Mädchen wohl schon vor andern so ihre Strümpfe heruntergerollt, in fremden Zimmern und in fremden Betten geschlafen haben?
Sie stand auf, um ihr Kleid auszuziehen. Wie er vermutet hatte, trug sie keinen Unterrock. Schnell streifte sie die Hose ab. Jetzt stand sie in einem dünnen Hemd, das mit billiger Spitze besetzt war, vor ihm.
„Wo ist die Toilette?"

Nein, er würde sie nicht in sein schönes Badezimmer lassen. Soll sie ruhig durchs Haus laufen, soll sie sich erkälten.
„Am Ende des Korridors."
Sein Triumph war von kurzer Dauer.
„Hier auf demselben Flur?" Sie staunte mit offenem Mund. „Sonst muß man doch immer zwei oder drei Treppen raufsteigen."
Er blickte sie an: Durch wie viele verwanzte Häuser und elende Korridore mochte sie schon im Dunkeln getappt sein? Wie lange lebte sie schon das Leben einer Dirne? Wahrscheinlich von Kindheit an.
„Du magst mir wohl nicht die Streichhölzer geben?" fragte sie etwas zögernd mit einer Spur von Bitten in der Stimme. „Ich kenn das Haus ja nicht."
„Hier, nimm die Lampe."
Sogleich bereute er seine Worte. Sie hatte mitleiderregend und rührend ausgesehen, wie sie barfuß in ihrem Hemd dastand. Aber er hätte seinem Impuls nicht folgen, sondern ihr die Streichholzschachtel hinwerfen sollen. Das hätten andere Männer getan, der Maler und all die andern. So hätten die sie behandelt, als die Straßendirne, die sie war. Sie hätten ihretwegen keine Umstände gemacht. Sie war keine Freundlichkeit gewohnt, verstand sie gar nicht ...
Schweigend nahm sie die Lampe und ging aus dem Zimmer.
Er war allein in der blauen Dunkelheit. Wenn er sich beeilte, konnte er im Bett sein, bevor sie zurückkam. Dann würde sie seine Beine nicht sehen. Gott sei Dank, der Diwan war als Bett zurechtgemacht.
Hastig schnürte er seine Schuhe auf und warf seine Kleidungsstücke wahllos auf den Lehnstuhl. Er war gerade im Bett, als er das leichte Tappen ihrer nackten Füße hörte.
„Schon im Bett? Du hast's aber eilig."
Sie stellte die Lampe auf den Tisch und zog das Hemd über den Kopf. „Soll das Licht anbleiben?"
„Nein."
Sie beugte sich vor und wölbte die Hand mit einer Bewegung von atemberaubender Lieblichkeit um den Glaszylinder.
Flüchtig sah er noch den safranfarbenen Umriß ihres Profils, die Rundung ihrer Kehle, die rosigen Spitzen ihrer Brüste. Dann war alles verschwunden – ein zerfließender Schatten in der kobaltnen Dunkelheit des Raumes.

„Hast wohl Angst, daß ich deine Beine seh?"
Der spöttische Ton versetzte ihn in Wut.
„Laß mich in Ruh!" schnauzte er zornbebend. „Ich werf dich raus, verflucht noch mal! Zieh dich an und mach, daß du rauskommst! Ich brauch dich nicht. Ich hab dich nicht gebeten zu kommen."
Oh, jetzt groß und stark sein und sie ins Gesicht schlagen, ihr die Arme verdrehen wie Patou!
„Mit einem Krüppel hast du wohl noch nicht geschlafen, was? Mit allen andern hast du's ja schon ausprobiert."
Ruhig hob sie die Decke und schlüpfte ins Bett. Er fühlte ihren seidigen Körper neben seinem.
„Schrei doch nicht so", sagte sie sanft, „du weckst ja alle Leute. Ich hab doch nur gesagt, du willst sicher nicht, daß ich deine Beine seh. Weiter nichts. Was kümmern mich deine Beine? Mir macht es nichts, ob du ein Krüppel bist oder nicht. Ich hab dir versprochen, ich würde nett zu dir sein, wenn ich bei dir bleiben könnte. Ich soll doch bleiben, nicht?"
Ihr Atem fächerte in heißen Stößen um seinen Hals. Ihre Fingerspitzen glitten an seinen Lenden hinab. Bei den letzten Worten flüsterte sie nur noch.
„Du sollst sehen, ich bin nett zu dir. Ich kann sehr nett sein, wenn ich will."
Sie richtete sich mit schlangenhafter Anmut auf, schob ihren Arm unter seinen Nacken und drückte ihren Mund auf den seinen.
Und plötzlich war nichts mehr da als ihre Nacktheit, die Feuchtigkeit ihrer Zungen.
Und hoch im Fenster der Mond.

Als er erwachte, merkte er an dem prasselnden Feuer im Ofen, daß Madame Loubet dagewesen war. Dagewesen – und wieder gegangen. Die Stille war voll von ihrer Mißbilligung. Draußen begann ein neuer trüber Wintertag. An den Fensterscheiben liefen die Tropfen eines heftigen Sprühregens herunter.
Vorsichtig wandte er den Kopf auf dem Kissen und blickte auf das Mädchen neben sich. Sie schlief, die Wange auf den Arm gepreßt, die Lippen geöffnet, eine Brust entblößt. Trotz ihres geschminkten Mundes und der schwarz nachgezogenen Augenbrauen erinnerte sie ihn an Clouets Jungfrauen. Wie friedlich sie schlief! Sie würde ebenso tief in einem andern Bett schlafen, oder auf einem Stroh-

sack, einer Bank im Park oder zusammengerollt in irgendeinem Torweg. Sie war es gewohnt, überall zu schlafen, genau so wie sie es gewohnt war, nachts durch dunkle Korridore zu tappen und ohne Hut und Mantel durch die Straßen zu strolchen. Nur der Zufall hatte sie für ein paar Stunden hierhergebracht, wie jene Schmeißfliegen, die sich im Sommer ins Zimmer verirrten. Bald würde sie aufwachen, sich anziehen und gehen. Wohin, das mochte der Himmel wissen. Sie würde durch den Regen wandern, in übelriechenden Gassen umherstreichen, sich vor der Polizei verstecken und den Hunger mit einem Apfel stillen, den sie von einem Karren gemaust hatte. In der Dämmerung würde sie irgendwo im Schatten herumlungern und sich für fünf, vier oder drei Francs Fremden anbieten – vielleicht auch einfach für ein Bett, einen Schlafplatz, wie sie es bei ihm getan hatte. Heute nacht würde irgendein anderer Mann ihr beim Ausziehen zusehen, ihren biegsamen wilden Körper besitzen, die Berührung ihrer Finger fühlen und die Verderbtheit ihres Mundes schmecken. Mit derselben Rückhaltlosigkeit, derselben Lüsternheit, die ihn berauscht hatten, würde sie sich hingeben – ohne Liebe, ohne Zärtlichkeit, einfach nur weil sie liederlich war, geboren mit der Begabung zur Lust.

Vielleicht ... vielleicht ... wenn er sie bezahlte, sie gut bezahlte ... Nein, er wollte kein Narr sein. Er würde sie gehen lassen. Sie war eine Nutte, nichts als eine billige, gemeine, dumme Nutte. Ein Mädchen wie sie konnte einem nur Ärger einbringen.

Er saß an der Staffelei, als sie erwachte.

„Guten Morgen", sagte er von seinem Stuhl aus. „Gut geschlafen?"

Sie setzte sich auf, schlang die Arme um die Knie und warf mit einer Kopfbewegung eine Strähne ihres hellen Haares zurück.

„Gib mir 'ne Zigarette."

Er fühlte seinen Zorn wiederkehren. Aber er wollte sich nicht ärgern. Bald würde sie fort sein ... Er humpelte zum Lehnstuhl neben dem Diwan, suchte mit betonter Langsamkeit seine goldene Dose und warf sie ihr zu. „Du solltest lieber aufstehen. Es ist zwölf Uhr durch, und ich habe zu arbeiten."

„Streichholz?"

Sie sog an der Zigarette und atmete den Rauch ein. „Hast du all diese Bilder gemalt?" Ihre Blicke wanderten über die Wände. „Was machst du damit? Verkaufen?"

Mit seinem Stock hob er ihre Hose vom Fußboden und warf sie aufs Bett.
„Los, zieh dich an und steh auf. Ich will arbeiten."
Sie rührte sich nicht und rauchte weiter.
„Verflucht noch mal!" Sie blickte zum Fenster. „Das regnet schon wieder. Hast du schon mal soviel Regen gesehen?"
Das graue Tageslicht fiel auf ihr emporgewandtes Gesicht. Er bemerkte, daß ihre Augen von einem hellen Nußbraun waren, heller als er erwartet hatte. Die Schatten an ihren Schultern und unter ihren Achseln waren mattblau. Zuerst hatte er vor, sie zu bitten, so sitzenzubleiben, damit er eine Skizze von ihr machen könne. Aber er gab es auf.
„Was hast du da eigentlich auf'm Kopf?" Sie lachte.
Es ärgerte ihn, mit dem verrückten, farbverkleckslen Hut ertappt zu werden. „Das ist mein Arbeitshut", sagte er zornig. „Ich wische meine Pinsel an ihm ab. Das ist eine Angewohnheit von mir."
„Wie blöde!"
Wieder fühlte er sein Blut aus dem Gesicht weichen.
„Wenn es dir nicht paßt, guck nicht hin. Im übrigen wäre ich dir jetzt wirklich dankbar, wenn du deine Sachen nähmst und weggingst. Patou wartet unten nicht auf dich, und ich möchte jetzt endlich was tun."
„Du wirst leicht wütend, nicht? Immerzu schreist du, ich soll gehn. Ich hab gar nichts gegen deinen Hut. Du siehst bloß komisch mit ihm aus, weiter nichts."
Sie warf ihm einen amüsierten Blick zu und beugte sich aus dem Bett, um die Asche ihrer Zigarette auf den Fußboden zu werfen.
„Was ist da oben?" fragte sie, als sie die Stufen zum Altan bemerkte.
„Mein Schlafzimmer und mein Bad."
„Ein Bad!"
Wie der Blitz war sie aus dem Bett und lief die Stufen hinauf. Er hörte ihren Freudenschrei beim Anblick der Badewanne.
Sie rannte zum Geländer und lehnte sich darüber.
„Bitte, bitte, laß mich ein Bad nehmen." Ihre Stimme hatte die bettelnde Eindringlichkeit, mit der ein Kind um ein Spielzeug bittet. „Ich mach es auch wieder ganz sauber. Bestimmt."
Eine leise innere Stimme warnte ihn: „Sag nein. Sag, sie soll sich anziehen und gehen."

„Wenn du willst."
Die Worte schienen sich selbst zu sprechen, sie gaben ihm das unheimliche Gefühl, als ob ein Fremder in ihm sei, ein rebellisches zweites Selbst, über das er keine Macht besaß.
„Aber bleib nicht so lange", fügte er ungnädig hinzu. „Ich hab zu arbeiten."
Er hörte das Fließen des Wassers, das Dröhnen und Rauschen in den Rohren und dann einen Schwall der gemeinsten Flüche.
Wieder kam sie ans Geländer gelaufen. „Komm doch mal eben rauf! Ich krieg den Hahn nicht zu. Das Wasser läuft gleich über."
Als er oben ankam, war alles ruhig. Sie lag in der Wanne und lachte.
„Schon alles in Ordnung. Ich hab's festgekriegt. Weißt du, ich hab noch nie ein Bad genommen, ein richtiges, mein' ich, in einer Wanne."
Von der Schwelle her sah er, wie sie ihre Schultern bespülte, ihre Zehen bewegte und tiefer ins Wasser glitt. Dabei stieß sie kleine Laute des Entzückens aus. Ihre Aufregung war rührend, es war der Jubel eines Großstadtbalgs, das zum ersten Mal ins Meer watet. Ihr blondes Haar, das sie eilig oben auf dem Kopf zusammengedreht hatte, gab ihr ein keckes, knabenhaftes Aussehen. Ihre kleinen glänzenden Brüste schienen noch ganz unentwickelt. Sie sah aus wie sechzehn. Wieder war er erstaunt über die natürliche Grazie ihrer Bewegungen. Einmal hob sie die Arme, um ihre Haare, die sich gelöst hatten, zu befestigen, und hatte dabei für ein paar Sekunden die Haltung einer pompejanischen Figurine, die er im Louvre skizziert hatte. So mußten die jungen Kurtisanen, die die Stabianischen Bäder besuchten, ausgesehen haben ...
Seine Augen weideten sich an ihr.
Eine Nacht nur, noch eine Nacht mit ihr, ihren nervigen Schenkeln, ihrem weichen Mund ... Nein, sie war schlecht, gefährlich. Aber wie konnte sie schlecht sein? Man sehe sie doch nur an! Eine sechzehnjährige Range. Vielleicht war noch Ursprünglichkeit in ihr, verborgene Zartheit ...
„Ich weiß, warum du mir nichts von deinem Badezimmer gesagt hast." Sie seifte ihre Achselhöhlen ein und spritzte sich Schaum über die Brust. „Weil du nicht wolltest, daß ich es benutze und deine hübschen Sachen sehe. Ich weiß, daß du mich nicht magst. Du schreist mich immer an." Sie blitzte ihn durch die nassen Wim-

pern an. „Aber ich war doch nett zu dir, nicht? Ich hab mein Wort gehalten, was? Heut nacht mochtest du mich, nicht? Sag nicht nein, denn das ist nicht wahr. Übrigens hättest du schöne Augen, wenn du diese Gläser nicht tragen würdest", sagte sie beiläufig.
Er hörte ihre Stimme durch den Nebel seiner Gedanken.
„Was macht es schon aus, ob ich dich mag oder nicht?" Sie sollte ihn nicht täuschen mit ihren schmeichelnden Blicken und ihrem dummen Gerede. „Ich hab dir aus der Patsche geholfen, und du hast im Bett geschlafen und ein Bett gehabt. Das war's doch, was du wolltest, nicht wahr? Nun zieh dich an und laß mich allein. Ich hab zu arbeiten."
Er wandte sich zum Gehen.
„Wenn du willst" – ihre Stimme schmeichelte und gurrte, „kann ich heute abend wiederkommen. Und ich würde wieder genau so nett zu dir sein."
Die Versuchung! Da war sie, kehleausdörrend, knochenerweichend. So sah sie aus, so klang sie, so mußte die Schlange im Garten Eden gesprochen haben, mit dieser weichen, einschmeichelnden Stimme. „Sag nein, sag nein", rief die schwache Stimme in ihm. „Sie will nur dein Zimmer, dein Bad, dein Geld . . ." Aber die andere Stimme, die Stimme des rebellischen Ich, sprach auch. „Noch eine Nacht, nur noch eine Nacht."
Sein Herz klopfte, und zwei oder drei Sekunden lang kämpften die beiden Stimmen in ihm. Er nahm sein Pincenez ab und putzte ausgiebig die Gläser, wie um die Entscheidung hinauszuzögern.
„Zieh dich an."
Ihr Achselzucken war betont, allzu betont. „Gut, mir ist's gleich." Eine kleine Flamme schoß in ihren Augen hoch. „Du hast mir noch nicht mal deinen Namen gesagt. Meiner ist Marie. Wie heißt du?"
„Henri."
„Das ist ein hübscher Name."
Sie streckte einen glänzenden Arm aus der Badewanne. „Gib mir das Handtuch, Henri."

Zwei Stunden später hinkte er so rasch er konnte die Rue Caulaincourt hinunter, umging geschickt die Regenpfützen, summte in seinem tiefen vollen Bariton vor sich hin, wie er es immer tat,

wenn er glücklich war. Er hätte springen, Purzelbäume schlagen, den Wäscherinnen Kußhände zuwerfen mögen.
Marie kam wieder!
Vor zehn Minuten war sie gegangen und hatte gesagt: „Also um sieben. Nein, ich vergeß es nicht. Und du wirst sehen, ich bin wieder nett zu dir.“ Er fühlte ihre Worte wie eine Liebkosung, während er ihrem leichten Schritt treppab lauschte. Erst dann hatte er gemerkt, daß er furchtbar hungrig war.
Natürlich konnte er unmöglich noch zu Père Cotelle fahren, wie er vorgehabt hatte. Dazu war es jetzt zu spät. Außerdem hatte er aufregendere, viel aufregendere Dinge im Kopf als Lithographie. Zidlers Plakat mußte eben warten, basta!
Marie – was für ein einfacher, lieblicher Name! Sie würde am Abend mit ihm essen. Sie hatte es versprochen. Zuerst hatte er daran gedacht, mit ihr zu Drouant zu gehen, aber dann hatte er eine bessere Idee. Sie würden im Studio essen. Nur sie beide allein, wie Liebende das in Büchern taten. Ein schönes Diner mit einigen guten Weinen. Champagner? Warum nicht? Champagner würde sie dazu bringen, sich die Nase zu reiben, zu lachen und dumme Sachen zu sagen. Sie würde fühlen, wie es war, wenn man einmal gut behandelt wurde, würde den Unterschied merken zwischen einem Gentleman und den Grobianen, die sie bisher gekannt hatte.
Denn daran lag es einzig und allein bei ihr. Das arme Kind war ihr Leben lang schlecht behandelt worden. Kälte, Hunger, Angst hatten sie gequält. Kein Wunder, daß sie hart geworden war. Sogar Hunde wurden bösartig, wenn sie geschlagen wurden. Güte, das war es, was die Menschen brauchten, was die Welt nötig hatte. Nur ein wenig Güte. Und die wollte er ihr geben. Er wollte dafür sorgen, daß sie die kalten Nächte, die Polizei, den „Künstler“, der die Suppenteller bemalte, und all die andern vergaß ...
Seltsam, wie falsch man Menschen beurteilen konnte! Er hatte sie für selbstsüchtig, gefühllos, dumm gehalten, während sie in Wirklichkeit nichts von alledem war. Natürlich war sie unerzogen, aber jeder wurde unerzogen geboren. Sie hatte sich zum Schutz eine rauhe Schale zugelegt. Wer hätte das nicht bei einem solchen Leben, wie sie es führen mußte? Und trotz alledem besaß sie im Grunde einen behenden Geist und ein gutes Herz.
Kurz nachdem er ihr das Handtuch gereicht hatte, war es gewesen, daß er seine Meinung über sie geändert hatte. Mit der größten

Gelenkigkeit – alle ihre Bewegungen waren graziös – war sie aus der Wanne gesprungen, hatte sich abgetrocknet und, noch nackt, begonnen, ihr Haar zu kämmen. Bei alledem schwatzte sie wie eine Elster. Sie besaß die Nachahmungsgabe des echten Pariser Kindes. Mit verblüffender Echtheit hatte sie Patou und seine polternde Stimme nachgeahmt. Einen Kamm vor ihre Oberlippe haltend, ahmte sie nach, wie sein Gebrummel durch den Schnurrbart kam. „Ich bin Sergeant Balthazar Patou von der Sittenpolizei. In unserm Dienst tragen wir keine Uniformen." Er mußte über ihre koboldhaften Bewegungen und über ihre spitzbübische Schlagfertigkeit lächeln. Er nannte sie Marie, erschauerte vor ihrer Nähe, vor der seelenruhigen Unbefangenheit, mit der sie ihre Lippen rötete und ihre Augenbrauen mit einem abgebrannten Streichholz nachzog. Sie hatten sogar über den „Arbeitshut" gelästert. Mit nichts an als ihrer Hose hatte sie den bekleckssten Hut schief auf ihren blonden Kopf gestülpt und vor dem Spiegel Gesichter geschnitten. Es war albern gewesen. Es war herrlich gewesen.

Heute abend, wenn sie wiederkam, würde sie ein neues Kleid tragen. Oh, es war nicht leicht gewesen, sie zur Annahme des Geldes zu bewegen! „Nein, nein, ich habe gesagt, du könntest mich umsonst haben", hatte sie protestiert. Endlich hatte sie zugegeben, daß ihr Kleid schäbig sei und ihre Wäsche besser sein könne. Sie hatten Witze über ihre Hose gemacht, gewagte kleine Scherze, wie Liebende sie zwischen Küssen und Lachen austauschen. Schließlich hatte sie das Geld genommen, und nie würde er den Ausdruck ihres Gesichts beim Anblick des Hundert-Francs-Scheins vergessen. „Hundert Francs!" Es hatte ihr tatsächlich den Atem verschlagen. Armes Kind, das Leben war hart mit ihr verfahren, sie hatte nichts als Schmutz und Bitternis gekannt. Aber jetzt würde er das alles ändern ...

Auf dem Boulevard Clichy rief er eine Droschke an und fuhr zu Drouant, wo er das Diner bestellte, das man schicken sollte. „Und vergessen Sie nicht den Champagner. Moet et Chandon 78er. Schicken Sie auch ein paar Flaschen Cognac mit."

Dann fuhr er zu einer Blumenhandlung. Als er aus dem Laden kam, entließ er den Wagen und ging auf eine nahegelegene *crémerie* zu.

Plötzlich vernahm er ein freundliches Gebrumme neben sich. „*Bonjour,* Monsieur Toulouse. Daß ich ausgerechnet Sie hier treffen muß! Das nenn ich einen Zufall! Gerade wollte ich Ihnen einen kleinen Besuch abstatten."

Es war Patou, derselbe Patou, der in der Nacht zuvor Marie den Arm umgedreht hatte, daß sie vor Schmerz aufschrie. Seine Herzlichkeit schien echt, aber es lag etwas Unheilverkündendes in seinem plötzlichen Erscheinen. Wirklich ein sonderbarer Zufall!

„Weshalb wollten Sie mich aufsuchen?"

Patou lächelte freundschaftlich. „Oh, nichts, Monsieur Toulouse, gar nichts. Gehn Sie hinein, einen kleinen Imbiß nehmen? Hungrig, wie? Nichts gibt solchen Appetit wie eine kleine *amour*, hm? Darf ich mich anschließen?"

Die *crémerie* war eines der *restaurants sanitaires*, die von der Stadt gefördert wurden, um den Alkoholismus zu bekämpfen und den Verbrauch von Milchprodukten bei den unteren Klassen zu heben. Die Gerichte bestanden aus Eiern, Butter und Käse, und als einziges Getränk wurde Milch serviert. Diese Etablissements empfahlen sich durch ihre Sauberkeit, ihre weißgekachelten Wände und ihre Bürgerlichkeit. Sie waren nie sehr gut besucht, jetzt am Nachmittag aber war diese *crémerie* völlig leer.

Henri und Patou setzten sich an ein Marmortischchen, und Henri gab einer steifgestärkten, keimfrei aussehenden Kellnerin seine Bestellung auf.

„Ich fürchte, Monsieur Patou, ich kann Ihnen nur ein Glas Milch anbieten", sagte er freundlich-bemüht.

Mit einer gewissen Kameradschaftlichkeit nahm der Polizist an. Gemütlich setzte er seinen Hut ab, legte ihn auf den nächsten Stuhl und begann umständlich seine Pfeife zu stopfen. Er schien sehr viel Zeit zu haben, und während Henri sein Omelett verzehrte, sprach er des langen und breiten vom Wetter und über den Panamaskandal, der gerade durch die Zeitungen ging.

Henri war beim Nachtisch, als Patou ohne weitere Überleitung, als sei ihm gerade eben der Gedanke gekommen, sagte: „Na, wissen Sie, Monsieur Toulouse, das war aber auch die Richtige, die Sie mir da gestern nacht weggeschnappt haben. Sie haben mich weiß Gott zum Narren gehalten. Ihre kleine Geschichte von dem andern Mädchen, die in der Rue Fromentin untergetaucht sei, war wirklich ein guter Einfall. Ich hab es im Augenblick tatsächlich geglaubt."

Er lachte gutmütig, während er mit dem Daumen den Tabak in seinem Pfeifenkopf nachstopfte.
„Aber nachdem Sie und Ihre demoiselle" – der ironische Tonfall ließ Henri vom Teller aufblicken – „fortgegangen waren, dachte ich nach. ‚Wie konnte er', sagte ich zu mir selbst, ‚wie konnte er besagtes Mädchen in die Rue Fromentin einbiegen sehen, wo es doch so dunkel war, daß man einen Elefanten auf zehn Schritt nicht sehen konnte? Balthazar Patou, lieber Freund', sagte ich zu mir selbst, ‚dieser Monsieur Toulouse ist ein ganz Gerissener. Er hat dich zum Narren gehalten. Er hat dir richtig 'n X für 'n U vorgemacht.' "
Er nahm einen Schluck Milch und sog den Rahm von seinem Schnurrbart.
„Nun, Monsieur Toulouse, Sie sind jung, und ich möchte Ihnen einen kleinen Rat geben."
Sein Ton war jetzt ernster. „Sie hätten das nicht tun sollen. Wirklich nicht. Ich nehme Ihnen nicht übel, daß Sie mich gefoppt haben, obwohl ich genau weiß, daß Marie nicht mit Ihnen zusammen war, wie Sie sagten, aber –"
„Woher wissen Sie ihren Namen?"
Ein beinahe herablassendes Lächeln huschte über Patous Gesicht. „Wir haben unsere Informationen. Es ist nicht schwer, das Nötige über gewisse Leute ausfindig zu machen, wenn man wirklich will. Woher ich weiß, wie sie heißt, werde ich Ihnen später erzählen. Im Augenblick möchte ich Sie nur warnen, sich weiter mit ihr abzugeben. Sie ist nicht gut, glauben Sie mir. Sie ist ein verfaulter Apfel. Ich weiß, daß sie vorige Nacht bei Ihnen geschlafen hat, und das ist auch ganz in Ordnung. Gar nichts dabei. Aber behalten Sie sie nicht länger bei sich. Schmeißen Sie sie raus."
„Woher wissen Sie, daß sie vorige Nacht bei mir war?"
„Woher? Ich bin Ihnen nachgegangen, das ist alles. Ich sah Sie beide in die Rue Caulaincourt einbiegen, wo Sie wohnen." Er machte eine abwehrende Handbewegung. „Erzählen Sie mir jetzt nicht, sie hätte im Hôtel de la Lune geschlafen, denn das habe ich nachgeprüft. Oh, es ist alles in Ordnung. Es ist kein Verbrechen, mit einem Mädchen zu schlafen, besonders nicht, wenn sie so hübsch ist wie die. Wir sind alle mal jung gewesen und verstehen das, aber . . ." Er machte eine Pause, und das Lächeln verschwand von seinem Gesicht. „Ich will sie nicht in meinem Bezirk haben!"

Bei jedem Wort klopfte er zur Bekräftigung mit der Hand auf den Tisch.
„Sie hat keine Karte. Sie darf sich nicht an Männer heranmachen. Wir wissen bei solchen herumstrolchenden Dirnen nie, ob sie gesund sind oder nicht. Wir haben aber über die öffentliche Gesundheit zu wachen. Dafür werden wir bezahlt. Bitte denken Sie nicht, daß ich mich in Ihre Angelegenheiten einmischen will, Monsieur Toulouse, aber geben Sie sich nicht mit ihr ab. Schmeißen Sie sie raus, glauben Sie mir, es ist das beste. Und wenn sie nicht will, geben Sie mir Bescheid. Ich sorge dann dafür. Ich habe Hunderte von der Sorte gesehen. Sie sind in der Gosse geboren, sie haben das Laster mit der Muttermilch eingesogen. Sie wachsen auf der Straße auf. Mit fünf werden sie von ihren Eltern betteln geschickt. Mit zwölf geben sie sich in den Torwegen und Bedürfnisanstalten für fünf Sous hin, und mit fünfzehn gehen sie auf den Strich. Aber auf der Präfektur als Prostituierte registriert werden und die Karte bekommen, das wollen sie nicht, weil sie sich scheuen, zweimal im Monat in Saint-Lazare zur ärztlichen Untersuchung zu erscheinen. Außerdem halten sie es für schick, ohne Karte auf den Strich zu gehen, es macht ihnen Spaß, zu sehen, wie lange sie uns entgehen können. Also kurz und gut, ich will sie hier in der Gegend nicht haben. Was sie anderswo tut, geht mich nichts an. Aber wenn sie sich in meinem Bezirk herumtreibt und ihrem Gewerbe nachgeht, schick ich sie nach Saint-Lazare und laß sie da sechs Monate internieren. Das wird sie wohl zahm machen."
Henri starrte auf das Ende seiner Zigarette.
„Sie scheinen allerhand zu wissen über ein Mädchen, das Sie nur eine Minute lang im Dunkeln gesehen haben. Haben Sie bedacht, daß Sie sich geirrt haben könnten?"
„Diesmal nicht, Monsieur Toulouse! Ich weiß alles über dieses Mädchen. Wer sie ist, woher sie kommt – alles. Erinnern Sie sich, wie Sie unter einer Laterne stehenblieben und sie Sie um eine Zigarette bat? Sie haben mich nicht gesehen, aber ich stand knapp zehn Meter hinter Ihnen. Als sie sich vorbeugte, um ihre Zigarette anzuzünden, konnte ich sie gut sehen und erkannte ihr Gesicht wieder. Nicht gleich ganz genau, aber ich sagte zu mir selbst: ‚Balthazar Patou, mein Freund, dies Flittchen hast du schon mal irgendwo gesehen.' Und heute morgen fiel es mir ein. Ich hab gleich ein paar Nachforschungen angestellt. Und siehe da, ich hatte recht."

Er genoß den Ausdruck der Überraschung auf Henris Gesicht, stopfte seine Pfeife von neuem und tat ein paar geräuschvolle Züge.
„Ja, ich hatte recht." Er nickte, indem er die Rauchwolke mit der Hand verteilte. „Ihr Name ist Marie Françoise Charlet. Geboren wurde sie in der Rue Mouffetard. Sie kennen die Rue Mouffetard nicht, wie? Nun, da haben Sie nicht viel versäumt. Sogar im Bezirk Temple gibt es kaum solche Straße wie die. Sie geht mitten durch den Wein- und Likör-Bezirk, und der Gestank verschlägt einem den Atem. Da also ist sie geboren. Ihr Vater war Küfer in einer der Rum-Niederlagen und natürlich ein Säufer. Ihre Mutter ging, als sie jung war, auf den Strich und hat jetzt einen Ausweis als Karrenhändlerin. Ihre ältere Schwester Rose lief mit sechzehn von zu Hause weg und wohnte dann im Bezirk Sebastopol, in dem ich damals zu tun hatte. Marie zog zwei Jahre später zu ihr. Wie ich schon sagte, war ich dem Bezirk zugeteilt, und daher erinnere ich sie so gut. Sie muß einem ja auffallen mit diesem gelben Haarschopf und den schrägen Augen. Aber sie ist ein fauler Apfel, trotz allem."
Er befaßte sich einen Augenblick mit seiner Pfeife, bevor er weitersprach, als wolle er Henri Zeit lassen, seine Mitteilungen in sich aufzunehmen.
„So habe ich heute meinen alten Freund, Inspektor Rempart von der Sittenpolizei Sebastopol aufgesucht. Ich berichtete ihm über Marie, und wie zu erwarten, gibt es eine Akte über sie. Sie hatte einen Zuhälter, einen gewissen Bébert, einen von diesen Schweinehunden, die nicht damit zufrieden sind, Mädchen auszusaugen, sondern nebenbei auch noch ein bißchen einbrechen, dann einen ermorden und schließlich von der Guillotine einen Kopf kürzer gemacht werden. Sie war völlig verrückt nach diesem Bébert. Immer war sie um ihn herum, hängte sich an ihn und kaufte ihm Schnaps und Haarpomade, wenn sie Geld hatte. Eine richtige läufige Hündin. Eines Tages schmiß er sie raus."
Die Augen noch immer auf die Spitze seiner Zigarette gerichtet, ließ Henri die Worte in sich eindringen. Warum tat es so weh, Patou dies alles sagen zu hören? Im Grunde hatte er gewußt, daß sie so war. Nun erfuhr er, daß sie den traditionellen, nahezu klassischen Hintergrund der Prostituierten hatte: einen versoffenen Vater, eine schlampige Mutter, eine hurende Schwester, einen Zu-

hälter ... Warum tat es so weh, zu wissen, daß sie diesen Bébert geliebt hatte, sich an ihn gehängt, ihm Alkohol und Pomade gekauft hatte? Sie hatte also doch ein Herz und war fähig zu lieben. Und natürlich suchte sie sich einen verkommenen gewalttätigen Kerl aus. Auch das gehörte zum „klassischen" Hintergrund. Warum also tat es so weh, warum hätte er am liebsten das Gesicht in den Händen vergraben? Er hatte doch wohl nicht etwa gehofft, sie würde sich in ihn verlieben, wie? Ein solcher Narr konnte er doch nicht sein.

„Warum schmiß er sie raus?" fragte er und gab sich Mühe, daß es nur neugierig klang.

„Warum?" Patou lachte. „Weil sie ihm nicht genug Geld einbrachte, natürlich. Sie war zu jung, kaum siebzehn damals, und viel zu verliebt, um eine gute Locktaube abzugeben. Sie war mit ihren Gedanken nicht bei der Arbeit. Sie wollte lieber bei ihm sein als auf die Straße gehen und sich nach zahlungskräftigen Liebhabern umsehen. Schließlich verlor Bébert die Geduld und schmiß sie raus. Das war vor zwei Jahren, und vielleicht ist sie inzwischen ein bißchen vernünftiger geworden. Aber ich bezweifle es. Jedenfalls, eins ist sicher, in den Bezirk Sebastopol ist sie nie zurückgekehrt. Aber ich will sie hier in meinem Bezirk nicht haben."

Er beugte sich vor, und eine ungewohnte Weichheit trat in seine Augen. „Ich sehe, es tut Ihnen weh, dies alles zu hören, Monsieur Toulouse, aber ich mußte Ihnen zeigen, daß sie ein verfaulter Apfel ist. Ein adliger Herr wie Sie ..." Er grinste, als Henri ihn erstaunt ansah. „O ja, ich weiß auch über Sie Bescheid. Es ist unsere Aufgabe, über jedermann in unserm Bezirk Bescheid zu wissen. Ich weiß auch Bescheid über den Herrn Grafen, Ihren Vater. Seine Pferde, seine Vögel, seine ..."

„Da Sie wirklich alles zu wissen scheinen", sagte Henri mit gezwungenem Lächeln, „mögen Sie Ihrerseits mir vielleicht auch erzählen, ob Sie selbst Familie haben?"

Mit Patous Gesicht ging eine erstaunliche Verwandlung vor. Die Schärfe der Pupillen, der kantige Umriß des Kiefers, der Zug von Härte um das eckige Kinn – alles schien auf einmal weicher zu werden.

„Nur eine Tochter, Monsieur Toulouse, aber was für eine! Niemand könnte sich eine bessere Tochter wünschen als meine kleine Eulalie.

Ein wahres Juwel. Kocht wie ein Engel, näht sich ihre Kleider selbst, hält das Haus piksauber. Sie sollten die Hausschuhe sehen, die sie mir gestrickt hat!"
Für einen Augenblick tauchte in Henris Vorstellung das Bild des Sergeanten der Sittenpolizei in gestrickten Hausschuhen auf.
„Sie sind ein sehr glücklicher Mann."
Zu seiner Überraschung stieß Patou einen Seufzer aus und schüttelte verzagt den Kopf. „Ich war es wohl, aber ich bin es nicht mehr. Meine kleine Eulalie will heiraten. Nicht daß ich dagegen wäre, verstehen Sie. O nein, keineswegs. Ihr Verlobter ist ein guter Mann. Ich habe Ermittlungen über ihn angestellt . . ."
„Davon bin ich überzeugt."
Die Ironie war verschwendet, denn Patou fuhr voller Eifer fort: „Ein feiner, anständiger junger Mann. Und mit einer Zukunft. Zur Zeit ist er Aufseher im Gefängnis Roquette, aber er soll demnächst zur Guillotine-Abteilung befördert werden. Ein Vertrauensposten, verstehen Sie? Denken Sie an meine Worte, eines Tages wird er noch Hauptmann, vielleicht sogar Inspektor. Aber wie dem auch sei, ich werde meine kleine Eulalie furchtbar vermissen."
Auch Patou war also auf seine Weise einsam. Henri brachte es nicht fertig, den armen Teufel, der ihm sein Glück zerstört hatte, zu hassen.
Er drückte seine Zigarette aus und winkte der Kellnerin.
„Ich bin Ihnen dankbar für Ihre Mitteilungen über Marie, Monsieur Patou. Sie haben recht, und ich bedaure, Sie gestern nacht irregeführt zu haben. Ich wollte, Sie hätten sie nach Saint-Lazare abgeschoben. Wenn ich Ihnen vielleicht zum Ausgleich für die Schwierigkeiten, die Sie gehabt haben, irgendeinen Gefallen tun kann . . ."
„Das können Sie, Monsieur Toulouse." Es schien beinahe, als ob Patou etwas errötete. „Schon lange habe ich mir ein Porträt meiner kleinen Eulalie gewünscht. Da sie nun heiraten wird – wenn ich da ein Bild von ihr hätte, könnte ich es über meinen Kamin hängen, wissen Sie. Es würde mir Gesellschaft leisten."
Das Leben war wirklich voller Ironie! Ein Mann bricht dir das Herz, und du dankst ihm, indem du ein Porträt seiner Tochter malst.
„Es wird mir ein Vergnügen sein, Mademoiselle Eulalie zu malen. Bringen Sie sie in mein Studio, wann es Ihnen paßt." Er lächelte. „Meine Adresse brauche ich Ihnen ja nicht zu geben."

Als er in sein Studio zurückkehrte, hatte Madame Loubet den Tisch bereits gedeckt. Der Champagner kühlte in einem Eimer, die Blumen standen in einer Vase. Das Zimmer war aufgewischt, der Ofen mit Feuerung gefüllt, das Bett gemacht. Gute Madame Loubet! Was sie dabei gedacht haben mochte, war leicht zu erraten.
Nun, morgen würde alles vergeben und vergessen sein. Heute abend, nach dem Essen, würde er Marie fortschicken. Patou hatte recht. Sie war ein verfaulter Apfel.

„Sieh mal!"
Sie stand in der Tür, in einem billigen schwarzen Samtkleid, um den Hals eine Federboa im Stil der Halbweltdämchen.
„Echter Samt! Hübsch, was?"
Sie trat ins Zimmer.
Es war fast Mitternacht. Seit fünf Stunden saß er zusammengesunken auf dem Diwan, eine Flasche Cognac zu Füßen, und horchte auf jeden Laut, fühlte jedesmal sein Herz klopfen, wenn er Schritte auf der Treppe hörte, und wurde mit jeder Enttäuschung wütender. Die Schlampe, diese nichtswürdige Schlampe! Sie kam nicht! Wahrscheinlich lachte sie sich mit Bébert halbtot über den krummbeinigen Zwerg, der sie vor der Polizei gerettet hatte. Denn natürlich war sie zu ihrem pomadisierten Louis gelaufen und hatte ihm den nagelneuen Hundert-Francs-Schein ausgehändigt, den dieser Narr von Krüppel ihr gegeben hatte.
Er starrte sie an, zu wütend, zu müde – zu glücklich, um sprechen zu können. Sie war gekommen!
„Was ist mit dir los? Krank? Warum sagst du nichts? Gefällt dir mein Kleid nicht? Ich hab's billig von einer Freundin gekriegt." Sie setzte sich neben ihn auf den Diwan. „Trotzdem mußte ich fünfzig Francs dafür geben. Echter Samt ist eben teuer. Fühl mal!"
„Fünfzig Francs für den Fetzen?" Sein Ärger kehrte mit der Erleichterung zurück. „Keine zehn Francs hast du für das Kleid bezahlt! Aber mir ist's egal. Und was ist mit unserem Essen? Du sagtest doch, du wolltest um sieben hier sein?"
„Zehn Francs!" Sie warf ihm die Worte hin. „Das zeigt, wieviel du von Kleidern verstehst! Was kannst du auch schon von Kleidern wissen? Bei einem Kleid kommt's auf den Stoff an. Fühl mal den

Stoff." Sie drückte sich an ihn. „Fühl doch mal! Sag, ob du so was für zehn Francs kriegen kannst."
Er schob sie weg. Sie fiel nach hinten, und er merkte, wie erstaunt sie über die Kraft seiner Hände war, über diese muskulösen, zupackenden Hände.
Plötzlich wünschte er sich, allein zu sein, zu Bett zu gehen, sie nie wiederzusehen. Er wünschte, daß sie verschwinde, samt ihren Lügen, ihrer belegten Stimme, ihrem billigen Kleid.
„Na, schön." Er nickte müde. „Gut, es ist echter Samt und du hast fünfzig Francs dafür bezahlt. Du bist ein gutes Mädchen, und ich freue mich, daß du wieder da bist. Aber ich habe mir alles überlegt, und es wäre besser, wenn du . . ."
„Wegen des Essens? Weil ich nicht zum Essen kommen konnte? Und dabei hab ich gedacht, du würdest dich freuen, mich in dem neuen Kleid zu sehen. Den ganzen Nachmittag bin ich rumgelaufen, um das Mädel zu finden, damit ich's von ihr kaufen konnte. Und dann hab ich meine Schwester besucht. Sie war krank, richtig krank. Sie wollte, daß ich dableibe, aber ich sagte, ich hätte versprochen . . ."
„Oh, hör auf zu lügen! Es ist mir alles gleichgültig. Das Essen, dein Kleid, deine Freundin, deine Schwester, alles. Laß mich jetzt allein, hörst du? Ich bin müde. Ich möchte schlafen. Hier, nimm das . . ."
Er langte in seine Innentasche, aber sie hatte schon ihren Arm um seinen Hals geschlungen. Er konnte ihre Brüste und den sanften Druck ihres Leibes fühlen.
„Aber es ist die Wahrheit, ich schwör's!" Ihre Lippen streiften sein Ohr. „Ich sag dir, ich hab sie besucht, und sie lag mit Fieber im Bett. Ich hab ihr sogar Geld gegeben, damit sie den Arzt kommen lassen kann. Aber ich bin nicht dageblieben. Sie wollte es gern, aber ich sagte nein. Und du siehst, ich bin wiedergekommen. Ich bin doch wieder da, nicht?"
Vergebens versuchte er sich von ihr frei zu machen. „Ja, ja", murmelte er müde. „Gut und schön, du bist wieder da. Ich freue mich, daß du wieder da bist, freue mich, daß du das Kleid gekauft hast, aber bitte . . ."
Seine Worte erstarben in der Entzückung ihres Kusses. Seine Lider schlossen sich.
Die ganze Nacht kämpfte er mit ihr und mit sich selbst. In ihren Armen wiederholte er immer wieder seine Vorwürfe, einmal als

zornige Befehle, dann als flehende Bitten, zuletzt in verworrenem, schlaftrunkenem Gemurmel. Aber sie hörte nicht darauf. Sie zwang ihm ihre Nacktheit auf und unterwarf seine Sinne den Erfindungen ihrer Verworfenheit.

„Du magst mich, nicht?“ flüsterte sie. „Magst mich sehr, hm? Du findest, ich bin nett, nicht? Du bist froh, daß ich wieder da bin. Du willst nicht, daß ich weggehe. Du willst, daß ich bleibe, nicht?“

Endlich schliefen sie erschöpft ein. Ihr Haar lag wie gelbe Seide über seiner Schulter, ihre Leiber waren eng aneinandergepreßt und ihre Lippen im Kuß verbunden.

Gegen Morgen erwachte er für einen Augenblick und blickte sie aus schlaftrunkenen Augen an. Es hatte keinen Zweck. Es war gleichgültig, was Patou gesagt hatte, was Madame Loubet dachte, was er sich selbst versprochen hatte, was sie war, wo sie gewesen war. Nur eines zählte: daß sie hier war, daß er ihren Körper fühlen, sie streicheln und mit ihr machen konnte, was er wollte. Und daß sie sich ihm heute nacht wieder geben würde.

Er schloß die Augen wieder. Der Kampf in ihm war beendet. Wie die Dämmerung über ein Schlachtfeld senkte sich Frieden auf ihn herab – der Friede der Niederlage.

13

Sie zog ein.

Das Badezimmer wurde vollgekramt mit ihren billigen Sachen. Ihr Kamm, ihre Haarnadeln, ihre Brennschere lagen neben seinen wappengeschmückten Toilettesachen. Sie benutzte seine Bürsten, seine Nagelschere, seine teure Seife. Er gewöhnte sich an all die kleinen Unwürdigkeiten des Zusammenwohnens: lippenstiftbeschmierte Handtücher, zerknüllte Strümpfe auf dem Fußboden, Pudergeruch, auf den Möbeln herumliegende Wäsche.

Er liebte das alles.

Zum erstenmal in seinem Leben teilte er die geheimsten Intimitäten einer Frau. Er sah sie baden, sich die Lippen röten, die Augenbrauen nachziehen, das Haar kräuseln. Diese Enthüllung des Hintergrundes ihrer Weiblichkeit war wie eine zweite Form des Besitzens, fast so erregend wie die andere. Man kannte eine Frau erst richtig, wenn man sie bei ihrer Toilette beobachtet hatte.

Zum erstenmal hatte er eine Geliebte. Nein – nicht ganz ...
„Wenn du willst, daß ich wiederkommen soll, mußt du mich bezahlen", sagte sie eines Morgens.
Er fühlte, daß ihr Beweggrund nicht so sehr Habgier war als vielmehr der Grundsatz der Dirne, daß ihre Hingabe gekauft werden müsse. Ihr Körper war ihre Ware, die sie stunden- und nachtweise auslieh, in keinem Fall aber umsonst abgab.
„Und wenn du mich die ganze Nacht haben willst" – sie las die Antwort in seinen Augen und überlegte blitzschnell, wie hoch sie gehen könne –, „dann mußt du mir zehn Francs geben."
Als er ihr sagte, er wolle, daß sie auch den Tag über bei ihm bleibe, sah sie ihn ungläubig an. Was konnte er davon haben? Nie zuvor hatte jemand so etwas von ihr verlangt. Nun gut, wenn er es wollte ...
Eine neue schwierige Berechnung setzte in dem Labyrinth ihres Gehirns ein. „Dann mußt du mir fünf Francs extra geben." Sie hatte ein umständliches Handeln und Feilschen erwartet und war überrascht, als er ohne weiteres einverstanden war. Er mußte reich sein ...
Seine zweite Enttäuschung kam ein paar Tage später. Er hatte sie seinen Kaffeehausfreunden vorführen wollen, um ihren Neid zu erleben. Sie zerstörte diese Illusion schnell.
„Ich will nicht mit deinen Freunden zusammenkommen. Warum soll ich mir das Gequatsche über Kunst anhören? Ich versteh ja doch nichts davon."
Sie wollte auch nicht ins Moulin Rouge oder zu Drouant mit ihm gehen. „Ich mag diese piekfeinen Lokale nicht, wo einen die Kellner von oben herab angucken."
Er entdeckte, daß sie nicht den geringsten Ehrgeiz hatte. Der Traum jedes Mädchens, einen *riche monsieur* zu finden, war ihr nie in den Sinn gekommen. Sie kam aus der Gosse und hatte keinerlei Verlangen, sich daraus zu befreien. Er begriff, daß er sie zu ihren Bedingungen nehmen mußte – oder sie verlieren würde. Sie würde ihre Gewohnheiten seinetwegen nicht ändern. Wenn er sie halten wollte, mußte er die seinen ändern.
Er tat es.
Er gab seine Freunde auf, seine Apéritifs, seine Abende im Moulin. Da sie vor Morgengrauen nicht einschliefen und erst im Laufe des Nachmittags aufstanden, wenn das Wintertageslicht schon im

Schwinden war, vernachlässigte er auch seine Arbeit. Er ging nicht zu Père Cotelle, machte das Bild, das er Sarah versprochen hatte, nicht fertig, vergaß Zidlers Plakat. Er nahm nicht mehr teil an den Sitzungen des *Comité Exécutif*. Er mied Maurice. Seine Lebensordnung löste sich auf wie ein von unsichtbarer Hand aufgeräufeltes Gewebe.

Ihr Verhältnis wurde heimlich und verstohlen und ließ keine andere Freundschaft, keine Ablenkung von außen zu. Sie kleideten sich nachlässig, aßen ihr Frühstück in irgendeiner obskuren Garküche, wo sie von dem schäbigen Inhaber in Hemdsärmeln und Hausschuhen bedient wurden, und verbrachten die meiste Zeit in der Carmen-Bar, einem schmutzigen Schlupfwinkel für Kuppler und Dirnen, der Marie an die Spelunken ihres Sebastopol-Bezirks erinnern mochte. Dort saßen sie stundenlang, rauchten, tranken, sprachen kaum, sahen den Männern beim Billardspiel zu und warteten, daß die Nacht kam. War es endlich so weit, dann torkelten sie zum Studio zurück, denn sie wollte nicht fahren, sondern bestand darauf, daß sie zu Fuß gingen.

Tausendmal fragte er sich in den ersten Wochen ihres Verhältnisses, warum er bei diesem Leben, zu dem sie ihn zwang, mit ihr zusammenblieb. „Was ist los mit mir?" fragte er sich ärgerlich. Die Antwort war immer die gleiche. Er brauchte sie, ihre Verderbtheit, ihre Wollust, den betäubenden, immer erneuten Rausch der Sinne. Um sie zu halten, mußte er ständig ihre Anwesenheit erdulden. Denn sie gehen zu lassen, würde gefährlich sein. Sie war eine Landstreicherin, hatte die Straße im Blut. Sie könnte irgendeinen treffen ... Es wäre möglich, daß sie nicht zurückkäme ...

Sie hatte ein Maß von Trägheit, eine geistige Leere, die ihn immer wieder in Erstaunen versetzten. Er konnte sich den merkwürdigen Gegensatz zwischen ihrer einfühlenden Sinnlichkeit, dem Erfindungsreichtum ihres Körpers und der Öde und Leblosigkeit ihres Geistes nicht anders erklären, als daß sie gleichsam mit einer Begabung zur Ausschweifung geboren war, so wie andere Leute mit einer Begabung für Musik oder Mathematik.

Vergeblich schalt er sich selbst wegen seiner schmachvollen Unterwerfung unter ihre Bedingungen. Zum erstenmal entdeckte er in sich eine Anlage zur Feigheit und rührte an den Schlamm der Verworfenheit, der in allen Menschen liegt. Diese Selbsterkenntnis lehrte ihn Duldsamkeit.

Um nichts in der Welt aber hätte er seine Lage ändern mögen. Sie war sein. Jeder Zoll ihres langen geschmeidigen Körpers war sein. Jede Nacht erschauerte er aufs neue bei der Berührung ihrer Hand, der Liebkosung ihrer Zunge, all der Dinge, die sie ihm für fünfzehn Francs pro Tag verkaufte.
An einem Märzmorgen erwachte sie früher als gewöhnlich.
„Zigarette?"
Sie starrte zum Fenster hinaus und rauchte schweigend eine Weile. Dann sprang sie aus dem Bett und begann sich anzuziehen.
Als sie ihre Strümpfe anzog, fragte sie: „Wie eröffnet man eigentlich ein Sparkonto?" Offensichtlich hatte sie lange über diese Frage nachgedacht.
„Das ist sehr einfach." Er verbarg sein Erstaunen. „Man geht zur Bezirksstelle der Sparkasse in der Rue Provins und sagt dem Kassierer, daß man ein Sparkonto eröffnen will. Das ist alles."
„Das ist alles? Er stellt überhaupt keine Fragen?"
„Wenn man ihnen Geld gibt, stellen die Leute keine Fragen. Höchstens nach dem Namen, weil sie den für das Buch brauchen."
„Weiter nichts?" Sie strich mit den Fingern an ihren Beinen herauf, zog das Strumpfband übers Knie und bückte sich, um den andern Strumpf aufzunehmen. „Weiter fragen die nichts?"
„Nein."
„Und ich kann mein Geld wieder rauskriegen, wann ich will?" Sie sah ihn wachsam unter ihren Wimpern hervor an.
„Wann du willst."
Dieser Impuls, Geld zu sparen, war der erste bürgerliche Zug, den sie je gezeigt hatte.
„Darf ich fragen, warum du ein Konto eröffnen willst?"
Sie antwortete nicht sofort. „Für den Straßenhandelsausweis. Meine Mutter hat immer gesagt, ich solle so früh wie möglich Geld zurücklegen für den Karrenhändlerausweis. Wenn man den hat, kann man nicht verhungern."
„Und wieviel braucht man dazu?"
„Fünfzehnhundert Francs", sagte sie, überwältigt von der Ungeheuerlichkeit der Summe. „Aber es ist ja auch was fürs Leben. Wenn man ihn einmal hat, braucht man keinen andern mehr."
„Und wieviel hast du?"
„Fast dreihundert."

Er dachte einen Augenblick daran, ihr den fehlenden Betrag zu geben, hielt sich aber zurück. Dann würde sie ihn vielleicht verlassen ... „Es wird nicht lange dauern, dann hast du genug", sagte er.
Als sie von der Bank zurückkam, war sie aufgeregt wie ein Kind. „Guck mal!" rief sie und schwenkte das Sparbuch. „Und der Mann hat gar nichts gefragt. Nur meinen Namen, genau wie du gesagt hast." Da stand es, sauber geschrieben in verschnörkelter Schönschrift — Marie Françoise Charlet. Und der Betrag. Der Preis ihrer Nächte, der öden, mit ihm verbrachten Stunden ...
„Gratuliere", sagte er mit gezwungenem Lächeln. „Wenn du so weitermachst, bist du bald eine reiche Frau."
Von da an nahm das Sparbuch einen wichtigen Platz in ihrem Leben ein. Sie trug es bei sich, zog es aus ihrer Handtasche, hielt es in der Hand. Sie redete davon und kam so indirekt auf sich selbst zu sprechen.
„Bist du mal in der Rue Mouffetard gewesen?" fragte sie eines Tages unerwartet. „Da bin ich geboren."
Ihre Worte vergegenwärtigten ihm die Fäulnis der Elendsviertel, die Not und Bitterkeit einer wimmelnden Menschheit von Böttchern, Küfern und Lagerarbeitern in schmierigen Lederschürzen und genagelten Schuhen. Sie beschrieb das Rumpeln der von schweren Gäulen gezogenen Weinwagen, das Einhämmern der Faßpfropfen, den Weinschlamm auf den Pflastersteinen, den Gestank der Gärbottiche, der sich mit dem Geruch verrottender Abfälle mischte.
Sie erzählte ihm von ihren kindlichen Spielen in dunklen Hinterhöfen, von den Samstagnachmittagen, an denen sie hungrig blieb, weil ihre Eltern zu betrunken waren, um an Mittagessen zu denken, von den Ohrfeigen der Mutter, den Schlägen des Vaters, denen Anfälle zweideutiger Zärtlichkeiten zu folgen pflegten.
Unvermittelt hielt sie manchmal inne und blinzelte Henri mit dem Haß der Armen gegen die Reichen an.
„Ich weiß nicht, warum ich dir das alles erzähle. Du hast nie gehungert, du kannst das überhaupt nicht verstehen."
Er drängte sie nicht, und unvermutet setzte sie eine Stunde oder auch eine Woche später ihre Bekenntnisse fort. Ohne jedes Scham- oder Schuldgefühl beschrieb sie die Unzüchtigkeiten mit den Jungen aus der Nachbarschaft.

„An einem Samstagabend, ich war damals vierzehn, ging ein Mann mit mir in unsern Hausflur hinter die Treppe. Er war Lagerarbeiter in demselben Speicher, wo mein Vater arbeitete. Er war betrunken, aber bezahlt hat er trotzdem. Einen Franc. Von dem Geld hab ich mir eine Schärpe für mein Kleid gekauft."

Nach dem unvermeidlichen Krach war sie von zu Hause weggelaufen und zu ihrer Schwester in den Bezirk Sebastopol gezogen. Dort hatte sie unter der Leitung der Älteren ihre Lehrzeit als Straßenmädchen begonnen. Naiv und unbefangen beschrieb sie das Entzücken über ihren ersten Hut, ihr erstes Stück Spitze, das Wunder des leicht verdienten Geldes, die Erregung der Abende in rauchgefüllten Kaschemmen und die ersten Walzer mit pomadeduftenden Lümmeln.

„Eines Tages traf ich Bébert." Ein träumerischer Ausdruck trat in ihre Augen. „Er sah blendend aus, und die Mädchen waren verrückt nach ihm." Dann, da sie gar nicht anders konnte als lügen, setzte sie hinzu: „Aber ich sah ihn überhaupt nicht an, für mich war er Luft."

Schließlich hatte sie nach einem Streit mit einem Mädchen – so lautete ihre Version – den Bezirk verlassen. Seitdem war sie herumgestrolcht und mal hier, mal dort in Paris aufgetaucht, hatte gegessen, wenn sich ihr Gelegenheit dazu bot, mußte sich vor der Polizei verbergen und hatte auf Bänken im Park oder in fremden Betten geschlafen.

„Dann kam ich in dies verdammte Montmartre, und das Schwein von Patou hätte mich beinah nach Saint-Lazare verfrachtet, wenn du nicht gerade vorbeigekommen wärst. Du hast ihn an dem Abend schön angeführt."

Zum erstenmal war etwas wie Dankbarkeit in ihrem Ton. Sie blickte ihn halb belustigt und halb mitleidig an. „Du bist häßlich und kannst nicht laufen, aber du bist nett. Bist wirklich nett zu mir gewesen."

Diese letzten trüben Märztage waren die glücklichsten ihres Zusammenlebens.

Das Sparbuch hatte inzwischen den Reiz der Neuheit verloren. Sie ging zwar noch zur Sparkasse und zahlte ihre Ersparnisse ein, aber die Aufregung war vorbei. Sie erzählte auch nicht mehr von sich. Der Spalt in ihrer Gleichgültigkeit hatte sich wieder geschlossen.

Mit den ersten Regungen des Frühlings kam eine Veränderung über sie. Wie bei einem aus dem Winterschlaf erwachenden Tier fiel die Lethargie von ihr ab. Sie wurde launisch, ruhelos. Argwöhnisch und sorgenvoll beobachtete er, wie sie, eine Falte zwischen den Augenbrauen, aus dem Fenster starrte oder mit offenen Augen regungslos auf dem Diwan lag.
„Sie langweilt sich", sagte er sich voller Angst.
Er tat, was er konnte. Er kaufte ihr teure Kleider und einen reizenden Frühjahrshut, der in einer großen Schachtel mit rosa Bändern gebracht wurde. Sie öffnete sie gleichgültig, hielt den Hut einen Augenblick in der Hand und schob ihn dann beiseite.
Sie wurde schnippisch, sprunghaft, aufsässig. Waren sie im Begriff auszugehen, erklärte sie, sie wolle zu Hause bleiben. Gingen sie spät abends nach Hause und hörte sie sein mühsames Atmen, so bestand sie darauf, noch in eine andere, weit entfernte Kneipe zu gehen. Sie starrte seine Beine an, schickte ihn zu unwichtigen Besorgungen aus und schalt ihn wegen seiner Langsamkeit.
„Verflucht noch mal, kannst du nicht ein bißchen schneller machen?"
Immer noch tat er, was er nur irgend konnte.
„Möchtest du mal nach Versailles fahren?" fragte er eines Nachmittags, als er neben ihr auf dem Diwan saß.
„Wozu?"
„Das Palais ist voll von interessanten Sachen. Die Gärten sind wunderschön. Und die frische Luft würde dir gut tun."
Sie gab keine Antwort, sondern drehte ihm den Rücken zu.
„Möchtest du mal ins Theater gehen? Sarah Bernhardt spielt die Kameliendame im Renaissance-Theater. Oder hast du vielleicht Lust auf ein Konzert?"
„Ich will nirgends hin – mit dir", erwiderte sie heftig. „Denkst du, ich mag mich mit einem Krüppel sehen lassen?"
Sein Gesicht wurde kreidebleich.
Die Langeweile machte ihre verborgene Grausamkeit offenbar. Sie kränkte und verletzte ihn zum Spaß, zum Zeitvertreib. Ein dunkler Klassenhaß stachelte sie an, ihn zu quälen, neugierig, zu sehen, wieviel dieser reiche Krüppel, der nie gefroren und gehungert hatte, sich wohl von ihr gefallen lassen würde.
Sie spottete über sein wählerisches Wesen, seine Gewohnheiten peinlicher Sauberkeit. „Übertrieben bist du! Nichts als eitel. Die

Männer, die ich kenne, machen nicht soviel Wesens mit Waschen und Bürsten. Aber dafür sind sie richtige Männer, keine Krüppel wie du."

Sie wußte, daß er bei dem Wort Krüppel zusammenzuckte, und sie begann es ständig zu gebrauchen, nur um die Qual auf seinem Gesicht zu sehen.

Sie fingen an, sich zu zanken, und er war verblüfft über die sinnlose Heftigkeit ihrer Wut. Sie versuchte es nicht erst mit Argumenten, sondern schrie, spie Unflätigkeiten, machte gemeine Bewegungen. Ihr Gekreisch war durchs ganze Haus zu hören.

Wenn sie fühlte, daß die Grenze dessen, was er ertragen konnte, erreicht war, schlängelte sie sich an ihn heran, bat um Verzeihung, zog ihn schmeichelnd auf den Diwan. Schnell, mit einer jener flinken und anmutigen Bewegungen, die ihn entzückten, hakte sie ihre Bluse auf. Wie der zitternde Stempel einer giftigen Blüte glitt ihre spitze Zunge über seine Lippen. Und wieder vollzog sich die alte Verzauberung. In der Vereinigung ihrer Atemzüge vergaß er seine Scham und seinen Abscheu vor ihr. Einen oder zwei Tage war sie dann wieder heiter, zärtlich, beinahe liebevoll.

Es war während eines solchen reumütigen Zwischenspiels, daß er sie bat, ihm Modell zu stehen. Zu seiner Überraschung nahm sie mit lebhafter Freude an.

„Mein Bild? Ein richtiges Bild?"

„Ja, und wenn es dir gefällt, schenke ich es dir."

Sie rannte nach oben und verbrachte lange Zeit im Badezimmer, um sich zurechtzumachen und sich das Haar zu kräuseln. Als sie herunterkam, trug sie das schwarze Samtkleid, das Fünfzig-Francs-Kleid, und um die Schulter die Federboa.

Er wollte sie erst bitten, sich umzuziehen, aber er bezwang sich. Seine Bitte hätte wahrscheinlich eine neue Szene hervorgerufen.

Sie bestand darauf, ihre Pose selbst zu bestimmen.

„Im Profil seh ich am besten aus." Sie nahm auf dem Podium Platz und drückte ihr Haar zurecht. „Und mach meinen Mund recht klein, hörst du?"

Nichts war mehr natürlich an ihr. Sie, die angeborene Grazie besaß, war ein völlig plumpes Modell geworden.

„Schwer ist das Stillsitzen", murrte sie nach einer Weile. „Kannst du nicht etwas schneller malen?" Dann kam ihr plötzlich ein Gedanke und sie fragte: „Wieviel zahlst du deinen Modellen?"

„Ich hab kaum je mit käuflichen Modellen gearbeitet. Aber der übliche Satz ist drei Francs für den Vormittag und fünf Francs für den ganzen Tag."
„Dann mußt du mich bezahlen. Du hast mich ja gebeten, Modell zu sitzen, nicht? Ich hab dich nicht aufgefordert, mein Porträt zu malen. Du hast gesagt, du willst mich malen, daher mußt du mir dasselbe zahlen wie einem Modell."
Von allen ihren Eigenarten haßte er am meisten diesen Dirnenzug, sich alles, was sie tat, bezahlen zu lassen. Er haßte es, weil es ihm die Freude nahm, spontan zu geben. Patou hatte recht: sie war ein verfaulter Apfel . . .
„Ich habe gesagt, ich würde dir das Bild schenken, ist das nicht genug?" fragte er müde. „Und das Geld, das ich dir jeden Tag gebe?"
Sie wirbelte herum, ihre Augen flammten. „Das ist dafür, daß ich bei dir bleibe. Glaub bloß nicht, daß du viele Mädchen findest, die für fünf Francs den ganzen Tag bei dir bleiben. Wenn ich außerdem noch arbeiten muß, mußt du extra bezahlen. Drei Francs."
„Ein Modell sitzt vier Stunden, um soviel Geld zu verdienen. Du hast noch keine Stunde gesessen."
Sie sprang vom Podium. „Wenn du nicht bezahlst, sitz ich dir nicht Modell."
Sie lief durchs Zimmer, wühlte in ihrer Handtasche nach einer Zigarette und kam dann wieder zurück, um sich das Bild anzusehen. „Das sieht mir ja gar nicht ähnlich. Ich bin hübscher. Ich wußte, daß du nicht malen kannst. Der Mann, der die Suppenteller bemalte, das war ein richtiger . . ."
„Raus mit dir!" schrie er. „Laß mich allein! Geh zurück zu ihm, geh wohin du willst! Mir ist's egal."
„Und was ist mit meinen drei Francs? Weil ich nun nicht mehr Modell sitzen soll, denkst du, du brauchst nichts zu bezahlen. Du schuldest mir das Geld."
Aus Erfahrung wußte er, daß es zwecklos war, mit ihr zu rechten. So warf er ihr die drei kleinen Silbermünzen hin. Sie fing sie auf, steckte sie in ihr Mieder und ging zur Tür.
„Wohin gehst du?"
„Was geht's dich an? Du hast mich doch rausgeschmissen, nicht? Gut, ich gehe. Ich hab genug von dir und all diesem hier. Wenn du

Gesellschaft brauchst, solltest du dir erst 'n neues Gesicht und 'n Paar neue Beine kaufen."
Die Tür schlug zu.
Eine Stunde später kam sie zurück, zerknirscht, lächelnd.
„Sei mir nicht mehr böse, *chéri.*" Sie warf sich ihm zu Füßen und drückte ihr Gesicht an seine Knie. „Ich wollte dich nicht ärgern. Es ist dieses Eingesperrtsein, was mir auf die Nerven fällt."
Er wollte sie daran erinnern, wie oft er sie gebeten hatte, mit ihm auszugehen, aber er schwieg. Was für einen Zweck sollte es haben?
„Siehst du, ich war ja noch nie solange an ein und demselben Ort. Könnte ich nur ..."
„Was?" Traurig strich er über ihr Haar.
„Könnte ich nur mal für 'ne Weile raus! Wenn du mich nur mal zu meiner Schwester gehen ließest, dann wäre ich nicht mehr so nervös. Und ich würde nett zu dir sein, wirklich nett ..."
Natürlich log sie, aber was tat es? Sie wollte sich in Sebastopol in den Kaschemmen herumtreiben, wollte früheren Rivalinnen gegenüber auftrumpfen, mit ihrem Sparbuch und dem reichen *miché* prahlen, der ganz verrückt nach ihr war. Sie entglitt ihm. Er hatte gewußt, daß das einmal kommen würde, und er war im Augenblick zu müde, um auf der Hut zu sein. Er konnte die ständigen Streitereien nicht mehr aushalten. So würde er sie wenigstens nachts noch haben ...
„Es macht nicht viel Spaß, mit einem Krüppel zusammenzuleben, nicht wahr?" sagte er und blickte sie traurig an. „Ich verstehe es schon. Geh und besuch nur deine Schwester, wenn du das gern willst."
Sie sprang auf und rannte nach oben, um den Hut zu holen, den er ihr gekauft hatte. Sie hatte ihn noch nie für ihn getragen, mußte er denken, als sie herunterkam.
„Ich bin früh zurück, und du sollst sehen, ich bin nett zu dir", rief sie noch in der Tür. „Wirklich nett."
Er antwortete nicht.
Auf der Treppe klangen ihre Schritte wie ein fröhliches Flügelschlagen.

Jetzt wachte sie immer schon vormittags auf, zog sich eilig an, bat um ihr Geld und ging weg. Abends kam sie zurück, die Wangen gerötet und die Augen funkelnd von der Erregung des Tages.

Während sie sich auszog, ließ sie einen Strom durchsichtiger Lügen los über die Stunden, die sie angeblich am Bett ihrer Schwester verbracht hatte. Da sie nicht klug war, verfing sie sich in ihren Geschichten, ließ verräterische Bemerkungen fallen über Tanzen, Zusammenkünfte in Sebastopoler Spelunken, Ausflüge auf den Jahrmarkt und Karussellfahrten.
Aus ihren verworrenen Geschichten entnahm er, daß sie ihr früheres Leben in vollen Zügen wiederaufnahm, alte Bekanntschaften erneuerte, mit ihrer Schwester herumflanierte und das Geld, das er ihr gab, verpulverte. Er sagte wenig, stellte kaum Fragen und gab sich den Anschein, alles zu glauben, was sie erzählte.
Er selber entdeckte, daß er plötzlich ungeheuer viel freie Zeit hatte. Es war ein merkwürdiges Gefühl, wieder allein im Studio zu sein, nicht mehr zu sehen, wie sie sich auf dem Diwan rekelte, und nicht mehr ihr vertrautes „Zigarette?" zu hören. Vielleicht war es besser so. Sie stritten sich nicht mehr, und noch kam sie jeden Abend. Vielleicht konnte er sie auf diese Weise länger halten ...
Er versuchte zu arbeiten und merkte, daß er alle Lust und Übung verloren hatte. Ein paar tastende Versuche für das Moulin-Plakat erschöpften sich in planlosen unsystematischen Skizzen.
Verstört hinkte er im Studio herum.

Eines Nachmittags hörte er ein schüchternes Klopfen an der Tür. Es war Balthazar Patou mit seiner Tochter.
Die „kleine Eulalie" erwies sich als eine furchterregende demoiselle mit langer Nase, behaarter Oberlippe und schwarzer Ponyfrisur. Henris Herz schwoll vor Mitgefühl mit dem arglosen jungen Streber, der dieses schreckliche Stück Weiblichkeit heiraten wollte.
„Wir kommen wegen des Porträts." Patou drehte seinen Hut in der Hand. „Das heißt, wenn es Ihnen recht ist, Monsieur Toulouse."
Steif und schweigsam, stoisch erstickend in ihrem weinroten Mieder und dem Fischbeinstehkragen, saß Eulalie in drei aufeinanderfolgenden Sitzungen für das Porträt.
Das Bild rührte den Polizisten zu Tränen.
„Nie werde ich Ihnen genug danken können, Monsieur Toulouse. Ich werde es über den Kamin hängen, und es wird mich immer an meine kleine Tochter erinnern, wenn sie weg ist."
Er erzählte Henri von der Hochzeit, die im Juli stattfinden sollte, und lud ihn zu der *réception dansante* am Nachmittag ein. Es

würde eine wundervolle Hochzeit werden! „Der Herr Polizeipräfekt wird auch kommen" – Patou bekreuzigte sich beinahe, als er den geheiligten Namen aussprach – „und außerdem mehrere Abteilungschefs und Inspektoren von der Sûreté."
Henri nahm die Einladung mit gut gespielter Bereitwilligkeit an. Bevor Patou ging, blickte er sich im Zimmer um, schnupperte sachkundig und sagte leise: „Puder. Sie ist also noch hier, was?"
Henri nickte.
„Es tut mir leid, daß Sie meinen Rat nicht befolgt haben, Monsieur Toulouse." Patou zwirbelte gedankenvoll seinen Schnurrbart. „Das Mädchen ist nicht gut. Aber ich verstehe es. Manchmal verfällt man einer Frau mit Haut und Haaren und ist völlig machtlos. Das hab ich oft genug mitangesehen. Die Hälfte der Leute im Gefängnis sind wegen einer Frau da. Es ist furchtbar, einer schlechten Frau verfallen zu sein."
Er schwieg einen Augenblick und zuckte dann die Achseln. „Na, es ist ja schließlich Ihre Sache. Solange sie nicht versucht, in meinem Bezirk auf den Strich zu gehen, laß ich sie in Ruhe. Aber vergessen Sie nicht: ein Wort von Ihnen, und ich schiebe sie ab nach Saint-Lazare."
Nachdem Eulalies Porträt fertig war, verbrachte Henri die meiste Zeit außerhalb des Studios. Er besuchte endlich einmal wieder seine Mutter, die ihre Sorge um ihn nur schlecht verbergen konnte. „Bitte, Henri, sei vorsichtig", flüsterte sie, als er wegging.
Maurice, mit dem er sich zum Essen getroffen hatte, bemerkte seine Nervosität.
„Was fehlt dir? Hast du Kummer? Was ist los? Hast du Schmerzen in deinen Beinen? Bist du über irgend etwas verärgert? Ist eine Frau im Spiel?"
Henri schwur, er habe sich niemals wohler gefühlt, und erklärte seine Ruhelosigkeit mit Überarbeitung.
„Bald wird es Sommer, vielleicht verlasse ich dann Paris. Ich könnte mir irgendwo auf dem Lande ein kleines Haus mieten. Vielleicht in Dieppe oder Trouville oder Arcachon."
Er begann wieder in die Cafés zu gehen und fand dort seine Freunde immer noch mit den üblichen Schimpfereien auf Kunsthändler und Kritiker beschäftigt, nur allzu bereit, einen Durst zu löschen, den sie während seiner Abwesenheit hatten in Schach halten müssen.

Er schlug die Zeit tot, so gut er konnte, und entdeckte dabei, wie schwer es ist, sie totzuschlagen. Er wurde der typische Bummler, der immer Zeit hat, der seinen Freunden zur Last fällt, indem er „nur für ein paar Minuten" hereinschaut und den ganzen Nachmittag bleibt. Stundenlang saß er bei Seurat und sah zu, wie der mit mönchischer Geduld seine Farbtupfen setzte. Einen Nachmittag verbrachte er zusammen mit Gauzi über Katalogillustrationen, einen anderen mit Anquetin, der an vier Himmelfahrten gleichzeitig arbeitete. Danach suchte er Desboutins auf und fand den alten Graphiker, in einen schmutzigen Bademantel gehüllt, ungewaschen und triefäugig über eine Lösung Salpetersäure gebeugt.

Er wanderte durch den Louvre, studierte Lippis und Pollajuolos, besuchte hin und wieder eine Matinee und schlief in seiner Loge ein, fütterte die Elefanten im Jardin des Plantes mit Erdnüssen und sah den Possen der Affen in ihren Käfigen zu. Viele Stunden verbrachte er auch in Père Tanguys Laden, wo er in den Mappen mit japanischen Drucken kramte, Farbtuben bestellte, die er nicht brauchte, und schließlich dankbar eine Einladung zum Essen von Madame Tanguy annahm.

„Gegen Ende des Monats", sagte sie, „wenn die Abende wärmer sind, nicht wahr?"

Mit lebhaften Gesten deutete Tanguy auf den Hof hinter dem Laden. „Wir werden im Garten essen. Ganz als wenn wir auf dem Lande wären."

Er besuchte die Dihaus, wo er erfuhr, daß César Franck von einem Omnibus überfahren worden war.

„Ich wußte, das würde einmal passieren", jammerte Clémentine. „Ich wußte es vorher. Er war zu geistesabwesend. Statt auf den Verkehr zu achten, dachte er immer nur an seine Musik . . ."

Er ging sogar auch wieder ins Moulin Rouge, wo Zidler sich sofort zu ihm setzte und ihn mit Bitten bestürmte, doch nun mit dem Plakat zu beginnen.

„Monsieur Toulouse, wann machen Sie endlich das Plakat? Sehen Sie es sich an, die Hälfte der Tische ist leer!"

So ging es weiter.

Er fuhr in Droschken, trank Cognac, plauderte, lachte sogar, tat aber alles in einer Art Trance, so als ob nicht er selber der Handelnde sei, sondern er nur einem Fremden bei seinem Tun zusähe.

Er merkte, daß er gleichzeitig über Malerei reden, über Künstlerklatsch lachen und darüber grübeln konnte, was Marie wohl in diesem Augenblick tun mochte. Dies alles gab seinem Leben etwas Schattenhaftes, Unwirkliches, das erst schwand, wenn sie wieder da war und er sie in seinen Armen hielt.

Eines Abends kam sie kribbelnd vor Aufregung an. Ihre Schwester, verkündete sie, habe endlich ihre geheimnisvolle Krankheit überwunden.

„Und weißt du, was wir gemacht haben?" sagte sie mit der falschen Lebhaftigkeit von Leuten, die eine Lüge vorbringen. „Wir sind zusammen in ein Lokal gegangen. Du glaubst nicht, wie sich alle gefreut haben, sie wiederzusehen! Ein paar Freunde kamen an unsern Tisch, und wir haben ein bißchen getrunken. Ich habe ihnen von deinem hübschen Studio erzählt und von deiner Badewanne und den schönen Bildern. Sie wollten es mir nicht glauben, und da hab ich gesagt, sie sollten doch kommen und es sich selber ansehen. Sie kommen morgen abend, wir werden eine richtige kleine Gesellschaft haben . . ."

„Wir werden keinerlei Gesellschaft haben. Ich will deine Freunde hier nicht sehen."

„Du glaubst wohl, du wärest zu gut für meine Freunde? Ich kann dir sagen . . ."

„Das hab ich nicht gesagt." Müde schüttelte er den Kopf. „Ich sagte nur, ich will sie nicht sehen, das ist alles."

„Nicht mal meine Schwester?"

„Nein, nicht mal deine Schwester."

Er sah ein zorniges Funkeln in ihren braunen Augen und wußte, daß der Waffenstillstand zu Ende war. Dies würde sie ihn büßen lassen.

Aber etwas in seinem Ton warnte sie, jetzt weiter darauf zu bestehen.

„Also gut, wie du meinst. Ich dachte, es würde dich freuen. Eugène – das ist Roses *chouchou* – wollte sein Akkordeon mitbringen, und wir hätten tanzen können. Aber wenn du nicht willst . . ."

Die Gesellschaft fand nicht statt, aber Marie kam jeden Abend später ins Studio zurück. Sie brachte den Geruch der Kneipen und den Nachklang der Akkordeonmusik aus den Kaschemmen mit, in denen sie sich bis zum Abend aufhielt. Wenn er sie fragte, wo sie gewesen sei, wurde sie trotzig.

„Das geht dich gar nichts an. Wenn du nicht willst, daß meine Freunde hierherkommen, brauch ich dir auch nicht zu erzählen, wo ich gewesen bin."
Enthielt er sich aller Fragen, so forderte sie ihn heraus, indem sie allerhand erfand und erzählte, was darauf berechnet war, seine Eifersucht zu erregen.
„Auf meinem Weg eben ging mir ein Herr nach. Ein wirklicher Herr, sehr elegant. Er blinzelte mir zu. Ich war drauf und dran, mit ihm zu gehen."
Oder sie begann über seine Beine zu sprechen.
„Wie hast du sie dir gebrochen?"
„Ich sagte es dir schon mal. Ich glitt auf dem Fußboden aus."
„Da muß doch aber irgendwas nicht in Ordnung sein mit dir. Jungs fallen doch alle naslang hin und brechen sich nicht gleich die Beine. Bist du an Krücken gegangen?"
„Ja, eine Zeitlang."
„Was tat deine Mutter, als du . . ."
„Verdammt noch mal, halt den Mund. Halt den Mund und mach, daß du rauskommst!"
„Da haben wir's wieder: schreien und fluchen, das kannst du! Mit dir ist wirklich kein Umgehen. Ich hab doch bloß nach deinen Beinen gefragt."
„Gut, hör auf, danach zu fragen."
Unermüdlich kam sie wieder darauf zurück und bat und bohrte, daß doch ihre Schwester und ihre Freunde mal ins Studio kommen sollten. Aber es war der einzige Punkt, in dem er nicht nachgeben wollte und bei dem er es wirklich darauf ankommen ließ. Sie begann zu drohen, daß sie ihn verlassen werde.
„Du sollst sehen, ich komme nächstens einfach nicht wieder. Was machst du dann? Siehst du, du wirst weiß wie 'n Laken. Das möchtest du wohl nicht, was?"
Sie begann auch mehr Geld zu verlangen. „Zehn Francs genügen mir nicht mehr. Ich will zwanzig haben."
Eine Woche später waren es dreißig. Dann fünfzig . . .
Aus diesen ständigen Geldforderungen schloß er, daß sie wieder mit Bébert zusammenkam. Von da an gesellte sich zu der Qual des Wartens die der Eifersucht. Warum schmerzte es so, das teilen zu sollen, was ohnehin nie sein gewesen war? War sie nicht Allgemeingut? Machte es etwas aus, ob sie einen Liebhaber hatte oder

nicht? Er versuchte, sich mit diesen Vernunftgründen zu beruhigen, aber es gelang ihm nicht.
Schließlich gaben seine Nerven nach. Er brach in hilflose Wutanfälle aus, schrie zurück, wenn sie Szenen machte, und vergalt Beleidigung mit Beleidigung.
Ihre Abende erschöpften sich von nun an in betrunkenen und lärmenden Zänkereien, ihre Nächte in freudlosen Ausschweifungen, in denen sich ihre gegenseitige Erbitterung austobte. Es war nur noch ein blindwütiges Übereinanderherfallen, ein triebhafter Kampf, der ihr Fleisch wundschlug und sie in eine flüchtige, schreckliche Befriedigung stürzte, aus der sie schwer atmend und zerschlagen erwachten – feindlich und voller Haß wie zuvor.

Wenn sie nicht bei ihm war, verfiel er in eine völlige Lethargie, in der ihm die einfachste Handlung zur Anstrengung wurde. Irgendwann am Tage brachte er es zustande, ein Bad zu nehmen, sich anzuziehen und zu essen, aber er ging jetzt weder in die Cafés, noch traf er seine Freunde. Seine zerrütteten Nerven ertrugen den Straßenlärm, das Gerede über Kunsthändler und Kritiker und das Geklapper in den Restaurants nicht mehr. So blieb er im Studio, lag, mit den Händen hinterm Kopf und eine Flasche Cognac neben sich, auf dem Diwan, überließ sich den quälenden Gedanken an Marie, die er liebte und haßte, und machte phantasievolle Pläne, wie er von ihr loskommen könne. Nach einiger Zeit und sehr vielen Cognacs verlor sein Geist die Klarheit. Maries Bild verschwamm vor seinen Augen. Der Schmerz verging. Er schlief ein.
So fand Maurice ihn eines Nachmittags.
„Überarbeitung, hm? Ich wußte, daß du nicht die Wahrheit sagtest. Es sah dir nicht ähnlich. Du konntest schon immer mehr arbeiten als irgend jemand anders. Man braucht nur an Fontanes zu denken. Du! Was ist denn nur los mit dir?"
„Laß mich in Ruh. Warum bist du nicht im Büro? Es ist doch nicht Sonntag. Warum arbeitest du nicht? Ich dachte, sie könnten dich bei der Zeitung nicht entbehren."
„Spotten hilft dir nicht, mein Lieber."
Bedächtig nahm Maurice in dem Korbsessel Platz, legte seinen Hut auf den Tisch und zündete sich eine Zigarette an.

„Ich habe mir einen Nachmittag frei genommen. Ich war in Sorge um dich. Und ich gehe nicht weg, bevor du mir nicht sagst, was mit dir los ist.“
„Bist du bei Monsieur Boussod gewesen?“
Als Maurice nickte, fragte Henri weiter: „Und wie war er?“
„Sehr nett. Du hattest recht, er macht sich Sorgen um Théo. Das Geschäft ist zurückgegangen in der Galerie. Er sieht ein, daß Théo entlastet werden muß, aber er kann es sich nicht leisten, ihm einen Assistenten zu geben. Und so hat er sich nur meine Adresse aufgeschrieben und versprochen, sich mit mir in Verbindung zu setzen, wenn sich irgend etwas ändert. Also das Übliche. Aber ich bin nicht hergekommen, um von mir zu reden, sondern um zu sehen, was mit dir los ist, und ich gehe nicht eher, als bis du es mir erzählst.“
„Ach, laß doch. Kümmere dich um deine eigenen Sachen.“
„Ich gehe nicht eher ...“
„Meinetwegen geh zur Hölle, aber laß mich in Ruh.“
„Ich sagte dir, ich gehe nicht. Du kannst fluchen und mich zur Hölle wünschen, soviel du willst. Du bist in Not, und ich geh nicht von der Stelle, bis ich weiß, was dir fehlt.“ Er beugte sich vor, und seine Stimme wurde drängend. „Du mußt es mir sagen, Henri, du mußt. Was es auch sein mag, du kannst es nicht immer in dich verschließen. Und zu wem willst du sprechen, wenn nicht zu mir? Denkst du nicht mehr daran, daß wir Blutsbrüder sind?“
„Gut. Was willst du wissen? Ich bin einem Mädchen begegnet. Sie heißt Marie. Sie ist eine Straßendirne, ein dummes, gemeines, verlogenes Stück. Und“ – er nahm einen tiefen Zug und blies den Rauch hörbar aus – „ich kann nicht ohne sie leben. Das ist alles. So, nun weißt du's. Zufrieden?“
„Liebst du sie?“
„Lieben? Großer Gott! Wer hat was von Liebe gesagt? Ich hab nicht gesagt ‚Ich liebe sie‘, ich sagte ‚Ich kann nicht ohne sie leben‘. Einer der Gründe, weshalb diese Art von Unterhaltung Zeitverschwendung ist, ist der, daß das Wort ‚Liebe‘ hundert verschiedene Bedeutungen hat und man nie weiß, von welcher die Rede ist. Man liebt Gott und man liebt Eierkuchen, man liebt seine Mutter und seinen Hund, man liebt Rembrandt und man liebt heiße Bäder. Nein, ich liebe Marie nicht, wenn es das ist, was dich beunruhigt. Ich habe kein Verlangen danach, im Mondschein ihre Hand

zu halten und Sonette auf sie zu schreiben. Aber ich liebe ihren Mund, ihre Brüste, ihre Art zu küssen. Und ich hasse sie gleichzeitig, hasse sie, wie ich noch nie einen Menschen gehaßt habe. Vom ersten Augenblick an hat mich jedes Wort, das sie sagte, in Wut gebracht. Gleich ihre ersten Bemerkungen ..."
Zu seiner Überraschung merkte er, daß es ihn erleichterte, ja, sogar befriedigte, über sie zu sprechen. Er schilderte ihre erste nächtliche Begegnung, die Episode mit Patou, die Art, wie sie unter der Laterne „Gott, sind Sie häßlich!" gesagt hatte, er sprach von ihrer geistigen Trägheit, ihrer Habgier, ihrer Gemeinheit und von ihrem berauschenden Körper.
„Frag mich nicht, wie man eine Frau hassen und zu gleicher Zeit begehren kann. Ich weiß es nicht. Aber eins weiß ich: Haß ist wohl der stärkste Impuls für den Geschlechtstrieb und die Umarmung in der Glut des Zorns vielleicht die erregendste Form der Liebe."
Er starrte zur Decke.
„Das einzig Schlimme an dieser Art Liebe ist, daß sie dein Verlangen nicht stillt und dir weder Frieden noch Erlösung bringt. Sie befreit dich nicht, sondern ..."
Er setzte sich auf, drückte seine Zigarette aus und schenkte sich ruhig einen Cognac ein.
„... sondern macht dich allmählich wahnsinnig."
Maurice sah ihn den Cognac hinunterstürzen und wartete, bis er das leere Glas auf das Fensterbrett setzte.
„Aber was macht sie denn so unwiderstehlich?" fragte er und blickte den Freund ratlos aus seinen blauen Augen an.
Henri lächelte müde und ein wenig spöttisch. „Ich wußte, du würdest fragen. Tausendmal habe ich mir selbst diese Frage vorgelegt, aber ich hab die Antwort bis heute nicht gefunden. Weißt du, Maurice, im Bereich des Sexuellen verliert man nur allzu schnell den Boden unter den Füßen. Man weiß nicht, woran man ist, man sieht nicht klar, und das, was man sieht, gefällt einem nicht. Man denkt, man sei völlig normal, der gesündeste Mensch der Welt, und plötzlich entdeckt man, daß man für zwei Sous zum Sadisten werden könnte. Das ganze Gebiet des Sexuellen gleicht jenen Ozeantiefen, in denen immer Nacht ist und die mit gräßlichen Ungeheuern bevölkert sind. Warum Marie für mich unwiderstehlich ist? Ich kann dir nur noch einmal sagen: ich weiß es nicht. Sie ist gewiß nicht für jeden unwiderstehlich. Sie hat seit ihrem

vierzehnten Jahr mit den verschiedensten Männern geschlafen, und nicht einer hat ihretwegen je eine Dummheit begangen." Er stieß ein kurzes bitteres Lachen aus. „Außer mir — keiner."
Er stützte sich auf den Ellbogen und blickte Maurice durchdringend an. Seine braunen Augen wirkten übergroß hinter den scharfen Gläsern.
„Sie ist verrückt nach einem Lümmel von Zuhälter, der sie seinerseits auch keineswegs unwiderstehlich findet. Warum also ist sie es für mich? Zuerst dachte ich, es sei die Anmut ihrer Bewegungen. Sie hat wirklich eine angeborene Grazie, die mir durch und durch geht. Mit ihr zusammenleben heißt wie mit einer Tanagrafigur leben. Aber natürlich ist es das nicht. Dann dachte ich, es sei ihre Verderbtheit, die Raffinesse ihrer Liebeskünste. Sie ist ganz und gar Geschlecht, ganz und gar Weib. Es ist eine Art geradezu poetischer Gemeinheit, ein Zauber des Verkommenen um sie."
Er hielt plötzlich inne. „Kannst du mich überhaupt verstehen? Vielleicht ist es auch ihre Gleichgültigkeit, die verrücktmachende Art und Weise, wie sie mich ansieht, so als ob sie mich überhaupt nicht sähe. Du kannst dir das nicht vorstellen, denn du bist kein Krüppel und dich hat noch nie ein Mädchen so angesehen. Aber glaub mir, Maurice, wenn es noch etwas Tieferes, Komplizierteres gibt als den Sexus, dann ist es der Stolz, nicht der soziale, sondern der Stolz im menschlichen Sinne, auf deine Eigenschaft als menschliches Wesen. Sie blickt auf mich herab, so wie man vielleicht auf einen Wurm oder eine Kröte herabblickt, gerade als sei ich ein lächerliches bärtiges Ungeheuer, das sich als Mann verkleidet hat. Es gibt eine Art höhnischer, beleidigender Gleichgültigkeit, die dich leichter als irgend etwas anderes zum Wahnsinn treiben kann. Ich hab mal einen Bericht über die erste Besteigung des Matterhorns gelesen. Siebenmal hatte der Mann versucht, diesen ‚unbezwinglichen Berg', wie die Schweizer ihn nennen, zu ersteigen. Als es ihm endlich gelang, fragte man ihn, weshalb er Jahr um Jahr wiedergekommen sei und tausendmal sein Leben aufs Spiel gesetzt habe. Weißt du, was er zur Antwort gab? ‚Weil dieses Biest von Berg sich über mich lustig machte!' Genau das ist es, was ich Marie gegenüber fühle. Es macht mich rasend, immer wieder zu erleben, daß ich sie wohl besitzen kann, aber nicht die Macht habe, sie dazu zu bringen, irgend etwas für mich zu fühlen. Das alles ist für mich zur Besessenheit, zur fixen Idee geworden. Sie ist ge-

wissermaßen die Verkörperung der Gleichgültigkeit, der mitleidigen Verachtung, die ich zahllosen anderen Frauen eingeflößt habe."
Im Zimmer war es dämmerig geworden. Der Himmel hinter dem großen Fenster überzog sich mit der Abendröte.
„Und nun?" fragte Maurice ruhig.
„Nun? Wir sind wie zwei ineinander verknäulte Ringer. Wir verwunden uns gegenseitig, so gut wir können. Sie will ihre Freunde hierherbringen, um ihnen das Wundertier zu zeigen, den reichen Krüppel, der ihr fünfzig Francs pro Tag zahlt. Sie droht, sie werde mich verlassen, und findet tausend Wege, mich zu quälen und zu demütigen. Und alles, was ich tun kann, ist, sie zu hassen und zur Hingabe zu zwingen. Das aber gilt unter anderm als die größte Demütigung, die man einer Frau zufügen kann, und ist als solches ein großartiges Ventil für Rachsucht und Verachtung."
Sie schwiegen eine Weile. Das Zimmer füllte sich immer mehr mit Dunkelheit.
„Was wirst du nun tun?"
Henri zuckte die Achseln. „Ich weiß es nicht. Vielleicht ergibt sich alles von selbst. Vielleicht verläßt sie mich in den nächsten Tagen, und damit hat dann alles ein Ende. Oder ich bringe es fertig und finde den Mut, sie rauszuwerfen. Oder ich hab doch eines Tages genug von ihr. Ich weiß es nicht. Ich weiß es wirklich nicht . . ."

14

„Ist es etwa nicht mein Geld, was? Hab ich es mir nicht selber verdient, wie? Ich kann damit machen, was ich will. Oder etwa nicht?" Sie schrie ihm die Worte mit wütend zusammengekniffenen Augen zu. „Jawohl, ich hab es ihm gegeben. Ich liebe ihn eben. Ich bin verrückt nach ihm. Und ich geh zu ihm zurück. Ich hab es satt, dein häßliches Gesicht zu sehen."
Auf der Treppe hatte sie angefangen zu singen.
Er hatte an jenem Tag im Badezimmer auf dem Bord das Sparbuch gefunden und festgestellt, daß sie das Geld abgehoben hatte. Wütende Eifersucht überfiel ihn, und mit einem Strom von Schimpfworten schrie er ihr zu, sie solle weggehen, hob seinen Stock gegen sie und würde sie geschlagen haben, wenn sie nicht rasch beiseitegesprungen wäre.

Das war vor zwei Wochen gewesen. Inzwischen war seine Wut verraucht und der Schmerz an ihre Stelle getreten. Jede Stunde hatte er sich in Sehnsucht verzehrt. O ja, zunächst hatte er sich beglückwünscht zu seinem Mut und sich selber immer wieder versichert, wie froh er sei, sie los zu sein. Aber das hatte auf die Dauer keinen Zweck. Der Hunger des Körpers ließ sich nicht mit selbstgezolltem Tribut beschwichtigen. Der Gedanke an ihre kleinen Brüste, ihre nachgebenden Schenkel erfüllte seine Nächte mit schrecklicher Qual.
Er hatte das Labyrinth der Gassen von Sebastopol nach ihr durchsucht, hatte in üble Kneipen hineingesehen und war dann Abend für Abend zu Hause geblieben, hatte getrunken, gewartet und war jedesmal, wenn er Schritte hörte, von einem Zittern befallen worden. Schließlich hatte er begriffen, daß sie nicht mehr zurückkommen würde.

An diesem Morgen, es war der 27. Mai, saß er auf dem Rand seines Diwans und starrte auf den kleinen Teppich aus Sonnenschein auf dem Fußboden, als er auf der Treppe das Geräusch von Schritten hörte. Noch einmal flammte die unsinnige Hoffnung auf.
Nein, es war nicht Marie. Es waren dröhnende, müde Männerschritte. Hastig stand er auf, hinkte zur Staffelei und nahm die Palette zur Hand.
Es klopfte.
„Herein!"
Als die Tür sich öffnete, tat er einen Freudenschrei.
„Vincent!"
Er warf die Palette hin und ergriff seinen Stock. „Wann bist du angekommen? Wie lange bleibst du? Komm, setz dich auf den Diwan und laß dich anschauen! Wie geht es dir?"
Während er sprach, forschten seine Augen im Gesicht des Freundes. Ja, es war Vincent, aber ein verwandelter Vincent: ruhig, eingeschüchtert, mit trüben, zerquälten Augen. Keine Skizzenmappe, keine Rumflasche, keine lebhaften Gebärden. Es war ein ordentlicher, gesitteter Vincent mit einem zu großen Filzhut und einem neuen fertig gekauften Anzug, der ihm zu eng war.
„Gut geht es mir", sagte Vincent mit tonloser Stimme. Er setzte sich. „Es tut wohl, dich wiederzusehen, Henri. Ich bin gestern an-

gekommen und habe den Tag bei Théo und Johanna verbracht. Hast du schon gehört, daß sie das Kind nach mir genannt haben?"
Zum ersten Mal lächelte er, ein ungläubiges, ekstatisches Lächeln, das sein ganzes hageres Gesicht erhellte.

„Kannst du dir das vorstellen? Sie haben es Vincent genannt, nach mir! Und so ein schönes Kind! Rothaarig, genau wie ich."

Noch immer lächelnd stopfte er seine Pfeife und blickte zum Fenster hinaus.

„Die Sonne tut gut, nicht wahr?" Seine Stimme war schwach, als sei er gerade von einer Krankheit genesen. „In Arles ist es manchmal zu heiß gewesen. Ich glaube, es war die Sonne, die mich verrückt gemacht hat."

„Da konntest du wohl endlich soviel Gelb anbringen, wie du wolltest, was?" sagte Henri hastig. „Weißt du noch, wie du sagtest, daß Gelb Gottes Farbe sei, und ich dir sagte, Cormon habe aber lieber Braun?"

Ihre anfängliche Befangenheit schwand, und sie fanden zurück zu der alten Vertrautheit.

„Ich freue mich, daß du wieder da bist, Vincent. Ich habe oft an dich gedacht. Der Montmartre war nichts mehr, seitdem du ihn verlassen hast. Erinnerst du dich noch an das Atelier von Cormon?"

„Ja. Wär ich in jenem Winter nur ins Atelier gegangen, anstatt zuhause oder draußen zu malen! In Anatomie bin ich immer noch schwach."

„Ach, zum Teufel mit der Anatomie! Deine Malerei hat Leben. Du hast dich doch selber gefunden."

„Ja, so ist es wohl." Vincent starrte auf seine knotigen Hände. „Es hat mich aber auch fast das Leben gekostet. Aber vielleicht war es das wert – selbst die Anstalt. Oh, Henri, du kannst dir nicht vorstellen, was es heißt, in einer Anstalt eingesperrt zu sein."

„Sprich nicht darüber. Versuch es zu vergessen. Du bist jetzt wieder ganz gesund."

„Aber ich muß davon sprechen", sagte Vincent leise. „Vielleicht befreit es mich, und ich brauche dann nicht mehr ständig daran zu denken. Es war weniger das Eingesperrtsein, was es so schrecklich machte, als vielmehr das Zusammensein mit den Wahnsinnigen. Manche wachten nachts unter furchtbaren Schreien auf, und noch

lange, nachdem die Wärter sie weggebracht hatten, konnte man sie hören. Oft glaubte ich, ich würde wirklich wahnsinnig ..."
In seinem Innern schien sich etwas gelockert zu haben, denn die Worte überstürzten sich jetzt. Er erzählte Henri von seinem Leben in Arles: von den Stunden, die er in glühender Sonne auf den Feldern verbracht hatte, hingegeben an die Malerei mit einer Wut, die schon fast an Wahnsinn grenzte; von dem Weg zurück in die Stadt bei Sonnenuntergang, wie er mit wankenden Schritten über die staubigen Landstraßen gewandert war, die Staffelei auf den Rücken geschnallt und die noch feuchte Leinwand in der Hand; von Gauguins lang erwarteter Ankunft, der glücklichen Gemeinsamkeit ihrer ersten Tage und dem Ausflug nach Avignon; von den ersten Streitigkeiten, als sie wieder in Arles waren, den Wortgefechten, die in lärmenden Streit ausarteten, den Versöhnungen beim Absinth im Café de la Gare, den Abenden im Bordell und dem plumpen Mitleid der Huren. Schließlich der große Krach: das Glas Absinth war Gauguin ins Gesicht geflogen, es gab ein entsetzliches Durcheinander, und ihn erfüllte eine mörderische Wut. In seinem Kopf dröhnte es wie Trommelschläge, das Gehirn schien sich in seinem Schädel zu drehen. Er sprach von dem plötzlichen Wahnsinn, als die Wände vor seinen Augen und der Boden unter seinen Füßen schwankten, von dem Rasiermesser, mit dem er sich das Ohr abschnitt, dem nächtlichen Gang ins Bordell mit dem grausigen, in Zeitungspapier eingewickelten Geschenk, von der Rückkehr ins Hotel, bei der ihm das Blut den Hals hinunterlief. Und die Trommelwirbel in seinem Kopf waren lauter, lauter und immer lauter geworden, bis endlich der epileptische Anfall und dann der völlige Zusammenbruch kam, die Trommeln ferner klangen und sich schließlich Stille, Dunkelheit und Frieden auf ihn senkten.
„Das übrige weißt du. Théo kam sofort und sorgte für meine Aufnahme in Saint Rémy, damit ich nicht in eine staatliche Anstalt gesteckt oder nach Holland zurückgeschafft wurde. Die Nonnen waren sehr gut zu mir. Ich durfte im Hof malen, und sie kamen und sahen zu und flüsterten und kicherten; aber ohne jede Bosheit. So gingen die Monate hin. Man verliert das Zeitbewußtsein in so einer Anstalt. Und nun bin ich wieder hier. Es kommt mir vor, als sei ich gerade aus einem Traum erwacht und hätte den Montmartre nie verlassen."

Henri legte die Hand auf seinen Arm. „Es war ein Traum, Vincent, ein schlimmer Traum. Aber jetzt ist alles gut. Du stehst am Anfang eines neuen Lebens.“
Vincent lächelte wehmütig. „Ja, vielleicht ...“
Er schwieg einen Augenblick. Dann fragte er: „Und wie stehen die Dinge hier? Was hast du gemacht?“
„Ich?“ Henri zuckte die Achseln. „Bei mir ereignet sich kaum etwas. Ich schlage die Zeit tot, so gut ich kann. Ich male, hab ein paar Zeichnungen für Zeitschriften und ein paar Titelbilder für Chansons gemacht. Sogar ein Plakat hab ich versprochen. Bleibst du längere Zeit in Paris?“
Vincent schüttelte den Kopf. „Ich fahre schon morgen weiter nach Auvers. Théos Wohnung ist überfüllt, und ...“
„Dann bleib doch bei mir! Wir könnten zusammen arbeiten wie früher. Ich bin jetzt ganz allein ...“
„Ich dank dir, aber es ist besser, ich gehe. Paris ist nicht gut für mich.“
Er stand auf und ging durch das Zimmer. „Kann ich deine Bilder sehen? Ich hab seit Monaten nichts Neues gesehen.“
„Natürlich. Sieh dir alles an, was du willst. Ich gehe inzwischen nach oben und wasche mich. Und dann gehen wir zusammen frühstücken. Was meinst du, wollen wir zu Agostina?“
Ihre Blicke trafen sich, und sie sahen sich einen Augenblick lächelnd in Erinnerung an die Vergangenheit an. Diese Vergangenheit lag noch gar nicht weit zurück und war doch so unendlich fern.

Agostina stürzte, gefolgt von ihren beiden Wolfshunden, aus der Küche. „*Vincente! Carissimo Vincente!*“
Sie schloß Vincent in die Arme und herzte und küßte ihn. Als sie ihn endlich wieder losließ, war ihr Gesicht tränenüberströmt.
„Ich bin ja so glücklich!“ schluchzte sie und suchte in ihrem Mieder nach einem Taschentuch. „Ich hatte schon gedacht, ich würde dich nie wiedersehen! ‚Vincente kommt niemals zurück‘, sagte ich zu mir selbst. Und Sie, Monsieur Toulouse, hab ich auch so lange nicht gesehen. Und jetzt kommt ihr, wo alle schon weg sind und die *past' asciutta's* kalt geworden sind ...“
Sie hatte noch die alte Überschwenglichkeit, aber sonst war auch Agostina verändert. Ihr Gesicht war schlaff geworden, und ihr glänzendes schwarzes Haar wurde an einigen Stellen schon grau.

Sie aßen gemächlich in dem fast leeren Restaurant. Als sie fertig waren, brachte sie eine Flasche Likör und setzte sich zu ihnen.
„Zur Feier des Tages", sagte sie, während sie die drei Gläser füllte. „Er heißt *la Strega* und ist der köstlichste Likör der Welt. Er tröstet das Herz", fügte sie wehmütig hinzu.
„Was ist denn los, Agostina?" fragte Henri. „Hast du Kummer?"
Ihre schönen Augen bekamen einen sehnsüchtigen Ausdruck. „Ich möchte nach Hause, wo die Sonne scheint und man die Erde braun und warm unter den Füßen fühlt. Ich möchte das Meer wiedersehen mit seinen Schaumkronen, die im Sonnenschein blinken ..."
Die beiden brachen nach einiger Zeit auf und nahmen eine Droschke.
„Das richtige Wetter für eine Ausfahrt", sagte Henri. „Hast du den Eiffelturm schon gesehen?"
Sie fuhren durch belebte Straßen, an der Oper vorbei, über die Place de la Concorde und bogen in die Champs Elysées ein.
„Ich hatte ganz vergessen, wie schön Paris ist", sagte Vincent.
„Ja, es ist schön, eine Bühne, auf der die Szenerie die Schauspieler überwältigt. Manchmal frage ich mich, ob nicht Architektur die erregendste aller Künste ist. Mehr noch als Musik."
Sie sahen den Eiffelturm, die Conciergerie, die Silhouette von Notre Dame, wie ein Schiff im Herzen von Paris verankert, und in der Ferne die quadratische steinerne Masse des Louvre, der wie ein Fabeltier auf seinen Schätzen hockte. Dann überquerten sie die Seine und schlängelten sich am linken Ufer entlang, wo ihr Wagen rumpelnd und stoßend über das Kopfsteinpflaster dunkler und enger Straßen holperte. Sie fuhren an verschlafenen kleinen Läden vorbei, an friedlichen Gastwirtschaften und alten Kirchen, die eingekeilt zwischen schmutzigen Häusern dastanden. Unvermutet taten sich kleine Plätze auf, alle mit den gleichen Requisiten: einem glucksenden Springbrunnen, einem Bronzestandbild irgendeines Generals, vier oder fünf Platanen und einer Bank, auf der ein spitzbärtiger Rentier in Überzieher und Melone saß und die Zeitung las. Und hin und wieder spielte eine kleine Drehorgel inmitten eines Häufleins von Kindern.
Als sie an Notre Dame vorbeifuhren, fragte Henri: „Möchtest du hineingehen?"
Sie betraten das riesige dämmrige Mittelschiff, das nach Weihrauch duftete und die etwas modrige Kühle sehr alter Gebäude aus-

strömte. Hier und da knieten Frauen, die die Hände gefaltet vor dem Mund hielten, und hinter einem Pfeiler schluchzte ein junges Mädchen.
Henri blickte Vincent verstohlen an, der auf die winzige Flamme vor dem Tabernakel starrte und kaum merklich die Lippen bewegte, als spräche er mit dem Gott hinter der goldenen Tür. Armer Vincent, seine Kraft war gebrochen. Der wilde Sturzbach seiner Vitalität war versickert ...
„Ich sollte heute zum Essen zu den Tanguys kommen", sagte Henri, als sie die Kathedrale verließen. „Magst du nicht mitkommen? Sie werden sich freuen, dich wiederzusehen."
Die Rue Clauzel war schon ganz in abendlichen Nebel gehüllt, als die Droschke vor Père Tanguys Laden hielt. Beim Läuten der Türglocke kam der alte Kunsthändler hervorgestürzt. Als er Vincent erkannte, breitete er seine kurzen Arme aus.
„Monsieur van Gogh! Welch eine Freude, welch eine Überraschung!" Er drückte Vincent an seine Brust und stellte sich auf die Zehenspitzen, wodurch es ihm tatsächlich gelang, einen Kuß auf dem Kinn des Holländers anzubringen. „Jetzt sind wir vollzählig. Sie sind gerade zur rechten Zeit gekommen. Das *ragoût à l'oignon* ist fertig."
Unter weiteren Reden führte er sie in die Küche, wo seine Frau schwitzend und mit bloßen Armen über einem brodelnden Kochtopf hantierte, als bereite eine Hexe ihren Zaubertrank. Nach erneuten Freudenausrufen über Vincents unerwartetes Auftauchen begaben sich die drei Männer in den Hof hinter dem Laden. Dort war der Tisch schon gedeckt.
„Genau wie auf dem Lande, nicht wahr? Riechen Sie nur die Luft!" rief Tanguy und tat einen tiefen Atemzug. „Und haben Sie schon meinen Baum gesehen?" Er wies auf eine kümmerliche Linde, an der eine Wäscheleine befestigt war. „Ich sage immer, man braucht Paris nicht zu verlassen, wenn man das Landleben genießen will."
Kurz danach erschien Madame Tanguy mit einem dampfenden Kochtopf, den sie auf den Tisch setzte. Das Essen begann, und man erklärte allgemein das *ragoût à l'oignon* für ein Meisterwerk.
Henri bemerkte, daß Tanguy kaum etwas gegessen hatte und seinen Wein unberührt ließ. „Was fehlt Ihnen, Tanguy? Schmeckt Ihnen der Wein nicht mehr?"

Der alte Anarchist wandte ihm sein rundes, stoppeliges Gesicht zu und sah ihn kläglich an. „Es ist der Magen, Monsieur Toulouse. Er tut mir immer weh."
„Ich habe ihm schon so oft gesagt, er soll zum Arzt gehen, aber er ist störrischer als ein Maulesel", sagte Madame Tanguy. Sie stand auf und begann die Teller zusammenzustellen.
„Ich mag nicht, wenn so ein Bourgeois von Doktor mir im Magen herumstochert. Bei mir ist das eine Prinzipienfrage", erklärte Tanguy entschieden. „Aber jetzt, meine Herren, will ich Ihnen einen schönen kleinen Hokusai zeigen, den ich vor kurzem aufgetrieben habe."
„Tanguy, komm und hilf mir beim Abwaschen", rief seine Frau aus der Küche. Niedergeschlagen blickte er seine Gäste an, seufzte und wandte sich gehorsam zur Küche.
Es war Abend geworden. Die Luft war milde. Der Hof lag still und dunkel um den kleinen Lichtfleck der Lampe, die Lindenblätter bildeten ein schwarzes Spitzenmuster. Unruhig flatterten Motten um die Lampe, prallten gegen den heißen Glaszylinder und fielen wie tot auf den Tisch. Aber nach einer Weile rührten sie sich wieder, bewegten die zarten Flügel und begannen das Spiel von neuem.
„Die wollen auch haben, was sie nicht haben können", sagte Henri versonnen. „Es ist soviel geschrieben worden über den wunderbaren Instinkt der Tiere. Aber man sehe sich nur diese närrischen Motten an . . ."
„Henri?"
„Ja?"
„Während du dich fertig machtest, hab ich mir deine Bilder angesehen. Das Mädchen, diese Blonde – nimm dich in acht! Laß dir von ihr nicht dein Leben zerstören! Laß dich durch sie nicht von der Arbeit abhalten." Er lächelte schmerzlich. „Du bist zehn Jahre jünger als ich und hast noch nicht alles gesagt, was du zu sagen hast. Du hast die Pflicht, es in Farben auszudrücken, denn vielleicht wird es sonst niemand tun, wenn du es nicht tust. Laß dich nicht durch eine Frau davon abhalten."
Henri hatte plötzlich eine Vorahnung, als werde er Vincent nie wiedersehen. Schon war der Vincent, den er gekannt hatte, tot. Sein häßlich-schönes Gesicht strahlte eine neue Heiterkeit aus, und seine Augen schienen einem anderen Ufer zugewandt.

Sie sprachen noch lange miteinander, nachdem die Tanguys zu Bett gegangen waren. Dann fuhren sie schweigend zur Cité Pigalle, wo Théo wohnte. Vor der Haustür stieg Vincent aus und ergriff Henris Hand.

„*Vaarwell, myn vriend.*" Er lächelte wieder sein schmerzliches Lächeln. „So sagen wir im Holländischen. Es bedeutet ‚*Adieu, mon ami*'."

Adieu? Dann wußte Vincent also auch, daß sie sich nicht wiedersehen würden. Henri blickte noch einmal in das hagere, rotbärtige Gesicht.

„*Adieu, mon ami*", sagte er heiser. „Adieu, Vincent."

Klein Eulalies Hochzeit war genau so, wie ihr vernarrter Vater sie sich vorgestellt hatte. Vor allem die *réception dansante* war mit ihrem aus der Polizeikapelle entliehenen Vier-Mann-Orchester eine grandiose Angelegenheit. Es kamen Abordnungen von der Sicherheitspolizei, der Mordabteilung, dem Schatzamt und der Geheimpolizei, ganze Scharen von Inspektoren und höheren Beamten. Außerdem: der Herr Polizeipräfekt in eigener Person! Aus der Nähe besehen erwies sich dieser fast übermenschliche Würdenträger als ein kahlköpfiger, salbungsvoller, bärtiger Herr in gestreiften Hosen und Cutaway, der aussah wie der Zeremonienmeister eines Beerdigungsinstitutes. Er hielt eine wunderschöne Ansprache, blieb ein paar Minuten, erteilte allen seinen väterlichen Segen und verabschiedete sich dann wieder, eskortiert von einem stammelnden und in Verbeugungen ersterbenden Patou. An der Tür hielt er inne, um Henri die Hand zu schütteln und ein paar passende Höflichkeitsfloskeln mit ihm auszutauschen.

Nach seinem Abgang spielte das Orchester zu einer munteren Polka auf. Die Gendarmen nahmen ihre Frauen um die Taille und sprangen mit martialischem Eifer herum.

Patou, außer sich vor Stolz und Aufregung, bestand darauf, Henri mit verschiedenen Gästen bekannt zu machen. „Erlauben Sie mir, Herr Graf, Ihnen Hauptmann Culot von der Mordabteilung vorzustellen. Er hat zwanzig Personen aufs Schafott gebracht. Dies ist Hauptmann Guilguet, Spezialist für Juwelendiebstähle. Und dies Direktor Ponjel vom Roquette-Gefängnis . . ."

Die Feier näherte sich schon dem Ende, als Patou noch einmal mit einem untersetzten, jovial aussehenden Mann auf Henri zutrat.

„Herr Graf, darf ich Ihnen meinen alten Freund, Inspektor Rempart vorstellen? Er ist Chef der Sittenpolizei im Bezirk Sebastopol. Sie wissen, der, von dem ich Ihnen erzählte..." Er zwinkerte bedeutungsvoll und war schon wieder auf und davon.
Inspektor Rempart setzte sich neben Henri und verbreitete sich des längeren und breiteren über Patou, seine Redlichkeit und Tüchtigkeit.
„Er erwähnte, daß Sie sich für eins der Charlet-Mädchen interessierten", sagte er dann und senkte die Stimme. „Seien Sie froh, daß Sie sie los sind. Das Mädchen ist nicht gut. Sie ist wieder in meinem Bezirk, aber ich halte sie unter Beobachtung. Seit sie wieder mit ihrem Zuhälter zusammen ist, lungert sie den ganzen Tag in der kleinen Kneipe an der Rue de la Planchette herum. Aber sie soll sich nur in acht nehmen. Ein einziger Verstoß, und wir greifen zu."
Als Henri an diesem Abend in sein Studio zurückkam, hämmerten seine Schläfen. Die Dunkelheit war voll von flüsternden Stimmen. „Rue de la Planchette ... Rue de la Planchette ... Geh doch hin und du kannst sie sehen, vielleicht sogar mit zurückbringen ..."
Stundenlang kämpfte er gegen die Vorstellung von ihrem aufreizenden Mund, ihrem biegsamen Körper und rief sich dagegen ihre Schlampigkeit, Habgier und Frechheit ins Gedächtnis zurück.
Um Mitternacht gab er nach.
Die Rue de la Planchette war eine schmutzige Gasse, eigentlich nur ein düsterer Graben zwischen zwei Reihen verkommener Häuser. Er ließ den Kutscher halten, ging auf die Kneipe zu und spähte durch die beschlagenen Fensterscheiben. Zuerst konnte er nur die verschwommene Silhouette des Wirtes erkennen, der hinter dem Schanktisch stand und Gläser spülte, sowie zwei Männer, die Karten spielten.
Dann aber sah er sie! Sie saß neben Bébert und redete offensichtlich flehend auf ihn ein. Er sah, wie der Kerl sie beiseitestieß, ihr irgend etwas zuschrie und die Hand hob, als ob er sie schlagen wolle. Daraufhin nickte sie ergeben und lächelte ihn furchtsam an. Wie verächtlich konnte Liebe sein!
Er kehrte zu der Droschke zurück. „Würden Sie bitte dort hineingehen", sagte er zu dem Kutscher, „und nach einem Mädchen namens Marie Charlet fragen? Sagen Sie ihr, draußen sei jemand, der sie sprechen möchte."

Die Wartezeit schien ihm endlos. Schließlich erblickte er ihre schlanke Gestalt in der erleuchteten Tür.
„Marie!“ rief er erregt. „Marie!“
„Ach, du bist es.“ Sie kam auf ihn zu. „Was willst du von mir?“
„Ich möchte, daß du zurückkommst, Marie“, sagte er, froh, daß sie die Scham in seinen Augen nicht sehen konnte. „Ich war im Unrecht. Bitte komm zurück.“
„Ich weiß nicht recht“, sagte sie zögernd im Bewußtsein ihrer Macht. „Mir geht es hier sehr gut, und ich hab 'ne Menge reiche Herren, die hinter mir her sind. Du schimpfst ja immer nur mit mir.“
„Ich werde es nicht mehr tun. Ich verspreche es dir. Bitte, Marie!“
„Aber wenn ich wieder zu dir komme, mußt du mir sechzig – nein, fünfundsiebzig Francs geben.“ Sie war die Siegerin und diktierte ihre Bedingungen. „Einverstanden? Dann warte hier 'n Augenblick.“
Sie lief in die Kneipe zurück, und er wartete, zusammengesunken auf dem Wagensitz, elend, geschlagen und voller Verachtung für sich selbst. Ja, wie verächtlich konnte Liebe sein!
Sie kam sehr schnell wieder. In der Tür warf sie ihrem Liebhaber eine Kußhand zu, hob ihren Rock und sprang in die Droschke.
„Rue Caulaincourt“, rief er dem Kutscher zu.
„Ich wußte, daß du kommen würdest“, flüsterte sie und schmiegte sich an ihn. „Ich freu mich, daß du gekommen bist, Henri. Du hast mir auch gefehlt.“
Was tat es, daß sie log? Kam es darauf an? Sie saß neben ihm, und er brachte sie zurück.

Das gewohnte Leben wurde wiederaufgenommen. Er bezahlte sie, sie verbrachte den Tag außerhalb, kam abends wieder und „war nett“ zu ihm. Aber es gab einen Unterschied gegenüber der ersten Zeit, und es dauerte nicht lange, bis er ihn bemerkte. Die Marie, die er gekannt hatte, war ein freies, nomadenhaftes, rätselvolles und grausames Wesen. Die neue Marie war eine liebende Frau, die auf Befehl handelte.
„Du wirst es kaum glauben“, sagte sie ein paar Tage nach ihrer Rückkehr, „aber an dem Abend, als du kamst, um mich zurückzuholen, hat Bébert über dich gesprochen. Und weißt du, was er gesagt hat?“

„Nein.“
Sie war nicht klug. Aus ihrem Gesicht sprach deutlich die Anstrengung der Konzentration, als sie die vorbereitete Lüge vorbrachte. „Er sagte, es sei eine Schande, wie ich dich behandelt hätte, wo du immer so nett zu mir gewesen seist, und ich solle hingehen und Abbitte tun.“
Vielleicht hatte Bébert wirklich etwas über ihn gesagt an jenem Abend, als er die Hand hob, um sie zu ohrfeigen. Er mochte ihr klargemacht haben, wie blöde sie gewesen sei, einen reichen Liebhaber zu verlassen, der fünfzig Francs pro Tag „spuckte“, und daß sie besser tue, zu ihm zurückzukehren ...
Er sah sie an. Verschwunden war das rebellische Zurückwerfen des Kopfes, das höhnische Verziehen des Mundes. Sie war eine gehorsame Dirne geworden, die tat, was ihr Zuhälter ihr befohlen hatte – und es schlecht tat.
„Schon gut, Marie. Du brauchst nicht Abbitte zu tun. Ich war es, der im Unrecht war. Schließlich war es dein Geld, dein Sparbuch, und du hattest das Recht, damit zu machen, was du wolltest.“
„Nein, nein, ich hatte unrecht. Er hat gesagt, ich soll Abbitte tun.“
„Gut. Du kannst ihm sagen, du hättest es getan.“ Er füllte die beiden Gläser. „Laß uns nicht mehr davon reden.“
„Ich will nie wieder mit dir zanken. Ich hab dich viel zu lieb dazu.“
„Gut.“ Er sah sie über den Tisch hinweg an. Sogar der Glanz in ihren Augen war verschwunden, und ihr verlogenes Lächeln erschien ihm abgeschmackt.
Eines Morgens ging sie nicht wie üblich weg, sondern erbot sich, ihm Modell zu stehen.
„Sogar nackt, wenn du willst.“
Die betonte Unbefangenheit in ihrer Stimme verriet alles. Er meinte fast zu hören, wie Bébert sie über den Schlachtplan der Verführung instruierte.
„Guck mal!“ Sie schlug die Bettdecke zurück. „Bin ich nicht hübsch? Nirgends ein Pickel oder irgend sowas. Meine Haut ist ganz glatt, nicht ein bißchen rauh wie bei den meisten Mädchen. Fühl mal!“ Sie nahm seine Hand und führte sie über ihre Schenkel.
„Und meine Brüste sind schön fest, nicht?“ Sie ließ seine Hand höher gleiten. „Du magst sie gern fühlen, nicht?“

„Ja, Marie, du hast reizende Brüste", sagte er und zog die Hand zurück, „aber mußt du jetzt nicht gehen?"
„Du brauchst nicht zu bezahlen fürs Modellstehen. Ich tue es umsonst."
„Das ist nett von dir. Vielleicht ein andermal ... Jetzt zieh dich lieber an."
An einem der nächsten Tage wollte sie durchaus das Studio saubermachen.
„Ich kann das sehr gut. Bei meiner Mutter mußte ich immer den Fußboden scheuern. Wenn ich ein bißchen Bohnerwachs hätte, könnte ich die Möbel polieren, damit sie schön glänzen."
Ihre Dienstwilligkeit erschreckte ihn. Was taten die Frauen alles aus Liebe! Er wandte den Kopf ab, wenn sie so tat, als bewundere sie seine Bilder, denn auch das gehörte zu der Strategie der Versklavung, die von der Kneipe in Sebastopol ausging. „Du mußt ihm schmeicheln, ihm sagen, daß dir seine Bilder gefallen", mochte Bébert gesagt haben. Und willig gehorchte sie, damit sie ihre Belohnung bekäme – einen Kuß oder ein Streicheln – dafür, daß sie die Bilder des Krüppels bewundert hatte.
Sie tat noch mehr. Aus Liebe verzichtete sie auf Liebe, hörte auf, Bébert täglich zu besuchen, und ging nur einmal in der Woche, wenn sie angeblich den Tag bei ihrer Schwester verbrachte.
„Weißt du, der Mann, von dem ich dir erzählt hab, der, auf den ich so scharf war, den liebe ich überhaupt nicht mehr", sagte sie eines Abends. Er sah ihren rotgeränderten Augen an, wieviel diese Worte sie kosteten. „Ich will ihn gar nicht mehr sehen. Ich mag dich viel lieber. Du bist ein richtiger Herr."
Zum erstenmal nahm sie die Gepflogenheiten einer Geliebten an, lebte mit ihm, kochte in der Küche kleine Mahlzeiten und tat alles das, was er sich einmal erträumt hatte. Sie erbot sich auch, mit ihm auszugehen und seine Freunde zu treffen, und er wunderte sich über die Fähigkeit zur Selbstverleugnung, die so viele Prostituierte in erstaunlichem Maße haben. Was brachte sie dazu, sich den unwürdigsten Dingen zu unterziehen, nur um den Lohn für ihre Erniedrigung weiter zu verschenken? Woher kam dieses Verlangen nach Selbsterniedrigung?
Sie war jetzt ständig bei ihm und belästigte ihn mit ihren unermüdlichen Aufmerksamkeiten. Zuweilen allerdings vergaß sie sich und verfiel in ein träumerisches Schweigen. Ihr Gesicht war dann

von einem zärtlichen Strahlen erfüllt, und er wußte, sie dachte an Bébert, liebkoste ihn in Gedanken und war glücklich bei der Vorstellung, ihren mühseligen Dienst, ihre jämmerliche Verstellungskunst für ihn einzusetzen. Es war fast etwas Klösterliches in ihrer bedingungslosen Hingabe an diesen verkommenen Kerl. Sie trug schwer an ihrer Liebe wie an einem Kind. Selbst ihre Bewegungen hatten die katzenhafte Anmut verloren.
Durch diese Wandlung trat auch eine Veränderung in ihren körperlichen Beziehungen ein. Ihre gegenseitige Feindseligkeit war die Würze ihrer Umarmungen gewesen. Jetzt verwandelte Marie sich in eine beflissene Dirne, die sich bemühte, ihm zu gefallen und ihn stets zufriedenzustellen. Sie simulierte Ekstase und tat ein übriges mit Seufzern und Liebesgeflüster.
„Du bist ein wunderbarer Geliebter, Henri."
Schweigen.
„Ich sagte, du bist ein wunderbarer Geliebter."
„Du solltest lieber schlafen, Marie. Es ist schon spät."
„Liebst du mich?"
„Ich mag dich sehr gern."
„Das mein ich nicht. Ich meine, ob du mich liebst?"
„Ach, Liebe bedeutet so vieles . . ."
„Aber du liebst mich doch, nicht? Du hast Freude an mir? Ich bin doch immer nett zu dir, nicht? Ich tu alles, was du willst, nicht? Du hast noch nie ein Mädchen gehabt, mit dem du so zufrieden warst wie mit mir, was? Sag, daß du noch nie so ein gutes Mädchen gehabt hast!"
„Ja, ja. Es wird schon bald wieder hell. Bitte, Marie, laß uns jetzt schlafen."
Er fühlte, wie ihre Lippen seinen Mund streiften. „Gute Nacht, *chéri*. Leg deinen Kopf auf meine Schulter."
Wie schön müßte es sein, wenn solche Worte aufrichtig wären! Aber sie waren unwahr und taten nur weh.
„Gute Nacht, Marie."
Er merkte, daß sein Verlangen nach ihr im Schwinden war und er nur noch Mitleid für diese kunstlose demütige Hure empfand. Die zänkische Art ihrer Sinnlichkeit hatte seine Wut und sein Verlangen angestachelt. Jetzt war sie wie ein Schwamm in ihrer Diensteifrigkeit und unterschied sich in nichts von einem Bordellmädchen.

Das Nachlassen eines Gefühls wird oft mit Höflichkeit bemäntelt. Als er kein Begehren mehr nach ihr empfand, behandelte er sie mit einer gleichgültigen Höflichkeit, die sie als Beweis dafür ansah, daß er ihr hörig war. Wenn er ihr die Zigarette anzündete oder ihr half, die Bluse zuzuknöpfen, sah er ein triumphierendes Aufleuchten in ihren Augen. Er ließ ihr die Illusion, denn er war müde und wollte Frieden. Ihr Verhältnis war zu Ende. Aber er wollte, daß es sich still und natürlich löse, so wie eine faule Frucht zur Erde fällt.
Zu Mariä Himmelfahrt, einem schwülen Augusttag, schenkte er ihr ein Paar goldene Ohrringe.
„Richtiges Gold?" rief sie und hielt die Ringe bewundernd in der gewölbten Hand.
Er nickte. „In der Nacht, als ich dich traf, sagtest du, du hättest mal ein Paar goldene Ohrringe besessen, sie aber verloren. Weißt du noch? Diese sollen ein Ersatz für die verlorenen sein."
„Aber die andern waren doch kein echtes Gold!"
„Diese sind echt. Wenn du mal in Not kommst, kannst du sie verpfänden."
„Das werd ich nie tun! Ich will sie immer behalten. Niemals werde ich ..."
„Schon gut." Er nickte müde. „Willst du sie nicht mal anprobieren?"
Er sah zu, wie sie sie in ihre Ohrläppchen hängte, und dachte, wie lange Bébert ihr wohl das kostbare Spielzeug lassen würde. Zu seiner Überraschung empfand er keinerlei Eifersucht bei diesem Gedanken.
Gegen Ende August konnte er sich sagen, daß er völlig von ihr geheilt sei. Vorsichtig begann er die Lösung ihres Verhältnisses einzuleiten. Diesmal mußte die Trennung klar und unwiderruflich sein. Und, wenn möglich, würdig, zumindest anständig.
Wie ein Genesender, der nach langer Krankheit seine Kraft erprobt, erklärte er eines Tages plötzlich, er sei abgerufen worden und werde drei Tage nicht in Paris sein.
„Drei Tage!" rief sie.
Er bemerkte den Freudenstrahl in ihren Augen. Drei Tage und drei Nächte mit Bébert ...
Sie nahm sich zusammen und zwang sich zu einigen bedauernden Worten.

„Wie schade, daß du weg mußt! Wenn du willst, werd ich überhaupt nicht ausgehen, sondern hier auf dich warten."
Es widerte ihn an. Er versicherte ihr, daß er sich freuen würde, wenn sie drei Tage zu ihrer Schwester ginge, bestand darauf, sie auch für die Zeit seiner Abwesenheit zu bezahlen, fügte noch eine weitere Summe hinzu und machte sich an ein hastiges Packen.
Die drei Tage verbrachte er eingeschlossen in seinem Studio, ließ sich das Essen von Drouant schicken, arbeitete mit Freude und dachte kaum an sie.
Er war geheilt! Jetzt mußte er ihr noch den Gnadenstoß versetzen.

Bald aber entdeckte er, wie schwierig und peinlich die Auflösung selbst des lockersten häuslichen Zusammenlebens ist, und fing an zu begreifen, weshalb so viele unglückliche Paare lieber in Feindschaft beisammenbleiben als sich den Qualen und Demütigungen einer Trennung aussetzen. Ihre Kleider, ihre jämmerlichen Toilettesachen, all das Nichtige, was ihr gehörte, lag noch in seinem Schlaf- und Badezimmer herum. Es mußte eingepackt und an irgendeine Adresse geschickt werden, wahrscheinlich zu ihrer Schwester. Dann war da die Geldfrage. Er mußte ihr eine Abfindung geben. Natürlich schuldete er ihr nichts, aber er hatte sich in diesen letzten Wochen Gedanken um sie gemacht und sich oft gefragt, was aus ihr werden würde. Er war im Begriff, sie „rauszuschmeißen"; Bébert würde wahrscheinlich das gleiche tun in dem Augenblick, da sie aufhörte, ihm Geld zu bringen. Sie würde ohne Wohnung, ohne Geld, ohne Liebe dastehen. Was sollte sie machen? Sie hatte nicht das Zeug zu einer *grande cocotte* und würde wahrscheinlich zu ihrer früheren Lebensweise zurückkehren, das hieß, zur heimlichen Prostitution in Torwegen und dunklen Gassen. Als Folge davon Saint-Lazare, dann die „Karte", vielleicht das Bordell, später die Gosse und eines Tages der Brettersarg und das übliche Dirnengrab ...
Er wartete noch eine Woche. Und dann, an einem Septembernachmittag, sagte er endlich alles das, was er in der Nacht des Fünfzigfrankenkleides hatte sagen wollen:
„Marie, ich habe über alles nachgedacht, und ich glaube, es wäre besser, wenn wir einander nicht mehr sehen würden. Sag mir, wohin du deine Sachen geschickt haben willst."

Sie starrte ihn völlig verständnislos an. „Du meinst — ich soll gehen?“
„Bitte, versuch mich zu verstehen. Du kamst für eine Nacht hierher und bist sieben Monate geblieben. Es ist alles sehr nett gewesen, und ich bin dir dankbar. Aber jetzt ist die Zeit gekommen, daß wir uns trennen müssen. Ich möchte, daß es anständig geschieht. Wir wollen uns keine Szene machen, nicht wahr?“ Er zog einen Umschlag aus der Tasche. „Sieh mal, ich hab hier ein Geschenk für dich ...“
Er hielt inne. Ihr Gesicht war grau geworden, und sie zitterte am ganzen Körper wie im Schüttelfrost. Ihr schwacher Geist hatte die volle Bedeutung der Katastrophe noch nicht erfaßt, aber ihr Körper, von jeher empfänglicher als ihr Gehirn, bebte wie der eines Tieres, das den Tod wittert.
„Willst du dich nicht lieber setzen, Marie?“ sagte er.
Sie rührte sich nicht.
„Aber was — was hab ich denn getan?“ stammelte sie, während ihr die Zähne aufeinanderschlugen. „Bin ich nicht nett zu dir gewesen? Hab ich nicht alles getan, was du wolltest? Ich — ich wollte sogar nackt Modell stehen für dich, wollte die Möbel polieren ...“
Stockend und wie mit zugeschnürtem Hals brachte sie ihre armselige Verteidigung vor, fuhr sich zwischen den Sätzen mit der Zungenspitze über die Lippen und blickte ihn immer wieder fassungslos und ungläubig an. Ihr Geist schien ganz und gar benommen zu sein von dem überwältigenden Gefühl einer Ungerechtigkeit. Sie hatte sich Mühe gegeben, hatte getan, was ihr aufgetragen worden war, und wurde nun bestraft!
„Du hast nichts falsch gemacht“, beruhigte er sie. „Du bist immer sehr nett gewesen. Es ist nur, daß ich ...“
„Siehst du!“ Sie klammerte sich an seine Worte, nahm sie für ein Eingeständnis von Schuld. „Siehst du, du sagst selbst, daß ich immer nett war.“
„Bitte, Marie, laß uns nicht ...“
„Aber du hast doch eben selbst gesagt, daß ich nett gewesen bin!“ Für sie waren diese Widersprüche völlig unbegreiflich. „Sag mir ein einziges Mal, wo ich nicht getan hab, was du wolltest ...“
Noch einmal bat er inständig: „Bitte, Marie, laß uns nicht streiten. Erklärungen nützen nie etwas. Sagen wir ruhig, ich habe die Schuld an allem.“ Er hielt ihr den Umschlag hin. „Hier hast du

deinen Ausweis für den Straßenhandel. Du wünschtest ihn dir doch, nicht wahr? Hier ist er, ausgestellt auf deinen Namen. Du kannst ihn also nicht verkaufen oder weggeben. Weißt du noch, deswegen hast du doch das Geld auf die Sparkasse gebracht?"

Jetzt endlich fing sie an zu begreifen; er sah es ihren weit aufgerissenen Augen an.

„Was wird er dazu sagen?" jammerte sie vor sich hin. Sie hatte Henri völlig vergessen. „Was wird er bloß sagen, wenn ich ihm erzähle, daß du mich nicht mehr brauchst?"

Sie sah auf und beugte sich behende mit einer flehenden und anmutigen Geste zu ihm.

„Bitte, Henri, bitte! Schick mich nicht weg!" In der Verzweiflung wurden ihre Bewegungen wieder graziös und katzenhaft. „Bitte, Henri, ich will alles tun, alles ..."

Die Worte endeten in einem klagenden Gestammel. Ihre Augen waren übergroß geworden und schwammen in Tränen. „Alles, was du willst ... Alles, was du willst", wiederholte sie wie von Sinnen.

Sie fiel vor ihm auf die Knie, ergriff seine Hand und bedeckte sie mit Küssen.

„Bitte, Marie, laß das!" Er wandte die Augen ab, unfähig, den Anblick dieser äußersten Erniedrigung und Verzweiflung zu ertragen.

Aber sie hörte nicht zu, hörte überhaupt nicht, daß er etwas sagte, sondern fuhr fort, seine Hand zu küssen und unzusammenhängende Sätze zu stammeln. Dann schien ihr plötzlich ein Gedanke zu kommen. Fieberhaft riß sie ihre Bluse auf und streifte die Achselbänder ihres Hemdes herunter.

„Da, Henri, da!" Sie hielt ihm ihre Brüste hin. „Sie sind hübsch, nicht? Du hast immer gesagt, sie gefallen dir. Einmal sagtest du sogar, sie sind lieblich. Du mochtest sie doch auch gern streicheln. Hier, du kannst sie streicheln, kannst sie küssen, kannst alles tun, was du willst, alles ..."

Nie vergaß er die entsetzliche Stunde. Außer sich vor Verzweiflung, tränenüberströmt und mit zerzausten Haaren flehte sie ihn an, versuchte, ihn auf den Diwan zu ziehen, und erbot sich schluchzend, für ihn zu kochen, ihm Modell zu stehen, seine Wäsche zu waschen, den Fußboden zu scheuern und alles zu tun, was er wollte.

Den Kopf in die Hände gestützt, hockte er auf seinem Malschemel. Unwillkürlich mußte er an das denken, was er über Madame Du Barrys Ende auf dem Schafott gelesen hatte. Auch sie war blond gewesen; auch sie war aus der Gosse gekommen, und auch sie hatte vor dem Scharfrichter gekniet, hatte ihm die Hände geküßt, ihre Brüste vor ihm entblößt und um Gnade gebettelt. *„Une minute, monsieur le bourreau! Encore une minute!"*
Plötzlich sprang sie auf, völlig verwandelt, ein Skorpion, der sein Gift verspritzt.
„Ich hasse dich, verstehst du? Ich hab dich immer gehaßt, dich und dein häßliches Gesicht und deine Stummelbeine. Ein lächerlicher Zwerg bist du. Ein Zwerg und ein Krüppel. Ein gottverfluchter Krüppel, der nicht mal ordentlich gehen kann. Vom ersten Augenblick an hab ich dich gehaßt. Eine Gänsehaut hab ich gekriegt, wenn du mich berührt hast. Niemals wäre ich wieder zu dir gekommen, wenn es nicht wegen Bébert gewesen wäre. Er hat mich dazu gezwungen . . ." Sie brachte ihr verzerrtes Gesicht ganz nah an das seine. „Und noch eins. Ich bin froh, daß du ein Krüppel bist. Froh, verstehst du? Froh, froh!"
Haßerfüllt warf sie ihm die Worte hin. „Und außerdem: ich geh einfach nicht! Wie gefällt dir das? Nein, ich geh nicht. Und weißt du, warum? Weil du mir Geld schuldest. Jawohl! Du hast gesagt, du würdest mir jeden Tag hundert Francs geben, und hast mir nur fünfundsiebzig gegeben. Du hast mich übers Ohr gehauen!"
Sie war wie von Sinnen, nicht mehr Herr ihrer selbst. Und typisch für sie war der Mangel an gesundem Menschenverstand und Logik. Zunächst war er fast dankbar für ihre Rachsucht. Es machte die Sache leichter. Mit jeder Beleidigung wurde sein Entschluß fester, und schließlich erwähnte er Patou. Noch ein Wort, und Patou würde kommen und sie nach Saint-Lazare schaffen lassen.
Das brachte sie zur Vernunft. Sie brach auf dem Diwan zusammen, geschlagen, erschöpft, wimmernd wie ein Kind, und knöpfte mit zitternden Fingern ihre Bluse zu.
„Du kannst meine Sachen zu meiner Schwester schicken. Ich hol sie mir da ab."
Er setzte sich neben sie und nahm ihre Hand. „Gehst du denn nicht zu Bébert?"

Sie schüttelte den Kopf, und eine schreckliche Qual fiel wie eine Maske über ihr Gesicht. „Nein. Er liebt mich nicht, er liebt ein anderes Mädchen, eine Rothaarige. Er will nur mein Geld . . .“
„Ja, es ist bitter, jemand zu lieben, der einen nicht wiederliebt“, sagte er leise. „Du und ich, wir wissen das. Du wirst sehen, nach einer Weile gewöhnt man sich daran, allein zu sein. Und vielleicht findest du auch eines Tages einen, der gut zu dir ist.“
Sie sagte nichts, hatte seine Worte wahrscheinlich gar nicht gehört. Mechanisch brachte sie ihr Haar in Ordnung und wischte die Tränen mit dem Handgelenk ab – eine kindliche Geste, die ihn rührte. Dann stand sie auf, nahm, ohne sich zu bedanken, den Umschlag, den er ihr hinhielt, und ging wie ein Automat aus dem Zimmer. Die Tür ließ sie offen. Einen Augenblick hörte er noch ihre schweren und langsamen Schritte die Treppe hinab.
Plötzlich war das Studio sehr still. In einem Sonnenstreifen summten einige Fliegen. Der Duft ihres Puders lag noch in der Luft. Er würde in zwei, drei Tagen vergehen . . .
Er hinkte zur Staffelei, nahm die Palette auf und begann zu malen.

15

Père Cotelles *Atelier de Lithographie Artistique* war ein baufälliger Schuppen im rückwärtigen Teil eines gepflasterten Hofes hinter der Kirche Notre Dame de la Croix, der vorher als Stall gedient hatte. Infolgedessen hing noch ein leichter Geruch nach Pferdedung an dem Gebäude, der sich aber nicht unangenehm mit den durchdringenden Gerüchen von Druckerschwärze, Salpetersäure, Gummiarabikum, Tabak und Kaffee mischte.
Henri stellte sich vor und erklärte den Zweck seines Besuches. Père Cotelle, den Hinterkopf mit einem schwarzen Käppchen bedeckt, hörte aufmerksam zu, während er gedankenvoll mit den langen spärlichen Haarsträhnen spielte, die von seinem Kinn herabhingen und ihm das Aussehen eines chinesischen Gelehrten oder aber eines alten Ziegenbocks gaben – Henri war sich noch nicht ganz klar darüber.
„Ein Plakat, sagen Sie? Sie haben Monsieur Zidler ein Plakat versprochen?“
„Ein farbiges“, bestätigte Henri.

„... ein farbiges Plakat", wiederholte Père Cotelle und nickte mit dem Kopf. „Und ich entnehme Ihren Erklärungen, daß Sie vorher noch nie eine lithographische Arbeit gemacht haben. Stimmt das?"
„Jawohl."
„Sie haben also von dem Handwerklichen nicht die geringste Ahnung?"
„Nein."
Es folgte ein langes Schweigen, während dessen Père Cotelle an seinen Barthaaren zupfte und Henris Blicke über die Steine gingen, die im Schuppen herumlagen oder an den Wänden aufgestapelt waren, über die verschiedenen Farbtöpfe, die angeschlagene Waschschüssel in der Ecke und die blaue Emaillekanne, die auf dem Gasbrenner stand und in der Kaffee brodelte. Vor dem Fenster stand ein Tisch, und über der Druckerpresse war in die Decke ein großes, matt verglastes Oberlicht eingelassen. Draußen quietschte das rostige Schild über der Tür im spielerischen Septemberwind. Und irgendwo sang ein Vogel.
„Und wann, wenn ich fragen darf, wollen Sie das farbige Plakat liefern?" fragte Père Cotelle mit einem Anflug von Ironie in der Stimme. Zum erstenmal hob er den Blick, der bisher auf der Presse geruht hatte, und richtete ihn voll auf Henri.
„So bald wie möglich. Zidler braucht es dringend. Das ganze Moulin Rouge hängt davon ab, daß ich fleißig bin."
„Ich verstehe."
Während der Pause, die nun folgte, hätte Henri schwören mögen, er könne sehen, wie die Kinnhaare von dem grüblerischen Streicheln und Ziehen länger wurden. Endlich tauchte Père Cotelle aus seiner Meditation auf. „Fünf Jahre würden nach meiner Meinung eine vernünftige Schätzung sein", erklärte er sanft.
„Fünf Jahre?"
„Wahrscheinlich sogar sechs. Sie scheinen nicht zu wissen, daß die Lithographie eine der schwierigsten und delikatesten graphischen Arbeiten ist. Und wenn es sich um Chromolithographie oder Farbenlithographie handelt, ist die Technik noch komplizierter. Es wird Sie vielleicht interessieren, zu hören, daß für die Entstehung der ‚Eroberung Jerusalems', einer bemerkenswerten Kreidelithographie, zwei Jahre benötigt wurden sowie die vereinigten Bemühungen sämtlicher Experten des Londoner Unternehmens Day and Haghe."

Er schielte zu Henri hinüber. „Ihre Lage ähnelt der eines Menschen, der von Musik und den Gesetzen der Komposition keine Ahnung hat und der sich trotzdem vorgenommen hat, eine Symphonie zu schreiben. Ich muß Ihnen diese Dinge sagen, bevor Sie sich Hals über Kopf in ein solches Wagnis stürzen. Wenn Sie darauf bestehen und bereit sind, fleißig zu lernen und intensiv zu arbeiten, so wird es mir ein Vergnügen sein, Sie zu unterweisen."

„Gut. Wann können wir anfangen?"

„Wenn Sie wollen, sofort. Hängen Sie Ihren Hut und Mantel dort auf, und binden Sie sich diese Schürze um. So. Und nun wollen wir damit beginnen, das Wort ‚Lithographie' zu erklären. Es leitet sich von den beiden griechischen Worten ‚lithos' und ‚graphein' her und bedeutet: auf Stein schreiben. Die Lithographie wurde im 18. Jahrhundert von dem bayerischen Drucker Alois Senefelder erfunden. Dieser Drucker war ein Genie, monsieur! Das erste also, was Sie beachten müssen, wenn Sie auf Stein zeichnen . . ."

So fing es an.

September und Oktober vergingen. Auf den Straßen fegte der Herbstwind die letzten gelben Blätter von den Kastanien und jagte sie wirbelnd umher. Im Atelier de Lithographie Artistique aber war alles sehr friedlich. Die Arbeit ging weiter, während der Regen auf das Oberlicht trommelte. Tag für Tag beugte sich Henri in seiner blauen Schürze über einen Stein, erlernte die Technik und die verschiedenen Möglichkeiten. Er hatte mehrere Kisten Cognac in die Werkstatt bringen lassen und entdeckt, daß Père Cotelle einem gelegentlichen Trunk nicht abgeneigt war, „um die feuchte Kälte der Jahreszeit zu bekämpfen".

„Wissen Sie, es ist wirklich erstaunlich", sagte der alte Drucker gelegentlich, wenn er Henri über die Schulter blickte, „Sie scheinen eine angeborene Begabung für Lithographie zu haben. Haben Sie sich wirklich vorher noch nie damit beschäftigt?"

Bald ging Henri zu Experimenten über und versuchte neue Techniken, indem er sich über die herkömmlichen Methoden hinwegsetzte. Père Cotelle beobachtete ihn dabei mit einem Gemisch von Verwunderung und Besorgnis.

„*Mais non, mais non!* Das können Sie doch nicht machen!"

„Warum nicht?"

„Weil es nie zuvor so gemacht worden ist. Kein Lithograph ist je auf solche Gedanken gekommen!"
Eines Morgens brachte Henri eine Zahnbürste mit, tauchte sie in die fetthaltige Tinte, fuhr mit der Fingerspitze über die Borsten und bespritzte den Stein mit zahllosen kleinen Punkten.
„*Mon Dieu,* was machen Sie denn da?" jammerte Père Cotelle und stürzte auf den Tisch zu.
„Ich versuche eine neue Art, den Stein zu punktieren."
„Mit einer Zahnbürste! *Mais non, mais non!* Das ist unmöglich. Kein Lithograph hat je mit einer Zahnbürste gespritzt!"
Henri lachte ihm über die Schulter zu. „Es scheint aber zu gehen. Wollen Sie's versuchen?"
Zimperlich nahm der Alte die Bürste, beugte sich über den Stein und ließ die Finger über die Borsten gleiten.
„Es scheint wirklich zu gehen", murmelte er verwundert. „Warum ist nur bisher keiner darauf verfallen? Sie sind wahrhaftig ein geborener Lithograph, Monsieur Toulouse. Sagen Sie, haben Sie sich wirklich vorher noch nie mit Lithographie beschäftigt?"
An einem Oktobernachmittag, als Henri gerade einen Stein punktierte, stürzte plötzlich Maurice aufgeregt in die Werkstatt.
„Hast du schon gehört? Théo van Gogh hat einen Schlaganfall gehabt und ist nach Holland gebracht worden. Monsieur Boussod wünscht, daß ich die Galerie betreue!"
Von da an sahen Henri und Maurice sich täglich, oft sogar zweimal am Tag. Abends, wenn er die Werkstatt verließ, fuhr Henri gewöhnlich bei der Galerie vorbei, wo er seinen Freund in Hemdsärmeln über der Bestandsaufnahme von Gemälden und ganzer Berge von Kupferstichen oder über der Prüfung der Geschäftsbücher fand, denn Maurice mußte alle Angelegenheiten der Firma wieder in Ordnung bringen, die durch Théos Krankheit liegengeblieben waren. Sie gingen zusammen zum Essen, vertrauten einander alles an und holten sich Freude und Kraft einer aus des andern Dasein.
Im Atelier vollzogen sich währenddessen die Dinge mit erstaunlicher Geschwindigkeit.
„Ich muß mich beeilen", sagte Henri, wenn Père Cotelle zur Mäßigung riet. „Zidler ist schon völlig verzweifelt."
Er war mittlerweile ein echter Lithograph mit Tintenfingern und kreidebeschmierten Backen geworden. Schon meisterte er die

Technik des Zeichnens auf Stein, hatte die Geheimnisse des Schattierens und Punktierens erprobt und segelte augenblicklich durch die Klippen der Farblithographie. Père Cotelle verließ noch manchesmal seine Druckerpresse, um ihm über die Schulter zu sehen, an seinem dünnen Bart zu ziehen und sein *„Mais non, mais non!"* zu murmeln. Aber sonst war eine Veränderung in ihren Beziehungen eingetreten. Der alte Drucker hatte die Fortschritte seines Schülers mit einem Gefühl der Verwunderung verfolgt, war Zeuge der erstaunlichen Proben seiner Zeichenkunst geworden und hatte die unbeirrbare Sicherheit dieser Hand beobachtet, für die es keine technischen Schwierigkeiten zu geben schien. Das alles machte ihn unruhig. Dieser trinkfeste zwergenhafte Krüppel war in der Tat ein höchst ungewöhnlicher junger Mann. War er vielleicht gar ein Genie?

Kurz vor Weihnachten teilte Henri Père Cotelle mit, daß er einige Tage nicht kommen werde. „Ich glaube, ich bin jetzt so weit, daß ich das bewußte Plakat in Angriff nehmen kann."

Er verbrachte die folgende Woche mit La Goulue und Valentin in seinem Studio, ging während dieser Tage nicht aus, sah keinen Menschen außer seinen beiden Modellen und schlief kaum. Er aß zu Hause, stopfte gedankenlos in sich hinein, was Madame Loubet ihm brachte, und vergaß oft genug überhaupt zu essen.

Tag und Nacht saß er in schöpferischem Fieber an seinem Zeichentisch und unterbrach sich nur, um eine Zigarette anzuzünden oder sein Glas von neuem mit Cognac zu füllen. Der Fußboden bedeckte sich mit Zigarettenstummeln und Skizzen, eine immer einfacher, kühner, schmissiger als die andere, bis er schließlich die Vollkommenheit der Linien und die Schlagkraft der optischen Wirkung erreichte, die er sich für das Plakat vorgestellt hatte.

Als er in die Werkstatt zurückkehrte, übergab er Père Cotelle das Aquarell. Der warf einen Blick auf Valentins brandige Silhouette und La Goulues wehende Unterröcke und fühlte, wie sein Bart erstarrte und ihm die wenigen Haare auf dem Kopf zu Berge standen.

„Das kann man nicht drucken."

„Warum nicht?"

„Erstens, weil es solche Farben in der Lithographie noch nie gegeben hat . . ."

„Dann werden wir sie machen."

„Zweitens, weil wir alle eingesperrt werden, wenn dieses Plakat in den Straßen erscheint. Sie, weil Sie es gemacht haben, ich, weil ich Ihnen geholfen habe, Zidler, weil er es zeigt, und Charles Lévy, weil er es gedruckt hat."
„Gut. Fangen wir an."
Zuerst kam der unendlich schwierige Prozeß, auf jeden Stein, den das Original erforderte, spiegelverkehrt zu zeichnen. Darauf folgte das mühevolle Schattieren mit Kreiden von verschiedener Körnigkeit und das Ausfüllen derjenigen Teile mit Lithographietinte, die in Schwarz gedruckt werden sollten. Dies alles erforderte Tage unermüdlicher Arbeit, die erfüllt waren mit schlimmen Ahnungen und Prophezeiungen eines Mißerfolges.
Endlich waren die Steine fertig zum Ätzen. Das war Père Cotelles Aufgabe, und er führte sie mit allen möglichen mimischen Effekten aus. Vor Spannung hielt er den Atem an, zog an seinem Bart und rief die himmlische Hilfe Alois Senefelders, des Erfinders der Lithographie, an.
„Eine falsche Bewegung, und alles ist verloren!" Er nahm sein Käppchen ab und kratzte sich den Kopf. Vorsichtig ließ er einige Tropfen Salpetersäure in eine Lösung von Gummiarabikum fallen. „Wenn es nicht genug Säure ist, beißt die Lösung nicht. Ist es zuviel, werden die feinen Linien verdorben. Ich erwarte gar nichts anderes, als daß zwei oder drei Steine nochmal gemacht werden müssen ..."
Das Ätzen ging gut, und das Andrucken begann. Père Cotelle war mit seiner Weisheit am Ende. „Was ist denn das für ein Grün, Monsieur Toulouse? Es sieht grün aus, ist es aber nicht. Es ist blau, gelb, rosa, grau, alles mögliche, nur kein Grün. Wie stellen Sie sich vor, daß ich solche Farben drucken soll?"
„Wir wollen die Farben mischen. Kommen Sie her, lassen Sie mich versuchen ..."
Endlich fuhr Henri eines Abends ins Moulin Rouge und hinkte zur Bar.
„*Bonsoir,* Monsieur Toulouse", rief Sarah. „Sie haben sich lange nicht sehen lassen. Mein Gott, was ist mit Ihnen los? Sie haben ja sämtliche Regenbogenfarben im Gesicht!"
Er stand schwer atmend vor ihr und hielt sich mit einer Hand am Rand des Bartisches fest.
„Einen Cognac, Sarah."

Sie beugte sich über den Tisch, um ihm das Glas zu reichen.
„Sehen Sie, Sie sind wieder ganz außer Atem. Sie sollten nicht so schnell trinken! Es verbrennt Ihnen den Magen."
Er zog sich auf einen der Hocker hinauf.
„Sag Zidler, Lévy kann die Steine von Père Cotelle abholen. Es ist alles fertig. Das Plakat kann gedruckt werden."
Sie sah ihn aus großen sanften Augen an. „Ich wußte, Sie würden Wort halten, Monsieur Toulouse."

Während Henris Plakat gedruckt wurde, bereitete die *Société des Artistes Indépendants* ihre Frühjahrsausstellung vor. Henri nahm pflichtschuldig an den Sitzungen des Comité Exécutif teil, die im Hinterzimmer eines Cafés auf dem Montmartre stattfanden.
Man war schon mitten in der Diskussion, als er eines Abends den raucherfüllten Raum betrat und sich neben Seurat setzte. Der Präsident klopfte ärgerlich mit dem Löffel gegen sein Absinthglas und rief zur Ordnung.
„Silentium, meine Herren, Silentium! Bedenken Sie, daß wir eine Sitzung haben und daß unsere Statuten private Unterhaltungen während der Versammlungen verbieten. Bitte, meine Herren, ich ersuche Sie wirklich ..."
Aber die Herren ließen sich nicht stören. Sie riefen sich weiter durch den ganzen Raum Scherzworte zu, liehen sich gegenseitig Zündhölzer aus, zündeten ihre Pfeifen an und bestellten Getränke. Mit einem resignierten Achselzucken legte der Präsident seinen Teelöffel still auf den Tisch, setzte sich bequemer zurecht und begann seinerseits eine Privatunterhaltung mit seinem Nachbarn zur Linken.
„So geht es nun seit einer Stunde", sagte Seurat zu Henri. „Sie haben nichts versäumt." Philosophisch fügte er hinzu: „Allmählich werden sie sich wohl beruhigen."
„Einen doppelten Cognac", rief Henri einem Kellner zu. „Was macht die Kunst?" fragte er dann Seurat.
„Oh, ich schwitze immer noch über meinem ‚Zirkus'. Die Komposition ist sehr schwierig und diese Innenbeleuchtung noch kniffliger als Sonnenlicht. Im Vergleich dazu war meine ‚Grande Jatte' ein Kinderspiel. Wenn Sie nach der Sitzung einen Augenblick Zeit haben, würde ich es Ihnen gern zeigen."

Völlig unerwartet schlug der Präsident wieder an sein Glas. Diesmal verstand er offenbar keinen Spaß; sein gelbliches Gesicht, das auf ein Leberleiden schließen ließ, zeigte hektische rote Flecken.
„Zum Teufel, werden Sie jetzt endlich still sein?" schrie er. „Wollen wir hier eine Sitzung abhalten oder nicht? Ich habe die Möglichkeit, Ihnen allen eine Geldstrafe aufzuerlegen, wenn Sie nicht ruhig sind!"
Daraufhin trat so etwas wie Ordnung ein. „So ist es schon besser", sagte er, immer noch wütend. Dann wandte er sich einem untersetzten Mann in schäbigem Anzug zu, der ihn mit dem Ausdruck eines verstörten Walrosses ansah.
„Und Sie, Rousseau, können jetzt fortfahren mit dem, was Sie sagen wollten. Aber halten Sie um Gottes willen nicht noch eine Rede."
Henri Rousseau stand auf. „Herr Präsident", begann er mit einer Verbeugung zu dem Vorsitzenden hin, „meine Herren, liebe Kollegen! Vor hundert Jahren, an jenem glorreichen vierzehnten Juli ..."
„Kommen Sie zur Sache! Wir können nicht die ganze Nacht hier herumsitzen. Worüber haben Sie sich diesmal zu beklagen?"
Rousseau warf dem Präsidenten einen gekränkten Blick zu.
„Es gab im vorigen Jahr viele Klagen über das unsorgfältige Hängen der Bilder. Sie hingen nicht gerade. Sie wurden ohne Rücksicht auf ihre Farbwirkung gehängt und so weiter. Wie können wir Eindruck auf die Kritiker machen, wenn unsere Bilder nicht einmal gerade gehängt werden? Wenn Sie zum Beispiel nur an meine Bilder denken ..."
„Genug", fiel der Präsident ein. „Sie haben lange genug geredet."
„Aber ich bin noch nicht fertig!"
„Doch. Ich entziehe Ihnen das Wort. Setzen Sie sich."
Seurat rappelte sich aus seiner Versunkenheit auf. „He, Rousseau, warum übernehmen Sie nicht das Aufhängen? Ich verzichte gern zu Ihren Gunsten darauf."
Der Vorschlag rief einen Sturm der Entrüstung hervor.
„Nein, nein, setzen Sie sich, Rousseau", rief der Präsident. „Sie stehen ja immer noch." Er schlug mit der Faust auf den Tisch. „Silentium, meine Herren! Unser Schatzmeister, Monsieur Pipinette, wird uns jetzt seinen Bericht erstatten."

Ein unbehagliches Schweigen verbreitete sich, als ein melancholisch aussehender Mann aufstand und ein kleines schwarzes Notizbuch aus der Tasche zog.
„Ich bedaure, dem Komitee mitteilen zu müssen" – er setzte ein goldenes Pincenez auf und blinzelte die Mitglieder der Versammlung über dessen Ränder hinweg an –, „daß unsere Kasse leer ist. Es ist so wenig darin, daß es nicht der Rede wert ist. Und daran wird sich nichts ändern, bis sich einige Mitglieder bereit finden, ihre Beiträge zu zahlen."
Er setzte sich unter betretenem Schweigen. Die Finanzen waren ein heikles Thema. Um der Verlegenheit ein Ende zu machen, ließ der Präsident eine blumige Ansprache vom Stapel, in der er Monsieur Pipinette für seine hingebungsvolle Arbeit und seine lichtvollen Ausführungen dankte und dann ausführte, daß Künstler leider meistens in Geldangelegenheiten etwas nachlässig seien. Ja, wenn er es recht bedenke, sei sogar er selbst in diesem Fall nicht pünktlich gewesen! Es sei ihm tatsächlich ganz einfach entfallen, den Beitrag rechtzeitig zu zahlen. Aber es habe nur der taktvollen Mahnung des Schatzmeisters bedurft. Jetzt werde die Kasse bald überfließen.
Hastig wandte er sich dann an Henri.
„Ich erteile jetzt Monsieur de Toulouse-Lautrec das Wort. Er hat es übernommen, sich um die Herstellung des Kataloges zu kümmern, und wird uns jetzt das Ergebnis seiner Verhandlungen mit dem Drucker mitteilen."
Da gebe es wenig mitzuteilen, berichtete Henri. Die Verhandlungen seien gescheitert, weil der Drucker darauf bestanden habe, erst den vorjährigen Katalog bezahlt zu bekommen, ehe er die Arbeiten für den neuen übernehme. Vielleicht sei es ratsam, sich nach einem anderen, weniger geschäftstüchtigen Drucker umzusehen?
Wieder war der Präsident hilfreich zur Stelle. „Alle Geschäftsleute sind nur auf Geld versessen", schimpfte er. „Dabei ist es eine Ehre für sie, den Katalog der Société zu drucken. Aber das wissen sie nicht zu schätzen. Es dürfte nicht verkehrt sein, der Anregung von Monsieur Toulouse-Lautrec zu folgen und – vielleicht in einer weiter abgelegenen Vorstadt – Nachfrage zu halten nach einem verständnisvollen und weniger geizigen Drucker."
Wieder erhob sich Henri Rousseau.

„Bleiben Sie sitzen, Rousseau", rief der Präsident mit donnernder Stimme.
„Aber, Herr Präsident, ich ..."
„Nein, nein, nein. Ich will nichts hören. Sie reden immer die ganze Zeit und sagen doch nichts."
Von nun an wurde es außerordentlich geschäftlich. In rascher Folge wurden Protokolle verlesen und gebilligt, Entschlüsse gefaßt, Anträge gestellt, unterstützt, durch Abstimmung erledigt. Einstimmig wurde der Vorschlag angenommen, einen ganzen Raum der Ausstellung dem Werk Vincent van Goghs vorzubehalten zum Gedenken an den holländischen Maler und seinen Bruder.
Die Sitzung näherte sich ihrem Ende und der Präsident hatte bereits seinen Hut aufgesetzt, als ein Mitglied den Antrag stellte, einen Zulassungsausschuß für die jährliche Ausstellung der Gesellschaft zu ernennen.
Das hatte zur Folge, daß während der folgenden Stunde nicht nur die Versammlung, sondern die Société des Artistes Indépendants selbst nahe daran war, aufzufliegen. Die ständige Frage „Jury oder keine Jury?", oft genug privat erörtert, war noch nie öffentlich aufgeworfen worden. Sollte der Salon des Indépendants, genau wie der offizielle akademische Salon, seine Zulassungskommission haben? Sollte er den Amateuren, den kühnen Kleckserń, den Autodidakten, den pinselschwingenden Verrückten seine Pforten verschließen?
„Ich unterstütze den Antrag", rief Henri Rousseau, von neuem aufspringend. „Nur eine Jury, die sich aus den ehrenwerten Mitgliedern dieses Komitees zusammensetzt, ist imstande, jene naiven laienhaften Bilder auszumerzen, die unsere Ausstellung lächerlich machen und ihre künstlerische Würde beeinträchtigen."
Die Maßnahme fand eine überraschend starke Unterstützung. Ein Mitglied nach dem andern erhob sich und erklärte seine Zustimmung. „Es ist wahr, unser Salon ist eine Farce ... Die Leute kommen nur, um zu lachen ... Wenn wir von nun an die Bilder auswählen könnten ..."
Hinter ihren scheinheiligen Protesten verrieten sich lang unterdrückte Enttäuschung sowie der Hunger der Revolutionäre nach Rangordnung und öffentlicher Anerkennung. Ach, Richter sein dürfen! Macht zu haben über andere, die Elite zu sein, die Aristo-

kraten irgendeiner Gesellschaft, und wenn es nur die der Artistes Indépendants war!
„Ich bin gegen diesen Antrag", rief Henri und klopfte mit seinem Stock auf die marmorne Tischplatte.
„Ich auch", schrie Seurat hinter einer Rauchwolke hervor.
Diese doppelte Erklärung löste ein erstauntes Schweigen bei der Versammlung aus.
„Es ist wahr", sagte Henri, „die Leute lachen über unsere Bilder. Aber was macht das? Sie haben auch über Rembrandts ‚Nachtwache' und Manets ‚Olympia' gelacht. Lachen ist die erste Zuflucht der Narren; es ist leichter, als den Versuch zum Verstehen zu machen. Wir haben allerdings ein paar ziemlich schlimme Schmierereien in unserem Salon gezeigt, das stimmt, aber wir haben andererseits auch einige wirklich großartige Gemälde ausgestellt, die anderswo keinerlei Aussicht darauf gehabt hätten. Außerdem, wer zum Teufel sind wir, daß wir entscheiden könnten, was gut und was schlecht ist in der Kunst? Künstler haben von jeher in der Beurteilung ihrer Kollegen versagt. Michelangelo setzte Leonardo herab. David spottete über Watteau, Ingres über Delacroix. Die Impressionisten schämten sich Cézannes, und jetzt ist Cézanne der Meinung, kein Mensch außer ihm könne malen. Laßt uns bleiben, was wir sind. Laßt uns jedem eine Chance geben. Die Zeit wird entscheiden, welche unter uns große Künstler sind und welche nicht. Wenn ihr eine Jury haben müßt, laßt die Zeit unsere Jury sein!"
Der Antrag wurde mit knapper Mehrheit abgelehnt. Eilig schloß der Präsident die Sitzung.
„Machen wir, daß wir wegkommen", sagte er, „bevor womöglich noch einer auf den Gedanken kommt, einen Antrag zu stellen."
Es war Mitternacht, als Henri Seurat in sein Studio begleitete, um des Freundes Bilder anzusehen.

An einem Februarnachmittag half Henri in einem der Räume des Pavillons Seurat, für die bevorstehende Ausstellung der Indépendants Vincents Bilder aufzuhängen. Das heißt, er hockte auf einem Stuhl und las die Nummern aus dem Katalog, der aufgeschlagen auf seinen Knien lag, während Seurat die Hauptarbeit tat, Nägel in die Wände hämmerte und Schrauben in die Rückseiten der Rahmen eindrehte.

„Welche Nummer hat dies?“ fragte Seurat, den Mund voller Nägel.
„Achtundzwanzig. ‚Zypressen‘. Etwas mehr nach links, Georges.“
Seurat rückte das Bild gerade. „So?“
Henri blinzelte hinter seinen dicken Gläsern. „Es ist herrlich. Kommen Sie und sehen Sie es sich an.“
Seurat schlurrte zu Henri hinüber, zündete seine Pfeife an und setzte sich ächzend auf den Fußboden. Einen Augenblick betrachteten sie schweigend Vincents Bild. Dann schüttelte Seurat seufzend den Kopf. „Ich will verdammt sein, wenn ich weiß, wie er das gemacht hat. Optisch ist alles falsch, und doch hat das Ding eine Leuchtkraft . . .“
„Sehen sie nicht aus wie feurige grüne Zungen?“ Henri war ganz versunken in den Anblick der wildbewegten Zypressen. „Und so etwas konnte er in ein paar Stunden heruntermalen! Wissen Sie, daß er in den acht Wochen, die er in Auvers war, fast fünfzig Bilder gemalt hat? Und der wollte einmal Pointillist werden! Armer Vincent!“
„Fünfzig Bilder in acht Wochen!“ wiederholte Seurat ungläubig. Ihn überfiel plötzlich ein heftiger Husten. Sein Gesicht lief rot an, und er konnte kaum wieder zu Atem kommen.
„Sie sollten etwas gegen diesen Husten tun, *mon vieux*“, sagte Henri. „Der hört sich gefährlich an.“
„Ich muß mich gestern abend im Studio erkältet haben. Der Ofen ging aus, und ich hatte keine Lust, ihn wieder anzuheizen.“ Er mußte von neuem husten. „Haben Sie übrigens gehört, daß Gauguin nächsten Monat nach Tahiti fährt?“
„Tatsächlich?“ sagte Henri und zündete sich eine Zigarette an. „Es wird aber auch Zeit. Seit zehn Jahren redet er jetzt schon von seinen verdammten Kokosnußpalmen und nackten Mädchen. Aber Sie sollen sehen, der kommt wieder. Genau wie vor einigen Jahren, als er nach Martinique ging, wissen Sie noch? Da wollte er sein ganzes Leben lang bleiben, aber dann fand er, daß es im Sommer ein bißchen zu warm würde. Außerdem hatte er offensichtlich keine Lust, Arbeiter am Panamakanal zu werden.“
„Es soll ein Abschiedsessen für ihn gegeben werden.“
„Oh, ich bin überzeugt, er wird eine Musikkapelle auf den Bahnhof bestellen. Dieser Mann kann nichts einfach tun.“

Seurat blickte Henri aus den Augenwinkeln an. „Sie mögen ihn nicht besonders gern, wie?“ Er grinste.
„Ich finde es unglaublich, wie er sich in Arles Vincent gegenüber benahm. Stellen Sie sich vor, daß er Vincent aufforderte, ihn ‚Meister‘ zu nennen. Ich mag sein ganzes Auftreten nicht, die geschnitzten Holzschuhe und die gestickte Jacke. Er hat zweifellos Talent, aber ich glaube, er ist nicht halb so groß als Künstler wie Vincent. Haben Sie sein Bild ‚Jakob kämpft mit dem Engel‘ gesehen? Sieht aus, als ob der Engel Jakob den Puls fühlt. Und sein ‚Gelber Christus‘? All diese religiösen Bretonnerien wirken nicht echt auf mich. Ich glaube nun mal nicht an Börsenleute, die sich dem Primitiven zuwenden. Rousseau mag ein Einfaltspinsel und Schwätzer sein, aber ich halte ihn für aufrichtig. Und nebenbei gesagt, einige seiner Dschungelbilder sind bemerkenswert, finde ich. Haben Sie sie gesehen? Wenn Sie wollen, gehen wir mal zu ihm. Sie sind wirklich sehenswert. Aber Gauguin – ich weiß nicht. Ich habe immer das Gefühl, der Mann will Aufsehen erregen und zeigen, wie klug er ist. Seine Naivität ist gewollt. So empfinde ich es jedenfalls. Und wenn es etwas gibt, was ich hasse, dann ist es Pseudo-Naivität.“
„Vielleicht hat er sich selbst noch nicht gefunden“, sagte Seurat großmütig.
„Ja, vielleicht. Vielleicht findet er sich in Tahiti. Na, einerlei; ich glaub, wir müssen wieder an die Arbeit gehen ... Nummer neunundzwanzig: ‚Sonnenblumen‘.“
Als Seurat aufstehen wollte, wurde er von einem neuen Hustenanfall geschüttelt, der noch schlimmer war als der vorige.
„Meine Luftröhre brennt wie Feuer“, sagte er, als er endlich wieder sprechen konnte. „Ich weiß nicht, was mit mir los ist. Ich hab sowas noch nie gehabt.“
„Sie sollten lieber heimgehen. Wir können den Rest ja morgen machen. Kommen Sie, ich setze Sie unterwegs ab. Es ist außerdem auch schon spät geworden und Sie wissen, wie Ihre Mutter sich sorgt.“
Am nächsten Tag kam Seurat nicht in den Pavillon. Henri fuhr zum Boulevard Magenta und erfuhr, daß er mit hohem Fieber im Bett lag.
„Er schläft gerade“, flüsterte Madame Seurat und legte einen Finger auf die Lippen. „Der Arzt sagt, in ein paar Tagen wird er wieder gesund sein.“

Am 10. März wurde der Salon des Artistes Indépendants eröffnet, und alsbald hallten die stattlichen Räume des Pavillons vom Gelächter der Menge.

Henri Rousseau stand in Gehrock und blankgewichsten genagelten Schuhen Wache vor seinen Bildern und fing mit jedem, der zufällig einen Blick auf sie warf, eine Unterhaltung an. „Darf ich mich Ihnen vorstellen? Henri Rousseau, ehemaliger Sergeant und Zollbeamter. Von mir stammen diese Bilder hier. Sehen Sie sich bitte den Baum an! Finden Sie nicht auch, daß er eine geradezu ornamentale Majestät hat? Sie können das Bild für fünfundzwanzig Francs kaufen.“ Dann leiser: „Sagen wir für zweiundzwanzig. Oder zwanzig. Das ist ein Spottpreis für eine solche Schöpfung. Nein? Dann für achtzehn? Auch nicht?“

Vincents Bilder blieben fast unbeachtet, dagegen sammelten sich schallend lachende Menschengruppen vor Seurats Werken. Diese duftigen Malereien glitzernder Meereswogen und friedlicher Landschaften wurden als die lächerlichsten Stücke der Ausstellung erklärt. Irgendein Witzbold prägte den Ausdruck „Konfettimalerei“ und hatte damit einen durchschlagenden Erfolg.

Der Künstler selbst hörte nichts von dem Spott und den Sticheleien. Schweißgebadet, das Gesicht rot und verzerrt vor Atemnot, rang er nach Luft und kämpfte ums Leben. Jeden Tag fuhr Henri zum Boulevard Magenta, und während er mit Madame Seurat sprach, konnte er das Keuchen des Todkranken hören. Eines Morgens fand Henri sie mit verquollenen Augen und unfähig zu sprechen. Dann schlug sie plötzlich die Hände vors Gesicht und begann hemmungslos zu weinen. Endlich flüsterte sie stockend: „Er ist vor einer Stunde gestorben. Sie können ihn sehen.“

Seurats Tod, so kurze Zeit nach Vincents Selbstmord, machte einen tiefen Eindruck auf Henri. Beide waren jung und auf dem Gipfel ihrer Schaffenskraft gewesen – und nun waren beide tot ...

Einige Tage nach der Beerdigung, als Henri vor seiner Staffelei saß und dem eintönigen Geplätscher von Madame Loubets Rede zuhörte, stürzte Zidler aufgeregt ins Studio.

„Ich komme gerade von Lévy. Ihr Plakat ist fertig. Heute nacht wird es überall in der Stadt angeklebt. Morgen früh kann es ganz Paris sehen!“

16

„Haben Sie schon gesehen?"
„Haben Sie schon gesehen?"
„Haben Sie schon gesehen?"
Am Morgen war es ein Gemurmel, gegen Abend ein dröhnender Chor.
„Was gesehen?"
„Das Plakat natürlich! Dieses Mädchen, das Cancan tanzt..."
„Es ist ein Skandal!"
„Es ist ein Kunstwerk!"
„Eine Schweinerei!"
„Ein Meisterstück!"
Es war da, überraschend, unglaublich, unwiderstehlich. Paris war entzückt. Paris war schokiert. Paris war verstört über dieses Plakat. Es war überall: man konnte es weder übersehen noch vergessen. Von jeder Wand, jedem Kiosk, jeder *pissotière* sprang es einen an. Menschenmengen sammelten sich davor an, machten zotige Bemerkungen und hemmten den Verkehr. Polizisten baten, drohten, schwenkten die Arme in der Luft. „Zum Teufel, habt ihr noch nie ein Flittchen gesehen, das seinen Hintern zeigt? Los, weitergehen! Weitergehen, bitte!"
Die Menschen verrenkten sich die Hälse und guckten sich die Augen aus dem Kopf, um den Namen zu entziffern. Und da stand es in der linken Ecke:
„Lautrec."
„Lautrec!"
„Lautrec!"
„Lautrec!"
Zahllose führten diesen Namen im Munde, auf den Terrassen der Cafés, in den Büros, in Klubs, Barbierläden, Schneiderateliers, in vornehmen Restaurants auf den Champs Elysées und in Garküchen, wo die Kutscher ihre Suppen schlappten, während sie ihre Droschken im Auge behielten.
Die Zeitungen waren voll davon. Einige erklärten das Plakat für ein Teufelsmachwerk und verlangten seine sofortige Entfernung von den Straßen. Andere bezeichneten es als das erste Plakat, das gleichzeitig ein großes Kunstwerk sei. Moralisten und Führer bürgerlicher Parteien erhoben warnende Stimmen und wiesen dar-

auf hin, daß die Unschuld der Pariser Jugend gefährdet sei und Damen nicht mehr auf der Straße gehen könnten, ohne zu erröten. Auf der anderen Seite stand eine Anzahl von Künstlern und Kritikern, die das Plakat spontan verteidigten. „Ein außerordentlich moralisches Kunstwerk ... Eine Hogarthsche Satire auf das *fin de siècle* ... Das graphische Epitaph einer sterbenden Zivilisation ..." Das Moulin-Rouge-Plakat sei ein Meisterwerk. Valentins Silhouette zum Beispiel sei gezeichnet, wie selbst Holbein es nicht besser habe machen können. Dieses saturnische Gerippe mit dem Zylinder auf dem Kopf sei wirklich eine Schöpfung, würdig des „Totentanz"-Meisters. Mit diesem Plakat habe sich die Lithographie hinweggesetzt über ihre bisherigen Aufgaben, die sich im Drucken von Flaschenetiketten und Zigarrenbanderolen erschöpften. Jetzt nehme sie einen Rang unter den graphischen Künsten ein. Monsieur de Toulouse-Lautrec habe die Kunst auf die Straße gebracht!

Henri war völlig überrascht. Er kam sich vor wie einer, der einen Kiesel in eine Schlucht wirft und merkt, daß er eine Lawine entfesselt hat.

„Ich begreif das nicht. Ich begreife diese ganze Aufregung nicht", sagte er zu Maurice.

„Nun, dein Plakat ist nicht gerade sanft, das mußt du zugeben."

„Zum Teufel, das soll ein Plakat ja auch nicht sein! Aber ich wollte doch nur Zidler helfen, Leute in sein verdammtes Lokal hineinzukriegen. Nicht eine Revolution entfesseln!"

„Wie denkt übrigens deine Mutter darüber?"

„Das weiß ich nicht. Sie hat es überhaupt nicht erwähnt. Ich bin nicht einmal sicher, ob sie es gesehen hat. Aber mittlerweile zerstört mir das verfluchte Ding mein ganzes Leben."

„Wieso das?"

„Ich kann nicht mehr arbeiten. Ich habe keine Ahnung, woher die Leute meine Adresse wissen, aber sie kommen in Scharen ins Studio. Jeder will ein Plakat – Korsettfabrikanten, Hersteller von Parfüms und Schönheitscremes, Theaterunternehmer, Schauspielerinnen, Gott weiß wer."

„Und was sagst du ihnen?"

„Daß sie sich zum Teufel scheren sollen. Jeden Morgen bringt Madame Loubet mir stapelweise Einladungen von Leuten, deren Namen ich nie gehört habe."

„Und was machst du damit?"
„Ich gebe sie ihr wieder zum Feueranmachen. Was hattest du gedacht?"
„Es wär vielleicht keine schlechte Idee, ein paar solcher Briefe zu öffnen. Vielleicht magst du doch einmal die eine oder andere Einladung annehmen und zur Abwechslung mal mit ein paar anständigen Leuten zusammenkommen statt des Gesindels, mit dem du verkehrst. Nebenbei, hast du eigentlich vor, für den Rest deines Lebens auf dem Montmartre zu bleiben?"
„Natürlich."
„Wird es dir nicht langweilig, Abend für Abend ins Moulin Rouge zu gehen? Warum verkehrst du nicht mit erfolgreichen, kultivierten Leuten anstatt mit diesen gescheiterten Montmartre-Existenzen? Ich könnte dich zum Beispiel bei den Natansons einführen. Madame Natanson ist eine der hübschesten und klügsten Frauen von Paris. Sie fragte mich schon mal, ob ich dich nicht mitbringen wolle ..."
„Nein, nein, ich mag nirgends hingehen. Ich bin ganz glücklich im Moulin Rouge. Jeder kennt mich dort und jeder ist nett zu mir. Übrigens ist da eine neue Tänzerin, die müßtest du sehen. Jane Avril ..."

Mehrere Jahre lang waren Henris Beziehungen zu seinem Vater sehr gespannt gewesen. Nur auf die dringenden Bitten seiner Mutter hin hatte er ihm weiterhin formelle und seltene Besuche gemacht, bei denen sie sich beide bemühten, ihr Unbehagen zu verbergen.
Jetzt kam eines Morgens kurz nach dem Auftauchen des Plakats der Graf ins Studio.
„Wie kannst du es wagen!" schrie er, außer sich vor Zorn. „Wie kannst du es wagen, unseren Namen auf dieses empörende Tanzhallenplakat zu setzen! Wenn du nicht ein hilfloser Krüppel wärst, würde ich dich dafür schlagen!"
Henris Gesicht wurde grau. Er hatte von seines Vaters Wutanfällen gehört; sie konnten in der Tat entsetzlich sein. Einen Augenblick lang blickte er zitternd vor Angst auf den goldbeknauften Spazierstock, mit dem der Graf wütend herumfuchtelte. Dann plötzlich verließ ihn die Furcht und Zorn überfiel ihn, ein geradezu mörderischer Zorn auf diesen eitlen Gecken, der es

wagte, so zu ihm zu reden. Beim Bart des Sankt Joseph, er war auch ein Toulouse-Lautrec und würde – Krüppel oder nicht – keinem Menschen erlauben, ihn auf solche Weise zu beleidigen.

„Ich glaube kaum, daß dieser Besuch irgendwelchen Sinn hat", begann er mit eisiger Ruhe. Hinter den dicken Gläsern blickten seine Augen klar und unerschrocken. „Es tut mir leid, daß meine Arbeit dir nicht gefällt. Ich bedaure, nicht mit dir über die Champs Elysées reiten zu können. Daß meine Mißgestalt ein Unglück für dich ist, weiß ich, aber ich kann dir nur versichern, daß sie für mich auch eines ist. Ich habe nicht darum gebeten, geboren zu werden, und es tut mir leid, daß ich dein einziger Sohn und der Letzte unseres Hauses bin. Ich weiß, daß du mit meinem Leben nicht einverstanden bist, aber ich kann es leider mit deinem auch nicht sein. Ich habe keine Angst vor dir, Papa. Ich habe dich verehrt, aber das ist vorbei. Maman und ich brauchten dich, deine Liebe, dein Verstehen. Wir brauchten sie bitter nötig, aber du hast uns beide im Stich gelassen. Und so, scheint mir, sollten wir besser dieser Auseinandersetzung ein Ende machen und einander künftig aus dem Wege gehen. Was meine Arbeit angeht, so werde ich sie mit meinem Namen zeichnen, wie es mir beliebt, denn es ist meine Arbeit und es ist mein Name. Daran kannst selbst du nichts ändern."

„Arbeit!" höhnte der Graf. „Nennst du das Arbeit?" Er wies auf die Bilder an den Wänden. „Das ist pornographischer Schund! Nichts als ein Vorwand, um zu saufen und sich in Bordellen und Tanzlokalen herumzutreiben."

„Ja, ich nenne es Arbeit", sagte Henri. „Aber das kannst du nicht verstehen. Wie solltest du erkennen können, was Arbeit ist und was nicht? Du hast nie gearbeitet. Unser vornehmes Geschlecht tat das nicht. Arbeit ist niedrig, gut genug für Bauern und Bürgerliche. Wir aber sind die Grandseigneurs, der Schwertadel! Wir sind über Arbeit erhaben. Die Welt schuldet uns immer noch eine Achtung, für die wir ihr nichts wiedergeben. Wir sind so vornehm, so blaublütig, so überzüchtet, so durchtränkt mit Hochmut und Vorurteilen, daß wir nutzlos geworden sind und uns nichts weiter bleibt, als wehrlose Tiere zu morden, uns auf dem Pferderücken zu brüsten und, wenn wir Glück haben, ehrenvoll auf einem Schlachtfeld zu sterben. Wir hüllen uns in den Ruhm unseres Namens, als ob es etwas Besonderes sei, überhaupt geboren zu sein. In Wahrheit ist unsere Welt mit Versailles und Marie Antoinette gestorben, und es wäre vielleicht besser gewesen, wenn wir mitgestorben wären. So wie es jetzt ist, sind wir die Fossilien eines vergangenen Zeitalters, ebenso veraltet wie die Dinosaurier und ungefähr von derselben Wichtigkeit. Du sagst, ich verkehre mit Dirnen. Natürlich tu ich das. Und ich bin dankbar dafür, daß sie mit mir verkehren. Welche anderen Frauen würden das wohl tun? Du sagst, ich trinke. Das stimmt. Und zwar jeden Tag ein bißchen mehr. Warum ich das tue? Weil ich dann meine Häßlichkeit vergesse, meine Einsamkeit, die ständigen Schmerzen in den Beinen. Was würdest du denn an meiner Stelle tun? Wenn du dich so hinschleppen müßtest wie ich? Hättest du Spaß daran? Du würdest auch trinken, wenn du in meiner Lage wärst. Wir haben alle unsere Ausflucht. Maman hat das Gebet, du hast deine Falken und Pferde, und ich, nun, ich habe Cognac. Was dachtest du, was ich tun solle? Mein Leben auf einem Liegestuhl verbringen? Ich hab es versucht. Ich hielt es nicht aus. Du könntest es auch nicht."

Er sah seinen Vater an. Der Graf stand unbeweglich da. Seine Augen hatten den harten und zornigen Ausdruck verloren. Er wirkte sehr alt, sehr stolz und sehr einsam. Vor Henris Augen schien der Gehrock mit den seidenen Aufschlägen zu verschwinden und es war, als ob an seine Stelle der Goldhelm, der Kettenpanzer und der ovale Schild Raymonds IV. traten. Hinter ihm wehten das Banner der Kreuzfahrer und wappengeschmückte Fahnen. Rüstungen und Schwerter blitzten in der Sonne, und das Wiehern der Pferde mischte sich mit Trompetengeschmetter ...

Die Vision verging. Sein Vater war wieder der elegante Pariser in weißen Gamaschen und modischer Krawatte. Henri fühlte sich ihm fast nahe, diesem gebrochenen Feudalherrn, der fünfhundert Jahre zu spät in eine Welt hineingeboren war, die keinen Platz mehr für ihn hatte. Er hätte jetzt gern seine Hand ergriffen und ihm gesagt, daß er ihn verstehe, seinen Kummer, seinen morbiden Stolz, seinen nutzlosen Kult mit der Vergangenheit, und daß auch er sich dieser untergehenden Kaste zugehörig fühle und schließlich genau so ein Toulouse-Lautrec sei. Aber was für einen Zweck hätte es gehabt? Dadurch änderte sich ja doch nichts.

„Dies ist das Ende, Henri." Die Stimme des Grafen klang heiser und wie verloren. „Wir werden uns nicht wiedersehen. Tu, was

du willst, lebe, wie es dir paßt, aber suche nie Hilfe bei mir, denn ich würde sie dir nicht gewähren."
„Das hast du auch bisher nie getan", sagte Henri bitter.
Der Graf tippte an seinen Hut, als ob er sich von einem Fremden verabschiede, und ging steif aus dem Zimmer.

Das Plakat war jetzt schon seit mehreren Monaten in den Pariser Straßen.
Henri blieb weiter auf dem Montmartre.
„Hast du nicht allmählich genug von diesem gräßlichen Moulin Rouge?" fragte Maurice wieder und wieder. „Hast du es nicht satt, Abend für Abend an demselben Platz zu sitzen, dieselben Menschen zu sehen und immer das gleiche Gerede anzuhören? Du bist wohl der erfolgreichste Künstler von Paris, und doch versteifst du dich darauf, unter Gescheiterten zu leben. Du umgibst dich mit einer Horde von Prahlern und Schmarotzern, während du mit den nettesten, gebildetsten und berühmtesten Leuten von Paris verkehren könntest."
„Das hieße ein Haufen blöder Snobs, die nur meine Beine aufs Korn nehmen würden ..."
„Deine Beine! Immer deine Beine! Du scheinst dir vorzustellen, daß die Leute nichts anderes sehen als deine Beine. Du irrst, Henri, ich hab es dir schon hundertmal gesagt. Ich hab dir doch zum Beispiel von den Natansons erzählt, nicht wahr? Es sind die reizendsten Menschen, die man sich denken kann. Missia Natanson bittet mich schon seit Monaten, dich bei ihr einzuführen. Sie ist eine ausgezeichnete Pianistin und sehr kunstliebend. Sie hat eine herrliche Sammlung ..."
„Frauen sind nicht kunstliebend", sagte Henri spöttisch. „Am wenigsten die sogenannten Damen der Gesellschaft. Wenn sie Bilder sammeln, so ist das bestimmt nur ein Vorwand dafür, Künstler zu sammeln. Sie verstehen nichts von Kunst. Es ist Pose bei ihnen, ein Mittel, um mitreden zu können. Außerdem, was hast du gegen das Moulin Rouge? Mir gefällt es. Ich hab den Lärm, die Lichter, das Gedränge und Geklapper gern. Ich plaudere gern mit Sarah und den Cancanmädchen. Und Zidler kann sich nicht genug darin tun, mir gefällig zu sein. Er schickt mir Champagner an den Tisch, will mich nicht mal bezahlen lassen für meine Getränke ..."

„Nach dem, was du für ihn getan hast, kann er sich das auch leisten."
„Oh, hör auf, mich zu löchern! Behalt du deine Natansons, und ich behalte mein Moulin."
Aber trotz seiner leidenschaftlichen Proteste begann Henri Montmartres überdrüssig zu werden. Er gab sich keinen Illusionen hin über die Leute, die an seinen Tisch stürzten, sobald er ein Café betrat. Ihre Prahlereien, ihre ständigen gegenseitigen Beschuldigungen ermüdeten ihn. Selbst die Cancanmädchen waren nicht mehr wie früher. Die urwüchsige Wildheit der alten Ely-Tage war verschwunden. Drei Moulin-Rouge-Jahre hatten sie zu selbstbewußten Berufstänzerinnen und gierigen Kokotten gemacht. Durch das Plakat auf den Gipfel des Ruhmes gebracht, trug La Goulue ihre Krone als Königin des Cancans mit abstoßender Anmaßung. Sie bildete sich ein, sie allein sei der Anziehungspunkt für die Menge, die allmählich den Tanzsaal füllte. Ihre Unverschämtheit kannte keine Grenzen. Einmal hatte sie während einer Cancanvorführung dem Prinzen von Wales zugerufen: „Hallo, Wales, zahlst du den Champagner heute abend?" Henri sah in ihr nicht mehr die plebejische Fröhlichkeit des Montmartre verkörpert, sie interessierte ihn malerisch nicht mehr.
Aber es bedurfte dennoch einer Folge von dramatischen Ereignissen, um seine krankhafte Empfindlichkeit zu besiegen und ihn sozusagen aus dem Stadtteil hinauszutreiben, den er niemals hatte verlassen wollen.
Eines Abends verunglückte ein Cancanmädchen beim Spagat und starb auf der Tanzfläche. Dieser Zwischenfall erregte ihn mehr, als er sich eingestehen wollte. Einige Tage danach erschien seine alte Freundin Berthe in Tränen aufgelöst im Studio und erzählte, eines der Mädchen sei von einem Mann getötet worden und die Polizei habe den Grauen Papagei geschlossen. Drei Tage blieb sie bei Henri, bis sie eine „Stellung" in einem „Haus" in der Rue d'Amboise fand. Die anderen Mädchen zerstreuten sich über Paris. Henri war gezwungen, seine Gewohnheiten zu ändern, und mußte jetzt weite Strecken fahren, um das zu finden, was er bisher so bequem in der Nähe gehabt hatte.
Kaum hatte er sich von diesem Schrecken erholt, als Jane Avril ihm mitteilte, sie habe ein kleines Engagement in den Folies Bergère.

Einen Monat später kam dann der letzte Schlag. Zidler setzte sich eines Abends händereibend und wie gewöhnlich an seiner kalten Zigarre kauend zu ihm an den Tisch.
„Also, es ist alles in Ordnung! Unterschrieben und alles. Ich habe soeben Moulin Rouge verkauft, Monsieur Toulouse. Wissen Sie noch, daß ich immer sagte, ich würde eine Million damit verdienen? Nun, das hab ich tatsächlich. Aber glauben Sie nicht, daß ich mich jetzt hinsetze und mein Geld zähle. Ich nicht! Ich mache einen neuen Laden auf. Und zwar auf den Champs Elysées. ‚Le Jardin de Paris' soll er heißen. Und ich werde Sarah mitnehmen ..."
Henri war zumute wie an jenem weit zurückliegenden Septembernachmittag, als seine Mutter ihm sagte, er müsse zur Schule gehen. Seine Welt um ihn herum zerbröckelte. Zudem hatte er viele Bilder vom Moulin Rouge gemacht und alles zum Ausdruck gebracht, was er darüber sagen konnte. Er würde sich in Zukunft nur selbst wiederholen können. Vielleicht hatte Maurice recht. Vielleicht sollte er wirklich mit anderen Menschen zusammenkommen?
An diesem Abend sah er dem Cancan nur zu und machte keine Skizzen. Nach der Vorführung ging er an die Bar, um sich von Sarah zu verabschieden, dann zu Gaston, seinem Lieblingskellner. Beim Hinausgehen schüttelte er Trémolada die Hand und blieb einen Augenblick vor seinem Zirkusbild in der Eingangshalle stehen. Dann ging er hinaus.
Als der Landauer anfuhr, lehnte er sich aus dem Fenster. Die roten glitzernden Flügel drehten sich in der Nacht, genau wie Zidler damals gesagt hatte. Und weil er in sentimentaler Stimmung war, redete er sich ein, sie drehten sich für ihn in einem leuchtenden Abschiedsgruß.
„Leb wohl, Moulin!" flüsterte er und machte eine kleine Handbewegung, wie wenn er von einem Freund Abschied nähme. Und etwas leiser fügte er hinzu: „Leb wohl, Montmartre!"
Ein paar Tage später führte Maurice ihn bei den Natansons ein. An der Tür nahm ein livrierter Diener ihre Hüte und Handschuhe in Empfang und half ihnen aus den Mänteln. Dann schritten sie durch die Halle und stiegen die breite Treppe hinauf, die zum Empfangszimmer führte. Oben blieben sie einen Augenblick stehen, und während Henri wieder zu Atem kam, blickte er in einen großen Raum, der trotz einer verschwenderischen Fülle seidenbeschirmter Lampen gedämpft wirkte. Er sah brennende Holz-

scheite in einem marmorverkleideten Kamin, mit Quasten verzierte Plüschmöbel, in einer Ecke einen geöffneten Flügel und überall juwelengeschmückte Damen in Abendkleidern und bärtige Männer mit leuchtenden Frackhemden, die Sherry tranken und Konversation machten. Zwischen ihnen gingen weißbehandschuhte Diener mit Tabletts herum.

Auf den ersten Blick erkannte Henri Missia Natanson, nicht weil sie die schönste Frau hier war, sondern weil er instinktiv fühlte, daß nur sie es sein könne, der dieser prächtige Raum gehörte. Sie entschuldigte sich bei einer Gruppe von Damen und Herren, nahm die Schleppe ihres rosa Taftkleides hoch und kam lächelnd mit ausgestreckter Hand auf sie zu.

„Monsieur Joyant, wie reizend, daß Sie gekommen sind und daß Sie Ihren Freund mitgebracht haben!"

Dann wandte sie sich zu Henri. „Monsieur de Toulouse-Lautrec, endlich, endlich!" sagte sie mit ihrer leisen slawischen Stimme. „Sie werden es nicht glauben wollen, aber seit Monaten schmiede ich Pläne und Ränke, um Sie hierher zu bekommen. Nun, da Sie einmal da sind, werde ich Sie ganz und gar mit Beschlag belegen. Sie werden mir hoffentlich nicht böse deswegen sein?"

Mit ihrem unwiderstehlichen Lächeln strahlte sie ihn an.

MIRJAM

17

Wie lange brauchte ein Narr, bis ihm die Augen aufgingen? Bis er einsah, daß alles nur Täuschung war?
„Ungefähr fünf Jahre." Er sagte es laut vor sich hin und lachte ein wenig dazu. „Wenigstens hab ich solange gebraucht."
Eine Weile überließ er sich dem sanften Schaukeln der Droschke. Um ihn herum brauste der Nachmittagsverkehr über die Avenue de l'Opéra. Eine blonde, auffällig gekleidete Schauspielerin winkte ihm lässig aus ihrem Landauer zu. Abwesend tippte er an seinen Zylinder, stäubte etwas Zigarettenasche vom Pelzkragen seines Mantels und beugte sich vor.
„Kutscher, noch nicht zu Weber. Fahren Sie bitte erst zur Galerie Joyant, Rue Forest 9."
Ja, er hatte wirklich ganze fünf Jahre gebraucht, um zu begreifen, daß es nichts als ein plumper Scherz war. Fünf Jahre, eine ziemlich lange Zeit ... Aber verflucht noch mal, es hatte im Anfang alles so echt gewirkt, gerade als ob die ganze Welt sich verschworen hatte, ihn dazu zu bringen, seine Krüppelhaftigkeit zu vergessen. Missia zum Beispiel. Sie hätte ihn nicht so anlächeln sollen. Es war das Lächeln, mit dem sie alles erreichte, was sie wollte – denn sie war viel zu klug, um sich nur auf ihre Klugheit zu verlassen –, das Lächeln, das ihren Salon zu einem der glänzendsten in Paris gemacht und mit dem sie so abgehärtete und gesuchte Berühmtheiten wie Zola, Clemenceau, Anatole France aus den Salons ihrer Konkurrentinnen hinweggelockt hatte. Wie mußte es da auf einen armen Zwerg und Krüppel wirken! Es traf ihn mitten ins Herz, fegte das bißchen Verstand weg und versenkte ihn in einen fünf Jahre währenden Traum.
Sie hatte so verteufelt schön ausgesehen an jenem Abend! Wenn Schönheit, Geschmack und Geld zusammenkommen – und sie verfügte über alle drei –, so ergeben sie eine gefährliche Verbindung. Sie war ganz Eleganz, ganz Haltung und Grazie gewesen, das triumphierende Sinnbild dessen, was mit Geld erreicht werden kann, wenn es richtig angewandt wird. Reichtum steht nicht jedem,

aber ihr stand er. Auf den ersten Blick hatte man erkennen können, daß ihr rosa Taftkleid von Worth oder Paquin stammte und einen Haufen Geld gekostet haben mußte, daß sich der teuerste Friseur um ihr Haar bemüht hatte und sie beim Ankleiden von Kammerzofen bedient worden war, die aufzupassen hatten, daß jeder Haken gehakt und jede Schnalle geschnallt wurde.
Und er, siebenundzwanzig Jahre alt damals und so beschaffen, wie er eben beschaffen war, hatte sich sofort vorstellen müssen, daß sich unter dem Gewand eine Herrlichkeit der feinsten und duftigsten Wäsche, die für Geld zu haben war, eine Schwelgerei von Alençonspitze verbarg und unter der Wäsche der üppige pfirsichweiche Körper einer reifen Blondine ...
Rückblickend wurde er sich jetzt klar darüber, daß sie ihm nicht so hätte zulächeln dürfen. Es war grausam. Und es war extravagant – wie das Abfeuern einer Kanone auf ein Kaninchen. Ein übliches höfliches Lächeln wäre genug gewesen. Und auch die anderen Menschen, die an jenem Abend da waren, wären gütiger gewesen, wenn sie ihn nicht so freundlich aufgenommen hätten. Sie hätten sich nicht so in Lobeshymnen auf das Plakat ergehen, sondern statt dessen lieber sagen sollen: „*Mon Dieu,* seht ihn euch an, ist er nicht ein Kinderschreck? Seht doch nur dieses Gesicht und diese Beine!" Das wäre barmherziger gewesen. Aber statt dessen hatten sie ihm geschmeichelt, hatten dafür gesorgt, daß er sich willkommen und begehrt vorkam, schlimmer noch: daß er sich berühmt vorkam ...
Er konnte sich an jede Einzelheit dieses Abends erinnern. Wer dagewesen war, worüber man gesprochen hatte, was er selber gesagt, ja, sogar was er gedacht hatte. Er entsann sich des in Grün und Gold gehaltenen Eßzimmers, dessen furchterregende Großartigkeit an ein Gewölbe in der Bank von Frankreich erinnerte, das aber, als der Fasanenbraten serviert wurde, ein freundliches, beinahe intimes Aussehen bekommen hatte. Sarah Bernhardt, die zwischen Claude Debussy und Oscar Wilde saß, hatte ein weißes Moiréklеid getragen und Sommersprossen auf den Schultern gehabt. Anatole France hatte ein zeremonielles Gespräch mit dem Bischof geführt – denn selbstverständlich war auch ein Bischof, einer jener weltgewandten Prälaten, in dieser illustren Gesellschaft vertreten. Es war ein Disput mit feinem Lächeln, kleinen Verbeugungen, entschuldigenden Gesten, gleichsam ein Duell mit

Nähnadeln gewesen ... Clemenceau hatte seiner hübschen Nachbarin vom Bürgerkrieg in Amerika erzählt: „Lee war ein besserer General, aber er hatte nur seinen Enthusiasmus, madame, Grant dagegen hatte Kanonen ...“ Er erinnerte sich sogar, daß ihn Madame de Gortzikoffs riesiger Diamant gefesselt und daß er sich gefragt hatte, wieviel der wohl wog und wert sein mochte ... daß er gedacht hatte, erfolgreiche Leute – und jeder an dieser Tafel war erfolgreich – seien im großen und ganzen doch interessanter und bei weitem nicht so bitter wie die Gescheiterten ... daß ihm verschiedenes klar wurde, zum Beispiel, wie sehr intelligente Männer die Aufmerksamkeit schöner Frauen brauchten, um das Beste aus sich herauszuholen ... daß eine ganze Anzahl Menschen Geist, aber nur sehr wenige ihn zur rechten Zeit besäßen und daß die meisten geistvollen Aussprüche in eleganten Zirkeln geboren würden ... daß Frauen doch besser aussähen in den Schöpfungen guter Schneider als in selbstgemachten Kleidern ... daß sehr reiche Frauen, sofern sie überhaupt menschlich aussähen, etwas eigenartig Faszinierendes hätten, weil das Geld ihnen einen feinen, aber sehr wirksamen Reiz gäbe, weshalb vielleicht auch jede kleine Putzmacherin ihren Ehrgeiz darein setzte, wie eine Bankierstochter auszusehen ...

Vor allem aber erinnerte er sich an Missia. Missia, die ihm von Polen erzählt hatte, wo sie geboren war, von ihrem Bruder Cipa, von ihrer Liebe zu Musik und Tanz, Missia, die ihm gesagt hatte, wie sehr sie sein Plakat bewundere und wie sie sich freuen würde – hier war ihr berühmtes Lächeln in Aktion getreten –, wenn er ein paar Zeichnungen für La Revue Blanche beisteuern würde, eine Zeitschrift, die ihr Mann zum Zeitvertreib für sie gestartet hatte ...

Da hatte er seine große Entdeckung gemacht: er gehörte zu diesen charmanten, erfolgreichen Leuten. Auch er war charmant, war erfolgreich! Ein Krüppel? Was besagte das? Er war Lautrec, der „junge und wagemutige Künstler“! Er war berühmt. Paris stand ihm offen. Er konnte gehen, wohin er wollte, er war überall zugelassen, er war gesucht, er war berühmt!

Er war überall hingegangen. Er hatte sich auf Paris geworfen. Er hatte nicht genug sehen, nicht genug hören, nicht genug skizzieren und nicht genug Orte in einer Nacht aufsuchen können. Da er am Tage arbeitete, mußte er nachts leben. Um nachts zu leben, hatte er auf Schlaf verzichtet, und um nicht schlafen zu müssen, hatte er getrunken ...

Das Leben hatte nur noch aus Droschkenfahrten und Ein- und Aussteigen bestanden. „Pst, Kutscher! Zu Weber ... Zum Café Anglais! Zur Irisch-Amerikanischen Bar, Rue Royale! ... Pst, Kutscher! Zum Maxim! Ins Eldorado! Zur Alhambra! In die Ambassadeurs! Hallo, Kutscher, ins Casino de Paris! In die Folies Bergère! Nein, nicht vorn, halten Sie am Bühneneingang – schnell, bitte! ... Pst, Kutscher, Rue de la Boétie 21! Fragen Sie den Hausmeister, ob Madame Sarah Bernhardt zu Hause ist ... Hallo, Kutscher, zum Eispalast! Zum Vélodrome! ... Zu Madame de Gortzikoff, Rue Montaigne 16! Zur Herzogin von Clermont-Tonnerre! Zur Fürstin von Caraman-Chimay! ... Pst, Kutscher, zu Larue! Zu Voisin! Zur Tour d'Argent! ..."

Merkwürdig, er wußte nur noch sehr wenig aus diesen fünf wahnsinnigen und schlaflosen Jahren: nur eine Handvoll unwichtiger, unzusammenhängender Randerscheinungen, die aus irgendeinem Grunde in seinem Gedächtnis haftengeblieben waren, wie das Konfetti, das man zwei Monate nach einer Maskerade unter seinem Mantelkragen findet. Um sechs Uhr bei Weber, wo die Zigeuner in ihren roten verschnürten Jacken hingebungsvoll geigten und der Oberkellner Charles majestätisch durch die Tischreihen wandelte. Dann ins Maxim mit Gérard in seiner blauroten Uniform und dem Monokel ... Mit dem Barkeeper Ralph, der ihn „Monsieur le Vicomte-Marquis" zu nennen pflegte ...

Bars, Bars, Bars ... Mädchen, blonde, braune, rothaarige. Rundhüftig in ihren Sanduhr-Kleidern und ein rotgeschminktes Lächeln auf ihre hübschen Gesichter geklebt. Junge Frauen mit alten Herzen, phosphoreszierende Fledermäuse des nächtlichen Paris. Schauspielerinnen, zu Hunderten. Polaire Réjane mit ihrem von weißen Mauleseln gezogenen Wagen, Sarah und der mit Seide ausgeschlagene Sarg am Fußende ihres Bettes, Eve Lavallière, Anna Held, May Milton, Yvette Guilbert, Jeanne Grenier, Marcelle Lender, Loie Fuller nach ihrem Feuertanz, wie sie ihr Gesicht abschminkt und ihm von der kleinen Stadt in Illinois erzählt, in der sie geboren ist, May Belfort, wie sie im Nachtgewand, eine Katze im Arm, singt: „Ich hab eine kleine schwarze Katze", Jeanne Derval, die um zwei Uhr morgens ins Maxim kommt, an der Leine ihre Briardhündin mit einem juwelenbesetzten Keuschheitsgürtel,

Jane Avril, die nach der Aufführung im Café Riche einige Welsh rabbits hinunterschlingt und dabei verkündet: „Diesmal ist es ganz anders, Henri. Er ist so süß, so zärtlich, so klug und so wunderbar stark ...“ Theatergarderoben, blaue, rosa, grüne, mit Wäsche über den Stühlen und Wandschirmen, mit beschmierten Handtüchern, die zerknüllt zwischen Schminktöpfen liegen.

Das etwa waren die Dinge, an die er sich erinnerte. Die Folies-Girls, wie sie nach einer Nummer in die Kulissen stürzen, dabei über ihre langen Schleppen stolpern und leise vor sich hinfluchen; Debussy, der sich gierig über diverse Schokoladenéclairs hermacht und gleichzeitig von seinen Abenteuern in Rußland erzählt; Zimmermann morgens um fünf Uhr beim Training in dem riesigen leeren Vélodrome; er selbst, wie er um sechs Uhr früh zu Père Cotelle fährt, eine blaue Schürze über seinen Abendanzug bindet und einen neuen Stein in Angriff nimmt; Maurice, der kopfschüttelnd warnt: „Arbeiten oder spielen, Henri, aber um Gottes willen nicht versuchen, beides zu gleicher Zeit zu tun ...“; Madame Loubet, die ihn inständig bittet, doch zu Bett zu gehen; Diners bei Missia, hin und wieder ein Wochenende in ihrem Landhaus; eine wilde Rückkehr nach Paris nach den Rennen von Longchamps; der herrliche Speisesaal bei Madame de Gortzikoff mit den Lakaien in Kosakenuniformen; ein Abend mit dem Prinzen von Wales im Jardin de Paris ...

Was sonst noch? Tanguy, der im Hospital de la Pitié am Krebs stirbt und aus eingesunkenen, vor Schmerzen glasigen Augen um sich blickt und zu sprechen versucht; ein Frühstück mit Maurice bei den Dreyfus', wenige Monate vor dem Skandal; La Goulue und Aicha, die sich um Mitternacht auf der Brücke über dem Montmartre-Friedhof treffen, sich in die Haare geraten und mit Schlagen, Kratzen und Beißen übereinander herfallen. Und, ein paar Tage später, La Goulue, wie sie besiegt, mit blutunterlaufenen Augen und zerkratztem Gesicht zu ihm ins Studio kommt und ihn bittet, die Vorhänge ihrer Jahrmarktsbude auf dem Foire de Trône zu bemalen*.

Dann Tante Armandines Tod und, zwei Monate danach, die Reise mit Maman nach Celeyran zu Grandpères Begräbnis. Das große

* Diese Vorhänge wurden von La Goulue verkauft, von einem nichtsahnenden Kunsthändler zerschnitten und waren für mehrere Jahre völlig verschwunden. 1929 gelang es dem Louvre nach mühevollen Nachforschungen, sämtliche Bruchstücke aufzufinden, die dann sorgfältig wieder in den Originalzustand gebracht wurden.

Haus, einst voller Gelächter, still und seelenlos, denn manche Häuser sterben mit ihren Herren ... Was sonst noch? O ja, London, Amsterdam, wieder London, diesmal mit Maurice. Whistler, den er in seinem Atelier in Chelsea zeichnet und mit dem er im Criterion diniert; Oscar Wilde, wie er völlig schlaff und vor sich hinstarrend in einem Stuhl sitzt und auf seine Verhaftung wartet; die Seereise nach Lissabon; die hübsche Mitreisende an Bord, die zu ihrem Mann nach Dakar wollte; Madrid: die Straßen noch um zwei Uhr morgens überfüllt; Toledo: die herrlichen El Grecos; Barcelona: das Zusammentreffen mit einem Mädchen aus dem Grauen Papagei ...

Die Rückkehr nach Paris. Wieder cafés-concerts, Bars und der Ruf „Hallo, Kutscher!".

Auf einer Gesellschaft bei Natansons hatte er in weißer Jacke und Union-Jack-Weste als Barkeeper fungiert, hatte einen Cocktail erfunden, den man das „Erdbeben" nannte, und war stolz gewesen auf seine geselligen Talente. Er hatte Diners gegeben, bei denen er seine Gäste mit Affenfleisch bewirtete und Goldfische in die Wasserkaraffen setzte – und ähnliche Albernheiten. Und weil er einsam und verbittert war, hatte er es schlimmer und schlimmer getrieben, sich auffällig gemacht mit seinen blaßroten Handschuhen, dem blutroten Hemd und der grünen Jacke, die aus einem Ballen Billardtuch geschnitten war.

Ja, das war ungefähr alles. Nicht gerade viel für fünf Jahre. Ganze Wochen, ganze Monate hatten überhaupt keinen Eindruck hinterlassen. Lange bevor wir sterben, sind wir schon tot ...

Und jetzt? Es hatte sich nicht viel geändert. Er hatte zwar seinen Wagen und seine Shetlandponys verkauft, und er lief nicht mehr in dem Aufzug eines Clowns herum, aber nur weil er zu müde war, den Clown zu spielen. Noch immer aber war er hinter den Bühnen der Theater und cafés-concerts zu finden, wenn auch meistens nur aus Gewohnheit und weil er nicht wußte, was er sonst tun sollte. Noch immer fuhr er schaukelnd und oft in der Droschke einschlafend von einem Ort zum andern.

Und noch immer war er allein. Er wußte, daß ihn nie eine Frau lieben würde und daß alles Lächeln nicht ihm, sondern nur seinem Ruhm galt. Er war erst zweiunddreißig, aber er sah aus wie fünfundvierzig. Seine Gesundheit war erschüttert, er konnte nicht mehr halb soviel arbeiten wie früher. Wenn er ein Glas hob, zit-

terte seine Hand so stark, daß er sie mit der anderen stützen mußte. Dazu kam, daß ihm der Alkohol nicht mehr half und seine Beine manchmal geradezu teuflisch schmerzten.
Wie lange würde es noch so gehen? Er machte sich keine Gedanken darüber ...
Die Droschke bog in eine verlassene Seitenstraße und hielt vor einer bescheidenen Kunsthandlung, über der ein Schild mit goldenen Buchstaben hing: „Galerie Joyant". Henri kletterte aus dem Wagen, stieß die Glastür auf und hinkte durch zwei leere Ausstellungsräume. Als er sich dem Büro näherte, konnte er Maurice an seinem Schreibpult sitzen und schreiben sehen. Das Licht der Lampe beleuchtete sein ernstes Gesicht, ließ Haar und Bart noch blonder erscheinen und vertiefte die nachdenkliche Falte zwischen seinen Augenbrauen. Der gute Maurice, wie schwer hatte er in den letzten Jahren gearbeitet, um diese kleine Kunsthandlung eröffnen zu können! Wie würdig und ernst er aussah in seinem Gehrock!
Maurice blickte von seinem Pult auf. „*Bonsoir*, Henri. Mein Gott, du hast wieder getrunken!"
„Ich hab nur zwei Apéritifs getrunken – na, oder sagen wir drei – und dann noch schnell einen auf dem Weg. Aber ich bin nicht betrunken."
„Nein, betrunken bist du nicht, aber deine Augen sind blutunterlaufen, und du hast diesen gewissen Blick ..."
„Ich darf mich wohl setzen?" Henri machte es sich in einem geräumigen Ledersessel bequem.
„Hier", Maurice hielt ihm verstimmt die Zeitung hin, „während ich meinen Brief zu Ende schreibe, kannst du lesen, was sie über die Ausstellung schreiben."
„Auf meinem Weg hierher", sagte Henri, indem er die Zeitung nahm, „hab ich mal die letzten fünf Jahre überschlagen und bin zu dem Schluß gekommen, daß ich überzählig bin, wie Sankt Joseph ..."
„Sei still. Laß mich meinen Brief schreiben."
„... Ich habe meine Jugend vertan. Und du bist schuld daran. Vergiß nicht, daß du es warst, der mich damals mit zu Missia nahm ..."
„Ich wollte nur, daß du mit ein paar anständigen Leuten zusammenkämst. Aber laß mich jetzt meinen Brief zu Ende schreiben. Gleich bin ich bereit, mit dir zu reden."

Henri raschelte mit der Zeitung. „Hör dir dies an: ‚Die erste Sonderausstellung dieses jungen und wagemutigen Künstlers, die morgen in der Galerie Joyant eröffnet wird, verspricht ...‘ Und so weiter, und so weiter ... Diese Kritiker könnten ihre Adjektive auch mal wechseln. Die werden mich wahrscheinlich, wenn ich neunzig bin, immer noch den ‚jungen und wagemutigen Künstler‘ nennen.“

„Neunzig!“ Maurice setzte seine Unterschrift unter den Brief und schob ihn in einen Umschlag. „Wenn du so weitermachst, kannst du froh sein, wenn du es auf vierzig bringst.“

„Oh, weder Raffael noch Correggio noch Watteau haben es so weit gebracht. Na, also, heraus damit! Ich merke, du hast eine Predigt in petto, und nichts ist qualvoller als eine unterdrückte Predigt. Also: was hast du diesmal zu sagen?“

Maurice lehnte sich in seinen Stuhl zurück, verschränkte die Hände hinter dem Kopf und betrachtete Henri. „Manchmal frage ich mich, ob du die Nächte dazu verwendest, dir neue Wege und Möglichkeiten auszudenken, wie du am besten deine Karriere zerstören kannst. Zum Beispiel: was glaubst du, in welchen Ruf es dich bringt, wenn du mit dieser stadtbekannten Frau zum Opernball gehst und sie als deine Tante ausgibst?“

„Ach, das meinst du. Erstens ist Madame Potieron nicht stadtbekannt, sondern die Diskretion in Person. Zweitens sah sie an dem bewußten Abend sehr respektabel aus. Drittens war sie noch nie auf einem Opernball gewesen und wünschte sich brennend, einen mitzumachen. Und viertens hätte sie wirklich meine Tante sein können.“

„Sie ist es aber nicht, und jeder wußte das. Und man wußte ebenso, daß du die ganze Woche in ihrem Bordell verbracht hattest. Die ganze Welt hat darüber geredet.“

„Tatsächlich? Na, wenn schon! Weißt du nicht, daß Verleumdung die Seele der Konversation ist und daß die meisten Menschen nichts zu sagen hätten, wenn sie nicht hinter deinem Rücken klatschen könnten? Warum ärgerst du dich überhaupt? Ich tue es doch nicht einmal! Du weißt ganz genau, Maurice, daß ich ohne die Fleur Blanche schon gar nicht mehr lebte. Es ist weiß Gott der einzige Ort, wo man mich allein läßt, wo ich ausruhen und ungestört arbeiten kann. Schön, ich verbringe hin und wieder ein paar Wochen dort. Wen geht das etwas an, und wem tue ich damit weh?

Berthe, meine alte Freundin vom Grauen Papagei, ist da jetzt *sous-maîtresse*. Das Essen ist ausgezeichnet, und während ich male, kommen die Mädchen häufig in mein Zimmer. Du kannst dir nicht vorstellen, was man da alles zu sehen kriegt, wenn man in einem Bordell wohnt!"

„Oh, ich kann's mir schon vorstellen." Maurice grinste.

„Nein, du kannst es nicht. Laß mal bitte all die schmutzigen Gedanken weg, die sich die Scheinheiligen machen. Ich meinte die Personen, die Gebärden, die Mimik – Dinge, die noch nie zuvor gemalt worden sind."

„Weißt du, wie ein Kritiker dich genannt hat? Den Velasquez der Huren."

„Ich wußte es nicht, aber ich empfinde es als Kompliment. Paß auf, Maurice, versuch mal einen Augenblick vernünftig und nicht so streng und christlich zu sein. Moralisch gesprochen, ist es doch kein Unterschied, ob du einen Akt in deinem Atelier oder in einem Bordell malst, nicht wahr? Aber vom künstlerischen Standpunkt aus ist der Unterschied enorm. Wie kann ich dir das nur begreiflich machen? Nicht wahr: es ist ein Unterschied zwischen einem Panther im Dschungel und einem ausgestopften Panther. Der eine ist frei, natürlich, schön, der andere ist eben ein ausgestopftes Ding, leblos und unecht. Als Modell im Atelier ist ein nacktes Mädchen eine Frau, die keine Kleider anhat. Wenn du mit dem Malen fertig bist, hast du eine aufreizende Studie in Öl, eine Postkartenschönheit, die Kunst sein will. Im Bordell verlieren die Mädchen das Bewußtsein ihrer Nacktheit, sie bewegen sich frei, sie gehen, stehen, sitzen, recken sich wie es Eva im Paradies getan haben muß. Du entdeckst plötzlich, daß die Frau nicht der wandelnde Kleiderbügel ist, als den du sie auf den Straßen siehst. Sie ist vielmehr ein glatthäutiger, geschmeidiger Zweifüßler mit der Gabe, die verschiedensten Stellungen einzunehmen. Hast du jemals den Bauch einer Frau beobachtet, wenn sie lacht? Ich hab es getan. Eines Tages erzählte Rolande, wie einer ihrer Besucher darauf bestand, sie müsse sich als Nonne verkleiden. Sie stellte die Geschichte mit entsprechendem Gebärden- und Mienenspiel sehr gut dar. Es war nicht im geringsten gemein, es war lediglich außerordentlich spaßig, und die Mädchen wollten sich halbtot lachen. Sie lagen auf meinem Bett, einige auf dem Rücken, einige auf dem Bauch. Ich konnte ihre Reaktionen an dem Zittern des Nabels, dem Vibrieren der Rücken beobachten. Sie lachten mit dem ganzen Körper. Selbst ihre Zehen bogen und spreizten sich vor Lachen. Aber du bist Kunsthändler und kannst das wohl nicht verstehen."

„Sehr richtig, ich kann es nicht verstehen. Aber würdest du mir noch eins erklären: wenn du der Ansicht bist, daß Bordelle so aufschlußreich sind, warum versteckst du dann deine Bordellbilder im Keller und stellst sie nicht mit den anderen zusammen aus? Etwa um die Gefühle des Publikums zu schonen?"

„Im Gegenteil, eher um diese Bilder der lüsternen Neugier zu entziehen. Ich möchte sie nur einigen wenigen zeigen, die ich für klug genug halte, daß sie sie verstehen. Außerdem könnten sie der Fleur Blanche zu einer unerwünschten Popularität verhelfen und Madame Potieron in Ungelegenheiten bringen. Schließlich braucht niemand auf den Gedanken zu kommen, daß sie eine Pension für Künstler betreibt. Ich werde mich hüten, den Fehler zu wiederholen, den ich bei meinem Moulin-Plakat gemacht habe: so viele Menschen heranzuziehen, daß es zum Schluß unerträglich wird und mir nichts anderes übrigbleibt, als wegzubleiben. Mir gefällt es gerade so, wie es ist. Ist übrigens unten alles fertig? Die Bar, die Getränke? Wie viele Flaschen Cognac sind gebracht worden?"

„Genug, um ein Schlachtschiff flottzumachen. Ich hoffe nur, daß ihr nicht zuviel Lärm macht, damit die Leute sich nicht wundern, was da wohl im Keller vor sich gehen mag."

„Keine Sorge, wir werden ganz ruhig sein. Sie kommen und gehen durch die Hintertür. Missia kommt auch. Wenigstens schrieb sie das. Jane Avril hat ebenfalls zugesagt. Aber du weißt, wie Schauspielerinnen sind. Man kann sich nie auf sie verlassen, außer wenn sie was von einem wollen. Alles in allem erwarte ich nicht mehr als zwanzig bis fünfundzwanzig Personen. Oh, ich vergaß dir zu sagen, daß ich auch Degas eingeladen habe. Aber er sagte, er würde um nichts in der Welt in eine Ausstellung gehen. Er haßt den Geruch von Menschen. Es enttäuscht mich sehr, denn ich hätte gerade ihm sehr gern meine Bordellbilder gezeigt. Er würde sie verstehen. Und ich hatte außerdem gehofft, daß er Whistler mitbringen würde."

„Was soll ich sagen, wenn jemand fragt, wo du bist? Camondo zum Beispiel. Er ist der größte Kunstsammler Frankreichs. Es könnte sein, daß er dich sprechen will."

„Sag ihm, ich sei krank. Sag ihm, ich sei tot. Ja, das ist gut! Sag ihm, ich sei gestorben. Dann kauft er sicher irgendwas. Ein toter Maler ist zehnmal mehr wert als ein lebender."
„Und was, wenn der König von Serbien kommt? Camondo sagte mir, es könne sein, daß er mit ihm zusammen käme; er hilft ihm bei seiner Kunstsammlung. Wenn der König da ist und nach dir fragt, wirst du ja vielleicht aus deinem Keller heraufkommen, was?"
„Warum? Sag ihm, er soll herunterkommen, wenn er mich sehen will."
„Du bist ein Snob, Henri."
Henri lächelte. „Eben erzählst du mir, daß ich mich erniedrige, indem ich mich mit Bordellmädchen abgebe und Madame Potieron mit auf den Opernball nehme, und jetzt bin ich ein Snob, weil ich die Treppen nicht heraufstürzen will, um deinen Balkankönig zu begrüßen. Warum sollte ich? Ich bin doch schon mit ihm zusammen gewesen."
„Schon gut!" Maurice nickte müde. „Über alles das wollte ich auch gar nicht mit dir reden. Sondern: was hast du dir eigentlich dabei gedacht, Monsieur Durand-Ruel einen solchen Streich zu spielen?"
Henri lachte. „Oh, hat er es dir erzählt?"
„Allerdings. Und er lachte durchaus nicht dabei."
„Was sollte ich denn machen? Er wollte unbedingt in mein Studio kommen und meine Bilder ansehen. Ich sagte, er solle nur kommen. Du hättest sein Gesicht sehen sollen, als er in die Fleur Blanche kam und die Mädels sich über ihn hermachten. ‚Aber, meine Damen, ich bin geschäftlich hier ... Außerdem bin ich verheiratet!'"
„Ist dir klar, daß Durand-Ruel der bedeutendste Kunsthändler von Paris ist und allerhand für dich tun könnte?"
„Was könnte er tun?"
„Versuch nicht, den Naiven zu spielen. Du weißt verdammt gut, was er tun könnte. Andere Künstler kriechen im Staub, wenn sie mit ihm reden, und du lädst ihn ins Bordell ein! Machst du dir denn über gar nichts Gedanken, Henri?"
„Offen gesagt, wenig. Trotzdem: die Sache mit Durand-Ruel tut mir leid. Hoffentlich schadet es deinem Geschäft nicht, da man weiß, du bist mein Freund. Du weißt, ich möchte nichts tun, was dir schadet. Ich wollte nur den Mädchen einen kleinen Spaß be-

reiten. Sie haben so wenig Freude. So, und jetzt erzähl mir über die Ausstellung. Erwartest du lebhaften Besuch? Glaubst du immer noch, daß du ein paar Bilder verkaufst? Möchtest du, daß ich schnell noch ein paar Blumen male? Blumenstücke kaufen die Leute immer."
„Mach dir keine Sorgen, wir werden verkaufen. Die Leute fangen an zu begreifen, daß du auch noch was anderes kannst als Plakate machen. Ich hoffe, daß Camondo kommt. Wenn er kauft, bist du ein gemachter Mann, Henri. Er kauft nur das Beste – Manet, Degas, Renoir. Und nicht nur kleine Sachen, sondern *toiles maîtresses*. Er gibt ungern Geld aus, aber für ein bedeutendes Gemälde zahlt er gut. Man spricht davon, er wolle seine Sammlung dem Louvre hinterlassen ... Was ist los? Du hörst ja gar nicht zu. Regt dich deine Ausstellung gar nicht auf?"
„Doch, natürlich", sagte Henri gleichgültig. „Ich bin schrecklich aufgeregt."
„Du lügst. Du gibst keinen Pfifferling um die Ausstellung und ob Camondo kommt oder nicht. Glaub nur nicht, daß ich nicht weiß, warum du diese Ausstellung machst."
„Du bist doch mein Freund, nicht wahr? *A la vie et à la mort*, weißt du noch? Da du mir nicht erlaubst, dir finanziell bei deinem Laden zu helfen, ist das Geringste, was ich tun kann, dir meine Bilder zum Ausstellen zu geben. Ich wünschte nur, sie ließen sich leichter verkaufen und du könntest etwas an ihnen verdienen. Na, und wie ist es, gehen wir nun zusammen essen?"
Maurice zögerte.
„Ich versteh schon", sagte Henri. „Du hast dich mit Renée zum Essen verabredet und möchtest mit ihr allein sein. Ich würde es an deiner Stelle genau so machen."
Er stand auf. „Ich bin so froh, daß du endlich ein Mädchen gefunden hast. Und noch dazu ein so hübsches! Außerdem ist sie so verliebt, daß es schon bald unanständig ist! Wenn du mal heiratest, vergiß nicht, daß ich bei deinem ersten Kind Patenonkel werden möchte. Also, gute Nacht, Maurice. Wir sehen uns morgen!"
Beim Essen sprach Maurice mit Renée über Henri.
„Kann denn keiner was für ihn tun?" fragte sie.
„Ich fürchte, nein. Er richtet sich zugrunde und stirbt vor Einsamkeit. Ich kenne Henri. Keiner hat einen solchen Lebenshunger wie

er, und er hat nie gelebt. Er gehört zu den Menschen, die nicht ohne Liebe leben können. Bis vor einem Jahr ungefähr hat er noch gehofft. Jetzt tut er das nicht mehr. Er hat keinen Lebenswillen mehr. Was kann man für einen solchen Menschen tun?"

Am folgenden Nachmittag fand die Eröffnung der doppelten Ausstellung statt. Kurz nach vier Uhr fuhren die ersten Wagen vor. Die Kritiker kamen etwas später; sie versuchten unauffällig auszusehen und bemühten sich gleichwohl, nicht unbemerkt zu bleiben. Den Regenschirm über den Arm gehängt, schritten sie die Bilderreihen entlang wie Generäle, die die Parade abnehmen, blieben aber hier und da stehen, um ein Bild genauer anzusehen, traten zurück, legten den Kopf auf die Seite und machten sich Notizen in ihrem Katalog. Um halb sechs war die kleine Galerie überfüllt. Die Leute sahen sich die Bilder an und suchten nach bekannten Gesichtern, die Herren reckten die Hälse, um zwischen den Damenhüten hindurch einen Blick auf die Bilder zu erhaschen. Maurice, in gestreiften Hosen und Cutaway, trat von einer Gruppe zur andern und blieb jeweils gerade lange genug, um sich zu verbeugen, ein paar Worte zu sagen und dem Bedauern des Künstlers Ausdruck zu geben, der plötzlich erkrankt sei.

Dann erschienen Graf Isaac Camondo und ein kriegerisch aussehender Herr in pelzgefüttertem Überzieher. Sogleich ging ein Flüstern durch die Räume. „Der Große, das ist König Milan von Serbien, Sie wissen doch, der vor einigen Jahren abdankte . . ."

„Dies gefällt mir", sagte Camondo und blieb vor dem Bildnis einer als Clown gekleideten Frau stehen, die ihr Korsett zuhakt. „Aber wo ist es denn signiert? Ich finde keine Signatur." Seine vorstehenden kurzsichtigen Augen blickten suchend über das Bild hin. „Ich kaufe nur signierte Sachen. Sämtliche Bilder meiner Sammlung sind signiert."

„Wie klug von Ihnen, Monsieur le Comte!" sagte Maurice, der neben ihm stand, lächelnd. „Die Signatur ist hier in der rechten Ecke. Ebenso das Datum. Ich brauche auf den außerordentlich hohen künstlerischen Wert dieses Werkes, auf die Sicherheit der Komposition, den Zusammenklang der Farben nicht hinzuweisen . . ."

„Was soll es kosten?"

„Sechstausend Francs."
„Sechstausend Francs! Aber Lautrec ist noch ein sehr junger Maler ..."
„Das war Raffael auch, Monsieur le Comte. Natürlich sind noch andere, weniger teure Sachen in der Ausstellung. Aber dies ist eben eine *toile maîtresse.*"
„Trotzdem – sechstausend Francs! Bedenken Sie, für das Geld habe ich vor drei Jahren einen Degas gekauft!"
„Und könnten ihn heute für das Doppelte verkaufen. Ihre Sammlung, monsieur, ist ein Denkmal ebensowohl Ihrer Liebe zur Kunst als auch Ihres geschäftlichen Scharfsinns."
Graf Camondo überprüfte das Bild noch einmal. „Glauben Sie wirklich, daß es eine *toile maîtresse* ist? Ich hoffe, Sie haben recht ..."
Erst nach sieben Uhr verließen die letzten Gäste die Galerie. Gleich danach eilte Maurice die wackelige Treppe hinunter, die in den Keller führte. Henri geleitete gerade mit einem Glas in der Hand Jane Avril zur Tür. „In Ordnung, Liebling, wir treffen uns nach der Aufführung im Riche. Aber wenn du mich etwa dazu überreden willst, ein Plakat für dich zu machen, so kannst du jetzt schon meine Antwort wissen. Ich tue es nicht. Ich mache keine Plakate mehr. Es ist zuviel Arbeit."
Die Schauspielerin warf ihm eine Kußhand zu und eilte fort.
„Hallo, Maurice, wie ging es denn oben?" Henri hob sein Glas. „Was verkauft? Du strahlst ja so. War Camondo da?"
„Strahlst! Das will ich meinen. Camondo ist nicht nur dagewesen, sondern er hat die Cha-U-Kao gekauft. Sechstausend Francs! Der König ist mit ihm zusammen gekommen, und auch er hat ein Bild gekauft*! Du bist ein gemachter Mann, *mon vieux*. Und zwar diesmal nicht als Plakatkünstler, sondern als Maler. Ich plane schon eine Ausstellung in London für dich. Irgendwann im nächsten Jahr. Und dann New York. Du sollst sehen, in New York, da wird Geld gemacht!"
Er wurde durch ein Klingeln an der Türglocke oben unterbrochen. „Wer zum Teufel kann denn das sein? Sicher irgendeine Frau, die ihre Handschuhe vergessen hat."

---

* Das von Graf Camondo erworbene, auf Karton gemalte Bild ist heute im Louvre. König Milan von Serbien kaufte ebenfalls ein Porträt von Cha-U-Kao, das aber auf Leinwand gemalt war. Es befindet sich heute in der Sammlung Reinhart.

Er lief nach oben, schraubte unterwegs rasch die Gaslampen höher und öffnete zwei Herren im Zylinder die Tür. Er erkannte sie sogleich.
„Monsieur Degas! Monsieur Whistler! Welche Ehre! Aber ich fürchte, es ist kein Mensch mehr da."
„Darum kommen wir ja jetzt", sagte Degas und betrat den Ausstellungsraum. „Wo ist Lautrec?"
„Unten. Ich werde ihn sofort holen."
Als Henri aus dem Keller auftauchte, standen Degas und Whistler vor einem großen Gemälde aus dem Moulin Rouge – zwei Frauen und drei Männer, die um einen Tisch sitzen*.
„Was haben Sie sich dabei gedacht, das Gesicht dieser Frau grün zu malen?" rief Degas ihm entgegen. „Ich weiß natürlich, warum Sie es getan haben, und Sie haben recht damit. Aber warten Sie ab, was die Kritiker sagen werden. Oh-la-la!" Er beugte sich vor und hielt das Gesicht ganz nah an die Leinwand. „Ich bin beinah blind. Ich kann nicht viel sehen, aber das Haar dieser Frau ist wunderbar."
„Ganz ähnliche Haarfarbe wie mein ‚Mädchen in Weiß'", sagte Whistler, indem er das Monokel ins Auge klemmte. „Mir scheint besonders bemerkenswert, wie Sie es verstanden haben, jede Spur von Anstrengung zu verbergen. Erinnern Sie sich an unsere Unterhaltung voriges Jahr in London? *Il faut cacher l'effort!* Nun, junger Mann, vergessen Sie niemals ..."
„Ach, Jimmy", fiel Degas ein, „fang nur nicht an, einen deiner Vorträge zu halten. Du bist nicht in London." Er kratzte seinen kurzen Bart. „Los, Lautrec, zeigen Sie mir Ihre anderen Bilder."
Länger als eine Stunde betrachtete und studierte er die Bilder unten und machte währenddessen seine üblichen bissigen Bemerkungen.
Beim Weggehen fragte er Henri: „Wie alt sind Sie, Lautrec?"
„Zweiunddreißig, Monsieur Degas."
„Zweiunddreißig! Genau zweiunddreißig Jahre jünger als ich! Ich wollte, ich hätte in Ihrem Alter gewußt, was Sie zu wissen scheinen. Und ich wollte, ich hätte den Mut, ein paar Wochen in Ihrem Bordell zu verbringen. Was für eine Offenbarung!"
Seine Augen trübten sich, und seine Stimme klang ungewohnt weich. „Sie gehören dazu, Lautrec, Sie gehören dazu. Sie sind

* Das Gemälde „Im Moulin Rouge" ist heute im Chikagoer Kunstmuseum.

einer von den etwa sechzig Vertretern in der Geschichte der Kunst, die etwas zu sagen hatten und es auch sagten."

Er beschäftigte sich angelegentlich mit seinem wollenen Halstuch, wandte sich dann um und ging, gefolgt von Whistler, hinaus.

„Wollen wir zusammen zum Essen gehen?" fragte Henri, als Maurice die Gaslampen zum zweitenmal an diesem Abend niedriger drehte.

„Nein, heute abend nicht. Ich kann nicht. Ich möchte den Kritikern noch mitteilen, daß König Milan eins deiner Bilder gekauft hat. Das ist wirklich eine Reklame!"

Als Henri spät abends die Folies Bergère verließ, fand er, daß er unbedingt etwas zu trinken brauche, und ging in eine nahegelegene Kneipe, die von den Theaterleuten bevorzugt wurde. Hier nahmen die Schauspieler zwischen ihren Nummern schnell einen café-calvados oder rauchten eine Zigarette. Hier kamen hin und wieder einige Girls, eingehüllt in Herrenüberzieher, hereingestürmt, bestellten atemlos eine Kanne heißen Kaffee und stürzten wieder zurück in die Ankleideräume.

Henri trank seinen zweiten Cognac, als ihm plötzlich eine Verabredung einfiel, die er in der vergangenen Woche mit der Polaire getroffen hatte. Er kam gerade noch rechtzeitig im Eldorado an, um die Diseuse breitbeinig auf der Bühne stehen zu sehen und zu hören, wie sie mit vorgeschobenem Kinn und gespitzten Lippen ihren letzten Refrain sang.

„Ich dachte, Sie hätten es vergessen", rief sie, als sie in ihre Garderobe kam. Sie setzte sich und begann mit dem Abschminken. „Wie wollen Sie mich bringen? Es ist für Le Rire, sagten Sie, nicht wahr? Gut. Eine Schauspielerin kann immer Reklame brauchen. Was machen Sie heute abend? Wie wäre es, wenn wir uns nachher im Maxim träfen?"

Es war nach Mitternacht, als er seine Studie beendete und das Lokal verließ.

„Passen Sie auf", sagte er zu dem Kutscher. „Ich muß in fünf Minuten im Café Riche sein. Können Sie das machen?"

Das Café Riche galt nach Mitternacht als der bevorzugte Treffpunkt für die Theaterwelt. Die Schauspieler kamen, manche noch in ihren Masken, um eine Zwiebelsuppe hinunterzuschlingen, um Rühreier oder Welsh rabbits zu essen, um ihre Agenten, Freunde

oder Liebchen zu treffen. Das Lokal hatte in seiner Unordnung und Zwanglosigkeit eine gewisse Kulissenatmosphäre, Schauspieler und Schauspielerinnen redeten sich von Tisch zu Tisch mit ihrem berufsmäßigen „Du“ an, riefen sich Kommentare über die Abendvorstellung zu und sprachen mit vollem Mund. Zwischen Brötchen und Bier, zwischen Geschirrgeklapper, den Tönen irgendeines Schlagers und dem ständigen Summen des nächtlichen Verkehrs draußen auf der Straße wurden Geschäfte abgeschlossen. Zeitungsreporter und Klatschgeschichtenschreiber hielten die Ohren offen und machten sich verstohlen Notizen auf ihre Manschetten. Niemand tat sich im Riche Zwang an. Selbst arrivierte Bühnengrößen, deren Namen groß in den Vergnügungsanzeigen prangten, vergaßen hier ihre neu erworbenen Manieren und benahmen sich ungezwungen wie die Grisetten und kleinen Kokotten, die sie noch vor wenigen Jahren gewesen waren.
„Ich sterbe vor Hunger!“ rief Jane Avril. Sie warf ihr Pelzcape über die Stuhllehne und begann ihre Handschuhe auszuziehen. „Ich weiß nicht, was du haben willst, ich jedenfalls nehme eine Käsesuppe, Rührei und Kaffee. Und du?“ Sie hob ihren Schleier auf und blickte Henri über den Tisch hinweg an. „Was nimmst du?“
Er gab dem Kellner ihre Bestellung auf. „Und mir bringen Sie nur einen Cognac“, sagte er.
„Einen Moment!“ Sie hielt den Kellner zurück. „Henri, du mußt etwas essen! Kein Wunder, daß du nur Haut und Knochen bist, du ißt viel zu wenig.“ Sie wandte sich an den Kellner. „Bringen Sie noch ein Rührei für den Herrn.“
„Und einen doppelten Cognac“, rief Henri rasch über die Schulter. „So, und nun erzähl mir, weshalb du ein Plakat haben willst. Aber ich sagte dir schon, ich mache keine Plakate mehr.“
Er holte sein Zigarettenetui heraus und riß mit unsicherer Hand ein Zündholz an. Sie bemerkte das Zittern seiner Hand. „Henri, du mußt mit dem Trinken aufhören. Es geht so nicht weiter mit dir. Was soll daraus werden? Du ißt nichts und trinkst, trinkst, trinkst nur!“
„Ach, du liebe Zeit, fängst du nun auch noch an? Ich kann mich weiß Gott nicht mehr hinsetzen und mich zehn Minuten lang unterhalten, ohne daß mir jemand eine Predigt hält. Nun hör mal zu, meine Liebe, ich hab dich sehr gern, du bist außerordentlich

hübsch, und wir sind seit vielen Jahren Freunde, aber wenn du noch mal wieder auf das Trinken zurückkommst, schlag ich dir deine kleinen Perlenzähne ein. Laß uns lieber über das Plakat reden. Du brauchst kein neues. Das jetzige ist nämlich ganz ausgezeichnet."
„Das ist nicht wahr."
Den Kopf in die Hand gestützt, sah sie ihn nachdenklich an. Niemand konnte ihn vom Trinken abbringen. Es hatte keinen Zweck, mit ihm darüber zu sprechen.
„Ich gehe dieses Frühjahr nach London. Im Mai fange ich im Palace an und brauche etwas Auffälliges, was die Engländer hochbringt. Bitte, Henri! Du hast für alle möglichen Leute Plakate gemacht, aber für mich hast du noch nie was getan."
„Abgesehen von einem Dutzend Porträts und ich weiß nicht wie vielen Zeichnungen."
„Was nützt mir ein Porträt? Was ich brauche, ist ein Plakat. Bitte, Henri! Dieses Londoner Engagement bedeutet sehr viel für mich. Wenn ich ein Erfolg bin, meint mein Manager, könne er mir nächstes Jahr einen Vertrag mit New York verschaffen. Außerdem bringen deine Plakate Glück. Nimm zum Beispiel Yvette Guilbert. Glaubst du, sie würde heute da sein, wo sie ist, wenn du ihr nicht das Plakat gemacht hättest? Und Loie Fuller? Und May Milton? Und diese kleine irische Schlampe, May Belfort? Alles, was sie tut, ist, mit einer Katze auf dem Arm im Nachthemd über die Bühne zu gehen und dabei zu wimmern: ‚Ich hab eine kleine Katze! Ich hab eine kleine Katze!' Worüber lachst du?"
„Oh, nichts. Ich mußte nur gerade denken, daß die Welt ein sehr stiller Ort wäre, wenn die Frauen nicht mehr gegeneinander sticheln und hetzen würden. Aber", fuhr er fort, da der Kellner die Terrine auf den Tisch setzte, „laß jetzt May Belfort ruhen und iß deine Suppe, solange sie heiß ist."
Mit einem fast zärtlichen Blinzeln in den Augen sah er zu, wie sie die Suppe auf ihren Teller füllte.
„Du hast in den letzten Jahren einen recht weiten Weg zurückgelegt, was, Jane? Denk mal! Noch vor fünf oder sechs Jahren hast du im Moulin Rouge getanzt. Und jetzt, mit neunundzwanzig, bist du ein ausgewachsener Star."
Sie blickte lebhaft von ihrem Teller auf. „Neunundzwanzig? Ich bin fünfundzwanzig."

„Wie ist das möglich? Du hast mir erzählt, du wärest 68 geboren."
„Das spielt keine Rolle. Ich bin fünfundzwanzig." Mit einem entwaffnenden Lächeln fügte sie hinzu: „Während der letzten vier Jahre bin ich fünfundzwanzig gewesen, und ich gedenke es auch noch eine Weile zu bleiben."
Sie waren alte Freunde und kramten ihre Erinnerungen aus, über das Moulin Rouge, die Folies, das Casino de Paris und weitere Etablissements, in denen Jane zu dieser oder jener Zeit auf ihrem Weg zum Star gearbeitet hatte. Sie ließen sich Zeit beim Essen und unterbrachen ihr Gespräch hin und wieder, um Bekannten zuzunicken oder ein paar Bemerkungen zu den benachbarten Tischen hinüberzurufen.
„In der letzten Woche war ich mit einigen Freunden auf dem Montmartre." Sie wartete, bis der Kellner die Platten mit Rührei auf den Tisch gestellt hatte. „Die Gegend hat sich so verändert, daß ich – iß deine Eier, Henri, auch wenn du keinen Hunger hast – daß ich sie fast nicht wiedererkannt hätte. Nichts als Ausländer und Vergnügungsreisende."
„Ich weiß. Wenn es nicht wegen Madame Loubet wäre, würde ich nicht mehr da bleiben. Aber wir sind beide schon so lange dort ..."
„Da ist sie, die kleine Schlampe", flüsterte Jane und winkte May Belfort freundschaftlich zu, die in Begleitung eines sehr wohlhabend aussehenden Herrn hereinkam. „Sie hat ihr Bankkonto bei sich."
Henri wandte sich nicht nach den beiden um, sondern blickte nachdenklich auf seinen Teller. Ja, Montmartre hatte sich verändert. Es war berechnend und kosmopolitisch geworden, es verkörperte das Nachtleben nicht nur der Stadt Paris, sondern der ganzen Welt, eine Art Pittsburg des handelsfähig gemachten Lasters, wo Kaffeehaus- und Bordellunternehmer von allen vier Ecken der Welt zusammenkamen, um sich ihre Ware auszusuchen. L'Ely und die meisten anderen der alten Häuser hatten geschlossen. An ihrer Stelle waren wie Pilze aus der Erde überall Nachtbars aufgeschossen: gedämpft beleuchtete Spelunken für Perverse beiderlei Geschlechts, Kokain- und Morphiumhöhlen ...
„Worüber grübelst du nach?" fragte Jane. „Iß lieber deine Eier." Ihre Stimme riß ihn aus seiner Träumerei.

„Weißt du, Jane“, sagte er, „wenn ich noch mal von vorn anfangen könnte, ich glaube, ich würde das Moulin-Plakat nicht wieder machen. Es hat Zidler zwar geholfen, aber es hat im Grunde doch viel Schaden angerichtet. Ich erinnere ...“
„Wo bleibt bloß Georges?“ sagte sie gereizt und sah ungeduldig auf die Uhr. „Wir wollten uns nach der Vorstellung treffen.“
„Georges? Wer ist Georges? Was ist denn aus Albert geworden?“
„Albert! Red mir nur nicht von dem! Er hat die ganze Zeit behauptet, er liebe mich, und währenddessen ist er ständig herumgelaufen mit dieser kleinen ...“
Mit einem Lächeln in seinen traurigen braunen Augen hörte er zu. Sie war also wieder einmal verliebt. Wie machte sie das? Wie brachte sie es fertig, alle drei Monate und immer in absoluter Ehrlichkeit in einen anderen Mann verliebt zu sein? Sie war nicht käuflich, für sie war Liebe eine Zerstreuung, ein Abenteuer, niemals ein Geschäft. Ihre Neigung gehörte der Kunst und der Literatur, und sie entdeckte ständig einen Lyriker, einen Bildhauer, einen Romanschriftsteller oder einen Komponisten, der so klug, so treu, so verständnisvoll, so leidenschaftlich, aber immer arm war.
„... Aber Georges ist ganz anders. Er ist Schriftsteller. Bis jetzt hat er noch nichts veröffentlicht, aber warte nur, demnächst wird er sich einen Namen machen. Du wirst es erleben.“
Die Freude, über ihren neuen Geliebten zu sprechen, ließ ihr Gesicht erglühen. Sie strahlte, die feinen Runzeln um die Augen waren verschwunden. Sie sah wirklich wie fünfundzwanzig aus.
„Diesmal ist es der Richtige, Henri. Die anderen zählen nicht. Ich hab mir nur eingebildet, daß ich sie liebte. Georges ist so ganz anders. Er hat einen kühnen und durchdringenden Geist, und er ist so stark, so kraftvoll.“
„Ich wußte doch, daß wir wieder dahin kommen würden.“ Er lächelte. „Weißt du, Jane, wir kennen uns nun schon so lange, aber ich hab bis heute noch nicht herausfinden können, ob du die leichtgläubigste Frau der Welt bist oder einfach mannstoll.“
„Aber ich sage dir doch, ich liebe ihn. Ich liebe ihn von ganzem Herzen. Ich habe sogar vor, ihn zu heiraten.“
„Oh, sei vorsichtig. Soweit ich gesehen habe, ist die Ehe eine ziemlich langweilige Mahlzeit mit dem Dessert am Anfang. Nimm

dich in acht, Jane. Tu nichts, was du nachher bedauern müßtest. Versprich mir wenigstens, nichts zu unternehmen, ohne es mir vorher zu sagen."
„Gut, ich verspreche es dir."
Sie zündete sich eine Zigarette an, tat ein paar tiefe Züge und rauchte schweigend eine Weile. „Henri", sagte sie dann plötzlich weich, „warum trinkst du so viel? Warum legst du es darauf an, dich durch diesen verfluchten Alkohol zugrunde zu richten?"
„Jane, ich bitte dich!" Doch diesmal klang seine Stimme nicht leichtfertig. „Ich weiß, daß ich zuviel trinke, aber dagegen kann man nichts mehr tun. Ich kann nicht mehr aufhören. Ich wünschte, ich könnte es, aber es geht nicht."
Nachdenklich nagte sie an der Unterlippe und betrachtete sein häßliches, bärtiges Gesicht, das durch die blasse Haut und die blauroten wulstigen Lippen noch häßlicher wurde. „Du fühlst dich sehr einsam, nicht wahr?" sagte sie, und selbst inmitten dieses Getöses konnte er die Teilnahme in ihrer Stimme hören. „Leugne es nicht, es ist so. Du bist so verdammt einsam, daß man es von deinem Gesicht ablesen kann. Ich wünschte, ich . . ."
Ihre Augen weiteten sich plötzlich und blickten starr ins Leere. Ihr Mund öffnete sich ein wenig, und sie holte tief Atem.
„Mirjam!" flüsterte sie. „Mirjam! Warum ist sie mir nicht schon früher eingefallen?"
„Was murmelst du da?"
„Oh, nichts. Mir fiel nur gerade etwas ein."

Es war nach zwei Uhr, als er sich von Jane und ihrem neuen Herzliebsten verabschiedete und aus dem Café Riche hinaushinkte.
„Zum Maxim." Er gab dem Pagen, der den Wagen geholt hatte, ein Trinkgeld.
Als die Droschke sich in Bewegung setzte und den Boulevard hinunterfuhr, der jetzt ruhig und fast ausgestorben dalag, breitete er die Decke über die Knie, schob die Hände in die Manteltaschen und setzte sich tief in die Ecke zurück. Gott sei Dank, heute nacht war es nicht kalt. Es konnte manchmal zwischen drei und halb vier Uhr morgens teuflisch kalt sein in diesen Droschken. Nun ja, er war also wieder einmal unterwegs. Diesmal ins Maxim. Und nach dem Maxim ging es in die Irisch-Amerikanische Bar oder Chez Achille oder sonst irgendwohin. Wie viele tausend Meilen mochte

er auf diese Art zurückgelegt haben in den Nächten der letzten fünf Jahre? Vielleicht war er einfach ruhelos, einer von den vielen, die nicht am selben Ort bleiben konnten? Wie Gauguin zum Beispiel...

Gauguin – das war auch wieder eine Erinnerung aus diesen letzten fünf Jahren. Gauguin, der, angetan mit einem blaßblauen Gehrock, gelber Weste und weißen Handschuhen, die Boulevards auf und ab stolzierte und dabei seinen geschnitzten Stock mit der Perle im Knauf herumwirbelte. Ein Onkel hatte ihm dreizehntausend Francs hinterlassen, und diesmal, oh, diesmal wollte er Paris im Sturm nehmen mit seinen Tahiti-Bildern, den Nachmittagtees in seinem Atelier und dem ganzen polynesischen Trödelkram. Aber es war ihm nicht geglückt. Zwei Jahre später hatte Henri ihn eines Morgens um zwei Uhr in einer Kneipe auf dem linken Seine-Ufer getroffen. Ohne Handschuhe, ohne Kragen, ohne Krawatte, zusammengesunken vor einem Glas Absinth. Wieder einmal war er im Begriff, nach seinen gelben Gestaden und nackten Mädchen aufzubrechen. Aber diesmal gab es keine Banketts und Abschiedsreden. Er besaß keinen Pfennig mehr, war beinahe fünfzig und völlig am Ende. Alles, was er für seine dreizehntausend Francs bekommen hatte, war Spott, Krankheit, ein gebrochenes Fußgelenk und eine Menge Erinnerungen, die ausreichten, um ihm den Rest seines Lebens zu vergiften. Armer Gauguin! Er hatte auch nach etwas gestrebt, was er nicht haben konnte. Was mochte er jetzt treiben?

Henri warf seine Zigarette weg, schloß die Augen und gab sich der Vorstellung hin, er sei in Arcachon, liege, das Gesicht der Sonne zugewandt, an Deck seines Bootes und lausche auf das Plätschern der Wellen gegen die Bootswand. Die Sommer in Arcachon waren seine glücklichsten Erinnerungen. Die Bucht glitzernd in der Morgensonne, die Bucht gläsern und rosig überhaucht bei Sonnenuntergang, die Bucht im Mondlicht...

In einigen Monaten würde wieder Sommer sein. Aber zuvor mußte noch der Rest des Winters durchlebt werden. Gott sei Dank, die Ausstellung ließ sich gut an. Aber von Maurice würde er in den nächsten Wochen nicht viel zu sehen bekommen. Maurice fing an, ein sehr beschäftigter Mann zu werden; und außerdem war Renée da. Freundinnen hatten den Vorrang vor Freunden. Das war völlig in Ordnung – nur unangenehm, wenn man selber der Freund war. Nach den Ferien mußte das Plakat für Jane gemacht werden. Eine schreckliche Arbeit, aber er war es ihr schuldig. Was aber sollte er in den nächsten paar Wochen tun? Vielleicht in die Fleur Blanche gehen? Madame Loubet würde sich nicht aufregen. Sie würde sich denken, wo er war. Man konnte nichts vor ihr verbergen, sie war fast so schlimm wie Maman ...

Er machte die Augen wieder auf. Es war noch dunkel, aber die Tintenschwärze, die noch kurz vorher geherrscht hatte, war zu einem schiefrigen Grau verdünnt, in das sich die zackige Silhouette von Notre Dame hineinschob.

„Zur Fleur Blanche, Kutscher, Rue des Moulins."

Die Rue des Moulins war eine so kurze, unbedeutende Straße, daß sie auf den meisten Karten von Paris gar nicht verzeichnet war. Niemals hatte sich etwas ereignet in der Rue des Moulins; kein sensationelles *crime d'amour* hatte je ihre Ruhe gestört und kein historisches Gemetzel ihr Kopfsteinpflaster mit Blut befleckt. Selbst Napoleon, der irgendwann während seiner Laufbahn überall einmal logiert hatte, war hier nie gewesen.

Die grauen Häuser wiesen mit ihren schmiedeeisernen Balkonen und dorischen Säulen noch Spuren der Eleganz des achtzehnten Jahrhunderts auf. Sie bargen ein Labyrinth bescheidener Wohnungen, in denen zweifelhafte und knauserige Familien lebten. Eines aber hob sich von den übrigen ab durch den Reichtum seiner Verzierungen und den Hauch aristokratischer Vornehmheit. Es verdankte sein Dasein der Laune eines Bankiers aus der Regentschaftszeit, der es für ein reizendes Milchmädchen gebaut und es als Zufluchtsort nach den Anstrengungen der Geschäfte und den Aufmerksamkeiten einer ergebenen, aber häßlichen Gattin benutzt hatte.

Nach dem Tode des Bankiers hatte ein gütiges Geschick über dem Hause gewaltet und ihm die Demütigungen erspart, denen seine Nachbarn ausgesetzt waren. Es war nicht aufgeteilt worden in Bürgerwohnungen, sondern durfte das bleiben, wozu es von Anfang an bestimmt war: *une maison d'amour*. Aber da die Tage der Torheiten vorbei waren, war das elegante Herrenhaus mit seinem gemeißelten Wappen, seinen pausbäckigen Engelchen, dem marmornen Treppenhaus und den großen Schlafzimmerspiegeln ein Bordell geworden.

Während des zweiten Kaiserreichs hatte die Fleur Blanche eine kurze Periode des Aufschwungs erlebt. Ihre bequeme Lage, so nahe den Tuilerien, hatte sie zu einem bevorzugten Aufenthaltsort für die Würdenträger des kaiserlichen Hofes gemacht. Auf den Plüschbänken hatten sich vollbusige Mädchen an prächtige Uniformen gekuschelt und mit den goldenen Litzen des Generalstabs gespielt. Mit Sedan war dann alles dies jäh beendet worden. Es gab keine leichtsinnigen Kammerherren, keine verliebten Adjutanten mehr. Die ernsten und tugendhaften Republikaner, die zur Macht gekommen waren, hatten die Köpfe geschüttelt über dieses Nest kaiserlicher Venusverehrung. Es war die Rede davon gewesen, die kostbare Lizenz zu widerrufen, trotz der flammenden Proteste Madames, die versicherte, daß ihre Mädchen mit dem Bild Monsieur Thiers' unter dem Kopfkissen schliefen und bereit, ja sogar begierig seien, den Republikanern die gleichen erstklassigen Dienste zu leisten, die sie, widerstrebend und gegen ihre Überzeugung, den *cochons bonapartistes* erwiesen hatten.
Schließlich hatten einige Beamten beschlossen, die Glaubwürdigkeit dieser Behauptungen zu prüfen und der Sache auf den Grund zu gehen. Sie waren gekommen und hatten geprüft. Einzeln und gar nicht mehr amtlich waren sie wiedergekommen und hatten ihre Nachprüfungen fortgesetzt. Von einer Widerrufung der Lizenz wurde nicht mehr gesprochen.
Henri war bei der Fleur Blanche angekommen. Er warf einen Blick in den Salon, winkte den Mädchen zu, die auf verschiedene Weise in Anspruch genommen waren, und wechselte ein paar Worte mit Berthe, die ehrbar zwischen zwei Stapeln sauber gefalteter Handtücher an der Kasse saß. Er erzählte ihr von seinem Entschluß, einige Wochen hier im Haus zu verbringen, den sie herzlich guthieß.
„Du siehst einfach schrecklich aus“, sagte sie, hörte einen Augenblick auf zu stricken und blickte ihn mißbilligend an. „Du siehst aus, als ob du schon tot bist.“
Sie unterbrach sich, um Adrienne zwei frische Handtücher auszuhändigen und die zehn Francs zu kassieren, die der Kunde in Kleingeld auf den Tisch zählte.
„Dieses viele Herumstreifen tut dir nicht gut“, fuhr sie fort, nachdem Adrienne und ihr *miché* verschwunden waren. „Soll ich dir eines der Mädchen raufschicken?“

„Danke, Berthe. Heute nicht. Ich will jetzt lieber schlafen und morgen zeitig mit Arbeiten anfangen."
Er kletterte die marmorne Treppe hinauf und trat noch zu einem freundschaftlichen Geplauder mit Madame Potieron ins Büro. Sie saß, mit ihrem Zwerghündchen Tutu auf dem Schoß, über das Hauptbuch gebeugt am Schreibtisch. Sie hatte geweint, und die Spuren von hastig abgewischten Tränen glänzten noch auf ihren schlaffen Wangen.
„*Bonjour,* Monsieur Toulouse", sagte sie mit einem zittrigen Lächeln. „Wollen Sie eine Weile hierbleiben oder nur einen Besuch machen?"
Madame Potieron war ein Mißgriff der Natur. Ihre Häßlichkeit war absolut, unkorrigierbar und wurde durch kein sichtbares Zeichen gemildert; ihr zärtliches Herz lag verloren in einem Berg von faltigem Fleisch, und ihr kühnes Geschäftsgehirn verbarg sich hinter einem Gesicht, das unwiderstehlich an eine Sau erinnerte. Die mädchenhaften Schleifchen, die sie in der Hoffnung, die Aufmerksamkeit ihres Gatten auf sich zu lenken, im Haar trug, vervollständigten diese Vorstellung nur in dem Sinne, daß man an eine leichtsinnige Sau denken mußte*.
Henri war wohl ihr einziger Freund und sicher der einzige Mensch, der sich bereit fand, die Sorgen dieser einsamen und über alle Maßen reizlosen Frau anzuhören.
„Er ist bestimmt kein schlechter Mann, mein Alexandre", sagte sie am Schluß des Berichtes über ihre ehelichen Enttäuschungen. „Im Gegenteil, er ist treu und liebevoll, aber wenn es dann so weit ist – Sie verstehen, was ich meine, Monsieur Toulouse –, dann versagt er regelmäßig. Ich wirke eben wahrscheinlich nicht auf ihn", schloß sie mit einem herzerweichenden Seufzer.
Nachdem Henri Madame Potieron so gut er konnte getröstet hatte, stieg er in sein Zimmer hinauf und ging zu Bett. Die Betttücher waren kalt. Der Nachtwind bewegte die Fenstervorhänge. Eine Weile hörte er noch das gedämpfte Geräusch von Stimmen und das Quietschen der Matratzen aus dem Nebenzimmer. Dann schlief er ein.
Er erwachte viel später als er beabsichtigt hatte und war erstaunt, Elsa in seinem Bett zu finden.

---

* Lautrecs Porträt von Madame Potieron mit Ehemann und Schoßhündchen befindet sich heute im Museum zu Albi.

„Ich mag nicht allein schlafen", erklärte sie, „und Lucie hat einen Dauerliebhaber. Deshalb hab ich gedacht, ich geh einfach und schlaf bei dir."
Elsa, die Wienerin, war einmal sehr schön gewesen und war es manchmal auch jetzt noch. Männern gegenüber fühlte sie eine so abgrundtiefe Gleichgültigkeit, daß sie sich ohne Schwierigkeiten ihren ausschweifendsten Wünschen fügte*.
Sie rekelte sich, rauchte und sah Henri vom Bett aus bei der Arbeit zu. In seinem braunen Bademantel erinnere er sie an einen Mönch, behauptete sie. Als er sich bückte, um die Flasche Cognac aufzunehmen, die auf dem Fußboden stand, erklärte sie, Alkohol tue ihm nicht gut.
„Er wird dich noch eines Tages umbringen", sagte sie ruhig feststellend, während sie ihre Nägel polierte. Er gab zu, daß das wahrscheinlich sei, fand aber, daß die Ursache des Todes, da man ja doch auf irgendeine Weise sterben müsse, eine ziemlich unwichtige Frage sei. Daraufhin sprach sie von Wien, von der Schönheit seiner Parks, dem Zauber seiner Biergärten und der glücklichen Veranlagung seiner Bewohner. Mit derselben gleichgültigen Ruhe erzählte sie von ihrer Familie und erwähnte ganz nebenbei, daß ihr Onkel sie vergewaltigt habe, als sie zwölf Jahre alt war. Ihre Stimme hatte weder einen anklagenden noch einen vorwurfsvollen Ton. Als Henri zu ihr hinblickte, war sie angelegentlich damit beschäftigt, ihren Fuß zu kratzen.
„Es gibt Regen", stellte sie fest. „Wenn mein Hühnerauge juckt, gibt es immer Regen."
Eine ganze Zeitlang verbreitete sie sich über die außerordentliche Zuverlässigkeit ihres Hühnerauges als Barometer. Dann kam sie plötzlich durch irgendeine undurchsichtige Gedankenverbindung auf die Frau zu sprechen, die sie geliebt hatte, sowie auf die Männer, die in sie verliebt gewesen waren.
„Ich erinnere mich an einen", sagte sie und begann von neuem, ihre Nägel zu polieren, „der war Rittmeister bei den Ulanen. Ich mochte ihn ganz gern. Er zog mir eine Ulanenuniform an — aber ohne die Hosen, und dann mußte ich vor ihm exerzieren. Er war sehr streng und wurde furchtbar wütend, wenn ich einen Fehler machte. Zur Strafe degradierte er mich dann. Zuerst riß er mir die Pelzmütze herunter und trampelte darauf herum, dann trennte er

* Lautrecs Porträt von Elsa der Wienerin befindet sich im Museum zu Albi.

die goldenen Tressen von meiner Jacke. Später hörte ich, sie hätten ihn eingesperrt."

Sie trollte sich schließlich, nachdem sie ihre Voraussage über die bevorstehende Wetterveränderung noch einmal wiederholt hatte.

Am frühen Nachmittag traten die übrigen Mädchen eine nach der anderen zu Henri ins Zimmer. Sie kamen, in weite Bademäntel gehüllt, ungekämmt und mit schwiemeligen Augen. Gähnend vor Langeweile brachten sie ihr „*Bonjour,* Henri" hervor, sahen sich das Bild an, das er in Arbeit hatte, und standen einen Augenblick am Fenster, in der Hoffnung, von oben irgendeinen aufregenden Zwischenfall auf der Straße mitzuerleben. Aber wie schon gesagt: es geschah nie etwas in der Rue des Moulins, und mit einem neuerlichen Gähnen warfen sie sich auf das Bett. Dort rekelten und wälzten sie sich, bis Cléo ein Spiel Karten herauszog und anfing sich die Karten zu legen.

„Ich werde einen Brief bekommen", rief sie. „Na, wer, glaubt ihr wohl ..."

Sie wurde von Rolande unterbrochen, einem langbeinigen braunhaarigen Mädchen, bei deren Augen und wieherndem Gelächter man an eine unruhige Stute denken mußte.

„Weißt du, Henri", sagte sie und warf eine Haarsträhne zurück, „in diesem Bademantel siehst du genau wie ein Mönch aus."

„Genau das hat Elsa heute morgen schon gesagt." Er legte die Palette beiseite und hob die Cognacflasche auf, die zu seinen Füßen stand. „Vielleicht hätte ich einer werden sollen."

„Tragen die eigentlich Hosen unter ihren Kutten?" fragte Yvonne, die wegen ihrer blechernen Stimme „die Trompete" genannt wurde. „Oder haben die gar nichts darunter an?"

Sie erwiesen sich alle gleich unwissend in diesem Punkt und begannen ehrfurchtsvoll ihre Ansichten über mönchische Regeln auszutauschen. Während sie sich die Nägel putzte, stellte Liane Erwägungen darüber an, ob man wohl im Sitzen beten könne oder ob für ein wirksames Gebet das Knien notwendig sei. Aus irgendeinem Grunde regte diese Frage alle sehr auf, und die Unterhaltung artete in einen außerordentlich heftigen Streit aus. Die Mädchen schrien sich gegenseitig an, zischten sich grausame und nicht zur Sache gehörende Wahrheiten ins Gesicht und waren im Handumdrehen offenkundig bereit, es mit einer Schlägerei enden zu lassen.

Von seiner Staffelei aus beobachtete Henri den sinnlosen Streit dieser Nonnen der Sünde, die der Mangel an Freude, die Spannungen des Miteinanderlebens und die endlose Wiederholung des Liebesaktes ohne Liebe reizbar machten. Er sah die vorgeschobenen Kinnpartien und die wogenden Brüste und wie sich die Lippen zornig über den Zähnen spannten. So mußten schon die Kurtisanen in den Bordellen von Korinth oder Rom Kämpfe miteinander ausgefochten haben.
Und schnell, mit sicheren Strichen, zeichnete er sie.
Mitten in dem Streit wurde die Tür aufgerissen und Marcelle stürzte mit der Nachricht herein, daß der Mann von der Wäscherei der Fleur Blanche versehentlich die Handtücher eines anderen Hauses abgeliefert habe*.
„Ihr könnt Gift drauf nehmen, ich werd die nicht benutzen", schimpfte sie. „Man kann sich ja irgendwas wegholen. Ich will meine eigenen Handtücher haben."
Sofort war die Debatte über Gott vergessen, und der Zwischenfall mit der Wäsche wurde lebhaft von allen erörtert. Nur Cléo war zu ihren Karten zurückgekehrt.
„Meine Tante ist eigentlich die einzige, die mir schreiben könnte", murmelte sie mit nachdenklichem und verwirrtem Gesicht. Abwesend schob sie dabei ihre Brust zurück, die sich aus dem Morgenrock gedrängt hatte. „Andererseits hat sie mir seit zehn Jahren nicht mehr geschrieben."
Mit einem verdrießlichen Schnaufen raffte sie die Karten zusammen und forderte Elsa und die Trompete zu einem Pikett zu dritt auf. Die beiden waren einverstanden, und alle drei versanken in Schweigen.
Dann kam Berthe und verkündete, es sei schon beinah fünf Uhr und das Essen fertig.
Henri legte die Palette nieder und wischte seine Pinsel ab. Rasch goß er sich noch einen Cognac ein, wusch sorgfältig seine Hände und folgte den Mädchen ins Speisezimmer.
Das Essen war wie immer ausgezeichnet. Die Küche hatte Alexandre Potieron unter sich, und zwar nicht so sehr aus Gründen der Sparsamkeit, sondern weil auf diese Weise seine Zeit nutzbringend ausgefüllt wurde. Er war ein geistig schwerfälliger Mann, und das

* Lautrecs Bild von diesem Mann aus der Wäscherei hängt heute im Museum zu Albi.

Kochen gewährte ihm sowohl Trost als auch Ausfluß seiner überschüssigen Kräfte. Wann immer eines der Mädchen ihm Komplimente machte, ging ein Lächeln über sein plattes Gesicht und kam ein kurzes Leuchten in seine dümmlichen gelbsüchtigen Augen.
Während seines Aufenthaltes in der Fleur Blanche arbeitete Henri, trank Cognac, ging mit den Mädchen ins Bett und richtete sich nach dem Stundenplan des Hauses. Die Mädchen ihrerseits hatten sich so an seine Gegenwart gewöhnt, daß sie weiter keine Notiz mehr von ihm nahmen. Mit völliger Gleichgültigkeit zogen sie sich vor ihm an und aus, badeten, duschten, wuschen und kämmten sich, kräuselten ihre Haare und gaben ihm so unbewußt Einblick in die alte und geheimnisvolle Welt der Prostitution, die sich seit den Tagen Babylons kaum geändert hatte.
Wie man in einem Kloster einen tiefen geistigen Aufruhr erfahren und die Versenkung der Mystiker entdecken kann, so erlebte er in der Fleur Blanche die letzten düsteren Tiefen menschlicher Sexualität. Er hörte dem Geschwätz und Gezänk der Mädchen zu, er beobachtete ihre Überschwenglichkeiten und perversen Liebkosungen*, er nahm Geständnisse von verblüffender Naivität und atemberaubender Verworfenheit entgegen. Vor ihm öffneten sich in der unbegrenzten Landschaft der menschlichen Seele Abgründe der Schändlichkeit und, völlig unerwartet, Häfen der Unschuld.
Er drang in das Labyrinth dieser wunderlichen Ethik ein. Er verstand und tröstete Adrienne, als sie eines Morgens tränenüberströmt in sein Zimmer stürzte und ihm gestand, daß sie bei den Zärtlichkeiten eines Mannes Lust empfunden habe.
„Wirklich, wirklich, so war es!" schluchzte sie in einer Art Raserei der Selbstanklage. „Ich bin ein Schwein, eine Hure, eine Null! Es ist eine Schande! Was soll ich jetzt meinem *chouchou* sagen, wenn er mich fragt, ob ich ihm treu gewesen bin?"
Er hörte beim Mittagessen Madame Potieron mit ihrem Löffel streng auf den Tisch klopfen und einige zotige Bemerkungen mit einem würdigen „Bitte, meine Damen, vergessen Sie nicht, wo Sie sind!" zurückweisen. Er wohnte sogar der gefürchteten ärztlichen Montagsvisite bei und hielt den Ausdruck zitternder Besorgnis in den Gesichtern der Mädchen fest, die vor der Tür des Untersuchungszimmers Schlange standen. Mit unübertrefflicher

* „Der Kuß", eine der bedeutendsten Lautrecschen Studien des Lesbiertums, hängt heute im Louvre.

Meisterschaft fing er das lächerliche Pathos und die trostlose Verächtlichkeit dieser Szene ein, genau so wie er in früheren Jahren den Todeskampf in den Krankenhäusern und die zügellose Fröhlichkeit vom Moulin Rouge und Ely getroffen hatte*.

An dem Abend, bevor er wegging, spielte er nach dem Essen Domino mit Alexandre Potieron.

„Es tut mir leid, daß Sie wieder weggehen, Monsieur Toulouse", sagte der Gatte von Madame seufzend. Sie saßen allein im Eßzimmer. Die gedämpfte Deckenbeleuchtung gab dem Raum die Intimität eines holländischen Interieurbildes.

„Ich gehe auch ungern", sagte Henri. „Aber ich habe einer Freundin versprochen, ein Plakat für sie zu machen."

Alexandres plattes Gesicht drückte sehnsüchtigen Neid aus. „Ja, Sie können hier rausgehen, wann Sie wollen! Aber es war nett, Sie da zu haben, Sie gehören gewissermaßen zur Familie. Man hat mittlerweile genug von all den Weibern hier, wissen Sie. Sie sind überall, wie die Kakerlaken, man stolpert beinah über sie." Er füllte Henris Glas von neuem. „Was meinen Sie dazu, wenn wir gehen und mit den *popotes* noch einen trinken?"

Die *popotes* waren angelegentlich mit Kartenspiel beschäftigt, als Henri und Alexandre Potieron im Café de la Patrie ankamen. Es waren drei gesetzte Bordellbesitzer aus der Nachbarschaft, die sich hier jede Nacht trafen, um sich eine Weile zu entspannen und berufliche Neuigkeiten auszutauschen. Wie Potieron machten sie den Eindruck einer gewissen fleischigen Stattlichkeit. Aber das Alter, die sitzende Lebensweise sowie die geschäftlichen Sorgen hatten ihre Spuren hinterlassen. Sie hatten Säcke unter den Augen, Kummerfalten auf der Stirn und glichen in ihren späteren Vierzigern oder frühen Fünfzigern in keiner Weise mehr den forschen Kupplern, die sie einst gewesen waren. Mit der Miene verantwortungsbewußter Geschäftsleute pflegten sie sich jetzt gedankenvoll den Schnurrbart zu streichen und das Kinn zu reiben. Alles in allem sahen sie mit ihren Hüten, Stöcken und Uhrketten wie ehrbare, wohlhabende und nicht gerade überglückliche Ladeninhaber aus.

„In einer Minute sind wir fertig", sagte Marius, der Besitzer eines Bordells in der Rue Montesquieu. Höflich bot er Henri und

* „Die Visite", eines der wenigen Lautrecschen Bordellbilder in Privatbesitz, ist heute in der Chester-Dale-Sammlung.

Alexandre die beiden leeren Stühle am Tisch an. Die drei spielten schweigend noch eine Weile. Dann warfen sie die Karten schnell nacheinander hin. Das Spiel war beendet.
„Sie haben wieder gewonnen, Marius. Sie sind ein Glückspilz", sagte Henri.
„Da irren Sie sich aber mächtig, Monsieur Toulouse." Marius' Stimme klang bedrückt. „Sie kennen das Sprichwort ‚Glück im Spiel, Unglück in . . .', nun, im Beruf. Das habe ich."
Er befeuchtete einen Bleistiftstummel mit der Zunge und schrieb einige Zahlen auf ein Stück Papier.
„Du schuldest mir zwei Francs und fünfzig Centimes, Philibert. Und du, Antoine, einen Franc und fünf Sous."
Sorgfältig zählten die Verlierer das Geld ab.
„Sie sagten eben, ich sei ein Glückspilz", sagte Marius zu Henri, während er das Kleingeld in die Westentasche steckte. „In Wirklichkeit haben Sie aber den unglücklichsten Menschen der Welt vor sich. Wir hatten heute Visite. Und was, glauben Sie, mußte mir passieren? Zwei Ausfälle! Meine beiden besten Täubchen! Jetzt kann ich mich erst mal nach Ersatz umsehen. Die Sorgen nehmen kein Ende bei diesem Beruf. Er ist nicht mehr das, was er früher mal war. Mein Wort drauf."
„Es liegt an den Mädchen", erklärte Philibert. „Sie sind anders geworden. Früher gehorchten sie, waren respektvoll, strengten sich an und waren auf den guten Namen ihres Hauses bedacht. 1885 zum Beispiel, als Victor Hugo starb, waren meine Mädchen so aufgelöst, daß sie sich hier und da" – er machte die entsprechenden Bewegungen – „Streifen von Trauerflor umbanden. Außerdem lehnten sie es ab, sich in dieser Nacht auf irgendwelche Spezialitäten einzulassen."
„Ja, sie liebten ihr Vaterland", bekräftigte Antoine. „Am vierzehnten Juli trugen sie zum Beweis ihrer Vaterlandsliebe Trikolore-Strumpfbänder und kleine blau-weiß-rote Rosetten an ihren Dingsdas. Aber heutzutage? Heute sind sie alle Sozialistinnen."
„Und das ist noch lange nicht alles", sagte Marius. „Früher war ein Mädchen entweder eine *jeune fille* oder eine Dirne. Man wußte, woran man war. Heute besorgt jede kleine Putzmacherin das Geschäft im Nebenberuf. In meiner Straße sieht man an jedem Laternenpfahl ein Mädchen. Es ist diese Amateurhurerei, die uns das Geschäft verdirbt. Früher ließen sich die Polizisten mit Ware

bestechen, und vielleicht noch einer oder zwei Flaschen Wein. Heute wollen sie Geld. Stellen Sie sich vor, Monsieur Toulouse, es hat mal eine Zeit gegeben, wo ein Mann mit einem kleinen Haus – sagen wir mit sechs Mädchen – seine fünf- oder sechstausend im Jahr verdienen und ruhig schlafen konnte. Mit fünfundfünfzig war er so weit, daß er sich zur Ruhe setzte. Heute muß er froh sein, wenn er gerade davon leben kann."
Er strich verzagt über seinen Schnurrbart.
„Meine Freunde hier können Ihnen bestätigen: ich bin das, was man einen Selfmademan nennt. Ich hab ohne fremde Hilfe angefangen, nur mit meiner Frau und meiner Schwägerin. Sie widmeten sich den Kunden, ich übernahm die Kopfarbeit. Wir haben schwer geschuftet und unser Geld zusammengehalten, und endlich hatten wir genug, um ein kleines Fünf-Francs-Haus in der Rue Sainte Anne kaufen zu können. Acht Jahre lang, monsieur, haben wir gearbeitet und gearbeitet. Das muß ich meiner Frau lassen, sie hat weniger Gehirn als eine Fliege, aber in der Arbeit ist sie unermüdlich. ‚Nur noch einen, *chéri*', hat sie oft gesagt, wenn ich darauf drang, daß sie sich etwas ausruhen sollte. ‚Nur eben schnell noch einen einzigen. Dann haben wir das Geld für das Bidet zusammen.' Sie sehen, sie liebte mich wirklich und wollte, daß ich vorankäme. Glauben Sie mir, Monsieur Toulouse, die Liebe einer guten Frau ist eine wunderbare Sache."

18

Mit einem mißbilligenden Beben ihrer Wangen leerte Madame Loubet eine Schütte Kohlen in den Ofen.
„Sie hätten mich doch wissen lassen können, wann Sie zurückkommen", klagte sie, „dann hätte ich das Zimmer schön warm für Sie gehabt."
„Bitte, seien Sie nicht böse, Madame Loubet. Wie hätte ich es Sie denn wissen lassen können? Ich war zu Besuch bei einer alten Tante auf dem Lande."
Diese Szene wiederholte sich jedesmal bei einer Rückkehr von seinen plötzlichen geheimnisvollen Reisen. Sie wußte, wohin er ging, sie hatte es aus Maurice herausgefragt und machte schon lange keine Einwendungen mehr. Alles, aber auch alles war besser

als sein nächtliches Herumstreichen in den Straßen. Trotzdem verbarg sie ihm ihre Freude darüber, ihn wieder im Haus zu haben, und ließ keine Gelegenheit ungenutzt, ihm zu zeigen, daß sie seine Flunkereien durchschaute.

„Da, wo meine Tante lebt, gibt es nicht einmal ein Postamt, so tief, tief im Walde ist das“, fuhr er fort, indem er ihr Schnaufen überhörte und mit zunehmendem Behagen weitere Einzelheiten erfand. „Sie war die ganze Zeit krank, als ich da war. Ich habe jede Minute an ihrem Bett verbracht. Aber diese drei Wochen auf dem Lande haben mir mächtig gut getan, nicht wahr? Sehe ich nicht viel besser aus?“

Sie warf ihm einen finsteren Blick zu. „Wenigstens sehen Sie nicht mehr so blaß aus wie vorher. Und außerdem hoffe ich, Sie haben ein bißchen Schlaf gekriegt, während Sie auf dem Lande waren – bei Ihrer alten Tante“, fügte sie mit deutlichem Sarkasmus hinzu. „Trotzdem möchte ich, daß Sie es mich wissen lassen, wann Sie zurückkommen.“

Er sah zu, wie sie am Ofen herumhantierte, und sagte schmeichelnd: „Haben Sie mich nicht ein wenig vermißt, nur ein ganz kleines bißchen? Bitte, lassen Sie jetzt den Ofen in Ruhe und setzen sich einen Augenblick zu mir.“

Zögernd machte sie ein paar Schritte auf ihn zu. Er zog sie an ihrem Ärmel. „Kommen Sie, setzen Sie sich hier ganz nahe zu mir.“

Murrend und knurrend ließ sie sich neben ihm auf dem Diwan nieder.

„Eine ganze Menge Leute waren da, während Sie weg waren. Und unten liegt sehr viel Post für Sie.“

„Oh, die kann warten!“ Er zog ein schmales Kästchen aus der Tasche. „Sehen Sie mal, was ich Ihnen vom Lande mitgebracht habe.“

„Aber, Monsieur Toulouse, Sie sollen doch nicht . . .“

Es geschah jedesmal das gleiche, und jedesmal brachte es ihre festen Vorsätze, streng und vorwurfsvoll zu sein, zum Wanken.

„Sie sollen das doch nicht!“ wiederholte sie. Halb lachte und halb weinte sie, als sie das Kästchen auswickelte und eine Kameen-Brosche darin fand.

„Sie sollen das doch nicht . . .“, sagte sie zum drittenmal. Ihre Stimme brach, und sie begann die übliche Suche in ihren zahlreichen Taschen.

„Hier, nehmen Sie meins“, sagte er und gab ihr sein Taschentuch. „Aber was für eine Art von Empfang ist das? Ich komme vom Lande zurück, bringe Ihnen eine hübsche Brosche mit, und Sie brechen in Tränen aus!“

Sie weinte, schluckte, schnaufte und betupfte ihre Augen mit dem Wohlbehagen eines Menschen, dessen Herz lange am Ufer der Tränen gestanden hat. Voller Verzweiflung und die Brosche ganz und gar vergessend blickte sie ihn an. Es brach ihr das Herz, mit anzusehen, wie er seine Gesundheit durch diesen schrecklichen Cognac zugrunde richtete, die Nächte Gott weiß wo verbrachte und morgens halb betrunken und so müde nach Hause kam, daß er oft nicht mehr die Kraft hatte, sich auszuziehen ... Letzten Sommer hatte er versprochen, sich in Arcachon richtig auszuschlafen, und statt dessen hatte er sich dann in fremden Ländern herumgetrieben. Sie hatte ein silbernes Armband aus Lissabon bekommen, einen gestickten Schal aus Madrid und ein silbernes Kästchen aus einem Ort namens Toledo. Man stelle sich nur vor, wenn ihm etwas zugestoßen wäre! Aber kümmerte er sich etwa darum? Man konnte es seinen Augen ansehen, daß er sich um nichts mehr kümmerte, nicht einmal um das Leben. So durfte es einfach nicht weitergehen. Wenn der liebe Gott noch ein Wunder tun wollte, mußte Er sich beeilen, bald würde es zu spät sein ...

„Bitte, weinen Sie nicht, Madame Loubet“, sagte er leise. „Ich weiß, was Sie denken, und das macht es nur schlimmer.“

Er streichelte ihre freie Hand und hielt sie einen Augenblick in der seinen. Dann erhob er sich mit großer Anstrengung und hinkte zur Staffelei.

„In einer halben Stunde kommt Mademoiselle Avril. Bleiben Sie aber bitte hier, bis sie kommt, und erzählen Sie mir sämtliche Neuigkeiten.“

Die ganze Straße war krank. Schuld hatte dieses ekelhafte Pariser Wetter mit dem Nebel und den boshaften kleinen Biestern, die so klein waren, daß man sie nicht einmal sehen konnte ... Das Flittchen aus dem zweiten Stock war einen Tag nach Neujahr, ohne ihre Miete zu zahlen, auf und davon gegangen. Das hatte man davon, wenn man solches Gesindel im Haus aufnahm! Sonst war alles beim gleichen geblieben und es hatte sich nichts verändert, seit er aufs Land gefahren war ...

„. . . um die arme alte Tante zu besuchen“, sagte sie und lächelte dabei schon wieder ein wenig.
Sie hatte sich in den Lehnstuhl gesetzt, in dem sie immer zu sitzen pflegte, wenn sie bei ihm war, hatte sich das Kissen in den Rücken gestopft und die stahlgeränderte Brille zurechtgerückt. Dann öffnete sie die Zeitung und wollte die Schlagzeilen vorlesen, als es an die Tür klopfte und Jane Avril ins Studio rauschte. Madame Loubet empfahl sich, und Henri begann zu malen.
Eine Stunde später stieg die Schauspielerin vom Podium herunter. „Macht es dir etwas aus, wenn wir heute nicht mehr weiterarbeiten? Ich muß zur Anprobe zu Paquin. Hast du nicht Lust mitzukommen? Los, setz deinen Hut auf, zieh den Mantel an und komm mit.“
Als sie die Rue Lafayette entlangkamen, sah er im Schaufenster einer Blumenhandlung einen prächtigen Korb weißer Rosen.
„Wollen wir eben einen Augenblick halten?“ sagte er. „Ich möchte diesen Korb meiner Mutter schicken lassen.“
Kurz darauf kam er aus dem Laden zurück und kletterte wieder in den Wagen.
„Hier, die sind für dich. Weißt du noch, du hattest früher Veilchen so gern. Aber vielleicht bist du für Veilchen zu vornehm geworden, seit du ein Star bist?“
Sie hob den Strauß zum Gesicht und sog den Duft ein. „Du bist süß, Henri“, sagte sie und blickte ihn liebevoll an. „Immer denkst du daran, andern eine Freude zu machen.“
Als der Wagen vor dem berühmten Schneideratelier vorfuhr, versicherte er immer noch, daß er wirklich nicht verstehe, warum sie ihn mitschleppe. Ein uniformierter Portier riß die Eingangstür zu Paquin auf. Sie wurden in einen kleinen runden, mit dicken Teppichen und vielen Spiegeln ausgestatteten Raum geführt.
„Würden Sie wohl Mademoiselle Hayem bitten, einen Augenblick herzukommen, wenn sie nicht gerade zu sehr beschäftigt ist?“ fragte Jane einen ziegenbärtigen Herrn, der mit vielen Verbeugungen auf sie zukam.
Innerlich murrend über seine Nachgiebigkeit, hatte Henri auf einem Sofa Platz genommen. Jetzt trat eine gut aussehende Brünette in einem einfachen schwarzen Kleid ein. Sie war ziemlich groß und bewegte sich mit einer leichten Anmut, die ihn an Marie Charlet erinnerte. Ihr dunkles, glänzendes Haar, das sie in der

Mitte gescheitelt und tief im Nacken zu einem Knoten geschlungen trug, betonte die elfenbeinerne Blässe ihres ovalen Gesichtes. Aber das Erregendste waren ihre Augen. Sie waren nicht ganz dunkel, eher kaffeebraun, und dazu glänzend und weit auseinanderstehend. Ihre Schärfe stand in seltsamem Gegensatz zu der sinnlichen Kurve des Mundes.

„*Bonjour,* Jane." Sie begrüßte Jane Avril sehr freundschaftlich. „Dies ist Monsieur de Toulouse-Lautrec, Mirjam."

Mirjam Hayem wandte sich zu Henri. „Ich war in Ihrer Ausstellung, monsieur", sagte sie mit einem Lächeln, und Henri stellte fest, daß sie sehr schöne Zähne hatte, „aber ich konnte nicht allzuviel von Ihren Bildern sehen. Es waren zu viele Menschen da."

Ihre Blicke begegneten sich; er sah in ihren Augen weder Spott noch Mitleid, sondern nur ein kühles Abschätzen.

„Das tut mir sehr leid. Ich wünschte, ich hätte es gewußt."

Welchen Unterschied würde das ausgemacht haben? Sie war sicher in Begleitung irgendeines reichen Mannes gewesen. Alle Mannequins hatten Liebhaber ...

Aber schon wandte sich Mirjam wieder an Jane Avril: „Du wolltest dein Kleid jetzt anprobieren?"

Zu Henris Bedauern zeigte sich Jane plötzlich eilig. „*Mon Dieu,* beinahe hätte ich es vergessen! Ich hab ja eine dringende Verabredung. Weißt du, ich komme morgen wieder."

Die beiden Frauen wechselten einen raschen Blick des Einverständnisses.

„Nun, wie findest du sie?" fragte Jane, als Henri und sie über die Place Vendôme fuhren.

„Wie kommt es, daß sie dich Jane nennt?"

„Das werde ich dir später erzählen. Erst sag mir, was du über sie denkst!"

„Ich denke gar nichts. Sie ist sehr schön. Aber was macht es schon aus, wie ich über sie denke?"

„Sie interessiert sich für dich."

„Woher weißt du das?"

„Sie hat es mir gesagt."

„Man konnte ihr aber nichts dergleichen anmerken. Alles, was sie sagte, war ..."

„Sie würde es sich nie anmerken lassen. Ich kenne sie."

Er sah zu ihr auf und runzelte die Stirn. „Was hast du vor? Was spielt sich da in deinem hübschen kleinen Kopf ab?“

„Nun, also, ich bat dich, mit zu Paquin zu kommen, weil ich gern wollte, daß ihr beiden euch einmal seht. Ich hatte ihr nämlich von dir erzählt. Und zwar hab ich ihr nicht nur gesagt, wer du bist, sondern auch über das Leben gesprochen, das du führst – das gute und das schlechte.“

„Und warum, um alles in der Welt, hast du das getan?“

„Weil ich glaube, ihr beiden könntet gute Freunde werden. Sie bewundert dich.“

„Woher weißt du das?“

„Ich kenne Mirjam und weiß, daß Erfolg dasjenige ist, was ihr am meisten imponiert. Und wenn jemand Erfolg hat, so bist du es. Nur muß ich dich warnen, Henri. Mirjam ist ein seltsames Wesen. Wir wohnten eine Zeitlang zusammen, und ich wollte, daß sie zur Bühne gehe. Deshalb führte ich sie bei Brasseur ein, und er fand sie wundervoll. Er fing an mit ihr zu arbeiten und sagte ihr, was er alles für sie tun könne. Aber weißt du, was ihre Antwort war? Sie gähnte ihm ins Gesicht. Ja, sie ist wirklich merkwürdig, und in manchen Dingen verstehe ich sie nicht. Letzten Endes weiß ich eigentlich wenig über sie. Sie ist Jüdin, und ich glaube, Waise. Sie ist außerordentlich ehrgeizig und weiß, was sie will. Liebe paßt nicht in ihre Pläne. Sie hat weder Neigung noch Veranlagung, sich in irgendeinen armen jungen Mann zu verlieben. Ihr Ziel ist ein Haus in der Avenue du Bois; davon wird alles bei ihr bestimmt. Und ich müßte mich sehr irren, wenn sie es nicht eines Tages auch erreichte. Sie versteht es, ihre Zeit abzuwarten, bis der richtige Mann auftaucht. Und sie kann es sich ja auch leisten, zu warten, denn sie ist erst einundzwanzig.“

„Und was hat das alles mit mir zu tun?“

„Das sagte ich dir schon. Ich dachte, ihr beiden könntet gute Freunde werden. Freunde, Henri. Das muß dir klar sein. Nur Freunde, weiter nichts.“

„Mit mir kann sie sich ja auch sicher fühlen“, sagte er bitter. „Da ist keine Gefahr, daß sie sich verlieben könnte, was?“

„Ja-a, in gewisser Hinsicht. Was sie sich wünscht, Henri, ist Kameradschaft, keine Liebe. Du magst es glauben oder nicht, aber es gibt Mädchen, denen die Freundschaft eines Mannes genügt und die gar kein Verlangen nach anderem haben.“

„Du meinst, sie wäre bereit, sich mit mir zu befreunden? Mit mir zu essen, ins Theater zu gehen und solche Sachen?"
„Ja. Natürlich mußt du dich beliebt genug bei ihr machen, daß sie weiter Lust dazu hat. Aber auf jeden Fall ist sie zu einem Versuch bereit. Aber noch etwas muß ich dir sagen. Erwarte nicht, daß es für immer ist. Eines Tages wird irgendein Mann auftauchen und ihr alles das bieten, wonach sie sich sehnt. Wenn es soweit ist... Aber in der Zwischenzeit, für ein halbes oder vielleicht sogar ein ganzes Jahr könntest du eine wunderschöne Freundschaft mit ihr haben. Ja, Henri, das ist also die Geschichte. Laß dich darauf ein oder nicht. Wenn du vernünftig bist, tust du es. Wir könnten uns nächste Woche nach der Vorstellung im Riche treffen. Dann hättest du Gelegenheit, sie näher kennen zu lernen."

Er erkannte sie sofort wieder, als er das Café betrat. Wie neulich bei Paquin trug sie Schwarz. Sie saß zusammen mit Jane und Georges, hatte einen Ellbogen auf den Tisch gestützt und die Hand um die Wange gewölbt, blickte umher und wartete offensichtlich auf ihn, wobei sie, wie ihm schien, ziemlich gelangweilt aussah. Ihn überfielen von neuem Zweifel über das Gelingen von Janes gutgemeinten Anstrengungen.
„Oh, da bist du!" rief Jane. Man hörte ihrer Stimme an, wie erleichtert sie war. „Warum kommst du so spät? Ich fürchtete schon, du würdest gar nicht kommen."
Er verbeugte sich vor Mirjam, schüttelte Georges die Hand und entschuldigte sich wegen der Verspätung. Während er sich Welsh rabbits bestellte, bemühte sich Jane mit ihren mageren Hilfsmitteln als Schauspielerin, eine gesellige Atmosphäre zu schaffen.
„Georges", sagte sie betont angeregt, „erzähl doch Mirjam und Henri etwas über deinen Roman. Es wird sie bestimmt sehr interessieren."
„Mit Vergnügen", sagte der junge Autor. „Es ist eine Eifersuchtsstudie im Stile Dostojewskis..."
Sein Vergnügen dauerte nicht lange, denn Jane schaltete sich alsbald ein und übernahm es ihrerseits, die Handlung zu erzählen. Sie tat dies mit dem ihr eigenen Eifer, indem sie eine Fülle unwichtiger Einzelheiten, Auslassungen, persönliche Kommentare und redaktionelle Änderungen anbrachte, die den beleidigten Autor zu vielen im Anfang schüchternen, dann bissigen, schließlich

wütenden und unbeherrschten Beschwerden veranlaßten. Die beiden Liebenden vergaßen im Laufe der Debatte ihre Gäste und verbissen sich selig immer mehr in ihren Streit. Während das so weiterging, wandte sich Mirjam an Henri.

„Arbeiten Sie an einem neuen Plakat?"

„Ja, mademoiselle, ich mache eines für Jane."

„Ist das eigentlich sehr schwierig?"

Ganz offensichtlich machte sie Konversation, aber es war reizend von ihr, Interesse zu zeigen. „Das ist unterschiedlich, mademoiselle. Es hängt davon ab, ob einem die Lithographie liegt oder nicht. Tut sie es, so machen die Schwierigkeiten nichts aus und man findet, daß Plakate machen eine der faszinierendsten Arbeiten ist. Tut sie es nicht, so ist es ein langer und tödlich langweiliger Vorgang."

„Welches Ihrer Plakate hat Ihnen die meiste Mühe gemacht?"

Er mußte ein wenig lächeln über die allzu betonte Art der Befragung. „Mein erstes, mademoiselle", antwortete er höflich mit einem leicht spöttischen Ton. „Ein Plakat, das ich vor mehreren Jahren fürs Moulin Rouge machte."

„Oh, ich erinnere. Das Cancan-Plakat! Ich weiß noch, wie ich auf meinem Weg zur Arbeit stehenblieb und es mir ansah. Natürlich konnte ich seinen künstlerischen Wert nicht beurteilen, aber ich fand, daß es sehr wirkungsvoll war. Und das ist doch wohl das, was ein Plakat sein soll, nicht wahr?"

Während sie sprach, betrachtete er sie. Er war sich nicht darüber klar, ob ihr Interesse echt oder nur gut gespielt war. Ihm gefiel ihre Einfachheit, die leichte Anspielung auf ihren Stand als berufstätiges Mädchen, die Offenheit ihres Blickes. Natürlich, an sich konnte es durchaus das kluge Spiel eines einundzwanzigjährigen Mädchens sein, die die Liebe aus ihrem Leben verwiesen und sich für die Laufbahn einer *grande cocotte* entschieden hatte. Aber sie war irgendwie anders und außerdem wirklich schön. Bei näherer Betrachtung schien sich ihre Schönheit noch zu vertiefen. Sie hatte schon eine gewisse Reife, köstlich, erregend und leicht orientalisch.

„Als ich in dem Laden ankam, wo ich damals arbeitete", fuhr sie fort, „sprachen alle von dem Plakat. Während der Mittagspause stritten die Mädchen darüber. Es war das erstemal, daß ich Ihren Namen hörte."

„Ich fürchte, es ist nicht gerade in schmeichelhafter Weise gewesen. Die Meinungen über dieses Plakat waren sehr geteilt. Viele fanden es unanständig. Ich bin ehrlich der Meinung, daß es das nicht war, aber ..."
„Aber es machte Sie berühmt!" Sie lächelte mit einem Schimmer von Bewunderung in den Augen.
„Davon weiß ich nichts", sagte er grinsend mit einer abwehrenden Geste, „aber es brachte mir so viel Unruhe und Verdruß ein, daß ich fast wünschte, ich hätte es nie gemacht."
„Haben Sie lange dazu gebraucht?"
„Mehrere Monate. Natürlich wußte ich vorher nichts von Lithographie."
„Ich möchte gern etwas über Lithographie wissen."
Diese seltsame Bemerkung und der Eifer, mit dem sie sie aussprach, weckten wieder seinen Argwohn. Sie schauspielerte ... All dieses Gerede über das Moulin-Rouge-Plakat war nichts als Vorwand und Angabe – vielleicht um Jane einen Gefallen zu tun, die hin und wieder ein wenig unruhig zu ihr herübersah, vielleicht um gebildet und kunstverständig zu wirken. Wahrscheinlich war sie nicht einmal auf der Ausstellung gewesen ...
„Sie glauben mir nicht, nicht wahr?" sagte sie, als sie sah, wie er die Augen ironisch zusammenkniff. „Ich sehe es Ihnen an."
„Im Gegenteil, mademoiselle", protestierte er und lächelte sie dabei mit unverhohlener Skepsis an. „Ich glaube Ihnen aufs Wort. Möglicherweise interessieren Sie sich auch für etruskische Vasen und esoterische Metaphysik. Ich gratuliere Ihnen. Sie haben ein Leben faszinierender Studien vor sich."
Sie senkte die Augen und antwortete nicht. Als sie endlich wieder sprach, klang ihre Stimme nicht mehr eifrig und jung, sondern verletzt, jedoch nicht abweisend. Es war die Stimme eines Menschen, der sich an Enttäuschungen gewöhnt hat.
„Es tut mir leid, daß Sie mir nicht glauben, denn es ist die Wahrheit. Aber ich verstehe: es muß sich lächerlich und unaufrichtig anhören, wenn ein Ladenmädchen sagt, sie würde gern etwas über Lithographie wissen. Ich meinte es aber wirklich so. Ich bin immer wißbegierig gewesen."
„Aber wieso?" fragte er, und es klang nicht mehr sarkastisch, sondern ehrlich überrascht. „Wie ist es möglich, daß Sie sich für eine so ausgefallene Sache wie Lithographie interessieren?"

Sie blickte ihn an. „Das weiß ich nicht. Ich sagte Ihnen schon, ich möchte manches kennenlernen.“ Sie fühlte, daß es ihm leid tat, und suchte nach einem Friedensschluß. „Ich bin immer so gewesen. Als ich mit Jane zusammen wohnte, machte sie oft ihre Witze darüber. Ich glaube, ich bin von Natur aus neugierig. Irgendwo habe ich einmal gelesen, Neugier sei der Anfang der Weisheit. Ich weiß nicht, ob das wahr ist. Jedenfalls aber möchte ich gern etwas über Lithographie wissen und würde mich freuen, wenn Sie mir einiges darüber sagen.“

„Aber es wird Sie entsetzlich langweilen . . .“

„Das wird es nicht. Warum lassen Sie es nicht darauf ankommen und machen den Versuch? Fangen Sie nur an. Sie werden bald merken, ob ich mich langweile oder nicht.“

„Ich weiß es jetzt schon. Sie werden mir ins Gesicht gähnen.“

Sie lachte. „Ach, Jane hat Ihnen von Brasseur erzählt! Ich möchte wissen, was sie Ihnen sonst noch alles über mich erzählt hat.“ Sie beugte sich vor und senkte die Stimme. „Unter uns gesagt, ich glaube nicht, daß Jane ganz einverstanden mit mir ist.“

„Weil Sie den Dingen gern auf den Grund gehen?“

Er sprach über Lithographie zu ihr: über die Geschichte des Handwerks und die Entwicklung der verschiedenen Techniken. Zur Erklärung warf er schnell eine erläuternde Zeichnung auf das Tischtuch, redete sich heiß und gab sich der Freude hin, die Aufmerksamkeit dieses seltsamen und schönen Mädchens ganz allein auf sich gerichtet zu wissen.

„Wie wär's, wenn wir noch ins Maxim gingen?“ fragte plötzlich Jane, die sich endlich mit ihrem Freund geeinigt hatte.

Es war schon spät. Die meisten Leute gingen, einige winkten den Kellner heran, andere schickten Pagen nach einem Wagen. Draußen dämpfte der Schnee den Lärm des Verkehrs.

„Ich möchte eigentlich lieber nach Hause gehen.“ Mirjam hakte ihr kurzes pelzbesetztes Cape zu und begann ihre Handschuhe anzuziehen. „Vergiß nicht, ich muß morgen um neun Uhr im Geschäft sein.“

„Darf ich Sie nach Hause bringen, mademoiselle?“

Während der Fahrt sprachen sie kaum. Jetzt, da sie allein waren, fiel ihm nichts ein, das er hätte sagen können. Einmal sah er einen Augenblick lang einen Schimmer ihres Gesichtes, als der Schein einer Straßenlampe in das Innere des Wagens fiel. Ihre Augen waren von ihm abgewandt und blickten ruhig zum Fenster hinaus. Das Schweigen paßte gut zu ihr ... Aber vielleicht hatte sie auch ganz vergessen, daß er da war, so wie Marie es manchmal tat ...

Ihm wurde plötzlich heftig die Absurdität von Janes Plan klar. Wie konnte sich ein Mädchen wie sie für ihn interessieren? Nun also, sie hatte ihre gute Tat vollbracht. Jetzt war sie auf ihrem Heimweg und hatte nicht einmal angedeutet, daß sie sich wiedertreffen wollten. In wenigen Minuten würde sie die Hand ausstrecken und sagen: *„Bonsoir, monsieur,* es war ein reizender Abend." Dann würde sie verschwinden, und er würde sie nie wiedersehen ...

Der Landauer hielt vor einem Haus in der Rue des Petits Champs. Es war ein bescheidenes Haus, rußig vor Alter und mit einem Uhrmacherladen im Parterre. Aber er wunderte sich doch, daß sie mit dem Gehalt eines Mannequins in der Nähe der Rue de la Paix wohnen konnte.

„Selbstverständlich", sagte sie, als habe sie seine Gedanken gelesen, „habe ich hier keine richtige Wohnung, sondern nur ein Hinterzimmer. Aber es ist ein Herd da und eine Küche, nicht sehr groß, aber doch groß genug für mich. Ich würde Sie hinaufbitten, aber ich fürchte, es ist zu spät. Ich habe unseren Abend sehr genossen."

„Das Vergnügen war ganz auf meiner Seite", sagte er steif. „Darf ich hoffen, Sie wiederzusehen?"

„Wollen wir uns morgen wieder treffen?"

Diese Unumwundenheit irritierte ihn.

„Morgen?"

„Ja. Wir könnten zusammen essen. Ich bin um sechs Uhr fertig."

In dem trüben Licht des Wagens konnte er ihr blasses verschleiertes Gesicht und den geschminkten Mund nur undeutlich sehen. Die Gedanken wirbelten in seinem Kopf. War es möglich, daß sie es so meinte? Oder wollte sie vielleicht nur das Versprechen einlösen, das sie Jane gegeben hatte?

„Wollen Sie wirklich?" fragte er leise. „Ich meine jetzt nicht nur das Wiedertreffen, sondern die ganze Angelegenheit. Jane sagte mir, daß Sie bereit seien, mit mir auszugehen. Aber Sie brauchen es nicht zu tun, wenn Sie nicht mögen. Ich würde es gut verstehen."

Er fühlte einen raschen Druck ihrer Hand.
„Auf morgen also. Um halb sieben Ecke Place Vendôme."

Zwei Wochen später wartete Henri an dem üblichen Treffpunkt Ecke Place Vendôme und Rue de la Paix auf Mirjam. Er blickte zum Wagenfester hinaus auf den Strom des Verkehrs und die schattenhafte Silhouette der Säule, die sich wie eine gigantische Kerze in die trübe Winterdämmerung erhob. Er sah auf die Uhr. Eine halbe Stunde noch ... Es machte ihm nichts aus. Warten konnte eine Freude sein, wenn man wußte, daß man nicht vergebens wartete. Daß sie in dreißig Minuten in Paquins Personaleingang auftauchen und auf ihn zueilen würde, lächelnd, die eine Hand am Hut und den schlanken Körper gegen den Wind gebeugt, war eine wunderbare Gewißheit.
Mirjam. Er schmeckte den Namen auf der Zunge. Innerhalb zweier Wochen hatte sie ihm ein Glück offenbart, von dem er gar nicht gewußt hatte, daß es das gab. Sie hatte sein ganzes Leben verwandelt. Er trank weniger, viel weniger. Wer hat Lust zu trinken, wenn er glücklich ist? Er besuchte keine Lokale und Bars mehr und streifte nicht mehr bis zum Morgengrauen durch die Straßen. Er schlief; er arbeitete. Maman war wieder glücklich, oder wenigstens nicht mehr so unglücklich. Maurice machte eifrig Pläne für eine Ausstellung in London. Und was Madame Loubet betraf, so dankte sie dem lieben Gott. Die Tatsache, daß Sein Wunder die Gestalt eines schönen Mädchens angenommen hatte, schmälerte es nicht. Ein Wunder ist ein Wunder, in welche Gestalt es sich auch kleidet.
Noch zehn Minuten ...
Er begann Paquins Eingang zu beobachten. Erst kamen die Putzarbeiterinnen, Verkäuferinnen, Lehrlinge – all die namenlosen, gesichtslosen Helferinnen der Pariser *haute couture*. Sie kamen wie Schulmädchen in geräuschvollen, lachenden Gruppen aus dem düsteren Torweg, spähten umher nach ihren *amoureux*, liefen zu ihnen, stellten sich auf die Zehenspitzen, um ihnen einen Kuß zu geben, hakten sie unter und verschwanden in der Menge. Die Nächsten waren die älteren Angestellten: die Zeichnerinnen, Zuschneiderinnen, Näherinnen. Auf sie wartete niemand. In schlechtsitzenden Mänteln hasteten sie die Straße hinunter zur nächsten Bus- oder Pferdebahnhaltestelle, von wo sie zu ihren entfernten

Vorortswohnungen und ihren mageren Abendessen fuhren. Dann kamen die männlichen Angestellten: Empfangsherren, Kassierer, Buchhalter. Sie trugen ihre Hüte, Kragenschoner und Mäntel mit dem mehr oder weniger geglückten Versuch, wie gewichtige Geschäftsleute auszusehen. Sie schüttelten sich die Hände, als ob sie sich für eine sechsmonatige Reise verabschiedeten, und gingen in verschiedenen Richtungen davon.

Endlich erschienen die Mannequins. Man erkannte sie sofort an der Eleganz und dem gezierten Gang. Sie blieben einen Augenblick im Torweg stehen und sahen sich siegesgewiß und überheblich um, während sie ihre Handschuhe zuknöpften oder ihren Pelzkragen auflockerten. Dann schlenderten sie in die Seitenstraße und stiegen in einen wartenden Wagen, aus dem sich ihnen hilfreich eine behandschuhte Männerhand entgegenstreckte.

Und jetzt sah er sie.

Sie blieb nicht stehen wie die anderen, sondern eilte auf den Landauer zu.

„*Bonsoir,* Henri", rief sie munter und nahm neben ihm Platz. „Haben Sie lange gewartet?"

„Nur ein paar Minuten, aber ich bin froh, daß Sie nicht zu spät kommen. In der Comédie Française gibt es die Précieuses Ridicules, und ich habe Karten dafür besorgt. Ich dachte, es würde Ihnen Freude machen."

„Ja, ich freue mich darauf. Ich bin noch nie in der Comédie Française gewesen."

Er beugte seinen Kopf zum Fenster hinaus. „Zu Voisin."

Sie aßen mit jugendlichem Appetit, plauderten und lachten, weniger über das, was sie sagten, sondern weil sie sich glücklich fühlten und das Lachen leicht über ihre Lippen kam. Wie üblich stritten sie miteinander. Seit den ersten Tagen ihrer Bekanntschaft hatten sie in nahezu allen Dingen gegensätzliche Meinungen vertreten, vorwiegend wohl um der Unterhaltung willen.

An diesem Abend eröffnete Henri die Diskussion mit der Bemerkung, daß er als Royalist Einspruch gegen die Vendôme-Säule erheben müsse.

„Es ist eine Unverschämtheit dieses korsischen Abenteurers, seine eigene Statue auf die Spitze der Säule zu stellen wie den Docht auf eine Kerze! Wissen Sie, Mirjam, Nationen sind ebenso launisch wie Individuen. Sie dulden gute Regierungen, aber verlieben tun sie sich nur in Diktatoren. Und je schlimmer sie sind, desto mehr."

Er sah ihren Augen an, daß sie nicht einverstanden war.

„Sie glauben mir nicht? Sie brauchen sich doch nur umzusehen. Napoleon stürzte Frankreich ins Verderben, ließ es verbluten und mehr Menschen niedermetzeln als sämtliche Könige zusammen, dennoch ist ganz Paris der reinste Reliquienschrein zu seinen Ehren! Der Arc de Triomphe, der Invalidendom, diese gräßliche Vendôme-Säule, der Obelisk. Man kann keinen Schritt tun, ohne auf diesen Mann zu stoßen. Als Royalist lehne ich mich dagegen auf."

„Sie wollen doch nicht im Ernst behaupten, daß Sie ein Royalist sind, Henri?"

„Doch, natürlich. Was sollte ich sonst sein? Wie können Sie überhaupt fragen! Das ist genau so, als frage man einen Kardinal, ob er für den Papst sei."

„Ich glaube es nicht", sagte sie und blickte ihn über den Rand ihres Glases hinweg an. „Wie können Sie diese alten korrupten Könige verteidigen?"

„Erstens waren sie nicht alt. Ludwig der Fünfzehnte wurde schon mit fünf Jahren König ..."

„Gut, dann eben diese jungen korrupten Könige."

„Ich protestiere. Ich bitte ergebenst zu erwägen, daß Könige in keiner Weise korrupter waren als Klempner, Kassierer, Künstler und Geistliche. Tatsächlich waren einige von ihnen – leider gerade die Schlechtesten – ausgesprochen tugendhaft. Zumindest einer von ihnen, Ludwig der Neunte, ist offiziell in die Reihe der Heiligen aufgenommen worden."

Sie warf ihm einen herausfordernden Blick zu, beschäftigte sich aber zunächst einen Augenblick mit ihrem Essen. „Und diese Adligen, diese Aristokraten", rief sie dann, „waren sie etwa auch tugendhaft? Nein, sie waren es nicht. Sie waren vielmehr unverschämt und anmaßend und überzeugt von ihrer eigenen Bedeutung."

Er machte eine dramatische Geste. „Bitte, nehmen Sie zur Kenntnis, liebe Mirjam, daß nur die Dienstboten unverschämt sind, niemals aber die *grands seigneurs*. Man kann es immer wieder feststellen, daß gewöhnlich der Diener aufgeblasen und anmaßend ist, nicht der Hausherr. Wir hatten zu Hause einen Majordomus,

den alten Thomas, das war der größte Snob, den ich je kennengelernt habe."
Er blickte auf die Uhr. „Und jetzt, meine liebe junge *sans-culotte*, beeilen Sie sich bitte, oder wir werden nie zurechtkommen zum ersten Akt."
Heute sahen sie Molières Précieuses Ridicules; am nächsten Tag nahm er sie mit zu einem Musikabend bei Dihau, wo sie jeden, einschließlich Degas, durch ihre Anmut, ihre Schönheit und ihre ernste Hingegebenheit an die Musik bezauberte. Den darauffolgenden Abend verbrachten sie im Renaissance-Theater. Nach der Aufführung führte er sie hinter die Bühne und machte sie mit Sarah Bernhardt bekannt.
Am nächsten Abend aber blieben sie am Kamin in ihrem Zimmer, er auf dem Sofa mit einem Cognac, sie, die Arme um die Knie geschlungen, auf dem Boden hockend und in die Flammen starrend. Es war ein ungemütlicher Februarabend. Regenböen klatschten gegen die Fensterscheiben, aber hier im Zimmer war es ruhig und warm. Zufrieden lehnte er sich in die Kissen zurück und betrachtete ihr vom Feuerschein gerötetes Gesicht. Wie sehr sie das Feuer liebte! Wenn sie nach Hause kam, war das erste, was sie tat, es anzuzünden. Und dann spielte sie mit den Flammen, setzte sich so nahe wie irgend möglich heran und überließ sich mit einem sinnlichen, beinahe katzenhaften Behagen ihrer Wärme.
Eine ganze Weile lang hatte keiner von ihnen gesprochen. Dieses gemeinsame Schweigen war eine der schönsten Dinge ihrer Kameradschaft.
„Glücklich?" fragte er leise.
„Hören Sie nicht, wie ich schnurre?"
„Ich habe schon immer den Verdacht gehabt, Sie seien eine Katze."
Obwohl sie den Kopf nicht gewendet hatte, merkte er, daß sie lächelte. Wieder schloß sich die Stille um sie, unterbrochen nur von dem Heulen des Sturmes und dem Krachen der Holzscheite.
Henri ließ seine Blicke durch das Zimmer gehen. Es war klein, niedrig und sparsam möbliert. Ein grüner Teppich bedeckte den größten Teil des Bodens. Das Bücherbort und die Stiche an den Wänden gaben ihm eine kultivierte Atmosphäre. Es atmete die Intimität der Räume, in denen wirklich gewohnt und gelebt wird. Er hatte dieses Zimmer gern, weil es genau so aussah, wie er es

sich für sie vorgestellt hatte, und weil es ein Teil ihrer selbst war, wie ihre kaffeebraunen Augen, der winzige Schönheitsfleck auf der linken Wange, ihre Gewohnheit, auf dem Fußboden zu sitzen, und ihre Art, die Lippen ganz leicht zu öffnen, wenn sie Musik hörte.

„Henri", sagte sie plötzlich, „erzählen Sie mir etwas über Dreyfus. Im Laden reden die Mädchen immerzu von ihm. Ich weiß nicht, ob er schuldig ist oder nicht, aber ich würde gern wissen, was es mit der ganzen Sache auf sich hat. Zunächst einmal: wer ist er eigentlich?"

„Er ist Elsässer und wurde in Mülhausen geboren, wie mein Freund Maurice. Er trat in die Armee ein, wurde Artilleriehauptmann und ist eines Tages vor vier Jahren plötzlich verhaftet, dann verhört, verurteilt, degradiert und nach den Teufelsinseln gebracht worden, wo er jetzt büßt für ein Verbrechen, das er nicht begangen hat."

„Woher wissen Sie, daß er es nicht begangen hat? Alle Welt behauptet, daß er es tat."

„Was allerdings beinahe schon ausreichen würde, um sicher zu sein, daß er es nicht tat. Aber es gibt auch noch andere Gründe."

Ausführlich erzählte er, was er von der traurigen Angelegenheit wußte: die Uneinigkeit der Sachverständigen über Dreyfus' Handschrift, die Geheimhaltung der Untersuchung, die Fälschung des Beweismaterials und die Meineide der Zeugen.

„Nein, Mirjam", sagte er zum Schluß, „er ist nicht schuldig. Und es gibt noch einige wenige ehrenhafte Männer in Frankreich, die sich dafür einsetzen, daß ein großes Unrecht wiedergutgemacht wird. Hoffentlich haben sie Erfolg. Ich fürchte, es wird nicht leicht sein."

Als er fortging, nahm sie die Lampe vom Tisch und ging neben ihm den schmalen Flur entlang bis zur Treppe.

„Das war kein sehr aufmunternder Abend, wie?" sagte sie, „nur so am Kamin sitzen."

„Ich könnte mir nichts Schöneres vorstellen. Es war vielleicht der schönste Abend, den ich je erlebt habe. Im Grunde bin ich nämlich ein sehr häuslicher Mensch, müssen Sie wissen. Werde ich Sie morgen wiedersehen?" Nach einem kleinen Zögern fügte er hinzu: „Wird es Ihnen auch nicht zuviel, daß ich Ihre ganze Zeit in Anspruch nehme? Sind Sie immer noch bereit ..."

„Schsch! Morgen also! An der üblichen Ecke."

Der Blick ihrer Augen erschien ihm wie eine Liebkosung. Er hätte gern ihre Hand genommen und lange in der seinen gehalten. Aber er sagte nur leise: „Ich danke Ihnen, Mirjam."
Sie hielt die Lampe hoch über ihrem Kopf. Ein mitleidiger Ausdruck trat in ihre Augen und sie unterdrückte einen Seufzer, als sie ihn langsam und unbeholfen die Treppen hinunterklettern sah.
Unten blieb er stehen, um wieder zu Atem zu kommen und sich einen Augenblick auszuruhen. Dann blickte er noch einmal nach oben, wo das helle Oval ihres Gesichtes in dem gelben Licht der Lampe leuchtete.
Glücklich winkte er ihr zu. „*Bonsoir*, Mirjam."

Als sie zwei Wochen später vorschlug, am Sonntagnachmittag in den Louvre zu gehen, widersprach er beharrlich.
„Der Louvre! Dieser alte Friedhof! Wer möchte wohl in den Louvre gehen?"
„Ich."
„Wissen Sie nicht, daß nur Fremde in den Louvre gehen? Fremde und Studenten von der Kunstakademie. Glauben Sie mir, es gibt nichts Bedrückenderes als diese Säle voller Skulpturen, Mumien, Sarkophage und zerbrochener Marmorblöcke. Es ist wie das Warenlager eines riesigen Friedhofs. Diese ellenlangen Galerien mit ihren Tausenden von Bildern . . ."
„Aber ich habe Bilder sehr gern, Henri. Ich wäre Ihnen dankbar, wenn Sie mit mir über Malerei sprechen und mir erklären würden, was zu einem wirklich guten Bild gehört."
„Das ist unmöglich! Das ist, als solle man erklären, was zu einer schönen Frau gehört. Es ist nicht wahr, daß große Kunst einfach ist; sie ist verdammt kompliziert. Warum sollte sie es auch nicht sein? Das Leben ist auch nicht einfach. Der menschliche Geist ist nicht einfach. Und das menschliche Herz schon gar nicht. Große Musik ist nicht einfach. Sie mag einfach klingen, aber in Wahrheit ist sie es nicht. Und ebenso Mathematik."
„Das sollte ein Grund mehr für Sie sein, mich am nächsten Sonntag mit zum Louvre zu nehmen und mit dem Unterricht zu beginnen", sagte sie mit einem Lächeln in ihren orientalischen Augen.
„Wenn Kunst so schwierig ist, können wir Jahre damit zubringen. Ich sehe uns schon, wenn wir beide alt und grau sind, immer noch jeden Sonntag zum Louvre gehen und die Mona Lisa ansehen."

„Oh, kommen Sie mir nicht mit dieser schmunzelnden Florentinerin!"
„Ich dachte immer, sie sei sehr schön, aber wenn Sie sie nicht leiden mögen ..."
Hinter der Nachgiebigkeit des Tones verbarg sich ihre ruhige Gewißheit über den Ausgang der Debatte. Ihr Lächeln hatte eine stille Siegessicherheit, die ihm nicht entging.
„Ich habe gesagt ‚auf keinen Fall in den Louvre', und dabei bleibt es", erklärte er mit entschiedener Geste. „Glauben Sie nur nicht, daß Sie mich mit Ihrem Lächeln weich machen und um den kleinen Finger wickeln können."
„Aber Henri", sagte sie und war ganz und gar gekränkte Unschuld, „ich habe Sie doch gar nicht angelächelt."
„Dann haben Sie jemand anders angelächelt, und das ist noch schlimmer." Er hob drohend einen Zeigefinger. „Ich kenne diese Art Lächeln. Missia hatte es auch. Es hat aber keinen Zweck, dergleichen an mich zu verschwenden."
Sie sah so reizend aus, wie sie da am Boden saß, das Haar und die eine Seite des Gesichts von der Glut des Feuers beschienen, die schlanken Beine unter dem Rock gekreuzt, daß er einen Augenblick lang in dieses Bild versunken blieb. Dann aber raffte er sich noch einmal auf. „Wenn ich gesagt habe ‚kein Louvre', so heißt das kein Louvre."
Am nächsten Sonntag gingen sie in den Louvre und von da an regelmäßig jeden Sonntagnachmittag. Zu seiner Überraschung erwiesen sich diese Besuche für ihn als eine neue, beglückende Erfahrung. Es machte ihm Freude, ihre Fragen zu beantworten, technische Einzelheiten zu erklären – und zu sehen, wie ihre Augen groß wurden beim Anblick eines berühmten Gemäldes. Er war entzückt über die lebhafte Wißbegier ihres wendigen und empfänglichen Geistes, und ganz unwillkürlich kam es dazu, daß er sich über Kunst aussprach, daß er erklärte, weshalb Rembrandt größer war als Peter de Hooch und Fragonard größer als Nattier, daß er einzelne Bilder analysierte und herausschälte, was genial und was nur klug war.
Eines Sonntags standen sie vor der Venus von Milo, die weiß und kühl in der Blässe des Märznachmittags leuchtete.
„Sie ist schön, nicht wahr?" flüsterte er. „Wir wissen nichts über sie, außer daß ein griechischer Bauer sie in einer Erdhöhle fand

und für sechstausend Francs an die französische Regierung verkaufte. Das einzige Geschäft, das unsere Regierung je gemacht hat, mit Ausnahme natürlich jener herrlichen Gemälde, die Napoleon Italien gestohlen hat. Wissen Sie", fuhr er nach einer kleinen Pause fort, „sie ist so schön, daß wir ganz vergessen, wie uralt sie ist. Können Sie sich vorstellen, daß sie älter als Paris, älter als Cäsar, älter als Christus ist? Manchmal wünschte ich, Paulus wäre nie nach Athen gegangen."

Sie sprachen leise, gingen langsam um die hohe Statue und betrachteten sie von allen Richtungen.

„Wollen wir jetzt nicht gehen?" sagte er. „Es ist schon spät. Wir haben die ägyptischen Basreliefs gesehen, die griechischen Karyatiden und phönizischen Marmorarbeiten. Das sollte Ihrem Bildungshunger für eine Woche genügen."

„Aber Henri, Sie hatten versprochen, mir Filippo Lippis ‚Madonna' zu zeigen. Erinnern Sie?"

„O mein Gott, Sie vergessen aber auch nie etwas. Dann müssen wir uns beeilen. Es wird bald geschlossen."

Sie stiegen die breite Marmortreppe zum ersten Stock hinauf, gingen durch den Salon Carré und betraten den Siebenmetersaal, in dem sie ganz allein waren.

„Wir haben nur noch Zeit für den Lippi." Schwer atmend ging er auf das Bild einer blonden schönen Madonna zu, die auf das Kind auf ihren Knien niederblickt. „Die andern können wir nächsten Sonntag ansehen, wenn Sie wollen."

In andächtigem Schweigen standen sie vor dem Gemälde.

„Das ist große Malerei", sagte er endlich. „Sehen Sie, wie das Licht die Haut durchscheinend macht, so als käme es von innen? Das kommt daher, weil Lippi mit Ocker untermalte. Es ist ein Kunstgriff, und zwar ein sehr wirkungsvoller. Heutzutage weiß das jeder Student, aber zu Lippis Zeit war es eine Neuheit. Sieht sie nicht wunderbar zart und engelhaft aus?" Er zwinkerte ein wenig. „Wenn man sie so ansieht, sollte man nicht glauben, daß sie wahrscheinlich in diesem Augenblick in der Hölle schmort. Lippi übrigens auch. Sie waren nicht gerade ein tugendhaftes Paar, diese beiden . . ."

Er wurde unterbrochen durch einen Wärter, der seinen Kopf zur Tür hereinsteckte. „Bitte beeilen! Wir schließen gleich, *mesdames et messieurs.*"

Er stieß die Worte hastig hervor, warf einen abschätzenden Blick auf Mirjam, einen verwunderten auf Henri, zuckte die Achseln und verschwand wieder.
„Die Kunst verdankt der Sünde unermeßlich viel“, sagte Henri, als Mirjam und er die Treppe wieder hinuntergingen. „Durch ein merkwürdiges Zusammentreffen sind nur sehr wenige tugendhafte Frauen je von großen Malern gemalt worden. Erinnern Sie mich doch daran, daß ich Ihnen gelegentlich einmal die Liebesgeschichte von Filippo Lippi und seiner hübschen Nonne erzähle.“
„Wenn wir zu Hause sind, während ich den Tee mache.“
Am folgenden Sonntag gingen sie nicht in den Louvre, sondern in den Salon des Indépendants, der in dieser Woche eröffnet hatte. Henri stellte Mirjam mehrere Mitglieder des Comité Exécutif vor und freute sich über deren unverhohlene Bewunderung. Dann begannen sie mit dem Rundgang durch die verschiedenen Ausstellungsräume und betrachteten flüchtig im Vorbeigehen die zahllosen Bilder.
„Jetzt werden Sie verstehen, warum Künstler Hungers sterben“, sagte er angesichts der Überfülle an Bildern. „Kunst ist der unnützeste aller Handelsartikel. Nur ein Narr oder ein Genie oder ein Mensch wie ich, der keine andere Wahl hat, kann sie zu seinem Beruf machen.“
Sie stießen auf Henri Rousseau, der vor seinen Bildern Wache stand. In seinen blankgeputzten Schuhen und seinem sorgfältig ausgebesserten Rock gab der ehemalige Sergeant und Zollbeamte eine eindrucksvolle Gestalt ab.
„Darf ich Ihnen meinen alten Freund Monsieur Rousseau vorstellen, Mirjam? Falls Sie je vorhaben, das Geigenspiel zu lernen oder einen schwierigen Liebesbrief zu schreiben, so ist er der richtige Mann. Und darüber hinaus ist er ein hervorragender Künstler.“
Henri Rousseau verbeugte sich steif, murmelte irgend etwas durch seinen herabhängenden Schnurrbart und bot Mirjam den Arm, um sie zu seinem großen Gemälde „La Carmagnole“ zu führen. Am Rahmen hatte er eine Inschrift angebracht, die folgendermaßen lautete: „O Freiheit! Mögest du immer die Führerin derer sein, die durch ihre Arbeit zu Frankreichs Ruhm und Reichtum beitragen wollen!“

Auf dem Rückweg erzählte Henri Mirjam von den lächerlichen Sitzungen des Comité Exécutif. Das gab den Anlaß, daß er auf Seurat und Vincent zu sprechen kam.
„Ich wünschte, ich hätte Sie damals schon gekannt. Die beiden würden Ihnen gefallen haben. Sie waren beide große Künstler, obwohl verschieden wie Tag und Nacht. Ich glaube, Vincent hätte Ihnen besonders gelegen. Man mußte ihn gern haben, obgleich er ein seltsamer Mensch war. Er war übrigens Demokrat, genau wie Sie, und Sie wären sich beide sehr einig gewesen über die korrupten alten Könige und die unverschämten Aristokraten. Wahrscheinlich hätte er sich in Sie verliebt. Er war ein solcher Narr, der arme Vincent, es wollte ihm nicht in den Kopf, daß es Menschen geben könne, die nichts von Liebe wissen wollen."
„Und was ist aus ihm geworden?"
„Er hat sich das Leben genommen ..."

So vergingen die Wochen. Jeden Abend erwartete er Mirjam an der Place Vendôme. Sie gingen ins Theater und in die Oper, in Konzerte und in den Zirkus. Eines Tages fragte er sie, ob sie schon einmal einer kinematographischen Vorführung beigewohnt habe.
„Was ist denn das?"
„Ich weiß es auch nicht genau. Soweit ich verstanden habe, etwas Ähnliches wie die laterna magica. Aber die Bilder sollen so rasch wechseln, daß es aussieht, als bewegten die Menschen sich."
Im Salon Indien, einem Keller am Boulevard des Capucines, sahen sie ihre erste Filmvorführung. Es war ein unvergeßliches, haarsträubendes Erlebnis, mit Lokomotiven, die über die Kinoleinwand rasten, Pferden, die in den Raum hereingaloppierten, und Zuschauern, die vor Entsetzen aufschrien, von ihren Plätzen aufsprangen und ohnmächtig wurden.
Kurz danach trafen sie sich zum Essen mit Maurice und Renée, mit denen sie, plaudernd oder kartenspielend, manchen netten Abend verbrachten. Sonntags morgens kam Mirjam jetzt hin und wieder überraschend ins Studio, sah Henri beim Malen zu und machte es sich mit einem Buch auf dem Diwan gemütlich. Sie und Madame Loubet waren die besten Freunde geworden und hatten hinter seinem Rücken lange Unterhaltungen im Flüsterton.
Ihre Freundschaft hatte sich zur innigen Vertrautheit entwickelt. Er erzählte ihr von sich, von der Einsamkeit der letzten Jahre

und sprach sogar von Denise und an einem regnerischen Abend von Marie Charlet. Mit der Zeit erwiderte sie seine Bekenntnisse und erwähnte gelegentlich Episoden aus ihrer Kindheit.

„Weißt du, warum es immer mein glühender Wunsch ist, alles mögliche zu lernen? Weil ich keinerlei Gelegenheit dazu hatte, als ich Kind war. Ich habe nie die Schule beendet. Meine Eltern waren zu arm, und als Papa starb, wurde ich Lehrling in einem Schneideratelier. Ich bekam einen Franc pro Tag. Damals war ich dreizehn . . ."

Mitleid überkam ihn, wenn er sie sich als kleinen Lehrling in einem überfüllten, schlecht gelüfteten Raum vorstellte, zehn Stunden am Tag nähend, sich die Finger zerstechend, über einen langen Tisch gebeugt. Mit dreizehn Jahren! Wie grausam Armut sein konnte!

„Du weißt nicht, was das heißt, Henri: arm sein, wirklich arm. Es ist schrecklich. Vielleicht erzähl ich dir einmal davon."

An diesem Tag sagte sie nichts mehr, aber einen Monat später sprach sie über ihren Vater.

„Er war Juwelier. Als junger Mann kam er aus einer kleinen polnischen Stadt nach Paris . . ."

Er war ein blonder, schwindsüchtiger, einfältiger und frommer Mann gewesen, der sie mit zur Synagoge in der Rue de Nazareth genommen und ihre Kindheit mit der Poesie des Talmud und der klagenden Trauer hebräischer Gesänge erfüllt hatte. Nach einer langwierigen Krankheit, die das bescheidene Vermögen der Familie aufgezehrt hatte, war er gestorben. Mutter und Kind waren ohne einen Pfennig zurückgeblieben. Die nächsten Jahre waren eine ununterbrochene Folge von Sorgen und Entbehrungen gewesen. Nach der Tagesarbeit hatte sie ihre Abende in der Küche verbracht, wo sie, eng an den Ofen gekauert, ihrer Mutter half, Knöpfe an Handschuhe anzunähen. Das Abendessen bestand meistens aus aufgewärmten Kartoffeln und trockenen Brotrinden, die in lauem Wasser aufgeweicht wurden. Und immer ein drohender Hauswirt. Keine Sonntage, keine Ausflüge an die Seine, keine Fahrten auf dem Karussell, kein Versteckspielen mit anderen Kindern. Und dennoch hatte sie alles irgendwie überlebt. Das dünne, dunkelhäutige Mädchen war herangewachsen. Männer hatten nach Ladenschluß auf sie gewartet und sie nach Hause gebracht.

„Dann traf ich eines Tages André. Ich verliebte mich in ihn. Er war Werkmeister in einer Fabrik für optische Instrumente, ein stiller, freundlicher Mann. Wir hatten den gleichen Geschmack, dieselbe Religion, die gleichen Hoffnungen. Wir liebten uns sehr. So sehr, daß, als meine Mutter starb, er mich fragte, ob ich ihn heiraten wolle. Beinahe hätte ich es getan." Sie blickte angespannt ins Kaminfeuer.
„Und warum hast du ihn nicht geheiratet?"
„Weil er arm war." Die Entschiedenheit ihres Tones erschreckte ihn. „Er war klug, arbeitsam, nett und sah gut aus, aber er war arm. Mein Vater war auch klug und arbeitsam gewesen, und ich hatte erlebt, welche Art von Leben er meiner Mutter bot. Und ich hatte ihn sterben sehen. Ich hatte ihn husten hören, die ganze Nacht hindurch, weil wir keinen Arzt bezahlen konnten. Jedes Mal, wenn ich dieses Keuchen durch die Wand hörte, hatte ich mein Gesicht ins Kissen gepreßt und mir geschworen, niemals arm zu bleiben und alles, alles zu tun, um von dieser Armut frei zu werden. Deshalb verließ ich André. Ohne ein Wort. Ohne einen Brief. Ich wußte, daß ich bei seinem Anblick schwach werden würde. Und so lief ich einfach weg. Ich habe ihn nie wieder gesehen", sagte sie leise.

Plötzlich war es Mai, und wieder einmal breitete sich das Wunder des Frühlings mit seinem Zauber an frischem Grün über die Stadt Paris. In den Boulevards tauchten überall Strohhüte und helle Sonnenschirme auf. Im Parc Monceau wurde das Kasperletheater wieder eröffnet, und eine neue Generation von Kindern folgte aufgeregt den wütenden Kämpfen zwischen Kasper und dem Teufel. Und in den Torwegen küßten sich die Liebespaare.
Jane Avril reiste mit ihrem Liebhaber, ihrer Zofe, ihrem Manager, zwei Pudeln und sechsundzwanzig Koffern nach London. Es gab eine große Verwirrung mit falsch aufgegebenem Gepäck, Telegrammen in letzter Minute, Abschiedsgeschenken und so weiter, wie es sich für die Abreise einer Diva gehört. Bevor der Zug sich in Bewegung setzte, machte sie es trotz allem möglich, ein paar Minuten mit Henri allein in ihrem Abteil zu sprechen.
„Du siehst wie ausgewechselt aus", sagte sie, während sie sich mit ihren Handschuhen fächelte. „Wie steht es zwischen dir und Mirjam?"

„Wunderbar. Sie ist alles das, was du gesagt hast, und noch viel mehr. Ich werde dir nie vergelten können, was du für mich tatest. Du kannst so viele Plakate von mir haben, wie du willst."
Die Wärme, mit der er sprach, machte sie mißtrauisch. „Du hast dich doch nicht etwa in sie verliebt?"
„Natürlich nicht. Glaubst du, ich sei ein Narr?"
„Denk immer daran, Henri: nur Freundschaft, nichts weiter!"
An diesem Abend ging er mit Mirjam in eine Brahms-Gedenkfeier, die zu Ehren des Komponisten veranstaltet wurde, der kürzlich in Wien gestorben war. Es wurde die c-moll-Symphonie gespielt. Mirjam hörte mit geschlossenen Augen, die Hände im Schoß gefaltet, dem ungeheuren Tongewoge zu. Er beobachtete sie aus einem Augenwinkel und zeichnete im Geist ihr Bild, ihr Gesicht, hingegeben an die Musik, ihre Lippen, leicht geöffnet wie zu einem Kuß, die sanfte Linie ihres Halses. Es war ein vollkommener Augenblick, den er im Gedächtnis bewahren wollte und immer und immer wieder durchleben würde, wenn sie einmal nicht mehr da wäre.
Bei den letzten Tönen der Symphonie legte sie ihre Hand leicht auf die seine. „Ich dank dir, Henri", flüsterte sie. „Ich werde diese Symphonie nie hören, ohne an dich zu denken."
Als sie im Wagen saßen, nahm sie noch einmal seine Hand. „Du bist sehr gut zu mir gewesen." In fast unbewußter Zärtlichkeit blieben ihre Hände ineinander ruhen.
Als sie ihr Zimmer betraten, warf sie ihr Cape auf einen Stuhl und hockte sich nieder, um das Feuer anzuzünden.
„Ich wollte, ich könnte das statt deiner tun", sagte er vom Sofa her. Sie antwortete nicht, und um das Schweigen zu überbrücken, fuhr er in leichtem Ton fort: „Ich bin neugierig, was du im Sommer tun wirst, wenn es zu heiß zum Feuermachen ist."
„Die ganze Zeit brummen und auf den Herbst warten. Ich hasse den Sommer. Paris ist schrecklich im Sommer."
„Aber keineswegs! Paris ist wundervoll im Sommer. Du wirst schon sehen. Ich werde dich mit auf den Jahrmarkt nehmen. Wir werden Karamelstangen lutschen und keine Bude auslassen. Wir werden meine alte Freundin La Goulue im Foire de Trône besuchen. Wir werden mit dem Dampfboot die Seine hinunterfahren und in winzigen Dörfern bei Akkordeonspiel essen. Wir werden nach Saint Cloud fahren, nach Versailles, nach . . ."

„Gehst du denn diesen Sommer nicht nach Arcachon?" fragte sie überrascht. „Jane erzählte mir, daß du dort ein Haus und ein Boot hast."
„Nein, diesen Sommer nicht", sagte er schnell. „Ich habe zuviel zu tun."
„Weißt du eigentlich, daß ich noch niemals außerhalb von Paris war und noch nie die See gesehen habe?" sagte sie nach einer kleinen Pause.
„Arcachon liegt nicht unmittelbar an der See, sondern in einer Bucht. Es ist die lieblichste Bucht der Welt, und um sie erstreckt sich die Stadt. Es gibt eine Winterstadt, die bis an den Kiefernwald reicht, und eine Sommerstadt nahe am Strand. Dort habe ich mein Haus, Villa Denise. Es hat eine Terrasse, von der aus man auf die Bucht sieht. Du kannst dir nicht vorstellen, wie schön es ist, wenn man morgens zum Frühstück hinunterkommt: die Sonne, die weißen Segel der Jachten, die spielenden Kinder am Strand. Nach dem Frühstück mache ich meistens eine Segel- und Schwimmpartie mit Laurentin. Dieser Laurentin, das ist ein Unikum! Als er jung war, war er Matrose. Er ist in der ganzen Welt herumgekommen. Jetzt ist er Fischer, aber nur im Winter. Im Sommer verheuern er und seine Frau sich als Dienerehepaar. Er hat mir beigebracht, wie man mit einem Boot umgeht, und vor zwei Jahren hab ich an der Regatta teilgenommen. Du wirst es kaum glauben, aber ich bin ein perfekter Segler mit verschiedenen Siegestrophäen. Und dann das Schwimmen am Morgen – das ist herrlich!"
Er merkte, daß seine Begeisterung ihn mitgerissen hatte, und zuckte entschuldigend mit den Achseln. „Glaub nur nicht alles, was ich sagte. Arcachon ist nur ein eintöniger Badeort wie tausend andere. Und ich werde dieses Jahr nicht hingehen. Ich kann nicht weg von Paris. Ich habe versprochen, Clemenceaus Buch zu illustrieren, und hab bis jetzt noch nicht damit angefangen. Übrigens, ich glaube, es würde dich interessieren. Es ist eine Sammlung von jüdischen Kurzgeschichten. Er gab mir die Korrekturen zu lesen. Ich werde sie dir geben, wenn du willst."
Sie nickte, sprang auf und zog ihren Rock zurecht. „Ich werde jetzt Kaffee kochen. Du magst doch welchen?"
Sie verschwand in der kleinen Küche, und er hörte das Knirschen der Kaffeemühle. Wie wenig man brauchte, um glücklich zu sein!

Ein Feuer, Kaffee, ein Mädchen. Ein Mädchen wie sie. Wie sanft und warm ihre Hand im Wagen gewesen war ...
„Schön hast du heute abend ausgesehen", rief er ihr vom Sofa aus zu.
„Vielen Dank, monsieur", rief sie aus der Küche zurück. „Es wurde auch Zeit, daß Sie mir ein Kompliment machten!"
„Du brauchst weder von mir noch von sonst jemandem Komplimente. Du weißt sehr gut, daß du ein schönes Mädchen bist. Viel zu schön, wenn man es richtig nimmt. Außerdem: man kann niemals einer Frau etwas Nettes über sie selber sagen, was sie nicht schon längst weiß."
„Trotzdem hört sie es ganz gern", sagte sie lachend und gab sich Mühe, das Geräusch der Kaffeemühle zu übertönen. „Aber wenn du mich morgens sehen würdest, wärest du sicher entsetzt."
„Bestimmt", rief er in dem gleichen neckenden Ton. „Aber auf irgendeine Weise hast du es heute abend fertiggebracht, sehr schön auszusehen. Im Konzert haben dich die Männer mit den Augen geradezu verschlungen, und ich könnte dir erzählen, was sie dachten."
„Könntest du?" Wieder hörte er ihr leises Lachen. „Was dachten sie denn?"
„Wie schrecklich du am Morgen aussehen müßtest!"
„Oh, du bist unverschämt. Ich hasse dich!" Sie streckte ihm die Zunge heraus. „Jane hatte ganz recht. Sie sagte, du seist ..."
„Völlig gleichgültig, was sie sagte." Er lachte. „Aber da hat man es wieder. Wenn man die Frauen beim Wort nimmt und mit ihnen übereinstimmt, hassen sie einen, ergehen sich in Beschimpfungen und strecken einem die Zunge heraus. Schmeicheln, das gefällt ihnen. Nichts als schmeicheln. Nichtsdestoweniger bleibt die Tatsache bestehen, daß du im Konzert heute abend viele abgelenkt hast. Frauen wie du sollte man nicht frei herumlaufen lassen."
„Aber ich war doch nicht frei. Du warst dabei."
Schon öfter hatten sie in dieser Weise gescherzt, aber an diesem Abend spürte er eine verhaltene Zärtlichkeit, einen neuen, leisen, freieren Ton.
„Hier, nimm einen Cognac." Sie stellte eine Cognacflasche und ein Glas auf den Tisch. „Nicht etwa, daß du ihn verdient hättest, sondern nur um dir zu zeigen, was für ein nettes, großmütiges und gutartiges Mädchen ich bin."

„Genau das wollte ich gerade sagen, aber ich fürchtete deine natürliche Bescheidenheit zu verletzen. Es freut mich, daß wir so völlig einer Meinung sind.“ Er hob die Schultern in gespieltem Entsetzen. als sie protestieren wollte. „Gut, gut, ich bitte um Entschuldigung. Du bist nichts von all dem. Aber mir scheint, es wäre eine gute Idee, wenn ich den Cognac bezahlen dürfte, den ich trinke. Ich ruiniere dich allmählich.“

„Nein. Wenn du noch ein Wort davon sagst ...“

„Aber, Mirjam, du willst nicht, daß ich dir Geschenke mitbringe, du willst nicht, daß ich den Cognac bezahle. Bitte!“

„Nein.“

„Du bist störrisch wie ein Maulesel. Paß mal auf, Mirjam, versuch doch bitte einmal ...“

„Nein. Noch ein Wort, und ich nehme die Flasche weg.“

Sie ging in die Küche und kam fast sofort mit zwei Tassen Kaffee zurück. „Trink ihn, solange er heiß ist.“

Sie setzte sich auf den Boden nahe dem Feuer, die schlanken Beine unter dem schwarzen Samtrock gekreuzt.

Eine Weile lang sprach keiner von ihnen.

Wie schön sie heute abend aussah! Die Zeit hatte das Wunder ihres Daseins, den Zauber ihrer Lieblichkeit nicht geringer gemacht. Sein ganzes Leben lang hatte er von einem solchen Mädchen geträumt. Sie war es, auf die er gewartet hatte während all der furchtbaren verlorenen Jahre. Und während der ganzen Zeit hatte es sie gegeben! Wie oft mochte er durch die Straßen gefahren sein, ohne zu ahnen, daß sie in einem dieser alten Häuser lebte! Wenn er ihr doch damals schon begegnet wäre! Oh, diese Trauer über Dinge, die hätten sein können ...

„Warum siehst du mich so an?“ fragte sie, ohne den Kopf zu wenden und die Blicke von den Flammen zu lösen.

„Woher weißt du, daß ich dich ansehe? Hast du etwa abgesehen davon, daß du ein nettes, großmütiges und gutartiges Mädchen bist, auch noch Augen im Hinterkopf? Ich nehme an, dann weißt du auch genau, was ich gedacht habe?“

„Was hast du gedacht?“

„Wenn du es unbedingt wissen mußt: ich fragte mich, ob du wirklich bist oder nur ein Geschöpf meiner Phantasie. Ich verstehe mich gut auf Phantastereien. Ich kann Dinge sehen, die gar nicht da sind, und Dinge hören, die nie gesagt wurden. Manchmal wache ich mitten in der Nacht auf mit der Vorstellung, es gibt dich gar nicht und wir haben uns nie getroffen. Oh, Mirjam, ich bin so glücklich, daß wir uns begegnet sind. Glücklich und dankbar."

„Dankbar? Wofür?"

„Dafür, daß es dich gibt, daß du hier neben mir bist, daß ich mit dir zusammen sein kann und wir miteinander befreundet sind."

Sie bewegte sich nicht, sondern verharrte in einer unbestimmten Spannung. Dann ließ sie ihre Hand mit der Kaffeetasse in den Schoß sinken und starrte wieder regungslos ins Feuer. Ihr Gesicht war abwesend und verschlossen.

„Henri, liebst du mich?" Ihre Stimme klang sehr ernst; der scherzende Ton, in dem sie noch kurz vorher miteinander gesprochen hatten, war verschwunden.

Er schluckte mühsam, und das Glas Cognac in seiner Hand zitterte. Sie wollte ihn verlassen. Sie war den ganzen Abend so merkwürdig gewesen. Zu liebevoll ... Sie würde ihm jetzt erzählen, daß der reiche Mann, auf den sie gewartet hatte, da war ... Oder sie glaubte, daß er sich in sie verliebt habe. Er hatte sich verraten mit dieser dummen Bemerkung, daß er in der Nacht aufwache und an sie denken müsse.

„Dich lieben? Wie kommst du darauf? Natürlich nicht."

Jede Faser in seinem Gehirn war wach. Diesmal mußte er gut lügen, außerordentlich gut lügen. Er mußte sie unter allen Umständen überzeugen – oder er würde sie verlieren.

„Wir sind gute Freunde. Ich genieße es, mit dir zusammen zu sein. Aber Liebe – nein, Mirjam. Ein für allemal: nein. Ich habe meine Lektion mit großen Schwierigkeiten gelernt, aber ich habe sie gelernt. Das kann ich dir versichern."

„Bist du ganz sicher?"

„Selbstverständlich bin ich das."

Sein Instinkt riet ihm, sich hinter leichtfertigen Reden zu verschanzen, sie durch Fragen, ironische Bemerkungen und scheinbare Heiterkeit zu verwirren und abzulenken. Wenn er sich verteidigte, war er verloren.

„Was soll das alles? Eine Probe aufs Exempel? Ihr Frauen seid wahrhaftig so eitel, daß ihr euch nicht vorstellen könnt, ein Mann könne eure Gesellschaft schätzen, ohne gleich seinen Kopf zu verlieren und sich sterblich in euch zu verlieben. Es tut mir leid, daß ich dich enttäuschen muß, aber Freundschaft ist wirklich alles, was

ich mir wünsche. Ich werde alt, glaube ich. Ich habe kein Verlangen mehr nach der Unruhe, die die Liebe mit sich bringt. Nein, nein, ich lobe mir die stillen Wasser der Freundschaft."
Beim Klang seiner Worte, die sich so überzeugend anhörten, daß er sie beinahe selber glaubte, gewann er wieder Zutrauen.
„Wie würde es dir wohl vorkommen, wenn ich dich plötzlich mit der Frage überfiele: ‚Mirjam, liebst du mich?' Nun, also, laß uns nicht mehr davon reden, sondern laß mich jetzt lieber in Frieden meinen Kaffee trinken, meine arme versetzte *amoureuse!*"
„Gut", sagte sie, „ich glaube dir. Aber . . . aber, du hast doch Verlangen nach mir, nicht wahr?"
„Oho, das ist etwas anderes! Liebe ist wie ein unsicherer morastiger Boden, Wollust dagegen eine handfeste angenehme männliche Angelegenheit. Natürlich habe ich Verlangen nach dir, meine liebe Mirjam, so wie ich jede andere schöne junge Frau begehren würde. Schließlich siehst du nicht gerade abschreckend aus – außer frühmorgens natürlich – und ich bin noch keine neunzig Jahre alt. Es wäre doch gewiß nicht schmeichelhaft für uns beide, wenn ich völlig unberührt bliebe von deinen offensichtlichen Reizen, nicht wahr? Aber habe keine Angst, ich werde dich nicht binden und knebeln, um meine Begierde nach dir zu stillen. Es gibt Häuser in Paris, wo diese Art von Begierde ausgezeichnet befriedigt wird."
„Ich weiß", sagte sie lächelnd, „Jane erzählte mir davon."
„Zum Teufel, diese Frau sollte erschossen werden! Aber da du unterrichtet bist, sollte dich das beruhigen und dich überzeugen, daß ich mich nicht unvermutet auf dich werfen und dir nach einem schrecklichen Kampf meinen Willen aufzwingen werde – sofern es das sein sollte, was dich ängstigt."
Er gewann Boden, seine Reden überzeugten sie. Deshalb gab er den scherzenden Ton wieder auf.
„Nein, Mirjam", sagte er mit einem leisen Lächeln, „ich wünsche mir nichts weiter als dein Freund zu sein. Ich erhoffe und ersehne nichts anderes von dir als das Wunder deiner Freundschaft. Ich weiß sehr gut, daß du mich eines Tages verlassen wirst, und ich bin bereit, das hinzunehmen. Aber bis dahin laß mich weiter mit dir befreundet sein."
Sie sah ihm prüfend in die Augen. „Ich bin froh, daß du es so siehst, Henri. Auch ich möchte weiter mit dir befreundet bleiben. Und auch ich bin dankbar dafür. Mehr als du ahnst, mehr als du

dir vorstellen kannst. Jane hat dir gesagt, was ich mir vom Leben wünsche. Du weißt, ich liebe dich nicht, und ich möchte nicht, daß du mich liebst, denn dann würdest du eines Tages sehr leiden müssen, und ich könnte es nicht ertragen, daß du um meinetwillen leidest. Ich möchte dir nichts als Glück geben."
„Ich danke dir, Mirjam", sagte er heiser. „Und jetzt, da wir alles besprochen haben, ist es wohl besser, ich gehe. Morgen ist Sonntag, und es sieht so aus, als ob es ein schöner Tag würde. Hättest du Lust, nach Versailles zu fahren?" Er stellte sein leeres Glas auf den Tisch und ergriff seinen Stock.
Noch bevor er aufgestanden war, stand sie neben ihm, ihren Mund nahe an seinem.
„Du brauchst nicht wegzugehen, Henri."

19

Er hatte die Augen noch nicht aufgeschlagen, da wußte er schon, daß es ein herrlicher Sommertag war, daß das Zimmer in Sonne gebadet lag und der Himmel sich klar und blau über der Bucht spannte. Durch das offene Fenster drangen das einschläfernde Rauschen der Brandung und die Stimmen der Kinder, die am Strand spielten. Aus dem leichten Lufthauch schloß er, daß die Elf-Uhr-Brise sich schon erhob. Bald würden die Segelboote aus dem Hafen gleiten.
Er machte die Augen nicht auf, sondern blieb regungslos liegen, lauschte auf ihre ruhigen Atemzüge und sog die Wärme ihrer Nähe ein. Dies war die himmlische Stunde, die man nur einmal im Leben erlebte und die das Herz beinahe sprengte vor Glück. Endlich war sie auch für ihn gekommen, und er kostete sie aus, jede ihrer köstlichen Sekunden.
Niemand konnte glücklicher gewesen sein als er in diesen letzten Wochen. Sie hatte sich ihm gegeben, nicht aus Mitleid, nicht herablassend, sondern willig, freudig, mit einer heidnischen Gebärde des Ausgleichs. Sie hatte ihn entschädigen wollen für Denise, für Marie, für die Jahre der Einsamkeit, für seine Häßlichkeit, die Schmerzen in seinen Beinen und hatte es auf sich genommen, die ganze Ungerechtigkeit des Lebens durch das freiwillige Geschenk ihrer selbst zu vergelten.

Früher hatte er sich oft gefragt, was für ein Gefühl es wohl sein müsse, ein schönes, kluges, empfindsames Mädchen zu umarmen. Jetzt wußte er es. Es war das höchste Entzücken, für das Adam verständlicherweise das ganze Paradies hingegeben hatte.

Ihre Umarmungen waren voller Verlangen und Wollust gewesen. Sie hatte ihm nichts verweigert, denn sie wollte, daß er einmal in seinem Leben die ganze Ekstase der Liebe empfinden solle, und sie gehörte zu den Frauen, die alles oder nichts geben. Im Halbdunkel ihres Kaminzimmers in Paris und hier in der blauen Dämmerung der Sommernächte hatte sie ihm alles gewährt, wonach er verlangte, und ihn unendlich glücklich gemacht. Aber auch er hatte sie zur Ekstase mitreißen können, dessen war er sicher. Er hatte ihr Erschauern, die Gespanntheit ihres Rückgrats unter seinen Händen gefühlt. Beim Vollzug der Liebe spielte das Aussehen keine Rolle, ebensowenig wie Geist, Ruhm, soziale Stellung. In der verhüllenden Dunkelheit waren sie nicht mehr ein schönes Mädchen und ein häßlicher Mann, sondern zwei gesichtslose Schatten gewesen, vereinigt in der Raserei ihrer Leidenschaft und durch den Wunsch, einander glücklich zu machen.

Er würde sie nie vergessen, aber sie würde ihn auch nicht vergessen. Immer würde sie sich an den häßlichen Zwerg erinnern, der sie so glühend und leidenschaftlich umarmt hatte. Sie würde an ihn denken, wenn sie die erste Symphonie von Brahms hörte, wenn sie in den Louvre ging, wenn sie an Voisin oder an der Vendômesäule vorbeifuhr. Irgendwo in ihrem Geist, in ihrem Herzen, in ihrem Blut würde er weiterleben und ein Teil von ihr sein, wenn sie sich längst getrennt hätten. Denn sie würden sich trennen. Solche Beziehungen wie die ihre hatten keine Dauer. Das Leben duldete sie nicht. Es sorgte dafür, daß sie zerbrachen.

Sie liebte ihn nicht – auch dessen war er gewiß. Nie würde sie ihn lieben. Sie hatte ihm ihren Körper gegeben, nicht ihr Herz. Wenn er jünger und törichter wäre, so hätte er wohl zu hoffen vermocht, wie er damals in Malromé gehofft hatte. Aber jetzt, mit dreiunddreißig Jahren und einem Bart, der schon grau wurde, konnte er das nicht mehr. Eines lernte man eben doch mit der Zeit: eine gewisse Resignation, die Weisheit des Verzichts, das Hinnehmen des Unvermeidlichen. Man wünschte sich nicht mehr den Mond.

Was ihn selber anging, so stand er ganz und gar in Flammen. Er war verzweifelt über diese Liebe. Er wünschte nichts sehnlicher, als daß er vermocht hätte, sein Gefühl zu bezwingen. Aber es war unmöglich gewesen. Jedoch: das war seine Angelegenheit, mit der er allein fertig werden mußte. Er hatte sie belogen und mußte dafür bezahlen. Wenn die Zeit kam, Abschied zu nehmen, würde er den Mut und den Takt haben, sich zu fügen, und ihr den lächerlichen Anblick eines flehenden tränenreichen Liebhabers ersparen.

Heute lag das alles noch in weiter Ferne. Sie war hier, an seiner Seite. Sie hatten drei herrliche Wochen vor sich. Drei Wochen mit gemeinsamem Schwimmen, Segeln, Frühstücken auf der besonnten Terrasse. Drei Wochen Sommernächte ...

Er öffnete die Augen, stützte sich vorsichtig auf einen Ellbogen, trank ihre Lieblichkeit in langen durstigen Zügen und sprach ihr in unhörbarem Flüstern von seiner Liebe. Er bezwang seine Sehnsucht, ihre entblößte Brust zu liebkosen und die sanfte Beugung ihres Halses zu küssen. Ein feiner Instinkt hielt ihn davon zurück. Ihre Liebe gehörte der Nacht ...

Verstohlen schlüpfte er aus dem Bett, zog sich an und ging hinunter. In der Halle wartete Laurentin auf ihn, der, in seine Morgenlivree gezwängt, sich redlich Mühe gab, wie ein geschäftiger Diener auszusehen.

„*Bonjour, Monsieur le Comte.*“ Schwungvoll hielt er den Staubwedel mitten in der Luft an. „Ein herrlicher Tag, wie geschaffen für eine kleine Segelpartie.“ Er seufzte sehnsüchtig. Seit der Ankunft der jungen Madame ging nichts mehr den gewohnten Gang. Es gab weniger zu trinken, selten ein Gespräch von Mann zu Mann und kaum noch eine frühmorgendliche Ausfahrt zum Fischen. Monsieur le Comte hatte andere Dinge im Kopf als Fischen, und ehrlich gesagt, konnte man es ihm nicht verdenken. Sie war schon etwas Besonderes, diese junge Dame, die er sich aus Paris mitgebracht hatte. Hübsch und freundlich, keine Spur hochnäsig, wie doch die meisten waren ... Aber trotz alledem: Frauen stellten nun einmal alles auf den Kopf.

„Die Brise kommt gerade auf“, sagte er beiläufig, während er das Geländer abstaubte. „Es wäre ein Jammer, wenn man sie nicht ausnutzte.“

„Geh schon und mach das Boot klar“, sagte Henri lachend. „Ich bin auf der Terrasse.“

Er setzte sich und zündete eine Zigarette an. In der Bucht kreuzten die Segler und glitten elegant durch das glitzernde Wasser, und

am Strand waren die Kinder eifrig mit Graben beschäftigt, während ihre Mütter in Bademänteln dasaßen und strickten oder unter großen Sonnenschirmen Romane lasen. Dazwischen stolzierten Herren in Strohhüten und gestreiften Badeanzügen umher, bevor sie sich in die Brandung wagten.
Mariette erschien mit einem breiten Lächeln auf ihrem runden Gesicht. „Schöner Tag, hm, Monsieur le Comte?“ Strahlend setzte sie das Tablett auf den Tisch. „Arcachon ist wundervoll im Sommer. Im Winter auch“, fügte sie loyal hinzu. Eine kleine Weile sprachen sie miteinander, leise, damit sie die junge Madame nicht aufweckten, die oben schlief, und dann sah plötzlich Laurentins grinsendes Kuligesicht durch zwei Sprossen des Geländers hindurch. Er trug nicht mehr seine Livree, sondern einen brüchigen Strohhut, ein offenes Hemd und ein Paar verblichene blaue Hosen, die er bis zu den Knien aufgerollt hatte. Natürlich war er barfuß.
„Alles klar, m'sieu. Es kann losgehen, wann Sie wollen.“
Gleich darauf segelten sie durch die Bucht. Henri genoß, ausgestreckt auf Deck liegend, das angenehme Prickeln der Sonne auf seinem Gesicht, während Laurentin, eine Hand am Steuer, seine tätowierte behaarte Brust der Brise bot und im übrigen für Unterhaltung sorgte.
„Sie wissen doch, Monsieur le Comte, das elegante Paar, das uns gegenüber eingezogen ist – die beiden sind nicht verheiratet. Komisch, sie könnten es eigentlich ganz gut sein, so wie sie ihn betrügt. Und die Dame, wissen Sie, die, die in der Villa Mon Plaisir wohnt, na, nach ihrer Wäsche zu urteilen . . .“
„Was weißt du denn von ihrer Wäsche?“ Henri setzte sich auf und lachte. „Laurentin, du bist schlimmer als ein altes Weib. Was tust du eigentlich, während ich dich dafür bezahle, das Haus zu besorgen? Durch Schlüssellöcher gucken, was?“
„Ich habe eben Augen im Kopf, Monsieur le Comte. Und außerdem schwatzt die Zofe gern.“
Laurentin zog eine Flasche Cognac unter dem Sitz hervor.
„Wollen Sie wie immer einen kleinen Schluck nehmen, bevor Sie schwimmen?“
„Nein, danke, aber du kannst dir einen nehmen. Hinter meinem Rücken tust du's ja sowieso.“
Sie erreichten eine einsame Stelle mit Kiefern und halbkreisförmig gelagerten Dünen. Henri nahm sein Pincenez ab, tauchte die

Zehen ins Wasser und sprang dann über Bord. Kurz danach tauchte er am Heck wieder auf, keuchend, prustend und das Haar wie angeklebt auf der Stirn. Er winkte Laurentin zu, tauchte wieder und schwamm vom Boot weg.
„Nicht zu weit“, rief Laurentin und nahm einen zweiten Schluck von Henris Cognac. Henri warf sich herum, plantschte und machte allerlei Kapriolen, schwamm schließlich zum Boot zurück, griff nach Laurentins Hand und zog sich an Bord.
Als sie sich dem Hafen näherten, sah er Mirjam. Sie stand in weißem Kleid am Ende der Mole und winkte ihm zu. Als er zurückwinkte, überkam ihn noch einmal das ungeheure Glücksgefühl, und diesmal wurde es zum Dankgebet. „Herrgott, ich danke dir, daß ich solch ein Glück erleben darf! Ich hasse dich nicht mehr. Ich werde dich nie wieder hassen. Wenn sie von mir gegangen ist, laß mich nicht mehr allzu lange leben. Aber jetzt laß die Zeit langsam vergehen, sehr langsam ...“
Sie segelten und sie gingen auf Fischfang. Sie lagen Hand in Hand an Deck mit geschlossenen Augen und die Gesichter der Sonne zugekehrt. Sie lachten viel und redeten närrische Dinge, so wie es Menschen tun, die glücklich sind. Sie aßen morgens und abends auf der Terrasse, fuhren durch den Kiefernwald der „Winterstadt“, träumten auf den Terrassen kleiner Strandcafés, schlürften die berühmten Austern von Arcachon und spülten sie mit weißem Bordeaux hinunter. Sie grasten die Andenkenläden ab und schickten Madame Loubet eine kleine Porzellanfigur des Heiligen Franziskus, die in einer riesigen Austernschale mit der Aufschrift „Souvenir d'Arcachon“ stand. Und dann umhüllte die Nacht ihre leidenschaftlichen Umarmungen mit Dunkelheit, und die Morgendämmerung fand sie in tiefem glücklichem Schlaf.
Gegen Ende August gesellten sich Maurice und Renée für ein paar Tage zu ihnen. Nach dem Mittagessen sprachen die beiden Frauen über Mode, und Maurice entwickelte seine Zukunftspläne.
„Alles ist vorbereitet für deine Ausstellung in London. Monsieur Marchand, Goupils Vertreter in London, hat dich auf sein Frühjahrsprogramm gesetzt. Zwei Wochen im Mai. Und dann im nächsten Jahr in New York! Ach ja, da ist auch noch ein gewisser Herr Moraw, der in Dresden eine Galerie hat und auch deine Bilder zeigen möchte. Er zahlt die Fracht und gibt eine Verkaufsgarantie.

Ich sag dir, in fünf Jahren wirst du Preise wie Degas erzielen."
Nach der Abreise der Freunde nahmen Henri und Mirjam ihr faules Leben wieder auf. Sie machten ein paar Spazierfahrten, verbrachten die Abende jedoch wieder müßig auf der Terrasse. Aber Mirjams Ferien gingen zu Ende, und über ihren Tagen lag jetzt die Melancholie des Abschieds von einer schönen Zeit.
Am Vorabend ihrer Rückkehr nach Paris sahen sie die Sonne am wolkenlosen Himmel untergehen. Unten kämpften ein paar verspätete Schwimmer mit der Brandung und rieben sich das Salz aus den Augen. Der Wind hatte sich gelegt.
Mirjam nahm Henris Hand. „Das war der glücklichste Sommer meines Lebens. Wir haben vier wundervolle Wochen gehabt. Ich werde sie niemals vergessen."
Er wagte nicht zu sprechen, aus Angst, sich zu verraten. Die Zukunft war zum Schreckgespenst geworden, Paris zu einem tausendarmigen Nebenbuhler, der begierig darauf war, sie ihm wegzulocken.
„Du hast mich sehr, sehr glücklich gemacht, Henri. Das sollst du wissen."
„Ich bin auch glücklich gewesen", murmelte er und starrte auf ihre Hand nieder. „Deshalb wage ich gar nicht daran zu denken, daß es zu Ende sein soll."
„Aber es wird doch nicht zu Ende sein. Wir werden es in Paris genau so schön haben."
Er schüttelte den Kopf. „Nein, nein, das ist nicht dasselbe. In Paris werde ich dich nur in Droschken und Restaurants sehen. Ein paar Stunden am Abend. Sonntags vielleicht . . ."
„Aber, Henri, so hatten wir es ja vorigen Winter auch, und da sagtest du, du seiest glücklich." Sie blickte ihn mit zärtlichem Vorwurf an. „Weißt du nicht mehr, daß du sagtest, wir wollten zufrieden sein mit dem, was wir hätten, und nicht mehr verlangen?"
„Ich meinte, wir sollten nichts Unmögliches verlangen. Aber dies würde so einfach sein."
„Was?"
„Den Herbst hier zu bleiben und erst nach Weihnachten wieder nach Paris zu gehen." Er hatte es ganz unwillkürlich gesagt, hingerissen von dem Augenblick, von der zärtlichen Berührung ihrer Hand. Aber schon fühlte er, wie ihre Finger steif wurden. „Verzeih. Ich meinte nur . . ."

„Du liebst mich, nicht wahr?" Diesmal war es keine Frage mehr, sondern eine Feststellung. „Ich fühle es schon seit einiger Zeit, aber ich war nicht ganz sicher."

Er nickte, plötzlich müde weiter zu lügen, so wie manche Verbrecher einfach aus purer Müdigkeit unerwartet nachgeben.

„Ja, Mirjam, ich liebe dich. Im Grunde schon seit unserer ersten Begegnung. Ich liebte dich, als ich schwur, ich wünschte mir nur deine Freundschaft. Ich habe gut gelogen an jenem Abend, nicht wahr? Ich log, einfach weil ich den Gedanken, dich zu verlieren, nicht ertragen konnte. Und ich habe seitdem jeden Tag gelogen. Ich hoffte, du würdest es nicht merken, und ich hatte mir geschworen, es dir nie zu sagen. Jetzt aber, da du es weißt, willst du mir nicht erlauben, für dich zu sorgen?"

Er hob sein Gesicht und blickte sie flehend an.

„Ich weiß, du liebst mich nicht, und ich erwarte es auch nicht. Aber du hast mich doch gern, nicht wahr? Willst du mir nicht das gleiche erlauben, was du jedem anderen Mann erlauben würdest? Jane hat mir gesagt, was du dir vom Leben erhoffst. Ich kann es dir bieten. Bitte, Mirjam, darf ich nicht..."

Die Rede stockte ihm, als er fühlte, wie sie ihre Hand zurückzog.

„Es tut mir so leid, daß dies geschehen mußte. Unsagbar leid." Ihre Stimme war leise und traurig. „Nein, ich bin dir nicht böse, daß du gelogen hast. Ich verstehe es. Ich hätte es auch getan. Ich bin nur sehr traurig, weil jetzt etwas zerstört ist, was uns glücklich gemacht hat; und wir konnten beide ein wenig Glück brauchen. Keiner von uns hat zuviel davon gehabt."

Nach einer kleinen Pause sprach sie weiter. „Du sagst, du erwartest keine Liebe von mir. Du irrst dich, Henri. Wer liebt, der hofft auf Gegenliebe. Du auch. Sag nicht nein. Du wirst immer hoffen, mich zur Liebe bringen zu können, wenn du nur gütig genug, großzügig genug, geduldig genug bist. Erinnerst du, daß du sagtest, du habest deine Lektion gelernt? Ich glaubte es dir damals, aber jetzt weiß ich, daß du sie niemals lernen wirst. Du wirst im Grunde niemals resignieren, wirst immer hoffen, ein Mädchen zu finden, das dich liebt, und wirst immer enttäuscht und verwundet werden. Verwundet, Lieber, so wie ich dich jetzt verwunden muß. Siehst du, in gewisser Weise sind du und ich in der gleichen Lage. Wir sehnen uns beide nach dem, was wir nicht haben können; wir sehnen uns beide nach Liebe und finden sie nicht. Ich, weil ich ihr einmal entsagt habe, du, weil du häßlich und verkrüppelt bist."

Ihre Worte trafen ihn furchtbar. In ihrem Munde klangen sie hoffnungslos endgültig. Der Himmel war plötzlich grau, die Luft kalt, die Bucht bleiern.

Sie sah, wie das Blut aus seinem Gesicht wich, aber sie sprach weiter, langsam, wohlüberlegt. „Ja, Henri, du bist häßlich und verkrüppelt. Du machst dein ganzes Leben lang krampfhafte Versuche, dich selber und die anderen nicht daran zu erinnern, aber es hilft alles nichts. Kein Mädchen kann dich je so lieben, wie du geliebt werden möchtest. Wenn es möglich wäre, würde ich es tun, ich habe es versucht. Aber ich kann nicht, nie und nimmer."

Er wollte etwas erwidern.

„Nein, nicht jetzt", sagte sie mit einer müden Bewegung. „Du weißt, warum ich dich nicht liebe, warum ich dich nie geliebt habe, nicht wahr? Weil meine Liebe immer noch André gehört, dem Mann, von dem ich dir erzählt habe, der mich heiraten wollte. Und wenn du mir das schönste Haus an der Avenue du Bois gäbest, wenn du mir Kleider, Pelze, Juwelen gäbest, ich würde dich doch nicht lieben. Im Gegenteil, ich hätte dich vielleicht weniger gern, ja, ich würde vielleicht überhaupt keine Neigung mehr für dich empfinden. Du würdest nicht mehr der beste Freund sein, den ich je gehabt habe, sondern ein reicher junger Mann, der Geld genug hat, um für das, was ihm geboten wird, zahlen zu können. Ich würde nicht mehr dich sehen, sondern nur dein Geld. Und es würde vielleicht so weit kommen, daß ich dich um des Geldes willen haßte. Gewiß wünsche ich mir alle diese Dinge, aber ich kann sie nicht von jemandem annehmen, den ich gern habe – nicht von dir, Henri. Du glaubst es nicht, aber es ist wahr. Ich würde dir gewiß nicht mehr geben, als ich dir schon gegeben habe, im Gegenteil, wahrscheinlich weniger. Ich würde dich vielleicht auch quälen. Es ist so leicht, jemanden zu quälen, der liebt. Er ist wehrlos. Ich habe ein gut Teil Bitterkeit in mir, und ich kann ebenso grausam gegen andere sein wie hart gegen mich selber. Ich würde dir weh tun, Henri, und ich möchte dir nicht weh tun. Ich habe dich so gern, wie es, ohne zu lieben, nur irgend möglich ist, und ich möchte dich weiterhin gernhaben. Geld würde unsere Beziehung nur vergiften und etwas unendlich Schönes in etwas Häßliches verwandeln."

Sie starrte eine Weile auf ihre Hände.
„Und was sollen wir jetzt tun? Uns nicht mehr sehen, glaube ich. Das wenigstens hatte ich mir vorgenommen, wenn du dich je in mich verlieben solltest.“
Sie wandte sich ihm mit einem gezwungenen Lächeln zu, die Augen groß und dunkel im abendlichen Zwielicht.
„Aber du siehst, ich bin auch schwach. Ich habe dich so gern, du bist mir so lieb geworden, daß mir vor einer Trennung graut. Wir sind so glücklich gewesen im vorigen Winter. Denkst du noch an den Louvre, an unsere Abende am Kamin, die kinematographische Vorführung, bei der ich beinahe ohnmächtig wurde? Vielleicht kann es doch wieder so werden. Nur darfst du niemals wieder von Liebe sprechen. Du hast es in der Hand, Henri. Bitte, versuch es!“
Die Sonne war hinter den Dünen verschwunden. Langsam glitten zwei Segelboote auf ihre Ankerplätze zu. Allmählich senkte sich die Stille der Nacht über die Bucht.

Sie kehrten nach Paris zurück.
Wie er gefürchtet hatte, drängte sich das Leben zwischen sie. Nach dem engen Zusammenleben in Arcachon schien es ihm schwer, sie nur ein paar Augenblicke am Abend zu sehen. Statt der Mirjam in durchsichtigem Weiß oder der halbnackt auf dem Deck seines Bootes Liegenden sah er nun wieder das elegante Mannequin mit Hut und Handschuhen, das Gesicht ferngerückt hinter den Filigran ihres Schleiers. Da sie früh aufstehen mußte und viel Schlaf brauchte, hatten sie wenig Zeit für die Liebe. Ihre Umarmungen, die als freies Spiel der Sommernächte begonnen hatten, wurden jetzt flüchtige, zufällige Begegnungen, aus denen ihnen keine Freude erwuchs. Aber er hielt Wort und sprach nie von seiner Liebe. Wie immer fuhr er jeden Nachmittag zur Place Vendôme und wartete mitten im Gewühl des abendlichen Verkehrs auf sie. Dann fuhren sie zu Voisin oder Larue, lachten und stritten miteinander, gingen in Konzerte, hörten Carmen und Manon in der Opéra Comique und wohnten einer zweiten kinematographischen Vorführung bei. Dann wieder saßen sie am Kamin in ihrem kleinen Zimmer in der Rue des Petits Champs.
Er gab sich große Mühe, der unbefangene Freund vom vorigen Winter zu sein, aber es war dennoch eine feine Änderung in

ihren Beziehungen eingetreten. Eine gewisse Unruhe verbarg sich hinter ihrer Fröhlichkeit. Es gab plötzliche Abgründe des Schweigens, die sie hastig überbrückten mit verlegenem Lächeln und angestrengtem Gespräch. Ihre Freundschaft, die noch vor wenigen Monaten so natürlich war, verwandelte sich in ein so kunstvolles Gebilde voller Täuschungen.

Jetzt ärgerten ihn die Menschenmengen um sie her, und er hatte kein Vergnügen mehr daran, öffentlich mit ihr gesehen zu werden. Entsetzen überkam ihn, wenn er merkte, daß irgendein schöner Mann sie ansah. Fast war er zornig über ihre Schönheit und Eleganz. Und weil er fürchtete, sie könne jemanden kennenlernen, der ihr gefiele, vermied er es, sie zu den Natansons mitzunehmen oder sie bei seinen andern Bekannten der großen Welt einzuführen. Im Theater konnte sie wenigstens keiner ansprechen ...

Je mehr er fürchtete, daß sie ihn verlassen könne, desto stärker betonte er sein Besitzrecht. Wenn sie sich verspätete, quälte er sich mit der Vorstellung, daß sie einem lüsternen Millionär dekolletierte Abendkleider vorführe, und wenn sie dann kam, fragte er sogleich nach dem Grund ihrer Verspätung. Selbst wenn sie zusammen am Kamin saßen, beargwöhnte er ihre Gedanken. Sie empfand seine Eifersucht und fühlte sich verletzt. Immer häufiger geschah es, daß sie ihn mit wissenden und schmerzlichen Blicken ansah.

Unglückliche Liebe verläuft ähnlich wie eine körperliche Krankheit. Sie nimmt zu und wird schlimmer, oder sie bessert sich und vergeht allmählich, niemals aber bleibt sie auf derselben Stufe. Wie die Wochen dahingingen, fing Henris Liebe an, die Stunden ihres Zusammenseins zu vergiften und ihnen die Freude ihrer Gemeinsamkeit zu nehmen. Er selbst verfluchte dieses Gefühl, das über ihn gekommen war, und klagte sich heftig an, daß er sie kränke und verletze. War er dann aber wieder mit ihr zusammen, so wiederholten sich alle Dinge, die er noch kurz zuvor abgeschworen hatte.

Er mußte erfahren, daß man Eifersucht genau so wenig wie der Begierde mit Vernunftgründen beikommen kann und daß das Herz ebenso selbstherrlich ist wie das Fleisch. Der Gedanke, daß sie von ihm gehen könne, ließ ihm keine Ruhe. Schaudernd erwachte er nachts mit der Vorstellung, sie habe ihn verlassen.

Dann fuhr er am frühen Morgen nach der Rue des Petits Champs, nur um zu sehen, wie sie das Haus verließ, um zur Arbeit zu gehen.
Vor Wut auf sich selbst begann er wieder zu trinken. Nicht zu sehr indessen, damit nicht etwa das Trinken Mirjam einen Grund gab, sich von ihm zu trennen. Wie in den Tagen Marie Charlets stand die Zeit für ihn still, wenn sie nicht bei ihm war. Die Tage erschienen ihm endlos. Er fing wieder an, in die Montmartre-Cafés zu gehen und die Zeit mit langen ziellosen Fahrten durch Paris und unangemeldeten Besuchen bei Freunden totzuschlagen. Er verbrachte einen regnerischen Nachmittag bei Debussy, der an seiner Oper arbeitete; er besuchte Gauzi und erfuhr, daß sein alter Atelierfreund im Begriff war, zu heiraten.
„*Une femme parfaite, mon cher!* Eine Schönheit. Außerordentlich sensitiv. Kolossales Temperament. Und, unter uns gesagt, eine hübsche kleine Mitgift ..."
Er fuhr nach Plaisance, wo Henri Rousseau ihm seine Bilder zeigte, Geige spielte und eine lange Rede vorlas, die er auf der nächsten Sitzung des Comité Exécutif halten wollte. Er stöberte den alten Desboutins in seinem Keller auf, der in einem zerlumpten Bademantel, den graumähnigen Kopf in Wolken von Tabakrauch und Dämpfe von Salpetersäure gehüllt, ruhelos hin und her lief.
„*Ah, mon cher Lautrec!* Was für ein Vergnügen! Was für eine nette Überraschung! Nehmen Sie Platz. Sie haben wohl nicht zufällig fünfzig Francs bei sich, wie? Ich habe einige größere Verkäufe in Aussicht, aber dieser verdammte Hauswirt ..."
Diese Besuche brachten ihm wenig Trost. Im Gegenteil, sie machten das Gefühl der Einsamkeit nur stärker. Alle hatten mit ihren eigenen Angelegenheiten zu tun, hatten ihre eigenen Sorgen und kümmerten sich nicht um die seinen. Warum sich ihnen aufdrängen? Außer Maurice hatte er keinen wirklichen Freund, und Maurice war sehr beschäftigt. Und außerdem: was sollte er ihm sagen? Daß er vor Eifersucht verging, daß ihn der Gedanke, Mirjam könne ihn verlassen, ohne Unterlaß peinigte und daß er drauf und dran war, sie durch seine eigene Dummheit zu verlieren?
So ging der Herbst zu Ende. Die letzten Tage des Oktober waren ein graues Elend von Regenwolken und triefenden Dachrinnen.

Eines Morgens fand Henri beim Aufwachen einen kleinen Blumenstrauß auf seinem Nachttisch und eine Karte von Madame Loubet mit einem Glückwunsch.
Wie üblich an seinem Geburtstag ging er zum Essen zu seiner Mutter. Wie üblich nahm er Josephs und Annettes Glückwünsche entgegen und ebenso die der Köchin und des Stubenmädchens. Wie üblich tat er sein Bestes, um die etwas gezwungene Geburtstagsfröhlichkeit mitzumachen und Freude zu heucheln über die Heldentat, vierunddreißig Jahre alt geworden zu sein.
Es hatte zu regnen begonnen, und Mirjam war noch nicht da, als er an der Place Vendôme ankam. Er zündete sich eine Zigarette an und tat nervös ein paar Züge. Das Essen mit seiner Mutter hatte das Unbehagen und die selbstanklägerische Stimmung verstärkt. Arme Maman! Was für eine Last war er für sie! Sie merkte wohl, daß etwas nicht stimmte, und sie war in Sorge. Das war er selber auch. In Sorge, daß Mirjam ihn verlassen könne, in Sorge wegen des Trinkens, in Sorge um die Zukunft. Wo würde er an seinem nächsten Geburtstag sein? Und wie würde er ihn verbringen? Bestimmt ohne Mirjam. Nur weil sie eine so wundervolle Frau war, hatte sie ihn bis jetzt noch nicht verlassen, hatte ihm noch nicht gesagt, daß er zum Teufel gehen solle mitsamt seinen Verdächtigungen, seinen ständigen Fragen, seiner Eifersucht ...
Durch die regenbeschlagene Scheibe beobachtete er, wie die letzten Angestellten den Personaleingang verließen. Warum kam sie nicht? Was hielt sie zurück? Wahrscheinlich irgendein alter Lebemann, der vorgab, ein Kleid für seine Frau zu suchen, und sich dabei an sie heranmachte. Vielleicht lächelte sie ihm zu und steckte seine Karte in den Ausschnitt ihres Kleides? Und wenn sie es tat, was ging es ihn an? Welches Anrecht hatte er auf sie? Was konnte sie dafür, daß sie ihn nicht liebte? Hatte sie ihm nicht mehr gegeben als je irgendein Mädchen? Aber nein! Das war nicht genug. Er mußte auch noch haben, was sie nicht geben konnte. Den Flitter der Liebe, die Worte, die Blicke, die Seufzer, das uralte Getändel der Verliebten in öffentlichen Parks! Und wenn er schon ein solcher Narr war, sich zu verlieben, hätte er es nicht wenigstens für sich behalten können? Nein. Er mußte damit herausplatzen wie ein liebeskranker Pennäler. Er, mit vierunddreißig Jahren! Damals an jenem Morgen in Arcachon, dem Morgen der „himmlischen Stunde“, hatte er sich geschworen, ihr den

lächerlichen Anblick des verzweifelten und sich anklammernden Liebhabers zu ersparen. Warum quälte er sie nun? Warum? Verflucht noch mal, warum tat er ihr das alles an? Weil er sie liebte. Das war alles. Weil er sie liebte ...

Wenn man liebte, war man nicht mehr gerecht, nicht einmal mehr klug. Man dachte mit dem Herzen statt mit dem Verstand und wurde zum grausamen, selbstsüchtigen Idioten. Das Herz nämlich war ein Muskel, dazu bestimmt, Blut zu pumpen, und völlig ungeeignet zum Denken ...

„Entschuldige, daß ich so spät komme, Henri."

Er hatte sie nicht kommen sehen und war einen Augenblick verwirrt.

„Oh, da bist du!" sagte er dann erleichtert. „Ich hatte mir schon Gedanken gemacht ..."

„Es tut mir so leid, ausgerechnet heute, an deinem Geburtstag! Aber es ließ sich nicht ändern. Kurz vor Geschäftsschluß kam noch eine dieser Kundinnen, die nicht wissen, was sie wollen, und sich zu nichts entschließen können. Ich mußte ihr ungefähr jedes Kleid im ganzen Laden zeigen, und zum Schluß kaufte sie ein Paar Handschuhe! Ich bin völlig erledigt!" Sie lächelte ihm durch den Schleier zu und nahm seine Hand. „Und du, was hast du heute gemacht?"

Sie aßen in La Tour d'Argent, und er bestand darauf, Champagner zu bestellen. Sie gaben sich große Mühe, fröhlich zu sein, und mit Hilfe des Champagners gelang es ihnen beinahe.

„Wir müssen noch feiern", sagte er, als sie mit dem Essen fertig waren. „Wohin möchtest du jetzt gehen?"

„Nach Hause, wenn es dir recht ist. Laß uns nach Hause gehen und am Kamin sitzen. Ich hab einen schrecklichen Tag hinter mir und bin sehr müde. Und außerdem hab ich eine kleine Überraschung für dich."

Die Überraschung stellte sich als Luxusausgabe einer Anthologie japanischer Farbholzschnitte heraus, in Maroquin gebunden und mit seinem Wappen auf dem Vorderdeckel. Wie immer, wenn er sehr bewegt war, fand er keine Worte. Er schluckte, strich mit vorsichtigen Fingern über das Buch und sah sie voller Dankbarkeit an.

„Oh, du ... du solltest doch nicht ..." brachte er schließlich hervor.

„Ich wußte nicht, was ich dir schenken sollte", sagte sie und setzte sich zu ihm auf das Sofa. „Du hast ja alles. Schließlich fiel mir ein, was du über japanische Drucke gesagt hattest und wie sehr du sie liebtest. Da fand ich dies. Gefällt es dir?"
„Das hättest du nicht tun dürfen", schalt er zärtlich. „Es muß ein Vermögen gekostet haben. Warum hast du mir nicht ein paar Taschentücher geschenkt?"
„Weil ich dir gern etwas schenken wollte, was du immer behältst."
„Das werde ich. Immer."
Sie hatten leise gesprochen, ihre Wangen berührten sich fast.
Nach einer Weile flüsterte er ihr ins Ohr: „Ich dank dir, daß du soviel Geduld mit mir hast. Liebe ist eine Krankheit. Sie wird vergehen . . ."
„Glaubst du?" Ihre Augen waren dunkel vor Traurigkeit und Zweifel. „Glaubst du wirklich?"
Dieser Abend war eine ihrer letzten Freuden, obwohl er sich auch während der folgenden Zeit alle Mühe gab, vernünftig und standhaft, dabei liebenswürdig und unbefangen zu sein. Aber er war weder ein Stoiker noch ein Schauspieler. Sein Gram lag wie eine Maske über seinem Gesicht und schrie sie aus seinen übergroßen Augen an.
„Oh, warum leben wir so weiter?" sagte sie eines Abends weinend. „Wir tun einander nur weh."
Er protestierte so heftig, versprach so flehentlich, sich zu bessern, daß sie einwilligte, weiter mit ihm zusammenzukommen und ihm die bittere Freude zu gewähren, die ihre Gegenwart für ihn bedeutete. Und wieder mühte er sich ab, mehr denn je. Zu sehr. Ihr schien das Schauspiel seiner erzwungenen Heiterkeit jammervoller als das seiner Qual.
Trotz ihrer Anstrengungen wurde der Riß zwischen ihnen immer tiefer. Unausgesprochene Vorwürfe, vorsichtige Blicke begannen ihr Zusammensein zu belasten. Beim Essen achtete er sorgsam auf jede ihrer Bewegungen, jeden ihrer Blicke. Im Theater wollte er während der Pausen nicht mit ihr ins Foyer gehen. Und immer wieder stellte er Fragen. Noch einmal versuchte sie ihm klar zu machen, daß es besser sei, wenn sie sich nicht mehr sähen, noch einmal bat und flehte er, und noch einmal gab sie nach.
Schließlich aber merkte er, daß ihre Geduld am Ende war. Sie konnten kaum noch einen Abend zusammen verbringen, ohne daß

es zu einer schmerzlichen Szene kam. Er begriff, daß, wenn er sie länger halten wollte, er sie mit anderen teilen müsse – und sie dabei dann wahrscheinlich verlieren würde.

So begann er denn, sie bei seinen Bekannten in der Gesellschaft einzuführen. Sie besuchten zusammen mehrere *soirées mondaines*. Er nahm sie mit zu Natansons, und Missia sah dieses aparte und zurückhaltende Mädchen, das sich zu kleiden verstand und wußte, wann sie zu reden und wann sie zu schweigen hatte, gern bei sich. Ihre gegenseitige Sympathie überbrückte die soziale Kluft, sie verstanden sich gut und wurden Freundinnen.

Eines Abends fuhren sie beide zu einem Essen, das Missia gab. Sie saß in der Ecke des Landauers, der Zobelumhang, den er ihr zu Weihnachten geschenkt hatte, lag lose um die Schultern und ließ das Dekolleté ihres schwarzen Moirékleides sehen. Ihm schien, sie habe nie so schön ausgesehen wie in diesem Augenblick, da sie nachdenklich aus dem Fenster des Wagens blickte, und er hätte es ihr gern gesagt, so wie damals nach dem Brahmsfest. Damals hatte sie sich über sein Kompliment gefreut. Sie hatten gelacht und gescherzt, sie hatte Fratzen geschnitten und ihm die Zunge herausgestreckt. Damals waren sie glücklich gewesen. Jetzt gab es keinerlei Natürlichkeit mehr in ihrer Freundschaft. Er wagte nicht zu sagen, was er dachte, denn er dachte ja doch nur Dinge, die er nicht sagen durfte.

„Glaubst du, daß Monsieur Clemenceau und Monsieur Zola heute abend da sein werden?" fragte sie, als sie unter dem Arc de Triomphe hindurchfuhren.

„Höchst wahrscheinlch, denn sie haben beide eine Vorliebe für gutes Essen und sind außerdem halbwegs verliebt in Missia. Es sei denn, daß sie durch die Dreyfus-Affäre abgehalten werden. Ich erzählte dir schon, daß sie bis zum Hals mit darin stecken, weil sie es unternommen haben, seine Unschuld zu beweisen."

Impulsiv legte sie ihre Hand auf die seine, was sie seit langem nicht mehr getan hatte. „Ich muß dir einmal sagen, wie dankbar ich dir dafür bin, daß du mir die Chance gibst, alle diese berühmten Leute kennenzulernen."

„Die Chance liegt bei den andern, scheint mir", sagte er lächelnd und versuchte, in den alten galanten Ton zu fallen. „Berühmte Männer laufen dutzendweise auf der Straße herum, aber schöne Frauen sind selten."

Sie dankte mit einem Blick für das Kompliment. „Ich hoffe, diese Dreyfus-Affäre kommt nun bald zum Ende. Wenn er unschuldig ist . . .“
„Sag nicht ‚wenn‘. Er ist unschuldig. Jeder gerechte Mensch ist davon überzeugt.“
„Hoffentlich. Ich wünschte jedenfalls, daß es bald zu Ende wäre, so oder so.“ Sie zögerte. „Im Geschäft wird es immer schwieriger. Ich weiß nicht, wie lange sie mich noch behalten können. Gestern fragte mich eine unserer besten Kundinnen geradeheraus, ob ich Jüdin sei, und als ich bejahte, rief sie den Chef und erklärte, sie werde nicht mehr bei uns kaufen. Gerade als ob ich die Pläne an die Deutschen verkauft hätte!“
Er hatte mit gemischten Gefühlen zugehört. Vielleicht würde sie es zulassen, daß er ihr half, wenn sie ihre Stellung verlor . . . Andererseits nahm sie womöglich dann noch eher die Werbung eines anderen Mannes an . . .
„Ich bin überzeugt, die Firma läßt dich nicht wegen so eines dummen Geschwätzes gehen. Und wenn, so fändest du ohne Schwierigkeiten eine andere Stellung.“
„Ich bin nicht so sicher. Andere Firmen sind ebensowenig daran interessiert, meinetwegen Kunden zu verlieren. Ich hoffe jedenfalls inständig, daß die Dreyfus-Affäre jetzt ein für allemal ein Ende findet . . .“
Nichts hatte sich verändert: die marmorne Vorhalle, die weißbehandschuhten beflissenen Lakaien, das Empfangszimmer mit Missias Porträt über dem Kamin, die Damen in Kleidern mit langen Schleppen und die Herren in Abendanzügen, die Konversation machten . . . Und doch war alles anders als sonst. Es lag etwas Unheilvolles in der Luft, die Drohung einer nahen Katastrophe. Die Männer hatten ernste Mienen und sprachen leise, und die Frauen schienen ihre Koketterie abgelegt zu haben. Über dem Haus lag der Schatten der Dreyfus-Affäre.
Schon an der Tür des Empfangszimmers bemerkten Henri und Mirjam, daß Zola gedämpft und dennoch durchdringend aus einem Stoß beschriebener Blätter vorlas, die er in der Hand hielt. Als das letzte „Ich klage an“ in dem atemlosen Schweigen verklungen war, hörte Henri Clemenceaus vertrautes Kichern.
„Sobald dieses Pamphlet veröffentlicht ist, werden Sie zwei treue Gäste Ihrer Tafel verloren haben, liebe Missia. Sie werden uns

dann unsere Portionen gebratenen Fasan ins Gefängnis schicken müssen."

Missia Natanson eilte auf Henri und Mirjam zu. „Verzeihen Sie. Monsieur Zola las gerade einen Artikel vor, der in L'Aurore veröffentlicht werden soll."

Kurz darauf gingen alle ins Speisezimmer.

„Und jetzt", sagte Missia bei Tisch, „wenn ich darum bitten darf: während des Essens bitte kein Wort über Dreyfus. Mein Küchenchef hat gedroht, er werde aufpassen. Er behauptet, seine Mühe sei völlig verschwendet und niemand würdige seine Kochkunst mehr. Sprechen wir also über Kunst, Musik, meinetwegen sogar über Skandalgeschichten, nur kein Wort von Politik!" Sie wandte sich an Anatole France, der seine Serviette entfaltete. „Nun, was haben Sie in der letzten Zeit getrieben, *mon cher*, seit Sie Mitglied unserer erlauchten Académie Française geworden sind?"

Das Akademiemitglied stieß einen Seufzer aus. „Geschrieben, meine liebe Missia, nichts als geschrieben. In meinem Alter ist Arbeit das einzige Vergnügen, und, glauben Sie mir, es ist ein recht trübseliges Vergnügen."

Wie durch Zauber stellte sich wieder die Ungezwungenheit ein, die Missias Gesellschaft auszeichnete. Die Männer waren geistreich und witzig, die Frauen lachten viel. Henri widmete sich dem Essen, plauderte mit seinen Nachbarinnen und folgte der Unterhaltung der anderen.

„Eine Frau ist entweder eine wunderbare Ehefrau oder eine wunderbare Geliebte, aber es wäre wirklich zuviel verlangt, wenn sie beides gleichzeitig für einen Mann sein sollte ..."

„Verleihen Sie niemals Bücher, liebe Missia. Sehen Sie, ich zum Beispiel habe mir meine Bibliothek aus Büchern aufgebaut, die man mir geliehen hatte ..."

„Haben Sie schon diese neue Errungenschaft gesehen, die man Automobil nennt? ..."

„Selbstverständlich vergab Jesus der Ehebrecherin. Schließlich war er ja nicht ihr Mann ..."

„Haben Sie bemerkt, daß Sammler moderner Kunst stets Akademiker nehmen, wenn sie sich porträtieren lassen?"

Heimlich beobachtete Henri Mirjam, die ihm gegenüber saß. Sie hörte Jules Dupré zu, einem stiernackigen Mann, der es zu einem der größten Vermögen in Frankreich gebracht hatte. Henri hoffte auf einen Blick von ihr, aber sie hielt die Augen gesenkt und hatte ein leichtes rätselhaftes Lächeln auf den Lippen. Gott sei Dank schien sie sich zu langweilen ...

Indessen war es Jules Dupré, der seinen Blick auffing und sich zu ihm herüberbeugte.

„Ich erzählte Mademoiselle Hayem gerade von einem Kuppler vom Montmartre, der vor längerer Zeit eins seiner Mädchen ermordete. Wir wollen eine Artikelserie über ihn veröffentlichen, sobald das Gerichtsverfahren beendet und er hingerichtet ist. Hätten Sie nicht Lust, ein Plakat dafür zu machen?"

„Ich – glaube nicht", sagte Henri überrascht. „Ich mache kaum noch Plakate. Außerdem gehe ich in einigen Monaten wahrscheinlich wegen meiner Ausstellung nach London."

Mirjam lächelte ihm zu, und er meinte etwas wie Ermunterung in ihrem Blick zu sehen.

„Aber – warten Sie. Vielleicht kann ich es doch einrichten. Ein Mann auf dem Weg zum Schafott – das wäre schon ein großartiger Vorwurf für ein Plakat ..."

Er war in gehobener Stimmung, als sie in die Rue des Petits Champs zurückfuhren.

„Das könnte wirklich ein schlagendes Plakat werden, findest du nicht auch? Man sagt, daß Leonardo da Vinci Hinrichtungen beizuwohnen pflegte, um die Gesichter der Verurteilten zu zeichnen. Nicht etwa, daß ich ein da Vinci wäre ... Den stärksten Ausdruck des Entsetzens, den je ein Künstler eingefangen hat, findest du in Michelangelos Jüngstem Gericht in der Sixtina. Er steht im Gesicht des Mannes, der erfährt, daß er zur Hölle verdammt ist. Man sieht nur die eine Hälfte seines Gesichtes, aber es läßt einem wirklich das Blut erstarren. Übrigens, warum hast du mir vorhin zugenickt?"

„Das tat ich doch gar nicht. Ich lächelte nur, weil ich hoffte, du würdest das Plakat übernehmen. Du könntest etwas Großartiges daraus machen. Und vielleicht läßt du mich zusehen, wenn du den ersten Probeabzug machst? Glaubst du, daß Père Cotelle etwas dagegen hätte?"

„Nein. Er wird an seinem Bart ziehen, sich den Kopf kratzen, dir mit allen Mitteln zu verstehen geben, daß er mit der schwierigsten Sache von der Welt beschäftigt ist, aber er wird entzückt sein. Nebenbei, wie gefiel dir Dupré?"

„Nicht besonders. Er ist klug, aber ungehobelt und schrecklich eingebildet. Er prahlt gern mit seinem Reichtum. Er hat mir mindestens ein dutzendmal von seinem Rennstall und seiner Jacht in Monte Carlo erzählt."

Als der Wagen vor ihrem Haus hielt, zog sie ihren Umhang enger um die Schultern und küßte ihn. „Ich habe den Abend sehr genossen", sagte sie. „Ich würde dich bitten, noch mit hinaufzukommen, aber es ist schon zu spät."

„Ich verstehe", sagte er und gab sich Mühe, seine Enttäuschung zu verbergen. „Auf morgen dann?"

„Nein, morgen nicht, Henri. Wir sind diese Woche fast jeden Abend aus gewesen, und ich muß einmal den Schlaf nachholen. Sagen wir also übermorgen, ja? Du bist mir doch nicht böse, nicht?"

„Natürlich bin ich das", sagte er lächelnd. „Sehr böse sogar, aber ich verstehe es." Zwei Tage ohne sie, eine Ewigkeit ... „Gute Nacht, du. Freitag am gewohnten Platz."

Er sah ihr nach, wie sie über den schneebedeckten Bürgersteig ging und wie der Saum ihres Kleides um ihre Fesseln wirbelte. An der Tür wandte sie sich um und winkte. Und dann war nur die Nacht da, schwarz und leer.

Während der folgenden Wochen sah er sie weniger. Sie hatte jetzt öfter eine Entschuldigung bereit und lehnte das gewohnte Zusammentreffen ab. Trotzdem fuhr er regelmäßig zur Place Vendôme, beobachtete von weitem den Paquinschen Eingang und hoffte und fürchtete gleichzeitig zu sehen, wie sie sich mit jemandem traf. Aber sie hatte offenbar nie eine Verabredung und ging immer unverzüglich nach Hause. Dennoch konnte er, wenn sie zusammen waren, seinen Argwohn nicht verbergen, stellte Fragen und versuchte, sie bei Widersprüchen zu ertappen.

Schließlich ertrug sie es nicht länger.

„Es ist unmöglich, es darf einfach nicht so weitergehen mit uns", rief sie eines Abends und preßte die Hände gegen die Schläfen. „Von keinem anderen Mann würde ich das hinnehmen, was du mir antust."

„Und weshalb nicht? Weil ich dir leid tue, nicht wahr? Weil du Mitleid mit dem Krüppel hast, nicht wahr? Sag es doch!"

„O schweig, Henri, um Himmels willen, schweig! Du weißt nicht, was du redest. Du zerstörst alles zwischen uns. Es tut mir leid, daß ich dir je begegnet bin. Ja, soweit ist es gekommen. Ich kann einfach nicht mehr. Bitte, wir wollen uns nicht mehr sehen."
Ihre Worte brachten ihn zur Besinnung. Sein Gesicht wurde grau.
„Bitte, Mirjam, schick mich nicht fort. Ich könnte ohne dich nicht leben. Du bist alles, was ich habe. Ich will nie wieder an dir zweifeln. Nur schick mich bitte nicht weg."
Voller Verzweiflung blickte sie in seine gequälten Augen, sah sie seine bebenden, geschwollenen Lippen und die jämmerlichen Beine.
„Gut, gut", sagte sie leise. „Versuchen wir es noch einmal."
Danach hatten sie ein paar glückliche Augenblicke. Sie gingen wieder in den Louvre zu der Venus von Milo, und schließlich erzählte er ihr auch die Geschichte von Filippo Lippi und seiner Madonna.
„Sie hieß Lucrezia Buti und war eine junge blonde Nonne aus Florenz. Er hingegen, ein wandernder Mönch, war schon in den mittleren Jahren. Er sah sie, als er in der Kapelle ihres Klosters ein Wandbild malte, und bat die Äbtissin, daß sie ihm Modell stehen dürfe. Während der Sitzungen verliebten sie sich ineinander, und als das Wandgemälde fertig war, flohen sie zusammen. Sie heirateten und hatten viele Kinder, und wie es im Märchen heißt, wenn sie nicht gestorben sind, dann leben sie noch heute."
Eines Tages sagte er: „Weißt du, ich habe endlich mit der Arbeit an dem Buch von Clemenceau angefangen. Es ist, wie ich dir schon sagte, eine Sammlung jüdischer Kurzgeschichten. Ob du mir wohl mal den Temple-Bezirk zeigen würdest? Ich bin nie dagewesen und würde gern ein paar Skizzen machen."
Für ihn war die Fahrt durch das Judenviertel wie eine Reise in eine fremde, geheimnisvolle Welt, die sich da mitten in Paris vor ihm auftat. Die Firmenschilder waren mit hebräischen Schriftzügen bedeckt, und die Menschen sprachen eine Sprache, die er nicht verstand. Mirjam zeigte ihm das armselige Haus, in dem sie aufgewachsen war, und erzählte von den Häusern und den Leuten, die damals hier gewohnt hatten: von dem Bäcker, bei dem sie das ungesäuerte Brot für das Passahfest gekauft hatte, von der Synagoge in der Rue de Nazareth und dem städtischen Leihhaus, wo sie die Ohrringe ihrer Mutter verpfändet hatte, um Medizin kaufen

zu können. Sie hörten Geigenmusik, die aus dunklen Löchern in schmutzigen Sackgassen aufstieg, sie sahen Rembrandtsche Bilder, Trödlerläden, Altwarenhandlungen in tiefen Kellern, wo schmalbrüstige alte Männer in Käppchen und Kaftan herumkrochen und ausdruckslos von irgendeinem gelobten Land träumten. Schließlich gingen sie in ein kleines Restaurant, in dem es nach Zwiebeln und gebratenem Fett roch. Beim Nachtisch erzählte sie ihm jüdische Geschichten, und zum erstenmal seit Wochen lachten sie wieder unbefangen miteinander.
„Warum kann es nicht immer so sein?" sagte sie, als sie nach Hause fuhren. „Es könnte so schön sein."
An einem anderen Sonntag nahm er sie mit nach Versailles. Es war ein frischer Tag mit plötzlichen Windstößen, die ihr den Rock gegen die Beine drückten und den neuen Strohhut wegzuwehen drohten. Sie gingen durch die Gemächer des Königs, die Spiegelgalerie, die Kapelle und durch Prunksäle voll düsterer Pracht. Schließlich wurden sie des vielen Gold- und Muschelwerks müde und traten hinaus in den Park. Dort setzten sie sich auf eine steinerne Bank und lauschten den Vögeln.
„Siehst du das Fenster da?" sagte er und wies mit seinem Stock hinauf. „Das ist das Fenster der Pompadour. Dort saß sie, als sie starb. Du weißt wohl, daß sie nicht liegen konnte."
Er erzählte ihr die Geschichte der großen Kurtisane, die geschminkt und gepudert und mit Schönheitspflästerchen beklebt in ihrem Lehnsessel gestorben war, dieselbe Landschaft vor Augen, auf die sie jetzt blickten.
„Wie schön, so zu sterben!" sagte er.

An einem bleichen Märzmorgen wohnte Henri der Hinrichtung des Kupplers bei. Er zeichnete den Mörder mit dem kahlgeschorenen Kopf und den angstverzerrten Zügen, wie er über den gepflasterten Hof des Roquette-Gefängnisses ging und auf die Guillotine zuwankte. Er sah das Aufblitzen des Fallbeils, den Blutstrahl und die absolvierende Gebärde des Priesters. Eine Stunde später saß er schon in Père Cotelles Werkschuppen über einen Stein gebückt.
Wenige Tage danach war das Plakat fertig, und Mirjam kam, um dem Druck des ersten vollständigen Abzuges zuzusehen. Freudig erregt beobachtete sie, wie der alte Handwerker seine Farbwalzen

versorgte, wie er, Unheilprophezeiungen vor sich hinmurmelnd und sein Käppchen auf den Hinterkopf schiebend, die Steine ansetzte und schließlich langsam das Rad seiner Presse in Bewegung setzte.

„Gut ist es geworden", rief sie und hielt das Plakat mit ausgestrecktem Arm vor sich. „Es ist grauenhaft, aber gut. Du bist wirklich ein großer Künstler, Henri."

Wenige Minuten später erschien Jules Dupré und überschüttete Henri mit Komplimenten. „Das ist das Beste, was Sie bis jetzt gemacht haben! Wenn Sie aus London zurückkommen, werden Sie es an jeder Wand sehen."

Gegen Ende April fuhren Henri und Mirjam nach Eragny, um den Tag mit Camille Pissarro zusammen zu verbringen. Sie verließen Paris mit einem frühen Morgenzug und stiegen später in eine klirrende und fauchende Kleinbahn um, die ohne ersichtlichen Grund alle Augenblicke anhielt und dann mit durchdringenden und munteren Kreischtönen ihre Fahrt durch verschlafene Dörfer wiederaufnahm. An der Station wartete Pissarro auf sie; mehr denn je glich er in seinem langen wallenden Umhang, seinen derben Schuhen und dem runden Hut einem biblischen Hirten. Sie frühstückten *en famille* unter einer blühenden Kastanie, wobei sie von den Kindern bedient wurden. Danach zündete der alte Künstler seine gewaltige Pfeife an und sprach von den ersten Tagen des Impressionismus, den Abenden im Café Guerbois mit Manet, Degas, Zola, Cézanne, Renoir und Whistler, von den erregten Debatten über *plein-air* und blaue Schatten und den schlimmen Jahren der Armut. Aber es war keine Bitterkeit in seinen Worten.

„All das war lange, bevor Sie geboren wurden", sagte er und lächelte Henri über den Tisch hinweg zu, halb verborgen hinter Rauchwolken wie ein mächtiger Bewohner des Olymp. „Ich habe oft gedacht, ich hätte zu Hause bleiben sollen, auf der Insel St. Thomas. Oh, dabei fällt mir ein, daß ich einen Brief von Gauguin bekommen habe. Er ist auf den Marquesas-Inseln, wohnt in einer Hütte, leidet sehr und kommt um vor Einsamkeit. Armer Paul! Er gehört zu den Menschen, die sich dem Leben nicht anpassen können. Vincent war ihm darin ähnlich. Sie finden erst im Tode Frieden."

Sie gingen durch den kleinen verwilderten Garten und warfen einen Blick in des Meisters Atelier. Als Pissarro sie dann später in seinem bescheidenen zweirädrigen Wagen zur Bahn fuhr, sagte er plötzlich zu Henri: „Wenn Sie Degas sehen, grüßen Sie ihn von mir. Seit dieser elenden Dreyfus-Affäre sehen wir uns überhaupt nicht mehr. Ist es nicht ein Jammer, eine alte Freundschaft wegen so einer Sache kaputt gehen zu lassen? Er ist der Ansicht, alle Juden seien deutsche Spione. Es läßt sich nicht mit ihm darüber reden. Er ist auch nicht sehr glücklich, der arme Edgar. Seine Augen versagen, genau wie meine. Er ist einsam und hat nur seine Bitterkeit als Gefährtin. Und das ist eine schlechte Gesellschaft."

In dem Maße, wie seine Abreise nach London näherrückte, wurde Henri immer verstimmter und ruheloser. Der Gedanke, Mirjam allein in Paris zurückzulassen, erfüllte ihn mit Sorge und Angst. Drei Tage vor dem ausgemachten Zeitpunkt erklärte er Maurice unvermittelt, daß er nicht reisen werde.

Maurice war außer sich. „Du willst nicht reisen?" Er starrte ihn entsetzt an. Dann wurde er wütend. „Nicht reisen?" brüllte er. „Bist du ganz und gar von Sinnen?"

„Sie haben doch meine Bilder, nicht wahr? Das sollte ihnen genügen. Mich brauchen sie gewiß nicht anzusehen. Warum also soll ich hinfahren?"

„Warum du hinfahren sollst?" Maurices blaue Augen sprühten vor Empörung. „Das will ich dir sagen. Weil ich seit mehr als einem Jahr dafür gearbeitet habe, daß diese Ausstellung zustande kommt. Weil dein Kommen in der Presse angezeigt worden ist. Weil wir Interviews zugesagt haben. Weil dir zu Ehren ein Bankett angesetzt ist. Weil Mr. Marchand beim Aufhängen der Bilder deinen Rat braucht. Und endlich, weil der Prinz von Wales . . ."

„Oh, ja, verflucht! Ich hatte vergessen, daß er meine Ausstellung eröffnet. Aber wenn schon . . ."

Es bedurfte der vereinten Kräfte von Maurice, Missia und Mirjam, um ihn zu überzeugen, daß er reisen müsse.

„Also gut", stimmte er schließlich grollend zu. „Aber nur eine Woche, keinen Tag länger."

Mirjam brachte ihn zur Bahn und saß bei ihm im Abteil, bis der Zug sich in Bewegung setzte.

„Nur eine Woche“, murmelte er, während seine Augen sich nicht satt sehen konnten an ihrer Schönheit. „Du schreibst mir, ja? Merk dir die Adresse: ‚Claridge, Grosvenor Square‘. Und solltest du mich brauchen, Liebling, aus welchem Grunde auch immer, so telegraphiere mir. Ich komme dann sofort.“
Sie schwiegen beide und spürten das Verrinnen der letzten Minuten.
„Wenn ich wiederkomme, soll alles anders werden. Du wirst sehen ...“
Sie bewegte sich nicht, schien gar nicht zu hören, was er sagte.
„Bald ist Sommer“, sagte er und drückte ihre Hand. „Dann gehen wir wieder nach Arcachon. Weißt du noch? Die Bucht, die Terrasse, unser kleines Zimmer? Wir waren glücklich, nicht wahr?“
Tränen liefen ihr über die Wangen. „Ja, sehr glücklich. Ich werde es nie vergessen.“
Die Lokomotive pfiff durchdringend. Durch den ganzen Zug ging eine Erschütterung.
„Leb wohl, Henri.“ Sie küßte ihn auf den Mund. „Leb wohl, Liebster. Vergiß mich nicht.“
Als der Zug anfuhr, drängte er sich mit Kopf und Schultern aus dem Fenster und winkte mit dem Taschentuch.
„Nur eine Woche“, rief er dem zurückweichenden hellen Fleck zu, der ihr Gesicht war. Dann konnte er sie nicht mehr sehen, blieb aber dennoch, das Haar von Wind zerwühlt, am Fenster, winkte noch immer und starrte zurück.

Die Galerie Goupil war eine ausgesprochen feudale Angelegenheit. Die Armen und Schwachen mochten in den Himmel kommen, in die Galerie Goupil kamen sie nicht. Mit einem Blick vermochte der ehrfurchtgebietende Portier das Bankkonto eines herannahenden Besuchers abzuschätzen und empfing ihn dementsprechend unterwürfig oder steinern abweisend. Innen war alles Schweigen und Vornehmheit. Der geschäftige Lärm der Regent Street wurde durch dicke Samtvorhänge ferngehalten und das grelle Tageslicht durch bleigefaßte Tudorfenster gefiltert, ehe es auf den dunkelgetönten, goldgerahmten Gemälden ruhen durfte. Über dem Ganzen lag eine Atmosphäre verfeinerter und unerschütterlicher Langerweile, eine geradezu göttliche Langeweile, so als ob hier innerhalb der samtbekleideten Wände die Kunst als solche sich in die Ewigkeit hineingähnte. Bei dem kirchenähnlich gedämpften Licht wurde das Geschäft nur in feierlichem Flüsterton abgewickelt, und die Angestellten, in hohen Stehkragen, Cutaways und gestreiften Hosen, vollführten ihre Verkaufsgespräche in der Haltung von Altardienern.

Was Mr. Spencer Dawson Marchand, den Direktor, anging, so war er für ein sterbliches Auge so gut wie unsichtbar, außer in Augenblicken kritischer Entscheidung, wenn der Verkauf eines Gemäldes in der Schwebe war. Dann, und nur dann, tauchte er aus seinem Büro auf, rosig und gefahrdrohend, Wohlwollen und überlegenes Wissen ausstrahlend. Mit den berechnenden Künsten einer *grande amoureuse* umgarnte er den zögernden Kunden, bearbeitete ihn, schmeichelte seiner Eitelkeit und betäubte seine Überlegungen mit solchen Ausdrücken wie „die Polyphonie malerischer Töne" oder „die verborgene Synthese farblicher Valeurs". Der ungleiche Kampf fand im Privatraum des direktorialen Büros, wohin das Bild diskret geschafft worden war, sein unvermeidliches Ende. Dort, beim Duft des edelsten Sherrys und einiger Havannazigarren ging dem verwirrten Kunstliebhaber endlich ein Licht auf: jetzt verstand er plötzlich des Künstlers innerste Absicht, entdeckte ungeahnte Schönheiten in dem Bild, das zu erwerben er im Begriff stand, genoß im voraus den Neid seiner Freunde und schrieb endlich den Scheck aus. Die Galerie hatte wieder einmal ein Bild verkauft.

An dem Morgen, als Henri sein Büro betrat, war Mr. Marchand in überschwenglich herzlicher Stimmung.

„Ich hoffe, Sie haben gut geruht nach der beschwerlichen Fahrt über den Kanal? Wenn Sie mir die Bemerkung erlauben wollen, so schienen Sie mir gestern bei Ihrer Ankunft doch recht mitgenommen zu sein. Sind Sie zufrieden mit Ihrem Hotel? Ja? Gut. Dann können wir an die Arbeit gehen. Ich habe soeben den Frachtbrief erhalten, Ihre Bilder werden heute nachmittag hergebracht werden. Ich kann Ihnen gar nicht sagen, wie sehr ich mich auf den Moment freue, da ich sie in Augenschein nehmen kann."

„Sie haben sie noch nicht gesehen?" fragte Henri überrascht. „Überhaupt noch keines?"

„Nein, ich habe noch keins gesehen, das muß ich leider bekennen. Sie haben sich auf Szenen aus dem Pariser Nachtleben spezialisiert,

ich weiß, und ich möchte sagen, ein kleiner Schuß Realismus dürfte nicht unangebracht sein, besonders, da er aus Frankreich kommt, hahaha! Sie nehmen mir den kleinen Scherz doch nicht übel? Oh, wir wissen Bescheid: Pariii, das lockere Pariii und so weiter... Ich war 1889 zur Weltausstellung in Paris und vermag für meine Person über die Annehmlichkeiten Ihrer bezaubernden Stadt durchaus zu urteilen. Und, wie ich schon sagte, ich habe seit langem das Gefühl, daß es unserer Galerie nur gut tun kann, wenn sie sich auch für die zeitgenössische Kunst einsetzt. Ein so bedeutendes Unternehmen wie die Galerie Goupil kann nicht stehenbleiben, nicht wahr, sondern muß ein umfassendes Interesse an den verschiedensten Ausdrucksformen künstlerischer Bemühung zeigen. Finden Sie nicht auch?"
„Sicher, sicher", stimmte Henri abwesend zu.
„Als ich im vergangenen Jahr die Berichte über Ihre erfolgreichen Ausstellungen in der Galerie Joyant las und hörte, daß Seine Majestät der König von Serbien sowie ein so kritischer Sammler wie der Graf Camondo Bilder gekauft hatten, da stand es bei mir fest, daß die Galerie Goupil Ihre Werke in London einführen müsse. Ich trat sofort in einen Schriftwechsel mit Monsieur Joyant, und ich muß sagen, ich habe nur die allerbesten Erfahrungen mit ihm gemacht. Die kurze biographische Notiz, die er mir über Sie sandte, ist von der gesamten Presse gebracht worden und hat ein ungewöhnliches Interesse bei dem kunstliebenden Publikum hervorgerufen. Ganz London wird am Donnerstag hier sein, ich meine natürlich das London, das zählt. Als mich vor kurzem ein Adjutant aufsuchte, um mir mitzuteilen, daß Seine Königliche Hoheit geruhen werden, Ihre Ausstellung zu eröffnen – eine noch nie dagewesene Auszeichnung –, da wußte ich, daß ich unserem Unternehmen eine unbezahlbare Attraktion gesichert hatte. Und jetzt könnten wir vielleicht, wenn es Ihnen recht ist, die Liste der verschiedenen Veranstaltungen durchgehen, die für die Dauer Ihres kurzen Aufenthalts vorgesehen sind..."
Die folgenden Tage vergingen für Henri in einem atemberaubenden Wirbel von Unternehmungen. Ihm gefiel London, die Stattlichkeit seiner Bauten, die Disziplin der Menschenmengen. Er freute sich, Piccadilly wiederzusehen, den Trafalgar Square und das Nelsondenkmal, das der Vendômesäule so ähnlich sah und dessen Löwen herablassend von ihrem Sockel blickten, er fuhr gern in den

zweirädrigen Londoner Droschken, beobachtete die weißbehandschuhten Bobbies mit ihren lustigen Helmen, die wie zur Lebensgröße herangewachsene Spielzeuge aussahen, und war zu Gast bei Conder, Rothenstein und anderen englischen Künstlern, mit denen er verschiedentlich in Paris zusammengetroffen war.
Aber die Freude wurde ihm verdorben, weil keinerlei Nachricht von Mirjam kam. Er war enttäuscht gewesen, bei seiner Ankunft kein Telegramm vorzufinden, hatte sich aber gesagt, daß sie ein vernünftiges Mädel sei, das nur Telegramme sandte, wenn sie wirklich etwas Dringendes zu sagen hatte. Offenbar hatte sie ihm nichts Dringendes zu sagen ... Die beiden folgenden Tage hatten auch keine Post gebracht, und seine Ungeduld verwandelte sich in Angst. Warum schrieb sie nicht? Warum hatte sie ihm nicht gedankt für die Blumen, die er ihr nach seiner Abreise hatte schicken lassen? Hatte sie zuviel zu tun, um schreiben zu können? War sie krank?
Seine Angst lag wie ein Bann auf ihm. Die Journalisten mußten bei den Interviews ihre Fragen wiederholen und erhielten abwesende, zuweilen widerspruchsvolle Antworten. Die Reden nach dem Bankett im Chelsea-Club klangen ihm nur wie ein verworrenes Dröhnen in den Ohren. Warum, warum um Gottes willen schrieb sie nicht?
Bei Marchands Entsetzen über den extremen Realismus seiner Bilder schien sich ihm einen Augenblick lang eine Hoffnung auf Flucht aufzutun.
„Sie haben durchaus recht“, hatte er lebhaft zugestimmt. „Meine Bilder sind zu brutal, zu aggressiv. Sie passen nicht hierher und werden nur unliebsames Aufsehen erregen. Außerdem bezweifle ich, daß Sie auch nur ein einziges verkaufen werden. Sollen wir nicht einfach die ganze Sache abblasen? Ich würde Ihnen gern sämtliche Unkosten erstatten.“
Seine Hoffnungen brachen zusammen, als der Kunsthändler den Kopf schüttelte. „Zu spät, mein Herr. Seine Königliche Hoheit haben Ihren Besuch zugesagt. Die Presse ist informiert. Die Einladungen sind verschickt. Es ist zu spät! Alles, was wir tun können, ist, wie man so sagt, die Ohren steif halten und weitermachen.“
Als der Tag der Eröffnung kam, waren Henris Nerven am Ende. Zwei Telegramme an Mirjam waren unbeantwortet geblieben, ein Telegramm an Maurice hatte keine Erwiderung gebracht. Jetzt

konnte es keinen Zweifel mehr geben. Irgend etwas war passiert, irgend etwas Schreckliches. Warum war er in dieses verfluchte Land gefahren? Warum hatte er Paris verlassen? Er hatte die letzte Nacht in seinem Hotelzimmer aufgesessen, hatte Whisky getrunken, sich mit diesen Fragen gequält und Bilder heraufbeschworen, die so qualvoll waren, daß er den Kopf in den Händen vergrub oder sich verzweifelt die Haare raufte: Mirjam zusammen mit einem gut aussehenden reichen Bewunderer bei Voisin zum Abendessen; Mirjam, krank und bettlägerig in ihrem kleinen Zimmer, unfähig, sich mit ihm in Verbindung zu setzen; Mirjam als Opfer eines Unfalls, auf der Tragbahre liegend, im Krankenwagen in ein Hospital gebracht, auf einer Station des Krankenhauses sterbend.

Er war krank vor Angst und glühte vor Fieber, als er in der Galerie ankam. Er sah weder die Blumenarrangements noch die Angestellten in ihren Cutaways. Gestützt auf seinen Stock, schleppte er sich in den Ausstellungsraum. Der Saal war noch leer, roch betäubend nach Blumen und lag seltsam ruhig in dieser Atmosphäre fast unerträglicher Erwartung, die über der Galerie schwebte, da.

Er ließ sich auf eine mit grünem Samt bespannte Bank fallen. Gut, morgen würde er wissen, was geschehen war. Heute abend um sechs ging ein Zug nach Dover, mit dem würde er fahren. Er würde gerade Zeit genug haben, um ins Hotel zu stürzen, diesen idiotischen Cutaway auszuziehen und zum Bahnhof zu fahren. Und morgen würde er in Paris sein. Niemals, nie wieder wollte er solche Todesangst durchmachen. Wenn er nächstes Jahr nach New York ginge, würde er Mirjam mitnehmen. Nie wieder wollte er sie aus den Augen lassen! Warum hatte sie nicht geschrieben? Es sah ihr nicht ähnlich, ihr, die keine Mühe gescheut hatte, um jene Sammlung japanischer Farbholzschnitte zu seinem Geburtstag ausfindig zu machen ... Wie traurig sie in den letzten Minuten vor der Abfahrt des Zuges ausgesehen hatte! Wie traurig und wie schön! O Gott, wie heiß es hier war ...

Er hob die Augen, die schwer waren vor Mangel an Schlaf, und fuhr sich mit dem Finger in den Kragen. Keine Luft, keine Ventilation ... Diese verdammten Galerien waren immer überheizt, sogar Maurices hatte das an sich ... Ihm fiel ein, daß er seinen Zylinder noch auf dem Kopf hatte. Er nahm ihn ab und stellte ihn vorsichtig mit der Öffnung nach oben auf den Teppich. Dann warf

er einen Blick auf die Uhr. Noch eine ganze Stunde mußte er warten. Nun, auch morgen würde er warten, aber es würde ein glückseliges Warten sein an dem gewohnten Platz.
Bei der Vorstellung, wie Mirjam aus Paquins Angestellteneingang trat und auf seinen Wagen zueilte, überkam ihn Ruhe, und er streckte sich lang auf der Samtbank aus. Jetzt winkte sie ihm zu, lächelte durch das Fenster in den Wagen herein, und ihr Gesicht glühte vor Freude. Sie sagte ihm, wie sehr sie ihn vermißt habe und wie unbegreiflich es ihr sei, daß er ihre Telegramme und ihre langen Briefe nicht bekommen habe ... Aber es mache nichts, denn er sei ja nun wieder da, und während er in London gewesen sei, habe sie gemerkt, daß sie ihn liebe, jawohl, sie liebe ihn ...
Was als Gedanke begonnen hatte, endete als Traum. Lächelnd schlief er ein und träumte, was sein Herz ersehnte.

„Monsieur! Sir! Aber das. ist doch unerhört! Man hatte mich gewarnt, er sei Trinker. Ich hätte ihn bewachen lassen müssen! Zum Teufel mit diesen verflixten Franzosen ..."
Zunächst war sich Henri nur eines verworrenen Gedröhnes in seinen Ohren bewußt. Dann fühlte er den Druck einer Hand auf seiner Schulter. Irgend jemand schrie ihn aufgeregt an. Durch halb offene Lider sah er verschwommen eine Menschenmenge und mitten darin Marchand, der sich über ihn beugte und mit zornrotem Gesicht Grimassen schnitt. Er blinzelte, richtete sich ein wenig auf und rieb seine Augen.
„Ich muß eingeschlafen sein", murmelte er benommen. Dann, erschrocken: *„Mon Dieu, le prince!"*
„Seine Hoheit sind gekommen und gegangen!" schrie Marchand. „Hören Sie, gekommen und gegangen!"
Henri starrte ihn an: „Warum haben Sie mich nicht geweckt?"
„Warum? Weil Seine Hoheit Befehl gaben, Sie schlafen zu lassen."
Henri mußte lächeln. Netter Mann, der Prinz ... Sehr rücksichtsvoll von ihm ... Immer noch lächelnd, betrachtete er die Menge um sich her und erstarrte plötzlich. *„Mon train! Mon train! Quelle heure est-il?* Wie spät ist es?" wiederholte er und tastete nach der Uhr.
„Fünf", sagte jemand.
„Cinq heures! O mon Dieu!"
Jetzt war er plötzlich hellwach, riß den Zylinder an sich, griff nach seinem Stock und konnte nicht schnell genug von der Bank hoch-

kommen. An der Tür wandte er sich um und verbeugte sich zu der Menge hin. „*Mes excuses, mesdames et messieurs, mais j'ai un train à prendre* ... ich muß zum Zug ... *C'est très important* ... Sehr wichtig ... Meine Empfehlungen, meine Damen und Herren, und ich bitte mich bei Seiner Hoheit zu entschuldigen ..."
Noch eine Verbeugung, und fort war er. Die Samtportieren schwankten noch einen Augenblick, dann hingen sie still.

Der Zug fuhr durch die Pariser Vororte. Schon konnte er die vertraute Silhouette des Eiffelturms erkennen. Den Kopf auf die Hände gestützt, sah er die Telegraphenstangen am Fenster seines Abteils vorbeirasen. Um sich abzulenken, hatte er versucht, sie zu zählen, aber er war nicht mitgekommen. Noch eine halbe Stunde, und er war in Paris! Er würde Zeit haben, nach Hause zu gehen, bevor er zur Place Vendôme fuhr.
Plötzlich durchfuhr ihn ein Gedanke, der ihn so erschreckte, daß er einen Augenblick lang mit aufgerissenen Augen und offenem Mund auf sein Spiegelbild im Fenster starrte. Narr, der er war! Unbeschreiblicher Narr, warum war ihm dieser Gedanke nicht schon früher gekommen? Natürlich! Das war die Lösung! Das war es, was er an jenem Tag in Arcachon hätte tun sollen, anstatt sie mit Geldangeboten zu beleidigen! Er war so besessen gewesen von der Angst, sie zu verlieren, und hatte nie daran gedacht, daß eine Heirat der sicherste Weg war, um sie zu behalten ... Vielleicht war es das, was sie erwartet hatte und weshalb sie so verletzt gewesen war, als er von Geld gesprochen hatte. Sie hatte recht, tausendmal recht. Geld konnte ihre Beziehung nur entweihen. Nicht Geld hätte er ihr bieten sollen, sondern seinen Namen! Gott, o Gott, laß es noch nicht zu spät sein!
Heute abend in ihrem kleinen Zimmer würde er alles wiedergutmachen. „Mirjam", würde er sagen, „komm, setz dich hier neben mich." Wie gut würde sein großer, alter Name zu ihr passen! Mirjam, Comtesse de Toulouse-Lautrec ... Sie würde ihren Platz einnehmen unter den Fürstinnen mit den exotischen Namen, die andere Toulouse-Lautrecs geheiratet hatten. Sibille, Fürstin von Zypern ... Richilde, Fürstin von Provence ... Elvire, Fürstin von Kastilien ...
Der Zug fuhr rasselnd in den Bahnhof ein und kam mit einem Ruck zum Stehen. Eilig kletterte er auf den Bahnsteig hinunter

und bahnte sich keuchend einen Weg durch die Menschenmenge. „Rue Caulaincourt 21", rief er dem Kutscher zu. „Und fünf Francs Trinkgeld, wenn Sie schnell fahren."

Es war gut, wieder da zu sein. Die schnurrbärtigen Polizisten, der federnde Gang der Frauen, die Blumenverkäufer, die gestreiften Markisen der Cafés ... Er sah sein Guillotine-Plakat an den Wänden, war aber viel zu sehr mit anderen Dingen beschäftigt, um mehr als einen flüchtigen Gedanken daran zu wenden.

„Warten Sie", sagte er, als der Wagen das Haus erreichte. „Ich bin in fünf Minuten zurück."

Madame Loubet war nicht in ihrer Loge. Das dämpfte seine Stimmung einen Augenblick. Sie war auch nicht im Studio, wie er gehofft hatte. Es wäre nett gewesen, sie zu sehen. Statt dessen war das Zimmer ungemütlich, der Ofen ungeheizt. In dem riesigen Fenster riß der Sonnenuntergang den Himmel rot auf.

Er hatte sich gewaschen und umgezogen und wollte gerade wieder gehen, als er Madame Loubets Schritte hörte.

Die Tür öffnete sich.

„Diese Treppen", keuchte sie. „Sie werden von Jahr zu Jahr steiler. Tut mir leid, daß ich Sie verfehlt habe, Monsieur Toulouse. Ich war zur Kirche ..."

„Was ist geschehen, Madame Loubet?" fragte er heftig.

Er spürte, es war etwas nicht in Ordnung. Er sah es ihrem Gesicht an. Er stand wie angewurzelt, fühlte aber, wie ihn vom Kopf bis zu den Füßen ein Zittern befiel, so wie Marie damals gezittert hatte ...

„Was ist?" wiederholte er.

Jetzt erst sah sie ihn an. Ihre Augen waren groß, trocken und todtraurig.

„Wollen Sie sich nicht lieber setzen, Monsieur Toulouse?"

Das hatte er damals auch zu Marie gesagt ... Er konnte nicht sprechen, sondern starrte sie nur an, als sie einen Briefumschlag aus der Schürze zog. Er zitterte so, daß seine Zähne aufeinanderschlugen. So mußte es sein, wenn man starb ...

„Das Fräulein brachte ihn am Tage Ihrer Abreise ..."

Er riß den Umschlag auf und hielt den Brief dicht an seine kurzsichtigen Augen.

„Ich reise heute abend mit Monsieur Dupré ab. Es ist besser so, *chéri* ..."

DER VORHANG FÄLLT

20

„Absinth! *Nom de Dieu,* Victor, bring mir noch einen Absinth! Und zwar schnell!“

„Entschuldige, Dodo“, sagte Victor zu dem Mann, der an der Theke stand, „aber du weißt, wie diese Betrunkenen sind...“ Laut sagte er zu Henris Tisch hin: „Aber, Monsieur Toulouse, meinen Sie nicht auch, daß Sie genug haben?“

„Du verfluchter Lümmel, bring mir noch einen Absinth, oder ich schlage alles kurz und klein in diesem...“ Sein Geschimpfe endete in einem unverständlichen Lallen. Der Kopf sackte ihm auf die Brust, kippte zur Seite und schlug schließlich mit einem dumpfen Dröhnen gegen die marmorne Tischplatte.

„Ob er sich weh getan hat?“ fragte Dodo teilnehmend.

„Betrunkene tun sich nie was. Und der da am allerwenigsten. Sonst müßte er schon längst tot sein, so oft ist er gestürzt oder hat sich gestoßen.“ Victor blickte über die Schulter auf die hingesunkene Gestalt. „Guck, jetzt schläft er.“ Seufzend zuckte er die Achseln und trocknete ein Glas ab. „Seit einem Jahr sage ich ihm, er soll sein Gewerbe woanders suchen. Aber nein, er kommt immer wieder. Er hat Sorgen. Na, die hat schließlich jeder, was? Wenn er so wie jetzt schläft, ist es nicht so schlimm. Aber wehe, wenn er aufwacht! Manchmal will er eine Schlägerei anfangen. Aber guck ihn dir doch an: wenn man den nur anpustet, fällt er ja schon um. Manchmal liest er denselben Brief immer wieder und wieder und weint wie ein Kind. Man sollte meinen, er wüßte allmählich, was in dem Brief steht, aber nein, er liest ihn immer noch mal.“

„Wahrscheinlich irgend 'n Mädchen“, sagte Dodo und nahm seinen Hut ab, um sich den Kopf zu kratzen. „Nichts macht einem soviel Sorgen wie 'n Mädel.“

„Das stimmt!“ sagte Victor überzeugt. „Manchmal singt er übrigens auch. Das ist das Allerschlimmste. Du glaubst nicht, was dieser Zwerg für eine Stimme hat. Die ganze Straße runter kann man ihn hören. Und läßt sich auch nur irgendwas dagegen machen? Nein, nicht soviel! Und warum? Weil er 'n Freund von Patou ist.

Du weißt doch, der Rothaarige. Patou hat mir dasselbe gesagt, was er in allen Kneipen im ganzen Bezirk verbreitet hat: ‚Wenn ihm irgendwas passiert, dann zieh ich die Schrauben bei dir an.‘ Na, und mit dem Chef der Sittenpolizei möchte keiner gern Schwierigkeiten haben, was?“
„Ne, keiner“, stimmte Dodo zu, indem er sich ausgiebig die Nase putzte.
„Ich sage dir, die Sorgen nehmen kein Ende im Leben“, klagte Victor voller Selbstmitleid.
„Jeder hat Sorgen“, bestätigte Dodo und widmete sich dem zweiten Nasenloch.
„Ja, aber keiner so wie ich! Und von all meinen Sorgen ist er die schlimmste“, sagte Victor und wies mit dem Daumen über die Schulter auf Henri.
„Absinth! Absinth! Wo bleibt mein Absinth?“
Henri hatte sich aufgerichtet und schlug mit dem Stock auf den Tisch.
„Verstehst du jetzt, was ich meine?“ sagte Victor seufzend. Er ging bis zum Ende des Schanktisches auf Henri zu. „Sie wissen, ich krieg Schwierigkeiten mit Patou ...“
„Ach, Patou! Er ist ein dickes Schwein, weiter nichts. Bring mir einen Absinth, sag ich dir. Nein. Komm hierher! Ich will mit dir reden. Komm her!“ brüllte er.
Widerstrebend schlenderte Victor zu ihm hin. „Was soll ich denn?“
Henri betrachtete ihn interessiert. „Hör mal zu, Victor, du und ich, wir sind doch alte Freunde, nicht? Du bist ein Mann von weltlicher Weisheit und tiefen Einsichten. Sag nicht nein! Ich seh es deinem Gesicht, deinem geistreichen Mund, deinen funkelnden Augen an. Also, Victor, unter uns, was hältst du von den Frauen?“
„Ich persönlich, wenn Sie meine Meinung wissen wollen, finde, daß Frauen einem nichts als Ärger machen. Nehmen Sie zum Beispiel meine Frau. Sie schnarcht und redet im Schlaf. Neben ihr schlafen wollen ist genau so aussichtslos, als wenn man versuchte, in der verfluchten Opéra Comique zu schlafen.“
„Ja, das ist gräßlich. Hast du ihr mal ’n Kopfkissen übers Gesicht gebunden?“ fragte Henri mit der bereitwilligen Teilnahme von Betrunkenen. „Ein Freund von mir hat es getan und seiner Frau das Schnarchen abgewöhnt. Sie hat nicht nur mit Schnarchen aufgehört, sondern auch gleich mit Atmen. So, nun geh und hol

mir noch einen Absinth, und dann wollen wir uns mal richtig unterhalten ..."

Während er sprach, spürte er, wie der Schmerz von dem Stoß in seinem Kopf wach wurde und sich in Wellen ausbreitete. Ein paar Sekunden lang starrte er Victor trunken an und schielte vor Anstrengung, das verschwimmende Bild festzuhalten. Dann fiel sein Kopf wieder zur Seite und gleich darauf vornüber auf seine Arme, die auf dem Tisch lagen. Plötzlich fühlte er, daß sich sein Magen umdrehte. Eine wirbelnde Schwärze verschlang ihn, und er stieß dumpfe gurgelnde Laute aus. Er mußte erbrechen ... Schon konnte er eine gallige Bitterkeit schmecken. Er blieb gebeugt sitzen, wagte sich nicht zu bewegen und versuchte den Atem anzuhalten. Da ließ der Druck in seiner Kehle etwas nach, und er atmete freier. Mit einem Stöhnen der Erleichterung hob er den Kopf und griff nach seinem Pincenez. Puh, jetzt war ihm besser! Wahrscheinlich eine Magenverstimmung. Aber er hatte seit dem Frühstück nichts gegessen. Dann war es also Hunger! Natürlich, das war es. Er war hungrig. Er fühlte sich allerdings gar nicht hungrig, aber vielleicht ... Sein Körper wurde steif. Wieder stieg ihm der gallige Geschmack in den Mund mit einer Wucht, als ob Champagner aus einer entkorkten Flasche herausschieße.

Blindlings griff er nach seinem Stock. Eine Hand gegen den Mund gepreßt, wankte er zur Toilette. Als er die Tür aufstieß, prallte er vor dem widerwärtigen Gestank zurück. Einen Augenblick stand er schwankend mit geschlossenen Augen auf der Schwelle, dann stolperte er vorwärts, beugte sich vor und erbrach. Das Hämmern in seinen Ohren schien ihm den Schädel zu sprengen. Seine Knie knickten ein. Mit der freien Hand tastete er nach der Wand, und es gelang ihm doch noch, sich aufrechtzuhalten.

Der Anfall ging vorüber, überfiel ihn aber nach wenigen Sekunden mit größerer Heftigkeit noch einmal. Der Boden wankte unter ihm, und die Wände schienen zusammenzustürzen. Seine Schultern zuckten, und durch die Kehle, die sich wie zugepreßt anfühlte, kam ein schreckliches Röcheln. Galle und Speichel tropften von seinem Mund. Unerwartet ließ dann die Übelkeit nach, seine Lungen schrien nach Luft. Benommen strich er sich mit dem Handrücken über den Mund, fühlte Schweiß über sein Gesicht rinnen und blieb ein paar Sekunden lang so stehen, haltlos schwankend und eines nochmaligen Anfalls gewärtig. Aber diesmal blieb er

verschont, und mit äußerster Vorsicht zog er schließlich sein Taschentuch hervor, wischte sich den Mund und das Gesicht ab und säuberte seine Rockaufschläge von Speichelfäden.
Danach hinkte er wieder an seinen Tisch, wollte sich setzen und den Arm heben, war aber ganz und gar unfähig dazu. Um ihn herum wurde alles schwarz, und er brach über dem Tisch zusammen. Die Zeit hörte auf zu existieren, es gab keine Zeit, keinen Schmerz, keine Erinnerungen mehr für ihn.
Lange trieb er so dahin, in einer Gefühllosigkeit, die absolut und leer war wie der Tod. Dann drang aus diesem Nichts eine Stimme zu ihm, klar und doch unglaublich fern.
„Monsieur Toulouse! Monsieur Toulouse, wachen Sie auf!"
Er rührte sich nicht.
„Hallo, Monsieur Toulouse, wachen Sie doch auf! Sie müssen jetzt aufwachen!"
Die Stimme war lauter geworden, unangenehm laut. Irgend jemand rüttelte ihn an der Schulter. Er öffnete gewaltsam die Augen, konnte aber nur die Spitze seiner Nase sehen und die schwarzen Härchen auf seinem Handrücken.
„Kommen Sie, Monsieur Toulouse, seien Sie vernünftig. Es ist Zeit, daß Sie nach Hause gehen."
Er hob den Kopf und erkannte Patou in seinem steifen Hut und dem schwarzen Überzieher.
„Oooh – Sie sind es!" Er grinste töricht.
„Ja, ich bin's." Der Polizist hielt ihm eine Tasse schwarzen Kaffee hin. „Jetzt trinken Sie dies, Monsieur Toulouse, und dann ist alles wieder in Ordnung."
„Was – tun –"
Er wollte sagen „Was tun Sie hier?"; aber die Worte erstarben ihm auf der Zunge. Seine Lider schlossen sich, und mit der Unwiderstehlichkeit eines stürzenden Baumes fiel ihm der Kopf wieder auf seinen Arm.
Von neuem umfing ihn das Nichts, aber diesmal war es gleichsam umsäumt von einer im Unterbewußtsein wirkenden Merkfähigkeit, so als sei ein Teil von ihm wach geblieben. Er spürte ein Durcheinander flüsternder Stimmen um sich herum, dann folgte das unklare Gefühl, hochgezogen und fortgetragen zu werden, und schließlich empfand er die feuchte Kühle der Morgendämmerung, die sein Gesicht badete und ihm durch die Kleider drang, sowie

das sanfte Schaukeln der Droschke auf dem rhythmischen Hintergrund von Hufschlägen: klipp klapp, klipp klapp, klipp klapp ... Es klang, als wenn riesige Regentropfen in eine Zinnschale fielen.

Am Spätnachmittag erwachte er mit Kopfschmerzen, einem schlechten Geschmack im Mund und einem unbestimmten Schuldgefühl. Irgend etwas war geschehen, aber was? Er preßte sein Gesicht ins Kissen und versuchte das Vergessen des Schlafes wiederzufinden. Aber jetzt war die Maschinerie des Bewußtseins angelaufen, der Schlaf wollte nicht mehr kommen.

Also gut, was war denn geschehen? Die Hände hinter dem Kopf verschränkt, starrte er an die Zimmerdecke und versuchte, sich die Ereignisse der Nacht ins Gedächtnis zurückzurufen. Er hatte das Studio spät am Nachmittag verlassen, war die Rue Caulaincourt hinuntergegangen und ...

„Oh, mein Gott, nun hab ich es wieder vergessen!" seufzte er, ganz entsetzt über seine Geistesabwesenheit.

Es war das dritte Mal, daß er eine Verabredung mit Maurice vergessen hatte. Ausgerechnet mit Maurice! Jetzt wurde es wirklich ernst. Er war nahe daran, alle seine Freunde zu verlieren. Missia war beim letzten Mal sehr zornig gewesen, und Blumen und Entschuldigungen hatten nichts genützt. Wenn man eine Gesellschaft gab, schätzte man es schließlich nicht, leere Stühle an der Tafel zu sehen. Es sah aus wie ein ausgebrochener Vorderzahn ... Das also waren die Folgen vom Alkohol. Er machte vergeßlich. Und verursachte einem außerdem entsetzliche Kopfschmerzen. Und das einzige Mittel gegen die Kopfschmerzen war dann wieder nur ein Schluck Cognac ...

Er ging zum Tisch, nahm die Flasche und goß sich ein Glas voll. Der Alkohol befreite ihn von dem pelzigen Gefühl im Mund, beizte seine rauhe Kehle und trieb ihm das Wasser in die Augen. Aber die Kopfschmerzen wurden besser. Noch einen Cognac, und er würde wieder in Ordnung sein.

Er war gerade dabei, das zweite Glas zu leeren, als es an die Tür klopfte. Nervös fuhr er zusammen.

„Zum Teufel noch mal, herein!" rief er.

Auf der Schwelle stand Maurice und blickte ihn ernst an.

„Na, was ist los?" fuhr Henri ihn an. „Hast du noch nie einen Mann gesehen, der sich einen genehmigt?" Die Scham, so mit Flasche und Glas in der Hand, mit zerwühltem Haar und zer-

drückter Kleidung überrascht zu werden, brachte ihn in Wut. „Willst du hereinkommen oder nicht?"
Er wäre am liebsten auf Maurice zugegangen, hätte seine Hand ergriffen und um Verzeihung gebeten, aber eine widersinnige Erbitterung über die Gepflegtheit und die ernste Würde des Freundes stieg in ihm hoch. Auch Maurice sah also auf ihn herab, weil er ein bißchen zuviel trank. Genau wie Madame Loubet, wie jeder einzelne in dieser gottverfluchten scheinheiligen Welt...
„Du willst wahrscheinlich wissen, warum ich gestern abend nicht gekommen bin. Ich hab eine sehr wohlbegründete Entschuldigung. Etwas Unerwartetes..." Es war albern und ekelhaft, dieses Lügen und Schreien Maurice gegenüber, Maurice, dem Blutsbruder, dem einzigen Freund... Warum schrie er nicht zurück? Warum wurde er nicht wütend? „Du kommst wohl, um zu schnüffeln, um herauszukriegen, wann ich nach Hause gekommen bin, was? Zum Teufel, nun sag schon was und steh nicht da wie ein Ochse vorm Berg!"
Er stürzte den Cognac hinunter, stellte das Glas hart auf den Tisch und ging mit kurzen abgehackten Schritten zum Diwan, auf dem er sich ausstreckte.
„Ich bin nicht hergekommen, um mit dir zu streiten." Maurice schloß leise die Tür und ging durch das Zimmer. „Ich kam ... ach, ich hätte überhaupt nicht kommen sollen."
„Jetzt bist du aber einmal da. Und was wolltest du?"
„Da ist eine Dame, die ihr Porträt gemalt haben möchte. Sie ist bereit, dreitausend..."
„Was soll ich mit dreitausend Francs? Noch mehr Cognac kaufen? Außerdem hab ich zuviel zu tun. Soviel ... Ich hab große Pläne."
„Ich verstehe", sagte Maurice ruhig. „Also, ich werde dich nicht wieder stören." Sie schwiegen beide. „Leb wohl, Henri."
Als sich die Tür geschlossen hatte, verbarg Henri sein Gesicht in den Händen. „Er ist gegangen", murmelte er verzweifelt, als ob man ihm den plötzlichen Tod des Freundes mitgeteilt hätte. „Wie konnte ich, oh, wie konnte ich nur so zu ihm sein?" Ach, dieser Alkohol! Unvermittelt und mit schrecklicher Klarheit stand die Episode in der Apollo-Bar wieder vor ihm: die stinkende Toilette, das Erbrechen, die trunkene Stumpfheit, die Fahrt nach Hause. O Gott, wie tief war er gefallen! Er, Henri Graf von Toulouse! Sein Vater hatte recht gehabt. Er trieb wirklich einem elenden und frühen Ende zu. Oh, dieser Alkohol!

Er blieb zusammengesunken auf dem Diwan sitzen, das Gesicht in den Händen vergraben. Vielleicht ... Vielleicht war es doch noch nicht zu spät? Es gab Leute, die aufhörten zu trinken. Aber selbst bei diesem Gedanken fühlte er ein zwingendes Verlangen nach noch einem Glas. Nur noch eines. Das letzte! Das Wasser lief ihm im Mund zusammen. Nein, er durfte nicht hierbleiben, wo all die Flaschen herumstanden. Er mußte weggehen. Aber wohin? Überall gab es Kneipen. Zu Maman! In ihrer Nähe würde er in Sicherheit sein und Widerstand leisten können.

Mit zitternden Händen schnürte er seine Schuhe zu. „Ich muß dagegen angehen ... Ich muß dagegen angehen ...“ Er wiederholte diese Worte immer noch bei sich, als er schon an der Wohnungstür seiner Mutter läutete. Die Fahrt war eine Qual gewesen. All diese Cafés und Bars, wo man ein, zwei, drei Gläser oder soviel man wollte trinken konnte. Er hatte widerstanden. Jede Minute, jede Sekunde während des Weges hatte er gekämpft. Und es waren Regimenter von Minuten, Armeen von Sekunden gewesen. Jetzt war er endlich in Sicherheit!

„Schön, daß du kommst, Henri“, sagte seine Mutter von ihrem Lehnstuhl her. „Ich habe dich so lange nicht gesehen, und ich brauche deinen Rat. Aber zuerst mußt du etwas essen.“ Sie wandte sich an Joseph, der die Tür geöffnet hatte. „Bringen Sie bitte noch eine Tasse und ein paar Keks für Monsieur Henri.“

Sobald sie allein waren, küßte Henri sie und ließ dabei seine Lippen einen Augenblick auf ihrer Wange, als wolle er etwas von ihrer ruhigen Kraft in sich einsaugen. „Ach, Maman“, flüsterte er, „es tut so gut, hier zu sein. Ich habe dich so entbehrt.“

Sie legte den Arm um seinen Nacken und zog ihn an sich. „Ich habe dich auch entbehrt.“ Sie fühlte sein Zittern, seine fieberische Erregung. Armer Riri! Er war krank, er litt, er war in Not, und er war zu ihr gekommen. Bald würde er am Ende seiner sinnlosen Reise sein, dieser Reise in die Verzweiflung. Und dann würde er wiederkommen, diesmal um zu bleiben. „Du wirst müde sein. Nimm deinen Hut ab und setz dich auf den Fußschemel, wie früher.“

Die Tür öffnete sich, und Annette segelte mit wippender Flügelhaube herein. Sie stellte Tasse und Teller vor Henri hin, ergriff seine Hand, küßte sie und verschwand schließlich mit einem zahnlosen Lächeln.

„Iß, Henri“, sagte seine Mutter.
Gierig nahm er von den Keks. Mütter waren seltsame Wesen. Woher wußte sie, daß er so hungrig war? Wie schön es war, hier zu sein!
„Und trink, solange er heiß ist“, sagte sie, indem sie Tee in seine Tasse goß.
Blitzartig war die Erinnerung an Mirjam da. Genau dasselbe hatte sie gesagt an jenem Abend, dem Abend des Brahmsfestes ...
Die nächste Stunde verging schnell. Er hatte zwei Tassen Tee getrunken, sämtliche Keks gegessen und fühlte sich nun schläfrig in der Wärme des Feuers, geborgen in der Nähe seiner Mutter, der er lächelnd zuhörte, als sie von Annette sprach und vorgab, seinen Rat zu brauchen in der Frage, was mit ihr geschehen solle.
„Sie wird jetzt doch recht alt und ist beinahe taub. Sie schimpft mit der Köchin und dem Stubenmädchen in ihrem heimischen Dialekt, den die nicht verstehen, und redet mit Joseph, der achtundsechzig ist, als sei er ein dummer Junge und erst zehn Tage im Dienst ...“
Da kam es plötzlich wieder über ihn. Es begann mit einer Spannung in sämtlichen Muskeln. Ein drängender unwiderstehlicher Durst, der die Kehle zusammenzog und an den Nerven riß, quälte ihn. Das ganze Zimmer war plötzlich voll von wirbelnden Flaschen, und die Stimme seiner Mutter klang abwechselnd laut und leise. „Ich muß dagegen angehen ... Ich muß dagegen angehen“, sagte er sich in panischer Angst. Wie in den Tagen der Schmerzanfälle schloß er die Augen und griff unwillkürlich nach ihrer Hand. Und dann bewegten sich seine Lippen und bildeten, ihm selber unbewußt, die Worte: „Maman, ich brauche etwas zu trinken.“
Sie spürte den entsetzlichen Zwang, unter dem er stand. Ohne ein Wort zu sagen, eilte sie aus dem Zimmer und kam fast sofort mit einer Flasche Cognac zurück.
„Hier, Henri, trink“, sagte sie und goß den Cognac in seine leere Tasse.
Er griff mit beiden Händen danach und trank mit solcher Gier, daß er einige Tropfen verschüttete. Sogleich fühlte er sich besser. „Verzeih, Maman.“ Mit dem Taschentuch wischte er den vergossenen Cognac ab und betupfte seinen Mund. Dann hob er den Kopf und sah ihr in die Augen. „Jetzt weißt du es.“
„Ich habe es schon lange gewußt.“

„Aber was du nicht weißt“, sagte er, und seine Stimme war dunkel vor Scham, „das ist, wieviel ich trinke. Ich habe immer versucht, dich zu täuschen, und dafür gesorgt, daß du es meinem Atem nicht anmerktest, wenn ich getrunken hatte. Im Anfang war ich stolz. Ich dachte, ich könne wie ein Gentleman trinken. Der Alkohol betäubte den Schmerz in meinen Beinen, und außerdem hatte ich etwas, womit ich prahlen konnte. Es machte andere Dinge wett. Wenigstens schien es mir so. Aber jetzt hilft der Alkohol meinen Beinen nicht mehr. Ich werde betrunken. Sinnlos betrunken, Maman. Gestern ist mir in einer Kneipe schlecht geworden, und sie haben mich nach Hause gebracht. Ich weiß dann weder, wo ich bin, noch wie ich dorthin gekommen bin. Ich arbeite überhaupt nicht mehr. Ich vergesse Verabredungen. Alle Freunde wenden sich von mir ab. Bevor ich hierher kam, habe ich mich mit Maurice gestritten ... Bitte, Maman, hilf mir! Geh irgendwohin mit mir. Irgendwohin, wo es Ärzte gibt. Ich hab gelesen, daß Trunksucht geheilt werden kann. Ich will geheilt werden. Ich will alles tun. Alles. Laß uns nach Barèges, nach Evian! Ja, laß uns nach Evian gehen. Erinnerst du dich an Evian? Wir könnten auf dem See segeln ...“

Sie sah ihn mit unbeirrbaren Blicken an, während er sprach. Sein Eifer hatte etwas Rührendes. Wie war es möglich, daß er so einsichtig und gleichzeitig so blind war? In gewisser Hinsicht war er immer ein Kind geblieben. Immer würde er sich Illusionen machen: über seine Beine, über sich selbst, über das Leben.

„Evian wäre sicher das Richtige. Wann möchtest du reisen?“ fragte sie und zwang sich, seinen Eifer zu teilen. Vielleicht hatte er wirklich recht. Vielleicht konnten die Ärzte ihm helfen, trotz allem ... „Ginge es schon morgen?“

„Natürlich geht es!“

Sie lächelte traurig über sein Ungestüm.

„Ich kann in zwei Stunden fertig sein. Ich muß mich nur von Maurice und Madame Loubet verabschieden. Weißt du, ob der Zug morgens oder nachmittags fährt?“

„Ich glaube, ich habe ein Kursbuch in meinem Zimmer. Nein, bleib du sitzen. Du weißt doch nicht, wo es liegt. Ich weiß es selber nicht genau. Ich bin gleich wieder da.“

Er steigerte sich weiter in seine Begeisterung hinein. Evian. Sie würden eine schöne Zeit dort haben. Sie würden zusammen segeln

und lange Spazierfahrten machen. Die Gegend war wunderschön. Sie würden . . .
In seinem Innern begann etwas zu lachen; ein tonloses, hölzernes, freudloses Gelächter breitete sich in seinem ganzen Körper aus: Du Narr, glaubst du wirklich, auf diese Weise vom Trinken geheilt zu werden? Glaubst du wirklich, daß du nur zu sagen brauchst: „Bitte, Maman, nimm mich mit nach Evian" und schon ist es gut? Mit Maman segeln – wie rührend! Und was machst du, wenn du einen Cognac haben mußt, wenn deine Kehle ausgedörrt ist und dir die Zunge im Mund schwillt, so daß du deinen eigenen Speichel nicht mehr hinunterschlucken kannst? Was dann? Und nachts, wenn du eine Frau brauchst und es dort keine „Fleur Blanche" gibt? Was willst du dann machen? Segeln? Ist dir klar, daß du nicht die ganze Zeit segeln kannst und daß es endlose Stunden auf der Hotelterrasse geben wird, die du dann versunken in den Anblick der majestätischen Alpen verbringen kannst? Du Narr, merkst du denn nicht, daß das Ganze nur eine Wiederholung von Malromé ist, lediglich mit anderem Rahmen? Als Halbwüchsiger konntest du es nicht ertragen und meinst, es jetzt ertragen zu können, da du erwachsen – und ein Trinker bist? Geh lieber zurück zu deinem Montmartre und deinen Kneipen. Geh, bevor du etwas tust, was deiner Mutter Schande bringt und ihr noch einmal das Herz bricht. Geh, solange noch Zeit dazu ist. Lauf einfach weg! Lauf weg, bevor deine Mutter zurückkommt und du in der Falle sitzt!
Er nahm seinen Stock und verließ vorsichtig das Zimmer. Wie ein Dieb spähte er mit angehaltenem Atem den Flur entlang, eilte zur Haustür und floh.

Madame Loubet fuhr in ihrem Bett hoch und riß die Augen auf. Er war es! Er kam nach Hause oder wurde wahrscheinlich wieder nach Hause gebracht. Und natürlich war er betrunken. Er war jetzt immer betrunken.
Sie stützte sich auf einen Ellenbogen und horchte. Er schrie mit irgend jemand herum. Sie erkannte seine Stimme, wie sie zwischen dem Lärm von Hufgetrappel und Rädergerumpel von der Straße heraufklang. Er schrie und brüllte wie ein Verrückter und weckte die ganze Nachbarschaft. Ausgerechnet er, der sonst immer so höflich und leise sprach. Was mochte diesmal mit ihm sein? In

welcher Verfassung befand er sich wohl? Vielleicht hatte er eine blutige Nase oder eine Beule am Kopf. Und wahrscheinlich kam er mit zerrissenem Kragen, zerfetzter Krawatte und ohne Hut. Er mußte in den letzten sechs Monaten ungefähr ein Dutzend Hüte verloren haben! Wie er wohl überhaupt nach Hause gefunden hatte?

Sie warf die Decke zurück, zündete die Lampe an und öffnete das Fenster. Die Februarnacht war eisig; sie zitterte in ihrem Nachthemd, aber sie lehnte sich dennoch hinaus, hielt sich mit beiden Händen an der Fensterbank fest und horchte. Ja, er war es.

Verzweifelt schüttelte sie den Kopf und begann sich anzuziehen. Wenn Monsieur Patou nicht wäre, käme er überhaupt nicht mehr nach Hause. Ohne ihn würde er auf einer Bank, in einem Torweg schlafen. Das machte ihm nichts mehr aus. Seit er jenen Brief bekommen hatte, war er wie von Sinnen. Er kümmerte sich um nichts mehr, kämmte weder seinen Bart noch machte seine Fingernägel sauber. Seine Anzüge waren fleckig und zerrissen; alles, was sie erreichen konnte, war, ihn dazu zu bringen, seine Kleider zu wechseln. Er, der früher immer so sorgfältig angezogen war! Außerdem sah er jetzt immer so schlecht und mitgenommen aus, daß sie ihn manchmal fast nicht wiedererkannte. So konnte es einfach nicht weitergehen. Eines Tages mußte es ein Unglück geben.

Sie band ihren Unterrock fest, zwängte sich in ihren Rock und trat wieder ans Fenster. Die Droschke war jetzt näher gekommen, und sie erblickte Henri, der, die Haare zerwühlt, mit seinem Stock herumfuchtelte. Dabei schrie und brüllte er, daß es in der stillen Straße widerhallte.

„Du bist ein rothaariges Schwein, verstehst du? Nichts als ein dreckiger Schweinekerl. Hörst du, Patou? Immer die Nase in anderer Leute Angelegenheiten stecken. Wie kommst du dazu, mich dauernd zu belästigen? Ich bin ein Staatsbürger. Hast du etwa einen Haftbefehl für mich? Na also! Nach den Teufelsinseln werden sie dich schicken, wenn du so weitermachst."

Seine Stimme ging in ein trunkenes lallendes Winseln über.

„Sieh mal, Patou, wir beide sind doch alte Freunde. Ich werd dir nie vergessen, daß du mir den guten Rat wegen Marie gegeben hast. Aber kannst du nicht begreifen, daß ich nicht nach Hause will? Da ist alles voll von Kakerlaken. Komm, wir gehen anderswo hin, wir beide, und trinken zusammen einen, was? Und dann

reden wir mal über die ganze Geschichte, was? Du willst nicht?"
Wieder schwoll seine Stimme zum Gebrüll an. „Dann bist du wirklich bloß ein Schwein, ein blöder Gendarm, ein *cochon de rouquin!*"
Vom Fenster aus sah Madame Loubet ihn mit dem Polizisten ringen und versuchen, aus dem noch fahrenden Wagen zu springen. Es war entsetzlich! Eilig schlurrte sie in die Küche und goß heißen Kaffee in eine Tasse. Dann legte sie ihren roten wollenen Schal um die Schultern und eilte auf die Straße hinaus.
Sie half Henri aus dem Wagen und hielt ihn am Arm fest, während Patou den Kutscher bezahlte. Halb zogen und halb trugen sie ihn dann zusammen die vier Treppen hinauf, legten ihn auf den Diwan und begannen ihn auszuziehen. Er wehrte sich heftig, stieß sie weg und schlug um sich, aber es gelang ihnen doch, ihm das Pincenez abzunehmen, ihm das Nachthemd über den Kopf zu ziehen und ihn ins Bett zu bringen. Sein Geschimpfe wurde allmählich aus einem eintönigen Brummen zu unverständlichem Lallen und erschöpfte sich schließlich in einem lautlosen Zucken seiner Lippen.
Er schlief ein. Aber sie wagten nicht, ihn allein zu lassen, sondern blieben in der Nähe und unterhielten sich flüsternd.
„Diesmal hat er uns nicht soviel Mühe gemacht", sagte sie, indem sie ihn bekümmert betrachtete.
„Nein." In dem gedämpften Licht wirkte Patous eckiges Gesicht grüblerisch und schwermütig. „Er hat sich nicht übergeben wie gestern."
Patou kaute an seinem Schnurrbart und starrte auf seine Hände. „Aber wenn Sie meinen, es wird auch nur im geringsten besser mit ihm, dann irren Sie, Madame Loubet. Das ist nicht der Fall. Im Gegenteil. Ich weiß, Sie haben ihn gern. Ich hab ihn auch gern. Er hat meine kleine Eulalie gemalt, und es tut mir leid um ihn. Aber so kann es nicht mehr lange weitergehen. Er ist ja nie mehr nüchtern. Er fängt mit allen Leuten Streit an. Er macht mir mehr Ärger als ein ganzes Dutzend Flittchen. Vorige Woche wollte er sich mit einem Zuhälter prügeln, weil der sein Mädchen geschlagen hatte. Zum Glück kam mein Kollege zur rechten Zeit dazu. Er macht wirklich die verrücktesten Sachen. Wissen Sie, was er heute nacht getan hat? Er schlich sich weg vom Montmartre, nicht weit, nur bis La Villette; er dachte wohl, da würd'

ich ihn nicht finden. Dort ging er in eine Kneipe, in der er unbekannt ist, bestellte jede Sorte Alkohol, die sie vorrätig hatten – Whisky, Rum, Cognac, Vermouth, Absinth, Calvados –, mischte den ganzen Kram und trank dies Gesöff aus. Es hätte genügt, um ein Pferd umzubringen. Und das ist, glaub ich, tatsächlich, was er erreichen will: sich umbringen."

Madame Loubet preßte die Lippen zusammen und senkte die Augen, während Patou weitersprach wie jemand, der etwas auf dem Herzen hat und sich durch Reden davon befreien möchte. „Es hat keinen Zweck, daß wir uns etwas vormachen, Madame Loubet. Ich habe viele Trinker gesehen, aber er ist kein Trinker, sondern ein Wahnsinniger. Das ist meine Meinung. Er ist besessen, er ist geradezu irrsinnig!"

Irrsinnig! Das Wort ging Madame Loubet durch und durch. Sie blieb weiter mit gesenkten Augen sitzen, um ihre Tränen zu verbergen. Konnte *le petit monsieur* wirklich von Sinnen sein? Man wußte freilich oft nicht, was man denken sollte. Wenn man in den letzten Monaten manches von dem, was er trieb, mit angesehen hatte, Dinge, von denen auch Patou nichts wußte, dann hatte man sich häufig fragen müssen, ob er eigentlich den Verstand verloren habe. Einmal hatte er den ganzen Fußboden seines Studios mit Petroleum begossen, um die Kakerlaken zu töten. Er hätte das ganze Haus damit in Brand setzen können! Ein anderes Mal hatte er eimerweise Sand heraufgeschleppt, weil das Zimmer wie ein Badestrand aussehen sollte. Dabei freute er sich noch, als sie darüber zukam: „Sehen Sie, Madame Loubet, jetzt ist es hier wie in Arcachon." Und dann diese gräßliche Kröte! Gott mochte wissen, wo er die gefunden hatte. Einen ganzen Monat hatte er sie in seinem Zimmer gehalten und seine Zeit damit verbracht, Fliegen für das arme Vieh zu fangen. Und wie er an dieser Kröte hing! „Wir sind uns ähnlich, wir beiden. Sehen Sie, Madame Loubet, sie ist abschreckend häßlich, und keiner hat sie gern. Deshalb muß ich gut zu ihr sein." Kurz danach dann die Sache mit der Rudermaschine, durch die seine Beine wachsen sollten. Wie konnte ein vernünftiger Mensch solchen Unsinn glauben! Aber er glaubte es. „Es wird garantiert, Madame Loubet! Hundertprozentige Garantie!" Und er hatte sich in die Riemen geworfen und gerudert, Tag und Nacht, nur mit Unterhose und Jacke bekleidet, schweißüberströmt und keuchend wie eine Lokomotive. Es war entsetzlich. Aber das Schlimmste von allem war, wenn er ruhig auf dem Diwan lag und an die Decke starrte und man ihm ansehen konnte, daß er an dieses Mädchen dachte! Selbst wenn er betrunken war, redete er mit sich selbst über sie . . .

Madame Loubet merkte, daß Patou sie ansah, und hob ihr tränenfeuchtes Gesicht.

„Ich weiß, daß es Ihnen weh tut, mich so reden zu hören", sagte der Polizist, „und ich versichere Ihnen, es wird mir auch nicht leicht. Der Herr Polizeipräfekt hat Befehl gegeben, ihn ständig zu beobachten, und ich habe jeden Beamten in meinem Revier angewiesen, nach ihm Ausschau zu halten. Aber er entgeht uns. Er beschränkt sich neuerdings nicht mehr auf den Montmartre. Und man kann wirklich nicht voraussagen, was er morgen anstellen wird. Sie müssen seiner Mutter Bescheid geben, bevor etwas Ernstliches passiert. Wenn Sie es nicht tun, muß ich es machen. Aber es wird leichter für sie sein, wenn es von Ihnen kommt. Als Frau und so weiter wissen Sie besser, was man da sagt."

Ihr Kinn sank herab, und sie begann zu schluchzen.

„Nehmen Sie es nicht so schwer", sagte er und klopfte ihr die Hand. „Es ist zu seinem Besten."

„Sie werden ihn in eine Anstalt stecken mit lauter Verrückten zusammen."

„In eine Anstalt? O nein. Nicht in eine Anstalt, Madame Loubet, sondern in ein Genesungsheim!" versicherte er hastig. „Solche Leute wie er kommen nicht in eine Anstalt. Und im Genesungsheim haben sie jede Freiheit und jede Bequemlichkeit. Außerdem wird es nur für zwei bis drei Wochen sein . . ."

Ihr Gesicht hellte sich ein wenig auf, und sie blickte ihn an, gleichsam schweigend um weitere Bestätigungen bittend.

„Und er wird geheilt werden", fügte er hinzu.

„Glauben Sie? Sie meinen, er wird überhaupt nicht mehr trinken?"

„Keinen Tropfen. Die Ärzte verstehen sich darauf. In ein paar Wochen wird er ganz so sein wie früher."

„Und man wird ihm nichts tun, ihn schlagen oder so, wenn er etwas Unrechtes tut?"

Patou wies solche Vorstellungen weit von sich. „Nicht in einem Genesungsheim, Madame Loubet! Man wird ihn dort genau so behandeln, wie Sie und ich es tun, nur daß die wissen, was getan werden muß. Sie werden ihm zum Beispiel Mittel geben, damit er einschläft, und sie werden jeglichen Alkohol von ihm fernhalten."

„Und sie werden ihn heilen?"

„In kürzester Zeit. Sie erzielen großartige Erfolge in diesen Heimen."

Sie schien überzeugt, gab aber trotzdem noch nicht nach. „Mal sehen, wie es morgen mit ihm steht. Wenn es nicht besser ist . . ."

„Nun gut, tun Sie das, aber warten Sie nicht zu lange. So, ich glaube, ich muß jetzt gehen."

„Ich hab noch Kaffee auf dem Herd. Wollen wir nicht eine Tasse trinken, bevor Sie gehen? Ich sehe dann nachher noch mal nach ihm." Sie stand auf, beugte sich über Henri und zog ihm fürsorglich die Bettdecke bis zum Hals hinauf. „Er schläft ganz ruhig", flüsterte sie.

Vorsichtig gingen sie aus dem Zimmer und stiegen die Treppen hinunter. Als sie den dritten Stock erreicht hatten, hörten sie ein durchdringendes Geschrei. Gleich darauf wurde die Studiotür aufgerissen, und Henri stolperte im Nachthemd auf den Treppenflur.

„Madame Loubet! Madame Loubet! Wo sind Sie? Die Kakerlaken sind wieder da! Zu Tausenden!"

Er hatte sein Pincenez vergessen und tastete kurzsichtig nach dem Geländer.

„Zu Tausenden, Madame Loubet! Wo sind Sie, Mada-a-a-a . . ."

Er verfing sich mit dem Fuß im Saum seines Nachthemdes. Voller Entsetzen sah sie ihn straucheln, krampfhaft nach einem Halt suchen und, noch immer schreiend, vornüberstürzen.

21

Die Klinik von Dr. Selamaigne lag in dem vornehmen Vorort Auteuil und sah nicht im geringsten wie eine Anstalt für Geisteskranke aus. Es war ein prächtiges Herrenhaus aus dem achtzehnten Jahrhundert, das Marie Antoinettes Freundin, der Prinzessin von Lamballe gehört hatte, deren Wappen noch immer das hohe, achtunggebietende Portal schmückte. Mit seinem großen Garten, den gepflegten Blumenbeeten und dem Anschein melancholischer Ruhe wirkte es wie irgendein feudaler Landsitz. Und genau das war es auch, behauptete Dr. Selamaigne. Ein Landsitz, ein Zufluchtsort, eine Einsiedelei für wohlhabende Patienten, die an nervösen oder geistigen Störungen litten.

Für Henri war es ein schrecklicher, widerwärtiger Ort. In den drei Wochen, die er sich hier schon aufhielt, war er dazu gekommen, die peinlich sauberen Korridore, die lächelnden Ärzte und weißgekleideten Wärter ebenso zu hassen wie die geheimnisvollen Räume mit den verschlossenen Türen, hinter denen grausige und unmenschliche Laute hervordrangen. Nach dem Dunkelwerden wurde es vollends ein Gespensterhaus, eine Burg unheimlichsten Schweigens, das jäh unterbrochen wurde durch markerschütternde Schreie, ein Friedhof ohne den Frieden des Todes.

Jede Faser seines Gehirns war haßerfüllt, als er an diesem Märznachmittag dasaß und so tat, als sehe er durch das vergitterte Fenster seines Zimmers hinaus in den Himmel. Wenn er doch nur um Hilfe rufen könnte! Aber dieses Vieh von Wärter, der die Zeitung las und an seinem Zahnstocher kaute, würde lediglich sagen: „Schreien Sie nur, so viel Sie wollen. Hören kann Sie doch keiner." Das war das Entsetzliche. Hier konnte einen wirklich niemand hören, und es wollte auch niemand hören. Man war tot, man war verrückt. Wann würden diese hohlköpfigen und salbungsvollen Spezialisten endlich merken, daß er nicht geisteskrank war? Ein Trinker, ja. Aber kein Wahnsinniger!

„Sagten Sie was?" Der Wärter schielte über die Zeitung zu ihm hin.

„N-nein. Es muß die Frau von nebenan gewesen sein."

Ihm wurde klar, daß er vor sich hin geredet hatte. Das war schlimm. Man war der Ansicht, daß Normale nicht mit sich selbst redeten. Aber, zum Teufel noch mal, noch einen Monat länger hier, und er würde ganze Unterhaltungen mit sich selber führen, mit sämtlichen Fragen und Antworten. Drei Monate aber, und er würde schwören, er sei Napoleon oder der Heilige Geist . . .

„Ich dachte, ich würde heute vielleicht Besuch bekommen."

„Nicht, daß ich wüßte. Sie haben ja gar keine Besuchserlaubnis."

Es hatte keinen Zweck, zornig zu werden und dieser ausgewachsenen Mißgeburt zu erklären, daß er völlig normal sei und soviel Besuch haben könne, wie er wolle. Weder Dr. Selamaigne noch seine Assistenten wollten das einsehen. In der vorigen Woche

hatte er nochmals den Versuch gemacht, sie zu überzeugen, aber man war ihm nur mit dem gleichen milden Blick und dem gleichen nachsichtigen, rasend machenden Lächeln begegnet – wie schon vorher. „Aber natürlich sind Sie normal! Vollkommen normal. Dies ist ja auch keine Irrenanstalt, es ist ein Erholungsheim. Alles, was Sie brauchen, ist Ruhe, ein ausgiebiges und völliges Ausruhen ..."
Sie waren alle der Ansicht, er sei geisteskrank, das konnte er ihren Augen ansehen. Sie hatten Nachforschungen und Untersuchungen angestellt. Oh, die Ärzte verstanden sich auf das Untersuchen! Sie hatten die arme Madame Loubet vorgenommen und die Geschichte mit der Rudermaschine, die Sache mit dem Petroleum, mit den roten Kakerlaken und dem Sand im Zimmer aus ihr herausgepreßt. Sie hatten sogar ausfindig gemacht, daß er einmal als Bettler verkleidet vor dem Eingang von Durand-Ruel einen Skandal verursacht hatte. Alles hatten sie herausbekommen: daß er wochenlang in der Fleur Blanche zu wohnen pflegte, daß er eingeschlafen war, während der Prinz von Wales die Ausstellung eröffnete, daß er eine Jacke aus grünem Billardtuch, dazu ein rotes Hemd und blaßrote Handschuhe getragen hatte, daß er ein Diner mit Affenfleisch gegeben hatte – alles. Wie Schweine, die nach Trüffeln suchen, hatten sie einfach in allem herumgewühlt. Auf dem Papier hatte das alles bedenklich ausgesehen und war noch bedenklicher geworden, als es mit lateinischen Namen benannt wurde.
Durch die Gitterstäbe seines Fensters betrachtete er jetzt wirklich den Himmel. Er hatte sich noch nicht an diese Stäbe gewöhnt, ebensowenig wie daran, daß er jede Minute bewacht wurde, Anordnungen bekam, Mittel einnehmen mußte, um neun Uhr ins Bett geschickt wurde und nichts zu trinken bekam. Trotzdem: an das Nüchternsein gewöhnte er sich allmählich. Aber die ersten Tage und Nächte! Es gab keine Worte, die stark genug waren, sie zu beschreiben. Ans Bett geschnallt, unfähig, eine Bewegung zu machen, und vor Durst vergehend ... Dazu der Schmerz in seinem gebrochenen Schlüsselbein. Er hatte gerufen, geschrien, gebrüllt, aber in diesem Haus brüllten so viele Menschen ... Jetzt schrie er nicht mehr, und zur Belohnung schnallten sie ihn nicht mehr an. Er wurde nicht mehr zu den gefährlichen Geisteskranken gerechnet, er war avanciert, er gehörte zu den ruhigen Geistes-

kranken! Die Frage war nur: wie lange würden sie ihn als ruhigen Geisteskranken ansehen und hierbehalten?
Verzweifelt strich er sich mit der Hand über die Stirn.
„Kopfschmerzen?“ fragte der Wärter.
„Nein, nein.“ Henri nahm schnell die Hand herunter. „Alles in Ordnung. Ich fühle mich ausgezeichnet.“ Er wandte sich vom Fenster ab. „Schöner Tag heute, nicht wahr?“
„Hm.“
„Könnten wir nicht einen Spaziergang im Garten machen?“
Der Mann betrachtete ihn mißtrauisch. „Ich weiß nicht. Wird ja wohl in Ordnung gehen. Macht aber eigentlich nicht viel Spaß, was?“
So wurde eben mit jemandem geredet, der verrückt war. Alles, was man sagte, wurde beargwöhnt und auf eine bestimmte Weise ausgelegt. Strich man sich mit der Hand über die Stirn, so hatte man Kopfschmerzen und war folglich verrückt. Schlug man einen Spaziergang im Garten vor, so wollte man sicher auf einen Baum klettern und einen Fluchtversuch über das Portal machen. Man gähnte, folglich war man verrückt. Man sprach, folglich war man verrückt. Man sprach nicht, folglich war man verrückt . . .
„Ich dachte nur, ein bißchen frische Luft würde mir gut tun“, sagte er matt. „Aber wenn Sie meinen, ich sollte nicht . . .“
„Doch, doch, meinetwegen.“ Der Wärter erhob sich. „Aber nur zehn Minuten.“
Frühlingshaft standen die Beete mit den Narzissen, und der Flieder war kurz vor dem Blühen. Blumen, stille und treue Freunde der Unglücklichen, der Kranken, der Toten . . . Andere Patienten, ebenfalls in Begleitung ihrer Wärter, schlenderten durch den Garten oder saßen auf Bänken. Eine weißhaarige, vornehm aussehende Dame lächelte Henri zu und streckte dann plötzlich die Zunge nach ihm heraus. Ein Garten verlorener Seelen . . . Vincent hatte recht: es war nicht das Eingesperrtsein, es war das Zusammensein mit Wahnsinnigen . . .
„Darf ich dies mitnehmen?“ fragte er, indem er sich bückte und die Feder einer Waldschnepfe aufhob.
„Wozu brauchen Sie die?“
Nun, um sie aufzuessen natürlich! Um mir die Kehle damit aufzuschlitzen! Das hätte er vor drei Wochen noch geantwortet, aber jetzt war er vorsichtiger. Dieser blöde Kerl würde sofort zum Büro

rennen und ihre Unterhaltung wiedergeben, und Dr. Selamaigne würde den Kopf schütteln und mit der Zunge schnalzen...
„Ich dachte, ich könne vielleicht damit zeichnen", sagte er deshalb, „wenn ich etwas Tinte und Papier bekäme. Ich hab viel gezeichnet, bevor ich hierher kam."
Der Mann runzelte die Stirn, musterte aufmerksam sein Gesicht, ließ ihn aber die Feder behalten.
An diesem Abend machte Henri seine erste Zirkuszeichnung. Zum erstenmal vergingen die Stunden schnell. Wachsam sah der Wärter neben ihm zu: allmählich schien er sogar so etwas wie Interesse zu empfinden.
„Man sieht, daß Sie oft im Zirkus gewesen sind", sagte er beinahe liebenswürdig. „Ich bin auch immer gern in den Zirkus gegangen. An meinen freien Tagen gehe ich oft in den Winterzirkus. Die Trapezkünstler interessieren mich besonders."
„Die mag ich auch am liebsten. Haben Sie je die Morellis gesehen?"
„O ja, die sind gut. Aber an die Zuppinis reichen sie nicht heran! Die schlugen drei Saltos, nicht nur zwei wie die Morellis. Und zwar ohne Netz..."
Henri brachte ihn weiter zum Reden, schmeichelte ihm und schenkte ihm zum Schluß die Zeichnung.
Ein paar Tage später wurde Henri ins Büro gerufen, wo er Dr. Selamaigne und seine beiden Assistenten vorfand, die ihn strahlend empfingen.
„Wir sind entzückt, einfach entzückt!" rief der Arzt und strich seinen Bart. „Ich habe immer behauptet, daß Sie weiter nichts als richtige Ruhe brauchten, und ich habe recht behalten. Ihr Appetit hat sich gebessert, Ihr Erinnerungsvermögen scheint besser, und die beunruhigenden Symptome, die bei Ihrer Ankunft so offenkundig waren, sind fast ganz verschwunden. Wir haben die kleinen Zeichnungen, die Sie angefertigt haben, mit dem größten Interesse geprüft. Bitte, benutzen Sie gern unsere Bibliothek für weitere Illustrationen, die Sie kopieren mögen."
„Kopieren? Aber ich habe doch nicht..."
„Es wird Ihr Gedächtnis stärken. Wie bitte? Was sagten Sie? Sie haben diese Zeichnungen nicht kopiert?"
„Natürlich nicht. Ich habe aus dem Gedächtnis gezeichnet."
„Das ist unmöglich! Bei Ihrer Verfassung –"

„Bei meiner Verfassung!“ Unklugerweise schrie Henri die Worte heraus. „Merken Sie denn nicht, daß ich mein Gedächtnis keineswegs verloren habe? Ich war Trinker, das gebe ich zu, aber ich habe mein Gedächtnis nicht verloren. Fragen Sie mich alles mögliche. Was wollen Sie wissen? Daten? Fragen Sie! So fragen Sie doch!“
„Ihre Krankengeschichte ergibt ...“
„Zum Teufel mit Ihnen und Ihrer Krankengeschichte! Sind Sie denn taub? Sind Sie blind? Ich sage Ihnen, ich habe meinen Verstand ebensowenig verloren wie Sie, nur daß ich wahrscheinlich etwas mehr davon habe! Warum unterziehen Sie mich nicht einer Prüfung? Ich sage Ihnen, ich bin normal! Normal, verstehen Sie? Normal und gesund, völlig gesund!“
In hilfloser Verzweiflung erkannte er, daß er sie nicht überzeugte. Die Gesichter der Ärzte drückten nur allzu deutlich ihren Unglauben aus. Nur ein Wahnsinniger pflegte schreiend zu verkünden, daß er gesund sei.
„Aber selbstverständlich sind Sie gesund.“ Dr. Selamaigne bedachte ihn mit seinem liebenswürdigsten Lächeln. „So gesund, wie man nur sein kann. Sie brauchen nur noch ein wenig Ruhe, das ist alles. Ein paar Monate ...“
„Monate?“ brüllte Henri. „Monate in diesem Tollhaus! Jetzt weiß ich, daß Sie mich wahnsinnig machen wollen! Sie wollen mich hier nicht wieder herauslassen! Ich soll hier für den Rest meines Lebens verfaulen. Ich sag Ihnen noch mal, ich bin gesund! Stellen Sie mir Fragen, fragen Sie mich alles, was Sie wollen ... Lassen Sie mich zeichnen für Sie ... Lassen Sie mich Ihnen beweisen ...“
Er schrie immer noch, als zwei stämmige Wärter ihn aus dem Büro schleppten.
Als er wieder in seinem Zimmer war, warf er sich aufs Bett, schlug mit den Fäusten in die Kissen, schluchzte und rief nach seiner Mutter.
Am nächsten Tag war er ruhig. Nicht resigniert, sondern wirklich ruhig. Nur sein Vater konnte ihn hier herausholen. Er würde außer sich sein, daß man ihn für wahnsinnig hielt. Er würde sich nicht beeindrucken lassen von diesen sturen Ärzten, ihrer Krankengeschichte und ihrem Gerede von Amnesie und beunruhigenden Symptomen.

Noch am selben Nachmittag schrieb er seinem Vater, bestach den Wärter, den Brief zur Post zu geben, und wartete voller Zuversicht auf des Grafen zorniges Erscheinen.
Aber die Tage vergingen. Eine Woche, zwei, drei Wochen. Sein Vater kam nicht.
Henri verfiel in völlige Stumpfheit. Er verbrachte seine Tage im Schaukelstuhl neben dem vergitterten Fenster, ununterbrochen vor und zurück schaukelnd. Er war in der Falle, niemals würde er hier wieder herauskommen ...
Merkwürdigerweise deuteten die Psychiater seine brütende Interesselosigkeit als Besserung. Es wurde seiner Mutter erlaubt, ihn zu besuchen.
„Du begreifst doch, Henri?" flüsterte sie, sobald sie allein waren. „Mir blieb keine andere Wahl. Wenn ich dich nicht hierher gebracht hätte, würden die Behörden dich in eine staatliche Anstalt gesteckt haben."
Er nickte mit gesenkten Augen. „Ja, Maman. Ich verstehe."
Er hätte gern einen Halt an ihr gefunden, sie angefleht, ihn hier wegzunehmen, und ihr erklärt, daß er gesund sei, aber es würde nur ihre Traurigkeit vergrößert haben. Und was wogen schon seine Worte gegen die von drei anerkannten Wissenschaftlern? Außerdem hatte sie die Krankengeschichte eingesehen ... Und vielleicht war er auch tatsächlich geisteskrank und wußte es nur nicht? Wie sollte man schließlich erkennen, daß man geisteskrank war?
„Ich bin sehr dankbar", sagte er und starrte auf die Tapete. „Du hast es nur zu meinem Besten getan, wie alles, was du tatest. Ich dagegen habe dir nur Kummer gemacht. Bitte, vergib mir, Maman."
Sie nahm ihn in die Arme und fuhr ihm durchs Haar, wie sie früher so oft getan hatte.
„Du mußt jetzt ganz tapfer sein, Riri ..."
Sie gingen durch den Garten und setzten sich auf eine Bank unter einem knospenden Baum. Mit tonloser Stimme beantwortete er ihre Fragen. Ja, sein Schlüsselbein sei gut verheilt. Er habe keine Schmerzen mehr darin. Ja, es sei ein Wunder, daß er sich in jener Nacht nicht die Beine gebrochen habe. Doch, die Ärzte seien sehr freundlich und aufmerksam. O ja, er habe es sehr bequem und dürfe sogar lesen. Nein, einsam fühle er sich nicht.

„Sie lassen mich auch wieder zeichnen. Dabei vergeht die Zeit."
„Versuche, geduldig zu sein. Du hast einen Nervenschock gehabt. Laß dir Zeit, wieder zu Kräften zu kommen. Ich werde immer kommen und dich besuchen, so oft die Ärzte es erlauben."
Am Portal beugte sie sich herab, um ihn zu küssen, und flüsterte: „Bete, mein Kind, wenn du kannst. Das Gebet wird dir Frieden geben."
Er blieb hinter dem Tor stehen und sah sie in den Wagen steigen. Joseph saß nicht auf dem Vordersitz.
„Sie wollte nicht, daß er mich sieht", dachte er niedergeschlagen, als er zum Haus zurückhinkte.

Es war Maurice, der ihm zu Hilfe kam.
Als Henri ihn in der Tür zu seinem Zimmer stehen sah, brach er in fassungsloses Schluchzen aus.
„Du! Wie bist du ... Wieso haben sie dich reingelassen ... Wie ist es möglich ..."
„Ja", sagte Maurice mit einem guten Lachen und schloß die Tür hinter sich, „es scheint mir allerdings leichter, mit der Königin von England zu frühstücken, als in dies verflixte Haus hineinzukommen. Nach dem, was der Sekretär mir unten erzählte, erwartete ich, dich mit einer Zwangsjacke in einer Gummizelle vorzufinden, aber du kannst dir nicht vorstellen, wie überzeugend ein Fünfzig-Francs-Schein auf einen schlecht bezahlten Sekretär wirken kann. Nun gut, da bin ich also. Du siehst mir nicht geistesgestört aus. Setz dich auf den Stuhl da und laß uns reden. Wir haben nicht allzuviel Zeit. Sag mir alles. Die Zeitungen sind voll von den phantastischsten Geschichten. Wie hat es sich in Wirklichkeit abgespielt? Deine Mutter wollte ich nicht fragen, und Madame Loubet ist so durcheinander, daß ich nichts Rechtes aus ihr herausbringen konnte. Sie hat nur die ganze Zeit geweint. Du hattest einen Anfall von Delirium tremens, stürztest auf den Treppenflur hinaus und fielst die Treppe hinunter – war es so?"
Henri erzählte alles, was er erinnerte, und beschrieb auch seinen Abscheu gegen dieses Haus, die Schreie der Frauen, die Weigerung der Ärzte, ihn für gesund zu erklären.
„Da, sieh!" sagte er, indem er an den Tisch trat und einen Stoß Zeichnungen aufhob. „Sieh sie dir an! Zuerst haben sie gesagt, ich hätte sie kopiert. Selbst als sie begriffen hatten, daß ich sie

nicht kopiert habe, sie gar nicht kopiert haben konnte, blieben sie weiter dabei, mich für geisteskrank zu halten. Oh, Maurice, wie kann ich diesen Idioten begreiflich machen, daß ich nicht verrückt bin? Bitte, hilf mir. Du bist meine letzte Hoffnung. Ich hab meinem Vater geschrieben. Er hat nicht geantwortet."

Maurice sah sich die Zeichnungen eine nach der anderen an. „Wenn diese Zeichnungen von einem Geisteskranken stammen, dann bin ich auch geisteskrank. Diese verfluchten Zeitungen haben mich ganz durcheinander gebracht, und ich muß sagen, ich hatte meine Zweifel, als ich herkam. Du hast, wie du selber weißt, hin und wieder wirklich ein paar verrückte Dinge gemacht. Aber du bist nicht im geringsten geistesgestört, und ich werde dich hier herausholen. Ich hab eine Idee, aber ich weiß nicht, ob es klappen wird. Wenn nicht, werde ich was anderes versuchen. Inzwischen bleib du hier, sei sanft wie ein Engel und zeichne weiter. Du wirst in den nächsten Tagen von mir hören. Darf ich diese hier mitnehmen?"

„Natürlich, nimm alles, was du willst."

Bevor er ging, griff Maurice in die Tasche. „Hier ist einige Post, die ich mitgenommen habe, als ich bei Madame Loubet war. Leb wohl, Henri, und verlier nicht den Mut. Du weißt doch: *A la vie et à la mort*. Ich werde dich hier herausholen, und wenn ich das Haus in die Luft sprengen muß!"

Einer der Briefe war vom Kultusministerium. Mit der steifen Förmlichkeit amtlicher Schreiben wurde ihm mitgeteilt, daß sein Name auf die nächste Vorschlagsliste der Ehrenlegion gesetzt worden sei, die dem Herrn Präsidenten der Republik demnächst zur Unterzeichnung vorgelegt werde. Er möge die Abteilung umgehend von seiner Bereitschaft zur Annahme in Kenntnis setzen, da andernfalls die Auszeichnung nicht verliehen werden könne. Diese hohe Würdigung werde ihm zuteil in Anerkennung seiner hervorragenden künstlerischen Leistungen und der Verdienste, die er sich um die französische Kunst und Kultur erworben habe.

Mit fünfunddreißig, in einem Alter, in dem die meisten Künstler noch unbekannt in ihren Dachkämmerchen hungerten, wurde ihm die Ehrenlegion angeboten! Merkwürdig, diese Beharrlichkeit des Erfolgs in seinem Leben! Die Göttin des Ruhmes war die einzige Frau, die beständig zu ihm gehalten hatte. Sollte er annehmen?

Selbstverständlich nicht! Besonders nicht nach dem Skandal seiner Einsperrung. Geisteskranker Künstler als Mitglied der Ehrenlegion! Das wäre ein Fressen für die Zeitungen. Nein, er hatte genug Popularität genossen. Die beste und die schlimmste. Er hatte kein Verlangen mehr danach, seinen Namen gedruckt zu sehen. Maman würde sich so oder so nichts daraus machen. Sie war über solche Beglückungen hinaus. Und Papa? Papa würde irgend etwas brummen über diese blöde Regierung, die pornographische Farbenkleckser mit Orden behängte. Nur Mirjam wäre tief beeindruckt gewesen. Ihr imponierte Erfolg.

Plötzlich sah er sie vor sich, wie sie an einem stillen Winterabend am Kamin kauerte. Die Dunkelheit preßte sich gegen die Fensterscheiben. Nach einem langen Schweigen hörte er sich sagen: „Oh, übrigens, Liebling, sie haben mir das Kreuz der Ehrenlegion verliehen." Und sie wandte sich zu ihm, ein wenig atemlos, die Augen geweitet vor Stolz . . .

Er beugte sich nieder und nahm den Kopf in die Hände. Würde er denn nie aufhören, an sie zu denken?

„Schlechte Nachrichten?" fragte der Wärter, der das Mittagessen brachte.

„Nein, nein." Henri richtete sich auf. „Nichts von Belang."

Langsam zerriß er den Brief und warf die Fetzen in den Papierkorb.

Eine Woche danach kam Maurice wieder, und zwar zusammen mit Monsieur Arsène Alexandre, dem Kunstkritiker des „Figaro".

„Du siehst, ich habe mich an deinen Rat gehalten, Maurice", sagte Henri lächelnd, indem er vom Tisch aufstand, um die beiden zu begrüßen. „Ich habe gearbeitet."

„Darf ich mir Ihre Zeichnungen ansehen?" fragte der Kritiker und setzte sich ein goldenes Pincenez auf. Eine Weile blieb er stumm. „Und ganz aus dem Gedächtnis, sagen Sie?" Er nahm das Pincenez ab und klopfte sich damit in die Handfläche. „Ohne Hilfsmittel, ohne vorherige Skizzen nach dem Leben?"

Henri schüttelte den Kopf. „Wie sollte ich? Meine sämtlichen Skizzen sind im Studio."

„Es ist unglaublich. Ich kenne in der ganzen Kunstgeschichte keinen ähnlichen Fall von malerischem Gedächtnis. Wenn Sie geistesgestört sind, dann kann ich nur sagen, ich wünschte, es gäbe mehr geistesgestörte Künstler."

Henri, der sich sehr wohl bewußt war, daß er scharf beobachtet wurde, enthielt sich aller witzigen Bemerkungen und formulierte seine Antworten möglichst langweilig, das heißt auffallend normal. Gegen Ende des Nachmittags war der Kritiker völlig überzeugt.

Dr. Selamaigne las Alexandres Artikel beim Frühstück, und es schmeckte ihm plötzlich nicht mehr. Ein anerkannter Kritiker hatte, nachdem er einen Nachmittag mit einem angeblich wahnsinnigen Künstler verbracht hatte, diesen im Besitz aller seiner Fähigkeiten und auf dem Höhepunkt seines künstlerischen Schaffens gefunden.

Als Henri ins Büro geführt wurde, hatte der Arzt seine Haltung wiedergewonnen und war wieder ganz Güte und Würde.

„Ich sagte ja immer schon, daß Sie nur etwas Ruhe brauchten", begann er mit väterlichem Lächeln, die Hände auf dem Bauch gefaltet, „nun, die Entwicklung hat mir recht gegeben. Wieder einmal hat unsere kleine Einsiedelei eine wunderbare Heilung gezeitigt. Und wie fühlen Sie sich so als Geheilter? Als vollständig wiederhergestellt?"

„Danke, sehr gut", sagte Henri in bester Haltung.

„Das will ich meinen! Sie sind mit knapper Not davongekommen, aber ich halte Ihren Fall jetzt für abgeschlossen. Was würden Sie dazu sagen, wenn wir Ihnen nun gestatten, Besuche zu empfangen? Wenn Sie malen und zeichnen können, so viel Sie wollen? Sogar ein paar Ausfahrten können Sie machen, in Begleitung selbstverständlich. Das wäre doch wunderbar, wie? Nun, das also sollen Sie in den nächsten zwei Wochen tun ..."

Henri machte nicht erst den Versuch zu sagen, daß er sofort zu gehen wünsche. Jetzt, da er seiner Befreiung sicher war, hatte er es nicht mehr so eilig damit. Was sollte er anfangen, wenn er entlassen wurde? Wieder das alte Leben, das „Hallo, Kutscher", die Kabaretts? Natürlich würde er nie im Leben wieder Alkohol anrühren und nie wieder den Fuß in eine Bar setzen ... Das Leben würde sehr langweilig werden ...

Sein Zimmer wurde in ein Atelier umgewandelt. Eine Staffelei wurde beschafft, und Maurice – immer wieder Maurice! – schickte Farben und Leinwand. Jetzt, da seine Wiederherstellung allgemein bekannt geworden war, kam eine bunte Prozession von Besuchern nach Auteuil. Als erste erschien Madame Loubet, stilvoll unmodern in ihrem schwarzen Alpakakleid, auf dem sie die Kameenbrosche, die er ihr geschenkt hatte, zur Schau trug. Dann nahm Missia Natanson mit einigen Bekannten aus der großen Welt in dem so ungewöhnlichen Rahmen eines Zimmers mit vergitterten Fenstern den Tee ein. Von der Fleur Blanche kamen Herr und Frau Potieron mit Berthe, alle furchtbar respektabel in feierlichem Schwarz. Das Comité Exécutif der Société des Artistes Indépendants schickte eine Abordnung unter der Leitung von Henri Rousseau. Der alte Desboutins pflanzte sich am Portal auf und verlangte hochmütig, zu dem Herrn Grafen von Toulouse-Lautrec geführt zu werden, der „ein intimer Freund" von ihm sei. Wie immer saß ihm ein zerdrückter Filzhut auf dem Hinterkopf, baumelte die Pfeife an seiner Brust und trug er Pantoffel an den Füßen. Als er dem Torhüter eine schmuddelige Visitenkarte hinhielt, glitt eine Flasche Cognac aus seinem Umhang und zersplitterte auf dem Boden. Trotz seiner Beteuerungen, daß er diesen Vorfall überhaupt nicht begreifen könne, wurde er prompt hinausgeworfen. Von seinem Fenster aus konnte Henri den alten Graphiker beobachten, wie er mit der einen Hand wild gestikulierte, mit der anderen seinen Hut festhielt und in seinem nachschleppenden Umhang zwischen zwei stämmigen Wärtern herumhopste.

Jane Avril kam in Begleitung eines jungen Mannes mit einem leidenschaftlichen Pferdegesicht und wilden schwarzen Haaren.

„Das ist Christoph", sagte sie, „er ist Komponist."

Nach einigen höflichen Worten erklärte Christoph, er werde in den Garten gehen und dort auf sie warten.

„Ist er nicht wundervoll?" sagte sie und zündete sich eine Zigarette an. „Er ist ein großer Musiker. Bis jetzt hat er noch nichts veröffentlicht, aber er arbeitet an einer Oper. Ich denke mit Schaudern daran, daß ich beinahe Georges geheiratet hätte. Was hab ich bloß an dem gefunden? Er war doch nur Durchschnitt, ohne jedes Talent. Sein Roman, weißt du, war wirklich nur Mist. Na ja, es war eben eine Vernarrtheit, weiter nichts. Aber bei Christoph, da ist es etwas ganz anderes."

Er betrachtete sie lächelnd und voller Staunen. „Du hast wirklich das Geheimnis ewiger Jugend gefunden."

Sie plauderten eine Weile und vermieden sorgfältig, Mirjam zu erwähnen. Aber beide fühlten, daß sie zwischen ihnen stand.

„Es tut mir leid, daß es so endete“, sagte Jane seufzend, als sie ihre Handschuhe wieder anzog. „Glaub mir, ich meinte es so gut. Ich wollte doch nur, daß du ...“

„Sei nicht traurig“, sagte er sanft. „Durch dich habe ich die einzige glückliche Zeit meines Lebens gehabt.“

Einige Tage vor der Entlassung besuchte ihn seine Mutter. Sie sah ihn mit kummervollen Augen an und sagte: „Hast du irgendwelche Pläne gemacht, Henri? Was hast du jetzt vor?“

„Ich weiß noch nicht genau“, sagte er ausweichend. Wie immer bestürzte ihn ihre unumwundene Frage. „Wahrscheinlich gehe ich nach dem Montmartre zurück. Etwas anderes bleibt mir ja wohl auch nicht übrig. Ich will wieder an die Arbeit gehen und ein Porträt von Maurice machen. Ist dir auch schon aufgefallen, daß ich ihn noch nie gemalt habe? Sonderbar, nicht? Er hat mich nie darum gebeten, aber ich glaube, es würde ihm Freude machen.“

„Dann solltest du es unter allen Umständen tun. Maurice ist ein prachtvoller Mensch.“

„Das weiß ich. Niemand weiß es besser als ich. Ich werde ihm nie vergelten können, was er für mich getan hat.“

„Aber du hast mir noch nichts von deinen Plänen gesagt.“

„Doch. Daß ich wieder nach Montmartre gehe ... Was dann, weiß ich noch nicht. Ich habe keinerlei Pläne. Irgendwie scheinen sich die Pläne, die ich mache, doch nie zu verwirklichen. Maurice sprach von einer Ausstellung in New York nächstes Jahr. Es würde ganz interessant sein, nach den Vereinigten Staaten zu fahren.“

„Aber was willst du inzwischen tun?“

„Ich weiß nicht, was du meinst. Arbeiten natürlich. Ich habe verschiedene Sachen, die ich fertig machen möchte. Und im Juni könnte ich nach Dieppe oder Trouville gehen. Nach Arcachon möchte ich nicht wieder. Davon hab ich erst mal genug.“

Er sah ihrem blassen, wissenden Gesicht an, was sie dachte. „Oh, ich verstehe. Du machst dir Sorgen, ich könne wieder anfangen zu trinken, nicht wahr? Da kannst du ganz beruhigt sein, Maman. Nie wieder werde ich einen Tropfen anrühren. Ich gebe dir mein Wort.“

„Ich weiß, du hast die beste Absicht, Henri.“ Sie blickte ihm in die Augen, liebevoll, aber unbeirrt. „In manchen Dingen hast du eine große Willenskraft bewiesen, in anderen nicht. Und du täuschst dich über dich selber leicht, obwohl du über andere sehr genau Bescheid weißt. Sieh einmal, in vielen Punkten kenne ich dich besser, als du selber dich kennst. Ich weiß, wie sehr du um dieses Mädchen gelitten hast und wie einsam es dich gemacht hat. Diese Einsamkeit wird dich veranlassen, Zerstreuung zu suchen, und so wirst du allmählich wieder zu deiner alten Lebensweise zurückkehren. Die Versuchung wird an dich herantreten, und du wirst ihr nicht widerstehen können. Nein, mein Kind, ich weiß es. Du glaubst, du kannst es, aber du kannst es nicht. Du wirst wieder deine Zuflucht zum Alkohol nehmen. Und was dann?"

Er hielt die Augen gesenkt und antwortete nicht.

„Dann", fuhr sie mit ihrer ruhigen Stimme fort, „wirst du bald im Übermaß trinken, weil das deinem Wesen entspricht. Nicht lange, und du bist wieder genau da, wo du warst, als du hierher kamst. Soll dein Leben ein ständiges Hin und Her zwischen Montmartre und diesem Haus hier sein? Ich habe viel über dies alles nachgedacht. Ich würde keinen Augenblick Ruhe haben, wenn ich dich allein auf dem Montmartre weiß. Und deshalb habe ich Monsieur Viaud, einen alten Freund unserer Familie, gebeten, nach Paris zu kommen und bei dir zu bleiben. Paul ist Junggeselle, ein liebenswürdiger, gebildeter Mensch. Du wirst in ihm einen angenehmen und verständnisvollen Hausgenossen haben."

Er hob langsam den Kopf. „Einen Aufpasser?"

„Ja, Riri, wenn du es so nennen willst ..."

Länger als ein Jahr rührte Henri keinen Alkohol an und genoß die sanfte Befriedigung einer reuigen Einkehr. Monatelang schwelgte er in Enthaltsamkeit. Mit der ihm eigenen Heftigkeit gab er sich als bekehrter Sünder, beklagte seine früheren Ausschweifungen, äußerte sich entzückt über das spannende Lottospiel mit Paul Viaud und Madame Loubet und pries die Segnungen eines regelmäßigen Lebens und guten Gewissens.

„Wenn man an die Millionen Männer und Frauen denkt, die ihre Gesundheit durch den Alkohol untergraben, an die zugrunde gerichteten Familien, die unschuldigen Kinder, die das Opfer ererbter Trunksucht werden, – wirklich, es müßte ein Kreuzzug unternommen werden, ein Kreuzzug gegen den Alkoholismus über die ganze Welt ..."

Seine Bekehrung war vollständig, allumfassend. Auch die niedrigen Begierden des Fleisches erhielten ihre gerechte Strafe. Wenn ihre beharrlichen Forderungen ihn zuweilen zwangen, die Fleur Blanche aufzusuchen, so geschah das nur, nachdem er Paul Viauds Erlaubnis eingeholt hatte, mit vielen Ausdrücken des Bedauerns und der Miene eines Menschen, der sich entschuldigen muß, weil er nicht umhin kann, ein dringendes und unaussprechliches Bedürfnis zu befriedigen.

In dieser exaltierten Verfassung malte er Porträts von Maurice sowie verschiedene andere Bildnisse. Es waren dunkel gehaltene, unsichere Arbeiten, die an seine Atelierstudien erinnerten. Aber er malte auch Renée, die hübsche Modistin, und der Anblick ihres zarten Profils, ihres blonden Haares, das im Lampenlicht aufleuchtete, regte seinen sterbenden Genius zur Schöpfung eines seiner letzten Meisterwerke an. Im übrigen jedoch gab es keine Akte, keine Bordellmädchen, keine Schauspielerinnen mehr. Die Tugend hatte ihn fest in der Hand und erwürgte ihn allmählich.

Ernste und gewichtige Kunstkritiker, die sich gegen die „umstürzlerische Brutalität" seiner Kunst verwahrt hatten, schlachteten das gemästete Kalb zur Feier der Rückkehr des Verlorenen Sohnes in die Arme würdiger Porträtmalerei. Nun, da er als großer Künstler anerkannt war, erinnerten sich die Kunsthändler der Bilder, die er ihnen in seiner Anfangszeit gegeben hatte. Mit eindrucksvollen Rahmen versehen, erschienen sie plötzlich überall in den Schaufenstern vornehmer Galerien. Viele Fälschungen, meistens frech signiert, tauchten auf und wurden als Werke des sechsunddreißigjährigen Meisters verkauft*.

Wenn er sich gelegentlich, und immer von Viaud begleitet, auf die Terrasse eines Cafés setzte, um eine harmlose Limonade oder eine Tasse Kaffee zu trinken, unterbrachen die Kunststudenten ihre Gespräche, um sich anzustoßen und nach dem graubärtigen Krüppel hinüberzublicken, so wie er selbst einst nach Degas geblickt hatte. Die Kühnsten kamen an seinen Tisch, und er hielt Moralpredigten über Kunst, Fleiß und einwandfreie Lebensführung. Er tat es mit der falschen Biederkeit und Zurückhaltung, wie sie berühmten Leuten eigen sind.

Wie die meisten Gerechten begann er die Komplimente, mit denen er überhäuft wurde, zu glauben und sich selber ernst zu nehmen.

* Fälschungen Lautrecscher Bilder, Zeichnungen und sogar Plakate traten so häufig auf, daß Maurice Joyant sie in seinem Katalog der Werke des Künstlers listenmäßig erfaßte.

Er gab den unwürdigen Karton auf und verwandte dünne Holzplatten für seine Malerei. Jetzt, da seine Kraft verbraucht war, richtete er sein Augenmerk auf die Nachwelt. Kurze Zeit befaßte er sich mit Radierungen und führte neun Stiche mit kalter Nadel aus.

Und wieder hängte sich die Ruhmesgöttin, seine treue und nie entmutigte Geliebte, an ihn. Zum zweitenmal wurde er für die Ehrenlegion vorgeschlagen, und diesmal nahm er feierlich an. Der Präsident der Republik übertrug ihm die Leitung der Plakatabteilung bei der Großen Ausstellung, die das zwanzigste Jahrhundert einleiten sollte, und mit gebührendem Ernst prüfte er Hunderte von Plakaten und machte angemessene Bemerkungen zu den einzelnen. Es bildeten sich Legenden um ihn. Schon zu Lebzeiten ging er in die Geschichte ein.

Das neunzehnte Jahrhundert erstarb in der Dunkelheit einer regnerischen Nacht. An diesem Abend, während Moulin Rouge vom Getute der Papptrompeten und der überschäumenden Fröhlichkeit des Neujahrstrubels widerhallte, fuhr Henri zum Boulevard Malesherbes, um seine Mutter zu besuchen. Beim Essen erging er sich in wortreichen Beteuerungen seiner ständigen Enthaltsamkeit und war fast ein wenig gekränkt, daß sie so wenig darauf einging.

Müde lächelte sie zu ihm herüber. Ihr Haar war weiß geworden, ihre Lippen waren blaß.

„Sie müßte glücklicher aussehen", dachte er, „aber vielleicht kann sie überhaupt nicht mehr glücklich aussehen."

Als der Kaffee serviert wurde, sagte er: „Maman, findest du nicht auch, daß wir jetzt auf Pauls Dienste verzichten können? Er ist sehr nett, und du hattest völlig recht, darauf zu bestehen, daß er zu mir kam, als ich aus Auteuil entlassen wurde. Ich war noch schwach damals und hätte leicht in meine alten Gewohnheiten zurückfallen können. Aber jetzt habe ich meine Willenskraft wieder und brauche ihn wirklich nicht länger."

„Vielleicht ... Wir wollen in ein paar Monaten wieder darüber sprechen."

„Aber Maman, sei versichert ..."

„Paul braucht das Geld", sagte sie schnell, um die Debatte zu beenden.

„Ach so, dann ..."

22

„Bitte, Victor!"
Durch das glasige Grau der leeren Kneipe klang die jammernde Stimme.
„Gib mir noch einen Absinth! Nur einen kleinen ..."
Das Jammern wurde zum Flehen.
„Bitte, Victor! Siehst du nicht, daß ich ihn brauche?" Sein aschfarbenes Gesicht verzog sich zu einer kläglichen Grimasse. „Ich geb dir zwanzig Francs ... hundert Francs ... fünfhundert Francs ..."
„O Gott, diese Säufer!" stöhnte Victor. Vor sich hin brummend, nahm er eine Flasche aus dem Bort hinter sich und schlurfte zum Tisch.
„Hier." Er goß eine grüne Flüssigkeit und ein wenig Wasser ins Glas. „Und jetzt lassen Sie mich um Gottes willen in Ruhe. Dies ist das letzte Glas, das ich Ihnen gebe. Es ist mein Ernst, Monsieur Toulouse. Das letzte!"
Henri trank gierig. Ihn schwindelte. Der Fußboden schaukelte. Die marmorne Tischplatte hob und senkte sich. In seinen Ohren fühlte er ein unheimliches Brausen. Einen Augenblick lang schwankte er auf seinem Stuhl, machte krampfhafte Anstrengungen, sich im Gleichgewicht zu halten, hielt den Atem an und mühte sich ab, das Würgen hinunterzukämpfen. Wurde ihm etwa wieder übel?
Der Anfall verging allmählich. Der Tisch stand wieder fest, der Fußboden hörte auf zu schaukeln. Nur in seinem Gehirn schwankte es weiter, aber das tat es jetzt fast immer.
Vorsichtig setzte er das Glas wieder auf den Tisch. Ohne besonderen Grund wandte sich seine Aufmerksamkeit den Regenbächen zu, die im Zickzack an den Fensterscheiben herunterrannen. Mit seinen entzündeten Augen versuchte er auf die trübselige Straße hinauszublicken.
Es regnete wirklich zuviel in Paris. Madame Loubet hatte recht, das Pariser Wetter war abscheulich. Ihm schien, er habe sein ganzes Leben vor einem Hintergrund gurgelnder Abflußrohre und triefender Dachrinnen verbracht.
Der arme alte Viaud! Er mußte völlig durchweicht sein, wenn er in diesem Regen herumlief und in jeder Kneipe von Montmartre suchte. Er war nicht dafür geschaffen, die Leibwache eines Trun-

kenboldes zu sein. Wußte er denn nicht, daß ein Trinker zum Lügner und Betrüger wurde, wenn er von der Sucht nach Alkohol überfallen wurde? Maman hätte lieber einen Anstaltswärter engagieren sollen.

Nun, Viaud würde gehen und Patou Bescheid sagen, und innerhalb zehn Minuten würde der ihn ausfindig machen. Wieder einmal würde er ihn in eine Droschke packen und nach Hause bringen. Viaud und Madame Loubet würden ihm Kaffee geben, ihn ausziehen und zu Bett bringen. Morgen würde er sich unter dem einen oder anderen Vorwand wieder wegstehlen und es würde wieder genau das gleiche sein.

Und übermorgen ebenso ... Und überübermorgen ...

Die Erinnerungen waren schuld. Sie hatten ihn schließlich mürbe gemacht und ihn dazu gebracht, daß er sein Wort brach. Eines Tages hatte er plötzlich gewußt, daß er den Gedanken an Mirjam nicht eine Minute länger ertragen konnte. Er vermochte die Vorstellung, daß sie ihn verlassen hatte, daß sie in diesem Augenblick vielleicht von einem anderen Mann geliebt wurde und sich seinen Zärtlichkeiten hingab, nicht mehr zu ertragen ...

Da war er Viaud zum erstenmal entschlüpft und hatte sich betrunken. Nein, nicht betrunken war er gewesen, sondern nur krank und elend. Das war die furchtbare Ironie. Er log, brach Maman das Herz, trank, um zu vergessen – und mußte entdecken, daß er nicht mehr trinken konnte! Zwei Absinth – und er mußte erbrechen. Der Magen kehrt sich um, vor den Augen schwimmt alles, der Mund ist voll Galle, und die Wände stürzen um ihn ein ... So war es seit ungefähr vier Monaten. Die Erinnerungen waren immer noch da, und man lebte weiter, voller Scham und in ständiger Qual ...

„Darf ich sie haben, m'sieu?"

Erschrocken wandte er sich um. Ein zerlumptes altes Weib sah ihn aus triefenden Augen an. Ihr graues Haar hing in fettigen Strähnen zu beiden Seiten ihres Gesichtes herunter. Um die Schultern trug sie einen nassen Schal mit schwarzen Fransen.

„Was haben?" Verwirrt blinzelte er sie an.

„Ihre Zigarettenstummel, m'sieu." Sie zeigte auf den Aschenbecher. „Kann ich sie haben? Ich verkaufe sie."

Es ging etwas endgültig Hoffnungsloses von ihr aus, so als ob sie alle Stadien durchlaufen habe und nicht mehr tiefer sinken könne.

Merkwürdigerweise gab ihr das eine Art ruhiger Gelöstheit, eine gewisse Würde der Verworfenheit. Nichts konnte sie mehr treffen.
„Selbstverständlich. Nehmen Sie alles, was Sie wollen."
Er schob ihr den Aschbecher zu und suchte in seinen Taschen.
„Hier, nehmen Sie diese auch." Er leerte sein goldenes Zigarettenetui in ihre Hände. „Vielleicht mögen Sie auch etwas zu trinken? Setzen Sie sich doch bitte. Was möchten Sie haben?"
„Wenn ich einen Rum haben könnte?"
Sie setzte sich, nahm ihren Schal ab und strich mit einer unerwartet anmutigen Gebärde einige graue Haarsträhnen zurück.
„Sie sind Kunstmaler, wie?" fragte sie und kniff ihre wässerigen Augen zusammen.
„Ja, das bin – oder besser: war ich. Wie kamen Sie darauf?"
„Künstler sind leicht zu erkennen. Ich habe eine Menge Künstler gekannt."
Sie wartete, bis der Wirt das Glas vor sie hingestellt hatte.
„A votre santé, m'sieu."
„A votre santé, madame", sagte Henri und hob höflich sein Glas.
Er beobachtete, wie sie den Alkohol einen Augenblick im Mund behielt und dann mit einem raschen Zurückwerfen des Kopfes hinunterschluckte. Danach stellte sie das Glas auf den Tisch, wischte sich mit dem Handrücken die Lippen und kicherte in sich hinein. „Madame ... Madame hat er mich genannt!"
Sie stützte den Ellenbogen auf den Tisch und blickte Henri noch immer in sich hineinlachend, neugierig an. „So wie Sie war er auch", sagte sie. „Immer höflich, sogar im Bett noch. Ein richtiger Gentleman. Vielleicht haben Sie mal von ihm gehört? Manet."
„Manet? Edouard Manet?" Plötzlich wußte er, wen er vor sich hatte. „Sie sind Olympia!"
„Ja, so nannte er mich. Warum, weiß ich nicht. Ich heiße Victorine, aber er sagte immer ‚Nein, nein, für mich bist du Olympia'. Vielleicht haben Sie das Bild, das er gemacht hat, mal gesehen?"
„Mal gesehen?" Er mußte über ihre Unwissenheit lächeln. „Alle Welt hat das gesehen! Es ist eines der berühmtesten Gemälde!"
„Na ja, Aufhebens hat er genug davon gemacht. Sie hätten ihn sehen sollen in seinem Studio, wie er mich von oben bis unten angeguckt hat. Und dabei hatte ich nichts an und lag auf einem Sofa. Erst stopfte er mir ein großes gelbes Kissen unter. Dann

steckte er mir eine Blume ins Haar. Aber man konnte ihm anmerken, daß es ihm immer noch nicht gefiel. Und deshalb rannte er aus dem Zimmer und kam mit einem kleinen schwarzen Band wieder. ‚Das wird's tun', sagte er lachend, ‚genau das hat gefehlt.' Sie wissen ja, wie Künstler sind. Die Hälfte der Zeit begreift man überhaupt nicht, was sie meinen. Na, also, er legte mir das kleine Band um den Hals, und dann war er glücklich. ‚Nicht bewegen', sagte er und fing an zu malen."

Olympia! Dieses formlose, zerlumpte Wrack! Oh, wie entsetzlich, wie über alle Worte hinaus entsetzlich war dieser unaufhaltsame Verfall alles Lebendigen! Die Kunst war doch größer als das Leben, sie konnte der Zeit Einhalt gebieten.

Sie stieß ihren Stuhl zurück.

„Ich muß jetzt gehen. Ich muß noch mehr Stummel sammeln, sonst kriege ich nichts zu essen. Noch vor kurzem haben sie mir vier Francs für das Kilo gegeben, jetzt zahlen sie nur noch dreieinhalb. Es wird alles immer schwerer. Aber so ist nun mal das Leben. Vielen Dank für den Rum, m'sieu."

Er drückte ihr einen Geldschein in die Hand. „Hier, nehmen Sie. Und bitte bedanken Sie sich nicht bei mir."

Sie sah das Geld ohne Gier, ja sogar ohne Erstaunen an.

„So war er auch. Immer großzügig ..."

Sie zog den Schal fester um ihre Schultern und schlurfte aus der Kneipe.

Henri trank seinen Absinth aus. Wieder hörte er das Sausen in den Ohren und fühlte, wie sein Magen in Aufruhr geriet und es an seinen Nerven zerrte. Sein Gesicht verzog sich vor Anstrengung. Vor ihm stand das leere Glas und schillerte in den Regenbogenfarben, eine Verkörperung von Spott und Sarkasmus im Leblosen.

„Die Dinge weinen", dachte er, „aber sie können auch lachen."

Dieses Glas, dieser Kelch des Bösen, lachte über ihn. Weil es ihm den Rest gegeben hatte und er nicht mehr trinken konnte. Nun galt es, anderen Opfern eine Falle zu stellen, andere Narren auf den Ausweg des Traumes und des Todes zu locken.

Zorn und Ekel überkamen ihn, er sammelte Speichel im Mund, spuckte nach dem Glas und wischte es mit einer Handbewegung vom Tisch, so daß es auf dem Boden zerschellte.

Draußen war es dunkel geworden. Es regnete nicht mehr. Einen Augenblick stand er auf der Straße und wußte nicht, warum er aufgebrochen war und wohin er jetzt gehen sollte. Unentschlossen blickte er umher. Um eine Droschke zu bekommen, würde er zur Rue des Martyrs gehen müssen. Also gut. Der Weg würde ein wenig Zeit beanspruchen und ihm für die nächsten paar Minuten etwas zu tun geben. In der Droschke konnte er dann immer noch beschließen, wo er den weiteren Abend verbringen wollte.
Die Augen zu Boden gesenkt, machte er sich auf den Weg, stieß seinen Stock bei jedem Schritt hart auf und blieb immer wieder schwer atmend stehen. Er bog um eine Ecke und stellte erstaunt fest, daß er sich in der Rue Clauzel befand. Gegenüber auf der anderen Seite stand Tanguys Laden mit seiner blauen, vom Regen verwaschenen Fassade leer. Er ging hinüber und drückte sein Gesicht gegen das Schaufenster. Der Ladentisch, an dem Madame Tanguy die Farbtuben eingewickelt hatte, stand noch am selben Platz, mit Staub bedeckt. An den Wänden, wo Cézannes und van Goghs gehangen hatten, bildeten verblichene Vierecke eine gespenstische Ausstellung. Wie still alles war – und wie tot! Tanguy, der die japanischen Drucke in vorsichtigen Händen hielt. „Ein Utamaro, monsieur ... Ein Triptychon von Utamaro ...“ Und Madame Tanguy, die sich über ihr Zwiebelragout beugte ... Vincent, in dem kleinen Hof mit seinem Stuhl wippend und an seiner Pfeife ziehend ... Sie waren alle tot, und wenn alle tot waren, wurden die Lebenden zu Gespenstern. Was tat er hier in der hereinbrechenden Nacht?
Er schlug den Mantelkragen hoch und nahm seine qualvolle Wanderung wieder auf. Als er die Rue des Martyrs erreichte, begann es wieder zu regnen. Und natürlich weit und breit keine Droschke. Das Leben bestand aus Enttäuschungen, großen und kleinen ...
Er erschauerte und hinkte weiter zur Place Pigalle. Der Regen wurde heftiger, die Tropfen schlugen schnell und unablässig auf seinen Hut, und hin und wieder glitt ihm einer eisig den Nacken hinunter. Endlich sah er einen haltenden Landauer.
„Frei?“
„Oui, m'sieu.“ Der Kutscher legte einen schmutzigen Finger an den Hut. „Schönes Wetter für Frösche, was? Wohin, m'sieu?“
Henri ließ sich auf den Sitz fallen und schüttelte seinen triefenden Hut.

„Wohin?“ wiederholte der Kutscher, indem er die Zügel aufnahm.
„Glauben Sie, ich kann nicht hören? Zum Teufel, lassen Sie mir doch Zeit. Sehen Sie denn nicht, daß ich bis auf die Haut durchnäßt bin?“
Wohin? Das war es ja eben – wohin? Wohin wollte, wohin konnte er gehen? Ihm fiel nichts ein. Was er eigentlich hätte tun sollen, war nach Hause fahren und andere Kleider anziehen. Soviel stand fest, er hätte einem so netten alten Mann wie Paul Viaud nicht ausreißen sollen. Ob er wohl immer noch im Regen nach ihm suchte? So etwas geschah eben, wenn man vom Alkohol besessen war. Man lief einfach weg, ohne Rücksicht auf die Folgen. Und danach tat es einem dann leid. Sein ganzes Leben verbrachte man damit, daß einem irgend etwas leid tat. Das, was man getan hatte, ebenso wie das, was man unterlassen hatte. Um alles und jedes tat es ihm leid, um Maman, um Madame Loubet, um Viaud, um sich selbst ... Ach, zur Hölle damit!
„Fahren Sie zum Moulin“, rief er aufs Geratewohl.
„Zum Moulin Rouge? Aber, m'sieu, da ist doch um diese Zeit noch nicht geöffnet.“
„Schade. Dann fahren Sie zum Ely.“
„Jetzt merk ich, daß Sie hier fremd sind. Das Ely ist ja schon seit Jahren geschlossen, m'sieu.“
„Ach, natürlich! Ich hab an etwas anderes gedacht. Dann fahren Sie zum Nordbahnhof.“
Er holte sein Zigarettenetui hervor und stellte fest, daß glücklicherweise noch eine Zigarette darin war. Er riß ein Zündholz an, tat gierig ein paar Züge und blies den Rauch durch die Nase, daß es aussah, als habe er lange gebogene Stoßzähne. Großer Gott, einen Augenblick lang hatte er gefürchtet, er kriege das verdammte Ding gar nicht angezündet! Seine Hände zitterten schlimmer als vor dem Klinikaufenthalt. Vielleicht war aber auch nur das Rütteln des Wagens schuld ... Das Rütteln? Würde er jemals um eine Erklärung verlegen sein? Er war schlimmer als ein Rechtsanwalt. Also gut, seine Hände zitterten. Und wenn schon!
Eine Weile gab er sich dem Genuß der Zigarette hin, hielt die Augen geschlossen und lauschte dem Klappern der Hufe auf dem nassen Pflaster. Und wohin sollte er gehen, wenn sie den Nordbahnhof erreicht hatten? Ins Nouvelle? Ja, das war gut. Er war

schon lange nicht mehr dort gewesen. Es würde nett sein, alles einmal wiederzusehen ...

Er öffnete das Fenster und beugte den Kopf hinaus.

„Ich hab es mir überlegt. Fahren Sie bitte wieder zurück zur Place Pigalle. La Nouvelle Athènes."

Als der Wagen vor dem Café hielt, hatte er keine Lust mehr hineinzugehen. Wozu auch? Er würde doch nur ältliche Bürger vorfinden, die ihre Zeitung lasen, lärmende Kunststudenten und nicht mehr ganz junge Bohemiens in Kordanzügen, die Absinth tranken, über Geldsorgen brüteten und von ihrem Mißgeschick redeten ... Ja, und Gespenster. Rachou, Anquetin, Julie, Vincent, sich selbst ... Leonardo ... „Rutsch mir den Buckel runter ... Verflucht noch mal!" Alles dahin. Die Luft war voll von toten Worten.

„Wir sind da!" Der Kutscher wandte sich ungeduldig zu ihm um. „Hier wollten Sie doch her, nicht?"

Nein, hierher wollte er nicht. Er wollte überhaupt nirgendwohin. Er wußte nicht, was er wollte. Er hatte nichts mehr gewollt seit — seit jenem Brief, den er immer noch in seiner Brieftasche trug.

„Fahren Sie zurück zum Nordbahnhof", sagte er entschuldigend. „Und bitte recht langsam."

Der Kutscher zuckte die Achseln, und der Wagen setzte sich mit einem Ruck wieder in Bewegung.

Ob er einmal bei den Natansons vorsprach? Er hatte Missia schon monatelang nicht mehr gesehen. „Wie nett, Henri!" würde sie sagen. „Wo hatten Sie sich solange vergraben?" Aber es würde nicht wie früher sein. Haft und Klinik waren Dinge, die einem immer anhingen. Unwillkürlich waren die Menschen ständig darauf gefaßt, daß man plötzlich anfing, Unsinn zu reden, sich auf dem Fußboden zu wälzen oder das Silberzeug in die Tasche zu stekken ... Wilde hatte das erfahren müssen. Seine eigentliche Strafe begann nach der Entlassung aus dem Gefängnis. Wie grausam und unbarmherzig diese christliche Welt sein konnte! Armer Oscar, er war wenigstens tot. Er brauchte seinen gedunsenen Körper nicht mehr von einer Kaschemme zur anderen zu schleppen und um etwas Alkohol zu betteln. Er hatte sehr hoheitsvoll, beinahe königlich ausgesehen in seinem billigen Sarg, mit dem Rosenkranz um den Hals und einer Medaille des Heiligen Franziskus auf der Brust.

Nein, er wollte auch nicht zu den Natansons. Aber wohin dann? Irgendein Ziel mußte er doch angeben, denn er konnte ja nicht

ewig in diesem gepolsterten Kasten herumfahren. Les Folies? L'Eldorado? Le Riche? Oder ins Maxim? In den Zirkus? Ja, das war nett. Die Akrobaten, die leichtgeschürzten Kunstreiterinnen, die dressierten Elefanten. Nein, auch davon hatte er genug gehabt. Zu oft hatte er sie gesehen, zu viele Male das alles gezeichnet. Selbst die Clowns interessierten ihn nicht mehr.
Und wie wäre es, wenn er ins Theater ginge? Eine dunkle Loge, eine gute Aufführung? Sarah spielte L'Aiglon im Renaissance-Theater ... Und da sollte er den ganzen Abend mit der Erinnerung an Mirjam sitzen? Kein Wort würde er von dem ganzen Stück hören, sondern nur sie sehen, ihre Hand halten, zu ihr sprechen und einen neuen Skandal heraufbeschwören. Er würde sie vor sich sehen, wie sie an jenem Abend ausgesehen hatte, als sie zu „Phädra" gegangen waren. Und bei Voisin würde er daran denken müssen, wie sie gesagt hatte: „Wie kannst du nur diese alten korrupten Könige verteidigen?" In der Comédie Française, in den Konzertsälen, selbst bei einer kinematographischen Vorführung würde er sie neben sich fühlen. Sie war überall in Paris. Sie war Paris.
La Fleur Blanche? Dort würde ihn wenigstens niemand beobachten, und die Mädchen ... Nein, auch dahin konnte er nicht gehen. Er ertrug den Anblick der teigigen Hinterteile, der schlappen Brüste und müden Münder nicht mehr.
Schön! Er wollte also weder zur Fleur Blanche noch zu den Natansons noch in den Zirkus oder das Theater. Wie aber sollte er dann diesen Abend verbringen? Und den morgigen Abend, die Abende der nächsten Woche, des nächsten Monats, des nächsten Jahres? Wie, um Gottes willen?
„Wie?" sagte er laut vor sich hin.
Sein Gesicht verzerrte sich vor Qual. Die Zigarette entglitt ihm, stöhnend fiel er vornüber und blieb so zusammengekauert sitzen, als ob er einen Schuß in den Unterleib bekommen habe. Er biß die Zähne zusammen und grub die Fingernägel tief in die Handflächen.
Allmählich ließ der Krampf nach, aber er blieb in derselben Stellung sitzen, stumpf, beinahe leblos, außer dem lächerlichen Schlenkern der Beine.
„Oh, Maman!" Sein ganzer Körper wurde von einem trockenen Schluchzen erschüttert. „Maman!" wiederholte er, als könne der bloße Klang dieses Wortes ihm Trost bringen.

Aus der Tiefe seiner Not und Angst rief er nach ihr. Denn es ging ans Sterben... Er wußte es so gewiß wie der Kranke, der die ersten Pestbeulen an seiner Hand sieht. Dieser Anfall würde nicht der einzige bleiben. Bald würden weitere folgen, und sie würden häufiger kommen und von Mal zu Mal schmerzhafter werden. Sein Körper verfiel, löste sich gleichsam auf durch den jahrelangen Mißbrauch. Es war wie eine Hand um die Kehle, diese Gewißheit, daß man bald tot sein würde, daß die Augen nicht mehr sehen, die Nase keinen Atem mehr einziehen, das Herz nicht mehr pumpen würde und daß man unter der Erde liegen würde, sehr tief, damit der Gestank die Lebenden nicht beleidige.

Es war sehr seltsam. Dieses Wissen, daß man im Begriff war zu sterben, bewirkte ein neues Denken und Fühlen, so als ob man schon tot sei, sich schon außerhalb der Gesellschaft der Lebenden befinde. Die Dinge bekamen ein anderes Gesicht. Das, was noch vor kurzem wichtig gewesen war, erschien ganz unwichtig, die meisten Menschen, die man gekannt hatte, verlor man aus dem Gedächtnis, so wie man selber bei ihnen wohl auch allmählich in Vergessenheit geriet.

Demgegenüber wurden andere Dinge plötzlich klar und zwingend. Erstens: er durfte nicht auf dem Montmartre sterben, nicht in der Gosse, in einer Kneipe oder einer Droschke verrecken. Ein Toulouse-Lautrec tat das nicht.

Zweitens: er hatte noch einiges gutzumachen. Nein, nicht dem Leben gegenüber. Das Leben gewährte keine Gnade und erwartete keine Wiedergutmachung. Aber es gab einige Menschen, die gut zu ihm gewesen waren: Maurice, Madame Loubet, Patou, Berthe... das würde er gleich morgen erledigen. Er würde sie um Verzeihung bitten wegen der Mühe, die er ihnen verursacht hatte, und ihnen danken für alles, was sie getan hatten. Für Taten allerdings war keine Zeit mehr. Nur für Worte – und Geld... Natürlich nicht für Maurice und Patou, obwohl beide es gebrauchen konnten. Aber Geldgeschenke hatten ein schlechtes Ansehen und wurden so leicht mißverstanden. Ihr Leben lang dachten die Menschen an nichts anderes und schufteten unermüdlich dafür, aber wenn es ihnen geschenkt wurde, nahmen sie es übel oder empfanden es als peinlich.

Berthe aber würde begreifen, daß es keine Bezahlung, keine Beleidigung, kein Begleichen einer Schuld war. Auch Madame Loubet würde verstehen. Sie war eine alte Frau und in ihrer Art weise. Sie wußte, daß die Reichen genau wie die Armen nur das geben konnten, was sie hatten. Ein paar Tausender in einem Briefumschlag, wie unabsichtlich in ihrer Loge liegengelassen, würden ihr die Möglichkeit geben, ihre letzten Jahre in dem geliebten Chambéry zu verleben. Sie würde es als eine Geste ansehen, wie die Kameenbrosche, den Heiligen Franziskus aus Arcachon und die übrigen kleinen Geschenke, die er ihr im Laufe der Jahre gemacht hatte. Eine bescheidene Geste der Dankbarkeit. Die bescheidenste überhaupt, weil sie so wenig kostete. Die letzte, zu der er noch imstande war. Möglicherweise würde sie es auch für ein Wunder ihres lieben Gottes halten ...

Sobald das getan war, wollte er versuchen, bei Maman Abbitte zu tun. Wenn er nur noch ein bißchen länger leben dürfte und ihr ein paar Monate uneingeschränkter Liebe geben könnte, dann würde er zufrieden sein. Wenn er ihr nur sagen und zeigen könnte, wie tief, wie unendlich tief er alles bereute, was er ihr in diesen langen Leidensjahren, die sie auf ihn wartete, an Schmerz zugefügt hatte! Er konnte das Vergangene nicht ungeschehen, seine Irrtümer nicht wieder gut machen. Aber er konnte Maman wenigstens um Verzeihung bitten und ihr sein wundes, zerschlagenes Herz darbringen, nach dessen Liebe niemand Verlangen hatte.

23

Dunkel lag Schloß Malromé da, nur im zweiten Stock, in Henris Zimmer, brannte Licht.

„Ich denke, heute nacht wird er schlafen."

Der alte Arzt fühlte Henris Puls und sah die Gräfin dabei an. „Seit er gelähmt ist, leidet er nicht mehr so sehr. Das ist das einzig Gute."

Vorsichtig legte er die abgemagerte Hand wieder auf die Bettdecke und trat vom Bett zurück.

„Sie sollten in Ihr Zimmer gehen, Madame la Comtesse. Sie brauchen Schlaf, und Sie werden Ihre Kraft noch nötig haben."

Als er sich an der Tür verbeugte, las er die Frage in ihren Augen.

„Es ist schwer zu sagen", murmelte er mit einem hilflosen Achselzucken. „Noch zwei Tage, vielleicht drei. Vielleicht auch weniger.

Er ist jung. Mit siebenunddreißig Jahren nimmt der Körper den Kampf auf. Diese Nacht wird er jedenfalls überstehen. Ich komme morgen früh wieder."

Er sah sie aus gütiggebliebenen Augen an.

„Versuchen Sie zu schlafen", sagte er leise voller Anteilnahme.

Unten erwartete ihn Joseph.

„Wie geht es ihm heute abend, Herr Doktor?" fragte er, als er dem Arzt in den Mantel half.

„Unverändert. Es ist erstaunlich, daß er den Schlaganfall überlebt hat. Aber lange kann es nicht mehr dauern. Irgendwelche Nachrichten von seinem Vater?"

Joseph schüttelte den Kopf. Der alte Landarzt stieg die Freitreppe hinunter, an deren Fuß sein kleiner zweirädriger Wagen wartete.

„Wenn er überhaupt kommen will, wäre es besser, er käme bald."

Mit einem müden Seufzer ließ er seinen schweren Körper in das zerbrechliche Fahrzeug fallen.

„Sehen Sie zu, daß Sie die Gräfin zum Schlafen bewegen können", sagte er und nahm die Zügel auf. „*Bonsoir*, Joseph."

Joseph sah den Wagen die kiesbedeckte Auffahrt hinunter verschwinden, hörte das Geräusch des Tores, das sich knarrend öffnete, und das schwache Echo der *bonsoirs*, die in der Dunkelheit ausgetauscht wurden. Dann war alles still oder vielmehr erfüllt von den tausend geheimen Lauten, die das Schweigen einer mondhellen Nacht ausmachen.

Müde stieg er zum zweiten Stock hinauf. Die Gräfin hörte ihn nicht eintreten. Sie stand neben dem Bett mit seinen vier Pfosten, blickte auf ihren Sohn nieder und war ganz versunken in den Anblick seines armen abgezehrten Gesichtes. Der Bart verbarg die tiefen Höhlungen in seinen Wangen. Die Nasenflügel hatten schon die wächserne Todesfarbe, und um die Augen hatten sich einige Falten eingegraben, die Zeugnis ablegten von dem Todeskampf der letzten Wochen. Auf der Bettdecke lag leblos und knochig eine Hand, deren Haut sich wie ein dünner durchsichtiger Gummihandschuh über die Knöchel spannte.

Er war zurückgekommen und hatte ihr in der Reue über seine Verfehlungen den letzten hoffnungslosen Tribut seiner Liebe dargebracht. Noch einmal war seine leidenschaftliche Natur sich treu geblieben: ein ganzes Leben an Liebe und Verehrung hatte er in

die wenigen letzten Monate hineingelegt. Jeder Blick, jedes Lächeln hatte die Bitte um Verzeihung ausgedrückt.
Und jetzt würde er davongehen. Oh, warum kam Alphonse nicht? Es war doch unmöglich, daß er seinen Sohn so sterben ließ, ohne ein Wort, ohne einen Kuß. „Noch zwei Tage, vielleicht drei, vielleicht auch weniger", hatte der Arzt gesagt ... Für ihn war es besser so. Er hatte genug gelitten. Wenn Leiden und Schmerzen läuterten, so war er rein und geläutert wie eine Flamme. Und er hatte seinen Frieden mit Gott gemacht. Der Tod würde gnädiger sein, als es das Leben gegen ihn gewesen war.
Wie klein und hilflos er wirkte in dem großen Bett! Beinahe so wie in den Tagen der „Attacken". War er überhaupt je etwas anderes gewesen als ein Kind, trotz all seinem Zynismus? Ein Kind mit einem hungrigen Herzen, das nach der Liebe verlangte, die es nicht haben konnte. Was immer er getan hatte, er hatte niemand anders Leid zugefügt als sich selbst ...
„Madame la Comtesse ..."
Sie wandte sich um und erblickte Joseph. Auch er hatte Henri schweigend betrachtet, und seine Augen waren feucht.
„Herr Doktor sagte, Sie sollten sich ein wenig ausruhen."
„Sie haben recht, Joseph."
„Ich werde bei ihm bleiben, und ich werde Ihnen sofort Bescheid geben, wenn ..."
Impulsiv ergriff sie seine Hand. „Danke, Joseph." In den geflüsterten Worten lag die Dankbarkeit für ein ganzes Leben wortloser Ergebenheit. „Dank für alles."

Kurz vor dem Aufdämmern des Morgens schlug Henri die Augen auf. Der Himmel im Fensterausschnitt war noch violett, aber man fühlte schon, daß die Nacht vorüber war. Die Sterne begannen zu verblassen. Es war die Zeit, zu der er früher zu sagen pflegte: „Fahren Sie mich nach Hause, Kutscher, Rue Caulaincourt 21. Halten Sie aber auf dem Weg noch einmal bei der ersten Kneipe, die schon offen hat ..." Es war die Zeit, zu der die Nachtkellner und die letzten Straßenmädchen nach Hause wankten und die ersten Karren auf ihrem Weg nach den Markthallen über das Kopfsteinpflaster rumpelten. Vielleicht schob Marie jetzt einen dieser Karren? Es konnte viel geschehen in elf Jahren. Vielleicht war sie auch schon tot? Kummer tötete schließlich, aber er tötete langsam.

Wie still das Haus war! Die Lampe brannte auf dem Nachttisch, und Joseph war im Stuhl eingeschlafen. Wie alt und verbraucht er aussah mit seinen knochigen, im Schoß gefalteten Händen und dem spitzen Kinn, das ihm auf die Brust gesunken war! In seinem Alter sollte man ihn nicht mehr eine ganze Nacht lang im Stuhl sitzen lassen. Er hätte Maman, wie sie es vorhatte, eine Nachtschwester engagieren lassen sollen. Aber auf diese Weise, durch diese elende Nachtwache auf dem Stuhl wollte er seine Ergebenheit zeigen. Als ob man je an ihr hätte zweifeln können! Maman war so müde, daß sie sich kaum noch aufrecht halten konnte. Es schien fast unglaublich, wieviel Müdigkeit und Kummer in einem menschlichen Gesicht stehen konnte.
Das war wohl der schwerste Teil des Sterbens, dieses Leid, das man denen brachte, die man liebte, einfach dadurch, daß man krank war und nicht wieder gesund wurde. Wenn man ihnen wenigstens erklären könnte, daß alles gut war, daß man sich vor dem Tod nicht mehr fürchtete, sondern ihn herbeisehnte! Aber auch das würde ihnen weh tun.
Es wäre schön gewesen, bei jenem Anfall vor zwei Wochen sterben zu dürfen. Joseph hätte dann nicht auf dem Stuhl wachen müssen, und Maman wäre nicht so entsetzlich müde gewesen. Der Tod erlöste. Es war die Hoffnung, die erschöpfte. Nach dem Tod blieb die Trauer – bei Maman würde sie nie aufhören –, aber die Anspannung ließ nach. Die Lebenden wandten sich wieder ihren Aufgaben zu, ihren Sorgen, ihren Kümmernissen, dem Essen und Trinken, dem Gelächter. Die Toten blieben tot, was immer das auch sein mochte.
Nun, es konnte sicher nicht mehr lange dauern. Bald würde er sich davonmachen und niemandem mehr zur Last fallen. Vielleicht schon heute... Selbst sein törichtes Herz mußte allmählich die Sinnlosigkeit des Weiterlebens begriffen haben. Jetzt galt es nur noch, den Todeskampf zu erleiden, dann war alles vorüber. Man sagte, er setze ein, wenn man anfing zu röcheln... Schreiend trat man ins Leben ein, und röchelnd verließ man es. Wie demütigend! Und was für eine Demütigung war die Krankheit!
Indessen war das alles jetzt nicht mehr wichtig. Selbst die Eitelkeit verlor sich zuletzt. Und er hatte keinerlei Furcht mehr vor dem Tod. Vertrautheit, selbst mit dem Tod, brauchte nicht Scham zu

erzeugen, sondern eben nur Vertrautheit. Man wünschte, der Tod möge Ernst machen. Er war bereit zu gehen.
Er hatte Frieden gemacht mit Gott. Vor allen Dingen um Mamans willen, deren Gebete seit langem dieser Versöhnung galten. Aber auch, weil man kurz vor dem Sterben viele Dinge verstand, die man vorher nicht begriffen hatte. Man verlangte mehr nach Frieden und Hoffnung als nach Wahrheit. Vernunft konnte sehr langweilig sein. Sie nahm allem den poetischen Zauber, ging an dem Eigentlichen vorbei und erklärte keines der wirklich wichtigen Dinge. Außerdem half sie einem in keiner Weise, wenn man von Schmerzen gefoltert und im Begriff zu sterben war. Vernunftgemäßes Erklären und Verhalten war in gewissem Sinne etwas Ähnliches wie auf den Zehen stehen. Es war gut und recht, solange man sich jung und voller Kraft fühlte; lag man aber erschöpft und müde im Sterben, so sehnte man sich nach dem breiten warmen Bett des Glaubens. Man brauchte eine Hand, die einem hinüberhalf.
So waren eine Woche vor dem Schlaganfall eines Abends, als Maman sich zurückgezogen hatte, Abbé Soulac und er auf die Terrasse hinausgetreten. „Monsieur l'Abbé", hatte er gesagt, „würden Sie mir bitte die Beichte abnehmen." Es war eine milde Sommernacht gewesen, in der die Pappeln wie Springbrunnen im Mondlicht emporstrebten. Beim Zirpen der Grillen hatte er sein einsames und unberechenbares Leben geschildert und alles gebeichtet: die Besuche im Moulin Rouge, in den Kneipen, in den Bordellen. Es hatte merkwürdigerweise alles unglaublich trivial geklungen und keineswegs sehr sündig . . .

Er versank in einen leichten Schlummer. Als er erwachte, stieg die Morgendämmerung herauf und der Himmel färbte sich rosig.
Irgendwo krähte ein Hahn, und Joseph schreckte in seinem Stuhl auf, rieb sich die Augen und sah rasch zu Henri hin, der ihn anlächelte.
„*Bonjour*, Joseph. Gut geschlafen?"
„Ich fürchte, ich bin eingenickt, Monsieur Henri. Das wollte ich nicht, aber . . ."
„Du bist müde, ich weiß. Jeder in diesem Haus ist müde. Geh in die Küche hinunter und trink eine Tasse Kaffee. Das wird dir gut tun."

„Gleich. Die Köchin ist noch nicht auf. Es ist noch sehr früh. Sind Sie schon lange wach, Monsieur Henri?"
„Nur ein paar Minuten. Stütz mich ein wenig, Joseph, und gib mir mein Glas."
Vorsichtig schob ihm der alte Diener Kissen in den Rücken und reichte ihm sein Pincenez.
„Es geht schon. Ich kann nur noch die eine Hand bewegen."
„Soll ich nicht lieber das Fenster schließen, Monsieur Henri?"
Henri lächelte ein wenig. „Du hast dich kein bißchen verändert. Weißt du noch, wie du mich wecktest, wenn ich nach Fontanes zur Schule mußte, und ich so tat, als ob ich schnarchte? Komm her", flüsterte er, „setz dich hier auf die Bettkante. Ich möchte mit dir reden."
„Bitte nicht, Monsieur Henri. Der Doktor sagt . . ."
„Scht! Ich möchte mit dir sprechen, solange ich es noch kann. Beug dich ein bißchen herab, damit du mich verstehen kannst."
In seine Augen trat der Ausdruck warmer Zuneigung, als er so nah in das alte müde Gesicht blickte.
„Vor allem möchte ich dir für alles, was du getan hast, danken. Scht! Unterbrich mich nicht. Du bist wie ein Vater zu mir gewesen. Du weißt, daß bis an dein Lebensende für dich gesorgt wird, aber ich möchte dir trotzdem etwas geben. Das einzige, was mir einfiel, waren meine Taschenuhr und mein Zigarettenetui. Du rauchst zwar nicht, aber behalt sie zum Andenken an mich, ja?"
Er schloß die Augen, und seine Stimme wurde ein mühsames Flüstern.
„Und jetzt hör gut zu." Mit verzweifelter Anstrengung öffnete er die Augen wieder. „Wenn ich tot bin, darf Maman nie lange allein bleiben. Du mußt hin und wieder einen Vorwand finden, um ins Zimmer zu kommen, auch wenn sie nicht nach dir geläutet hat. Gib vor, du müßtest dich um das Feuer kümmern oder nachsehen, ob die Vorhänge zugezogen sind. Und geh nicht mit einem traurigen Gesicht herum und sag ‚Ja, Madame la Comtesse . . . Nein, Madame la Comtesse', sondern denk dir irgend etwas anderes aus, was du sagen kannst, möglichst etwas Aufheiterndes. Erzähl ihr, wie es mit den Pferden steht, und versuche sie dazu zu bringen, daß sie ausfährt, wenn das Wetter schön ist."
Wieder schloß er matt die Augen, man merkte, wie schwer ihm das Atmen wurde.

„Bitte, Monsieur Henri!"
„Noch etwas. Sie hat Blumen so gern, besonders weiße Rosen. Verabrede mit August, daß jederzeit Blumen im Haus sind ... So, und jetzt geh hinunter. Die Köchin wird inzwischen sicher aufgestanden sein."
Er sah, daß Joseph zögerte. „Keine Angst. Ich werde nicht sterben, während du weg bist."
An diesem Tag ging es Henri etwas besser. Im Laufe des Morgens kam Dr. Mouré und nahm als der gewissenhafte alte Landarzt, der er war, das übliche Zeremoniell des Pulsfühlens vor. Nachmittags nahm Henri ein paar Löffel voll Fleischbrühe zu sich. Annette kam, stand neben seinem Bett und lächelte aus wimpernlosen Augen zu ihm herab. Sie küßte seine Hand und murmelte in ihrem Provençalisch liebevolle Zärtlichkeiten; dann flatterte sie plötzlich schluchzend aus dem Zimmer. Auch das Stubenmädchen stattete ihm einen kurzen Besuch ab und ebenso die Köchin. Und schließlich steckte der Gärtner August seinen Kopf durch die Tür, sah Henri mit einem langen Blick an und verschwand wieder. Später setzte sich Abbé Soulac, die Hände im Schoß seiner geflickten Soutane gefaltet, schweigend an sein Bett. Als er ging, machte er das Zeichen des Kreuzes über Henri.
Und dann war wieder die leere und endlose Zeit um ihn. Durch die halbgeschlossenen Fensterläden warf die Sonne ein Streifenmuster auf den Fußboden. Maman und er waren allein.
„Welchen Tag haben wir heute, Maman?"
„Sonntag, *mon petit*. Den achten September."
„Es tut mir leid, daß du meinetwegen die Messe versäumt hast."
Sie legte einen Finger an die Lippen. „Scht! Nicht sprechen, Riri."
„Nein, Maman."
Es war wieder genau wie in Barèges. Barèges, Nizza, Lamalou, Amélie-les-Bains. Der Nachttisch vollgestellt mit nutzlosen Medikamenten, die Luft erfüllt von dem schalen Geruch der Krankheit, alles wie eine Wiederkehr seiner Kindheit. Paris, Montmartre, das Studio, „La Nouvelle", das Comité Exécutif, Le Riche, die Rue des Petits Champs, die Natansons, ja, selbst Arcachon ... das alles schien so fern, so unwirklich. Vielleicht war alles nur ein Traum gewesen, aus dem er gerade eben graubärtig und halbgelähmt erwachte? Und Maman saß immer noch an seinem Bett, nur alt geworden während des Traumes ...

„Liegst du gut, *chéri?*"
Diesmal war sie es, die gesprochen hatte, und ihre Augen blickten ihn in einer Weise an, die er so gut kannte. Oh, diese sanfte Stimme!
„Ja, Maman."
Er sah ihr zu, wie sie strickte. Maman und ihr Strickzeug! Sie gebrauchte es wie einen Fächer, um ihre Gedanken und die Traurigkeit ihrer Augen dahinter zu verbergen ... Was wurde eigentlich aus den Sachen, die sie ständig strickte, aus diesen Socken, Schals und Babydecken? Wahrscheinlich schenkte sie sie einem Waisenhaus. Irgendein kleiner Findling würde unter dieser rosa Decke schlafen, an der sie jetzt arbeitete ...
„Maman?"
„Ja, *chéri?*"
„Was ist aus Denise geworden? Hat sie geheiratet?"
„Ja. Einen Marineoffizier. Sie haben drei Kinder."
„Du weißt, Maman, ich wollte nicht ..."
Wieder hob sie den Finger an die Lippen. Sie wußte, er wollte sagen, der damalige Vorfall tue ihm leid, weil er ihr Kummer gemacht hatte.
Er versuchte, sich die Tage mit Denise ins Gedächtnis zurückzurufen, die Ausfahrten in der blauen Viktoria, das Porträt ... Aber er merkte, daß er sich kaum an ihr Gesicht erinnern konnte. Er wußte nur noch, daß ihr Haar rotbraun war wie Mamans. Mit der Zeit starben also selbst die Erinnerungen.
Es war seltsam, hier zu liegen und auf den Tod zu warten, mit klarem Geist und ohne Schmerzen, ausgenommen diese Taubheit in der rechten Hälfte des Körpers, jenem Teil, der schon tot war. Es war, wie wenn man Treppen hinunterstieg. Schon hatte der größte Teil der Welt aufgehört zu existieren. Zum Beispiel wußte man, daß man die Pappeln im Garten, die Kletterrosen auf der Terrasse, die müßig am Himmel dahinziehenden Wolken nie wiedersehen würde.
Das meiste von Malromé war schon nicht mehr da. Er würde nie wieder auf seinem Ruhebett liegen, nie mehr seine Anzüge anziehen, sich nie wieder auf den Stock stützen, den er so oft verwünscht hatte. Er würde auch nie mehr Farbe aus einer Tube drücken und keinen Pinsel mehr anrühren. Die Toten malten nicht ...

Vielleicht gab es im Himmel – das war das Wunderbare am Glauben, daß er das Träumen zuließ – vielleicht gab es im Himmel ein Montmartre, eine himmlische *Butte*. Warum schließlich nicht? Es hieß, es gebe viele Wohnungen dort, möglicherweise gab es also auch verschiedene Bezirke. Das himmlische Montmartre würde sicher am äußeren Rand des Himmels liegen, also eine Art Vorort, gleichsam ein Himmel dritter Klasse, in den Gott die Menschen schickte, mit denen er nichts Rechtes anzufangen wußte und die er doch noch nicht der Hölle überantworten wollte: Künstler wie Vincent, Henri Rousseau, Desboutins, die Mitglieder des Comité Exécutif, Menschen wie Agostina, Julie, Père la Pudeur, die dicke Maria, Modelle, kleine Putzmacherinnen, Menschen wie Gaston, Trémolada, Tanguy, Père Cotelle, Sarah und selbst La Goulue ... Dann auch die Huren, die so gut zu ihm gewesen waren, Berthe, die gesagt hatte „Mein Gott, das ist ja Henri!", Monsieur und Madame Potieron, die Frau des Bordellbesitzers Marius, die so schwer gearbeitet hatte, damit ihr Mann es zu etwas brachte, und schließlich sogar Marie, weil sie geliebt hatte, verzweifelt geliebt wie Maria Magdalena, und weil Gott unmöglich einen Menschen der Hölle übergeben konnte, der zuviel Liebe hatte ... Ja, wenn es solch einen Himmel gäbe, dann würde er dorthin kommen.

„Maman!"

„Nicht soviel sprechen, *mon petit*."

„Maman, ich hab dich lieb."

„Ich weiß. Ich habe dich auch lieb, Henri, sehr lieb."

„Das hast du damals auch gesagt, an dem Tag, als du wegen des Erzbischofs mit mir gescholten hast."

„Bitte, sprich nicht soviel."

„Nur ein wenig ... Es wird mir nicht schwer ... Weißt du, dieses Buch, die Anthologie japanischer Drucke – bitte achte sehr sorgfältig darauf. Und auch auf meine Bilder ... Du hast nur wenige von ihnen gesehen, aber glaub mir, sie sind nicht anstößig und schmutzig. Sie sind nur wahr, und die Wahrheit ist manchmal häßlich ... Laß Maurice alles verwalten. Er kennt sich aus, er versteht ..."

Hunderte von Bildern, Unmengen von Skizzen, Aquarellen, Rötel-, Stein-, Kohle-, Pastell- und Federzeichnungen ... Was man auch immer von ihm denken mochte, wenn man überhaupt an ihn dachte, das eine konnte niemand von ihm sagen: daß er faul gewesen sei ... Es bewies nur, wieviel man zustande bringen konnte, wenn man die Zeit totschlagen mußte: Wochen, Monate, Jahre an Zeit ...

„Maman!"

Er sah, wie sie den Finger zu den Lippen hob, und wie in den Tagen seiner Kindheit bettelte er: „Nur ein ganz klein bißchen noch ... Laß mich nur noch ein bißchen reden. Dann werde ich auch still sein. Warst du als Kind immer gut und brav?"

Sie ließ ihr Strickzeug im Schoß ruhen. „Nicht immer. Ich machte dumme kleine Streiche wie alle Kinder. Aber jetzt versuch noch ein wenig zu schlafen, *mon petit.*"

Er schloß die Augen, und plötzlich war er wieder in Arcachon. Mirjam stand am Ende des Bootsstegs und winkte ihm zu. Hundertmal hatte er sie im Geist so stehen und winken sehen, aber diesmal war es wirklicher denn je. Er fühlte die Bewegung des Wassers unter dem Boot und die Hitze des Sommermorgens unter der Brise. Aber zum erstenmal empfand er keinen Schmerz dabei, keine Sehnsucht, keine Trauer. Sein Herz hatte endlich Frieden gefunden.

Es klopfte leise an der Tür.

„Ein Telegramm, Madame la Comtesse", flüsterte Joseph.

„Von wem?" fragte Henri. „Von Papa?"

Er sah, wie Maman fieberhaft den Umschlag aufriß, aber die Hoffnung schwand aus ihrem Gesicht.

„Nein, Henri. Es ist von Maurice. Soll ich es dir vorlesen?"

Sie zog ihren Stuhl näher ans Bett, so daß ihre Gesichter einander ganz nahe waren. Und sie begann zu lesen:

„Regierung soeben Sammlung Camondo für Louvre angekauft. Du bist im Louvre, Henri."

„Im Louvre?" hauchte er. „Hat er wirklich telegraphiert ‚im Louvre'?"

Sie begann plötzlich hemmungslos zu weinen. „Oh, mein Liebling, wenn ich dich doch besser verstanden hätte! Ich wußte ja nicht ... Ich bin so froh für dich, so glücklich ..."

„Bist du stolz, Maman?"

„Ja, Riri, ich bin stolz, sehr stolz ..."

„Der Louvre, das ist noch besser als der Salon, nicht wahr? Oh, Maman, wenn du wüßtest, wie gern ich dir meinen Ikarus gezeigt hätte! Aber dies wiegt alles auf, nicht wahr? Im Louvre, in ..."

Seine Stimme brach und wurde zu einem kehligen Röcheln. Die Lippen bewegten sich noch, aber er konnte nicht mehr sprechen.

Wieder war es beinahe Tag, und Papa war noch immer nicht gekommen. Joseph stand am Fenster und ließ den Kopf hängen. Annette kniete neben dem Bett, weinte leise, murmelte vor sich hin und hielt den Rosenkranz dicht vor ihrem eingesunkenen Mund. Und Maman war da, über ihn gebeugt, sanft auf ihn einsprechend, ihm den Schweiß vom Gesicht abtupfend wie in früheren Tagen.

„Noch nicht, *mon petit* ... Noch nicht. Er wird ja bald hier sein. Sei tapfer, Riri, ganz tapfer ..."

Das war also Sterben, dieses pfeifende Pumpen der Lungen, das als keuchendes Röcheln herauskam, diese verzweifelte Klarheit des Geistes, der in einem ertrinkenden Körper gefangen war. Auf dem Ärmelkanal hatte er einmal das gleiche Gefühl des Steigens und Fallens gehabt. Plötzlich hatte sich das Deck unter seinen Füßen gehoben, so als ob das Schiff versuchen wollte, sich vom Wasser zu lösen und in die Luft zu erheben. Und man selbst war emporgeflogen, höher und immer höher, wie auf einer Schaukel. Ein paar Sekunden lang schwebte das Boot, bebend vom Bug bis zum Heck, auf dem Kamm der Woge, die Schraube hob sich aus dem Wasser und Gischt stäubte umher, dann stürzte es mit einem erschöpften und ohnmächtigen Röcheln wieder in die Tiefe.

So war es, wenn man starb. Luft strömte in die Lungen, und man wurde emporgehoben; sie floß ab, und man fühlte sich in die Tiefe sinken.

Durch das Keuchen seiner Lungen hörte er das morgendliche Angelusläuten und einen Hahnenschrei. Wieder war ein neuer Tag heraufgestiegen, ein schöner Septembertag, warm und sonnig, ein wenig traurig, schon herbstlich.

Seine Augen schlossen sich, und ein Schwindel befiel ihn. Der Atem setzte aus, er fühlte sich in einen dunklen bodenlosen Schacht fallen. Dann fing das Herz wieder an zu schlagen. Pfeifend füllten sich seine Lungen mit Luft.

In schwankendem Auf und Ab kam die Stimme seiner Mutter zu ihm. Nur noch ein wenig Atem für Maman, nur noch ein wenig Luft ...

Von draußen hörte man ein Geräusch. Das Gesicht seiner Mutter drückte angespannteste Erwartung aus. Man hörte das vertraute Knarren des Tores und dann die Hufschläge eines galoppierenden Pferdes.

Papa! Er kam endlich doch noch ...

Es sah ihm ähnlich, zu Pferde zu kommen! Er mußte den Expreß in Bordeaux verlassen haben, und anstatt auf den Zug nach Saint-André-du-Bois zu warten, hatte er ein Pferd gemietet oder gekauft oder gestohlen und war die ganze Nacht durchgeritten, über mondbeschienene Landstraßen wie ein sagenhafter Ritter, quer über Felder und Gräben, dem Instinkt des Tieres vertrauend und seiner eigenen überragenden Reiterkunst. Ja, so und nicht anders mußte Papa sich aufmachen, um an das Bett seines sterbenden Sohnes zu eilen, des letzten Namensträgers.

Vom Treppenhaus hörte man aufgeregtes Sprechen und die herrische Stimme des Grafen.

„Komme ich noch zur Zeit?"

Fast im gleichen Augenblick wurde die Zimmertür aufgerissen und der Graf stürzte ans Bett, zerzaust, die Stiefel mit Schmutz bespritzt, die Reitgerte noch in der Hand.

„Henri, mein Junge ... Vergib mir."

Er küßte ihn auf die Stirn. Oh, wäre Papa doch nicht erst so spät gekommen, hätte er sich doch früher schon abgefunden mit der Tatsache, einen Krüppel zum Sohn zu haben! So hatte jeder sein Leben für sich gelebt, beide einsam und beide immer darauf bedacht, Vergessenheit zu suchen. Jetzt war es zu spät.

Aber vielleicht würde sein Tod Papa und Maman wieder zusammenbringen. Beide waren jetzt alt, beide waren allein. Vielleicht würden sie im Gedenken an ihn ihren Kummer gemeinsam tragen und ihre Tage zusammen beschließen.

Der Graf richtete sich auf und wandte sich an seine Frau.

„Auch dich, Adèle, bitte ich, mir zu verzeihen", sagte er mit einer Sanftheit, die neu an ihm war. Dann trat er zurück und winkte sie ans Bett. „Geh du zu ihm. Er braucht dich."

Nun war nur noch Maman da. Er fühlte ihr Gesicht ganz nahe, ihre Lippen berührten fast die seinen. Sie strich mit ihren kühlen Fingern durch sein Haar, wie sie früher getan hatte, wenn er einschlafen sollte.

„Schlaf jetzt, *mon petit.*"

Über ihre Wangen liefen Tränen, dennoch lächelte sie. Nein, sie lächelte nicht eigentlich, aber sie sah glücklich aus. Er fühlte es. Sie war stolz. Er hatte nicht versagt, hatte sie nicht enttäuscht. Nun brauchte er nicht länger zu kämpfen. Sie hielt ihn nicht mehr zurück ...

„Schlaf gut, Riri ..."

Ihr Gesicht, ihr ernstes, geliebtes Gesicht wurde trübe und schattenhaft, entrückte in eine verschwommene Ferne, obwohl gerade das erste Morgenlicht ins Zimmer fiel. Diesmal wuchs die Dunkelheit aus dem Innern. Maman ... Leb wohl, Maman.